KATHLEEN E.

WOODIWISS

Wohin der Sturm uns trägt

KATHLEEN E.
WOODIWISS

Wohin der Sturm uns trägt

ROMAN

BECHTERMÜNZ VERLAG

Die amerikanische Originalausgabe
erschien unter dem Titel
»The Flame and the Flower«
bei Avon Books, New York

Genehmigte Lizenzausgabe für
Weltbild Verlag GmbH, Augsburg 1998

Umschlaggestaltung: Atelier Bachmann & Seidel, Reischach
Umschlagmotiv: Agentur Thomas Schlück, Garbsen
Gesamtherstellung: Ebner, Ulm
Printed in Germany
ISBN 3-8289-0014-3

1. Kapitel

23. Juni 1799

Mag auch anderswo die Zeit wie im Fluge vergehen, hier in England auf dem flachen Lande verrinnt sie schleppend, kriecht müde über die Moore dahin.

Sengende Sommerhitze machte die Luft bewegungslos. Eine Staubwolke hing über der Straße, Spur einer eiligen Kutsche, die hier vor einiger Zeit vorbeigerollt war. Im Dunstschleier über den Marschen kauerte geduckt ein kleines strohgedecktes Bauernhaus zwischen dürren Eiben. Die Fensterläden standen offen, die Tür war nur angelehnt. Es wirkte, als starre das Haus erstaunt auf die Farblosigkeit ringsum. Die Scheune nebenan war dem Zusammenbrechen nahe; an ihrem rohbehauenen Balkenwerk war lange nichts mehr instandgesetzt worden. Auf dem kleinen Acker dahinter versuchte spärlicher Weizen verzweifelt im morastigen Boden Wurzel zu fassen.

Drinnen im Hause machte Heather den müden Versuch, mit stumpfem Messer Kartoffeln zu schälen, aber es war eher ein Schaben. Seit zwei Jahren wohnte sie jetzt in dieser Kate, zwei Jahre, die so trostlos gewesen waren, daß sie die Erinnerung an ihr ganzes vorangegangenes Leben überschatteten. Es war wie ausgelöscht. Sie konnte sich kaum noch die glücklichen Zeiten vorstellen, die es einmal gegeben hatte, bevor man sie hierher brachte. Zuvor hatte ihr Leben nur Fröhlichkeit gekannt in jener Zeit, als sie vom Kind zur jungen Frau heranwuchs, als ihr Vater Richard noch lebte. Sie wohnte mit ihm zusammen in einem schönen Londoner Patrizierhaus. Damals ging sie elegant, immer nach der Mode gekleidet, und gutes

Essen war eine Selbstverständlichkeit — oh ja, damals, das war kein Vergleich zu heute! Selbst die Abende, an denen ihr Vater sie mit den Dienstboten allein ließ, schienen ihr in der Erinnerung nicht mehr so furchterregend wie früher. Heute konnte sie seine Qual verstehen, die Einsamkeit, die er nach dem Tode seiner schönen, jungen Frau durchlitten haben mußte. Er hatte sie leidenschaftlich geliebt. Aber schon kurz nach der Geburt ihres ersten Kindes war sie gestorben. Heute begriff Heather sogar das Bedürfnis ihres Vaters, sich am Spieltisch zu zerstreuen, bei diesem grausamen Spiel, das ihn schließlich das Leben gekostet hatte, das sie um Heimat und Sicherheit gebracht und sie auf Gedeih und Verderb ihren einzigen Verwandten ausgeliefert hatte, einem mutlosen, resignierenden Onkel und einer ständig keifenden Tante.
Heather strich sich über die Stirn. Tante Fanny hielt im Zimmer nebenan ihren Mittagsschlaf. Der Strohsack mußte unter ihrem bedrohlichen Übergewicht plattgedrückt sein, dachte das Mädchen. Fanny war keine Frau, mit der man im Guten auskommen konnte. Alles und jedes erregte ihr Mißfallen. Sie hatte nirgends Freunde, nie kam jemand, sie zu besuchen. Aber es gab auch niemanden, den *sie* mochte, selbst ihre Verwandten nicht. Sie glaubte steif und fest, daß die junge Irin, die ihr Schwager seinerzeit geheiratet hatte, allein deshalb minderwertig gewesen sei, weil sie Angehörige eines Volkes war, das, wie sie behauptete, ständig gegen die Krone aufbegehrte. Streitsucht läge in der Natur aller Iren, fand sie. Und nun mußte Heather ihren Haß und ihre Bosheit ertragen. Kein Tag verging, an dem ihr nicht vorgeworfen wurde, daß sie eigentlich so etwas wie eine Ausländerin sei. Diesem Vorurteil lagen Emotionen zugrunde, die tiefer wurzelten und die in ihre Anschuldigungen mit einflossen, bis sie schließlich selbst glaubte, Mutter und Tochter seien so etwas Ähnliches wie Hexen. Vielleicht war es die schiere weibliche Rivalität, denn Fanny Simmons war nie ein hübsches Mädchen gewesen, wohingegen die junge Brenna Schönheit und Liebreiz besessen

hatte. Wenn sie einen Raum betrat, wandten alle Männer sich ihr zu. Und Heather hatte das liebliche Aussehen ihrer Mutter geerbt. Grund genug, um von der Tante mit Haß verfolgt zu werden.

Die Spielbank hatte nach Richards Tod Ersatz gefordert. Mit Ausnahme einiger persönlicher Gegenstände beanspruchte sie seine gesamte Habe. Fanny war damals nach London geeilt, um ihres Mannes familiäre Rechte geltend zu machen. Sie hatte sich der verwaisten Nichte und ihres bescheidenen Erbes so schnell bemächtigt, daß dagegen gar kein Einspruch mehr erhoben werden konnte. Sie war aufs höchste darüber erbittert, daß Richard in besseren Zeiten seinen Wohlstand nicht mit seiner Familie geteilt und ihr nichts testamentarisch hinterlassen hatte. So verkaufte sie alles, was nicht niet- und nagelfest war und was Heather gehörte, außer einem rosa Kleid, das das Mädchen jedoch nie anziehen durfte. Das wenige Geld aus diesen Verkäufen steckte sie skrupellos ein.

Heather straffte den schmerzenden Rücken und seufzte.

»Heather Simmons!«

Das war die Tante nebenan. Als sie sich jetzt erhob, knarrte die Bettstatt.

»Du faules Frauenzimmer! Hör auf, in den Tag hineinzuträumen! Glaubst du, die Arbeit tut sich von selbst, während du hier herumtrödelst? Man sollte annehmen, die feine Schule für höhere Töchter, in die du gegangen bist, hätte dir was Vernünftigeres beigebracht als Lesen und all die anderen hochgestochenen Flausen!«

Die schwerfällige Frau betrat den Raum, und Heather hielt den Atem an. Sie wußte, was kam.

»Jetzt siehst du mal, wie es tut, wenn man nichts hat außer der eigenen Haut. Dein Vater war ein Narr, — ja, das war er. Hat an nichts anderes als an sich selbst gedacht, als er sein Geld zum Fenster rausschmiß. Und das ist alles nur dem Weibsstück zuzuschreiben, das er geheiratet hat, dieser Person aus Irland.« Sie sprach angewidert, es klang, als spie sie die Worte aus.

»Wir haben ihn vor dieser Heirat gewarnt, aber er wollte ja nicht hören. Er mußte ja unbedingt seine Brenna haben.«

Heather wandte den Blick von dem Sonnenstrahl, der sich durch die halboffene Tür ins Zimmer gestohlen hatte, und sah ihrer vierschrötigen Tante voll ins Gesicht. Sie hatte diese Tiraden schon so oft gehört, sie kannte sie auswendig. Aber sie wollte sich die Erinnerung an den Vater nicht verdunkeln lassen.

»Er war ein guter Vater«, sagte sie einfach.

»Wie man's nimmt, meine Liebe«, fauchte die Tante, »sieh doch selbst, wie er dich in der Tinte zurückgelassen hat. Du hast keine Aussteuer, und im nächsten Monat wirst du achtzehn. So, ohne einen Pfennig, heiratet dich kein Mann, wenn sie dich auch recht gerne haben möchten; aber nur um dich ins Bett zu kriegen. Ich werde alle Hände voll zu tun haben, damit du anständig bleibst. Das fehlte noch, daß du mir einen Bastard ins Haus schleppst. Die Leute hier in der Gegend warten ja nur darauf. Die wissen, was für eine deine Mutter war.«

Heather wich zurück. Die Tante geiferte weiter, die Augen zusammengekniffen, den Zeigefinger erhoben: »Da hat sich der Teufel was geleistet, als er dich ihr so ähnlich machte. Eine Hexe war sie, und du siehst genauso aus. Sie hat deinen Vater ruiniert, und du wirst jeden Mann ruinieren, der ein Auge auf dich wirft. Du bist eine Bürde, die Gott mir auferlegt hat. Er weiß, daß ich die einzige bin, die dich vor Scheiterhaufen und Folterkammer bewahren kann. Und es war auch Sein Wille, daß ich diesen Firlefanz von Garderobe verkauft habe. Du bist zu eitel und zu anspruchsvoll, um jemals die ewige Seligkeit zu erlangen. Meine alten Kleider tun's für dich noch lange.«

Fast hätte Heather gelacht, wenn es nicht so traurig gewesen wäre. Das Kleid ihrer Tante hing wie ein Sack um sie herum, denn Fanny wog mindestens das Doppelte ihrer Nichte. Aber es war ihr nicht erlaubt, etwas anderes zu tragen als diese Lumpen, die form- und farblos und unmodern waren. Die Tante hatte ihr sogar verboten, die Nähte zu verändern, um

das Kleid enger zu machen, nur den Saum durfte sie kürzen, damit sie nicht darauftrat.
Die Tante spürte, was Heather über ihre abgelegten Kleider dachte und schnauzte: »Undankbare Bettlerin, – nun sag mir bloß, wo du heute wärst, wenn dein Onkel und ich uns nicht deiner angenommen hätten? Hätte dein Vater nur noch einen Funken Verstand besessen, so hätte er dich mit einer hübschen Aussteuer versehen und verheiratet. Aber nein, – er dachte nur an sich und glaubte, du seiest zum Heiraten noch zu jung. Na schön, mittlerweile ist es zu spät. Du wirst als alte Jungfer begraben werden, wenn du stirbst, und auch als Jungfrau, darauf kannst du dich verlassen.«
Fanny zog sich wieder ins Nebenzimmer zurück, nicht ohne noch mit barschen Worten Heather zur Arbeit anzutreiben, da sie die Peitsche zu spüren bekäme, wenn sie sich nicht beeile.
Und Heather beeilte sich. Zu oft war sie schon geschlagen worden. Tagelang danach bedeckten rote Striemen ihren Rükken. Tante Fanny schien sich ein besonderes Vergnügen daraus zu machen, die nackte Haut des Mädchens zu zeichnen. So wagte Heather jetzt nicht einmal mehr einen Seufzer der Erleichterung, aus Furcht, daß das wiederum die Aufmerksamkeit der Tante auf sie lenken könnte. Sie war von der Arbeit erschöpft. Schon vor Morgengrauen hatte sie aufstehen müssen, um den Empfang für Fannys mit Spannung erwarteten Bruder vorzubereiten. Einige Tage zuvor war ein Brief eingetroffen, in dem er Fanny seine Ankunft für den heutigen Abend mitteilte. Sie selbst hatte allerdings kaum einen Finger gerührt. Heather wußte, dieser Mann war der einzige Mensch, den ihre Tante liebte. Sie hatte viel Lobendes über ihn gehört, und es schien, als sei Fannys Bruder das einzige Geschöpf, das ihr menschliche Gefühle entlocken konnte. Onkel John hatte ihre Vermutung bestätigt. Er meinte, daß es nichts gäbe, was Fanny nicht für diesen Mann tun würde. Sie waren die beiden einzigen Geschwister gewesen, und da Fanny zehn Jahre älter war, hatte sie ihren Bruder bereits als Baby versorgt und ihn aufzie-

hen geholfen. Seine Besuche waren allerdings außerordentlich selten.
Im Westen ging die Sonne rot unter. Alles war zum Empfang bereit. Fanny kam, um die getane Arbeit zu begutachten, und wies Heather an, noch mehr Kerzen anzuzünden.
»Nun ist es schon fünf Jahre her, daß ich meinen Bruder zuletzt gesehen habe, und deshalb möchte ich, daß zu seiner Ankunft alles tadellos vorbereitet ist. In London ist er nur das Allerbeste gewöhnt. Ich will nicht, daß er hier Grund zur Beschwerde hat. Er ist nicht wie dein Onkel und dein Vater. Mein Bruder ist ein vermögender Mann, weil er seinen Verstand zu brauchen weiß. Ihn wirst du nie in Spielsalons sehen. Und niemals würde er faul herumhängen wie dein Onkel. Er ist ein Mann, der seine Chancen wahrnimmt, — ja, das ist er. Es gibt kein feineres Bekleidungsgeschäft in London als das seine.«
Schließlich gab sie Heather die willkommene Anweisung, mit der Arbeit aufzuhören und sich frisch zu machen.
»Und Heather, noch was — trag das Kleid, das du von deinem Vater hast. Das wird ganz nett aussehen. Ich möchte, daß der Besuch meines Bruders im angemessenen Rahmen verläuft. Dazu passen die Fetzen nicht, die du trägst.«
Heather riß vor Erstaunen die Augen auf und wirbelte herum. Zwei Jahre lang war ihr rosa Kleid irgendwo in den Tiefen des Schrankes verstaut gewesen. Sie hatte es weder herausnehmen, geschweige denn tragen dürfen. Und nun sollte sie es anziehen! Wenn auch der Anlaß dazu Tante Fannys anspruchsvoller Bruder war, so freute sie sich doch über die Maßen. Es schien ihr eine Ewigkeit her zu sein, seit sie zuletzt etwas Hübsches angehabt hatte. Sie lächelte dankbar.
»Aha, ich sehe schon, das paßt dir in den Kram, was? Denkst wohl bloß daran, wie du in so was Feinem aussiehst, wie?« Fanny ging einen Schritt auf sie zu und bewegte warnend den Zeigefinger: »Satan tut wieder sein teuflisches Werk an dir. Nur Gott allein weiß, welche Last Er mir aufgebürdet hat, als

Er dich in dieses Haus brachte.« Sie seufzte schwer. »Es wäre besser, du wärest verheiratet, dann wär' ich dich los. Aber es ist traurig genug. Welcher Mann würde dich ohne ein einziges Aussteuerstück heiraten? Du brauchst einen starken Mann, der dich an der Kandare hält und der dafür sorgt, daß du jedes Jahr ein Kind von ihm austragen mußt. Ja, genau das brauchst du, damit deine schwarze Hexenseele schließlich rein wird.«

Heather zuckte die Achseln und lächelte. Sie wünschte, sie hätte den Mut besessen, ihre Tante in dem Glauben zu bestärken, sie sei tatsächlich eine Hexe. Für jemanden, der couragierter als sie war, hätte diese Situation eine wirkliche Verlokkung bedeutet, ›Hexe‹ zu spielen. Aber sie gab diesen Gedanken schnell wieder auf. Die Konsequenzen konnten fürchterlich sein.

»Und noch etwas, Fräuleinchen: Leg dein Haar glatt um den Kopf, das ist für dich noch lange hübsch genug.« Tante Fanny lächelte verschlagen, denn sie wußte, daß ihre Nichte diese Haartracht nicht besonders liebte.

Alle Fröhlichkeit in Heathers Gesicht erstarb, aber sie wandte sich um und wagte keinen Widerspruch. Vergebens erwartete die Tante ihr Aufbegehren. Nur allzugern hätte sie in solch einem Fall ihre harten Erziehungsmethoden angewandt.

Heather ging hinüber zu dem Vorhang, der eine kleine Ecke von dem übrigen Raum abteilte, und verschwand dahinter. Sie hörte, wie ihre Tante das Haus verließ. Erst dann wagte sie es, ihrem Mißmut in einem lauten Seufzer Luft zu machen. Sie war zornig, aber eigentlich mehr auf sich selbst als auf die Tante. Wieder war sie feige gewesen, und sie würde es wohl auch in Zukunft bleiben.

Das trostlose kleine Quadrat hinter dem Vorhang enthielt nur das Notwendigste, dennoch war es für Heather ein Ort der Zuflucht vor Fannys Brutalität. Sie zündete die Kerze auf dem kleinen wackligen Tischchen neben dem schmalen Bettgestell an. Wäre ich doch nur stärker und mutiger, dachte sie, ich

würde es ihr zeigen! Aber um mit ihr fertig zu werden, müßte man schon Samson sein . . .
Sie hatte zuvor einen hölzernen Bottich und einen großen Krug mit heißem Wasser in die Ecke gebracht. Nun freute sie sich auf ein warmes Bad. Angewidert riß sie sich die schmutzigen Kleider vom Körper, stand nackt und betastete vorsichtig die roten Striemen auf ihrer Haut. In jäh aufflammendem Zorn hatte die Tante sie am Tag zuvor geschlagen, als Heather aus Versehen eine gefüllte Teetasse umstieß. Bevor sie hatte fliehen können, hatte die rasende Frau sie mit dem Reisigbesen verprügelt.
Mit liebevoller Sorgfalt nahm Heather das Kleid aus dem Schrank. Sie hängte es so an einem Haken auf, daß ihre Augen es liebkosen konnten, während sie in der Wanne saß. Dann vervollständigte sie ihre Toilette, indem sie das rosa Kleid sorgfältig über ihr abgetragenes Hemdchen zog. Das Mieder des Kleides war für ein jüngeres Mädchen zugeschnitten. Der feine Stoff spannte sich eng über ihre Brust, sie bemerkte erstaunt, wie üppig sie geworden war und fand, daß der tiefe Ausschnitt nunmehr doch recht gewagt wirkte. Aber sie gab es bald auf, über dieses Problem länger nachzudenken, es war zu spät, jetzt noch Änderungen vorzunehmen.
Das Frisieren genoß sie wie einen besonderen Luxus. Sie bürstete ihr seidiges Haar, bis es im Kerzenlicht glänzte. Es war ihres Vaters ganzer Stolz gewesen. Wie oft hatte er ihr geistesabwesend über den Scheitel gestreichelt und dabei, wie sie vermutete, an ihre verstorbene Mutter gedacht. Mehr als einmal hatte er sie wie träumend angestarrt und voller Sehnsucht den Namen seiner Frau geflüstert, um sich dann mit feuchten Augen abzuwenden.
Wie die Tante es befohlen hatte, wand Heather ihr Haar artig um den Kopf, brachte es aber dennoch zuwege, ein paar Löckchen aus der strengen Frisur herauszuzupfen. Sie fielen wie unabsichtlich in den Nacken und wippten graziös über beiden Schläfen. Heather betrachtete sich in der Spiegelscherbe an

der Wand und nickte zufrieden. Aus dem wenigen, was ihr zur Verfügung stand, hatte sie das Beste gemacht.
Heather hörte jemand hustend und keuchend das Haus betreten. Sie trat hinter dem Vorhang hervor, um ihren Onkel zu begrüßen. Er stand am Herd und entzündete einen Holzspan, um seine Pfeife damit in Brand zu setzen. Dabei hustete er trocken. Tabaksqualm umwölkte ihn.
John Simmons war ein gebrochener Mann. Er lebte ein klägliches Leben in der bedrückenden Gemeinschaft mit Tante Fanny, die ihm nicht die geringste Freiheit ließ. So hatte er längst aufgehört, auf seine äußere Erscheinung zu achten. Sein Hemd war schmutzig und verfleckt, seine Fingernägel hatten schwarze Ränder. Nichts erinnerte mehr an den einstmals gutaussehenden jungen Mann. Vor Heather stand ein gebückter Greis, der viel älter wirkte, als er tatsächlich war. In seinen stumpfen Augen spiegelte sich alle Hoffnungslosigkeit, alle Enttäuschung wieder, in die ihn seine qualvolle Ehe gestürzt hatte. Seine verarbeiteten Hände waren gichtverkrümmt, sein von Wind und Wetter gegerbtes Gesicht zerfurcht.
Er sah auf und bemerkte die ungewohnte Aufmachung seiner Nichte. Etwas wie ein neuer Schmerz verdunkelte flüchtig seinen Blick. Er setzte sich in seinen Lehnstuhl und lächelte:
»Du siehst heute abend bezaubernd aus, mein Kind. Ich nehme an, es ist wegen Williams Besuch, nicht wahr?«
»Tante Fanny hat's mir erlaubt, Onkel«, antwortete sie. John sog an seiner Pfeife und hielt sie eine Weile wortlos zwischen den Zähnen.
»Ah ja, das glaube ich«, seufzte er schließlich, »um ihm zu gefallen, macht sie eine Menge Zugeständnisse. Er ist ein kaltherziger Mann. Als sie einmal nach London fuhr, um ihn zu besuchen, lehnte er es ab, mit ihr zu sprechen. Nun versucht sie, alles zu vermeiden, was ihn verärgern könnte, und genauso will er's haben. Er hat seine reichen Freunde; an Fanny liegt ihm nichts.«

William Court war nahezu das Ebenbild seiner Schwester; er war genauso groß wie Fanny, die ihre Nichte um Haupteslänge überragte. Vielleicht war er nicht ganz so fett wie sie, aber das konnte in ein paar Jahren schon anders sein. Sein rundes Gesicht war gerötet. Er hatte schwere Kinnladen, und die weit vorgeschobene Unterlippe war ständig feucht von Speichel. Er betupfte sich den Mund unausgesetzt mit einem Spitzentaschentuch. Dabei stieß er schnaufende Geräusche aus, als putzte er sich die Nase. Seine Hand, mit der er Heathers Hand ergriff, war abstoßend weich, und als er sich niederbeugte, um ihr die Fingerspitzen zu küssen, mußte sie sich dazu zwingen, nicht zurückzuzucken.

Seine elegante, hochmodische Kleidung verriet Geschmack, aber seine gezierten Manieren wirkten absolut unmännlich. Er trug einen Überrock aus feinem grauen Tuch, mit Silberborte abgesetzt, und das weiße Hemd mit dem steifen, hohen Kragen betonte noch das weichliche Rosa seiner Hände und die ungesunde Gesichtsfarbe. Mochte William Court auch ein reicher Mann sein, Heather fand nichts Anziehendes an ihm.

Er war mit einer Mietkutsche gekommen; den Kutscher mit den beiden Pferden hatte man in der Scheune einquartiert. Heather nahm an, das sei nur deshalb geschehen, weil der Kutscher besser gekleidet war als die Bewohner des Häuschens. Die Scheune war kaum gut genug für seine Pferde. Aber er blieb unverdrossen, sagte nichts und ging daran, die Pferde auszuspannen.

Tante Fanny, das graue Haar eng um den Kopf gelegt, sah in ihrem gestärkten Kleid mit der gleichfalls gestärkten Schürze häßlich aus. Obwohl sie sich kurz zuvor über elegante Kleidung als ein Werk des Teufels ausgelassen hatte, schien sie nunmehr äußerst erfreut zu sein, den Wohlstand ihres Bruders an dessen maßgeschneiderter Garderobe ablesen zu können. Sie umflatterte ihn betulich, wie eine Henne ihr Küken. Niemals hatte Heather sie so milde, so besorgt gesehen. William Court ließ sich ihre Dienstfertigkeit voller Herablassung gefal-

len, ja offensichtlich genoß er sie sogar. Heather beteiligte sich kaum an der Unterhaltung. Erst als bei Tisch Neuigkeiten aus London zur Sprache kamen, horchte sie auf. Sie hoffte, zufällig etwas von alten Freunden der Familie zu hören.
»Napoleon ist geflohen, und keiner glaubt, daß er nach dieser Schlacht in Ägypten noch nach Frankreich zurückkommen wird. Nelson hat ihn das Laufen gelehrt. Er wird es sich zweimal überlegen, bevor er sich noch einmal mit unserer Seemacht einläßt, — bei Gott!« sagte William Court überheblich.
Heather stellte fest, daß er sich einer gepflegteren Sprache bediente als seine Schwester, und überlegte, welche Schule er wohl besucht haben mochte.
Tante Fanny wischte sich den fettigen Mund mit dem Handrücken ab und schnaufte: »Das ist nur gut. Jetzt sitzt er bis zum Hals in der Tinte und die verdammten Iren auch. Man sollte sie alle umlegen, sag' ich.«
Heather biß sich auf die Unterlippe.
»Die Iren, ha, die sind nicht besser als Tiere, wenn du mich fragst«, fuhr die Tante fort, »sie wissen nicht, was sie wollen.«
»Pitt versucht, sich mit ihnen zu verbünden. Vielleicht ist es nächstes Jahr soweit«, warf Onkel John ein.
»Ja, vielleicht hat das Pack bis dahin uns allen die Kehle aufgeschlitzt.«
Onkel John seufzte, trank sein Bier in einem Zug aus und wandte sich stumm wieder seiner Pfeife zu.
»Mit den Yankees ist es das gleiche. Die schneiden dir den Hals ab, bevor du nur einen Blick auf sie riskierst. Mit denen kriegen wir bestimmt wieder Krieg. Denk an das, was ich sage.«
William lachte lautlos in sich hinein, daß seine Hängebacken bebten: »Gut, daß du nicht in London bist, liebe Schwester, denn sie bewegen sich im Hafen, als gehörte er ihnen. Wenn sie in die Stadt gehen, gehen sie allerdings nur in Gruppen. Sie sind vorsichtig. Niemand von ihnen würde je auf einem britischen Schiff anheuern. Einige von ihnen haben die Frech-

heit, von sich zu behaupten, sie seien Gentlemen. Sieh dir doch den Burschen, diesen Washington an! Und dann ist da noch der andere Narr, der Adams, den sie kürzlich erst zu ihrem Staatsoberhaupt gewählt haben. Das ganze ist eine Unverschämtheit, aber es wird nicht von langer Dauer sein. Eines Tages werden sie wimmernd in die Knie gehen.«

Heather war niemals einem Yankee begegnet. Sie freute sich lediglich, daß ihre Tante und Mr. Court zur Abwechslung einmal über die Yankees und nicht über die Iren schimpften. Solange nicht über die Londoner Gesellschaft oder über ihre eigene Familie gesprochen wurde, interessierte sie die Unterhaltung nicht; so ließ sie ihre Gedanken schweifen. Hätte sie gewagt, sich am Gespräch zu beteiligen, ihre Loyalität den Iren gegenüber zu erklären oder auch nur, sich nach der Londoner Gesellschaft zu erkundigen, dann hätte ihre Tante ihr gewiß Verderbtheit und Lasterhaftigkeit vorgeworfen. So saß sie stumm und geistesabwesend da.

Plötzlich schreckte Tante Fanny Heather aus ihren Gedanken auf. Sie griff über den Tisch nach ihr und kniff sie boshaft in den Oberarm. Heather fuhr entsetzt hoch. Sie rieb sich den Arm. Vor Schmerz schossen ihr die Tränen in die Augen. Verständnislos sah sie ihre Tante an.

»Ich habe gefragt, ob du in Lady Cabots Töchterschule unterrichten willst. Mein Bruder glaubt, daß er eine Arbeit für dich finden kann«, schnauzte Tante Fanny.

Heather traute ihren Ohren nicht. »Wie bitte?«

William Court lachte und erklärte: »Ich habe sehr gute Verbindungen zu dieser Töchterschule, und ich weiß, daß sie nach einer jungen Dame von Stand Ausschau halten. Sie haben doch exzellente Manieren, meine Liebe, und führen eine gepflegte Sprache. Sie wären, wie ich glaube, für diese Position hervorragend geeignet, und eine Tätigkeit an einer solchen Schule in London würde für Sie wohl auch eine gewisse Hilfe bedeuten.« Er betupfte seine wulstigen, feuchten Lippen und fuhr fort: »Vielleicht könnte ich in naher Zukunft eine passende Heirat für Sie arrangieren. Ich denke an einen jungen Mann aus guter Familie. Ich finde, es ist eine Schande, daß so viel damenhafte Anmut in einem Bauernkaff wie diesem verloren gehen soll. Natürlich würde das bedeuten, daß, falls ich einen solchen Ehekontrakt zustande bringe, ich Sie auch mit einer entsprechenden Aussteuer versehe, die, wie ich annehme, Sie zurückzahlen würden, sobald Sie Ihren Ehemann sicher hätten. Das ganze ist ein kleiner Trick, der jedem von uns einen Vorteil brächte. Sie brauchen eine Aussteuer, die ich Ihnen zur Verfügung stellen kann, und ich habe ein Interesse an den Zinsen, die Sie später zahlen. Von einer solchen Abmachung braucht niemand etwas zu wissen. Ich nehme an, Sie sind klug genug, sich in den Besitz des notwendigen Geldes zu bringen, wenn Sie erst einmal verheiratet sind. Wäre die Position bei Lady Cabot für Sie akzeptabel?«

Heather verstand zwar William Courts Heiratspläne nicht ganz, aber allein die Möglichkeit, von hier wegzukommen, Tante Fanny und ihre unausstehliche Art nicht mehr ertragen zu müssen, Londons Gesellschaft nahe zu sein, erschien ihr märchenhaft. Hätte ihr Arm nicht von dem harten Zugriff der Tante noch geschmerzt, hätte sie geglaubt, sie träumte.

»Antworten Sie, mein liebes Kind, was halten Sie davon?« fragte William.

Sie konnte ihr Entzücken kaum verbergen. »Das ist ein überaus liebenswürdiges Angebot, Sir, und ich bin darüber sehr glücklich«, erwiderte sie strahlend.

Wieder lachte William.

»Gut, gut, Sie werden Ihre Entscheidung nicht bereuen.« Er rieb sich die Hände. »Dann fahren wir beide also morgen nach London. Ich bin schon viel zu lange von meinem Geschäft weg und muß zurück, um meinen Assistenten zu entlasten. Glauben Sie, daß Sie bis dahin fertig sein könnten, mein Kind?«

Wieder griff er nach dem Spitzentaschentuch, um seine dicken Lippen zu betupfen.

»Aber selbstverständlich, Sir. Wann immer Sie fahren wollen, werde ich fertig sein«, erwiderte Heather voller Begeisterung.
»Gut, gut, dann ist ja alles in Ordnung.«

Heather räumte den Tisch ab. Sie tat es mit dem Glücksgefühl, daß es das letztemal war. Sie war viel zu selig, um das Wort an ihre Tante zu richten, die dasaß und sie beobachtete, und auch als sie später allein hinter ihrem Vorhang war, konnte sie an nichts anderes denken, als an das namenlose Glück, von Tante Fanny loszukommen. Jede Position in London würde besser sein, als unter der Knute dieser Frau zu leben und sich von ihr mißbrauchen zu lassen. Sie würde frei sein von harter, körperlicher Arbeit, würde nicht mehr Fannys Grausamkeit und Bosheit zu ertragen haben und vielleicht würde sie jemanden finden, der sie heiratete.
Für die Reise war nur wenig vorzubereiten, denn ihr einziger Besitz war das Kleid, das sie heute getragen hatte und das sie auch morgen wieder anziehen würde. Sie schlüpfte unter die dünne Bettdecke und schloß die Augen in dem Bewußtsein, daß sie heute zum letztenmal hier schlief. In weniger als zwölf Monaten würde ein neues Jahrhundert anbrechen – was mochte es wohl für sie bereithalten?
Am nächsten Nachmittag fuhren sie in William Courts Kutsche nach London, und Heather genoß die Reise in vollen Zügen. Das offene Land lag grün und üppig in der sommerlichen Hitze des Junitages. Als sie vor zwei Jahren in der entgegengesetzten Richtung gefahren war, hatte sie auf die Landschaft ringsum nicht geachtet. Aber heute, wo es nach London zurückging, fand sie sie unvergleichlich schön.
William Court erwies sich als liebenswürdiger und aufmerksamer Begleiter. Sie konnte mit ihm über die Ereignisse in der Londoner Gesellschaft sprechen und lachte fröhlich über seine witzigen Geschichten vom Königshof. Manchmal bemerkte sie, wie er sie durchdringend betrachtete und konnte sich seine Blicke nicht recht erklären, aber er schaute sogleich wieder

weg. Einen Moment lang hatte sie ein ungutes Gefühl, weil sie mit ihm allein nach London fuhr, denn schließlich war er kein offizieller Vormund oder etwas Ähnliches, sondern nur ein sehr entfernter Verwandter. Aber das unbehagliche Gefühl schwand bald, und sie glaubte schließlich, er betrachtete sie so genau, um herauszufinden, welche Art von Ehevertrag er für sie aufsetzen könne.

Als sie die Außenbezirke von London erreichten, war es bereits dunkel. Die Fahrt hatte Heather doch sehr ermüdet. Darum war sie froh, endlich am Ziel zu sein.

In dem großen Laden lagen Seidenstoffe, Musselin, Batist, Samt und Satin in allen Farben und Webarten hoch aufgeschichtet auf Tischen und Borden. Da war alles, was ein Frauenherz begehrt. Heather war hingerissen und betastete staunend diesen und jenen Stoff. Dabei übersah sie vor lauter Begeisterung, daß in dem hinteren Raum des Ladengewölbes ein Mann an seinem Schreibtisch saß. William Court lachte, als er beobachtete, wie sie verklärt an den Regalen entlang wanderte. »Später werden Sie noch Zeit haben, alles genau in Augenschein zu nehmen, meine Liebe, aber nun darf ich Ihnen meinen Assistenten, Mr. Thomas Hint, vorstellen.«

Heather wandte sich um. Sie sah einen seltsamen kleinen Mann, die häßlichste Kreatur, die ihr je begegnet war: Große, wässrige Augen, vorquellend und rund, schauten aus einem flachen Gesicht mit einer platten Nase. Die Zunge fuhr unruhig über wulstigen Lippen hin und her. Der grotesk verkrümmte Körper des Mannes stak in einem eleganten, scharlachroten Seidenüberrock, welcher genau wie das gekräuselte Hemd mit Essensflecken übersät war. Als Hint sie anlachte, wurde eine schiefe Grimasse aus dem Versuch. Die eine Hälfte seines Gesichts hing dabei schlaff nach unten. So entstand ein starres, erschreckendes Grinsen. Gewiß, dachte Heather, würde dieser Asistent durch sein Aussehen mehr Kunden vertreiben als anziehen.

Als könnte er ihre Gedanken lesen, sagte William Court: »Die

Leute sind an Thomas gewöhnt. Unser Handel läuft wie am Schnürchen; man weiß, daß wir erfahrene Geschäftsleute in unserer Branche sind, nicht wahr, Thomas?«
Statt einer Antwort grunzte der Gefragte nur.
»Und nun, meine Liebe«, fuhr William fort, »möchte ich Ihnen meine Wohnung im ersten Stock zeigen. Ich glaube, sie wird Ihnen gefallen.«
Er führte sie durch den Laden hindurch zu einer steilen Treppe. Sie endete vor einer reich geschnitzten Tür, die in seltsamem Kontrast zu der Düsterkeit des Ladens im Untergeschoß stand. William lächelte und öffnete sie. Heather hielt vor Überraschung den Atem an: Der Wohnraum, der sich ihren Blicken bot, war auf das Luxuriöseste mit Chippendale-Möbeln eingerichtet. Eine mit rotem Samt bezogene Sitzbank und passende Lehnstühle waren auf einem kostbaren Perserteppich gruppiert. Ölgemälde und reiche Draperien bedeckten die Wände. Und in tausend Facetten reflektierte ein Kandelaber das Kerzenlicht. Zierliche Porzellanfigurinen standen auf kleinen Tischen mit Leuchtern und anderem Nippes. Der hintere Teil des Raumes diente offensichtlich als Speisezimmer. Jedes Möbelstück war mit großer Sorgfalt ausgewählt, und wie es schien, hatte man dabei keine Kosten gescheut. Wieder öffnete William eine Tür. Im nächsten Raum stand ein großes Himmelbett, daneben ein Tischchen mit einem mehrarmigen Kerzenleuchter, einer Schale voll Früchten und einem kleinen silbernen Obstmesser.
»Oh, ist das elegant«, murmelte sie, atemlos vor Bewunderung.
Court nahm eine kleine Prise Schnupftabak und beobachtete sie genau, als sie sich einem großen Spiegel in der Nähe des Bettes zuwandte.
»Ich verwöhne mich selbst mit ein bißchen Luxus, meine Liebe«, erklärte er.
Hätte sie sich in diesem Augenblick umgedreht, so wäre sie sich sofort dessen bewußt geworden, was er die ganze Zeit

über zu verbergen trachtete: In seinen Augen lag unverhohlene Gier, seine Blicke tasteten schamlos ihren schlanken Körper ab, er konnte sich kaum beherrschen, als sie ihm das Gesicht wieder zuwandte.

»Sie müssen ja ausgehungert sein, Heather.«

Er ging zu einem Schrank und riß die Türen auf. Da hing eine ganze Kollektion eleganter Kleider. Er wühlte eine Weile darin herum, entschied sich dann für ein beigefarbenes Spitzenkleid mit winzigem, funkelndem Perlenbesatz und nahm es von seinem Bügel. Es war ein unglaublich kostbares und schönes Kleid.

»Sie können dies zum Dinner tragen, meine Liebe.« Er lächelte. »Es ist für eine junge Dame mit Ihren Maßen angefertigt worden. Leider kam sie nicht, um das Kleid abzuholen. Ich habe mir oft die Frage gestellt – warum? Denn dies ist eines der hübschesten Kleider, die ich je entworfen habe. Vielleicht war es ihr eben doch zu teuer. Nun, was der Verlust der Bestellerin ist, ist Ihr Gewinn, meine Liebe. Ich möchte es Ihnen hiermit schenken. Tragen Sie es heute abend, Sie machen mir damit eine große Freude.«

An der Tür drehte er sich noch einmal um:

»Ich habe Thomas gesagt, er soll die Köchin anweisen, das Dinner zuzubereiten. Es wird bald aufgetragen werden. So bitte ich Sie, mir Ihre bezaubernde Gegenwart nicht allzu lange vorzuenthalten. Wenn Sie noch irgend etwas zur Vervollständigung Ihrer Toilette brauchen, so steht Ihnen der Inhalt des Kleiderschrankes voll zur Verfügung.«

Heather lächelte schüchtern. Sie drückte das kostbare Kleid an sich und konnte kaum glauben, daß es ihr gehören sollte. Als William die Türe hinter sich geschlossen hatte, wandte sie sich langsam um, um ihr Spiegelbild zu betrachten, immer noch das Kleid an sich gepreßt.

Während der beiden Jahre, die sie im Hause ihrer Tante gelebt hatte, war ihr das Vergnügen, sich ganz in einem großen Spiegel zu sehen, vorenthalten geblieben. Die Spiegelscherbe, die sie dort besaß, hatte nur einen kleinen Ausschnitt ihres Gesichts wiedergegeben. Sie hatte fast vergessen, wie sie aussah. Nun erkannte sie, daß sie dem Porträt ihrer Mutter unglaublich ähnlich war, und gleichzeitig wunderte sie sich, daß die Leute ihre Mutter so schön gefunden hatten. Für ihre Begriffe waren wirklich schöne Frauen nur jene hochgewachsenen Blondinen, wie sie am Hofe aus- und eingingen, nicht die zierlichen, dunkelhaarigen Frauen, die aussahen wie sie selbst. Heather wusch sich den Reisestaub ab und fand ein frisches Hemd im Schrank. Sie zog es an und errötete, denn es war durchsichtig. Der zarte Batist verhüllte kaum ihren Körper. Es war tief ausgeschnitten und bedeckte gerade die äußersten Brustspitzen. Sie war so an die kindlichen Kleidungsstükke ihrer Jungmädchenjahre gewöhnt, daß ihr diese Art von Unterwäsche fremd vorkam, aber sie konnte den Gedanken nicht ertragen, ihr eigenes altes, verschlissenes Hemd unter einem so wundervollen Kleid zu tragen.

Sie mußte unwillkürlich lächeln. Wer sieht mich denn, dachte sie, nur meine eigenen Augen sehen diese frivole Unterwäsche, niemand sonst.

Danach begann sie ihr Haar zu frisieren, das sie in vielen Lokken zu einer festlichen Frisur aufsteckte. Sie mußte ihr Kunstwerk eine Weile selbst bewundern, ehe sie das kleine Obstmesser von der Schale nahm, um ein paar vorwitzige Strähnen über den Ohren abzuschneiden. Befriedigt dachte sie daran, wie ihre Tante wohl bei ihrem Anblick in Wut geraten und sie als lasterhaftes Frauenzimmer beschimpfen würde.

Behutsam berührte ihr Finger die Schneide des kleinen Messers, aber nicht vorsichtig genug, plötzlich fiel ein Blutstropfen zu Boden. Erschrocken führte sie den Finger zum Mund und legte das Messer zurück auf den Tisch.

Das beigefarbene Spitzenkleid versetzte sie mindestens ebenso sehr in Erstaunen wie die Unterwäsche aus Batist. Als sie es angezogen hatte, war sie nicht mehr das kindliche junge Mädchen – sie sah wie eine vollerblühte Frau aus. Schließlich wurde sie im nächsten Monat achtzehn Jahre alt. Aber noch etwas war an diesem Kleid, das sie seltsam und anders erscheinen ließ. Ebenso wie das Hemd bedeckte es kaum ihren Busen, und es wirkte, als trüge sie gar nichts darunter. Sie sah verführerisch aus, wie eine Frau, die wußte, wie sie auf Männer wirkte, nicht wie das unberührte, unerfahrene Mädchen, das sie war.

William wartete schon auf sie, als sie ins Zimmer trat. Er hatte sich mit seiner eigenen Toilette Zeit gelassen, hatte seinen Reiseanzug mit einem eleganten Überrock vertauscht und das schüttere Haar um sein feistes Gesicht gekräuselt, was jedoch seine Rundlichkeit nur noch betonte.

»Meine entzückende junge Heather, Ihre liebliche Erscheinung läßt den Wunsch in mir wach werden, jünger zu sein, als ich bin. Zwar habe ich von solcher Schönheit wie der Ihren reden hören, aber niemals, niemals bin ich ihr bisher selbst begegnet.«

Heather murmelte einige verlegene Worte des Dankes für das Kompliment, bevor sie ihre Aufmerksamkeit der reich gedeckten Abendtafel zuwandte. Verführerische Düfte erfüllten den Raum. Der Tisch war mit Kristall, kostbarem Porzellan und Silber gedeckt. Ein Festessen stand bereit: Gebratenes Geflügel, Reis, in Butter gebackene Krevetten, Pasteten und kandierte Früchte. Weine standen in kostbaren geschliffenen Karaffen griffbereit.

William jedoch ließ seine Augen auf ganz anderen Dingen verweilen. Als er jetzt langsam und bewundernd seine Blicke über seinen Gast gleiten ließ, verbarg er nicht länger sein Begehren. Sein verlangender Blick blieb an Heathers Dekolleté haften, unter dem sich die zarten Brusthügel wölbten. Er fuhr sich mit der Zunge über die dicken Lippen, als könne er seine Ungeduld nicht mehr bemeistern, könne es nicht erwarten, die samtweiche junge Haut zu betasten.

Er rückte ihr an dem einen Ende der Tafel einen Stuhl zurecht

und lächelte: »Nehmen Sie Platz, kleine Lady, ich werde Sie bedienen.«
Heather kam seiner Aufforderung nach und schaute zu, wie er ihren Teller füllte.
»Die Köchin ist außerordentlich menschenscheu«, erklärte William, »sie liefert das Essen prompt und genauso, wie ich es wünsche, dann läuft sie davon, bevor ich nur einen Blick auf sie werfen kann. Mit der gleichen Behendigkeit und Akkuratesse räumt sie alles wieder ab, und es wird mir kaum bewußt, daß sie überhaupt anwesend war. Aber wie Sie bestätigen werden, ist sie eine wahre Meisterin ihres Faches.«
Während sie speisten, wunderte sich Heather über die ungeheuren Mengen, die dieser Mann vertilgen konnte. Sie überlegte, ob er nach dem Essen überhaupt noch in der Lage sein werde, sich zu bewegen. Die groben Kiefer mahlten unaufhörlich, und als die Reihe an das köstliche Dessert kam, leckte er seine fettigen Finger ab und schmatzte nach Herzenslust. Einige Male stieß er ungeniert und dröhnend auf.
»Wenn Sie bei Lady Cabot zu arbeiten beginnen, werden Sie Gelegenheit haben, einige Herren der besseren Stände kennenzulernen, und bei ihrer Schönheit wird es nicht lange dauern, bis Sie das gesuchteste Mädchen sein werden, das dieses Etablissement je beherbergt hat.«
Er lachte und starrte sie mit glasigem Blick über den Rand seines Weinpokals an.
»Sie sind wirklich außerordentlich freundlich, Sir«, erwiderte sie höflich, obwohl sie fand, daß ihm der Wein etwas zu Kopfe gestiegen sein mußte. Eine höhere Töchterschule wurde von Männern nur selten aufgesucht, und diejenigen, die dort hinkamen, waren wohl höchstens die ältlichen Väter der Zöglinge.
»Ja«, fuhr er breit grinsend fort, »aber ich erwarte dann auch, für meine Anstrengungen gut honoriert zu werden.«
Er sah Heather jetzt direkt an. Wiederum nahm sie keine Notiz von ihm, sondern beobachtete statt dessen sein Weinglas, das

er unsicher in der Hand hielt. Er vergoß etwas Wein auf seine Weste, und ein Rinnsal tropfte über sein Kinn, als er einen tiefen Schluck tat.
»Sie werden feststellen, daß Lady Cabots Etablissement etwas ist, das Sie noch nie gesehen haben«, lallte er, nunmehr endgültig die Gewalt über seine Stimme verlierend. »Madame und ich sind Partner, und wir achten darauf, die allerhübschesten Mädchen zu haben. Wir müssen da sehr penibel sein; denn dieses Haus wird nur von den reichsten Männern besucht, die hohe Ansprüche stellen. Aber mit Ihnen, glaube ich, werden wir Erfolg haben.«
Der arme Mann, dachte Heather, er ist zu berauscht, um noch zu wissen, was er sagt. Sie unterdrückte ein Gähnen und spürte die Wirkung des Weines jetzt selber. Sie wäre gerne zu Bett gegangen.
William lachte. »Ich fürchte, ich habe Sie mit meinem Geplauder angestrengt, meine Liebe. Ich hoffte, Sie würden von der Reise nicht zu ermüdet sein, um noch Lust zu einem langen, freundlichen Plauderstündchen zu haben, aber wie ich sehe, müssen wir unsere Unterhaltung auf morgen verschieben.« Er hob die Hand, als sie höflich zu protestieren versuchte.
»Nein, nein, nichts weiter! Sie wollen ins Bett gehen. Im übrigen bedarf ich selbst des Schlummers. Ich freue mich bei dem Gedanken, daß Sie auf den weichen Polstern sanft ruhen werden.«
Heather fand den Weg in ihr Schlafzimmer. Der Wein hatte sie erwärmt und gelöst, sie fühlte sich müde. Sie hörte noch, wie William kicherte, als er die Tür hinter ihr schloß. Sie lehnte sich dagegen und lächelte traumverloren in dem beglückenden Gedanken, daß sich jetzt alles in ihrem Leben ändern würde. Sie machte ein paar Tanzschritte hinüber zum Spiegel und verbeugte sich vor ihrem Spiegelbild: »Sagen Sie, Lady Cabot, wie gefällt Ihnen meine Erscheinung? Bin ich nicht elegant?«
Lachend wirbelte sie herum und öffnete die Türen des Klei-

derschranks, um sich alles anzusehen, was dort hing. William würde nichts dagegen haben, daß sie ihre Augen an diesem Anblick weidete.
Immer schon hatte sie schöne Kleider geliebt und es war furchtbar für sie gewesen, die alten Fetzen tragen zu müssen, die ihre Tante ihr förmlich hinwarf. Sie suchte ein paar Kleider heraus, die ihr besonders gefielen, hielt sie sich vor und bewunderte sich.
Sie hörte nicht, wie sich die Tür hinter ihr langsam öffnete, aber als sie schließlich weit offen stand, drehte sie sich entsetzt um. Da stand William in einem Morgenmantel auf der Schwelle. Zweifel schwemmten ihr Vertrauen fort. Plötzlich dämmerte ihr, warum sie hier war, und jähe Panik überfiel sie. Sie stand und starrte ihn an. Unfähig sich zu rühren, begriff sie plötzlich die Falle, die man ihr gestellt hatte und in die sie bedenkenlos hineingelaufen war.
Die Augen in dem geröteten, feisten Gesicht des Mannes flakkerten, ein widerwärtiges Lächeln verzerrte den wulstigen Mund. Langsam schloß er die Tür hinter sich. Lässig ließ er den Schlüssel zwischen seinen Fingern hin- und herpendeln, bevor er ihn in die Tasche steckte. Er verschlang Heather mit seinen Blicken und schien die Furcht, die sie erfüllte, zu genießen.
»Was wollen Sie?« fragte sie atemlos.
Er lächelte heimtückisch. »Ich bin gekommen, um mir meinen Lohn dafür zu holen, daß ich dich von einem trostlosen Landleben erlöst habe. Du bist eine so verführerische kleine Hure, ich kann dir nicht länger widerstehen. Du warst so vertrauensvoll. Es war so leicht, dich von meiner armen Schwester wegzulocken. Wenn ich deiner müde bin, werde ich dir erlauben, Lady Cabots hübscher Mädchengruppe beizutreten. Du wirst dich dort nicht langweilen. Später kannst du vielleicht einen reichen Kerl heiraten, der dich bewundert, warum nicht.« Er kam einen Schritt näher. »Kein Grund für dich, dir Sorgen zu machen, mein Kind. Er wird zwar ein bißchen enttäuscht

sein, wenn er dich in sein Bett nimmt, aber er wird sich nicht allzu laut beschweren.«

Er kam näher und Heather preßte sich verängstigt gegen den kleinen Tisch neben dem Bett.

»Ich wünsche dich zu besitzen, meine Liebe«, sagte er in anmaßendem Ton, »also gibt es keinen Grund, dich zu widersetzen. Ich bin ohnehin sehr stark. Ich genieße es auch durchaus, Gewalt anzuwenden, wenn es das ist, was du möchtest, aber ich bevorzuge willige Frauen.«

Sie schüttelte wild den Kopf: »Nein«, schrie sie angsterfüllt, »nein, Sie werden mich nicht besitzen – nie!«

William lachte furchterregend. Er war erhitzt vom Wein und von seiner Gier, seine lüsternen Blicke entkleideten sie bereits. Heather hielt die Hände gegen den Busen gepreßt, als könnte sie so seine Blicke abwehren. Sie versuchte, hinter seinen Rükken zu gelangen, aber trotz seiner Körpermassen war er behende und faßte sie mit hartem Griff um die Taille. Er warf sie rückwärts über den Tisch und brach mit eiserner Gewalt ihren Widerstand. Sein Mund war schleimig und roch nach Wein, er legte ihn auf ihren Hals, und eine Welle der Übelkeit erfaßte sie. Sie kämpfte verzweifelt, aber ihre Körperkräfte waren den seinen nicht gewachsen. Als seine Lippen höher wanderten, drehte sie das Gesicht zur Seite und versuchte ihn fortzustoßen. Aber sein Gewicht war zu groß, und er preßte ihre Beine fest, so daß sie bewegungslos war; sie fand sich in einer Umklammerung festgehalten, die ihr den Atem benahm. Sie fürchtete, daß ihr Brustkorb diesem Druck nicht lange standhalten würde. In aufwallender Panik erinnerte sie sich des Kerzenleuchters auf dem Tisch hinter ihr. Sie griff danach als nach einer willkommenen Waffe. Fast hätte sie ihn in der Hand gehabt, aber sie war zu hastig gewesen, und der Leuchter fiel auf den Boden. Dann tasteten ihre Hände nach dem Obstmesser.

William war vollauf damit beschäftigt, ihren Hals und Busen mit seinen heißen, feuchten Küssen zu bedecken. Er achtete nicht darauf, was sie tat, bis er das Messer in seiner Seite spürte. Dann sah er auch die Klinge. Mit einem Fluch ergriff er ihr Gelenk und drehte es um. Sie schrie auf vor Schmerz, ließ aber das Messer nicht los. Seine Wut, daß dieses zierliche Mädchen es wagte, ihn zu bedrohen, wuchs ins Ungemessene. Heather kämpfte mit letzter Kraft. Sein Gewicht zwang sie so weit nach hinten, daß sie das Gefühl hatte, das Rückgrat würde ihr zerbrechen. Weiter und weiter drückte William sie nach hinten, dann machte er seine eine Hand frei und entwand ihr das kleine Messer. Heather wußte, daß sie keine Chance mehr hatte. Sie gab allen Widerstand auf und ließ sich schlaff zu Boden fallen. William Court verlor darüber das Gleichgewicht, stolperte und fiel der Länge nach auf den Boden. Die Heftigkeit des Sturzes ließ ihn stöhnen. Blitzschnell hatte Heather sich erhoben – bereit zu fliehen, als William sich langsam auf den Rükken rollte. Da steckte das kleine Obstmesser, inmitten eines Flecks sich langsam ausbreitender Röte, in seiner linken Brustseite.

»Zieh es heraus«, keuchte er. Sie bückte sich, aber als sie das Messer ergreifen wollte, überlief sie ein Schauder. Sie wich zurück und hob in blindem Entsetzen die Hände an den Mund.

»Bitte«, keuchte er kraftlos, »hilf mir.«

In wilder Panik biß sie sich in die Hände, ihr Blick irrte planlos im Raum herum. Er stöhnte lauter, Verwirrung überwältigte sie. Furcht und Haß rangen in ihr miteinander: Wenn er starb . . .

»Heather, hilf mir!«

Seine Stimme erlosch, sein Kinn zitterte, als fehlte ihm die Kraft zum Atemholen.

Von irgendwoher kam ihr die Fähigkeit zurück, ihre Gedanken zu ordnen. Sie wurde ruhiger. Sie beugte sich vor, holte tief Luft und hatte jetzt den Mut, den Messergriff fest in die Hand zu nehmen. Sie stemmte die andere Hand gegen seine Brust und zog. Die Klinge widerstand einen Augenblick, dann glitt sie langsam heraus, Blut quoll aus der Wunde und mit einem Stöhnen verlor William das Bewußtsein. Heather riß ein Handtuch vom Ständer, öffnete seinen Morgenmantel und preßte das Tuch auf die Wunde. Dabei legte sie die Hand auf seine Brust. Sie spürte keinen Herzschlag mehr. Nun begann sie ernsthaft nach einem Lebenszeichen zu forschen, sie hielt die Hand unter seine Nasenflügel und konnte keinen Atemhauch feststellen. Als sie das Ohr auf seine Brust legte, konnte sie das Herz nicht mehr pochen hören. Ihr eigenes Herz dröhnte ihr in den Ohren. Wieder fühlte sie Panik in sich aufsteigen. Aber diesmal war sie mit keiner Vernunft mehr zu beschwichtigen.

»Du guter Gott, was habe ich getan?« flüsterte sie entsetzt, »ich muß Hilfe holen.« Ihre Gedanken überstürzten sich. Wer würde ihr glauben, ihr, einer Fremden? Das Gefängnis von New Gate war voll von Frauen, die behauptet hatten, man hätte versucht, sie zu vergewaltigen, – und in demselben Gefängnis wartete der Richtblock.

Sie werden nicht glauben, daß es nur ein unglücklicher Zufall war. Im Geiste sah sie einen strengen Richter in langer, weißer Perücke, der sie von seinem Richterstuhl herab verdammte und dessen Gesichtszüge sich plötzlich in Tante Fannys verwandelten, als er den Richtspruch verlas:

». . . und vor Sonnenaufgang des kommenden Tages wirst du nach New Gates Square geführt werden, allwo . . .«

Sie konnte nicht weiter denken. Der Widerhall der dröhnenden Richterstimme entfachte lodernde Angst in ihr und versengte ihr die Seele. Zittern überkam sie, hätte sie nicht bereits gekniet – sie wäre zusammengebrochen! Der Kopf fiel ihr nach vorne und lange blieb sie so, unfähig, einen klaren Gedanken zu fassen. Als sie schließlich wieder aufsah, erfüllte sie nur noch der eine Gedanke: Ich muß fort von hier!

Sie mußte fliehen. Sie durfte nicht hier sein, wenn man Williams Leiche fand. Sie mußte fliehen.

Angstvoll durchsuchte sie seine Tasche nach dem Schlüssel. Ihre Habseligkeiten wickelte sie in ein Tuch, das sie fand,

drückte das Bündel an sich und eilte zur Tür. Dort verweilte sie einen Moment und warf einen Blick zurück. Wieder überwältigte sie die Furcht. Sie sperrte die Tür auf und begann, so schnell sie ihre Füße trugen, über die Diele und die Treppe hinunter zu laufen. Als sie den Vorhang im Erdgeschoß zurückziehen wollte, ergriff sie plötzlich eisiges Entsetzen: Dort hinter dem Vorhang war jemand, lauerte ihr auf, verfolgte sie. Sie wandte sich zur anderen Seite, entdeckte den Hinterausgang und rannte auf die Straße.
Sie lief und lief und wagte nicht, den Blick zurückzuwenden. Dabei hatte sie keine Vorstellung davon, wohin sie überhaupt lief. Ob sie den Verfolger abschütteln konnte? Aber war überhaupt jemand hinter ihr her? Oder hatte sie den eigenen Herzschlag, der ihr in den Ohren dröhnte, für Schritte gehalten?
Ohne anzuhalten rannte sie durch Londons Straßen, vorbei an Geschäften, vorbei an Wohnpalästen und kleinen, ärmlichen Häusern. Sie achtete nicht darauf, daß trotz der späten Stunde ein paar Leute stehen blieben und hinter ihr herschauten.
Schließlich war sie so erschöpft, daß sie trotz ihrer Todesangst stehenbleiben mußte, um sich gegen eine rohe Steinmauer zu lehnen und wieder zu Atem zu kommen. Ihre Lungen drohten zu zerspringen. Jeder Atemzug schmerzte. Schluchzend stand sie an die Mauer gelehnt und rang nach Fassung. Dann wurde sie gewahr, daß die Luft ringsum nach Salz roch, daß irgendwo der Hafen sein mußte. Sie hob den Kopf und öffnete die Augen. Dichter Nebel umwallte sie und nahm ihr die Sicht. Sie wagte kaum zu atmen. In der Entfernung brannte eine Fakkel an einer Straßenecke. Sie wäre so gerne in ihren Lichtkreis getreten, konnte sich aber nicht entschließen, diesen Platz zu verlassen. Selbst wenn sie den Mut gehabt hätte, sie hätte nicht gewußt, in welcher Richtung sie fliehen sollte . . . Sie hatte keine Ahnung, wo sie sich befand. Sie hörte das Wasser träge gegen die Hafenmauer klatschen, hörte das Knarren der Masten und hie und da Stimmen aus der Ferne. Aber diese

Geräusche kamen von überallher, und sie konnte außer jener Fackel nirgends einen Lichtschimmer entdecken.
»Da schau! Das ist die Richtige! Ganz genau! Los, die greifen wir uns.«
Heather wollte davonlaufen, als sie die beiden Matrosen auf sich zukommen sah. Also wußte man, wer sie war und war bereits auf der Suche nach ihr. Das waren diejenigen, die ihr gefolgt waren. Die Füße versagten ihr den Dienst, so blieb sie und wartete ergeben, daß man sie abführte.
»Hallo, Miss«, sagte der Ältere und lächelte seinem Kameraden zu, »die wird dem Käpt'n gefallen, was Dickie?«
Der andere ließ die Zunge über die Lippen gleiten und versenkte seinen Blick in Heathers Ausschnitt: »Oh ja, die wird ihm schmecken.«
Heather zitterte unter den prüfenden Blicken der beiden Männer. Es schien ihr, als ob sie von nun an die Freiheit nicht mehr wiedersehen würde. Das einzige, was ihr zu tun übrig blieb, war der Versuch, Tapferkeit zu bewahren.
»Wohin bringen Sie mich?« fragte sie verzagt.
Dickie lachte und stieß den anderen in die Rippen. »Bißchen neugierig, was? Die wird er mögen, ich wollte, ich wäre er und könnte mir sowas leisten.«
»Nur ein Stück weiter, Miss«, erwiderte der Ältere, »an Bord des Kauffahrteischiffes ›Fleetwood‹. Kommen Sie nur.«
Sie folgte dem Vorausgehenden, und der Jüngere wiederum folgte ihr so dicht auf den Fersen, daß es kein Entrinnen gab.
Sie wunderte sich, daß man sie an Bord eines Schiffes bringen wollte. Wahrscheinlich hielt sich dort ein Stadtamtmann auf. Es war ja auch einerlei, ihr Leben war ohnehin verwirkt.
Bereitwillig ging sie über die Bordplanke; der Ältere der beiden Männer führte sie über das Deck zu einer Tür, die er aufstieß. Sie wurde durch einen kleinen Gang geschoben, wieder eine Tür, ein leises Klopfen, und die Tür öffnete sich. Als sie die Kapitänskajüte betraten, erhob sich ein Mann von einem

Schreibtisch, an dem er gesessen hatte, und wenn sie nicht so verwirrt und verängstigt gewesen wäre, hätte Heather gesehen, daß es ein muskulöser, gutgewachsener Mann war. Rehbraune, enge Hosen spannten sich über schmale Hüften, und ein weißes Rüschenhemd, bis zur Taille geöffnet, entblößte eine breite Brust. Er sah ein wenig wie ein Pirat aus oder wie ein schöner Satan mit seinem dunklen, lockigen Haar, den langen Bartkoteletten und den grünen Augen. Er hatte ein ebenmäßiges Gesicht, die Nase war schmal und gerade, die Haut gebräunt. Als er jetzt lächelnd auf sie zutrat, entblößte er blendend weiße Zähne. Ein rascher Blick umfaßte sie von Kopf bis Fuß.

»Hallo, mit dieser habt ihr wirklich einen guten Fang getan. Ihr müßt lange gesucht haben, bis ihr sie traft.«

»Nee, Käpt'n«, erwiderte der ältere Matrose. »Wir fanden sie in einer Straße im Hafenviertel. Sie kam ganz willig mit.«

Der Mann nickte und ging langsam um Heather herum, die wie festgewurzelt stand und sich nicht zu rühren wagte. Seine großen grünen Augen ruhten prüfend und wohlgefällig auf ihr und erschreckten sie zutiefst. Kälte kroch in ihr hoch, wie schutzsuchend preßte sie ihr kleines Bündel gegen ihre Brust. Sie fühlte sich wie nackt in dem dünnen Kleid und hätte sich gerne in einen Winkel verkrochen. Er blieb eine Weile vor ihr stehen und lächelte. Aber ihre Augen vermieden seinen Blick. So stand sie unbeholfen mit niedergeschlagenen Lidern und wartete auf einen Hinweis über ihr ferneres Schicksal. Hinter ihr grinsten die beiden Seeleute. Sie waren mit sich sehr zufrieden.

Der große Mann nahm sie beiseite und sprach leise mit ihnen. Heathers Blick schweifte durch die Kabine, aber sie nahm nichts bewußt darin wahr. Äußerlich schien sie ruhig zu sein, aber die widerstreitenden Gefühle in ihrer Brust unterhöhlten allmählich ihre letzten Kräfte. Sie fühlte sich erschöpft und elend. Sie konnte sich immer noch nicht erklären, warum sich dieser Richter an Bord eines Schiffes aufhielt. Da sie so gut wie nichts über Rechtsprechung und Strafvollzug wußte, glaubte sie, daß man sie vielleicht in irgendeine Strafkolonie schicken würde, denn mittlerweile war sie selbst davon überzeugt, des Mordes schuldig zu sein.

Oh Gott, dachte sie, kaum, daß ich begonnen habe, auf ein leichteres Leben zu hoffen, widerfährt mir etwas so Schreckliches. Ich habe einen Mann umgebracht, ich bin gefangengenommen worden und muß nun darauf warten, welches Los mir beschieden ist. Es war, als stünde ihr der Verstand still. Das Entsetzliche ihrer Tat – die Ermordung eines Menschen – überwältigte sie. Sie war schuldig. Sie hörte nicht, daß die Tür sich hinter ihr schloß, als die beiden Matrosen den Raum verließen. Die Worte des Mannes, der vor ihr stand, rissen sie aus ihren tiefen Gedanken. Er lachte freundlich und machte eine ironische Verbeugung: »Willkommen, Mylady, darf ich Ihren Namen wissen?«

»Heather«, murmelte sie, »Heather Simmons, Sir.«

»Ah«, seufzte er, »eine kleine, lockende Blume aus dem Moor – ein liebreizender Name, der Ihnen sehr wohl ansteht, Mylady. Mein Name ist Brandon Birmingham. Meine Freunde nennen mich Bran. Haben Sie schon zu Abend gespeist?«

Sie nickte. »Vielleicht möchten Sie etwas Wein? Einen sehr schönen Madeira?« fragte er und nahm eine Karaffe vom Tisch.

Heather schüttelte langsam den Kopf und schaute wieder zu Boden. Er lachte leise, kam noch einen Schritt näher und stand nun dicht vor ihr. Er nahm das Bündel, das sie noch umklammert hielt, und warf es auf einen Stuhl. Er schaute auf sie herunter, verblüfft von ihrer jugendlichen Schönheit und dem Kleid, dessen kostbare Stickerei im Kerzenlicht funkelte. Ihre elfenbeinerne Haut schimmerte hell. Er sah eine zierliche Frau vor sich, anmutig, schlank, mit kleinen, festen Brüsten, die sich verlockend aus dem Ausschnitt wölbten. Er tat noch einen Schritt und legte in einem plötzlichen Impuls die Arme um ihre schmale Taille, wobei er sie fast vom Boden hob. Dann preßte er seinen Mund auf den ihren und umhüllte Heather mit dem Duft desselben Whiskys, den ihr Vater gerne getrunken hatte. Sie war zu überrascht, um sich zu sträuben, und hing nur schlaff in seiner Umarmung. Sie hatte das Empfinden, als stünde sie beobachtend neben sich und fühlte erstaunt, wie seine Zunge ihre Lippen teilte und in ihren Mund vorstieß. Sie war sich kaum dessen bewußt, daß ein undeutliches Gefühl der Lust von ihr Besitz ergriff. Wäre die Situation eine andere gewesen, hätte sie es womöglich genossen, diesen festen, männlichen Körper gegen den ihren gepreßt zu fühlen. Immer noch lächelnd löste er sich von ihr. Seine Augen blitzten. Als er seine Hände von ihr zurückzog, entfuhr ihr ein jäher Schreckenslaut, weil das Kleid ihr plötzlich von den Schultern glitt und um die Füße fiel. Für den Bruchteil einer Sekunde sah sie ihn an, bevor sie sich eilig bückte, um das Kleid wieder aufzunehmen. Aber seine Hände ergriffen sie bei den Schultern, und wieder lag sie in seinen Armen. Diesmal widersetzte sie sich ihm mit aller Kraft, deren sie noch fähig war. Plötzlich ahnte sie, was er im Sinn haben mochte. Aber sie hatte ihre Kräfte durch die vorangegangenen Aufregungen verausgabt. Es blieb ihr keine Chance. Wenn William Courts Zugriff eisern gewesen war, so war dieses Mannes ganzer Körper federnder Stahl. Sie konnte sich nicht losreißen. Ihre Hände stießen vergebens gegen seine breite Brust. Während sie mit ihm rang, zog sie ihm versehentlich das weit offene Hemd über die Schulter und so stand er plötzlich mit bloßer Brust gegen sie gepreßt, zwischen ihnen nur der dünne Batist ihres Unterhemdes. Jedesmal wenn sein Mund sich auf ihren legte, leidenschaftliche Küsse ihr Gesicht und ihren Busen bedeckten, mußte sie nach Atem ringen. Sie fühlte, wie seine Hände ihren Rücken entlangglitten, und mit einem leichten Zerren hatte er ihr auch das Hemd heruntergezogen. Ihre nackten Brüste lagen an seiner Brust und in unbeschreiblicher Panik stemmte sie sich so wild gegen ihn, daß sie für einen Moment das Gefühl hatte, frei zu sein. Er lachte ein tiefes, kehliges La-

chen und nutzte die kurze Unterbrechung, um seine Schuhe und seine Hosen auszuziehen.
»Ein gut gespieltes Spiel, Mylady, aber seien Sie unbesorgt, Sie werden es nicht gewinnen.«
Seine Augen brannten leidenschaftlich, als er ihre nun unverhüllte Schönheit mit einem begehrlichen Blick umfaßte. Sie war schöner, als er erwartet hatte, schöner, als er hoffen konnte. Sie aber starrte in jähem Erschrecken auf den ersten Mann, den sie jemals nackt gesehen hatte. Als er jetzt auf sie zukam, versuchte sie, sich ihm mit einem Angstruf zu entziehen, aber ein zugleich sanfter und fester Griff, der keinen Widerstand duldete, hinderte sie daran. Sie bückte sich und biß ihn ins Handgelenk. Er stöhnte in jähem Schmerz und sie riß sich los, aber in ihrer Hast taumelte sie und fiel der Länge nach über sein Bett. Sofort war er über ihr, hielt ihren sich windenden Körper fest. Es schien, als ob jede Bewegung, die sie machte, seine Lust steigerte.
»Nein«, keuchte sie, »lassen Sie mich, lassen Sie mich!«
Er murmelte, die Lippen gegen ihren Hals gepreßt: »Oh, nein, meine kleine Hexe, oh nein. Jetzt nicht mehr.«
Dann richtete er sich auf und sie fühlte sich von seinem Gewicht befreit — aber nur für einen kurzen Augenblick. Dann spürte sie seine Härte suchend und tastend zwischen ihren Schenkeln bis er fand, was er wollte und in sie eindrang. In ihrer Panik und dem Versuch zu entfliehen richtete sie sich auf, ein Laut, halb Keuchen halb Schrei kam über ihre Lippen —, und ein brennender Schmerz breitete sich bis in ihre Schenkel aus.
Brandon zog sich für einen Augenblick verblüfft zurück und sah auf sie herunter. Sie lag matt in den Kissen und wandte mit geschlossenen Augen den Kopf verzweifelt hin und her. Sanft berührte er ihre Wange und murmelte etwas Unverständliches. Aber sie sah ihn nicht an. Er bewegte sich vorsichtig, küßte ihre Haare, ihre Stirne und liebkoste mit beiden Händen ihren Körper. Sie lag regungslos, doch seine mühsam

zurückgehaltene Leidenschaft stieg: Er warf sich tief in sie hinein, nicht länger fähig, sich zurückzuhalten. Bei jeder seiner Bewegungen schien es ihr, als risse man sie auseinander. Tränen des Schmerzes rannen über ihre Wangen.

Als der Sturm vorüber war, verging ein langer, schweigender Moment, entspannt lag er neben ihr. Als er sich erhob, drehte sie sich zur Wand, leise schluchzend, die Decke über den Kopf gezogen.

Brandon Birmingham war bestürzt. Er betrachtete die Blutflekken auf seinem Bettlaken. Seine Blicke glitten langsam über Heathers Körper, er bewunderte den sanften Schwung ihrer Hüften und die schlanken Schenkel. Fast wollte er die Hand ausstrecken, um den schmalen Rücken zu liebkosen, aber er war zu verwirrt über den Ausgang dieser Begegnung. Erst ihre ruhige, zurückhaltende Billigung der Situation, als sie seine Kajüte betrat, ihr schwacher, fast spielerischer Widerstand, dann ihre Unerfahrenheit im Bett, – und nun dieses endlose Weinen und das Blut auf dem Laken. War sie ein Mädchen, das die Armut gezwungen hatte, auf die Straße zu gehen? Ihre Kleidung und ihr Auftreten widersprachen dieser Vermutung, aber ihre Hände – obwohl sie schmal und weiß waren – waren nicht so weich wie die einer Dame, die keine Arbeit kannte.

Er schüttelte den Kopf, zog sich wieder an und ging hinüber, um sich einen Whisky einzugießen. Er tat einen langen Schluck und starrte nachdenklich aus dem Fenster, von dem aus er so manchen Teil der Welt gesehen hatte. Er war ein Fremder in diesem Land, das seinen Eltern einst Heimat war. Kurz nach ihrer Heirat, als sein Vater, ein geborener Aristokrat – aber auch ein geborener Abenteurer – auszog, um Amerika zu entdecken, hatte es aufgehört Heimat für sie zu sein. Nun waren beide Eltern zehn Jahre tot. Seine Mutter starb am Sumpffieber, sein Vater brach sich ein paar Monate später das Genick, als er versuchte, eines der Wildpferde zuzureiten, die er so sehr liebte. Sie hatten zwei Söhne zurückge-

lassen und darüber hinaus ein ansehnliches Vermögen: Eine Plantage, ein Herrenhaus und Land für den Ältesten, und für den Jüngeren, Jeff, eine große Summe und einen gutgehenden Großhandel in Charleston, der Stadt, die sie geliebt hatten und die ihnen in langen Jahren zur neuen Heimat geworden war.
Als Kind dieser Eltern, eines eigensinnigen Vaters und einer Mutter, deren ruhige Freundlichkeit die Zuflucht der ganzen Familie gewesen war, hatte er, Brandon Birmingham, ein rauhes, abenteuerliches Leben geführt. Als junger Bursche hatte er seiner Schulpflicht genügen müssen, aber danach hatte er, gegen den Willen seines Vaters, als Schiffsjunge angeheuert, um die Welt kennenzulernen. Er hatte gelernt, wie man auf See lebt, war auf vielen Schiffen gefahren und dabei die Rangleiter bis zum Offizier aufgestiegen. Aber er war in den vergangenen Jahren nicht nur zur See gefahren. Vorher hatte man ihn gelehrt, eine Plantage zu bewirtschaften, den Markt zu erkunden und die eigenen Erzeugnisse gewinnbringend zu verkaufen. Dieses Wissen hatte er nie verlernt.
Der Plantage galt nunmehr wieder sein Hauptinteresse. Jetzt, im Alter von fünfunddreißig Jahren, wollte er sich endgültig niederlassen und das Leben an Land genießen. Als er von Charleston absegelte, stand es für ihn fest, daß dies seine letzte Reise sein sollte. Er wollte die Plantage vergrößern, wollte eine Familie gründen und hoffte dabei Glück und Zufriedenheit zu finden.
Nachdenklich lächelte er vor sich hin. Merkwürdig, wie die Liebe zum eigenen Grund und Boden einen Mann dazu trieb, Dinge zu tun, die ihm sein Verstand eigentlich verbieten sollte. Er würde Louisa Wells heiraten, obgleich er sie nicht liebte und obgleich er wußte, daß ihre Moral keineswegs der einer wirklichen Lady entsprach. Er heiratete sie vor allen Dingen, weil er das Land zurückhaben wollte, das sie besaß und das vor Jahren einmal der Birmingham-Familie gehört hatte. Brandons Vater hatte es seinerzeit an die Wells verkauft. Nun, nachdem Louisa nach dem Tod ihrer Eltern allein zurückge-

blieben war, wurde das Land vernachlässigt. Louisa steckte tief in Schulden, zu deren Begleichung das Vermögen, das ihr Vater ihr hinterlassen hatte, gerade ausreichte. Sie hatte alles verkaufen müssen, außer ein paar Sklaven, die sie brauchte, um ihren hohen Lebensstandard beizubehalten. Die Geschäftsleute in Charleston hatten sich vor langer Zeit schon geweigert, ihr weiterhin Kredit zu gewähren. So war es ihr nur recht, daß sich einer der reichsten Junggesellen der Stadt in ihren Netzen gefangen hatte. Ja, sie hatte ihn eingefangen und dabei das Land als Köder benutzt. Oft genug hatte er versucht, es für eine unsinnige Summe von ihr zurückzukaufen, eine Summe, die sie dringend hätte brauchen können, aber sie hatte abgelehnt und ihre Weiblichkeit dagegen ausgespielt. Sie hatte so getan, als sei sie Jungfrau, als sie ihn in ihr Bett lockte, aber er hatte sich nicht irreführen lassen. Es gab zuviel Gerede über sie. Ihre Erfahrung im Bett ließ einiges erhoffen, und so war es ihm im Grunde recht, daß sie ihre Jungfernschaft längst verloren hatte.

Er runzelte die Stirn, es schien seltsam genug, daß er, der aus einer Familie stammte, in der Eifersucht und Besitzanspruch eine solche Rolle spielten, er, der Sohn eines Vaters, der diese Züge so ausgeprägt besaß, nicht einmal eifersüchtig auf die Männer war, die das Bett seiner Braut vor ihm geteilt hatten. War er zu kühl? War er liebesunfähig? Wenn er jemals die leichteste Eifersucht empfunden hätte, sobald sie einen anderen Mann ansah, dann stünde es heute anders mit seinen Gefühlen für sie.

Als Jeff von seiner Verlobung erfuhr, hatte er seinen Bruder für verrückt erklärt. Nun ja, vielleicht hatte er recht, aber Brandon hatte seine eigenen Vorstellungen, und wenn er auch nicht im entferntesten die Neigung zur Eifersucht seines Vaters besaß, so war er doch von dem gleichen, unnachgiebigen Eigensinn besessen. Des Vaters Art, Entscheidungen zu treffen und die Dinge nach seinem Willen zu arrangieren, war auch immer die Art des Sohnes gewesen. Selbst als seine Eltern tot waren und

ihm ein reiches Erbe hinterließen, war er nicht tatenlos geblieben. Vielmehr hatte er Jeff gebeten, die Plantage eine Zeitlang zu führen. Dann hatte er dieses Schiff erworben, und damit alle sieben Meere befahren, was den beiden Brüdern noch mehr Reichtum einbrachte.
Er blickte hinüber zu seinem Bett, ging hin und setzte sich auf den Rand. Das Schluchzen hatte jetzt aufgehört, der Schlaf hatte Heather überwältigt. Aber es war kein ruhiger Schlummer, es wirkte eher wie ein Erschöpfungsschlaf.
Eine Jungfrau, das letzte, was er heute nacht in seiner Kajüte erwartet hatte. Da er wußte, daß Jungfrauen nur Schwierigkeiten bereiteten, war er ihnen sein Leben lang tunlichst aus dem Wege gegangen. Er hatte seine wenige Freizeit mit Geschöpfen verbracht, die fröhlich und unbekümmert lebten. Er war in Freudenhäusern ein- und ausgegangen, in anspruchsvollen und in schäbigen. Heute, die erste Nacht im Hafen, nach einer langen Reise über den Atlantik, hatte er seinen Männern Landurlaub gewährt, damit sie ihrem Vergnügen nachgehen konnten. Nur seine persönlichen Diener George und Dickie blieben an Bord. Aber sein Verlangen war allmählich übermächtig geworden, und er hatte George gebeten, ihm ein hübsches Weib zu suchen, mit der er eine muntere Nacht verbringen wollte. Sauberkeit und schönen Wuchs machte er dabei zur ausdrücklichen Bedingung — aber eine Jungfrau? Nein, die hatte er wirklich nicht erwartet! Und noch dazu eine so besonders liebreizende! Wie seltsam, daß sie hier war. Unschuldige junge Mädchen wie sie hatten für gewöhnlich nichts weiter als Heirat im Kopf und versuchten, oftmals in aller Naivität einen Mann in die Falle zu locken. Hätte er das nicht sehr bald durchschaut, wie hätte er es bewerkstelligen sollen, Junggeselle zu bleiben? Aber nun, wo sein Junggesellendasein dem Ende zuging und er im Begriff war, zu heiraten, hatte er ein so frisches junges Wesen entjungfert. Die Gründe, die sie zu dem getrieben hatten, was sie tat, waren ihm unerklärlich. Er schüttelte den Kopf, legte die Kleider wieder ab, löschte die Ker-

ze und streckte sich neben ihr aus. Das letzte, was er wahrnahm, bevor er einschlief, waren der Duft ihrer Haut und die Wärme ihres Körpers.

Die ersten Streifen der Dämmerung färbten den östlichen Himmel, als Heather schlaftrunken die Augen aufschlug und dann plötzlich vollends erwachte. Jetzt war sie sich wieder ihrer Umgebung bewußt. Beunruhigt drehte sie sich zur Seite und versuchte, den Kopf zu heben, aber ihr Haar hatte sich unter Brandons Arm verfangen. Sein anderer Arm umschlang sie und sein Knie lag zwischen ihren Schenkeln. Vorsichtig versuchte sie, sich zu befreien, aber damit erreichte sie nur, daß er erwachte. Hastig ließ sie sich zurücksinken und tat so, als läge sie noch in tiefem Schlummer. Brandon öffnete die Augen und betrachtete das Gesicht neben sich. Der Anblick ihrer feinen Züge entzückte ihn. Lange, seidige, dunkle Wimpern warfen zarte Schatten auf ihre makellose Haut. Unter den Lidern verbargen sich klare Augen von tiefem Saphirblau — er erinnerte sich ihrer wohl. Sie hatten ihn von Anfang an bezaubert, ebenso wie die feingeschwungenen Brauen darüber. Der Mund war lieblich gewölbt, rosa und verlockend weich, ihre Nase gerade und schmal. Louisa würde grün werden vor Neid, würden sich die beiden jemals begegnen, was höchst unwahrscheinlich erschien.

Er lächelte bei dem Gedanken.

Seine Verlobte war sehr stolz auf ihr eigenes gutes Aussehen und würde es niemals ertragen haben, den zweiten Platz hinter dieser zarten Nymphe einzunehmen. Manche Leute behaupteten, Louisa sei die schönste Frau von Charleston, obwohl es dort noch so manche andere Schönheit gab. Er hatte noch nicht viel darüber nachgedacht. Louisas goldblondes Haar und ihre warmen braunen Augen waren reizvoll, ihr schöner, fester Körper weckte immer wieder männliches Begehren, aber dieses Mädchen hier, in seiner sanften, verletzlichen Schönheit, würde auch in seiner Heimatstadt keinen Zweifel darüber aufkommen lassen, wer von den beiden die Schönere war.

Er beugte sich über sie, küßte ihr Ohr und biß sie zärtlich und spielerisch ins Ohrläppchen. Bei dieser Berührung konnte Heather sich nicht länger verstellen. Sie schlug die Augen auf.
»Guten morgen, mein Liebling«, flüsterte er und küßte sie auf den Mund.
Sie lag vollkommen still und hatte Angst, daß jede Bewegung wieder seine Leidenschaft entfachen könnte. Aber dessen bedurfte es gar nicht – das Feuer in seinen Lenden brannte bereits und schlug über ihm zusammen. Seine Küsse wanderten von ihren Lippen über ihre Augen, hinunter über ihren Hals, zu ihren Schultern. Schauer liefen ihr über den Rücken. Sie sah ihn entsetzt an, als er seinen bärtigen Mund auf ihre rosigen Brustspitzen preßte und sie leicht mit der Zunge liebkoste.
»Nicht«, bat sie, »tun Sie das nicht!«
Er hob den Kopf, schaute ihr in die Augen und lächelte. »Du wirst dich an meine Zärtlichkeiten gewöhnen müssen, meine Kleine.«
Sie versuchte, sich gegen ihn zu stemmen, versuchte, sich aufs Bitten zu verlegen. »Bitte, nicht, – bitte, nicht noch einmal! Nicht mir wieder wehtun. Lassen Sie mich gehen.«
»Ich tu dir diesmal nicht weh, mein Liebes«, flüsterte er in ihr Ohr und küßte sie aufs neue.
Das Gewicht seines Körpers hielt sie fest, und nun begann Heather ernstlich zu kämpfen. Sie hielt ihre Knie fest zusammen und versuchte, ihn zu kratzen, wo sie ihn fassen konnte, aber immer war dort eine Hand oder ein Ellenbogen, der ihre Anstrengungen vereitelte. Er lachte, als genösse er diesen Kampf. Dann wurden ihre Arme langsam nach oben gezogen, neben ihren Kopf, und dort ganz leicht mit einer Hand festgehalten. Die andere Hand bedeckte ihre Brust, an der er mit Vergnügen spielte, während sie sich verzweifelt drehte und wendete, um ihm Widerstand zu leisten. Langsam öffnete sein Knie ihre Schenkel, spreizten sie und wieder fühlte sie seine Männlichkeit tief in sich.
Diesmal weinte sie nicht, aber Haß und Furcht wuchsen über-

mächtig in ihr. Als er sich neben sie rollte, richtete sie sich jäh auf und zog sich in eine Ecke der Koje zurück. In ihren großen Augen lagen Kränkung, Furcht und Schmerz. Er betrachtete sie nachdenklich, richtete sich auf, setzte sich neben sie – und versuchte, ihre Wange zu liebkosen, weil er glaubte, sie trösten zu müssen, aber sie wich seiner Hand aus, als sei sie glühendes Eisen. Überrascht stellte er fest, daß seine Gegenwart sie immer noch ängstigte. Die Falten auf seiner Stirn vertieften sich. Seine Finger glitten durch ihr Haar, spielten sanft mit den seidigen Strähnen, die jetzt wirr und zerzaust das schmale Gesicht umgaben.

»Du hast meine Neugier erweckt, Heather«, murmelte er, »für das, was du jetzt verloren hast, hättest du ein königliches Lösegeld beanspruchen können, und dennoch bist du ziellos durch die Straßen gewandert, wie eine gewöhnliche Dirne. Du kamst, wie man mir sagte, willig mit, ohne jeden Versuch, deinen Wert auszuhandeln. Du hast gestern nacht nicht einmal versucht, mir klarzumachen, daß du unberührt warst, eine Jungfrau, du hast nicht versucht, mir dafür einen Preis zu setzen. Dein Kleid ist kostbar. Es ist mehr wert als manche Straßendirne im Ablauf eines Jahres überhaupt verdienen kann, obwohl du – und davon bin ich überzeugt – etwas ganz anderes bist als sie, so anders, daß ich mir nicht im entferntesten vorstellen kann, warum du deine Jungfernschaft so vertan hast.«

Heather starrte ihn sprachlos an, unfähig, die volle Bedeutung dessen, was er sagte, zu begreifen.

»Du scheinst aus guter Familie zu sein und bist nicht von der Art Mädchen, die in den Straßen umherzieht und bewußt dieses Gewerbe betreibt. Deine Schönheit ist ungewöhnlich. Nur wenige Frauen sind so schön. Du trägst ein kostbares perlenbesetztes Kleid, und doch –« setzte er gedankenvoll hinzu, nahm ihre Hand und drehte sie mit den Innenflächen nach oben, »deine Hände zeigen die Spuren harter Arbeit.« Er fuhr leicht mit den Fingerspitzen über ihre Handflächen und

drückte einen Kuß darauf. »Als du gestern abend hier ankamst«, fuhr er fort, »warst du ruhig und zurückhaltend. Gerade vor einem kurzen Augenblick noch hast du wie eine Wilde mit Zähnen und Krallen gekämpft und wolltest mir nicht erlauben, zärtlich zu dir zu sein.«
Während er dies sagte, fiel es ihr wie Schuppen von den Augen. Er war nicht der Vollzieher des Gesetzes. Guter Gott! Welchen Preis hatte sie für ihre Angst und Ahnungslosigkeit gezahlt! Es wäre besser gewesen, sie wäre an Ort und Stelle geblieben und hätte sich dem Zugriff des Gesetzes ausgeliefert, als hierher zu kommen, bis in die Tiefen ihrer Seele gedemütigt, um sich ihre Unschuld rauben zu lassen. Noch besser wäre es gewesen, auf dem Lande zu bleiben, bei der widerwärtigen Tante Fanny, anstatt in diese Stadt zu kommen.
»Aber du brauchst dich nicht zu fürchten, Heather. Ich werde für dich sorgen. Du wirst von allen Bequemlichkeiten umgeben sein. Ich bin gestern erst von großer Fahrt hier angekommen. Ich werde mich lange in diesem Hafen aufhalten, und du wirst bei mir leben, solange ich hier bin. Ich werde mich um ein eigenes Haus für dich kümmern, bevor ich . . .«
Ein schrilles, fast hysterisches Gelächter unterbrach ihn. Heather überließ sich hemmungslos dem Schock ihrer jähen Erkenntnis. Das Lachen schlug unmittelbar darauf in lautes Schluchzen um. Tränen strömten über ihr Gesicht. Ihr Kopf fiel nach vorne, ihre Haare stürzten über ihre Schultern und bedeckten ihre Nacktheit. Schluchzen erschütterte ihren zarten Körper. Schließlich warf sie ihren Kopf zurück und sah ihn mit vom Weinen geröteten Augen an.
»Ich habe mich nicht auf der Straße angeboten«, rief sie außer sich, »ich habe mich einfach verlaufen und konnte den Weg nicht mehr finden.«
Er verharrte in betroffenem Schweigen, bis er schließlich einzuwenden wagte: »Aber du kamst doch mit meinen Leuten.«
Sie schüttelte den Kopf in stummer Verzweiflung. Er wußte nichts von ihr. Er war im Grunde nichts weiter als ein See-

mann aus einem anderen Land. Sie versuchte, ihre Tränen zu unterdrücken und war sich im gleichen Augenblick klar – niemals durfte er von ihrer größeren Sünde erfahren!

»Ich dachte, sie seien mir nachgeschickt worden. Ich wurde von meinem Onkel getrennt und habe den Weg verloren. Ich dachte, Ihre Männer kämen von meinem Onkel.«

Sie ließ ihren Kopf gegen die Wand zurücksinken, und wieder zeichneten die Tränen feuchte Spuren in ihr Gesicht und tropften auf ihren Busen. Er betrachtete die weißen, runden Brüste und furchte die Stirn in der Überlegung, welche Vergeltung das Gesetz für seine Tat wohl bereithielt. Vielleicht war sie mit irgendeiner hohen Persönlichkeit verwandt? Er konnte beinahe den kalten Stahl des Beiles spüren, das in seinen Nakken biß. Er erhob sich vom Bett und blieb, den Rücken ihr zugewandt, am Fenster stehen.

»Wer sind deine Eltern?« fragte er rauh. »Jemand, so schön und gebildet wie du, muß viele Freunde bei Hofe haben oder aus einer sehr einflußreichen Familie stammen.«

Ihr Kopf rollte kraftlos vor- und rückwärts gegen die Wand. »Meine Eltern sind tot und ich bin niemals bei Hofe gewesen.«

Er ging zu dem Kleid hinüber, das auf dem Boden lag, nahm es auf und hielt es ihr hin: »Du mußt wohlhabend sein. Dieses Kleid kostet mehr als ein paar Pfennige.« Sie sah ihn an und lachte bitter: »Ich bin ohne einen Pfennig, Sir, mein Onkel schenkte mir das Kleid, ich arbeite für meine pure Existenz.«

Er betrachtete den schimmernden Perlenschmuck des Kleides. »Wird sich dieser Onkel nicht Sorge machen und dich suchen lassen?«

Heather wurde still. Sie senkte die Augen. »Nein«, murmelte sie, »ich glaube das jetzt nicht mehr. Mein Onkel ist nicht jemand, der sich lange um einen anderen Menschen Sorgen macht.«

Brandon lächelte erleichtert und legte das Kleid auf den Stuhl zurück. Er ging zum Waschständer und begann mit seiner

Morgentoilette. Aber gleich darauf wandte er sich um und beobachtete Heather, wie sie sich aus dem Bett erhob. Seine Augen weideten sich an ihrer Schönheit, liebkosten sie, bewunderten jede ihrer anmutigen Bewegungen. Sie fühlte seinen Blick und schlug die Arme über der Brust zusammen, als müsse sie ihre Weiblichkeit vor ihm schützen. Er lachte leise und wandte sich wieder dem Spiegel zu: »So spricht doch gar nichts dagegen, Heather, daß du mit mir zusammenlebst und meine Geliebte bleibst. Ich werde in der Stadt ein Haus für dich kaufen, in dem du allen Luxus haben sollst, den du brauchst. Ich komme zu dir, um mich in deiner Gesellschaft zu erholen. Ich werde dir eine ausreichende Summe zahlen, daß du keine anderen Männer brauchst, was ich unter keinen Umständen dulden würde. Weißt du, ich möchte diese Dinge jetzt gleich zu Anfang besprechen und in Ordnung bringen.«
Einen Augenblick dachte Heather, sie müßte vor Haß zerspringen. Dieses Gefühl war stärker als alles, was sie jemals für einen Menschen empfunden hatte. Die Beiläufigkeit, mit der er seine Vorschläge machte, die Gleichgültigkeit, mit der er das abhandelte, was für sie eine Katastrophe war! Am liebsten hätte sie laut geschrien und sich auf ihn geworfen, um ihm mit aller Kraft das Gesicht zu zerkratzen. Aber dann überlegte sie es sich anders. Gerade jetzt hatte er ihr den Rücken zugewandt, und der Weg zur Tür war frei. Vorsichtig und wortlos zog sie ihr Kleid über, nahm ihr Bündel vom Stuhl und schlich mit wild klopfendem Herzen zur Tür.
»Halt, mein Liebes!« Blitzschnell hatte Brandon sich umgewandt, bevor sie noch einen weiteren Schritt tun konnte.
»Komm hierher, Heather!«
Sie stand wie angewurzelt. Sie würde nicht zu ihm hinüber gehen, würde sich nicht mehr anrühren lassen, – sie würde hier stehen bleiben und sich nicht von der Stelle bewegen. So schüttelte sie nur eigensinnig den Kopf und stieß ein zaghaftes, kaum vernehmbares »Nein« hervor.
Er schaute sie an und lächelte spöttisch: »Ich anerkenne deinen

Mut, ma chérie, aber glaubst du, daß es klug ist, dich mir zu widersetzen? Du weißt genauso gut wie ich, daß du mich nicht daran hindern kannst, mir zu nehmen, was ich haben will. Findest du nicht, es wäre besser, freiwillig zu kommen, bevor ich böse werde?«

Eisige Furcht erfüllte Heather, und aller verzweifelte Mut war augenblicklich von ihr gewichen. Zitternd setzte sie einen Fuß vor den anderen, bis sie mit gesenktem Kopf vor ihm stand. Ratlos und nervös biß sie sich auf die Unterlippe.

Er lächelte erfreut, setzte sich in den hinter ihm stehenden Sessel, faßte sie bei den Armen und zog sie auf seinen Schoß. »Hab keine Angst«, flüsterte er und bedeckte ihren Hals mit leidenschaftlichen Küssen, »diesmal tu ich dir nicht weh'.«

Schluchzend und erschöpft vor Angst sank sie gegen seine Schulter, während er fortfuhr, sie zu liebkosen, endlos, wie es ihr schien. Seine Hand glitt von ihrer Taille zur Hüfte, die Beine hinunter und liebkosend die Innenflächen ihrer Schenkel wieder hinauf. Sie stöhnte und widersetzte sich ihm, soweit es ihre schwachen Kräfte vermochten. »Wehr dich nicht«, sagte er sanft und ohne aufzuschauen, »genieß es lieber.«

»Ich kann nicht«, rief sie verzweifelt.

»Natürlich kannst du, wenn du nur willst.«

Seine Lippen, die inzwischen von ihrem Hals zur sanften Rundung ihrer Brust hinuntergglitten, waren feucht. Halbgeöffnet tranken sie die Süße ihrer Haut. Sie liebkosten ihre Brüste von dem kleinen Tal bis zu den rosigen Spitzen, die sich hart unter dem dünnen Stoff des Kleides abzeichneten. Sein stoßweiser Atem berührte heiß ihre Haut. Er löste ihr Mieder und preßte glühende Küsse auf ihr nacktes Fleisch.

Es klopfte schüchtern an der Tür und jäher Ärger verdüsterte Brandons Stirn. Heather hatte ängstlich ihre Hände vor ihrer Brust gekreuzt und versuchte schamvoll, von seinen Knien zu gleiten, aber er hielt sie mit eiserner Gewalt fest. Sein Zorn war nicht zu überhören, als er nun rief: »Verdammt nochmal, herein!«

George öffnete die Tür und stand dort, rot vor Verlegenheit, als er die Situation begriff.
»Verzeihung, Käpt'n, aber da ist ein Bote von einem Kaufmann, der mit Ihnen über die Ladung sprechen möchte. Der Mann sagt, sein Herr sei daran interessiert, den Reis und das Indigo aufzukaufen, aber vorher möchte er mit Ihnen sprechen.«
»Habe ich recht verstanden? Erwartet er etwa, daß ich zu ihm komme?« fragte Brandon aufbrausend, »warum, zum Teufel, kann er sich nicht hier auf die ›Fleetwood‹ begeben wie alle anderen auch?«
»Der Mann ist ein Krüppel, Käpt'n«, versuchte der Matrose zu erklären, »wenn es Ihnen nichts ausmacht, will der Bote sich die Ladung ansehen, ihren Wert abschätzen und Sie dann zum Hause des Kaufmanns führen.«
Brandon murmelte einen Fluch, und die Zornesröte auf seiner Stirn vertiefte sich. »Also gut, laß den Mann sich die Ladung ansehen, George, und bring ihn hier rein, wenn er fertig ist.«
George ging rückwärts hinaus und schloß die Tür hinter sich. Nur unwillig ließ Brandon Heather jetzt frei. Sie rannte zum Sitz am Fenster und knöpfte sich hastig das Kleid wieder zu, während er am Schreibtisch Platz nahm. Sie fühlte seine Augen auf sich ruhen; ihre Wangen röteten sich unter seinem Blick.
Kurze Zeit später wurde der Bote eingelassen. Sie blieb, den Rücken den beiden Männern zugewandt, am Fenster sitzen. Es war ihr unbeschreiblich peinlich, daß sie hier in der Kajüte bleiben mußte, während die Männer sich über ihre Geschäfte unterhielten. Flammende Röte bedeckte ihr Gesicht. Sie wünschte, sterben zu dürfen. Sie sah hinunter auf das leichtbewegte Wasser und überlegte, ob sie wohl den Mut haben würde, zu springen, damit der Tod alle ihre Probleme für immer löste. Sie beugte sich weiter vor, um in die dunklen Fluten zu schauen, und hatte dabei nicht bemerkt, daß der Bote wieder gegangen war und Brandon dicht hinter ihr stand. Er

legte eine Hand auf ihre; sie zuckte in jähem Erschrecken zusammen. Er lächelte und strich ihr eine Locke aus dem Gesicht.
»Ich glaube, ich muß dich für ein paar Stunden verlassen, Heather. Sobald wie möglich werde ich aber zurückkommen. George ist instruiert, er wird auf dich aufpassen. Mach ihm bitte keine Schwierigkeiten. Er ist eine gute, alte Haut, wenn es um Damen geht. Ich habe ihm gesagt, daß ich dich hier vorzufinden wünsche, wenn ich zurückkomme, versuch bitte deshalb nicht, davonzulaufen. Wenn er dich entwischen läßt, werde ich ihm die Haut vom Leibe ziehen. Außerdem werde ich dich trotzdem wiederfinden, und wenn ich ganz London abreißen müßte.«
»Mir ist es ziemlich egal, ob Sie Ihre Leute häuten oder nicht«, erwiderte sie erbittert, »aber wenn sich eine Gelegenheit zur Flucht ergibt, werde ich sie wahrnehmen.«
Brandon hob eine Augenbraue: »Für diesen Fall, liebe Heather, werde ich dich wohl besser mitnehmen.«
Sie glaubte, vor Angst den Verstand zu verlieren, »Oh nein«, schrie sie, »bitte! Ich bitte Sie! Ich würde vor Scham sterben. Oh, nein! Ich bleibe hier, wenn Sie es wünschen, und ich werde in der Zeit ein Buch lesen, ganz bestimmt!«
Brandon sah sie interessiert an. »Du kannst lesen?« fragte er.
»Ja«, erwiderte sie leise.
Er lächelte auf sie hernieder. Nicht allzuviele Frauen konnten lesen. Er empfand etwas wie Respekt für dieses seltsame Mädchen.
»Nun gut«, meinte er zögernd, »ich lasse dich hier, und ich werde bei einem Kleidergeschäft anhalten, um dir zu besorgen, was du so brauchst. Nun steh erst mal auf, damit ich sehe, welche Größe du hast.«
Heather erhob sich verlegen und drehte sich langsam, wie er es ihr befohlen hatte. Seine Augen maßen sie wohlwollend: »Du bist wirklich ein winziges Persönchen.«
»Manche Leute finden, ich wäre dünn«, sagte sie. Sie erinner-

te sich an die Kränkungen, die ihre Tante über sie ausgeschüttet hatte. Brandon lachte: »Die alten, eifersüchtigen Weiber, die das behauptet haben, kann ich mir gut vorstellen. Wahrscheinlich erstickten sie in ihrem eigenen Fett.«
Zum erstenmal huschte ein Lächeln über Heathers Gesicht. Diese Beschreibung paßte genau auf ihre Tante. Aber das Lächeln verschwand auch schon wieder, so schnell wie es gekommen war. Dennoch hatte er es bemerkt. »Ah –« meinte er fröhlich, »ich wußte, daß ich dir früher oder später doch noch ein Lächeln entlocken würde.«
Heather wandte sich ab: »Was Sie betrifft, so habe ich wenig Grund, fröhlich zu sein.«
»Nun ja«, erwiderte er amüsiert, »deine Stimmungen wechseln sehr schnell, kleine Lady.« Er stellte sich dicht vor sie, »nun laß einmal sehen, ob etwas von dem Eis auf deinen Lippen getaut ist. Ich möchte zur Abwechslung etwas Wärme spüren. Komm, küß mich, wie eine Geliebte das tun sollte. Für mehr bleibt jetzt leider keine Zeit mehr.«
Heather war tief erleichtert in dem Gedanken, daß sich jetzt keine Liebesszene anschließen würde. So machte sie sich die kleine Mühe, tat, als ergäbe sie sich seinen Wünschen, legte die Arme um seinen Nacken und zog seinen Kopf hinunter zu sich. Seine Brauen hoben sich erstaunt, und Heather, in dem Wunsch, die Umarmung möglichst schnell zu beenden, preßte feuchte, warme Lippen auf seine, küßte ihn mit dem bißchen Erfahrung, das sie in den letzten Stunden gewonnen hatte, liebevoll, fast zärtlich und schmiegte ihren Körper an den seinen. Brandon genoß diese unerwartete Liebkosung mit jeder Faser. Die Nähe ihres Körpers berauschte ihn. Jede Vernunft schien ihn zu verlassen. Seine Arme umschlangen sie, sein ganzer Körper begehrte sie. Dieses zierliche Wesen war eine einzige Verlockung. Er konnte sich kaum losreißen.
»Es ist schwer, von dir fortzugehen, wenn du mich so küßt«, sagte er rauh.
Heathers Gesicht färbte sich rosig. Auch für sie war dieser Kuß

eine Überraschung gewesen. Die Aufgabe, die man ihr damit gestellt hatte, schien ihr nicht allzu widerwärtig.
»Und nun, glaube ich, muß ich wirklich gehen. Meine engen Hosen lassen auch in dem Fantasielosesten keinen Zweifel mehr aufkommen.« Ihre Augen wanderten abwärts, und im gleichen Moment bereute sie es auch schon tief. Röte stieg ihr ins Gesicht. Sie fühlte sich gedemütigt und wandte sich verwirrt ab.
Brandon hinter ihr lachte leise, seufzte, widmete sich nunmehr seiner Toilette und murmelte: »Wenn ich nur etwas mehr Zeit hätte, Madame!«
In ihrer Verlegenheit begann Heather den Tisch abzuräumen. Sie hegte keine freundlichen Gedanken für Brandon. Sie fand ihn einfach abscheulich, aber bei allem Haß, den sie für ihn empfand, konnte sie nicht übersehen, daß er ein ungewöhnlicher Mann war. Seine Kleidung war tadellos und zeugte von ausgezeichnetem Geschmack. Sie saß wie angegossen und unterstrich seinen bewundernswerten Wuchs. Seine Hosen waren maßgeschneidert und hauteng. Sie ließen über seine Männlichkeit keinen Zweifel. Er sieht so gut aus, daß er sich der Frauen wahrscheinlich noch erwehren muß, dachte sie voller Abscheu.
Er küßte sie zum Abschied: »Ich bin bald wieder da«, lächelte er. Heather konnte sich kaum beherrschen. Am liebsten hätte sie zornig losgeschrien. Sie sah ihn gehen, in einer selbstbewußten Art, die ihren Haß erregte. Dann schnappte das Türschloß hinter ihm zu.
Ekel und Zorn wallten in ihr auf. Sie wischte mit dem Arm über die Tischfläche, daß das gestapelte Geschirr klirrend durch den Raum flog.

2. Kapitel

Heather war fest entschlossen auf der Stelle zu fliehen. Sobald Kapitän Birmingham zurückkehrte, würde sie nie mehr eine Chance dazu haben. Angestrengt überlegte sie, wie George zu überlisten sei, und ob er sich wohl bestechen ließe. Aber woher sollte sie das Geld nehmen? Ihr beiges Kleid war der einzige Wertgegenstand, den sie besaß. Für George würde es kaum eine Versuchung darstellen. Und dann erinnerte sie sich jäh, wie ihre Hilflosigkeit für das Vergnügen eines Mannes mißbraucht worden war, und sie ließ den Gedanken an Bestechung schnell wieder fallen. Außerdem würde der alte Matrose seinem Herrn, diesem selbstherrlichen Schiffskapitän, entweder zu ergeben sein oder ihn so fürchten, daß ein Bestechungsversuch von vornherein fehlschlagen mußte.

Ihre Gedanken jagten einander. Wenn George nicht zu bestechen war, so mußte sie Gewalt anwenden. Aber was konnte ein Mädchen schon gegen einen Seemann ausrichten, der zweifellos über Bärenkräfte verfügte?

Verzweifelt durchsuchte sie die Kabine nach etwas, das geeignet sein würde, den Mann zu veranlassen, ihr die Kabinenschlüssel zu geben. Sie zog die Schreibtischschubladen auf, durchstöberte hastig die Papiere, die darin lagen, suchte zwischen Büchern und selbst in Brandons Überseekoffern. Alles was sie dabei fand, war ein Beutel mit Münzen. Erschöpft sank sie in den Sessel hinter dem Schreibtisch und ließ ihre Blicke durch die Kabine wandern, in jede Ecke, hinter jeden Vorsprung.

»Er muß doch irgendeine Waffe hier haben«, murmelte sie, entsetzt darüber, wie die Zeit verging.

Ihre Augen fielen auf den Spind. Im gleichen Moment sprang sie hoch, rannte hinüber und riß die Türen auf. Wie von Furien gejagt suchte sie zwischen den Kleidungsstücken, die darin hingen. Wieder blieb die Suche ergebnislos. Schluchzend vor Aufregung riß sie den Inhalt des Schrankes heraus und warf ihn auf den Boden, als schließlich ihre Augen auf eine Schachtel fielen, die in ein Stück Stoff gehüllt war.
»Vielleicht ist das sein Schmuck«, sagte sie halblaut zu sich selbst und wickelte das Behältnis aus seiner Umhüllung.
Aber was konnten ihr Juwelen helfen? Sie hielt eine lederne Schatulle in der Hand mit einem in Gold geprägten »B« auf dem Deckel, den sie jetzt voller Neugier öffnete. Ein Ausruf der Überraschung entfuhr ihr. Vor ihr lagen, eingebettet in rotem Samt, zwei kostbar verarbeitete Pistolen. Sie verstand nur wenig von Waffen, aber ihr Vater hatte eine Pistole des gleichen Typs besessen, wenn auch nicht ganz so wertvoll eingelegt. Dies war eine kostbare Perlmuttarbeit, der Lauf aus blankem, sorgfältig geöltem Stahl, der Abzug aus blinkendem Messing.
Sie untersuchte die Waffen, hatte aber keine Ahnung, wie sie zu handhaben waren. Ihr Vater hatte es ihr nie gezeigt. Sie wußte, daß man den Abzug betätigen mußte, aber wie eine solche Waffe geladen wurde, hatte sie nie begriffen. Jetzt tat es ihr leid, daß sie es versäumt hatte, ihren Vater danach zu fragen. Sie schloß den Schatullendeckel und dachte angestrengt darüber nach, wie sie ihren Fund gegen George einsetzen könnte. Schließlich konnte er ja nicht wissen, daß sie nichts vom Umgang mit Waffen verstand. Sie mußte eben so tun, als sei sie völlig sicher im Gebrauch einer Pistole. Sie mußte ihn in Angst und Schrecken versetzen, damit er ihr den Kabinenschlüssel überließ.
Diese Vorstellung ließ sie unwillkürlich lächeln. Sie ging hinüber zum Schreibtisch, nahm Feder und Papier aus der Schublade und schrieb schnell eine Notiz an Kapitän Birmingham, sie würde Geld brauchen. Und was immer auch geschehen

war, sie würde sich nicht für Geld verkaufen. Sie wollte ein Pfund aus dem Beutel nehmen und als Gegenwert ihr Kleid zurücklassen. Das war für ihn kein schlechtes Geschäft.
Sie faltete den Zettel zusammen und legte ihn auf das Kleid. Dann verbarg sie sorgfältig eine der Pistolen hinter einem Stoß Karten und Papieren, wo sie sie gleich zur Hand haben würde, wenn George eintrat, um die Scherben vom Boden aufzulesen. Er war nur gegangen, um einen Matrosen nach Tee zu schikken, und mußte gleich wieder hier sein. Welch ein Glück, daß er sich Zeit gelassen hatte! Sorgfältig legte sie die lederne Schatulle mit dem goldenen Monogramm wieder in den Schrank, umhüllt mit dem gleichen Stück Stoff. Dann setzte sie sich neben den Schreibtisch, die Pistole griffbereit und begann in einem Buch zu lesen, das sie auf der Schreibtischplatte gefunden hatte. Sie würde Kapitän Birmingham beweisen, daß sie nicht ein kleines, dummes Mädchen war, das man gegen seinen Willen festhalten konnte. Bei der Vorstellung, wie er seinen Zorn über George ausschütten würde, den sie so haßte, mußte sie lachen. Er war schuld daran, daß sie hierher verschleppt worden war. Es geschah ihm nur Recht.
Shakespeares »Hamlet« war nicht gerade die richtige Lektüre für ihre überreizten Nerven. Sie fühlte sich bis zum Zerreißen angespannt und wartete nur auf Georges Rückkehr. Als sich schließlich der Schlüssel im Schloß drehte und der Matrose eintrat, fuhr sie nervös hoch, zwang sich jedoch sofort darauf wieder – scheinbar gleichgültig – zurückgelehnt dazusitzen und zu lesen. George schloß die Tür hinter sich und zog den Schlüssel ab. In der einen Hand balancierte er vorsichtig ein Tablett mit Teegeschirr.
»Ich bring Ihnen den Tee, Fräuleinchen, er ist stark und schön heiß.« Er lächelte und näherte sich ihr, um das Tablett auf dem Tisch abzusetzen.
Diesen Augenblick mußte sie nutzen. Sie zog die Pistole hinter dem Buchstapel hervor und richtete sie auf den Mann. Der Abzug schnappte hörbar zurück.

»Bewegen Sie sich nicht, George, oder ich muß leider schießen«, sagte sie und bemühte sich dabei, ihrer Stimme Festigkeit zu geben.
George, der sich ahnungslos über das Tablett gebeugt hatte, fuhr verblüfft herum und schaute direkt in die Pistolenmündung. Er überlegte blitzschnell und kam zu dem Schluß, daß eine Pistole auch in der Hand einer Frau keineswegs leichtzunehmen sei. Frauen verstanden im allgemeinen nicht, mit Waffen umzugehen. Sie konnten unversehens Fürchterliches damit anrichten. Er wurde blaß.
»Bitte, George, legen Sie den Kajütenschlüssel auf den Tisch und seien Sie sehr, sehr vorsichtig dabei.« Sie beobachtete jede seiner Bewegungen mit Argusaugen, während sie sich in einem jähen Gefühl von Schwäche haltsuchend gegen den Schreibtisch lehnte.
»Nun gehen Sie bitte genauso vorsichtig zu dem Stuhl am Fenster.« Sie wandte keinen Blick von ihm, während er eingeschüchtert gehorchte.
George war überzeugt davon, daß sie es todernst meinte, und verhielt sich entsprechend. Vorsichtig bewegte er sich auf das Fenster zu.
Heather entfuhr ein tiefer Seufzer der Erleichterung.
»Setzen Sie sich«, befahl sie.
Mit ständig auf ihn gerichteter Waffe ging sie langsam auf den Tisch zu und nahm – George nicht aus den Augen lassend – mit einem hastigen Griff den Schlüssel an sich. Immer weiter den Blick und die Pistole auf George gerichtet, eilte sie zur Tür, steckte den Schlüssel ins Schloß. Das Gefühl wiedererlangter Freiheit überwältigte sie geradezu.
»Bitte, George«, wies sie den Matrosen an, »steigen Sie jetzt in den Wandschrank und schließen Sie die Tür hinter sich. Versuchen Sie keine Tricks! Ich bin aufs äußerste angespannt, und die Pistole ist geladen, wie Sie sich denken können.«
George gab alle Hoffnung auf einen plötzlichen Ausbruch aus dieser Lage auf. Sie war wirklich bis zum Zerreißen ange-

spannt, das merkte man deutlich. Sie würde zweifellos schießen, wenn er versuchte, eine Wendung auf sie zuzumachen. Er überlegte nur noch kurz, ob die Wut seines Käpt'ns schlimmer sein würde als ein Schuß aus der Pistole, die das Mädchen in der Hand hielt. Er wußte aus eigener Erfahrung nur allzugut, daß der Zorn seines Herrn bei gegebenem Anlaß ungeheuerlich werden konnte. Er war lange mit ihm zur See gefahren, bewunderte ihn und war ihm von Herzen ergeben. Eigentlich war es nicht anzunehmen, daß Käpt'n Birmingham ihn aus Zorn umbringen würde. Die Pistole hingegen konnte ihn in Blitzesschnelle ins Grab befördern, wenn er nicht tat, was das aufgebrachte Mädchen von ihm verlangte. So stieg er also gottergeben in den Wandschrank und zog die Tür hinter sich zu. Heather stand und beobachtete ihn, bereit davonzurennen, falls er sich im letzten Moment doch noch umwenden sollte, um sie zu überwältigen.

Sie tat einen tiefen Seufzer der Erleichterung, als die Schranktür zuschnappte, die sie sicherheitshalber noch hinter George abschloß. Er würde eine Weile damit zu tun haben, sie aufzubrechen, und so gewann sie Zeit. Sie ging zum Schreibtisch, öffnete die Schublade, wo sie zuvor den Geldbeutel gefunden hatte, nahm ein Pfund heraus und legte die Pistole auf die Schreibtischplatte.

Im Handumdrehen war sie an der Tür. Sie ließ sich ohne Schwierigkeiten öffnen. Draußen war keine Menschenseele zu sehen und zu hören. In der Hoffnung, den Ausstieg zu finden, der auf Deck führte, eilte sie den Gang entlang. Als sie schließlich die richtige Tür gefunden und sie einen kleinen Spalt geöffnet hatte, fuhr sie erschrocken zurück. Das Deck wimmelte von Leuten. Es würde unmöglich sein, unbeobachtet dort hindurch und einfach von Bord zu gehen. Vermutlich waren es Kaufleute, die die Ladung oder einen Teil davon kaufen wollten und sie zuerst inspizierten. Einige Männer waren darunter, die ihr wegen ihrer guten und teuren Kleidung auffielen, vermutlich die Inhaber reicher Handelshäuser.

Sie schloß die Tür wieder, lehnte mutlos die Stirn dagegen und überlegte. Was würde geschehen, wenn sie versuchte, das Schiff zu verlassen? Nur der Kapitän und ein paar seiner Leute wußten, daß sie an Bord war. Aber was ahnten schon die Männer, die dort oben auf dem Deck herumstanden, von ihrer Existenz? Keiner konnte wissen, auf welche Weise sie hierher gekommen und daß sie praktisch gefangen war. Sie mußte nur aus der Tür treten, als ob es gar nichts Besonderes wäre, daß sich eine Dame an Bord aufhielt, und sich mitten unter sie begeben.
Sie schöpfte wieder Hoffnung. Diesmal öffnete sie die Tür, ohne zu zögern. Das Herz schlug ihr bis zum Halse. Sie zwang sich zu einem kleinen Lächeln und ging, mit hocherhobenem Kopf, anmutig und schnellen Schrittes durch die Reihen der bewundernd aufblickenden Männer. Niemand wagte sie anzusprechen. Sie hatte gerade leicht den Rock gerafft, um die Gangway zu betreten, als ein gutaussehender, hochgewachsener Mann ihr den Arm bot, um ihr über die Schwelle zu helfen. Sie strahlte ihn dankbar an und eilte neben ihm leichtfüßig die Planken hinunter, an Land.
Dort standen schon mehrere Kavaliere bereit, hilfreiche Hände streckten sich ihr entgegen. Ein kurzer, prüfender Blick, sie hatte sich für den Bestaussehenden, am besten gekleideten unter den Männern entschieden, um seine stützende Hilfe in Anspruch zu nehmen. Freundlich und mit leiser Stimme bat sie ihn, ihr eine Droschke herbeizurufen, worauf er sich mit der größten Bereitwilligkeit entfernte, um ihrer Bitte nachzukommen. In kurzer Zeit war er zurück und bot ihr mit vollendeter Höflichkeit seine Begleitung an. Sie lehnte jedoch ebenso höflich ab. Sein Bedauern über diese Absage stand ihm deutlich im Gesicht geschrieben. Aber es blieb ihm nichts anderes übrig, als sie zum Wagen zu geleiten und ihr den Schlag der Droschke zu öffnen. Seine höfliche Frage, wo sie denn wohnte, überhörte sie geflissentlich. Seufzend ließ er ihre Hand los, schloß die Wagentür und trat mit einer Verbeu-

gung zurück. Die Droschke setzte sich in Bewegung, Heather hob dankend die Hand und lächelte ihm noch einmal zu.
Als der Wagen um die Straßenecke bog, lehnte sich Heather erleichtert in die Polster. Dankbar, daß die fürchterliche Anspannung der letzten Stunde allmählich von ihr wich, schloß sie die Augen. Wenig später stieg sie bei der Posthalterei aus und beeilte sich, einen Platz für die nächste Postkutsche ›nach Hause‹ zu reservieren. Sie mußte zu ihren Verwandten zurückkehren. Es gab keine andere Wahl. Tante Fanny und Onkel John würden lange Zeit nicht erfahren, was William zugestoßen war. Williams Freunde in London wußten höchstwahrscheinlich gar nicht, daß er eine Schwester auf dem Lande hatte. Es war nicht anzunehmen, daß William, der in solch üppigem Wohlstand gelebt hatte, seine ärmlich hausende Schwester jemals einem anderen gegenüber erwähnt hatte.
Der kleine Bauernhof ihres Onkels war im Augenblick für sie der sicherste Ort, dachte Heather. Sie würde solange dort bleiben, bis sich eine Möglichkeit bot, irgendwo anders zu arbeiten und auf eigenen Füßen zu stehen. Sie wollte sich freimachen von der Frau, deren Bruder um ihretwillen zu Tode gekommen war. Es war schlimm, zurück zu müssen, aber in London zu bleiben, war im Augenblick völlig unmöglich.
Auf der langen Fahrt mit der Postkutsche hatte sie Zeit nachzudenken, und die Erinnerung an die Vorfälle des gestrigen Tages stieg von neuem qualvoll in ihr auf. Die Überlegung, daß sie an alledem keine Schuld traf, war kein wirklicher Trost für das, was sie verloren hatte. Seit gestern hatte sich ihr Leben grundlegend geändert. Sie war kein unschuldiges, junges Mädchen mehr.
Aber in ihrem Wesen würde sie sich nicht verändern, entschied sie. An eine Heirat, wann immer auch und mit wem, war unter diesen Umständen nicht mehr zu denken. Aber wenn sie schon einem Leben als alte Jungfer entgegensah, so wollte sie es zumindest in Unabhängigkeit führen. Eine Tätigkeit als Lehrerin würde sich wohl irgendwo finden lassen.

Die Frage war, was sie Onkel John und Tante Fanny erzählen sollte. Sie mußte eine vernünftige Begründung dafür finden, daß sie einen Tag später schon wieder aus London zurückkam. Da die Beziehungen zu ihrer Tante alles andere als herzlich waren, konnte sie kaum Heimweh als Grund anführen. Das würde gewiß nur Verdacht erregen. Nein, sie mußte sich noch eine glaubhafte Lüge einfallen lassen.

Als die Postkutsche die Kreuzung erreichte, von der ein schmaler Pfad durch die Felder zum Häuschen ihres Onkels führte, stieg Heather aus, um den Rest des Weges zu Fuß weiter zu gehen.
Unschlüssig wandte sie sich nach Osten. Die Sonne warf bereits lange Schatten. Immer zögernder wurden ihre Schritte, je mehr sie sich ihrem Ziel näherte. Als sie schließlich vor der Tür stand, war die Dunkelheit hereingebrochen. Sie klopfte.
»Onkel John, ich bin's, Heather, darf ich hereinkommen?«
Sie hörte es im Inneren des Hauses rumoren, aber ihre Hoffnung, zuerst dem Onkel zu begegnen, ging fehl. Die Tür wurde mit einem Ruck aufgerissen – in ihrem Rahmen stand Tante Fanny, fassungslos über den unerwarteten Anblick ihrer Nichte.
»Was tust du denn hier?«
Nun war es wirklich an der Zeit, sich eine Lüge einfallen zu lassen. Voller Unbehagen dachte Heather daran, daß sie seit dem gestrigen Tage nichts anderes getan hatte als unentwegt zu lügen.
»Dein Bruder mußte gestern nach seiner Ankunft gleich weiter nach Liverpool, um dort eine Schiffsladung Seide zu inspizieren. Er fand es unpassend, daß ich ohne männlichen Schutz allein in London zurückbleiben sollte –« sie brachte die Worte kaum über die Lippen. Diese Lüge stand in krassem Gegensatz zu allem, was ihr gestern zugestoßen war. Bitterkeit stieg in ihr auf.
»Das war aber eine feine Enttäuschung, was?« fragte die Tante

hämisch, »mit vollen Segeln nach London fahren – was kostet die Welt? – und dann zurückmüssen! Das geschieht dir nur recht. Du glaubst ja immer, du wärst was Besseres, konntest ja gar nicht schnell genug aus dem Hause kommen. Nun, ich nehme an, du kommst zurück, um deine Hausarbeit wieder aufzunehmen, was?«

»Wenn es dir recht ist, Tante Fanny«, Heather war es elend zumute. Unter diesen Umständen, das war ihr klar, würde das Leben bei ihrer Tante noch unerträglicher werden. Aber was auch geschehen mochte, es würde dem vorzuziehen sein, was Kapitän Birmingham ihr vorgeschlagen hatte.

»Es ist mir recht, meine Beste. Ich bin entzückt über deine Rückkehr, genauso wie du wahrscheinlich«, höhnte die Tante.

Heather schwieg. Sie war entschlossen, die Schikanen ihrer Tante klaglos zu ertragen. Vielleicht war dies alles wirklich eine Strafe dafür, daß sie so leichten Sinnes nach London gefahren war, daß sie gehofft und geglaubt hatte, sie sei für ein Leben in Glück und Unbeschwertheit geboren. Sie wollte lernen, sich zu bescheiden.

»Und jetzt mach, daß du gleich in die Klappe kommst. Morgen mußt du in aller Frühe raus, das sage ich dir, damit die Arbeit fertig wird. Dein Onkel ist schon im Bett.«

Heather wagte nicht, die Tante um etwas zu essen zu bitten. Wortlos ging sie in ihre Ecke hinter dem Vorhang an der Rückseite des Zimmers und zog sich aus. Sie schlüpfte unter die dünne Decke, und während sie frierend und mit weit offenen Augen dalag, überlegte sie, was zu tun sei, um eine Arbeit zu finden. Sie würde ins nahe gelegene Dorf gehen müssen, um den öffentlichen Anschlag zu lesen, der dort von Zeit zu Zeit an der Bürgermeisterei angebracht war. Oft genug wurden da junge Mädchen gesucht, als Zimmermädchen, als Hauslehrerinnen und ähnliches. Gewiß würde sie irgend etwas für sich Passendes darunter finden.

Trotz des Hungers, der sie quälte, verfiel sie augenblicklich in traumlosen Schlaf.

Viel zu schnell stieg der Morgen herauf. Polternd kam die Tante durch den Raum, riß den Vorhang zur Seite und rüttelte sie rücksichtslos an der Schulter.
»Steh auf, du faule Trine! Es ist genug Arbeit nachzuholen für die zwei Tage, die du weg warst. Raus jetzt!« keifte sie. Erschrocken fuhr Heather aus tiefstem Schlaf, richtete sich auf und schaute verwirrt um sich. Mehr denn je sah ihre Tante, wie sie da stand und geiferte, wie eine Hexe aus. Im gleichen Moment erinnerte sich Heather an alles, was geschehen war.
Zitternd sprang sie aus dem Bett und zog sich unter den lauernden Blicken der Tante an.
Sie konnte gerade noch ein Stück trockenes Brot hinunterwürgen, als die Tante sie auch schon hinausschickte, um Feuerholz zu holen. Draußen war Onkel John bereits damit beschäftigt, Holz zu schichten. Er schien in tiefe Gedanken versunken und nahm kaum Notiz von ihrer Anwesenheit. Fast hätte man meinen können, er vermiede es absichtlich, mit ihr zu sprechen. Das schmerzte sie. Furcht beschlich sie – ob er etwas vermutete? Etwas ahnte? Aber wie sollte das möglich sein.
Während des Tages gewann sie immer mehr die Überzeugung, daß etwas ihn bedrückte. Obwohl er kein Wort mit ihr sprach, bemerkte sie, daß er sie öfter lange ansah, als wolle er in ihren Gedanken lesen. Es wurde ihr unbehaglich zumute. Nun wich sie ihm aus, wo sie konnte, wagte aber nicht, ihn zu fragen, warum er sich so sonderbar verhielt.
Am Abend dieses langen Arbeitstages war sie so erschöpft, daß sie förmlich ins Bett fiel. Dennoch konnte sie lange Zeit nicht einschlafen. Sie sah Williams plumpen Körper, wie er auf dem Boden lag, bevor sie in panischem Entsetzen aus der Tür rannte. Und andere Bilder tauchten auf und erschreckten sie: Kapitän Birminghams Gesicht. Sie sah sein ironisches Lächeln, erinnerte sich seiner kräftigen braunen Hände, die nach ihr griffen. Wieder hörte sie sein amüsiertes Gelächter, und mit einem unterdrückten Schluchzen zog sie sich die Decke

über den Kopf und barg ihr Gesicht im Kissen. Sie weinte hemmungslos in der Erinnerung seiner Berührung.

Als der Morgen dämmerte, war sie bereits aufgestanden, bevor ihre Tante sie wecken konnte, und arbeitete. In den qualvollen schlaflosen Stunden der vergangenen Nacht hatte sie sich vorgenommen, so viel und so hart zu arbeiten, daß sie keine Zeit zum Denken mehr haben würde, so daß ihre Müdigkeit am Abend groß genug wäre, um Erinnerungen an das Vergangene gar nicht mehr aufkommen, um sie traumlosen Schlaf finden zu lassen.

Als die Tante aus ihrem Zimmer kam und verschlafen und mißmutig das Kleid über ihrem üppigen Busen zurechtzog, lag Heather auf den Knien und scharrte die Asche aus dem Herd. Die Tante betrachtete sie feindselig.

»Du siehst ziemlich käsig aus«, bemerkte sie mißtrauisch, »paßt es dir etwa nicht, wieder hier zu sein?«

Heather schüttete die restliche Asche in den bereitstehenden Holzkübel und stand auf. Sie strich sich eine Haarsträhne aus der Stirn. Das viel zu weite, schäbige Kleid hing lose an ihr herab und entblößte halb eine zarte Brust. Die Tante hatte ihr, wie früher, nichts anderes als ihre eigenen abgetragenen Kleider bewilligt. Heather wischte sich die Hände an der Schürze ab und murmelte abgewandten Blickes: »Nein, ich fühle mich wohl.«

Tante Fanny streckte ihre Hand aus und drehte mit Gewalt Heathers Gesicht zu sich herum. Ihre fetten Finger griffen so unsanft zu, daß die zarte Haut des Mädchens sich rötete.

»Du lügst. Du siehst ganz verschwollen aus. Ich habe doch gehört, wie du in der Nacht ins Kissen geplärrt hast, und alles nur, weil du nicht in London bleiben durftest.«

»Nein«, flüsterte Heather, »ich fühle mich wohl.«

»Du lügst, du haßt es, hier sein zu müssen. Du möchtest in London in Saus und Braus leben, weil du dir einbildest, du wärst für Glück und Reichtum geboren, dumme Gans.«

Heather schüttelte stumm den Kopf. Sie wollte wahrhaftig

nicht zurück nach London, nicht, solange Kapitän Birmingham sich noch dort aufhielt. Es war ihm zuzutrauen, daß er seine Drohung wahrmachte und die ganze Stadt nach ihr absuchen ließ. Sein Schiff würde wahrscheinlich noch Monate im Hafen liegen. Er mußte die Ladung verkaufen und neue Waren für seinen Heimathafen an Bord nehmen. So lange konnte sie nie und nimmer nach London zurückgehen.
Tante Fanny kniff sie mit grausamem Vergnügen in den Oberarm: »Verlogenes Frauenzimmer. Wage nicht.«
Heather stieß einen kleinen Schmerzensschrei aus: »Bitte nicht!«
»Laß das Kind in Ruhe, Fanny!« sagte Onkel John von der Schlafzimmertür her.
Fauchend drehte sich die Tante zu ihm um: »Ei, sieh da – wer spricht denn da am frühen Morgen schon im Kommandoton? Du bist nicht besser als sie. Jammerst auch ständig über Dinge, die du nicht gekriegt hast, du Waschlappen!«
»Bitte, Fanny, nicht schon wieder«, sagte er leise und senkte den Kopf.
»Nicht schon wieder, nicht schon wieder«, höhnte sie, »du denkst doch tagtäglich immer noch an die Person. Du hast mich doch bloß geheiratet, weil du sie nicht kriegen konntest. Sie fand 'nen andern besser als dich.«
Unter der Härte ihrer Worte zuckte er zusammen, wandte sich ab und ging mit hängenden Schultern davon.
Tante Fannys Zorn wandte sich nun wieder voll ihrer Nichte zu. Sie stieß Heather grob in die Seite und keifte: »Mach, daß du an die Arbeit kommst, statt hier faul herumzulungern!«
Heather sah ihrem Onkel voller Mitleid nach und eilte aus dem Raum. Sie konnte den Anblick seiner Hilflosigkeit nicht länger ertragen.
Eine Woche verging, eine zweite, und eine schien langsamer zu verstreichen als die andere. Wie hart sie auch arbeitete, Heather konnte die Erinnerungen nicht verbannen. Sie verfolgten sie bei Tag und Nacht. Oft fuhr sie mitten in der Nacht aus

einem Alptraum hoch, Angstschweiß auf der Stirn. Immer wieder träumte sie, daß der Kapitän sie in leidenschaftlicher Umarmung an sich riß, sie nicht mehr losließ. Dann wieder erschien er in ihren Träumen als schöner Teufel, der über ihre zitternde Angst in schallendes Gelächter ausbrach. Die Hände noch auf die Ohren gepreßt, wurde sie wach. Manchmal träumte sie auch von William Court. Und das war noch schrecklicher. In ihren Träumen stand sie, das Messer in der Hand, über ihn gebeugt, und von ihren Fingern tropfte Blut.

Zwei weitere Wochen gingen ins Land, aber ihre Qual blieb unverändert. Oft war ihr sterbensübel. Völlige Appetitlosigkeit wechselte mit plötzlichem Heißhunger. Sie fühlte sich insgesamt schwach und elend. Oft starrte sie wie betäubt in die Luft, unfähig, einen klaren Gedanken zu fassen. Das wiederum versetzte die Tante in Raserei. Am hellichten Tage dasitzen, ohne etwas zu arbeiten, zählte bei ihr zu den Todsünden. Heather hatte schon so viel Schläge bekommen, daß sie genau wußte, was ihr drohte, wenn die Tante sie wieder beim Tagträumen ertappte. Dennoch ließ ihre Konzentration immer mehr nach. Sie ließ Teller fallen, verschüttete glühende Asche, verbrannte sich die Finger am kochenden Wasserkessel. Das genügte, um die Tante fast tobsüchtig zu machen, speziell als Heather eines Tages eine wertvolle Schale zerbrach.

»Was bildest du dir ein, du Weibstück, mir hier alles in Scherben zu schlagen und meinen ganzen Haushalt durcheinanderzubringen? Du möchtest wohl wieder einmal den Stock spüren?« schrie sie mit schriller Stimme und schlug ihrer Nichte mit der flachen Hand ins Gesicht.

Heather fiel auf die Knie. Ihr Gesicht brannte von dem harten Schlag. Zitternd am ganzen Körper begann sie die Scherben aufzulesen. »Verzeih, Tante Fanny«, bat sie unter Tränen, »ich weiß auch nicht, was mit mir los ist. Ich mache in letzter Zeit alles verkehrt.«

»Das hast du schon immer getan«, erwiderte die Ältere gehässig.

»Ich will mein rosa Kleid verkaufen und dir für das Geld eine neue Schale besorgen.«

»Und woher willst du das Geld nehmen, um mir all das andere kaputte Zeug zu ersetzen?« fragte Tante Fanny höhnisch, obwohl sie ganz genau wußte, daß der Wert des Kleides den Wert der paar Steingutteller bei weitem überstieg.

»Sonst habe ich ja nichts«, flüsterte Heather unglücklich und erhob sich, »nur noch ein Hemd.«

»Das ist nicht das Schwarze unterm Fingernagel wert. Außerdem will ich nicht, daß dir der Busen so raushängt wie jetzt, wenn du ins Dorf gehst.«

Tief errötend sah Heather an sich herunter und zog sich den viel zu weiten Ausschnitt des alten Kleides zurecht. Wäre das abgelegte Kleid der Tante nicht durch einen Strick um ihre Taille gehalten worden, wäre es Heather ohne weiteres von den Schultern geglitten und um die Füße gefallen.

Etwa drei Wochen später durfte sie mit ihrem Onkel ins Dorf fahren.

Obwohl sie die ganze Zeit über ängstlich auf die Erlaubnis ihrer Tante gewartet hatte, fürchtete sie sich fast davor, allein mit dem Onkel zusammen ins Dorf zu gehen, weil er all die Zeit nicht aufgehört hatte, sie verstohlen zu betrachten, ohne das Wort an sie zu richten. Sein absonderliches Verhalten machte sie unruhig und verlegen. Sie befürchtete, daß, sobald die Tante außer Sicht sein würde, der Onkel ihr unbequeme Fragen stellen könnte. Vielleicht wollte er wissen, was mit William Court vorgefallen sei. Sie fragte sich, ob dieser Weg ins Dorf es wert war, daß er unterwegs möglicherweise davon erfuhr, daß William Court tot war. Obwohl es ein Unglücksfall gewesen war, würde man ihr die Schuld daran geben. Doch alle diese Ängste und Überlegungen halfen nichts — sie mußte ins Dorf. Dies war die einzige Möglichkeit, einen Blick auf den Anschlag zu werfen, der dort am Bürgermeisteramt aushing. Je eher sie irgendwoanders einen Arbeitsplatz fand, desto besser. Außerdem war die Tante mittlerweile

förmlich erpicht darauf, für das zerbrochene Geschirr Ersatz zu bekommen.
Weißgetünchte, strohbedeckte Häuschen kauerten, dicht aneinander gedrängt, rund um den Dorfteich. Eine behagliche Dorfschänke lud zum Verweilen ein. Bunte Spätsommerblumen säumten Fenster und Gartenbeete. Die Grundstücke zwischen den einzelnen Häusern waren durch säuberlich beschnittene Hecken voneinander getrennt.
Sofort nach ihrem Eintreffen im Dorf gingen Heather und ihr Onkel zu dem Platz vor dem Bürgermeisteramt, wo hinter einer Absperrungskette die öffentlichen Anschläge, allen sichtbar, auf eine Bretterwand genagelt waren. Für Onkel John war es eine liebe Gewohnheit, zuallererst seine Schritte dorthin zu lenken. Die Lektüre der Neuigkeiten, die angeschlagen waren, bedeutete für ihn die einzige Verbindung von seinem entlegenen kleinen Bauernhof zu der weiten Welt dort draußen. Heather blieb an seiner Seite und bemühte sich, möglichst unauffällig ihrerseits jene Notizen zu lesen, die sie besonders interessierten. Ein Spülmädchen wurde gesucht. Sie schüttelte sich bei dem Gedanken an eine solche Arbeit. Jemand brauchte eine Erzieherin und ihr Herz begann zu pochen. Jedoch beim Weiterlesen schwand alle Hoffnung: Man bevorzugte eine ältere Person, nicht unter vierzig Jahren. Wieder überflog sie die Stellenangebote in der verzweifelten Hoffnung, daß sie vielleicht etwas für sie Passendes in der Eile übersehen haben könnte. Sie wäre sogar bereit gewesen, als Hausmädchen zu arbeiten, obwohl sie hoffte, etwas ihr Gemäßeres zu finden. Aber auch mehrmaliges Lesen erbrachte nichts Neues. Ihre Hoffnung sank, und mit Tränen in den Augen folgte sie dem Onkel, der sich bereits auf den Weg ins Dorf gemacht hatte.
Er führte sie zu dem kleinen Laden, wo sie die Ersatzstücke für Tante Fanny kaufen wollte. Lustlos traf sie ihre Wahl. Sie konnte ihre Niedergeschlagenheit nicht mehr verbergen. Zwar bestand durchaus die Chance, zu einem späteren Zeitpunkt ein Angebot zu finden, das ihr entsprach. Aber bis die Tante

ihr wieder einmal die Erlaubnis gab, mit dem Onkel ins Dorf zu fahren, konnte endlose Zeit verstreichen.
Nachdem sie ihren Kauf bezahlt hatte, wandte sie sich zum Gehen, als sich plötzlich die Ladentür öffnete und Henry Whitesmith, ein junger Mann von zweiundzwanzig Jahren, den Laden betrat. Das ganze Dorf wußte, daß John Simmons' Nichte bis über beide Ohren in ihn verliebt war. Aber wann immer er Heathers ansichtig wurde, suchte er ihre Nähe und sah sie unverwandt voll glühender Bewunderung an. Nie hatte Heather ihn zu solchem Verhalten ermutigt. Sie hatte ihn gern, aber auf eine mehr schwesterliche Weise. Jetzt kam er mit großen Schritten auf sie zu und lächelte strahlend auf sie herunter.
»Ich hab' den Pferdewagen deines Onkels gesehen und hoffte, du wärest hier drinnen.«
Sie lächelte freundlich zurück: »Wie nett, dich wieder einmal zu treffen, Henry.«
Er errötete vor Glück: »Wo warst du all die Zeit, Heather? Ich habe dich sehr vermißt.«
Sie zuckte die Achseln und wich seinem Blick aus: »Wo soll ich gewesen sein, Henry? Natürlich zuhause bei Tante und Onkel.« Sie mochte ihm von ihrer kurzen Reise nach London nichts erzählen. Mittlerweile war der Onkel herzugetreten, und sie fühlte seine fragenden Augen auf sich gerichtet. Wieder öffnete sich die Tür und obwohl sie mit dem Rücken dazu gewandt stand, konnte Heather sich denken, wer eingetreten war. Nie und zu keiner Zeit konnte Henry seine Schritte irgendwohin lenken, ohne von diesem Mädchen verfolgt zu werden. Überall war Sarah ihm auf den Fersen. Auch jetzt ging sie entschlossen auf ihn zu, blieb jedoch überrascht stehen, als sie sah, mit wem Henry sich unterhielt. Ihr Gesichtsausdruck wechselte jäh, und Heather schauderte unter ihrem starren Blick.
Es war keineswegs das erste Mal, daß Sarah Heather vernichtend angeschaut hatte. Sie kannte Henrys Vorliebe für dieses

Mädchen. Ihre krankhafte Eifersucht galt jedem weiblichen Wesen in Henrys Nähe, besonders aber Heather. Sarah hätte alles getan, um sich Henry zu angeln. Schon lange hatten die beiden Familien die Heirat ihrer Kinder abgesprochen. Es stand schon fest, welche Aussteuer Sarah erhalten sollte. Bisher aber hatte Henry sich einer Heirat eigensinnig widersetzt, und Sarah ahnte, daß Heather der wahre Grund dafür war. Auch wenn sie sich mit ihren Freundinnen über Heathers abgetragene, schäbige Kleidung lustig machte, so wußte sie doch im Stillen, daß weder sie noch die anderen Dorfmädchen Heathers Liebreiz überbieten konnten, mochten sie selbst noch so adrett gekleidet sein. Selbst Sarahs Vater hatte einmal vor den Ohren seiner Tochter Heathers ungewöhnliche Schönheit erwähnt. Alle Männer im Dorf, Junge und Alte, schienen von der Anmut der jungen Irin hingerissen zu sein.
Henry sah Sarah finster an, bevor er sich wieder Heather zuwandte:
»Ich muß unbedingt mit dir sprechen«, flüsterte er hastig und ergriff sie beim Arm, »kannst du etwas später beim Teich auf mich warten?«
»Ich weiß nicht recht«, erwiderte Heather zögernd. »Ich muß bei meinem Onkel bleiben. Meine Tante mag nicht, wenn ich auch nur ein paar Schritte allein gehe.«
»Aber wenn dein Onkel in der Nähe ist, und uns sieht, vielleicht geht es dann?« fragte Henry hoffnungsvoll.
»Das könnte möglich sein«, räumte sie ein, »aber nicht zu lange.«
»Bitte ihn, daß er dich zum Dorfteich bringt, bevor ihr nachhause fahrt«, sagte er überstürzt, »ich werde dort auf dich warten.« Schnellen Schrittes ging er davon, wobei er Sarah an der Ladentür fast umgerissen hätte. Sarah folgte ihm auf dem Fuß.
Der Onkel hatte eingewilligt. Er ließ sein Pferd am Dorfteich halten. Heather entfernte sich ein paar Schritte, und dort stand auch schon Henry wartend unter einem Baum. Im ersten Au-

genblick war er unfähig zu sprechen. Als er schließlich zu reden begann, klang seine Stimme unsicher:
»Heather,« sagte er bebend, »Heather, glaubst du, daß deine Tante mich billigen würde? Ich meine – ich meine, hätte sie nichts dagegen, wenn ich um deine Hand anhielte?«
Heather sah ihm in maßlosem Erstaunen in die Augen. »Aber Henry, ich habe doch gar keine Mitgift!«
»Ach Heather, was du hast oder nicht hast, ist mir doch ganz einerlei. Die Hauptsache ist mir doch, daß ich *dich* haben darf und nicht das, was du mir an Besitz mitbringst!«
Sie traute ihren Ohren nicht. Hier war tatsächlich ein Bewerber, dem nicht an Geld und Besitz gelegen war. Aber es war zu spät. Sie war keine Jungfrau mehr. Mit Sünde befleckt, wie sie nun einmal war, konnte sie nie mehr guten Gewissens eine Ehe eingehen.
»Henry, du weißt so gut wie ich, daß deine Familie dir niemals gestatten würde, mich ohne Aussteuer zu heiraten. Es ist einfach unmöglich.«
»Wenn ich dich nicht heiraten kann, Heather, dann will ich überhaupt nicht heiraten. Da meine Familie aber meine Nachkommenschaft sehen möchte, würde sie den Kampf bald aufgeben.«
Heather senkte den Blick, verzweifelt die Hände ineinander verflochten, »Henry, ich kann dich nicht heiraten.«
Der junge Mann furchte die Stirn: »Warum, Heather? Hast du Angst vor der Liebe? Mach dir keine Sorge. Ich würde dich nicht anrühren, bevor du selbst es nicht willst, bevor du nicht nach mir verlangst.«
Sie lächelte traurig. Hier wurden ihr Geduld, Zartheit und Liebe geboten, aber sie durfte dies alles nicht annehmen, und Kapitän Birmingham war schuld daran. Wie verschieden waren die beiden Männer! Es war unvorstellbar, daß der stolze Kapitän der ›Fleetwood‹ jemals so viel Geduld für eine Frau aufbringen würde. Wie traurig war es doch, daß sie Henry nicht heiraten durfte, um ein normales, ruhiges Leben zu führen.

zufrieden in dem kleinen Dorf mit ihm zusammenleben und gemeinsam mit ihm ihrer beider Kinder großziehen. Aber dahin führte nun kein Weg mehr.
»Henry«, sagte sie sanft, »es wäre besser, du würdest dich Sarah zuwenden. Sie liebt dich so sehr, und sie wird dir gewiß eine gute Ehefrau sein.«
»Sarah weiß überhaupt nicht, wen sie liebt«, erwiderte Henry gereizt. »Sie ist schon hinter so vielen jungen Männern hergewesen, und nun bin ich gerade an der Reihe.«
»Nein«, widersprach sie ihm freundlich, »das stimmt nicht, Henry, sie hat für niemanden Augen außer für dich. Sie wäre gewiß glücklich, wenn du sie heiraten würdest.«
Henry hörte kaum hin, was sie sagte. »Aber ich will nur *dich* zur Frau, Heather, nicht irgendein Mädchen ohne Verstand wie Sarah«.
»Du solltest so etwas nicht sagen, Henry. Außerdem stimmt es nicht. Sarah wäre eine viel bessere Frau für dich als ich.«
»Bitte, sprich nicht mehr von ihr«, rief Henry verzweifelt aus. In seinem Gesicht spiegelte sich alle Qual, die er empfand. »Ich denke nur an dich, ich wünsche mir nur dich. Bitte, Heather, ich muß die Erlaubnis deines Onkels haben, um dich werben zu dürfen. Ich will nicht mehr so lange warten. Ich möchte dich bald zur Frau haben.«
Hier war also der Heiratsantrag, der ihr aus aller Not geholfen hätte. Ihre Tante wäre wahrscheinlich recht überrascht gewesen. Doch es war zu spät. Sie mußte nur noch einen Weg finden, diesen liebevollen, sanften jungen Mann davon zu überzeugen, daß eine Heirat zwischen ihnen beiden ausgeschlossen war. Aber vermutlich würde er gar nicht hinhören. Was mußte sie tun, um ihn davon abzubringen? Sollte sie ihm erzählen, was ihr zugestoßen war? Dann würde er entsetzt vor ihr zurückweichen, und sie würde ihm von da an voller Scham aus dem Wege gehen müssen.
»Henry, ich werde meine Tante nicht fragen, ob wir heiraten können. Es wäre falsch, wenn ich das täte. Ich würde hier nie-

mals glücklich werden, verstehst du, Henry? Ich bin in einer ganz anderen Umgebung im Haus meines Vaters groß geworden. Als meine Eltern noch lebten, war ich gewohnt, nichts selber zu tun und verwöhnt zu werden. Als Bäuerin auf dem Lande würde ich der unglücklichste Mensch sein.«
Ein Blick auf sein betroffenes Gesicht versetzte ihr einen Stich ins Herz, aber sie wußte, dies war der einzige Weg, ihn von seinem Vorhaben abzubringen. Über den Schmerz, den sie ihm jetzt zugefügt hatte, würde er bald hinwegkommen, würde einsehen, daß es besser wäre, ohne sie zu leben. Henry stürzten unvermittelt die Tränen aus den Augen. Er wandte sich ab: »Oh mein Gott«, sagte er schluchzend, »ich habe dich immer geliebt, vom ersten Augenblick an, als ich dich sah. In den ganzen vergangenen zwei Jahren habe ich nur immer an dich gedacht, und nun sagst du mir, ich sei nicht gut genug für dich. Wie hartherzig bist du, Heather Simmons, und wie kalt. Gott möge sich deiner Seele erbarmen.«
Bittend streckte Heather ihre Hand nach ihm aus, aber er war schon davongerannt. Nun tropften auch ihre Tränen. Verzweifelt sah sie ihm nach.
Wie grausam war ich, wie tief habe ich ihn verletzt, dachte sie, nun wird er mich verachten.
Langsam ging sie zu ihrem Onkel zurück, der ihr stumm entgegensah.
»Was ist denn mit dem jungen Henry los?« fragte er, als er ihr in den Wagen hineinhalf. Sie legte erschöpft den Kopf an seine Schulter: »Er wollte mich heiraten«, murmelte sie. Mehr konnte sie darüber nicht sagen. Jedes Wort tat ihr weh.
»Und du hast ihn abgewiesen?«
Sie nickte stumm und war dankbar, als er nun ohne jedes weitere Wort die Pferde antrieb und sie schweigend in den Abend hinaus fuhren.

Der Oktober zog ins Land, und es wurde kühl. Die ersten bunten Blätter fielen. Eichhörnchen hüpften von Ast zu Ast auf der

Suche nach Winterfutter. Bald war die Zeit der Schlachtfeste, und allein der Gedanke daran verursachte Heather Übelkeit. Sie fühlte sich zunehmend schwächer. Morgens konnte sie sich nur mit Mühe aus dem Bett erheben, zwang sich mit aller Gewalt zur Arbeit und überlegte, ob sie wohl jemals wieder gesund werden würde. Bei der Fülle zusätzlicher Arbeiten, die ihr die Tante aufgebürdet hatte, war es ihr kaum noch möglich, ihre elende körperliche Verfassung zu verbergen. Sie hatte sich geschworen, die Tante nichts merken zu lassen, aber allmählich schien es ihr unmöglich, diesen Vorsatz auch durchzuhalten. Immer öfter hatte sie gegen Schwäche- und Ohnmachtsanwandlungen anzukämpfen. Sie hatte gehofft, daß, wenn die schrecklichen Erinnerungen schwänden, auch ihre Gesundheit sich wieder festigen würde. Aber die Bilder der jüngsten Vergangenheit blieben ihr unverändert gegenwärtig, und auch ihr elender Zustand besserte sich nicht.
»Hör auf, in der Luft herumzugucken und wasch die Teller ab, dummes Ding!«
Heather fuhr aus tiefem Nachdenken auf und beeilte sich, in ihrer Arbeit fortzufahren. Wenn sie damit fertig war, würde sie ein heißes Bad nehmen und ihren schmerzenden Körper ein wenig entspannen können. Sie fühlte sich müde und erschöpft und litt unter einem zunehmenden dumpfen Schmerz im Rücken. Seit dem frühen Morgen hatte sie die große Wäsche bewältigen müssen und sich beim Bücken, beim Schrubben, Spülen und Heben der schweren Wäschestücke überanstrengt. Als sie danach noch Feuerholz heranschleppen mußte, war es ihr schwarz vor den Augen geworden. Sie stellte das Geschirr ins Bord und holte den hölzernen Badebottich aus der Ecke. Die Tante beobachtete sie hinterhältig und stopfte sich dabei ein Stück Kuchen nach dem anderen in den Mund. Angewidert überlegte Heather, wie es ein Mensch nur fertig brachte, solche Unmengen zu verzehren. Essen schien die Lieblingsbeschäftigung der fetten alten Frau zu sein. Heather wünschte inständig, daß die Tante ihrem Mann ins Schlafzim-

mer folgen möge, damit sie ihr Bad in Ruhe genießen könnte. Aber die Tante tat nicht dergleichen, und so füllte Heather den Badebottich aus den Kupferkesseln, die sie eine Stunde zuvor auf den Herd gestellt hatte. Das Wasser hatte gerade die richtige Temperatur.
Aufseufzend ließ Heather die Kleider fallen.
Sie stand da, völlig nackt. Ihre zarte Haut schimmerte rosig im Widerschein des Herdfeuers, die Silhouette ihres Körpers hob sich klar davor ab.
Plötzlich hätte die Tante sich fast an dem Stück Kuchen verschluckt, das sie gerade aß. Mit einem unterdrückten Schrei fuhr sie von ihrem Stuhl auf. Heather wich erschrocken zurück. Ängstlich forschte sie im Gesicht der alten Frau, was sie so aufgebracht haben könnte, daß es sie zu diesem Ausbruch veranlaßte. Die Tante stand mit vorgestrecktem Kinn und schreckgeweiteten Augen, das fettglänzende, eben noch hochrote Gesicht war aschfahl geworden. Wie eine Furie kam sie jetzt auf ihre Nichte zu, die Hand zum Schlag erhoben. Heather hob schützend die Arme. Sie konnte nichts anderes denken, als daß ihre Tante wahnsinnig geworden sei.
»Welchen Bankert brütest du aus? Zu welchem Kerl bist du ins Bett gekrochen?« Die Stimme der Tante überschlug sich in schrillem Diskant.
Kaltes Entsetzen fuhr Heather in die Glieder. Ihre Nerven zitterten. Die Augen in ihrem leichenblassen Gesicht waren weit aufgerissen. In ihrer ahnungslosen Unschuld hatte sie an die Möglichkeit einer Schwangerschaft überhaupt nicht gedacht. Als sie von Kapitän Birmingham in sein Kajütenbett gezwungen wurde, als sie sich verzweifelt gegen ihn stemmte, hatte sie die möglichen Konsequenzen dessen, was ihr geschah, nicht einmal geahnt. Das Ausbleiben des monatlichen Zyklus hatte sie auf die vielen Aufregungen und den schlechten Zustand ihrer Nerven zurückgeführt. Aber nun fiel es ihr wie Schuppen von den Augen – sie war schwanger, sie würde von diesem Lumpen ein Kind haben müssen, von diesem ge-

meinen Frauenjäger, diesem Schänder ihrer Jungfräulichkeit! Oh mein Gott – dachte sie. Warum? Warum nur?
Fast besinnungslos vor Wut schüttelte Tante Fanny ihre Nichte hin und her, daß die Locken flogen. Schließlich ging ihr die Kraft aus.
»Wer ist der Saukerl? Wer ist es?« keifte sie. Ihre Fingernägel krallten sich in Heathers Arme, so daß das Mädchen laut aufschrie. »Wer ist der Kerl?« schrie die Tante, »sag es mir sofort und auf der Stelle, oder ich prügele es aus dir heraus!«
Heather war unfähig, einen klaren Gedanken zu fassen. Ihr Entsetzen über die Entdeckung der Tante hatte sie völlig benommen gemacht.
»Oh«, stöhnte sie, »bitte, bitte, laß mich los.«
Tante Fanny schien eine plötzliche Erleuchtung zu kommen. Sie schob das Mädchen vor sich her und drückte es in den Lehnstuhl neben dem Herd. »Henry?« fragte sie lauernd. »Dein Onkel hat erzählt, daß er mit dir Süßholz geraspelt hat. Jetzt weiß ich auch, warum. Er ist der Vater von dem Balg! Wenn er aber glaubt, unseren guten Namen beschmutzen zu können, um sich dann leise aus dem Staub zu machen, dann irrt er sich gewaltig. Ich habe dich gewarnt! Ich habe dir gesagt, wenn du jemals herumhurst, wirst du die Folgen tragen müssen! Du wirst Henry heiraten, dieses dreckige Schwein. Der soll es büßen.«
Trotz all ihrer Verwirrung drang dieser schreckliche Verdacht in Heathers völlig betäubtes Bewußtsein. Mit plötzlicher Klarheit erfaßte sie, was ihre Tante da meinte. Sie versuchte, ihre Gedanken zu sammeln, rang nach Worten. Was immer auch geschah, Henry durfte hiervon nichts erfahren. Henry sollte nicht deswegen leiden müssen. Zitternd hob sie das alte Kleid vom Boden auf und preßte es gegen ihre Brust.
»Es war nicht Henry«, sagte sie leise.
Wie ein Habicht stieß die Tante auf sie zu: »Was sagst du da?«
Heather saß bewegungslos und starrte ins Feuer. »Es war nicht Henry«, wiederholte sie.

»Und wer, in drei Teufels Namen, war es dann, wenn nicht dieser verdammte Bauernlümmel?«
»Es war ein Seekapitän aus den Kolonien.« Heather seufzte tief und ließ den Kopf gegen die Sessellehne sinken. Der Feuerschein malte rosige Schatten auf ihr schmales Gesicht. Seine Leute fanden mich, als ich mich in der Nähe des Hafens verirrt hatte. Sie schleppten mich einfach auf das Schiff ihres Kapitäns, und er zwang mich, ihm zu Willen zu sein. Gott weiß, daß das wahr ist.«
Die Tante geriet über diese Erzählung offensichtlich in Verwirrung. »Was sagst du da? Wohin hattest du dich verlaufen? Wann war das?«
Heather brachte es nicht über sich, der Tante vom Tode ihres Bruders zu berichten. »Ich hatte deinen Bruder aus den Augen verloren«, nur mit größter Anstrengung konnte sie sich zum Weitersprechen zwingen, – »und die Yankee-Matrosen stellten sich mir in den Weg.« Wieder überwältigte sie das Entsetzen. Mit weit geöffneten Augen starrte sie in das prasselnde Feuer. »Sie waren auf der Suche nach einem Amüsiermädchen für ihren Kapitän. Ich hatte keine Ahnung, was sie wollten. Sie zwangen mich in ihre Mitte. Ich mußte mit ihnen gehen, und nachdem sie mich erst mal in die Kapitänskajüte geschoben hatten, ließ mich dieser entsetzliche Mensch nicht mehr los. Es war nur einem Zufall zu verdanken, daß er sich einmal für kurze Zeit von Bord entfernte. Ich konnte den Matrosen, der mich bewachen sollte, mit einer Waffe bedrohen, die ich zwischen den Sachen des Kapitäns gefunden hatte. Auf diese Weise bekam ich meine Freiheit wieder. Ich kam sofort hierher.«
»Wieso wurdest du von William getrennt?«
Heather schloß erschöpft die Augen: »Wir . . . wir gingen durch die Stadt und kamen über einen Jahrmarktplatz. Dort herrschte ein solches Gedränge, daß wir uns aus den Augen verloren. Ich habe dir das alles vorher nicht erzählt, weil es mir nicht notwendig schien, weil ich nicht wußte, daß ich

schwanger war. Aber das Kind, das ich trage, ist nicht Henrys Kind. Ich verdanke mein Elend einzig und allein diesem Yankee-Kapitän. Und der wird mich nicht heiraten. Das ist ein Mensch, der nur an sein Vergnügen denkt, und mich zu heiraten wird ihm gewiß kein Vergnügen bereiten.«

Tante Fannys Gesichtszüge hatten sich mittlerweile geglättet. Fast hätte man glauben können, daß das Lächeln um ihre wulstigen Lippen Zufriedenheit ausdrückte.

»Na, das wollen wir ja noch mal sehen«, meinte sie und es klang bösartig, »hast du nicht mal erzählt, daß dein verstorbener Vater mit einem adeligen Ratsherrn in London befreundet war? Hieß der nicht Lord Hampton oder so ähnlich? War er nicht gleichzeitig Richter am obersten Gerichtshof? Der hat doch mal über eine Schmugglerbande zu Gericht gesessen. Untersteht ihm nicht heute noch die Kontrolle der einlaufenden Schiffe?«

Heather in ihrer Verwirrung konnte sich die merkwürdigen Fragen der Tante nicht erklären. Zögernd suchte sie nach einer Antwort.

»Ja, soviel ich weiß, ist Lord Hampton Richter und gleichzeitig Inspekteur für die Schiffe im Hafen. Er bekämpft den Schmuggel dort. Aber – warum?«

Das zufriedene Lächeln im feisten Gesicht der Tante ging sichtlich in die Breite: »Das laß nur meine Sorge sein. Ich möchte etwas mehr über diesen Lord Hampton wissen. Kannte er dich, als du ein Kind warst? Und auch noch später? War er sehr gut mit deinem Vater befreundet?«

Heather runzelte ratlos die Stirn. »Lord Hampton war einer der engsten Freunde meines Vaters. Er und seine Frau besuchten uns oft. Sie kennen mich beide seit meiner frühesten Kindheit.«

»Na schön, den brauchen wir jetzt, um dich unter die Haube zu kriegen«, sagte die Tante kalt. »Steig in den Bottich, nimm dein Bad und geh sofort ins Bett. Morgen stehen wir früh auf und fahren nach London. Wir müssen die erste Postkutsche nehmen, die aus dem Dorf kommt. Unsere klapprige Pferdekarre ist wohl nicht das richtige, um bei Lord Hampton vorzufahren. Beeile dich jetzt gefälligst.«

Heather erhob sich, völlig verstört. Sie wußte nicht, was sie von den Reden der Tante halten sollte. Sie erfaßte ihre Bedeutung nicht. Nur eines war ihr klar: Die Tante jetzt zu fragen, was sie mit der Reise nach London im Sinn hätte, wäre unklug gewesen. So tat sie gehorsam, was von ihr verlangt wurde. Die Bewegungen, mit denen sie ins Bad stieg, waren schwerfällig. Plötzlich war sie sich ihres Zustandes bewußt, und jetzt wunderte sie sich, daß ihr der Gedanke daran nicht schon früher gekommen war. Bei der Rücksichtslosigkeit des verhaßten Mannes schien ihr das nun kein Wunder mehr zu sein. Strotzend vor Kraft, war er über sie hergefallen, ausgehungert nach langen einsamen Wochen auf See.

Oh, welche Schande! Alles in ihr bäumte sich auf gegen die Grausamkeit des Schicksals. Nur mühsam konnte sie ein verzweifeltes Schluchzen unterdrücken. Entsetzen erfaßte sie bei dem Gedanken, was auf sie wartete, wenn er gezwungen würde, sie zu heiraten. In der Gewalt dieses Menschen würde sie an Leib und Seele zugrunde gehen. Als sein Eheweib wartete Verdammnis schon zu Lebzeiten auf sie.

Aber zumindest würde das Kind einen Namen haben, und vielleicht würde das einen kleinen Teil der Schrecknisse gutmachen. Ihre Gedanken wandten sich dem Ungeborenen zu. Es würde schwarzlockig sein, wie seine beiden Eltern, und wenn es nach seinem Vater geriet, würde es ein hübsches Kind werden. Das arme, kleine Wesen! Welches Schicksal war ihm bestimmt? Besser das häßliche Kind eines redlichen Vaters als das Unterpfand erzwungener Lust, ohne Liebe gezeugt.

Und was würde sein, wenn das Kind ein Mädchen wäre? Gewiß war der Kapitän einer der Männer, die sich einen Sohn wünschten. Sicher würde nur ein Sohn seiner Eitelkeit schmeicheln. Oh Gott, betete Heather, in jäh aufflammendem

Zorn, wenn ich ihn heiraten muß, dann laß dies Kind ein Mädchen sein!
Nebenan aus dem Schlafzimmer hörte sie gedämpftes Stimmengemurmel. Tante Fanny hatte ihren Mann geweckt, weil sie nicht bis morgen warten konnte, ihm zu berichten, was Heather zugestoßen war.
Gerade hatte Heather sich aus dem Bottich erhoben und sich in ein Tuch gehüllt, als ihr Onkel ins Zimmer trat. Er schien um zehn Jahre gealtert zu sein.
»Heather, mein Kind, ich muß mit dir sprechen.«
Sie errötete bis unter die Haarwurzeln und zog das Handtuch enger um sich, aber er schien gar nicht zu bemerken, daß sie darunter nackt war.
»Heather, sagst du die Wahrheit? War es wirklich der Yankee, der dich geschwängert hat?«
»Warum willst du das wissen?« fragte sie verängstigt.
John Simmons rieb sich verzweifelt die Stirn. Seine Hand zitterte.
»Heather, Heather, hat William dich jemals angerührt? Hat er dir etwas angetan, Mädchen?«
Mit einem Mal war es Heather klar, warum ihr Onkel sie die ganze Zeit, seitdem sie aus London zurückgekehrt war, so ängstlich beobachtet hatte. Er kannte seinen Schwager William, und deswegen hatte er sich Sorgen um sie gemacht.
»Nein, Onkel«, versicherte sie ihm. »Er hat mir nichts angetan. Wir haben uns auf einem Jahrmarkt in einem Stadtviertel Londons aus den Augen verloren. Ich wollte gerne über den Platz gehen und mir ein wenig die Buden anschauen, und er war freundlich genug, meiner Bitte nachzukommen. Und dann verloren wir uns im Gedränge in den Straßen; ich habe ihn nicht wiedergefunden. Ich irrte herum, und da fanden mich die Matrosen und brachten mich zu ihrem Kapitän. Es stimmt, was ich erzählt habe. Der Yankee ist der Vater.«
Ein tiefer Seufzer der Erleichterung bewies Heather deutlich genug, wie der Onkel sich um sie geängstigt haben mußte. Ein

scheues, kleines Lächeln glitt über das Gesicht des alten Mannes. »Ich habe immer gedacht, – nun ja, reden wir nicht weiter darüber, – ich habe mir lange Zeit Sorgen deinetwegen gemacht. Jetzt müssen wir aber den Mann finden, der der Vater dieses Kindes ist; und diesmal werde ich besser auf dich achten. Ich werde meines Bruders Tochter nicht wieder aus den Augen lassen.«

Heather brachte es fertig, ihrem Onkel herzlich zuzulächeln. Er tat ihr leid, und deshalb verschwieg sie, was sie dachte: Nie würde der Kapitän sie heiraten. Aber warum sollte sie ihren Onkel jetzt schon beunruhigen. So blieb sie stumm.

Als sie London erreicht hatten, nahmen sie in einem preiswerten Gasthof Quartier. Onkel John sandte eine Botschaft an Lord Hampton, in der er von ihrer Ankunft in London berichtete und um eine Unterredung bat. Am nächsten Tag hieß der Lord Onkel John in seinem Hause willkommen. Heather und die Tante blieben im Gasthof zurück, um abzuwarten, was das Gespräch zwischen dem Lord und Onkel John erbracht hatte. Heather zitterte vor Aufregung. Sie mochte nicht daran denken, was alles passieren konnte. Als der Onkel zurückkam, besprach er sich als erstes unter vier Augen mit seiner Frau.

Heather schien es, als ob die Unterredung im Sinne ihres Onkels verlaufen sei, er kam in weitaus besserer Stimmung zurück als er das Haus verlassen hatte.

An diesem Abend wurde sie bald ins Bett geschickt, nicht ohne daß ihr der Onkel zuvor versichert hatte, der Lord sei bereit, alles zu tun, was in seinen Kräften stände, um ihnen bei der Lösung ihrer Probleme zu helfen.

»Er will sich lediglich noch davon überzeugen, ob das, was ich ihm berichtet habe, der Wahrheit entspricht, und dann wird er sofort das Notwendige unternehmen. Wenn dein Yankee es ablehnt, dich zu heiraten, wird man sein Schiff und die Ladung beschlagnahmen und ihn ins Gefängnis werfen.«

Heather begriff die Zusammenhänge nicht. Was sollte das al-

les? Man konnte ihn doch – leider – nicht dafür ins Gefängnis werfen, daß er es ablehnte, eine Frau zu heiraten, der er wider ihren Willen ein Kind gezeugt hatte. Wenn das so einfach wäre, würden wohl kaum so viele uneheliche Kinder die Welt bevölkern. Vermutlich hatte es einen anderen Grund, daß sie ihm in dieser Weise drohen konnten. Wie auch immer, die Konsequenzen würden für sie schrecklich sein, wenn man ihn zwänge, sie zu heiraten. Sicher würde er ihr das Leben zur Hölle machen. Aber mochte sie noch so sehr Einspruch erheben, in diesem Fall zählte ihr Wort nicht. Alle Entscheidungsfreiheit war ihr genommen. Und sie wußte im Augenblick nicht einmal, was schlimmer wäre, diesen Teufel zu heiraten oder einen Bastard großziehen zu müssen. Ihre Gedanken verwirrten sich, und vor Erschöpfung schlief sie ein.
Es war mitten in der Nacht, als sie unsanft von der Tante aus dem Schlaf gerüttelt wurde.
»Steh sofort auf, du übles Weibstück, dein Onkel will mit dir reden.«
Schlaftrunken richtete Heather sich auf und sah verwirrt auf ihre Tante, die mit einer brennenden Kerze neben ihrem Bett stand.
»Nun eil dich gefälligst, wir haben nicht die ganze Nacht Zeit, auf dich zu warten.«
Die Tante verließ den Raum, nachdem sie die Kerze neben das Bett gestellt hatte. Hart fiel hinter ihr die Tür ins Schloß.
Zögernd warf Heather die Decke von sich. Dies war die erste Nacht, die sie seit langem traumlos geschlafen hatte. Das gleichmäßige Tropfen des Regens an den Fensterscheiben hatte sie in den Schlaf gelullt und sie Angst und Schrecken vergessen lassen. So war es nicht weiter verwunderlich, daß sie nur ungern die schützende Wärme des Bettes verließ. Kam sie aber den Befehlen ihrer Tante nicht auf der Stelle nach, so hatte sie gewiß Schlimmes zu erwarten. Halb benommen erhob sie sich und schlüpfte in das abgelegte Kleid ihrer Tante. Es würde nicht lange dauern, daß sie wieder zurück ins Bett

könnte, das war ihr klar. Sie konnte sich schon denken, warum man mit ihr sprechen wollte – Kapitän Birmingham hatte abgelehnt, sie zu heiraten. Das war doch klar, und sie war völlig darauf gefaßt. Man hätte sich die Reise nach London sparen können. Nun ja, es würde nicht lange dauern, bis man ihr erklärt hatte, was hierzu zu sagen war.

Schüchtern klopfte sie an die Tür des Gastzimmers, die unmittelbar darauf von ihrer Tante aufgerissen wurde. Die Frau zog sie unsanft in den Raum, Haß im Blick. Als Heather das Zimmer betrat, lag es fast in völliger Dunkelheit, nur ein kleines Feuer glühte im Kamin, und eine einzige Kerze sandte ihren zuckenden Schein über den Tisch, an dem ihr Onkel mit einem fremden Mann saß. Zögernd trat sie näher. Sie fühlte sich durch die Anwesenheit des fremden Besuchers gehemmt. Aber dann stellte sie fest, daß es kein Fremder war, sondern der alte Freund ihres Vaters, Lord Hampton, der dort mit ihrem Onkel zusammensaß.

Mit einem kleinen Aufschrei der Erleichterung und Freude flog Heather in die ausgebreiteten Arme des alten Mannes.

»Heather!« rief er erschüttert, »meine kleine Heather.«

Sie hing an seinem Hals und erstickte ihr Schluchzen an seiner Schulter. Außer ihrem Vater hatte sie diesen alten Mann seit ihrer frühesten Kindheit am meisten geliebt. Immer war er ihr mit väterlicher Güte begegnet, mit so viel Herzlichkeit, als sei er ihr leiblicher Onkel. Gleich nach dem Tode ihres Vaters hatten er und seine Frau Heather aufgefordert, bei ihnen zu bleiben. Aber Tante Fanny hatte ihre Ansprüche als nächste Blutsverwandte geltend gemacht.

»Es ist lange her, seit ich dich zuletzt gesehen habe, mein liebes Kind«, murmelte er und trat einen Schritt zurück, um sie besser sehen zu können. Seine freundlichen blauen Augen betrachteten sie mit Wohlgefallen. »Ich erinnere mich genau der Zeit, als du noch ein kleines Mädchen warst und auf meine Knie klettertest, um in meinen Taschen nach Süßigkeiten zu suchen«, er lächelte, als er jetzt ihr wohlgerundetes Kinn ein wenig anhob. »Und nun sieh dich an, ein Bild von Jugend und Anmut. Du übertriffst deine Mutter wahrhaftig noch an Schönheit! Wie schade, daß ich keinen Sohn habe, den du heiraten könntest. Ich hätte dich gerne als Mitglied unserer Familie begrüßt. Aber da ich auch keine Töchter habe, kann ich dich vielleicht als mein Töchterchen betrachten.«

Sie erhob sich auf die Zehenspitzen, um ihn auf die Wange zu küssen. »Wie würde ich mich freuen, Ihre Tochter sein zu dürfen«, erwiderte sie liebevoll.

Lord Hampton lächelte gerührt und schob ihr einen Stuhl hin, damit sie sich setzen konnte. Aber Tante Fanny schob ihre Nichte beiseite und ließ sich statt dessen auf den zurechtgerückten Stuhl fallen, der unter ihrem Gewicht ächzte.

Aufs höchste erstaunt über dieses rüde Benehmen, starrte Lord Hampton die Tante einen Augenblick mit großen Augen an. Dann ging er zu einem anderen Stuhl am Ende des Tisches. »Vielleicht sitzt du hier bequemer, mein Liebes«, sagte er zu Heather und zog den Stuhl hinter dem Tisch hervor.

»Nein«, protestierte Tante Fanny mit rauher Stimme. Sie wies mit ausgestreckter Hand irgendwo ins Dunkel. »Der Stuhl dort ist für sie.«

Heather sah erstaunt in die angewiesene Richtung. Sie hatte nicht bemerkt, daß noch jemand im Raum war. Der Mann saß dort im Schatten, sein Gesicht im Dunkeln verborgen, und da er beharrlich schwieg, hatte sie ihn nicht bemerkt.

»Kommen Sie herüber und setzen Sie sich zu uns, Kapitän Birmingham«, rief Tante Fanny giftig, »hier ist der richtige Platz für einen Yankee.«

Heathers Herz setzte einen Schlag aus, sie begann zu schwanken.

»Nein, vielen Dank, Madame«, kam eine dunkle, klare Stimme zurück. »Es gefällt mir hier, wo ich sitze.«

Den Laut der bekannten Stimme im Ohr, fühlte Heather sich auf einer Welle des Entsetzens davongetragen. Ihr schwanden die Sinne, sie brach in die Knie und stürzte zu Boden.

Mit einem Ausruf des Erschreckens eilte Lord Hampton auf sie zu, um ihren Fall aufzuhalten.
»Sie muß furchtbar erschrocken sein«, murmelte er, als wolle er sich mit dieser Feststellung selbst beruhigen. Er hielt ihren schlaffen Körper in den Armen und setzte sie sanft in den Armsessel, den Kapitän Birmingham soeben zurückgewiesen hatte.
Die Lider flatterten in Heathers bleichem Gesicht. Besorgt beugte sich der Lord über sie, als sie kurz darauf langsam die Augen öffnete.
»Fühlst du dich wohler, meine Liebe«, fragte er und strich ihr liebevoll über das Haar.
»Die ist sowieso schon verwöhnt, Lord Hampton«, rief Tante Fanny ärgerlich herüber, »übertreiben Sie's nicht noch mit ihr.«
Der Lord würdigte sie keiner Antwort.
»Du hast meinem alten Herzen einen rechten Schrecken versetzt«, sagte er statt dessen zu Heather gewandt; seine Stimme schwankte.
»Oh, es tut mir so leid«, murmelte sie, »das habe ich nicht gewollt. Ich fühle mich auch schon viel besser.«
Dabei begann sie wieder zu zittern bei dem Gedanken, daß die Augen des Mannes dort im Dunkeln auf ihr ruhten. Mit bebenden Fingern zog sie das viel zu weite Kleid über dem Busen zusammen. Sie erinnerte sich der begehrlichen, fordernden Blicke, die ihr damals auf dem Schiff die Schamröte ins Gesicht getrieben hatten.
»Nun ist genug Theater um sie gemacht worden«, sagte Tante Fanny verdrossen. »Laßt uns erst einmal hören, was sie dazu zu sagen hat.«
Lord Hampton schien zu zögern, er fürchtete, Heather könnte jeden Moment wieder in Ohnmacht fallen. Aber sie zwang sich zu einem kleinen Lächeln und nickte ihm ermunternd zu. So kehrte er, wenn auch nur halb beruhigt, wieder an seinen Platz zurück.

»Na also, dann wollen wir anfangen«, meinte die Tante befriedigt. »In Anbetracht dessen, was ihn erwartet, hat der Lord ihm gesagt, er könne die Vaterschaft ablehnen, weil man ja nicht nachweisen könne, daß es sein Kind ist.«
Heathers Augen wanderten unsicher in der Runde. Sie verstand kein Wort.
Lord Hampton war jetzt wirklich verärgert: »Würden Sie bitte zur Kenntnis nehmen, Madame«, sagte er grollend, »daß ich der Rede selbst mächtig bin, und daß ich auch die Absicht habe, davon Gebrauch zu machen.« Beleidigt klappte Tante Fanny hörbar den Mund zu und lehnte sich, nunmehr schweigend, in ihren Sessel zurück.
»Vielen Dank«, sagte der Lord ironisch, dann wandte er sich wieder Heather zu: »Mein liebes Kind«, begann er ernst, »da ich ein Mann bin, der Recht spricht, und ein Mann von Ehre, kann ich Kapitän Birmingham nicht dazu zwingen, seine Vaterschaft anzuerkennen, bevor ich nicht davon überzeugt worden bin, daß er wirklich der Vater des Kindes ist. Falls jemand anders dir zu nahe getreten sein sollte —«
»Da war nie jemand anders«, sagte sie leise und sah auf ihre Hände, die sie im Schoß gefaltet hielt. Sie rief sich alle Einzelheiten ins Gedächtnis zurück. »Nachdem ich von seinem Schiff geflohen war, habe ich die nächste Postkutsche genommen, die zu unserem Dorf zurückfuhr. Ich stieg an der Kreuzung aus und ging den Rest des Weges zu Fuß. Weit und breit war kein Mensch zu sehen. Meine Tante wird sich an die Uhrzeit erinnern, zu der ich zuhause eintraf.«
»Und von dem Moment an, in dem sie zurückkam, haben ich und mein Mann sie keinen Augenblick aus den Augen gelassen«, ergänzte die Tante triumphierend.
Lord Hampton sah zu Onkel John hinüber und, nachdem dieser bestätigend genickt hatte, zu Heather. »Und was geschah vor deinem Zusammentreffen mit dem Kapitän, mein Kind?« fuhr er zögernd zu fragen fort.
Heather errötete tief. Die Scham verschlug ihr die Sprache. In

diesem Augenblick ließ sich die herrische Stimme aus der dunklen Zimmerecke vernehmen: »Es *ist* mein Kind!«
Tante Fanny lächelte feist und zufrieden. »Nun«, fragte sie siegesgewiß. »Was werden Sie daraufhin unternehmen, Mylord?«
»Ich werde«, sagte er und betonte jedes seiner Worte, »versuchen, wieder gutzumachen, was Ihre unselige Verantwortungslosigkeit und Habgier im Leben dieses armen Kindes angerichtet hat. Ich beklage den Tag, an dem ich zu schwach war, Sie daran zu hindern, das Mädchen mit zu sich zu nehmen. Sie hätten mehr Sorgfalt und Liebe walten lassen müssen, um die Kostbarkeit dieses jungen Lebens zu hüten.« Sein zorniger Blick wanderte hinüber zu Onkel John, der tiefbeschämt mit hängendem Kopf dort saß und schwieg. »Und Sie, der nächste Blutsverwandte, sind in meinen Augen überhaupt nichts wert. Ich verachte Sie.«
»So?« keifte Tante Fanny erbost, »und was ist mir ihr? Schließlich war *sie* es, die mit dem Kerl ins Bett gekrochen ist.«
»Nein!« rief Heather in atemlosen Protest.
Ehe sie sich versah, hatte Tante Fanny sich umgewandt und schlug ihr mit der flachen Hand ins Gesicht, mit einer solchen Wucht, daß Heathers Unterlippe zu bluten begann. Durch einen Tränenschleier sah Heather, daß Lord Hampton sich jäh erhoben hatte. Seine Hände umklammerten die Tischkante, er beugte sich vor und sagte drohend:
»Madame, Ihre Handlungen beweisen die Niedrigkeit Ihres Charakters, Ihre Manieren sind barbarisch, und wenn Sie ein Mann wären, hätte ich für das, was Sie eben getan haben, Satisfaktion verlangt. Ich glaube, es ist das Beste, wenn Heather wieder zu Bett geht. Das alles regt sie viel zu sehr auf.«
Erleichtert erhob sich Heather von ihrem Stuhl und ging auf die Tür zu, aber die Tante packte sie an ihrem Kleid und hielt sie zurück.
»Nein!« zischte sie, »zuerst wird sie sich zu verantworten haben. Kein anständiges Mädchen gerät in solche Schwierigkei-

ten mit einem Mann. Ich habe mein Bestes versucht, um sie Gottesfurcht zu lehren, aber sie ist die Handlangerin des Teufels. Schauen Sie nur alle, was sie sich dafür eingehandelt hat!« Geifernd vor Wut riefß die Tante dem Mädchen das Kleid buchstäblich vom Leibe und gab die Schönheit des jungen Körpers allen Blicken preis.

Im Dunkeln wurde ein Stuhl zurückgestoßen. Kapitän Birmingham hatte sich zornig erhoben. Mit ein paar Schritten war er am Tisch, und Fanny, plötzlich ängstlich geworden, fiel auf ihren Stuhl zurück. Zorn in den grünen Augen, stand der hochgewachsene Mann vor ihr, einen schwarzen Umhang um die Schultern, eine einzige Drohung. Die Augen der Tante waren schreckgeweitet, sie fühlte sich gelähmt, unfähig, sich in Sicherheit zu bringen. Angstvoll erinnerte sie sich daran, daß sie Heather oft eine Hexe genannt hatte. Wie recht hatte sie gehabt, denn dieser Mann vor ihr mußte der Satan persönlich sein. Abwehrend streckte sie die Hände aus, aber der Yankee kümmerte sich nicht mehr um sie. Er hatte den regenfeuchten Umhang von den Schultern gestreift und ihn Heather umgelegt, die mit gekreuzten Armen verzweifelt versuchte, ihre Nacktheit zu verbergen. Er hüllte ihren bebenden Körper ein, aber das Zittern wollte nicht nachlassen. Diesmal bebte Heather vor Furcht. Die unmittelbare Nähe seines schöngebauten, festen Körpers war mehr, als sie ertragen konnte.

Ein zuckender Muskel in Brandons Wange bewies seinen mühsam unterdrückten Zorn. Ärgerlich sah er in die Runde.

»Genug des nutzlosen Geredes«, sagte er kalt. »Da dieses Mädchen mein Kind trägt, untersteht sie nunmehr meiner Verantwortung. Ich werde meine Heimreise verschieben, um dafür zu sorgen, daß Heather so komfortabel wie möglich in einem eigenen Haus untergebracht wird und daß genügend Dienstboten zu ihrer Verfügung stehen.« Er blickte Lord Hampton an. »Sie haben mein Ehrenwort als Gentleman, daß sie und das Kind standesgemäß versorgt werden. Es ist wohl klar, daß sie mit ihren Verwandten nicht mehr länger zusammenleben kann, ebensowenig wie ich zulassen werde, daß mein Kind der Erziehungsgewalt und der Bosheit dieser Frau ausgeliefert wird, die sich Heathers Tante nennt. An sich hatte ich vorgehabt, daß dies meine letzte Seereise sein sollte, aber unter den gegebenen Umständen werde ich jährlich einmal hierher kommen, um mich von dem Wohlergehen des Mädchens und meines Kindes zu überzeugen. Gleich morgen werde ich mich nach einer passenden Unterkunft umsehen. Später werde ich mich darum kümmern, daß ihre Garderobe standesgemäß ergänzt wird. Und nun, Sir, möchte ich zu meinem Schiff zurückkehren. Falls Sie mit diesen Leuten noch zu reden haben, werde ich unten im Wagen warten, bis die Unterredung beendet ist.« Er wandte sich direkt an Tante Fanny und erklärte unheilverkündend, langsam und betont:

»Ich lege Ihnen dringend nahe, Madame, solange dieses Mädchen sich noch unter Ihrer Obhut befindet, die Hände von ihr zu lassen, sonst werden Sie es bereuen ...«

Damit wandte er sich ab, schritt zur Tür, und Heather warf einen letzten Blick auf sein edel geschnittenes, zorniges Gesicht, auf den hochgewachsenen, schlanken Körper. Dann war er gegangen und hatte nichts weiter zurückgelassen als Befremden über die demütigende Zusage, für den Bastard zu sorgen, den er gezeugt hatte, und für dessen Mutter. Keinem von ihnen war es gelungen, die Notwendigkeit einer Heirat zur Sprache zu bringen. Heather war ohne weiteres in die Rolle der ausgehaltenen Mätresse gedrängt worden.

»Dem wird der Hochmut noch vergehen«, zischte Tante Fanny gehässig, »wenn er erst weiß, was wir mit ihm vorhaben.«

Lord Hampton maß sie mit kalten Blicken. »Ich bedaure auf's äußerste, daß ich Ihren Forderungen entsprechen muß«, sagte er grollend, »wenn es nicht Heathers wegen wäre, würde ich es ablehnen, für Sie in Aktion zu treten. Aber es geht um Heathers Wohl und Wehe, und deshalb muß ich diesen Mann vor den Altar zwingen. Doch Sie, Madame, Sie sollten gewarnt sein. Sie haben soeben selbst feststellen können, wie jähzornig dieser Mann ist. Ich würde Ihnen empfhelen, auf das zu hören, was er Ihnen angeraten hat.«

»Er hat kein Recht, mir Vorschriften zu machen, wie ich das Mädchen anzufassen habe.«

»Sie irren sich, Madame. Er ist der Vater ihres Kindes, und in wenigen Stunden wird er ihr Gatte sein.«

3. Kapitel

Ein vorwitziger Sonnenstrahl stahl sich durch die Vorhänge und streichelte Heathers Gesicht. Sie bewegte sich verschlafen, öffnete die Augen, um sie sogleich wieder zu schließen und sich fester in die Kissen zu kuscheln. Sie hatte geträumt, sie sei wieder zu Hause bei ihrem Vater. Der vom Regen feuchte Morgenwind spielte mit den Vorhängen, bauschte sie und trug den herben Duft des Herbsttages ins Zimmer. Tief atmete Heather den Luftzug ein, der an ihr Bett drang und ihre Wange streichelte. Dann öffnete sie die Augen endgültig und richtete sich in den Kissen auf.

Der schwarze Umhang Kapitän Birminghams lag über dem Stuhl neben ihrem Bett ausgebreitet. Bei diesem Anblick begannen sich ihre Gedanken zu jagen. Angst erfüllte sie.

Wie überheblich er war, dachte sie zornig, mir gnädig ein Leben im eigenen Hause unter seinem mächtigen Schutz gewähren zu wollen. Was denkt er von mir, daß er glaubt, mich zu seiner Mätresse machen zu können? Lieber bin ich obdachlos, als diesen unwürdigen Vorschlag anzunehmen!

Er bildet sich wohl ein, daß ich begeistert wäre, wenn er mich ins gemachte Nest und geradewegs in sein Schlafzimmer geleitet? Er glaubt womöglich, ich sei ihm noch dankbar dafür und würde mich willig allen seinen Wünschen fügen? Wenn ich mich darauf einließe, wäre ich wirklich nichts weiter als käuflich! Lieber setze ich meinem Leben freiwillig ein Ende!

Aber was würde geschehen, wenn man ihn zwang, sie zu heiraten? Allein der Gedanke daran ließ sie vor Furcht erzittern. Dann würde sie sich ihm wahrhaftig fügen müssen. Auch sei-

nem Zorn, und sie wußte aus Erfahrung, daß seine jäh aufwallende Wut schrecklich sein konnte.
»Oh Gott, laß nicht zu, daß er mir Schlimmes antut!« sandte sie ein Stoßgebet zum Himmel.
Ein Klopfen an der Tür riß sie aus ihren trüben Gedanken. Um nicht das verhaßte Kleidungsstück, den Umhang, überwerfen zu müssen, zog sie das Bettuch von der Matratze und schlang es um ihren nackten Körper. Dann öffnete sie zaghaft die Tür. Draußen stand eine grauhaarige freundliche Frau, begleitet von zwei jungen Mädchen, die mit Schachteln aller Größen beladen waren.
»Jungfer Heather«, sagte die Frau lächelnd, »ich bin Mrs. Todd, und diese beiden Mädchen sind meine Gehilfinnen. Wir sind von Lord Hampton geschickt worden, um Sie zu Ihrer Hochzeit anzukleiden.«
Eisige Furcht griff Heather ans Herz. Sie begann am ganzen Körper zu beben. Hilflos tastete sie nach der Lehne des Stuhls hinter sich und klammerte sich daran fest. Sie glaubte, daß die Knie ihr den Dienst versagen müßten. Mrs. Todd beachtete gottlob ihre Schwäche nicht. Sie war viel zu sehr damit beschäftigt, den beiden Mädchen Anordnungen zu geben.
»Haben Sie heute morgen überhaupt schon gefrühstückt, meine Liebe?« fragte sie besorgt.
Heather schüttelte schwach den Kopf. »Nein«, flüsterte sie.
»Oh, das ist aber gar nicht gut. Nun, Sie sollen sich um nichts sorgen, sich um nichts kümmern; ich werde alles Notwendige veranlassen. Wir wollen ja nicht, daß Sie während der Trauungszeremonie vor Hunger ohnmächtig werden, nicht wahr?«
»Wann findet die Trauung statt?« wagte Heather zu fragen.
Die alte Frau schien über diese seltsame Frage der jungen Braut nicht überrascht zu sein.
»Heute nachmittag, meine Liebe«, erwiderte sie.
Heather wankte und ließ sich in einen Sessel sinken. »Oh«, war alles, was sie zu sagen vermochte.
»Man hätte Ihnen gewiß Bescheid sagen sollen, meine Beste.

Aber da alles so eilig vor sich geht, hat man es gewiß vergessen. Seine Lordschaft sagten, der Bräutigam lege Wert darauf, sofort zu heiraten und wünsche keine Stunde Aufschub. Nun kenne ich ja den Grund für seine Ungeduld – so eine schöne junge Braut, wie Sie es sind, mein liebes Kind!«

Aber Heather hörte gar nicht, was sie sagte. Ihre Fantasie malte ihr bereits die entsetzlichsten Bilder der kommenden Nacht aus. Sie würde neben Kapitän Birmingham liegen, seinen keuchenden Atem über sich spüren, seine Hände würden gierig ihren Körper betasten. Ihr Gesicht brannte vor Scham, wenn sie daran dachte. Er würde nicht darauf achten, ob er ihr weh tat oder nicht. Sie war sich keineswegs sicher, ob sie ihn ohne Widerstand würde ertragen können, ob sie sich nicht verzweifelt wehren und damit seinen Zorn entfachen würde. Sie grub die Zähne in die Unterlippe. Warum ließ man ihr nicht mehr Zeit? Sie hatte nicht im Traume daran gedacht, daß es ihnen gelingen würde, die Heirat in so kurzer Zeit zu erzwingen. Wie konnte sie angesichts dieser Situation Ruhe bewahren, ihn mit sich machen lassen, was er wollte?

Mit Schrecken dachte sie, daß die letzten kostbaren Augenblicke ihrer persönlichen Freiheit dahinschwanden. Wie im Traum ließ sie alle Vorbereitungen für die Trauung über sich ergehen, aß gehorsam, nahm ein Bad, ließ sich parfümieren. Keine Minute dieses Morgens gehörte ihr. Und während man an ihr herumzupfte, sie kämmte – und strich, konnte sie kaum dem Drang widerstehen, gepeinigt aufzuschreien: Geht, geht, laßt mich alle allein!

Ein üppiges Mittagsmahl wurde ihr serviert, und obwohl sie nicht hungrig war, tat sie so, als esse sie bereitwillig, nur um einen Moment Ruhe vor ihnen zu haben. Den Rest des Essens schüttete sie in einem unbewachten Augenblick zum Fenster hinaus, vor dem eine hungrige Katze herumlungerte. Und nachdem man das Tablett wieder fortgenommen hatte, begann das Ganze von neuem. Es gab keinen Zoll ihres Körpers, der nicht berührt worden wäre, einerlei wie peinlich es ihr

war. Ihre schwachen Protestversuche wurden einfach niedergeredet:
»Aber Beste, einen Tropfen Parfüm hier und da, – Männer mögen das.«
Und Heather dachte, daß diese gute Absicht genau das Gegenteil von dem war, was sie wünschte. Der Mann, den sie heiraten würde, brauchte nicht erst die Stimulanz von Wohlgerüchen!
Schließlich war die Tortur zu Ende. Zum ersten Mal durfte sie einen Blick auf sich werfen. Was sie sah, war nicht die Heather, die ihr aus dem täglichen Spiegelbild vertraut war, es war ein völlig anderes Mädchen. Nie, fand sie, hatte sie so ausgesehen. Einen befremdlichen und erschreckenden Augenblick lang erkannte sie die Schönheit, die andere an ihr sahen und bewunderten, etwas, was sie zuvor nicht bemerkt hatte. Ihr seidiges Haar war in Locken gedreht und zu einer griechischen Frisur aufgetürmt. Eine Tiara aus vergoldetem Filigran, mit Perlen besetzt, krönte diese Haarpracht, tiefblaue, ein wenig schräggeschnittene Augen sahen ihr erschrocken aus ihrem Spiegelbild entgegen. Die Haut ihrer schmalen, schön modellierten Wangen hatte sich sanft gerötet. Der rosige Mund war im Erstaunen über diesen Anblick leicht geöffnet.
»Ich kann mir kein hübscheres junges Mädchen vorstellen als Sie, Jungfer Heather.«
Heather hörte das Kompliment nicht. Sie sah an dem Kleid herunter, das man ihr angezogen hatte. Es war einer Königin würdig. In liebevoller Aufmerksamkeit hatte Lady Hampton Heather ihr eigenes Hochzeitskleid geschickt, ein elegantes Kleid aus blauem Samt, das mit seiner angeschnittenen Kapuze ein wenig an ein Mönchsgewand erinnerte. Es wurde von einem goldenen, reich mit Perlen und Rubinen bestickten Gürtel zusammengehalten. Auch die lange Schleppe, mit kostbarer Seide gefüttert, war goldbestickt und mit Perlen dicht übersät. Ein Kleid für große Anlässe , dachte Heather traurig. Sie runzelte die Stirn, ging hinüber zum Fenster und starrte

hinaus. Die Zeit verging, und die Stunde ihres Verderbens rückte immer näher. Sie zitterte in Gedanken daran.
Nur einmal in meinem Leben, oh Gott, betete sie leise, oh bitte, nur einmal laß mich tapfer sein.
Hinter ihr wurde die Tür aufgerissen und Tante Fanny erschien auf der Bildfläche.
»Na bitte, wie ich sehe, bist du piekfein von Kopf bis Fuß«, bemerkte sie mißgünstig, »und du findest dich wohl auch noch bildhübsch, was? Aber du kannst dich beruhigen, du siehst nicht viel anders aus, als du in meinen alten Kleidern ausgesehen hast.«
Mrs. Todd richtete sich zu respekteinflößender Größe auf und hob das Kinn. Sie war so verärgert, als ob die Beleidigung ihr gegolten hätte.
»Wie meinen Sie bitte, Madame?«
»Ach, halten Sie Ihren Schnabel«, sagte die Tante grob.
»Bitte, Tante Fanny«, bat Heather leise, »Mrs. Todd hat unglaublich mühevolle Arbeit geleistet.«
»Kann ich mir denken. Mit dir hat man immer seine Arbeit.«
»Madame«, sagte Mrs. Todd erbittert, »die junge Dame verdient Ihre ungerechte Kritik nicht. Sie ist bei weitem das hübscheste junge Mädchen, das ich je gesehen habe.«
»Sie ist Satans Tochter«, zischte Tante Fanny. »Ihre Schönheit ist ein Werk des Teufels, und deshalb wird kein Mann, der sie jemals gesehen hat, Ruhe finden. Ja, sie ist Teufelswerk, und ihre Wirkung auf Männer ist die Wirkung von Hexen auf die Gelüste des Teufels. Für mich ist das die wahre Häßlichkeit, und der Kerl, den sie heiraten wird, paßt genau dazu. Beide sind sie des Teufels.«
»Was für ein Unsinn!« rief Mrs. Todd empört. »Dieses Mädchen ist ein Engel.«
»Ein Engel ist sie? Wahrscheinlich hat sie Ihnen nicht erzählt, warum sie so früh und so schnell verheiratet wird, oder?«
Von der offenen Tür, wo er bis jetzt gestanden und zugehört hatte, sagte Onkel John langsam und nachdrücklich: »Der

Grund ist, daß Kapitän Birmingham sie ohne Aufschub heiraten *möchte*, ist es nicht so, Fanny?«

Die aufgebrachte Tante drehte sich heftig um, bereit, ihm eine höhnische Antwort zurückzugeben, aber irgend etwas, – vielleicht die Angst vor dem Yankee-Kapitän, – bewirkte, daß ihr das Wort im Halse stecken blieb. Statt dessen wandte sie sich wieder ihrer Nichte zu und machte Miene, sie, wie gewohnt, in den Arm zu kneifen. Aber Heather wich schnell genug aus.

»Ich kann dir nur sagen, daß ich glücklich bin, dich loszuwerden«, Tante Fanny spie die Worte förmlich aus, »dich um mich zu haben, war wahrhaftig kein Vergnügen.«

Heathers Augen füllten sich mit Tränen, wortlos wandte sie sich dem Fenster zu. Solange sie denken konnte, hatte sie sich danach gesehnt, von ihrer Familie geliebt zu werden. Was ihr Vater ihr an Liebe geben konnte, wurde überschattet durch das Unglück, das ihn mit dem Tode seiner Frau getroffen hatte. Die Tante hatte sie gehaßt. Der Onkel hatte nicht gewagt, ihr seine Zuneigung zu zeigen. Und jetzt, was noch schlimmer war, war sie dazu bestimmt, bis zu ihrem Tode ein liebeleeres Leben zu verbringen, an der Seite eines abscheulichen, zur Ehe mit ihr gezwungenen Gatten. Selbst der Sohn, falls sie einen Sohn gebären sollte, würde seine Mutter vielleicht ablehnen, aufgestachelt durch einen Vater, der nur unter Zwang Vaterpflichten erfüllte. Ihr Leben war für alle Zukunft zerstört.

Eine Stunde später entstieg Heather, starr und ohne zu lächeln, einer Mietkutsche. Onkel John half ihr heraus. Die mächtige Kathedrale erhob sich in gewaltiger Pracht. Und sie, klein und zierlich, schritt, von ihrem Onkel geführt, die Treppen hinauf zum Haupteingang. Sie nahm kaum wahr, was um sie vorging. Was sie tat, tat sie mechanisch. Sie setzte einen Fuß vor den anderen, ohne sich bewußt zu sein, wohin ihr Onkel sie führte. Mrs. Todd ging an ihrer anderen Seite, um noch letzte Hand an das kostbare Gewand zu legen, um das bräutliche Cape zurechtzuzupfen, das Heathers zartes Gesicht umgab. Die gutherzige alte Frau wirkte wie eine besorgte Glukke, die ihr Küken vor Unbill bewahren möchte. Aber von alldem nahm Heather keine Notiz. Sie starrte wie gebannt geradeaus zum Hauptportal der Kathedrale, dem sie mit jedem Schritt näherkam. Dort lag es vor ihr, dunkel aufgetan, wartete es darauf, sie zu verschlingen. Dann betrat sie den Kirchenvorraum und blieb dort stehen, weil auch ihr Onkel stehenblieb. Orgelmusik brauste auf und dröhnte in ihren Ohren. Noch einmal umflatterte Mrs. Todd sie, rückte die Kapuze zurecht und legte die Schleppe in gefällige Falten. Jemand drückte ihr eine kleine weiße Bibel mit eingeprägtem goldenen Kreuz in die Hand; achtlos nahm sie sie entgegen.

Die Musik wechselte in einen getragenen Choral.

»Jetzt ist es Zeit, meine Liebe«, flüsterte Mrs. Todd ihr ermutigend zu.

»Ist – ist er dort drin?« fragte Heather leise und hoffte insgeheim, daß er sich noch im letzten Moment geweigert hätte, zu kommen.

»Wer, meine Liebe?« fragte die Frau verständnislos.

»Sie meint den Yankee«, warf Tante Fanny gehässig ein, die diese Frage gehört hatte.

»Aber ja, mein Kätzchen«, beruhigte Mrs. Todd sie liebevoll, beinahe zärtlich. »Er steht vor dem Altar und wartet auf sie, und soweit ich feststellen konnte, ist er wirklich ein schöner Mann.«

Heather lehnte sich in einer plötzlichen Schwächeanwandlung an Mrs. Todds Schulter, und die Ältere stützte sie hilfreich und führte sie mit nachsichtigem Lächeln ein paar Schritte bis zu der Tür, hinter der sich das hohe Kirchengewölbe öffnete.

»In einem Moment ist alles vorbei«, sagte sie tröstend.

Dann kam Lord Hampton, bot Heather den Arm und führte sie den Kreuzgang hinunter. Sie war unfähig zu denken. Sie fühlte nur das pochende Herz in der Brust und das Gewicht der Bibel in ihrer Hand. Die schwere Schleppe verlangsamte ihre Schritte und schien sie zurückhalten zu wollen, aber tapfer ging sie weiter. Die Kerzen am Altar flackerten und warfen

ihr schimmerndes Licht auf die Gruppe, die dort stand, und sie wußte sofort, wer derjenige war, der bald ihr Ehemann werden sollte. Sie erkannte ihn an seiner überragenden Gestalt. Nie war er ihr so groß erschienen.
Für einen Augenblick verhielt sie ihren Schritt, denn sie hatte einen Blick auf seine finsteren, verschlossenen Züge geworfen. Ein unwiderstehlicher Drang, sich umzuwenden und zu fliehen, überfiel sie. Ihre Unterlippe zitterte. Sie konnte ihre Hilflosigkeit jetzt nicht mehr verbergen, als Lord Hampton von ihrer Seite zurücktrat und sie nunmehr allein ließ. Die grünen Augen vor ihr betrachteten sie in einer Weise, die eine unverkennbare Beleidigung war. Eine kräftige, braune Hand streckte sich aus, bereit, die ihre zu ergreifen. Die Geste trieb ihr die Purpurröte in die Wangen. Widerstrebend legte sie ihre kalten Finger in seine warmen, und nunmehr führte er sie die letzten Stufen zum Altar hinauf.
Stolz und aufrecht in seiner imponierenden Größe stand er da, ganz in schwarzem Samt und weißer Seide gekleidet. Für sie war er Satan persönlich, schön, grausam und böse. Er konnte ihr die Seele aus dem Körper reißen und würde keine Gewissensbisse deswegen empfinden.
Wenn sie jetzt wirklich tapfer sein, wirklich Mut beweisen wollte, dann müßte sie sich abwenden, bevor die Trauzeremonie begann, müßte weit weglaufen, weg von diesem Wahnsinn, den man ihr anzutun drohte. Jeden Tag gab es Frauen, die uneheliche Kinder zur Welt brachten und sie dennoch großzogen. Warum wollte sie das nicht auf sich nehmen? Gewiß würde es einfacher sein, um die tägliche Nahrung zu betteln, kein Dach über dem Kopf zu haben, als im Höllenfeuer einer solchen Ehe zu schmoren.
Aber während sie noch darüber nachdachte und sich Mut zuzusprechen versuchte, fiel sie bereits neben dem Mann an ihrer Seite auf die Knie und senkte den Kopf, um den priesterlichen Segen entgegenzunehmen.
Die Zeit stand still, als nun die Trauungsformel gesprochen

wurde. Während der ganzen Zeit begehrte alles in ihr gegen den Mann auf, der neben ihr kniete. Wie gebannt starrte sie auf die schmalen, kräftigen Hände, widerwillig empfand sie die Nähe seines Körpers.

Sie hörte, wie er ruhig und deutlich die Frage des Priesters beantwortete.

»Ich, Brandon Clayton Birmingham, nehme dich, Heather Brianna Simmons, zu meinem rechtlich angetrauten Weibe.«

Dankbar, daß sie nicht stockte, sprach sie dieselben Worte, und einen Augenblick später streifte er ihr einen goldenen Ring über den Finger. Wieder beugten sie ihre Köpfe vor dem Priester.

Dann stand sie mit zitternden Knien auf. Auch er hatte sich zu seiner vollen Größe erhoben. Unfreundlich sahen die grünen Augen auf sie hernieder, und sie wandte ängstlich und betroffen ihren Blick ab.

»Ich glaube, es ist üblich, daß der Bräutigam die Braut küßt«, sagte er.

Sie fürchtete, sie würde unter seinem eiskalten Blick ohnmächtig werden. Seine schmalen, braunen Finger legten sich um ihr Kinn und hielten es so fest, daß sie nicht ausweichen konnte, während seine andere Hand sich ihr auf den Rücken legte. Und plötzlich riß er sie herrisch an sich. Heathers Augen weiteten sich, alle Farbe wich aus ihrem Gesicht. Sie fühlte die Augen der anderen erstaunt auf sich gerichtet, aber er achtete nicht darauf. Im Gegenteil, es schien ihm nur recht zu sein. Er beugte den Kopf, und seine halbgeöffneten Lippen preßten sich in einem leidenschaftlichen, langen Kuß auf ihren Mund. Seine Lippen waren feucht und fordernd. Mit beiden Händen stemmte sich Heather gegen seine Brust und versuchte, sich aus seiner harten Umarmung zu befreien.

Irgendwo in der Nähe hörte sie, wie Lord Hampton verlegen hustete, und ihr Onkel irgend etwas Unverständliches murmelte. Schließlich legte der Priester die Hand auf Brandons Arm und meinte eindringlich:

»Später, mein Sohn, werden Sie dazu Zeit haben. Mittlerweile warten die anderen darauf, Ihnen zu gratulieren.«

Endlich lockerte sich der Griff des Mannes, und sie konnte wieder atmen. Ihr zitternder Mund brannte von seinem heftigen Kuß, und seine Finger waren deutlich auf der zarten Haut ihres Kinns zu sehen. Taumelnd wandte sie sich um, als Lord und Lady Hampton jetzt die Stufen zu ihr hinaufstiegen. Der freundliche alte Herr gab ihr einen väterlichen Kuß auf die Stirn.

»Ich hoffe, ich habe dir nichts Böses angetan, Heather«, sagte er mit schwankender Stimme und warf einen Blick auf Kapitän Birmingham, der nunmehr steif und unnahbar neben ihr stand. »Meine Absicht war, Dich versorgt und behütet zu wissen, aber . . .«

»Bitte«, flüsterte sie und legte zwei Finger ihrer zitternden Hand auf seine Lippen.

Sie konnte ihn den Satz nicht beenden lassen. Sobald er ihre eigene Furcht in Worte faßte, würde sie schreiend davonlaufen, würde sie sich von Panik überwältigen lassen.

Lady Hampton sah den Yankee-Kapitän zweifelnd an, aber er stand und starrte kühl geradeaus, die Hände lässig auf den Rücken gelegt. Es wirkte, als stünde er am Deck seines Schiffes und richtete seinen Blick weit hinaus auf die See. Die Hände der alten Dame zitterten, als sie nun Heather umarmte, und Tränen rollten über ihre Wangen. Die zwei Frauen, beide zierlich und klein, hielten sich eng umschlungen. Jede von ihnen empfand die gleichen Ängste.

Als könne er Gedanken lesen, entschloß sich Lord Hampton zu einem Vorschlag: »Ich würde sagen, Sie bleiben heute Nacht in Hampshire-Hall«, wandte er sich mit betonter Höflichkeit an den Kapitän, »dort ist mehr Platz als bei Ihnen an Bord und gewiß mehr Komfort.«

Daß dort jeder Raum für ihn leicht erreichbar war, für den Fall; daß Heather einen Hilfeschrei ausstoßen sollte, sagte er natürlich nicht.

Brandon schaute kühl auf den alten Herrn herab: »Und wie ich annehme, bestehen Sie auf dieser Einladung.«
Der Lord begegnete seinem Blick und wich ihm nicht aus. »Ja, das tue ich«, sagte er bestimmt.
Ein Zucken des Muskels unter Birminghams Backenknochen bewies seinen nur mühsam beherrschten Zorn. Er schwieg jedoch und blieb weiterhin stumm, als seine Lordschaft vorschlug, man möge doch jetzt aufbrechen, um das Hochzeitsmahl in Hampshire-Hall einzunehmen. So zog er lediglich den Arm seiner Braut durch den seinen und folgte den vorangehenden Gästen durch das Kirchenportal.
Heather in ihrer zitternden Nervosität hätte sich lieber von Lord Hampton hinausgeleiten lassen, aber Brandons Absichten waren klar, er wünschte niemand anderes an der Seite seiner jungen Frau. Schon in diesen ersten Minuten nach der Trauung wurde deutlich, wer hier die Herrschaft übernommen hatte. Sie würde immer unter seinem Willen stehen, würde sich niemals mehr selbst gehören, und auch über ihre Seele würde er eines Tages Macht haben, sie ahnte es schaudernd. Bevor sie noch die Stufen erreichten, die ins Freie führten, verfing sich Heathers Schleppe, und sie mußte wohl oder übel stehenbleiben. Verärgert über diesen Aufenthalt sah Brandon auf sie runter, zumal sie Miene machte, ihren Arm aus dem seinen zu ziehen.
»Bitte«, sagte sie mit zitternder Stimme, »ich kann nicht weiter, meine Schleppe hat sich irgendwo verhängt.«
Er schaute zurück, sah, daß das herausragende Ende eines Betschemels die Ursache war, ging hin, löste die Schleppe und schlug sie lässig über seinen Arm. Dann ergriff er Heather wieder beim Ellenbogen und meinte mokant: »Deine Tränen sind überflüssig, meine Liebe, dem kostbaren Gewebe ist nichts geschehen, das Kleid ist in Ordnung.«
Erbittert darüber, daß er ihre Tränen mißdeutete und nicht ernst nahm, sondern sich offensichtlich darüber amüsierte, ließ Heather den Zorn über ihre Sanftmut siegen:

»Oh«, sagte sie, und ihre Augen funkelten, »wäre ich ein Mann, würdest du es nicht wagen, so über mich zu lächeln.«
Er hob arrogant eine Augenbraue, und sein Lächeln vertiefte sich: »Aber, aber, meine Liebe, wärest du ein Mann, so wärst du schwerlich in dieser Situation.«
Gedemütigt und rot vor Scham versuchte Heather sich von ihm loszureißen, aber er hielt sie mit eisernem Griff fest.
»Du kannst mir nun nicht mehr entfliehen, meine Liebe. Nun gehörst du ein für allemal mir«, meinte er leichthin und schien ihr Widerstreben zu genießen. »Du wolltest die Ehe mit mir, und das sollst du nun bis an dein Lebensende haben, es sei denn, du würdest vorzeitig Witwe. Aber keine Angst, mein Herz, ich beabsichtige nicht, dich freiwillig allzu früh zu verlassen.«
Sie wurde aschfahl bei seinen Worten. Die Füße versagten ihr den Dienst, sie glaubte, ohnmächtig zu werden. Er spürte, daß sie schwankte, stützte sie, zog sie dicht an sich und hob ihr Kinn, so daß er sie genau betrachten konnte. Seine Augen brannten wie grünfunkelndes Feuer.
»Nicht einmal ein Lord Hampton wird dazu in der Lage sein, dich vor mir zu bewahren, wie er offensichtlich die Absicht hat. Aber sei's drum, was ist schon eine Nacht, der viele andere folgen werden.«
Seine Worte lähmten sie vollends. Hilflos sank ihr Kopf an seine Schulter.
»Wie schön du bist, mein Herz«, sagte er, und seine Stimme wurde rauh, »so bald werde ich deiner nicht überdrüssig werden.«
Lord Hampton, unruhig und auf's äußerste besorgt über das Ausbleiben des jungen Paares, eilte die Kirchenstufen hinauf und fand Heather, eng umschlungen in den Armen ihres Mannes, mit zurückgeneigtem Kopf, das Gesicht mit den geschlossenen Augen leichenblaß.
»Ist sie ohnmächtig geworden?« fragte er ängstlich und trat näher.

Das Feuer in Brandons Augen erlosch. Er warf dem Lord einen kurzen Blick zu. »Nein«, erwiderte er, wieder seiner Frau zugewandt, »sie wird sich gleich besser fühlen.«
»Dann kommen Sie doch bitte«, sagte der Lord irritiert, »die Kutschen warten draußen.« Er wandte sich ab und ging hinaus. Brandons Arm umfaßte sein Weib enger.
»Soll ich dich hinaustragen, Geliebte?« fragte er ironisch. Heather riß die Augen auf.
»Nein!« rief sie aus und machte Miene davonzulaufen. Da er jedoch ihre Schleppe über dem Arm trug, kam sie nicht weit. Es zuckte amüsiert um Brandons Mundwinkel. Mit einem Schritt hatte er sie wieder erreicht. »Jedes Entkommen, mein Liebes, ist unmöglich. Ich bin von einer durchaus besitzergreifenden Natur. Laß dir also Zeit«, fügte er kalt hinzu, »später werde ich dich voll und ausgiebig genießen. Nun komm. Ich glaube, die anderen warten.«
Als sie aus dem Portal hinaustraten, empfing sie ein Regen von Weizenkörnern. Lady Hampton, die die Hochzeit bis in's Kleinste ausgerichtet hatte, mochte auf diese gute alte Sitte, eine Art Opfergabe, die dem Brautpaar Glück und Segen bringen sollte, nicht verzichten. Dann stiegen sie in die wartenden Kutschen. Tante Fanny war ungewöhnlich wortkarg. Die unmittelbare Nähe des Yankee ließ sie verstummen. Die Fahrt schien endlos zu sein. Schließlich hatte man Hampshire-Hall erreicht. Brandon stieg als erster aus und half seiner jungen Frau aus der Kutsche, das heißt, er umfaßte ihre Taille, hob sie hoch und schwang sie durch die Luft. Dabei ließ er keinen Moment die Schleppe los, die er immer noch über seinen Arm gelegt hielt.
Die Festtafel war gedeckt, als sie den Speisesaal betraten. Lord und Lady Hampton saßen an einem Ende, am anderen das Brautpaar, und in der Mitte Onkel John und Tante Fanny. Der Lord brachte einen Toast auf die Jungvermählten aus: »Ungeachtet dessen, was zuvor hier geschehen ist, wünsche ich dem jungen Paar Glück und Segen«, sagte er herzlich und fügte so-

gleich hinzu, »möge das Kind ein gesunder und wohlgeratener Sohn werden.«
Heathers Gesicht erglühte. Sie führte das Glas an die Lippen, ohne jedoch davon zu trinken. Sie hoffte nicht, daß dieses Kind ein Sohn sein würde. Das würde dem verhaßten Mann nur noch mehr Selbstbestätigung geben. Sie sah ihn an. Er saß da, ganz Herr der Lage, ungezwungen und überlegen, und trank den Champagner, als handele es sich um Fruchtsaft. Alles an diesem Mann mißfiel ihr.
Das Mahl hätte — wenn es nach Heather gegangen wäre — bis in die Nacht hinein dauern können. Sie fürchtete die Stunde des Aufbruchs. Aber es war ohnehin schon spät, als man sich von der Tafel erhob. Die Herren gingen in die Bibliothek, um noch einen Brandy zu sich zu nehmen. Lady Hampton zeigte Tante Fanny das für sie bereitete Gastzimmer, dann kam sie zurück, um Heather zu dem Turmzimmer zu geleiten, das dem jungen Paar für die Brautnacht zur Verfügung gestellt worden war. Ein hauchfeines Nachtgewand aus durchsichtigem, blauschimmerndem Gewebe lag bereits auf dem Bett ausgebreitet. Heather erbleichte bei diesem Anblick, aber Lady Hampton führte sie zu einer bequemen Polsterbank vor einem riesigen Spiegel und drückte sie sanft darauf nieder.
»Sobald du fertig bist, mein Kind, werde ich mit einem Glas Wein zurückkommen«, sagte sie und küßte Heather auf die Stirn, »das wird ein wenig helfen.«
Als die Zofen ihr das bräutliche Gewand auszogen und ihre Haare lösten, war es Heather vollkommen bewußt, daß nichts auf der Welt ihr aus dieser Angst helfen würde, es sei denn, es schwänden ihr die Sinne und sie wüßte nicht mehr, was mit ihr geschähe.
»Wenn ich noch Jungfrau wäre, könnte es nicht schlimmer sein«, dachte sie und war selbst überrascht bei dieser Feststellung.
Die Zofe hatte ihre Haare ausgiebig gebürstet. Wie schimmernde Seide fielen sie ihr bis zur Hüfte. Ihre Kleider hatte

man weggeräumt, nicht einmal ein Umhang war ihr geblieben. So saß Heather mit nichts anderem als einem spinnwebfeinen Schleiergewand, das ihre Nacktheit nur unvollkommen verbarg, in der Mitte des großen Bettes und zitterte von Kopf bis Fuß in angstvoller Erwartung dessen, was sie erwartete.

Und da war auch schon wieder Lady Hampton mit einem kleinen Tablett in den Händen, einer Weinkaraffe und zwei Gläsern darauf. Sie goß sich und Heather ein Glas ein, betrachtete mit prüfenden Blicken das Werk der Kammerzofen und nickte zufrieden.

»Du bist jetzt tatsächlich noch schöner, als du in deinem Brautgewand warst, so unmöglich das auch zu sein scheint, mein Kind. Du sahst bezaubernd aus. Ich war so stolz. Es tat mir leid, daß dies nicht der richtige Anlaß war, um sich das Haus voller Gäste zu laden. Dein Anblick wäre es wert gewesen. Ich hätte dich gerne als meine eigene Tochter ausgegeben. Wie traurig ist es doch, daß deine Mutter starb, ohne dich je gesehen zu haben, sie wäre stolz auf dich gewesen.«

»Stolz auf mich?« sagte Heather zweifelnd und sah an sich hinunter, »ich habe Ihnen allen doch nur Kummer gemacht«, fuhr sie fort und konnte nun die Tränen nicht mehr zurückhalten.

Lady Hampton lächelte ihr liebevoll zu: »Unsinn, mein Kind, du kannst nichts für das, was dir zugestoßen ist, du bist ein Opfer der Umstände.«

»Und des Yankees«, ergänzte Heather.

Die Lady lachte leise. »Ja, das stimmt. Aber wenigstens ist es ein junger, gepflegter und gutaussehender Mann. Als mein Mann mir damals von dem Vorgefallenen berichtete und sagte, daß ein Yankee-Seemann die Schuld daran trüge, war ich ganz krank vor Sorge. Ich dachte an einen alten, fetten Kapitän. Selbst deine Tante hat zugegeben, daß sie dieselbe Vorstellung hatte. Sie schien mir sogar enttäuscht zu sein, daß ihre Erwartungen sich nicht erfüllten. Was mußt du bei ihr gelitten haben. Nun ja, aber der Mann sieht wirklich glänzend aus, und alle eure Kinder werden auf diese Weise schöne Kinder werden. Ich hoffe, es wird nicht bei einem bleiben.«

Lady Hampton schwieg plötzlich. Sie mußte an die unbeherrschte Umarmung denken, mit der Kapitän Birmingham seine Braut in der Kirche an sich gerissen hatte und an den steinharten Ausdruck seines Gesichtes, als er aus der Kirche trat.

»Ja«, erwiderte Heather tonlos, sie schluckte und fügte bitter hinzu: »Ich bin überzeugt davon, daß es nicht bei dem einen bleiben wird.«

Sie dachte daran mit welcher Bedenkenlosigkeit Brandon sich in sie verströmt hatte. Es gab keinen Zweifel, sie würde noch viele Kinder zur Welt bringen müssen.

Lady Hampton erhob sich, um zu gehen, und Heather sah bittend zu ihr auf.

»Müssen Sie wirklich schon gehen«, fragte sie mit zitternder Stimme.

Die mütterliche Frau nickte: »Ja, mein liebes Kind, wir haben ihn lange genug von dir ferngehalten. Aber, wenn du uns brauchst, wir sind ganz in der Nähe.«

Das tröstete Heather ein wenig. Sie wußte, daß, schrie sie um Hilfe, ihr auch Hilfe zuteil werden würde, obwohl ihre Gastgeber nicht das Recht hatten, einzugreifen. Wieder war sie allein und voller Angst.

»Wenn ich mich nicht sträube«, dachte sie verzweifelt, »wenn ich ihm von vornherein zu Willen bin, wird er mir wohl nicht wehtun.«

Und dann hörte sie seine Schritte draußen in der Halle. Sie errötete heiß, als er die Tür aufriß, schaute auf und sah geradewegs in das grüne Funkeln seiner Augen. Dann senkte er den Blick, um die Schönheit ihres Körpers zu betrachten.

Heather saß regungslos, ihr Herz klopfte wild. Die seidene Decke war zum Bettende zurückgeschlagen, sie konnte sie mit einem Griff nicht erreichen, obwohl sie sich gerne bis zum

Halse zugedeckt hätte. Das Nachtgewand, das sie trug, enthüllte in seiner zarten Durchsichtigkeit mehr als es verdeckte. Es kostete sie fast unmenschliche Anstrengung, sitzenzubleiben und seine fordernden Blicke zu ertragen.

»Du bist wunderschön, meine Liebe«, sagte er heiser und näherte sich dem Bett. Seine Augen waren wie Flammen, sein Blick schien sie zu verbrennen. Er ergriff sie bei den Händen und zog sie auf die Knie. »Du bist noch schöner, als ich dich in Erinnerung hatte.«

Immer noch kniend kam sie zögernd näher. Er nahm sie in die Arme. Seine Hände tasteten über ihr nacktes Fleisch. Er neigte sich über sie, und zitternd erwartete Heather seinen Kuß. Aber stattdessen wandte er sich ab und lachte ein leises, spöttisches Lachen.

»Du bist williger, meine Teure, als je zuvor. Verändern die Dinge sich dergestalt durch einen Ehering? War das der Preis, für den du deinen Körper verkaufst? Und ich dachte, ich hätte endlich eine Frau gefunden, reinen Herzens, die sich aus keinem anderen Grund einem Manne schenken würde als um den Preis aufrichtiger Liebe.«

»Oh, du Ungeheuer!« rief sie aufgebracht und versuchte, sich aus seinem Griff zu befreien. »Bleibt mir denn irgendein Recht? Du wirst mich genauso vergewaltigen, wie du es schon einmal getan hast, ob ich mich nun wehre oder nicht.«

»Sei um Gottes Willen ruhig«, sagte er und bedeckte ihren Mund mit seiner Hand. »Möchtest du, daß die anderen dich hören und das Schloß aufbrechen, um dich zu retten? Lord Hampton wartet doch geradezu darauf.«

»Und was macht es dir schon aus?« erwiderte sie, kaum ihrer Sinne mächtig, »du bist doch stärker als er. Was macht es dir schon aus, ihn hinauszuwerfen und dich weiterhin an mir zu vergnügen?«

Ein Muskel zuckte in Brandons Wange, und Heather wußte, daß dies Gefahr bedeutete. Er schaute sie an, seine grünen Augen waren eisig.

»Und wärst du die einzige Frau auf der Welt, ich würde heute Nacht mein Recht als Ehemann an dir nicht geltend machen«, sagte er scharf.
Heather war so überrascht, daß sie ganz vergaß, von ihm abzurücken. Sie hob die Augen und schaute ihn an. Hatte sie recht gehört? Er lächelte in aufreizender Weise.
»Du hast ganz recht gehört, mein Liebes. Ich habe nicht die Absicht, mich heute nacht und in diesem Haus mit dir der Liebe hinzugeben.« Er übersah den Ausdruck der Erleichterung, der sich in ihrem Gesicht ausbreitete und fuhr fort: »Wenn ich mich, wie du soeben sagtest, an dir vergnüge, meine Beste, so tue ich's in meinen eigenen vier Wänden, in meinem eigenen Hause oder auf meinem eigenen Schiff und nicht da, wo ein anderer Mann nur darauf lauert, hereinzustürzen und mich von dir fortzureißen. Und ganz gewiß nicht, wenn dieser Mann des Schwert der Justitia über meinem Haupte schweben läßt.«
»Welches Schwert?« sie verstand beim besten Willen nicht, was er meinte. Sie hatte nur erleichtert wahrgenommen, daß die Brautnacht nicht stattfinden würde.
»Du willst mir doch nicht weismachen, daß du das nicht wüßtest! Du warst bestimmt in ihre Pläne eingeweiht. Ich kann mir nicht vorstellen, daß du in dieser Hinsicht nicht mit ihnen unter einer Decke gesteckt hast.«
»Ich weiß nicht, wovon du redest«, sagte sie ängstlich.
Er lachte bitter. »Die reine Unschuld wie immer, nicht wahr, mein Kind?«
Sein Blick glitt über ihren Busen, den das seidige Gespinst kaum bedeckte. Sein Finger kreiste um ihre Brustwarzen. »Unschuldig wie immer«, wiederholte er spöttisch, »wunderschön wie immer und kalt wie immer.«
Sie widersetzte sich seinen streichelnden Händen nicht. Solange nichts anderes folgte, würde sie sich ohnehin nicht wehren. Schließlich war er ihr Ehemann, und sie würde sich hüten, seinen Zorn unnötig zu reizen. Dennoch fuhr sie fort zu

fragen, denn sie wollte wissen, was es mit dem Schwert der Justitia auf sich hatte.

»Was war der Anlaß dafür, daß du mich heiratetest? Was haben sie mit dir besprochen?«

Seine Lippen berührten ihr Haar, glitten herunter zu ihrem Nacken, und Heather schauderte unwillkürlich unter diesem brennenden Kuß.

Immer noch streichelte er ihre Brust und schien damit nicht aufhören zu wollen. Nervös rückte sie ein wenig von ihm ab, in der Angst, daß er nicht Wort halten würde. Sie beugte sich vor und zog die Bettdecke über sich, und dann ließ sie sich zurücksinken.

»Wirst du es mir bitte erzählen?« flüsterte sie und sah ihn unverwandt an. Wieder wechselte seine Stimmung, die Zärtlichkeit wich und machte neuer Gereiztheit Platz.

»Warum sollte ich denn noch? Du kennst doch die ganze Geschichte von Anfang an, aber wenn du es unbedingt von mir nochmal hören willst, bitte: Dein reizender Lord drohte mir, mich des Schmuggels und des Waffenhandels mit Frankreich zu überführen, ungeachtet der Tatsache, daß dies alles nicht stimmt. Man hätte mich ins Gefängnis geworfen, mein Schiff enteignet und Gott weiß, was aus meiner Plantage zu Hause geworden wäre. Er hat es sehr geschickt eingefädelt, dein Freund, das muß ich schon sagen!«

Er begann sich auszuziehen und warf die Kleider achtlos über einen Sessel.

»Weißt du übrigens, daß ich verlobt bin, und daß meine Hochzeit für den Zeitpunkt meiner Rückkehr festgesetzt war? Kannst du mir vielleicht sagen, was ich meiner Braut erzählen soll? Soll ich ihr erklären, daß ich dich sah und dir von Stund an in brennender Liebe verfallen war?«

Er schwieg, zog sich das Hemd über den Kopf und sah sie zornig an.

»Ich lasse mich nicht gerne zwingen, meine Liebe. Das liegt mir ganz und gar nicht. Wenn du gleich gekommen wärest, nachdem du festgestellt hattest, daß du schwanger bist, hätte ich dir selbstverständlich geholfen. Ich hätte dich sogar geheiratet, falls *du* allein darum gebeten hättest. Aber mir mächtige Freunde zu schicken, die mir drohen, war ein höchst unkluges Unterfangen für ein kleines Mädchen.«

Mit großen angstvollen Augen schlüpfte Heather tiefer unter die Bettdecke, als suchte sie Schutz vor seinem Zugriff. Er ging durchs Zimmer und blies die Kerzen aus. Er hatte sich bis zur Taille ausgezogen und fuhr fort, aber plötzlich hielt er inne und setzte sich in einen Sessel neben das Bett.

»Du weißt, daß du wunderschön bist, nicht wahr?« sagte er kühl. »Du hättest jeden Mann deiner Wahl haben können, und dennoch hast du mich haben wollen. Ich möchte gern die Wahrheit wissen, falls du nichts dagegen hast. Wußtest du etwa, daß ich wohlhabend bin?«

Sie sah ihn verwundert an, seine Frage überraschte und beleidigte sie. »Ich habe keine Ahnung von deinen Vermögensverhältnissen«, sagte sie leise, »du warst einzig und allein der Mann, der mir die Unschuld raubte. Ich hätte keinen anderen Mann wählen können, befleckt wie ich bin, und mit deinem Kind in mir. Meine Lage war die einer unehelichen Mutter, die einem Bastard das Leben schenken muß. Nie wäre ich so tief gesunken, einem anderen Mann dein Kind unterzuschieben.«

»Ihre ehrenwerte Natur ist überaus schätzenswert, Madame«, sagte er leichthin, und sein Spott kränkte sie tief.

»Warum«, rief sie mit erhobener Stimme, »solltest du unbelastet davongehen dürfen, ohne gutzumachen, was du angerichtet hast?«

Sofort war er neben ihr.

»Bitte, meine Beste«, sagte er dringend, »versuche deine Lautstärke zu dämpfen, sonst werden wir in kürzester Zeit Gesellschaft hier haben. Ich habe keine Lust, doch noch durch deinen Lord Hampton ins Gefängnis zu wandern, nur weil er glaubt, ich mißhandele dich.«

Es freute sie, daß er um seine Sicherheit besorgt war, dennoch senkte sie ihre Stimme und fuhr flüsternd fort: »Du sagst, daß du Gewalt verabscheust. Ich gebe dir völlig recht, ich verabscheue sie nicht minder, aber ich konnte dich nicht davon zurückhalten, mich mit Gewalt zu nehmen. Und nun bist du erzürnt, weil Gleiches mit Gleichem vergolten wird, weil man von dir verlangt, eine Schuld abzutragen. Ich bin sicher, du hast noch keinen Gedanken an das Kind verschwendet, das ich trage. Du hast keinen Augenblick darüber nachgedacht, was es bedeutet, ein Kind ohne Vater zur Welt bringen zu müssen.«

»Für das Kind würde auf's Beste gesorgt worden sein und für dich auch.«

Sie lachte bitter. »Für dein uneheliches Kind und für deine Geliebte? Nein, vielen Dank! Ich hätte mir lieber den Tod gegeben als einen solchen Vorschlag anzunehmen.«

Wieder zuckte der Muskel in seiner Wange. Er starrte sie an, wandte den Blick minutenlang nicht von ihr. Sie saß da, festgebannt unter diesem Blick, wie eine Maus vor der Schlange. Dann senkte er die Lider und verächtliches Lächeln kräuselte seine Mundwinkel.

»Eine Frau, die von einem Mann ausgehalten wird, ist für gewöhnlich besser daran als ein Eheweib. Ich wäre dir zugetan gewesen und mehr als großzügig, das ist sicher.«

»Was heißen soll, daß du es deiner Ehefrau gegenüber nicht sein wirst«, meinte sie sarkastisch.

»Genau das«, erwiderte er kalt und jagte ihr mit dieser Antwort einen Schauer über den Rücken. Er erhob sich vom Bettrand und sah auf sie hinunter.

»Wie gesagt, ich schätze es nicht, erpreßt zu werden. Deswegen habe ich mir eine passende Strafe für dich überlegt. Du wünschtest Sicherheit und einen Namen für dein Kind. Beides sollst du haben, meine Liebe, aber keinen Deut mehr. Du wirst in meinem Hause kaum besser gehalten werden als ein Dienstbote. Du wirst zwar meinen Namen tragen, aber du wirst um das Geringste bitten müssen. Ich werde dir keinen Pfennig in die Hand geben, und du wirst kein normales Leben führen. Wobei ich jedoch dafür sorgen werde, daß von deiner peinlichen Lage nichts an die Außenwelt dringt. Niemand anderes wird davon erfahren. Mit anderen Worten, die Situation, von der du glaubtest, sie sei ehrenhaft, wird für dich nichts anderes sein als ein geheimes Gefängnis, in das du dich freiwillig begeben hast. Du wirst nicht einmal die zärtlichen Augenblikke ehelicher Gemeinsamkeit mit mir teilen. Du sollst keine Zärtlichkeit haben. Für mich wirst du nur irgendein Dienstbote sein. Als meine Geliebte wärst du wie eine Königin behandelt worden, aber jetzt werde ich nichts anderes sein als dein Herr und Meister.«

»Du willst sagen, daß wir – daß wir – keine ehelichen Beziehungen miteinander pflegen werden?« fragte sie überrascht.

»Das hast du schnell erfaßt, meine Liebe. In dieser Hinsicht brauchst du dich nicht zu sorgen. Ich werde mir damit keinen Ärger machen. Du bist nur eine Frau unter vielen, und für einen Mann ist es leicht, Befriedigung seiner elementaren Bedürfnisse zu finden.«

Heather atmete auf, ungeachtet seiner finsteren Drohung, hocherfreut darüber, daß sie wenigstens von dieser Sorge befreit war.

»Sir, mit nichts könnten Sie mir eine größere Freude bereiten.«

»Ja«, erwiderte er erbittert, »das sehe ich auch, aber du wirst deine Hölle noch zu spüren bekommen, Mylady, dies ist erst der Anfang. Mit mir zu leben, ist nicht gerade eine Freude. Mein Zorn ist schnell entfacht, und mit Leuten wie dir werde ich schnell fertig. Also sei gewarnt, schönes Kind. Reize mich nicht! Tritt leise auf. Das ist die einzige Möglichkeit für dich zu überleben, verstehst du mich?«

Die Last, die er soeben von ihr genommen, hatte er durch eine andere ersetzt.

»So und jetzt schlaf, es ist Zeit. Ich werde dasselbe tun.«

Sie gehorchte, bemüht, ihn nicht weiter zu erzürnen und

schlüpfte unter die Decke. Ängstlich beobachtete sie ihn, wie er durchs Zimmer und auf den Balkon hinausging. Vorsichtig drehte sich Heather zur Seite und schaute ihm nach. Wie er da stand, wirkte er wie ein Seemann auf hoher See. Der Mond beleuchtete sein schönes Profil, seine breiten Schultern. Seine braune Haut glänzte matt. Während sie ihn noch betrachtete, überwältigte sie der Schlaf.

Heather erwachte, als Brandon sich in die Kissen fallen ließ. Sie fürchtete, er würde sich ihr nähern. Erschrocken setzte sie sich auf, kaum, daß sie einen Schrei unterdrücken konnte. Abwehrend erhob sie die Arme über ihrem Gesicht. Er stieß einen unwilligen Laut aus und drückte sie zurück in die Kissen.
»Sei still, du Närrin!« zischte er, »ich habe nur keine Lust, die Nacht im Lehnstuhl zuzubringen und dir das Bett ganz allein zu überlassen.«
Jähe Panik erfaßte sie. Er saß über sie gebeugt in der Dunkelheit, sein warmer Atem berührte ihr Gesicht.
»Ich wollte doch gar nicht schreien«, flüsterte sie ängstlich, »ich bin nur erschrocken.«
»Na Gott sei Dank. Aber es gibt keinen Grund, zu erschrecken; dazu hast du später noch Zeit. Ich hingegen habe eine Abneigung gegen Kerker.«
»Das würde Lord Hampton niemals tun . . .«, sagte sie leise.
»Und ob er das täte! Jetzt, da du meinen Namen trägst, ist deine Ehre wieder hergestellt. Aber sobald er annehmen muß, es sei unklug gewesen, dich in meine Hände zu geben, wird er sich die Sache anders überlegen, wird mich auf's neue bedrohen und mich nur, um dich von mir zu befreien, ins Gefängnis werfen. So bitte ich dich sehr nachdrücklich, welche Gefühle du mir auch entgegenbringen magst, denke daran, daß unser Kind ohne Vater aufwachsen wird, wenn du dem Lord Gelegenheit gibst, mich zu arrestieren.«
»Das habe ich doch nicht gewollt«, antwortete sie flüsternd.
»Was erst zu beweisen wäre«, meinte er ironisch.

»Oh, du«, rief sie verzweifelt und versuchte sich aus seinem Griff zu befreien, »du Ungeheuer, warum mußte ich so unglücklich sein, dir zu begegnen! Ich verabscheue dich!«
Er lachte und lockerte seinen Griff nicht. »Es gibt da einige Frauen, die in dieser Hinsicht nicht mit dir übereinstimmen würden, mein gutes Kind.«
»Oh, du widerwärtiger Mensch«, rief sie atemlos, »wie ich dich hasse, du Gewalttäter, du Frauenschänder, du Ekel.«
Er zog sie näher zu sich heran. Sie konnte die Härte seines Körpers spüren. Er umklammerte ihr Handgelenk gebieterisch, so daß sie verstummte.
»Ich würde dir raten, deine Zunge zu hüten. Ich habe immer noch das Recht eines Ehemannes, das auszuüben ich mich keinen Augenblick scheue.«
Sie stöhnte vor Schmerz, als er den Griff um ihr Handgelenk verstärkte, und wurde starr vor Angst. Sie fühlte seine harten Schenkel gegen ihre zitternden Glieder gedrückt und wurde gewahr, daß ihr das Nachthemd von den Schultern geglitten war. Es entblößte eine volle Brust, die sich nun gegen die seine preßte. Schaudernd spürte sie sein Begehren.
»Bitte«, wimmerte sie, »ich bin ja schon still. Bitte, tu mir nicht so weh!«
Er lachte leise. Es war kein gutes Lachen. Dabei ließ er sie frei und drückte sie zurück in die Kissen.
»Schlaf nur, ich tu dir nichts.«
Mit zitternden Fingern zog sie die Decke über sich. Das Mondlicht erfüllte nun den ganzen Raum. Er lag mit offenen Augen flach auf dem Rücken, die Hände unter dem Kopf verschränkt und starrte zur Decke. Heather, unfähig einzuschlafen, wandte sich ihm zu.
»Wo bist du zu Hause?« fragte sie leise.
Er seufzte tief. »In Charleston, Carolina.«
»Ist es dort schön?« forschte sie weiter.
»Für mich ja, aber vielleicht wirst du es nicht mögen«, erwiderte er zurückhaltend.

Sie wagte nicht, weiter zu fragen.

Ein kühler Wind drang durch die offene Balkontür und weckte sie in grauer Morgenfrühe. Ihr Schlummer war so tief gewesen, daß sie im ersten Augenblick nicht wußte, wo sie sich befand. Aber bald genug erkannte sie, daß sie sich wärmesuchend an den Mann neben sich gepreßt hatte. Ihre Hand ruhte auf seiner Brust, auf dem dichten lockigen Haar, und ihre Wange lag an seine breite Schulter gedrückt. Er schlief fest, das Gesicht halb ihr zugewandt.

Sie wagte nicht, sich zu rühren, um ihn nicht zu wecken und betrachtete ihn regungslos. Ihre Augen forschten in seinem Gesicht, nahmen alle Einzelheiten auf, den energischen, schön geschnittenen Mund, der nun im Schlaf gelöster und weicher zu sein schien, die dunklen Wimpern über den braunen Wangen.

Er war ein schöner Mann, das mußte sie sich widerstrebend eingestehen, vielleicht würde es gar nicht einmal so schlimm sein, einen Sohn von ihm zu haben.

Sie sah auf den Ring, den sie trug und der jetzt im Mondlicht funkelte. Er nahm sich seltsam an ihrer Hand aus, und seltsam war das Gefühl, das sich in diesem Augenblick ihrer bemächtigte. Plötzlich war sie sich bewußt, daß sie die Frau dieses Mannes geworden war, sein Weib, wie sie am Tage zuvor in der Kirche bekannt und geschworen hatte, für immer und alle Zeiten.

Behutsam, um ihn nicht zu wecken, zog sie die Decke über seine entblößte Brust, wurde sich aber bald ihres Irrtums bewußt: Er fror keineswegs – nicht lange, und er hatte sich im Schlaf unwillig der Decke entledigt und lag nun in vollkommener Nacktheit da. Sie spürte, wie ihr die Röte in die Wangen schoß.

Dennoch wandte sie den Blick nicht ab. Eine merkwürdige Neugier war in ihr wachgeworden. Ihre Blicke glitten bewundernd über seinen ebenmäßigen Körper. Es bedurfte nicht erst des Hinweises anderer, nun sah sie selbst, wie vollkommen schön er gewachsen war. In diesem Körper vereinten sich Ebenmaß und Kraft in bewundernswerter Ausgewogenheit. Er erinnerte an ein geschmeidiges Tier der Wildnis. Ihre kleine, weiße Hand hob sich seltsam von seiner braunen Brust ab. Beunruhigt von einer eigenartigen Erregung, die in ihr aufstieg, zog sie sich nunmehr von ihm zurück, versuchte den Eindruck zu vergessen, den sein nackter Körper auf sie gemacht hatte. Der Nachtwind trug ein welkes Blatt vom Balkon durch die offene Tür ins Zimmer. Der kalte Lufthauch ließ sie erschauern. Fröstelnd zog sie die Decke über ihre Schultern und wünschte ein wenig neidvoll, so warmblütig zu sein wie der Mann an ihrer Seite, dem die Nachtkühle nichts anzuhaben schien. Dann glitt sie in den Schlaf zurück.

Die Uhr auf dem Kaminsims ließ neun silberne Schläge ertönen, als die beiden Zofen, die Heather am Abend zuvor beim Auskleiden geholfen hatten, vernehmlich vor der Tür des Schlafzimmers kicherten und raschelten.

Ein schüchternes Klopfen kurz darauf erweckte ihren Zorn. Sie erhob sich, um die Tür zu öffnen. Mit einem Blick über die Schultern stellte sie fest, daß ihr Mann immer noch unbedeckt in tiefem Schlummer lag. Vorsichtig ging sie hinüber zu seiner Bettseite und breitete das Laken über ihn. Er erwachte mit einer so jähen Bewegung, daß sie vor Schreck zurückwich. Er hatte die Augen weit geöffnet. Sie errötete tief unter seinem Blick und wurde sich im gleichen Augenblick ihres hauchdünnen Nachtgewandes bewußt, das mehr enthüllte als es verbarg. Ein amüsiertes Lächeln kräuselte seine Mundwinkel, und als sie sich jetzt der Tür zuwandte, tat sie es in dem sicheren Gefühl, daß seine Blicke ihr folgten. Die beiden verlegen kichernden Mädchen traten mit Frühstückstabletts beladen ein. Neugierig schauten sie sich im Raum um, als könnten sie ein Geheimnis erspähen. Als sie Brandons ansichtig wurden, der, bedeckt , sich gelassen in die Kissen zurückgelehnt hatte, überwältigte sie die Schüchternheit. Dennoch konnten sie den Blick nicht von ihm wenden, und Heather fühlte darüber jähen Ärger in sich aufsteigen. Die Mädchen traten an Brandons Bett, um ihm auf einem danebenstehenden Tischchen das üppige Frühstück zu servieren. Sie taten es, wie Heather insgeheim fand, mit unpassender Langsamkeit, und während sie noch ungeduldig die Zofen bei ihrem Hantieren beobachtete, fühlte sie plötzlich seinen Blick auf sich gerichtet. Kein Zweifel, er hatte ihren Zorn bemerkt, und es erheiterte ihn. Grollend wandte sie sich ab.

Nachdem sie das Frühstück serviert hatten, erinnerten sich die Mädchen ihrer Pflichten der jungen Herrin gegenüber, beeilten sich, das Bad einzulassen und das bräutliche Gewand auszubreiten, das einzige Kleidungsstück, das Heather besaß. Unter den interessierten und beobachtenden Blicken ihres Ehemannes halfen die Zofen Heather, das blaue Nachtgewand abzustreifen und in die Wanne zu steigen. Sie begannen ihr Rücken und Schultern zu waschen, aber als sie Miene machten mit der Waschung fortzufahren, entriß sie ihnen ungeduldig Seife und Schwamm und bat sie kurz angebunden, hinauszugehen. Sie bedauerte ihre Heftigkeit gleich darauf, denn Brandon warf den Kopf zurück und lachte laut und herzlich. Unwillig schaute sie zu ihm hinüber. Nur mit Mühe konnte sie Worte des Zorns unterdrücken, aber die Angst, daß er sie wieder mit brutalem Zugriff zum Schweigen bringen würde, war stärker als der Ärger. Außerdem wollte sie den beiden Mädchen, die unschlüssig dastanden und den Raum noch nicht verlassen hatten, keinen Anlaß zu boshaften Vermutungen geben.

Sie erhob sich aus der Wanne und ließ sich nunmehr, wenn auch widerstrebend, von den Zofen beim Ankleiden helfen. Brandon beobachtete unverwandt das geschäftige Treiben. Sie fühlte, wie ihr die Schamröte langsam in die Wangen stieg. So war sie erleichtert, als ihr das Hemd über den Kopf gezogen wurde, obwohl die Durchsichtigkeit des zarten Gewebes und der tiefe, mit Spitzen besetzte Ausschnitt absolut keine ausreichende Verhüllung darstellte. Dann wurde ihr langes, seidiges

Haar gebürstet und gekämmt, und Heather schalt sich insgeheim, daß es ihr nicht gelang, der Verlegenheit Herr zu werden, die Brandons beobachtende Blicke in ihr auslösten. Dort saß er, lässig in die seidenen Kissen zurückgelehnt, und betrachtete sie ungeniert, während die beiden Mädchen kein Ende zu finden schienen. Aber ihre Verlegenheit erreichte ihren Höhepunkt, als Brandon nunmehr seine langen Beine aus dem Bett schwang und, mit geschicktem Griff das Bettuch um sich drapierend, zu ihr herüberkam. Ohne auf die Gegenwart der beiden Mädchen zu achten, küßte er den zarten Ansatz ihrer Brust, der sich aus dem spitzenbesetzten Hemd hob und murmelte:

»Ich verdanke dir ganz neue Erfahrungen, mein Liebling. Ich muß gestehen, daß mir zuvor niemals die Ehre zuteil wurde, bei der Toilette einer Dame anwesend zu sein.«

Ihre Blicke trafen sich im Spiegel. Seiner warm und bewundernd, der ihre nervös und unsicher. Aber unter der Unverhohlenheit seiner Bewunderung kehrte die brennende Röte zurück. Sie senkte die Augen, fühlte noch die Wärme seines Kusses auf ihrer Brust und schauderte in der seltsam unbekannten Erregung, die dieser Kuß in ihr geweckt hatte. Er beobachtete sie und lachte leise. Verstört wandte sie sich ab.

»Ihr habt gute Arbeit getan«, richtete er wohlwollend das Wort an die Zofen, »mein Weib sieht bezaubernd aus.«

Jetzt war es an den beiden kichernden Mädchen, verlegen zu werden. Wahrscheinlich hatte ihnen nie ein schönerer Mann ein solches Kompliment ausgesprochen. So legten sie doppelte Eile an den Tag, auch sein Bad zu richten. Dann verließen sie kichernd das Zimmer.

Brandon ließ das Laken fallen. »Du wirst gewiß die Güte haben, mir bei meinem Bad zur Hand zu gehen, meine Liebe«, sagte er leichthin, »es ist mir äußerst unbequem, mir den Rükken selbst zu waschen.«

Am liebsten hätte sie ihrem Zorn freien Lauf gelassen. Sie haßte ihn für die kühle Selbstverständlichkeit, mit der er da-

stand, vollkommen nackt, die Hände leicht in die Hüften gestemmt, und überlegen wie immer.
Schweigend und mit zusammengebissenen Zähnen bückte sie sich nach Seife und Schwamm und wartete, daß er in die Wanne stiege. Als sie sein Lachen hinter sich vernahm, grub sie die Zähne tiefer in die Unterlippe, und es kostete sie Mühe, stumm zu bleiben. Langsam, genußvoll ließ er sich vor ihr ins heiße Wasser gleiten. Sie zögerte ein wenig, bevor sie sich dazu entschloß zu tun, was ihr geheißen worden war. Nur in der Kraft, mit der sie ihn bürstete, drückte sich ihr Zorn aus. Als sie sich erleichtert aufrichtete, in der Annahme, daß ihre Aufgabe nunmehr beendet sei, grinste er sie breit und herausfordernd an:
»Du bist noch keineswegs fertig, mein Kätzchen, ich möchte ganz und gar gewaschen werden.«
»Am ganzen Körper?« fragte sie ungläubig und mit schwacher Stimme.
»Natürlich am ganzen Körper. Ich bin so schön entspannt und viel zu träge, um es selbst zu tun.«
Innerlich stieß sie Verwünschungen aus. Es war ihr klar, daß die Betonung seiner Trägheit nur eine Bestätigung dessen war, was er ihr am Abend bereits angedroht hatte: Sie sollte sich in seinem Hause und in seiner Nähe als Dienstbotin fühlen.
Es gab kein Entrinnen. Sie beugte sich über ihn, überwand ihre Abneigung und begann die breiten Schultern zu waschen, während er sich genüßlich zurücklehnte und sich ihren zarten Händen überließ. Er betrachtete sie unverwandt. Bewundernd glitt sein Blick über ihre schlanken Arme und die runden Brüste, die sich beim Bücken seinen aufmerksamen Augen preisgaben.
»Gab es in dem Dorf, in dem du mit deinen Verwandten wohntest, jemanden, dem du zugetan warst?« fragte er plötzlich.
»Nein«, erwiderte sie scharf und bedauerte im gleichen Moment, so kurz angebunden gewesen zu sein.

Nachdenklich fuhr er mit einem Finger der Rundung ihres Busens nach. »Aber gewiß gab es viele, die dir gerne ihre Zuneigung bewiesen hätte.«
Ärgerlich zog sie den Hemdausschnitt so hoch es ging, aber als sie sich wieder bückte, um in ihrer Arbeit fortzufahren, enthüllte der Ausschnitt wiederum die weißen Rundungen und die rosigen Knospen.
»Es mag ein paar gegeben haben«, gab sie zu, »aber du kannst beruhigt sein. Sie waren nicht im geringsten wie du, sie waren Gentlemen.«
»Ich bin durchaus nicht beunruhigt, mein Kätzchen«, erwiderte er herablassend, »du warst ja Tag und Nacht gut bewacht.«
»Ja, nur leider nicht vor jemandem wie dir.«
Er lachte: »Allerdings, meine Liebe, und sehr zu meinem Vergnügen.«
Nun konnte sie sich nicht mehr beherrschen: »Ich nehme an, es befriedigt dein männliches Selbstbewußtsein zutiefst, mich bei diesem Vergnügen auch noch geschwängert zu haben. Du mußt ungeheuer stolz auf dich sein!«
Das breite Lächeln, mit dem er ihr jetzt ins Gesicht sah, erbitterte sie noch mehr. »Oh«, meinte er herablassend, »ich habe tatsächlich nichts dagegen. Weißt du, ich bin sehr kinderlieb.«
»Oh du, du —«, in fassungslosem Zorn rang sie nach Worten.
Der Ton, in dem er zu sprechen fortfuhr, war beleidigend: »Beende deine Arbeit, und wasche mich vollends.«
Bis zur Taille hatte sie ihn gewaschen. Jetzt versagten die Hände ihr den Dienst. Ihre Augen füllten sich mit Tränen, ihre Wimpern wurden feucht.
»Ich kann nicht«, murmelte sie hilflos.
Er zog sie näher heran und faßte unter ihr Kinn. »Aber eines Tages wirst du es tun, nicht wahr?« fragte er freundlich, fast zärtlich.
»Ja«, flüsterte sie, und nunmehr rannen die Tränen über ihre Wangen.

»Na, dann geh und hole meine Kleider. Ich glaube, alle warten darauf, daß wir hinunterkommen, und gewiß möchten sie eine strahlende Braut sehen.«
Erleichtert wandte sie sich ab und suchte seine Kleider im ganzen Raum zusammen, dankbar dafür, daß er so freundlich gewesen war. Sie würde versuchen, schwor sie sich, ihrem Zorn nicht mehr freien Lauf zu lassen, und, da sie nun einmal sein Weib geworden war, nach Möglichkeit zu tun, was er verlangte. Feige war sie, wie stets, und unfähig, gegen ihre Feigheit anzukämpfen.
Als sie das Schlafzimmer verließen, ging sie dicht an seiner Seite und brachte sogar ein kleines Lächeln zustande, als er seinen Arm um ihre Taille legte und auf sie hinuntersah.
In der großen Halle warteten die beiden älteren Paare schon besorgt auf ihr Erscheinen, Tante Fanny allerdings aus einem völlig anderen Grunde, als die übrigen. Sie hoffte, daß das Schlimmste geschehen sein möge und runzelte nunmehr finster die Stirn, als sie die Nichte an der Seite ihres Gatten eintreten sah, keineswegs verzweifelt, wie sie angenommen hatte. Der Lord erhob sich und eilte seinem Schützling mit ausgebreiteten Armen entgegen:
»Du siehst bezaubernd und wohl aus, mein Kind«, rief er erleichtert.
»Hatten Sie etwas anderes erwartet, Mylord?« fragte Brandon eisig.
Lord Hampton lachte und schien durchaus versöhnlich:
»Grollen Sie mir nicht, mein Sohn, Heathers Glück kommt für mich in jedem Fall an erster Stelle.«
»Das haben Sie allerdings unmißverständlich klar gemacht, Mylord«, erwiderte Brandon sarkastisch, »ich hoffe, Sie haben nichts dagegen, daß ich meine Frau heute mit mir auf mein Schiff nehme. Oder haben Sie die Liebenswürdigkeit, uns nochmals Ihre Gastfreundschaft aufzuzwingen?«
Der Lord überhörte die unfreundliche Bemerkung, er blieb Herr der Lage. »Selbstverständlich habe ich nichts dagegen,

mein Lieber, nehmen Sie sie mit sich. Meinen Segen haben Sie, und ich hoffe, Gottes Segen auch. Aber Sie werden uns gewiß die Freude machen, noch mit uns gemeinsam den Lunch einzunehmen. Das ist kein Zwang, sondern einfach eine Einladung. So haben wir noch ein wenig länger die Freude, Heather bei uns zu sehen, die uns wie ein eigenes Kind ans Herz gewachsen ist.«

»Natürlich. Ich habe nichts dagegen einzuwenden, sondern bedanke mich für die Einladung«, erwiderte Brandon steif, »aber danach muß ich unbedingt auf mein Schiff zurück. Ich war schon viel zu lange abwesend. Es ist noch eine Menge zu erledigen, bevor wir in See stechen.«

»Aber gewiß doch, gewiß, wir beide müssen nur noch einiges von Wichtigkeit miteinander besprechen. Es handelt sich um Heathers Mitgift. Meine Frau und ich möchten das von uns aus in großzügigster Weise regeln.«

»Ich wünsche nichts dergleichen, Sir.«

Seine Antwort löste das geradezu starre Erstaunen aller Anwesenden aus. Vor allem Heather war aufs tiefste betroffen. Der Lord sah den Yankee-Kapitän mit einem Ausdruck ungläubiger Verwunderung an, als stünde ein Geist vor ihm: »Habe ich recht gehört, Sir?«

»Sie haben vollkommen richtig gehört«, bestätigte Brandon kühl, »ich beabsichtige nicht, mich dafür, daß ich Heather zur Frau genommen habe, bezahlen zu lassen.«

»Aber das ist doch üblich. Ich meine – überall auf der Welt bringt eine Frau ihrem Mann eine größere oder kleinere Mitgift in die Ehe . . .«

»Die Mitgift, die sie mir bringt, ist das Kind, das sie trägt, und sonst nichts. Ich bin durchaus in der glücklichen Lage, auf finanzielle Zuwendungen verzichten zu können, gleichwohl danke ich Ihnen für Ihr Anerbieten.«

Heather schloß die Augen und hatte das Bedürfnis sich zu setzen.

»Verrückter Yankee«, murmelte Tante Fanny hörbar.

Brandon schlug die Hacken zusammen und verbeugte sich ironisch vor ihr: »Diese Worte von Ihnen, Madame, sind zweifellos als Kompliment zu werten.«
Sie starrte ihn feindselig an und hatte bereits eine wüste Beleidigung auf der Zunge, aber dann besann sie sich eines Besseren und hielt den Mund.
»Sie können sicher sein«, fuhr er kalt fort, »ich komme selbst für meine Angehörigen auf — und für ihre Schulden . . .«
Heather begriff den Sinn seiner Worte nicht, aber Tante Fanny erbleichte und wurde ganz offensichtlich nervös. Sie vermied es, fernerhin seinem Blick zu begegnen und blieb auch stumm, als ein Diener kam, um zu melden, daß das Essen angerichtet sei und man sich zu Tisch begab.

4. Kapitel

Ein kalter Oktobersturm hatte die Herbstluft gereinigt. Nun wölbte sich ein glasklarer, blauer Himmel über London. Die Droschkenräder ratterten über das Kopfsteinpflaster in Richtung auf den Hafen zu. Heather saß in den Wagenpolstern stumm an Lady Hampton gelehnt, die leise und freundlich auf sie einsprach, ihr eine Locke aus dem Gesicht strich und liebevoll ihre Hand tätschelte. Die alte Dame war so beherrscht, daß es ihr gelang, ihre eigene Nervosität zu verbergen, die um so mehr zunahm, je näher der Augenblick des Abschieds heranrückte. Von Zeit zu Zeit richtete Heather verstohlen den Blick auf das stoische, fast versteinerte Gesicht ihres Mannes, der sich keine Mühe gab, mit dem Lord neben sich ein Gespräch zu beginnen.

Schweigend saß er da. Mit einem gelegentlichen Blick streifte er seine Frau, schaute aber dann sofort wieder ins Weite. Die Droschke machte einen Bogen und fuhr nun durch eine enge Hafenstraße, wo sie vor einem nüchternen, großen Gebäude anhielt. Ein Firmenschild wies die Bedeutung dieses Hauses aus: ›Charleston-Export und Import‹. Käpt'n Birmingham sprang aus dem Wagen und wandte sich seiner jungen Frau zu: »Du hast jetzt einen Augenblick Zeit, dich von deinen Freunden zu verabschieden. Ich muß hier noch einiges mit meinem Handelsagenten regeln.«

Dann schritt er davon, auf das Gebäude zu. Der Wind wühlte in seinen dunklen Locken und kräuselte die Spitzen seines Jabots. Heather sah ihm nach, bis er in der Tür des Hauses verschwunden war, dann fiel sie Lady Hampton weinend um den Hals. Auch der alten Dame standen die Tränen in den Augen. Sie hielten sich beide fest umschlungen – das mutterlose

Mädchen und die kinderlose alte Frau. Lord Hampton konnte seine Rührung nicht mehr verbergen, er räusperte sich geräuschvoll. Die beiden Frauen lösten sich aus der Umarmung. Der Lord wartete eine Weile, bis Heather ihre Fassung wiedergefunden hatte, dann nahm er liebevoll ihre Hand.

»Nimm es hin, mein Kind«, sagte er weich, »daß es Abschiede gibt, die für immer sind. Wer weiß, ob unsere Wege sich noch einmal kreuzen, ob wir noch einmal gemeinsame Stunden miteinander verbringen werden. Paß auf dich auf und werde glücklich.«

Ungestüm warf sich Heather an seine Brust und küßte ihn auf die Wange: »Würden Sie, bitte, noch einmal herkommen, bevor wir auslaufen?« bat sie inständig.

»Nein, Heather, es wäre unklug und würde die Geduld deines Mannes über Gebühr beanspruchen. Es ist am besten, wir nehmen hier Abschied voneinander.«

Heather barg den Kopf an seiner Schulter. »Ich werde Sie beide so sehr vermissen«, sagte sie mit erstickter Stimme und ließ ihren Tränen freien Lauf. Nun zog Lady Hampton sie liebevoll in die Arme. »Dafür hast du jetzt deinen Mann und später ein Kind, du wirst nur noch wenig Zeit haben, an uns zu denken, meine Kleine. Aber eine innere Stimme sagt mir, daß du dort drüben glücklicher mit ihm sein wirst, als du es hier warst, und nun geh, Kindchen, und suche deinen zornigen Mann und, vergiß nicht, Heather, daß Zorn und Liebe sehr oft nahe beieinander liegen.«

Widerstrebend wandte Heather sich ab. Zögernd legte sie die Hand auf den Griff des Wagenschlags. Draußen hörte sie die ungeduldige Stimme ihres Mannes, der mit einem Untergebenen sprach. Sie wußte nun, daß er bereits dort stand und auf sie wartete. Nur mühsam die Tränen zurückhaltend, raffte sie ihre Röcke, um auszusteigen, als Brandon schon herübereilte, ihr behilflich zu sein. Ihre Blicke trafen sich, und diesmal, vermerkte sie dankbar, mokierte er sich nicht über ihre Tränen. Behutsam hob er sie vom Trittbrett und wandte sich noch einmal zurück, um von Lord Hampton den Umhang in Empfang zu nehmen und ein Päckchen mit Abschiedsgeschenken, die Lady Hampton liebevoll zusammengestellt hatte. Nur mühsam beherrscht ging Heather ein paar Schritte von der Kutsche weg, während ihr Mann noch ein paar Abschiedsworte mit den Hamptons wechselte.

Etwas weiter draußen lag die ›Fleetwood‹ vor Anker, bereit, neue Fracht aufzunehmen. An Bord war alles geschäftig und am Bug des Schiffes stand ein Mann, der die arbeitenden Matrosen mit lauten Worten und unmißverständlichen Gesten zu schnellerer Arbeit antrieb.

Auf den Kais herrschte reges Leben und Treiben. Waren, Ballen und Fässer stapelten sich auf den Kaimauern oder wurden in die Laderäume der Schiffe gesenkt. Vielerlei Geräusche und Gerüche erfüllten die Luft. Noch benommen vom Rausch des Vorabends lehnte ein Matrose an der Ecke, grell aufgeputzte Dirnen paradierten in der Hoffnung, einen Freier zu finden, um sich ein paar Shillinge und ein Bett für die Nacht zu sichern. Eine Horde halbverhungerter Ratten stürzte sich über die Abfallhaufen im Rinnstein und sprengte quiekend auseinander, als jemand einen Stein dazwischen warf.

Beim Anblick dieser vielfarbigen Bilder der Verwahrlosung schauderte Heather in dem Gedanken, daß sie einmal willens gewesen war, lieber obdachlos ein Leben auf der Straße zu führen und irgendwo ein uneheliches Kind zur Welt zu bringen. Nun würde wenigstens das Kind in einer geordneten Umgebung aufwachsen. Gemessen daran fiel es nicht ins Gewicht, daß sie als Ehefrau weder erwünscht noch gar geliebt war. Ihr Kind würde wenigstens einen Vater haben und ein Zuhause.

Der böige Wind trug den Geruch von Tang und Wasser herüber – ihr wurde schmerzhaft bewußt, daß nunmehr unwiderruflich ihr neues Leben begann. Sie mußte ihm gefaßt entgegensehen, einerlei, was ihr Mann mit ihr vorhatte. Vielleicht würde es eine Zeit geben, in der sie nicht mehr darum trauern

würde, daß die Liebe in ihrem Leben keine Rolle gespielt hatte.
Erschrocken fuhr Heather zusammen, als sie plötzlich die Hand ihres Gatten auf ihrem Rücken fühlte. Er war mit lautlosen Schritten hinter sie getreten. Er fühlte, wie ihr schmaler Rükken bebte und legte ihr seinen Umhang um die Schultern.
»Wir müssen an Bord gehen«, murmelte er.
Er reichte ihr den Arm und führte sie zum Ende des Piers, wo bereits das kleine Beiboot der ›Fleetwood‹ auf dem Wasser schaukelte. Der Mann, der ihnen hilfreich die Hände entgegenstreckte, nahm die Kappe vom Kopf, und Heather erkannte verlegen George, Brandon Birminghams persönlichen Diener. Der Mann verbeugte sich tief vor ihr und wandte sich dann an seinen Herrn: »Wir dachten, Sie kämen gestern schon zurück, Käpt'n, fast hätten wir eine Vermißtenanzeige aufgegeben. Wirklich, ich wäre am liebsten durch die Stadt gelaufen und hätte laut Ihren Namen gerufen, weil ich befürchtete, Sie wären vielleicht einer Bande in die Hände geraten. Sie haben uns wirklich Sorge gemacht, Käpt'n.« Er machte eine kleine Pause und wandte sich höflich an Heather: »Guten Tag, Madame! Seien Sie vielmals willkommen!«
Dann setzte er die Mütze wieder auf seine blanke Glatze und half dem Kapitän, Packen und Bündel im Boot zu verstauen. Brandon sprang zuerst ins Boot und hob dann seine junge Frau hinein. Sie wurde auf einen windgeschützten Platz gesetzt. George übernahm das Steuer und gab den Matrosen laute Kommandos: »Hau-ruck«, rief er, »los, Jungens, legt euch in die Riemen. Rudern, rudern, stoßt ab und haltet Richtung. Windig genug für die Madame, darum wollen wir uns beeilen. Hau-ruck, Jungens, schneller, schneller!«
Das Boot glitt unter dem Steven eines riesigen Handelsschiffs hinweg in den Hafen hinaus, und zur ›Fleetwood‹ hinüber. Eine leichte Brise hatte sich aufgemacht. Die kleinen Wellen bekamen weiße Schaumkrönchen, und der sprühende Gischt ließ Heather bis ins Mark frieren. Sie zog sich Brandons Um-

hang enger um die Schultern, aber viel half er auch nicht. Die Elemente taten alles, um ihr Unbehagen zu bereiten. Das Ruderboot ritt auf den Wellenkämmen und fiel wieder ins Wellental zurück. Die ungewohnte Auf- und Abwärtsbewegung verursachte Heather Übelkeit. Unsicher schaute sie hinüber zu ihrem Mann, der sein Gesicht dem Winde zugewendet hatte und das feine Sprühen des Bugwassers zu genießen schien. Unwillkürlich griff sie sich an die Kehle.

Wenn ich jetzt schwach werde und merken lasse, wie elend mir zumute ist, werde ich mich ewig hassen, dachte sie, wild entschlossen, der aufsteigenden Übelkeit nicht nachzugeben.

Sie ballte die Hände, bis die zarten Knöchel weiß hervortraten, aber ihr Gesicht nahm allmählich eine grünliche Farbe an. Fast hatte sie den Kampf gewonnen, aber als sie den Fehler beging, kurz bevor sie die ›Fleetwood‹ erreichten, zur Spitze des Mastes hinaufzuschauen, der ziellos hin- und herzuschwanken schien, entfuhr ihr ein dumpfes Stöhnen. Brandon wandte sich erschrocken nach ihr um. Er begriff sofort die Situation, schlang den Arm um sie und hielt ihr den Kopf, während sie sich übergab.

Heathers Scham war unbeschreiblich. Sie wagte nicht, die Augen zu heben. Brandon hatte ein großes Schnupftuch ins Wasser getaucht, wand es aus und legte es ihr auf die Stirn.

»Fühlst du dich besser?« fragte er besorgt.

Heather nickte schwach. Das Schaukeln des Bootes hatte fast aufgehört, denn sie befanden sich jetzt im Windschatten der ›Fleetwood‹.

Leine und Strickleiter wurden nach oben geworfen, dort aufgefangen und befestigt. Brandon setzte einen Fuß darauf und lächelte Heather zu: »Komm, ma petite, ich werde dir hinaufhelfen.«

Er legte seinen Arm um ihre Taille und trug ihr leichtes Gewicht hinauf an Deck. Dort stellte er sie sanft auf die Füße und wandte dann seine Aufmerksamkeit seinen Leuten zu. So hatte Heather Zeit, sich erst einmal umzuschauen. Sie stand inmitten von Taurollen, losem Tauwerk und allerlei Gerätschaften. Über all dem erhob sich der riesige Mast in den dunklen Himmel. Aus dem Bauch des Schiffes drang vielstimmig Gelächter, Rufen und Singen. Geräusch und Bewegungen zusammen machten, daß das Schiff wie ein lebendiges Wesen wirkte.

Brandon wandte sich ihr wieder zu. »Du wirst das Kleid wechseln müssen, Heather. Ich hatte dir einige Dinge gekauft, bevor ich feststellen mußte, daß du verschwunden warst. Sie sind unten in meiner Kabine.« Und mit einer leicht angehobenen Augenbraue fügte er ironisch hinzu: »Ich glaube, du weißt den Weg.«

Sie errötete tief und betrachtete zögernd die Treppe, die unter Deck führte.

»Na also«, meinte er lächelnd, »ich sehe, du kennst dich aus. Du findest die Kleider in meinem Seekoffer. In ein paar Minuten komme ich nach, geh schon voraus.«

Sie gehorchte und ging auf die Tür zu. Bevor sie sie öffnete, warf sie noch einen Blick zurück und sah, daß ihr Mann ins Gespräch mit George vertieft war. Es schien, als hätte er ihre Anwesenheit bereits vollständig vergessen.

Die Kabine war genauso, wie sie sie in Erinnerung hatte, gediegen eingerichtet und irgendwie behaglich und dabei so klein wie möglich, um nicht unnötig viel von dem kostbaren Frachtraum in Anspruch zu nehmen. Hier herrschte Zwielicht, und nur durch das vordere Bullauge drang etwas Helligkeit. Bevor sie sich dem großen Seekoffer zuwandte, entzündete sie eine Kerze auf dem Tisch und hängte den Umhang ihres Mannes an einen Haken neben der Tür. Dann kniete sie sich vor dem Koffer auf den Teppich und schlug den Deckel auf.

Sie konnte einen kleinen Aufschrei der Überraschung nicht unterdrücken, als sie obenauf das beigefarbene Kleid, säuberlich zusammengefaltet, vorfand. Die Erinnerungen überfielen sie. Sie dachte an William Court und an jene Nacht, die sie in dieser Kabine zugebracht hatte.

Zögernd wandte sie sich um und betrachtete das Bett, in dem sie ihre Jungfräulichkeit verloren hatte. Sie erinnerte sich ihrer vergeblichen Versuche, Widerstand zu leisten, erinnerte sich der leidenschaftlichen, unerbittlichen Lippen, die sich auf ihre Haut gepreßt, an die starken Glieder, die ihren Widerstand gebrochen hatten. Unwillkürlich glitt ihre Hand über ihren sanft gerundeten Leib und ihr Gesicht brannte.

Erschrocken fuhr sie zusammen, als die Tür hinter ihr sich öffnete und Brandon eintrat. Hastig legte sie das beige Kleid zur Seite und zog ein scharlachrotes Samtkleid heraus, das darunter gelegen hatte. Es hatte einen tiefen Ausschnitt und lange schmale, an den Handgelenken mit zarter Spitze geschmückte Ärmel. Seine Eleganz war überwältigend. Dies war ein Kleid für eine erwachsene Frau und nicht für ein linkisches junges Mädchen. Während Brandon seinen Mantel auszog und achtlos über das Bett warf, erhob sie sich und begann mit unsicheren Fingern die Haken ihres Kleides zu lösen, um es vorsichtig auszuziehen und zusammengefaltet in den Koffer zu legen.

»Gleich in der Nähe des Kais«, sagte ihr Mann hinter ihrem Rücken, »gibt es eine Hafenschänke, die gleichzeitig eine Herberge ist. Ich nehme an, dort wirst du es bequemer haben als hier.«

Sie runzelte erstaunt die Stirn und sah ihn erschrocken an. Er hatte bereits das Hemd gewechselt, hatte bequemere Hosen angezogen und saß nun an seinem Schreibtisch, ohne ihr weiter Beachtung zu schenken. Mit der gleichen Selbstverständlichkeit, mit der er sie aus seiner Umgebung verbannte, verdrängte er sie auch aus seiner Aufmerksamkeit. Vielleicht wollte er sie überhaupt zurücklassen, wenn er hinaussegelte? Wer garantierte ihr, daß es nicht so war?

»Ich bin Unbequemlichkeit gewohnt«, erwiderte sie mit leiser Stimme, »wenn du nichts dagegen hast, möchte ich lieber hier bleiben. Du brauchst mich nicht in eine Herberge zu bringen.«

Er sah flüchtig auf. »Wie auch immer, meine Liebe«, er lachte

unfreundlich, »die Entscheidungen treffe ich. Die Herberge ist für dich in jedem Fall passender.«
Kalte Angst stieg in ihr auf.
Ist das nun mein Schicksal? überlegte sie verzweifelt. Zurückgelassen im Hafen soll ich meinem Kind das Leben schenken, ausgeliefert an eine Umgebung, die nichts als Schmutz und Laster kennt. So wird mein Sohn zwar einen Namen haben, aber dennoch ein Leben ohne Heim, ohne Familie führen. Zitternd wandte sie sich ab.
Kannte dieser Mann denn keine Gnade? Wenn er von ihr verlangte, daß sie darum bat, so würde sie gerne auf die Knie sinken und um Sicherheit für das Aufwachsen ihres Kindes flehen. Aber er schien dies gar nicht zu wollen. Kühlen Herzens hatte er seine Überlegungen angestellt und ging nun daran, sie in die Tat umzusetzen. So wurde sie also in eine Hafenherberge geschickt.
In dem Versuch, ihre Furcht zu bekämpfen und sich abzulenken, zog sie das rote Kleid über und ging zu ihm. Er blickte auf. Ein seltsamer Ausdruck überflog sein Gesicht. Das tiefe Rot des Kleides ließ ihre Augen dunkler erscheinen, sie waren fast nachtblau, und ihre makellose Haut schimmerte blendend weiß über dem roten Samt. Der tiefe Ausschnitt gab ihren zarten Busen frei, kaum, daß er die rosa Brustspitzen bedeckte.
Verschüchtert und insgeheim zitternd vor Angst, wie er auf ihre Bitte reagieren würde, wandte Heather ihm den Rücken zu und sagte: »Ich kann es nicht selbst zumachen, würdest du bitte so gut sein, mir zu helfen?«
Sie fühlte seine Finger auf der Haut ihres Rückens, beugte ihren Kopf nach vorne und wagte kaum zu atmen, bis er alle Haken geschlossen hatte. Dann trat sie erleichtert einen Schritt von ihm weg, nicht ohne über die Schulter zu schauen, um festzustellen, ob er verärgert war. Er saß schon wieder an seinem Schreibtisch über die Bücher gebeugt, sein Gesichtsausdruck war noch finsterer geworden.
Möglichst leise ging sie in dem kleinen Raum hin und her und

suchte die Dinge zusammen, die sie in dem Gasthaus brauchen würde, hängte seinen Mantel an einen Haken und schaffte ein wenig Ordnung, immer in der Sorge, daß er ihr leises Hantieren als störend empfinden könnte. Aber er schien völlig in seine Bücher und Papiere vertieft und achtete nicht auf sie. Die Zeit kroch dahin. Nur einmal wurde die tiefe Stille unterbrochen, als George hereinkam, um den Tee zu servieren. Er tat es schweigend und verließ schnell wieder den Raum. So saß sie, nahezu regungslos, horchte auf das leichte Ächzen in den Wanten und auf das Dröhnen ihres Herzschlags.

Es war fast zehn Uhr, als Brandon endlich die Bücher weglegte, sich in den Sessel zurücklehnte und einen Blick auf sie warf. Seine Augen streiften ihren Ausschnitt, und er zog finster die Brauen zusammen.

»Es wird besser sein, du legst dir meinen Umhang über, wenn wir in die Gastwirtschaft gehen«, sagte er brüsk, »ich habe keine Lust, von irgendwelchen Zuhältern aufgehalten zu werden, die glauben, daß du ihnen gute Preise einbringen würdest.«

Heathers Gesicht war blutübergossen. Sie senkte die Augen, aber sie gehorchte sofort und nahm den Umhang vom Haken.

Einige Augenblicke später saßen sie wieder in dem kleinen Boot. George wartete bereits, verstaute ihre Gepäckstücke unter der Ruderbank, nahm seinen Platz als Steuermann ein und wies die Matrosen an, abzulegen. An Land hielt er sich dicht hinter ihnen, vorsichtig um sich schauend, ob nicht finstere Gestalten ihnen nachschlichen.

Sie erreichten die Hafenschänke ohne Zwischenfall. Als sie die Tür öffneten, klang ihnen schwermütige Musik entgegen. Ein Seemann sang, und obgleich er klein und mager war, war seine Stimme ein voller, raumfüllender Bariton, von überraschender Kraft und Klarheit. Um ihn herum saßen ein paar Männer, tranken Ale und horchten wie gebannt den schwermütigen Weisen. Ein Feuer knisterte im offenen Herd. Der Duft von geröstetem Spanferkel erfüllte den Raum und er-

weckte Heathers Appetit. Sie schloß die Augen und versuchte zu vergessen, daß sie Hunger hatte.
Brandon gab George einige Anweisungen, und der Mann ging hinüber zu dem Wirt, um ihm einige Fragen zu stellen. Heather folgte ihrem Mann zu einem Ecktisch. Sie glitt auf den Stuhl, den er ihr zurechtrückte, und wenig später wurde ihnen etwas zu essen und Wein gebracht.
Sie achtete nicht auf die gierigen Blicke der Männer ringsum, achtete auch nicht darauf, daß ihr der Umhang von den Schultern geglitten war. Ihre Aufmerksamkeit war geteilt zwischen dem köstlichen Braten und dem Seemannslied, das der Matrose mit der schönen Stimme soeben sang. Erschrocken bemerkte sie plötzlich, daß ihr Gatte sich über sie beugte. Er zog den Umhang wieder über ihre Schultern, und sie errötete, als ihr Blick dem seinen begegnete.
»Ich habe dieses Kleid gekauft, um es in meinen eigenen vier Wänden zu bewundern, meine Liebe«, sagte er freundlich. »Ich hatte keinen Moment beabsichtigt, daß dein schöner Busen andere Männer erfreuen sollte. Du machst diese Leute nur unruhig.«
Heather zog den Umhang fester um sich und sah sich vorsichtig um. Ihr Mann hatte recht, sie war der Mittelpunkt der Aufmerksamkeit geworden. Selbst der Sänger hatte zu singen aufgehört und starrte hingerissen zu ihr herüber. Nach einer kleinen Pause schweigender Bewunderung stimmte er mit volltönender Stimme ein neues Lied an:

Nachtschwarz ist das Haar der schönsten Maid,
der Himmel schuf sie zu meiner Freud',
ihre Augen so klar, so sanft ihre Hand,
ich liebe das Gras, darauf sie stand.
Ich lieb' meine Liebste früh und spät,
liebe den Boden, darauf sie geht,
lieb' himmelhoch und tief wie das Meer,
ohne sie wär' die Erde öd' und leer.

Schüchtern sah Heather zu ihrem Gatten hinüber und stellte fest, daß das Lied des Matrosen ihn anscheinend verwirrt hatte. Zwar hatte er die Augen auf seinen Teller gesenkt und tat, als ob er sich ausschließlich mit seiner Mahlzeit beschäftigte, aber in seiner Wange zuckte der Muskel, der Schlimmes verhieß. Sie kannte dieses Zeichen bereits und verhielt sich ängstlich still, um seinen heraufziehenden Zorn nicht noch zu verstärken.

Nach dem Essen zeigte ihnen der Wirt den Raum, den George bei ihm bestellt hatte. Der Hausknecht trug die Bündel und Gepäckstücke hinauf und zog sich zusammen mit dem Wirt zurück. Heather zweifelte keinen Moment daran, daß Brandon ihnen bald folgen würde, um auf Nimmerwiedersehen davonzugehen. Aber er hatte sich in einen Sessel geworfen und schien keine Eile zu haben. So faßte sie sich ein Herz, ging hinüber und bat ihn, ihr wieder behilflich zu sein, die Haken ihres Kleides diesmal zu lösen. Er tat es wortlos. Sie begann sich für die Nacht zu entkleiden, als erwarte sie, daß er bliebe. Sie löste ihr langes Haar und fuhr mit den Fingern hindurch, um es zu glätten, weil sie weder Kamm noch Bürste besaß. Sie war sich der beobachtenden Augen ihres Mannes bewußt, als sie aus dem Kleid schlüpfte, ihr Hemd auszog, beides über einen Stuhl legte und ein Nachthemd überwarf, das Lady Hampton ihr geschenkt hatte.

Dieses Nachthemd war aus weißem Batist, mit einem Spitzeneinsatz über der Brust und rundem, sehr tiefem Ausschnitt. Ein schmales Band war durch die Spitze gezogen und hielt das Hemd unter dem Busen zusammen. Die Ärmel waren weit und lang und am Handgelenk gleichfalls mit Spitzen gesäumt. Obgleich das Nachthemd nicht so durchsichtig war wie ihr Brauthemd, war auch dieses dazu entworfen, die Augen eines Mannes zu erfreuen. Als Heather sich anschickte, ins Bett zu gehen, stieß Brandon plötzlich eine ärgerliche Verwünschung aus. Heather sah erschrocken auf. Er war bereits auf dem Weg zur Tür.

»Ich bin in ein oder zwei Stunden zurück«, grollte er. Dann ging er. Heather sank weinend zu Boden, und Schluchzen erschütterte ihren zarten Körper.
»Er hat nicht die Wahrheit gesagt«, flüsterte sie verzweifelt, »er wird niemals mehr zurückkommen.«
Die Zeit floß träge dahin, jede Minute war wie eine Ewigkeit. Unruhig ging sie im Zimmer auf und ab und überlegte, was sie morgen tun müßte und wohin sie sich am besten wenden würde. Unmöglich, zu ihren Verwandten zurückzugehen und das Kind der Herzlosigkeit ihrer Tante auszusetzen; ebenso unmöglich die Hamptons aufzusuchen. Sie hatte zuviel Stolz, sie nochmals mit ihren Problemen zu belasten. Vielleicht könnte sie in dieser Herberge eine Stellung als Dienstmädchen finden? Gleich morgen würde sie fragen, aber heute nacht wollte sie erst einmal versuchen zu schlafen.
Sie löschte das Licht und legte sich zu Bett. Aber so sehr sie auch versuchte, nicht mehr an ihre Sorgen zu denken, der Schlaf wollte nicht kommen, endlos dehnte sich die Nacht. Eine Ewigkeit schien vergangen, als sie eine Kirchturmuhr eins schlagen hörte. Mit einem Schrei des Entsetzens sprang sie auf, lief hinüber zum offenen Fenster und schloß es. Sie ließ ihren Kopf gegen das Fensterkreuz sinken, und ihre schmalen Schultern zuckten in verzweifeltem Weinen. Ihre Furcht schlug in wilde Panik um, als sie direkt vor ihrer Tür die Stimmen zweier Männer hörte. Und als sich gar die Tür öffnete, wich alles Blut aus ihrem Gesicht; sie fürchtete das Schlimmste. Aber im Schein der Kerze, die auf dem Flur brannte, erkannte sie George und die breitschultrige Gestalt ihres Mannes im Türrahmen.
»Du bist zurückgekommen!« sagte sie tonlos und ungläubig.
Er wandte ihr das Gesicht zu, bevor er die Tür schloß und es wieder dunkel im Raum wurde.
»Warum bist du noch nicht im Bett?« fragte er unwillig, während er eine Kerze anzündete, die auf einem kleinen Tisch stand, »fühlst du dich krank?«

Sie trat aus dem Schatten in den Kerzenschimmer, und er sah die Tränen in ihren Augen. »Ich dachte, du hättest mich verlassen«, murmelte sie.

Einen Augenblick schaute er sie überrascht an, dann glitt ein freundliches Lächeln über sein Gesicht, und er zog sie näher zu sich heran. »Und du hattest Angst?«

Sie nickte hilflos und versuchte ihr Schluchzen zu unterdrükken. Mit einer fast zärtlichen Geste strich er ihr das Haar aus dem Gesicht und küßte sie auf die Stirn, in dem Versuch, sie zu beruhigen.

»Du warst niemals allein, ma petite. George war die ganze Zeit vor der Tür und bewachte dich. Erst jetzt ist er gegangen, um etwas zu schlafen. Hältst du mich denn für so einen Schuft, daß ich dich ohne jede Sicherheit zurücklasse?«

»Ich wußte ja nicht, was ich glauben sollte«, flüsterte sie, »ich hatte solche Angst, du würdest nie mehr zurückkommen.«

»Lieber Himmel, das ist kein Kompliment für mich, und für dich selbst ebensowenig. Ich würde niemals eine Dame, auf sich allein gestellt, an einem Ort wie diesem zurücklassen. Und um wieviel weniger meine eigene Frau, die mein Kind trägt. Aber wenn es deine Ängste beruhigt, werde ich dich in der Zeit, in der wir uns hier aufhalten, nicht mehr allein lassen.«

Sie hob die Augen zu ihm auf und sah in den seinen nur Herzlichkeit und Wärme. »Nein, das ist nicht nötig«, murmelte sie, »wenn ich das weiß, werde ich mich nicht mehr fürchten.«

Er nahm ihr Kinn und hob es ein wenig an. »Laß uns zu Bett gehen. Es war ein langer Tag für mich, und ich bin todmüde.«

Sie wischte sich die Tränen von den Wangen und stieg in das Bett, das direkt neben der Tür stand. Dabei beobachtete sie ihn, wie er ein Bündel öffnete, das George zuvor mit den anderen Gepäckstücken gebracht hatte. Ihre Augen wurden weit vor Erstaunen, als er aus einem Behältnis jene Pistolen nahm, die sie bereits kannte. Er kam herüber zum Bett, setzte sich auf den Bettrand und lud eine der Pistolen.

»Befürchtest du Schwierigkeiten?« fragte sie und richtete sich auf.
Er sah sie an und lächelte. »Es ist nur eine Vorsichtsmaßnahme, die ich gelegentlich ergreife, wenn ich meiner Umgebung nicht ganz sicher bin. Aber du brauchst dich nicht zu ängstigen, mein Liebes.«
Neugierig sah sie zu, während er die Waffe lud, und erinnerte sich ihrer eigenen Verzweiflung, als sie versucht hatte, hinter den Mechanismus der Pistolen zu kommen, was ihr nicht gelungen war.
Brandon lachte leise, als er ihr Interesse bemerkte. »Möchtest du gerne lernen, wie man sie lädt?« fragte er lächelnd, »wenn sie leer sind, kannst du ja fantastisch mit diesen Dingern umgehen. George war ganz außer sich, als er herausfand, daß du ihn überlistet hattest. Die Tatsache, daß ein schwaches, kleines Frauenzimmer ihn mit einer ungeladenen Waffe zum Zittern gebracht hatte, verletzte seinen Stolz aufs äußerste. Eine Zeitlang nach deiner Flucht war er für seine Umgebung kaum zu ertragen. Ich übrigens auch nicht«, fügte er finster hinzu, während er daran dachte, wie er seinen Diener mit Flüchen überschüttet hatte, als er auf die ›Fleetwood‹ zurückkehrte und das Mädchen nicht mehr vorfand. Seine Laune hatte sich noch verschlimmert, als er feststellen mußte, daß sie verschwunden war, ohne die geringste Spur zu hinterlassen.
»Nun ja, das ist heute vergessen«, sagte er zu Heather. »Wenn du möchtest, lehre ich dich, wie man Pistolen lädt.« Dann sah er ihr in die Augen und sagte warnend: »Aber glaube nicht, du könntest die Waffe gegen mich richten, so wie du es bei dem armen George versucht hast. Ich bin nicht George, und bevor du wieder fliehst, müßtest du mich zuvor töten.« Er lachte leise in sich hinein. »Ich glaube zwar, daß es dir nicht liegt, einen Mann umzubringen, aber es wird doch wohl sicherer sein, diese Dinge in Zukunft von dir fernzuhalten.«
Heather schluckte. Sie sah ihn mit großen Augen schweigend

an. Sie glaubte ihm jedes Wort. Er war nicht der Mann, der leere Drohungen ausstieß.

Sie saßen sehr nahe beieinander auf der Bettkante. Ihre Körper berührten sich. Er hatte seinen Arm hinter ihrem Rücken ausgestreckt, und seine Hand lag auf einer Falte ihres Nachthemds. Unsicher senkte sie den Blick und zog den Saum des Nachtgewandes über ihre Knie, als sie bemerkte, daß es fast bis zur Hälfte hinaufgerutscht war.

»Darf ich versuchen, diese zu laden«, fragte sie und berührte zögernd die Pistole, die er in der anderen Hand hielt.

»Wenn du magst«, antwortete er und gab sie ihr. Die Waffe lag schwer in ihrer Hand, aber geschickt schüttete sie nach Brandons Anweisung Pulver aus dem Pulverhorn auf die Pfanne, stopfte ein Stück Papier hinein, wie sie es zuvor bei ihm gesehen hatte und legte eine Kugel in den Lauf.

»Du lernst schnell, mein Kleines«, sagte er anerkennend und nahm ihr die Pistole aus der Hand. »Vielleicht wird aus dir auch noch einmal eine Molly Pitcher?«

Fragend runzelte sie die Stirn und sah ihn an. »Wer ist das, Brandon?« fragte sie und war sich dabei gar nicht bewußt, daß sie zum ersten Mal seinen Vornamen ausgesprochen hatte.

Er lächelte und streichelte wie absichtslos ihre glänzenden Locken. »Das ist eine Frau, die im amerikanischen Krieg den Soldaten Wasser in die vorderen Linien brachte und sich selbst in den Kampf stürzte und mithalf, die Front gegen die Briten bei Monmouth zu halten.«

»Aber du bist doch Engländer, Brandon, oder nicht?« fragte sie und sah ihn erstaunt an.

Er lachte. »Ganz gewiß nicht, Madame! Ich bin Amerikaner. Zwar kam meine Familie von hier, das stimmt. Aber lange vor ihrem Tod entschlossen sie sich, die amerikanische Staatsbürgerschaft anzunehmen. Mein Vater half im Kampf gegen die Briten, so wie ich es als Junge tat. Du mußt dich an den Gedanken gewöhnen, daß dein geliebtes England dort, wo wir hingehen, keineswegs geliebt wird.«

»Aber du treibst doch Handel mit uns«, wandte sie ein. »Du segelst hierher und schließt Geschäfte mit den gleichen Leuten ab, gegen die du einmal gekämpft hast.«
Er zuckte die Achseln. »Ich bin Geschäftsmann. Ich verkaufe Baumwolle und andere Waren an die Engländer, um meinen Profit zu machen und sie verkaufen mir, was meine Leute drüben brauchen. Ich habe keine politischen Vorbehalte, wenn es um Geschäfte oder Geld geht. Außerdem tue ich meinem Land einen Dienst, indem ich hier Dinge hole, die drüben gebraucht werden.«
»Kommst du jedes Jahr hierher?«
»Ja, die letzten zehn Jahre bin ich regelmäßig hier herüber gesegelt, aber dies wird meine letzte Fahrt sein. Ich habe eine Plantage, die ich übernehmen muß. Das ist eine sehr wichtige Aufgabe, die ich nicht länger vernachlässigen kann. Außerdem habe ich auf dem Weg nach Hause noch anderes vor. Ich will die ›Fleetwood‹ verkaufen, wenn wir drüben ankommen.«
Heather wurde es warm ums Herz bei dem Gedanken, daß er nie wieder auf See gehen, daß er sich niederlassen würde, um ihrem Kind ein Vater zu sein. Vielleicht würde er ihr sogar gestatten, wenigstens nach außen hin, die Position der Gattin in seinem Haus einzunehmen. Der Gedanke beglückte sie, und fast hätte sie sich erleichtert an ihn gelehnt. Aber bange Zweifel ließen diesen Traum sofort in Nichts zerrinnen.
»Werde ich auch auf deiner Plantage leben?« wollte sie wissen.
»Aber natürlich«, antwortete er, erstaunt über ihre Frage. »Was dachtest du denn?«
Sie zuckte die Schultern und sagte eingeschüchtert: »Ich – ich weiß nicht genau, du hast nichts darüber gesagt.«
Er lachte. »Dann weißt du es also jetzt. Nun sei ein liebes Kind und geh schnell ins Bett und schlafe endlich! Dieses nächtliche Schwatzen hat mich müde gemacht.«
Sie kuschelte sich ins Bett, während er sich auszukleiden begann.

»Schlaf lieber an der Fensterseite. Es ist besser, *ich* liege an der Tür«, sagte er.
Sie kroch auf die andere Seite des Bettes und wagte nicht, Fragen zu stellen; dennoch war ihr klar, daß er irgend etwas Ungutes erwartete.
Er blies die Kerze aus und legte sich neben sie. Eine matte Laterne unten im Hof schwankte im Nachtwind, warf flackerndes Licht und erhellte schwach den Raum. Bald sank Heather in traumlosen Schlummer.
Aus der Tiefe ihres Schlafes erwachte sie mit einem Gefühl wilder Angst, nicht wissend, wo sie sich befand. Eine Hand preßte sich auf ihren Mund und erstickte ihren Schrei. Sie riß die Augen auf und umklammerte diese Hand. Dann sah sie ihres Mannes Gesicht dicht über dem ihren und sank nunmehr ein wenig beruhigt zurück in die Kissen. Dennoch starrte sie ihn mit weit offenen, fragenden Augen an.
»Sei still«, flüsterte er fast unhörbar. »Rühr dich nicht! Keinen Laut, tu, als ob du schliefest.«
Sie nickte. Er nahm die Hand von ihrem Mund und legte sich dicht neben sie. Seine Atemzüge kamen gleichmäßig, als läge er im tiefsten Schlummer. Hinter der Tür konnte man gedämpfte Stimmen hören und ein kratzendes und bohrendes Geräusch am Holz und Eisen. Der Riegel hob sich allmählich, und Heather hatte Mühe, die neu aufkommende Panik in sich zu unterdrücken.
Ein dünner Lichtstrahl fiel durch die Tür und wurde breiter, als sie vollends geöffnet wurde. Unter halbgeschlossenen Lidern beobachtete sie, daß ein Kopf im Türrahmen erschien. Sie hörte ein Flüstern.
»Die pennen, komm rein.« Zwei dunkle Gestalten schlichen in den Raum; die Tür wurde leise wieder geschlossen. Heather biß die Zähne aufeinander, als die beiden Männer vorwärts schlichen, und hätte fast aufgeschrien, als ein Fußbodenbrett unter ihren Tritten knarrte. Eine ärgerliche Stimme war zu hören.

»Weck den Kerl nicht auf, du Blödian, oder wir kriegen die Kleine nicht. Mit ihm möchte ich lieber nichts zu tun haben.«
»Sie ist drüben auf der anderen Bettseite«, flüsterte der andere etwas lauter.
»Pscht«, zischte er erste, »halt die Schnauze, das seh' ich selber.«
Sie hatten sich dem Fußende des Bettes genähert, als Brandon plötzlich die beiden Pistolen unter dem Bettlaken hervorhob und sich aufsetzte.
»Stehenbleiben!« befahl er kurz, »und rührt euch nicht, sonst werde ich euch Blei nicht nur in den Hintern jagen!«
Die beiden erstarrten mitten in der Bewegung.
»Heather, mach die Kerze an, damit wir die Gesichter unserer nächtlichen Besucher sehen«, sagte Brandon.
Sie entzündete mit zitternden Händen die Kerze auf dem Tischchen neben dem Bett. Der Schein der Flamme tauchte den Raum in sanftes Licht, und in ihrem Schimmer erkannten sie die Männer, die vorher ihnen gegenübergesessen und sich besonders auffällig betragen hatten, während sie ihr Abendessen einnahmen.
»Wir wollten ja gar nichts Schlimmes«, jammerte der eine, »wir hätten dem Mädchen schon nichts getan.«
Der andere war da schon ein wenig realistischer. »Wir bieten Ihnen eine gute Summe für sie, Käpt'n. Sie bringt mehr Gold ein, als sie wiegt. Ich kenne da einen bestimmten Herzog, der zahlt das glatt. Es macht nicht mal was aus, daß sie keine Jungfrau mehr ist.« Seine wässrigen Augen maßen Heather in unverschämter Weise. Er grinste häßlich und zeigte dabei eine Reihe verfaulter Zähne.
»Die ist schon 'nen guten Preis wert, Käpt'n. Wir können uns die Summe ja zu dritt teilen.«
Zitternd preßte sich Heather näher an ihren Mann und zog die Bettdecke bis zum Kinn. Das blanke Entsetzen erfaßte sie bei dem Gedanken, was passieren würde, wenn die beiden Männer mit ihrem Vorhaben Erfolg hätten. Bevor sie sie dem sa-

genhaften Herzog präsentierten, würden sie zweifellos selbst viele Male über sie herfallen. Sie waren nicht anders als William Court, der an das Geschäft mit ihrem Körper gedacht hatte, versessen darauf, zuerst selbst ihre Lust an ihr zu stillen.
Brandon lachte gefährlich, als er jetzt aufstand und sich den beiden Männern gegenüberstellte. Es war ihm vollkommen einerlei, daß er nackt war. Er hatte die beiden Pistolen in der Hand und schwenkte sie in einer Weise hin und her, die die Einbrecher äußerst zu beunruhigen schien.
Heather fühlte, wie ihr das Blut in die Wangen stieg. Mit Brandon allein zu sein, wenn er nackt war, war etwas völlig anderes, als wenn andere sich mit ihm im Raum befanden. Seine männliche Nacktheit fiel ihr in der Gegenwart dieser beiden verwahrlosten Gestalten in einer verwirrenden, ja erschrekkenden Weise auf.
»Ich muß Sie enttäuschen, meine Herren«, sagte er leichthin, »dieses Mädchen ist schwanger mit meinem Kind, und ich bin ein sehr selbstsüchtiger Mann.«
»Ist ganz egal, Käpt'n«, unterbrach in einer der beiden Ganoven. »Unser Herzog würde die auch noch im neunten Monat vögeln. So hübsch wie die ist, wird das keine Schwierigkeiten machen. Wenn's so weit ist, gibt er ihr ein paar Stunden Zeit, um das Balg auf die Welt zu bringen, und dann ist er schon wieder auf ihr drauf. Der zahlt, so oder so. Und wir wollen Ihnen auch statt eines Drittels die Hälfte geben und werden dafür sorgen, daß Sie eine andere Hure finden, die ihnen das Bett wärmt.«
Brandons Augen wurden eiskalt. Die Knöchel seiner Hände standen weiß hervor, als er jetzt die Pistolen spannte. Der Muskel seiner Wange begann zu zucken.
»Es stinkt in diesem Raum«, sagte er langsam, »geht hinüber zum Fenster, ihr Gesindel, und öffnet es und zwar schnell und weit genug, sonst garantiere ich für nichts.«
Die beiden Männer beeilten sich, zu gehorchen und wandten sich dann widerlich grinsend ihrem Gegner aufs neue zu.

»Und nun, meine Lieben, bin ich euch noch eine Erklärung schuldig, bevor ihr zum Rückzug antretet«, sagte Brandon langsam, betont, fast liebenswürdig. Und dann erhob er seine Stimme in nicht mehr unterdrücktem Zorn. Er betonte jedes seiner Worte. »Dieses Mädchen ist meine Frau, schwanger mit meinem Kind.«

Diese Worte schienen alle Hoffnung auf ein gutes Geschäft aus den dumpfen Hirnen der beiden hinauszufegen. Ihre Augen weiteten sich in Furcht. Ihre Münder standen offen, Schweißperlen bildeten sich auf ihrer Stirn. Jetzt erst wurde ihnen bewußt, in welcher tödlichen Gefahr sie sich befanden.

»Aber Käpt'n, Sie – wir – äh –« Sie stotterten beide in ihrem Bemühen, sich reinzuwaschen. Schließlich fand der eine von ihnen Worte. »Aber Käpt'n, das wußten wir doch nicht. 'Ne normale Frau sieht doch nicht so doll im Bett aus. Ich meine, Sir ...«

»Raus jetzt«, schrie Brandon, »aber schleunigst, bevor ich mich vergesse!«

Sie machten sich auf den Weg zur Tür, aber dort stand Brandon und lachte heiser.

»Oh nein, meine Lieben, das Fenster ist für euch der passende Ausgang.«

Sie stockten entsetzt, zögerten und überboten sich in abwechselndem Gejammer. »Aber Käpt'n, das geht doch nicht, das ist doch viel zu hoch! Sollen wir uns unten die Knochen brechen. Wollen Sie uns umbringen Käpt'n?«

Die Pistolen drohten, und die beiden Männer zogen sich vorsichtig zurück. Sie beeilten sich. Die Angst um das nackte Leben war stärker als die Angst vor dem Sturz. Der eine schwang sich hinaus. Man hörte den Aufprall auf den Pflastersteinen, dann lautes Fluchen und Stöhnen.

»Ich glaub', ich hab' mir beide Beine gebrochen, verdammtes Schwein von Seekapitän«, schrie der Gestürzte herauf.

Der Schmächtigere von beiden schaute erst nach rückwärts über die Schulter, aber Brandons Gesten verhießen nichts Gutes, so tat er es zögernd seinem Gefährten nach. Nach seiner Ankunft unten folgte eine Flut von Schreien, Flüchen und wüsten Beschimpfungen. Ungerührt schloß Brandon das Fenster und verriegelte die Tür wieder. Der Lärm von draußen wurde schwächer, nachdem die beiden Männer davongehumpelt waren.

Lachend schlüpfte Brandon neben Heather, die in der Mitte des Bettes saß und ihn mit großen Augen betrachtete. Er lachte sie an.

»Ich möchte wissen, was dem zweiten zugestoßen ist. Der schrie am schönsten, findest du nicht auch, mein Kätzchen?«

Sie sah ihm in die Augen, nickte, und dann perlte ihr helles Gelächter durch den Raum.

»Oh, wie recht du hast«, lachte sie, »und ich glaube, ich muß mich fast geschmeichelt fühlen bei den Preisen, die ich erzielen sollte.«

Er sah sie eine Weile mit einem merkwürdigen Ausdruck an, lauschte dem Klang ihrer Stimme, nahm das helle, fröhliche Lachen in sich auf. Sein Blick fiel auf die weichen Brüste, die sich voll und verlockend aus dem Ausschnitt ihres Nachthemdes hoben, folgte dem Faltenwurf des Hemdes, das ihren Körper mehr enthüllte als bedeckte. Schweiß stand ihm auf der Stirn, ein Drängen stieg in seinen Lenden auf. Jäh wandte er sich ab und konnte dem plötzlichen Wunsch, sie zu verletzten nicht mehr wiederstehen.

»In Anbetracht deines Körpergewichts wäre es gar nicht mal so viel geworden«, sagte er grob, bevor er die Kerze ausblies, und in der Dunkelheit fügte er hinzu: »Wenn sie mehr geboten hätten, hätte das für mich sogar eine Versuchung sein können.«

Bestürzt über diesen jähen Stimmungswechsel schmiegte Heather sich ängstlich in die Kissen. Sie wußte nicht, was sie gesagt oder getan hatte, das ihn zu dieser rohen Bemerkung veranlaßte. Er war unberechenbar; wie sollte sie ihn jemals verstehen? Einmal war er freundlich und fast zärtlich, wie gerade eben, und das andere Mal verschlug seine Härte und Grausamkeit ihr die Sprache.

Als Heather am nächsten Morgen erwachte, war Brandons Bett leer. Sie erhob sich und wusch sich, als sie sich anzuziehen begann, mußte sie das rote Kleid im Rücken offen lassen, weil sie selbst nicht an die Haken herankam. Dann faßte sie sich ein Herz und durchsuchte Brandons Gepäck, bis sie eine Bürste fand. Obwohl sie sich ängstlich fragte, was passieren würde, wenn sie diese Bürste benützte, zwang sie sich zur Tapferkeit, denn ihr Haar war völlig zerzaust, es mußte gebürstet werden. Außerdem konnte sie sich ja beeilen, damit er nichts bemerkte. Hastig begann sie die seidige Haarpracht aus Leibeskräften zu bürsten, aber bevor sie ihre Frisur vollends in Ordnung gebracht hatte, trat Brandon schon ins Zimmer. Sie fuhr herum, die Bürste in der Hand und mit schuldbewußtem Ausdruck in den blauen Augen. Sie sah sofort, daß er schlechter Laune war, und daß heute wohl ein ungeeigneter Tag war, um Heldentaten zu vollbringen, wie beispielsweise die, seine Bürste zu benützen.

»Es tut mir leid«, sagte sie, »ich habe keine eigene Bürste. Meine Tante hat alles, was mir gehörte, an sich genommen.«

»Nachdem du sie schon ohne meine Erlaubnis herausgesucht hast, benütze sie ruhig weiter«, sagte er unfreundlich.

Vorsichtig ging sie ein paar Schritte zurück und wandte sich ab, um ihre Frisur aufzustecken. Dabei blickte sie unsicher über die Schulter, ob er noch am Fenster stand. Aber sofort wandte sie ihren Blick ab, als sie bemerkte, daß er sie intensiv beobachtete. Ein jähes Zittern überfiel sie, und es war ihr fast unmöglich, mit bebenden Fingern die Locken festzustecken. Immer wieder begann sie aufs neue, bevor sie mit dem Ergebnis ihres Bemühens zufrieden war. Während der ganzen Zeit spürte sie seine grünen Augen auf sich gerichtet. Aber schließlich brachte sie das Werk zustande, die Lockenpracht war aufgesteckt und fiel in Schulterlänge herab.

»Heute nachmittag werde ich dich mit zu einer Schneiderin

nehmen«, sagte Brandon ohne Ausdruck in der Stimme, wandte sich ab und sah zum Fenster hinaus. »Du brauchst ein paar dezentere Kleider als das, was du anhast.«

Seine Aufmerksamkeit schien voll auf das konzentriert, was er vor den Fenstern sah, und sie bemerkte, daß er in finsterem Nachdenken die Brauen zusammengezogen hatte. Von draußen erklang das Geschrei der Bettler, Räder rollten über das Pflaster und der übliche Straßenlärm drang herauf.

Sie setzte sich geduldig auf den Bettrand und wartete, bis ihr Mann weitere Anweisungen geben würde, was nun zu geschehen hätte. Sie wartete eine halbe Ewigkeit. Ihr Rücken begann zu schmerzen, müde lehnte sie den Kopf an den Bettpfosten. Außerdem knurrte ihr der Magen. Schließlich wandte Brandon sich um, und erleichtert setzte sie sich aufrecht, wobei ihr das Kleid über die Schultern fiel.

»Hast du etwa die Absicht, in diesem Aufzug hinunterzugehen, oder möchtest du nicht gefälligst herkommen und dir das Kleid zumachen lassen! Wenn du noch etwas zum Essen haben willst, dann mach schnell!«

Schleunigst folgte sie seinem Befehl, grub die Zähne in die Unterlippe und wagte keine Widerrede, keine Erklärung. Als sie herunterkamen, stand dort schon George, sagte: »Hallo, Madame!« rückte ihr einen Stuhl zurecht und sprach dann leise mit Brandon. Kurz darauf eilte er davon. Heather schaute ihm nach und überlegte, wieviel George wohl bereits den andern Männern von ihrer früheren Anwesenheit auf dem Schiff erzählt haben mochte. Er schien das Vertrauen seines Kapitäns zu genießen.

Der Ausdruck, mit dem sie George nachgeschaut hatte, war Brandon nicht entgangen.

»Mach dir keine Sorgen Georges wegen. Er ist überaus diskret, und es mag dir genügen, daß er mittlerweile weiß, daß du keineswegs ein Straßenmädchen warst. Er bedauert sehr die Ungelegenheit, die er dir durch seinen Irrtum bereitet hat. Er ist, obwohl du mir da nicht zustimmen wirst, beileibe kein

Dummkopf. Als er die Leinentücher von meinem Bett entfernte, sah er die Flecken, die deine verlorene Jungfernschaft darauf zurückgelassen hatte. Daraus zog er selbstverständlich seine Schlüsse.«

Heather wäre am liebsten vor Scham gestorben. Sie hatte das Gefühl, dem Diener ihres Mannes nie wieder begegnen zu können. Ein Stöhnen entrang sich ihr, und sie bedeckte ihr Gesicht mit beiden Händen.

»Aber bitte, meine Liebe, mach die Dinge nicht schlimmer, als sie sind und gräm dich nicht mehr als notwendig. Es besteht überhaupt kein Grund, beschämt zu sein. Es gibt bestimmt eine ganze Menge Frauen, die wünschten, sie wären in der Lage, einen so deutlichen Beweis ihrer Unberührtheit liefern zu können, wenn sie mit ihrem Manne zum ersten Mal ins Bett gehen. Es freut einen Mann, zu wissen, daß es niemand vor ihm gegeben hat.«

»Und hat es *dich* gefreut?« fragte sie erbittert. Sie sah in sein lachendes Gesicht, und das brachte sie noch mehr auf.

Sein Lächeln vertiefte sich, er schloß halb die Augen und sagte: »Ich bin keineswegs anders als andere Männer, mein Kätzchen; natürlich hat es mich gefreut. Dabei bedurfte es in diesem Fall gar keines Nachweises deiner Unberührtheit. Du hast selbst gesehen, wie sehr ich erschrak, als ich es erkannte. Wäre ich nicht überzeugt gewesen, daß du die Absicht hattest, in dieses Geschäft einzusteigen – ich wäre bereit gewesen, dich auf Knien um Vergebung zu bitten.« Wieder lachte er leise und fügte hinzu: »Aber du mußt mir verzeihen. Logisches Denken in deiner Gegenwart war schlechterdings nicht möglich.«

»Gewiß doch!« unterbrach sie ihn, bebend vor Zorn, »und welche Notwendigkeit hätte auch dazu bestanden, du hattest dein Zerstörungswerk ja schon getan.«

Er lächelte, und in seinem Blick lag wieder die gleiche Bewunderung wie früher. »Nicht vollends, meine Liebe. Zu dem Zeitpunkt, als ich mir bewußt wurde, daß du noch Jungfrau warst, hatte ich dir noch nicht alles zugefügt. Hätte ich mich da zurückgezogen, bestünde heute keine Schwangerschaft. Aber da es nun einmal geschehen ist, rührt sich das Leben in dir, und ich trage die Verantwortung dafür. Deine lieben Verwandten haben es mir leicht gemacht, davon überzeugt zu sein, daß es mein Kind ist.«

»Ich hätte meinen Zustand ja auch nur heucheln können«, sagte sie schnippisch und hob die kleine Nase in die Luft. Ihr einziger Wunsch war in diesem Augenblick, seine Selbstsicherheit wenigstens für den Bruchteil einer Sekunde zu zerstören. Herausfordernd sah sie ihm in die Augen.

»Das konntest du gar nicht«, erwiderte er, ohne zu zögern und ohne sich aus der Ruhe bringen zu lassen.

»Du hast keine Beweise . . .«, begann sie.

»So, habe ich die nicht?« erwiderte er amüsiert mit einer halb erhobenen Braue und damit wußte sie, daß sie diesen kleinen Kampf verloren hatte.

»Du vergißt, meine Liebe, daß ich dich in deiner ganzen überschlanken Schönheit gesehen hatte. Und obwohl es jetzt noch nicht so sehr sichtbar ist, hast du doch einen recht ansehnlichen kleinen Bauch bekommen. In einem Monat wird er auch vor der Umwelt nicht mehr zu verbergen sein.«

Sie schwieg und gab den Kampf auf. Der Wirt kam an ihren Tisch, um die Bestellung entgegenzunehmen.

Nach der Mahlzeit kehrte auch George zurück und fragte: »Soll ich Ihnen jetzt eine Kutsche besorgen, Käpt'n«

»Gut, George! Wir sind in wenigen Augenblicken so weit.«

Kurz darauf fuhr der Mietwagen vor. Die Fahrt in die Stadt verlief schweigsam. Brandon schaute aus dem Fenster, und Heather wagte keine Fragen zu stellen. Mitten in der Stadt hielt der Wagen vor einem großen Kleidergeschäft und sie stiegen aus.

Die Inhaberin, Madame Fontaineau, begrüßte sie gleich an der Tür und bot dabei ihren ganzen Charme auf. Kapitän Birmingham war ihr ständiger Kunde, sobald er im Hafen angelegt hatte. Sie mochte den hochgewachsenen Yankee. Dieser blendend aussehende Mann hatte eine Art, mit Frauen umzugehen, die auch auf sie ihre Wirkung nicht verfehlte. Sie war noch jung genug, um Wünsche an das Leben zu stellen.

Brandon nahm seiner Frau den Umhang von den Schultern, und Madame Fontaineau betrachtete anerkennend das rote Samtkleid. Sie lächelte zufrieden in dem Gedanken, daß dieses Kleid der jungen Frau auf den Leib geschneidert zu sein schien. Kein anderes junges Mädchen hätte es mit der gleichen Anmut und Selbstverständlichkeit tragen können. Überdies war die Trägerin so zierlich, daß es allein aus diesem Grund so leicht niemand anderem gepaßt hätte. Als der Kapitän es seinerzeit kaufte, war ihre Neugier geweckt worden. Sie vermutete, daß er eine neue Geliebte in London gefunden hatte. Die Kleider, die er zuvor bei ihr eingekauft hatte, waren für eine weitaus kräftigere Frau, dem Schnitt nach zu urteilen. Dieses zarte Mädchen, in der Blüte ihrer Jugend, in ihrer noch nicht voll entfalteten Weiblichkeit, hätte in solche Kleider niemals hineingepaßt. Sie bewegte sich mit einer Anmut, die selbst sie als Frau beeindruckte. Es erstaunte sie. Viele der erfolgreichen Kurtisanen besuchten ihren Laden regelmäßig, und sie führten den Namen Kapitän Birminghams ständig im Munde. Sie alle waren voll Bewunderung, wenn von Birmingham die Rede war. So wußte sie mehr über das persönliche Leben dieses Mannes, als er vermuten konnte. Aber dies hier war etwas Neues, etwas völlig anderes, eine zierliche, zarte Demoiselle, wie Männer sie sich zur Frau wünschen. Du lieber Himmel! Sie war Französin, noch nicht alt genug, um nicht einen gutaussehenden Mann begehrenswert zu finden. Oft hatte sie Kapitän Birmingham nicht nur mit den Augen einer Geschäftsfrau betrachtet, obgleich sie außerordentlich bemüht war, das vor ihm zu verbergen. Sie war klug genug zu wissen, daß er auf Nimmerwiedersehen verschwinden würde, sobald sie ihn merken ließe, daß sie ihm mehr zu sein wünschte als nur die Inhaberin eines Modesalons, die seine Kleiderwünsche erfüll-

te. Während diese Gedanken ihr durch den Kopf gingen, fiel ihr Auge auf den goldenen Ring an der Hand des Mädchens.
»Madame Fontaineau, darf ich Ihnen meine Frau vorstellen.«
Madame Fontaineau konnte ihre Verblüffung kaum verbergen, aber sie hatte sich bald wieder in der Gewalt.
»Welche Freude, Ihre Bekanntschaft zu machen, Madame Birmingham. Ihr Mann ist einer meiner liebsten Kunden, schon seit langer Zeit. Man sieht, er versteht etwas von Frauen. Sie sind eine bezaubernd schöne Frau.«
Brandon runzelte unwillig die Stirn. »Meine Frau muß ausgestattet werden, und zwar mit einer kompletten Garderobe. Würden Sie so freundlich sein, uns zu beraten.«
»Oui, Monsieur, ich werde mein Bestes tun«, sagte sie beflissen, wohlwissend, daß sie ihre Zunge nicht genug gehütet hatte. Männer mochten es nicht, wenn man ihre amourösen Abenteuer in der Gegenwart anderer erwähnte, speziell wenn diese anderen ihre Ehefrauen waren. Aber die Überraschung über diese Heirat war zu groß für sie gewesen. Sie hatte alle Vorsicht vergessen, als sie den Ehering erspähte.
Madame Fontaineau ließ ihre Augen über das Mädchen gleiten und beobachtete Heather, wie sie leichten Schrittes hinüberging zu den Tischen, wo die Stoffe gestapelt waren. Dabei dachte sie bewundernd: Diese junge Frau hat einen bezaubernden Körper, schmal und zierlich und dennoch so wohlgerundet, daß es einem Mann absoluten Genuß bereiten muß, sie zu berühren. Kein Wunder, daß der Yankeekapitän sie geheiratet hatte. Sie war eine wirkliche Schönheit und beide zusammen ein aufsehenerregendes Paar. Sie war zu beneiden. Mit einem kleinen Seufzer der Resignation sah sie den Yankee an: »Elle est parfaite, Monsieur!«
Brandon blickte mit einem gewissen Stolz zu seiner jungen Frau hinüber. »Oui, Madame, magnifique!«
Heather verstand die Unterhaltung nicht, sie versuchte es gar nicht erst. Sie hatte nur bemerkt, daß Brandon die Unterhaltung in fließendem Französisch führte, ohne zu stocken. Für

sie war er voller Überraschungen. Da sie kein Wort von der Konversation begriff, wanderte sie ziellos durch den Raum, von einem Tisch zum anderen, nur von weitem ihren Mann und die Frau insgeheim betrachtend. Sie schienen einander gut zu kennen. Er lachte herzlich, und die Couturière berührte ihn wie zufällig am Arm, etwas, was sie, sein angetrautes Eheweib, nie gewagt hätte. Sie furchte die Stirn und erinnerte sich deutlich an das, was die Französin eben gesagt hatte. Wahrscheinlich gehörte sie selbst zu den vielen Frauen, für die er Kleider ausgesucht und gekauft hatte.

Erzürnt wandte sie sich ab. Insgeheim grollte sie Brandon, daß er sie hierher gebracht hatte. Er hätte ihr diese peinliche Situation ersparen können.

Sie nahm eine Zeichnung auf, die mit vielen anderen Modezeichnungen auf einem Tischchen ausgebreitet lag. Sie versuchte sich auf die Betrachtung der Abbildungen zu konzentrieren, statt auf ihren Mann und Madame Fontaineau. Aber die Zeichnungen konnten ihr Interesse nicht lange fesseln. Es war die Darstellung eines eleganten Kleides mit hochgesetzter Taille, aber mit zu vielen Schleifen und Borten besetzt, ein Modell, das für eine Frau bestimmt war, die unseriöse Garderobe bevorzugen mochte. Ihr gefiel es nicht.

Sie hob die Augen und bemerkte, daß ein junger Mann herangetreten war, der in stummer Bewunderung vor ihr verharrte. Offensichtlich war er hinter dem Vorhang hervorgekommen, der den Laden von einer Werkstatt antrennte. Seine begehrlichen Blicke verschlangen sie geradeso. Sie stand ihm verwirrt gegenüber, unfähig sich abzuwenden. Der junge Bursche, dies mißverstehend, fühlte sich ermutigt. Er lächelte sie herausfordernd an. Sein Pech war es, daß gerade in diesem Moment Brandon seine Unterhaltung mit der Ladeninhaberin unterbrach und herüberschaute. Was er sah, empörte ihn aufs äußerste: einen Mann, der sich mit eindeutiger Geste seiner jungen Frau näherte.

Für Brandon war dies der Anlaß, der seine Gereiztheit in Wut umschlagen ließ. Erst Mädchenhändler, die sich an seine Frau heranmachen wollten, und jetzt dieser junge Bursche! Dies war seine Frau, kein Lustobjekt für die Öffentlichkeit, soweit sie aus geilen Männern bestand. Er wollte verdammt sein – aber er konnte es nicht mehr ertragen, daß schon wieder ein Kerl Heather mit lüsternen Blicken betrachtete.

Mit ein paar Schritten durchmaß er den Raum. Die Wut, die ihn erfüllte, machte ihn fast besinnungslos. Er hatte sich nicht mehr unter Kontrolle. Heather sah ihn kommen und wich mit einem kleinen Schreckensruf zur Seite. Er packte den jungen Mann am Kragen und schüttelte ihn, wie ein Hund eine Ratte hin und herbeutelt.

»Du verdammter Lüstling! Ich werde dich lehren, Abstand von meiner Frau zu halten. Ich schmeiße dich von einem Ende des Ladens zum anderen, daß dir alle Knochen brechen.«

Die Augen des armen Jungen traten hervor. Er konnte nur noch hilflos stöhnen. Heather begriff gar nicht, was vor sich ging. Sie stand wie gebannt vor Furcht, was der Zornesausbruch ihres Mannes noch alles mit sich bringen würde. Madame Fontaineau eilte herbei und ergriff Brandon am Arm.

»Monsieur, Monsieur!« bat sie, »Monsieur Birmingham, bitte! Er ist ja noch ein Kind. Er wollte ihre Gattin nicht beleidigen, Monsieur. Bitte tun Sie ihm nichts! Ich bitte Sie . . .«

Brandon ließ den jungen Mann widerstrebend los, aber sein Gesicht war immer noch wutverzerrt. Madame Fontaineau schob den jungen Mann nicht allzu freundlich in das Hinterzimmer, wobei sie unaufhörlich französisch auf ihn einredete. Bevor sie den Vorhang wieder zuzog, sah es ganz so aus, als höbe sie die Hand zu einer kräftigen Ohrfeige. Weder Brandon noch Heather hatten sich von der Stelle bewegt, als sie einen Augenblick später wieder erschien.

»Ich bitte sehr um Entschuldigung, Monsieur Birmingham«, sagte Madame Fontaineau unterwürfig. Dann ging sie ein paar Schritte hinüber zu Heather und ergriff die zitternde Hand der jungen Frau.

»Madame Birmingham, dies ist mein Neffe, und er ist ein kindischer junger Bursche. Aber Madame«, fügte sie hinzu und blickte theatralisch gen Himmel, »er ist dennoch ein junger Franzose, wenn Sie verstehen, was ich meine.« Sie lachte laut und verlegen, aber Heather stimmte nicht ein. Statt dessen sah sie mit ängstlichen Augen zu ihrem Mann herüber und wußte sofort, daß er immer noch verärgert war.
»Bitte, kommen Sie hier entlang, Madame Birmingham«, sagte die Couturière lächelnd. »Wir wollen erst einmal die Stoffe für Ihre Hemden aussuchen.« Sie zog Heather hinter sich her zu den Regalen, die mit großen Ballen Musselin, Leinen und Batist bis oben gefüllt waren.
»Darf ich Ihnen für den täglichen Gebrauch vielleicht Musselin empfehlen und für besondere Anlässe feinen Batist? Es sind außerordentlich weiche Stoffe gerade richtig für eine so zarte Haut wie die Ihre.« Wieder hob Heather die Augen und sah ratsuchend zu ihrem Mann herüber. Brandon stand neben den beiden Frauen, hatte die Arme über der Brust verschränkt und lehnte mit dem Rücken an einem großen Zuschneidetisch. Sein Gesichtsausdruck war keineswegs milder geworden, und immer noch fürchtete sie, daß er ihr zürnte. Unsicher wandte sie den Blick ab und versuchte freundlich auf die Vorschläge Madame Fontaineaus einzugehen.
»Ich richte mich da ganz nach Ihnen«, sagte sie leise, »Sie wissen gewiß besser als ich, welche Stoffe passend sind.«
Madame Fontaineau sah fragend zu Brandon hinüber und wartete auf seine Zustimmung. Insgeheim mußte sie lächeln, wenn sie daran dachte, mit welcher besonderen Sorgfalt er seinerzeit die Unterwäsche für dieses junge Mädchen ausgesucht hatte. Die Hemden mußten aus den feinsten Stoffen hergestellt, mußten durchsichtig sein. Sie erinnerte sich genau und würde sich am besten auch jetzt nach seinen damaligen Anweisungen richten.
Er ist ein unglaublich besitzergreifender Mann, dachte sie. Er wird eine Menge zu tun haben, um Männer von seiner jungen

Frau fernzuhalten. Gerade dieser Ausdruck mädchenhafter Unschuld in ihrem Gesicht ist für jeden Mann eine Versuchung.

»Kapitän Birmingham, wenn Sie so gut sein wollten, Ihre Gattin in den Ankleideraum zu geleiten, dann können wir mit den Vorbereitungen für die Kleider beginnen. Ich habe ein paar ganz reizende Zeichnungen der letzten Modelle.«

Diensteifrig führte sie das Paar in den hinteren Teil des Ladens, durch den Vorhang hindurch in einen großen Raum und schließlich in ein angrenzendes kleineres Zimmer. Sie zog einen Sessel heran, forderte Brandon auf, darin Platz zu nehmen und wandte sich dann Heather zu.

»Madame, wenn Sie gestatten, werde ich Ihnen jetzt dieses Kleid ausziehen und maßnehmen.«

Gehorsam wandte Heather sich um, und Madame begann die Haken zu lösen. Der Raum, in dem die drei sich befanden, war gerade so groß, daß sie alle drei Platz darin hatten. In dieser Enge erwuchs eine geradezu gefährliche Intimität. Brandons Knie berührten ihre Röcke. Halb angezogen stand sie in seiner unmittelbaren Nähe. Er hätte bloß eine Hand auszustrecken brauchen, um sie zu berühren.

Madame Fontaineau war im Maßnehmen sehr genau. Heather mußte die Arme strecken, sich wenden und drehen, ganz wie die Ältere sie anwies.

»Würden Madame jetzt bitte den Bauch etwas einziehen«, sagte die Couturiere, während sie das Maßband um Heathers Hüften legte. Heather, sehr verlegen geworden, bemerkte Brandons plötzliche Heiterkeit. Er saß da und lachte lautlos in sich hinein, seine Schultern zuckten. Gereizt über diese Feststellung erwiderte Heather unfreundlicher als sie eigentlich beabsichtigt hatte:

»Es tut mir leid, aber das ist nicht möglich.« Madame Fontaineau ging einen Schritt zurück und sah ihre Kundin prüfend an, erstaunt darüber, daß diese fast vollkommene junge Frau doch einen Schönheitsfehler aufzuweisen hatte. Aber dann

ging ein Lächeln des Verstehens über ihr Gesicht. »Oh, Sie sind guter Hoffnung?«
Heather nickte errötend.
»Ah, das ist ja wundervoll«, murmelte Madame Fontaineau mit einem Seitenblick auf Brandon. »Dann sind Monsieur also bald glücklicher Vater, nicht wahr?«
»Ganz recht, Madame Fontaineau!«
Die Couturière lächelte. Er hat also keine Zweifel an seiner Vaterschaft, dachte sie ein wenig neidvoll. Er antwortet, ohne zu zögern. Vielleicht ist das Mädchen tatsächlich so unschuldig, wie sie aussieht. Laut sagte sie: »Ah, Monsieur, es ist eine Wohltat, wie bereitwillig Sie antworten, kein Zögern, keine Verlegenheit in dem Bekenntnis Ihrer Vaterschaft. Das finde ich gut, wenn ein Mann sich nicht scheut, zu dem zu stehen, was er getan hat.« Sie umfaßte Heather mit einem Blick und wandte sich wieder dem Kapitän zu. »Und Ihre Gattin wird zweifellos eine bezaubernde Mutter sein!«
Brandons Augen ruhten nachdenklich auf seiner Frau. Ein ganz neuer Ausdruck erschien in ihnen. »Überaus bezaubernd«, stimmte er aufrichtig zu.
Ah, schau ihn an, dachte Madame mit einem Seufzer. Schon denkt er ungeduldig an Fortsetzung. La petite Madame wird aus dem Zustand glücklicher Schwangerschaft wohl kaum herauskommen. Er wird sie keinen Augenblick in Ruhe lassen. Beneidenswert, ich wünschte, ich wäre sie!
»Dieses Hemd, das ich genäht habe, ist doch verführerisch schön, finden Sie nicht auch, Monsieur?« fuhr sie fort und beobachtete dabei, wie er seine junge Frau mit hungrigen Augen ansah. »Sie hat den Körper einer Göttin, eine volle Brust, eine schmale Taille, für die Hand eines Mannes wie geschaffen, und dann diese Hüften, oh lala.«
Heather, bis auf den Grund ihrer Seele beschämt, schloß die Augen. Sie hatte das Gefühl, auf dem Sklavenmarkt zu sein, diesem Mann und seinen Gelüsten feilgeboten. Fast erwartete sie durch den inspizierenden Käufer auch noch getätschelt zu

werden, damit er sich von der Weichheit ihrer Haut überzeugen könne. Aber sie war keine Sklavin. Es war ihr Körper, über den Madame Fontaineau so taktlose Bemerkungen machte. Diese Frau hatte kein Recht, sie in dieser Weise zu degradieren.

Ärgerlich biß sie sich auf die Unterlippe, öffnete die Augen wieder und sah direkt in Brandons Augen, die sie im Spiegel wachsam beobachteten. Die Zeit schien stillzustehen, als er ihren Blick einfing und festhielt. Selbst als er den Blick senkte und über ihren Körper gleiten ließ, konnte sie die Augen nicht von ihm abwenden. Seine Augen hielten die ihren fest. Ein Zittern durchlief sie, ließ eine leichte Schwäche zurück und ein Gefühl seltsamer Süße.

Da ihr Kunde sie durch keinerlei Bestätigung ermutigte, mit dem Lob auf Heathers Schönheit fortzufahren, erhob sich die Französin aus ihrer hockenden Stellung, in der sie maßgenommen hatte.

Sie war nun wieder ganz kühle Geschäftsfrau.

»Ich hole einmal die Zeichnungen herüber. Falls Madame wieder ihr Kleid anzuziehen wünscht, werde ich es gleich zuhaken, wenn ich zurückkomme!«

Sie eilte aus dem Raum, und Heather wandte den Blick vom Spiegel, um sich anzuziehen. Benommen streifte sie das Kleid über, schlüpfte in die engen Ärmel und kreuzte die Arme über der Brust, um das Kleid solange zu halten, bis Madame Fontaineau zurück sei. Da fühlte sie erschrocken, daß Brandon nach ihr griff und sie zwischen seine Knie zog. Verwundert, mit aufgerissenen Augen und leicht geöffnetem Mund sah sie ihn an. Ihr Herz begann wild zu schlagen. Diese Reaktion entging Brandons wachsamen Augen nicht. Er lachte leise, als er ihren bebenden Busen betrachtete und hielt sie nur um so fester.

»Warum so ängstlich, mein Häschen«, lächelte er, »ich will ja nur dein Kleid zumachen.«

Verwirrt versuchte sie, ihre Brust mit den Händen zu verdekken, aber er zog sie ihr weg und lächelte belustigt.

»Es besteht kein Grund etwas zuzudecken! Keine Augen außer meinen betrachten dich.«
»Bitte«, flüsterte sie atemlos, »Madame Fontaineau wird gleich zurück sein.«
Wieder lachte er. »Du würdest mich sehr zu Dank verpflichten, wenn du dich herumdrehtest. Das ist nämlich alles, was sie sehen wird, einen Ehemann, der seiner Frau das Kleid zuhakt, andernfalls . . .«
Er war noch mit Zuhaken beschäftigt, als Madame Fontaineau wieder eintrat.
»Ich habe die ganzen Zeichnungen, die in meinem Besitz sind, zusammengesucht. Sicher sind mehrere darunter, die Ihnen gefallen werden.« Sie zog ein kleines Tischchen heran und breitete die Zeichnungen darauf aus. Dann stellte sie den Tisch so vor sie hin, daß Heather zwischen Brandons Knien festgehalten blieb. Als er ihr das Kleid vollends zugeknöpft hatte, kniete sie zu seinen Füßen und betrachtete die Zeichnungen. Was sie hier sah, entsprach mehr ihrem Geschmack. Aber sie bezweifelte, daß ihr Mann so viel auszugeben bereit war, wie diese Kleider wohl kosten mochten. Sie seufzte resigniert.
»Haben Sie nicht auch Zeichnungen von etwas einfacheren Kleidern, die weniger teuer sind als diese?« fragte sie.
Madame Fontaineau suchte erstaunt nach Worten und Brandon beugte sich über seine junge Frau, während er die Hand auf ihre nackte Schulter legte.
»Mein Liebes, ich bin durchaus in der Lage, dir diese zu kaufen«, sagte er mit einem Blick auf die Abbildungen.
Madame Fontaineau seufzte erleichtert. Der Kapitän hatte einen exzellenten – und teuren – Geschmack, was Kleider anbelangte, und da er sich gerade in den Flitterwochen befand, würde er gewiß nicht knausern. Was mochte die junge Frau wohl dazu veranlassen, solch merkwürdige Frage zu stellen, da er doch in der Lage war, zu zahlen? Sie würde jedenfalls dafür sorgen, daß er sich für das Teuerste entschied.

»Nachdem du dich zu scheuen scheinst, mein Geld auszugeben, werde ich dir bei der Auswahl deiner Garderobe lieber helfen«, meinte Brandon liebevoll, »vorausgesetzt, du hast nichts dagegen.«
Heather schüttelte eifrig den Kopf. Bebend empfand sie die Wärme seiner Hand auf ihrer Schulter. Wie unabsichtlich ruhten seine Fingerspitzen auf dem Ansatz ihrer Brustwölbung. Er schien nicht zu wissen, was er damit in ihr auslöste. Nur mit Mühe konnte sie atmen.
Aber er muß doch wissen, daß das für mich eine Qual ist, dachte Heather. Er weiß doch, wie sehr ich mich vor ihm fürchte.
Sie war völlig in seine körperliche Nähe gebannt. Seine Schenkel, hart wie Fels, stießen an ihre Schulter, seine Hand hielt sie nieder. Sein Kopf und seine Schultern waren über sie gebeugt und hinderten sie am Aufstehen. Sie war gefangen wie eine Fliege im Spinnennetz. Für einen unbefangenen Betrachter mußte es wirken, als säße sie verliebt zu seinen Füßen und sei glücklich unter seiner Berührung.
Brandon wies auf eine der Zeichnungen. »Dies würde sehr schön in blauer Seide aussehen, vorausgesetzt, daß die Seide genau zu den Augen meiner Frau paßt. Haben Sie diesen Farbton?«
Madame Fontaineau betrachtete Heathers Augen. Dann lächelte sie. »Oui, Monsieur! Das ist exakt die Farbe von Saphiren. Damit kann ich Ihnen dienen.«
»Ausgezeichnet«, erwiderte er und zog eine andere Zeichnung aus dem Stapel. »Das können Sie wegtun. Dieses Kleid hat zuviel Rüschen. Darin würde meine Frau sich verlieren.«
»Oui, Monsieur«, stimmte Madame Fontaineau zu. Es war doch erstaunlich, was für einen fabelhaften Geschmack dieser Mann hatte, dachte sie anerkennend. Eine weitere Zeichnung wurde aussortiert mit der Erklärung, daß dieses Kleid zu überladen sei. Fünf wurden gewählt, zwei abgelehnt.
Heather sah fasziniert zu, unfähig ein Wort zu sagen. – Alles,

was er ausgesucht hatte, entsprach in jedem Detail genau ihrem Geschmack, und die Modelle, die er verworfen hatte, hatte sie gleichfalls insgeheim abgelehnt. Auch sie bewunderte im Stillen Brandons modisches Fingerspitzengefühl. Sie hätte die Auswahl nicht besser treffen können.

Noch mehr Kleider wurden gewählt, und neben den Zeichnungen häufte sich das dazugehörige Material an Stoffen, Seide, Wolle, Samt, Brokat, Musselin und Voile. Heather verlor allmählich die Übersicht. Bänder, Pailletten, Perlen und Pelzbesatz wurden, ebenso wie feine Spitzen, sorgfältig ausgewählt und dem übrigen hinzugefügt. Atemlos verfolgte Heather, welche Unzahl von Kleidern er für sie aussuchte. Von solchen Mengen hätte sie nie zu träumen gewagt, selbst wenn man ihr freie Hand gelassen hätte, zu wählen, was sie wünschte. Wie war diese Großzügigkeit mit Brandons sonstiger Schroffheit zu vereinbaren? fragte sie sich ratlos. Aber die Bestellung wurde ohne Einschränkung aufgegeben.

»Bist du mit allem einverstanden, mein Liebes?« fragte er ganz nebenbei. Dabei hatte sie das Gefühl, daß es ihm völlig einerlei gewesen wäre, wenn sie verneint hätte. Er hatte schließlich die Kleider gekauft, um sich an ihrem Anblick zu erfreuen, um sie so gekleidet zu wissen, wie er es wünschte. Dennoch stimmte alles bis ins kleinste mit ihrem eigenen Geschmack überein.

Sie nickte. »Du bist sehr großzügig«, murmelte sie verlegen.

Brandon sah auf sie herunter. Die Haltung, in der er über ihr saß, gestattete ihm tiefe Einblicke in ihren Busenausschnitt. Fast schmerzhaft spürte er das Verlangen, seine Hand nach unten gleiten zu lassen, um diese seidige Fülle zu streicheln.

»Meine Frau braucht ein Kleid, das sie jetzt gleich anziehen kann«, sagte er und wandte seinen Blick wieder von ihr ab. »Haben Sie vielleicht etwas Passendes da, weniger festlich als das Kleid, das sie trägt?«

Madame Fontaineau nickte. »Oui, Monsieur«, ich habe ein kleines, schlichtes Kleid hier, das ich gerade vor ein paar Tagen fertiggestellt habe. Ich will es einmal holen, ich glaube, es ist genau das, was sie sich vorstellen!« Sie verschwand und kam kurz darauf mit einem blauen Samtkleid wieder zurück. Es hatte lange, schmale Ärmel und einen kleinen, weißen Seidenkragen, der hoch am Halse schloß, weiße Seidenmanschetten schlossen die Ärmel ab.

»Entspricht das Ihrem Geschmack?« fragte sie und hielt das Samtkleid so, daß er es genau betrachten konnte.

»Ganz genau«, erwiderte Brandon anerkennend. »Packen Sie es sofort ein und dann müssen wir gehen, um die Accessoires zu besorgen. Sie werden selbstverständlich alles in zehn Tagen fertig haben, nicht wahr?«

Der Französin blieb der Mund offen. »Aber, Monsieur, das ist einfach unmöglich. Sie müssen mir schon einen Monat zugestehen, bitte.«

»Es tut mir leid, Madame, in vierzehn Tagen setze ich Segel. In fünf Tagen werde ich mit meiner Frau hier zur ersten Anprobe erscheinen, und in zehn Tagen möchte ich alles auf mein Schiff geliefert haben. Ich bin bereit, eine Extrasumme dafür zu zahlen. Falls Sie dazu nicht in der Lage sind, ist es Ihr Verlust, was halten Sie davon?«

Madame Fontaineau konnte sich einen solchen Auftrag nicht entgehen lassen. Selbst wenn sie den Profit aus diesem Auftrag mit anderen Schneiderinnen teilen mußte, würde es noch ein enormer Betrag sein, der für sie übrigblieb. Sie würde alle Freundinnen und Familienmitglieder einspannen und sie Tag und Nacht an diesem Auftrag arbeiten lassen. Aber sie würde in der gewünschten Zeit liefern. Dieser Mann war unerbittlich in seinen Forderungen, er war es gewohnt, Anordnungen zu erteilen und erwartete, daß sie befolgt wurden. Er würde nur exzellente Arbeit anerkennen.

»Ganz wie Sie wünschen, Monsieur«, sagte sie nunmehr ohne zu zögern.

»Dann ist ja alles in bester Ordnung«, meinte Brandon gelassen und drückte Heathers Schulter leicht, um ihr das Zeichen

zu geben, sich zu erheben. »Wir müssen jetzt gehen, meine Liebe, und sehen, daß wir unsere Einkäufe für deine Garderobe beenden.«
Er half ihr aufzustehen und legte ihr seinen Umhang über die Schultern. Kurz darauf verließen sie den Laden. Madame Fontaineau stand an der Schwelle ihrer Tür und sah ihnen nach.
La petite Madame ist klüger als ich, mußte sie neidvoll anerkennen, indem sie wenig erbittet, erhält sie mehr, und er ist glücklich, daß er das Beste für sie auswählen durfte. So sollten sich alle Frauen verhalten.
Dann wandte sie sich um und klatschte in die Hände. »Claudette, Michèle, Raoul, Marie, vite, vite, eine Menge Arbeit wartet auf uns.«

5. Kapitel

Elegant gekleidete Damen und Herren füllten Londons vornehme Läden, schoben und drängten an den Auslagen vorbei. Heather fühlte sich in ihre Kindheit zurückversetzt, als sie mit ihrem Vater die gleichen Straßen gegangen war. Sie wurde fröhlich bei der Erinnerung daran. Munter und unbefangen plauderte sie mit den Verkäufern, probierte Ketten und Gürtel, lachte ihr Spiegelbild an, drehte und wendete sich anmutig und bezauberte alle, die um sie herum waren. Brandon stand im Hintergrund und beobachtete sie stumm. Von Zeit zu Zeit nickte er zustimmend, wenn sie etwas anprobiert hatte, das seinem Geschmack entsprach, kaufte und zahlte. Alle ihre Ängste schienen vergessen. Sie wagte sogar, seine Hand zu ergreifen und ihn mitzuziehen vor eine Auslage, die ihr gefiel, und er hatte nichts dagegen einzuwenden. Aber niemals bat sie um etwas, und sie erwartete auch nichts. Es machte ihr Freude, nur in die Auslagen zu schauen. Wie lange war es her, daß sie zuletzt das Großstadttreiben genossen hatte! Neidlos sah sie vornehme Damen an sich vorbei paradieren und lachte unbekümmert beim kleinsten Anlaß. Ihre Augen leuchteten, und das Lächeln schwand nicht von ihrem rosigen Gesicht. Die unbefangene Selbstverständlichkeit, die Anmut, mit der sie sich bewegte, zogen bewundernde Männerblicke an.

Und dann, am Ende des langen Spaziergangs durch die Geschäftsstraßen, wurde sie plötzlich wieder still und nachdenklich. Ihre Augen fielen auf eine hölzerne Wiege in einem Laden. Sie berührte sie leicht mit zitternden Fingern und ließ ihre Hand über das feinpolierte Holz gleiten. Tief in Gedanken

versunken hob sie plötzlich die Augen und begegnete Brandons Blick. Wieder wurde sie unsicher.
Er kam zu ihr herüber und prüfte die Wiege von allen Seiten.
»Zu Hause habe ich eine schönere«, sagte er schließlich. »Ich habe darin gelegen, aber sie ist unverwüstlich und das richtige Bett für unser Kind. Hatty wünscht sich schon seit langer Zeit, daß diese Wiege wieder benützt wird.«
»Hatty?« fragte sie.
»Sie ist eine Negerin und die Beschließerin meines Hauses«, antwortete er. »Sie stand schon im Dienst meiner Familie, bevor ich geboren war.«
Er wandte sich um und verließ langsam den Laden. Heather folgte ihm und ging an seiner Seite. Seine Stimme klang rauh, als er wieder zu sprechen begann.
»Hatty hat ungeduldig die ganze Zeit darauf gewartet, mindestens fünfzehn Jahre lang, daß ich heirate und Kinder zeuge.« Er betrachtete sie nachdenklich. »Ich bin sicher, sie wird bei deinem Anblick überglücklich sein. Denn bis wir dort ankommen, wirst du schon bedeutend mehr Rundung zeigen als jetzt.«
Schüchtern zog Heather den Umhang um sich und fragte leise: »Du solltest nach deiner Rückkehr heiraten, nicht wahr? Was wird geschehen? Hatty wird mich gewiß ablehnen, weil ich nun den Platz deiner früheren Braut einnehme.«
»Nein, das wird sie nicht«, antwortete er kurz und winkte eine Kutsche herbei.
Die brüske Antwort gestattete keine weitere Frage. Heather überlegte, woher er wohl so genau wissen mochte, daß die Negerin sie nicht ablehnen würde.
Die Kutsche hielt vor ihnen, und Brandon gab die Adresse ihres Gasthofes an, verstaute sämtliche Pakete und Päckchen auf dem Rücksitz und half ihr in den Wagen. Heather, nunmehr erschöpft von all den Eindrücken des Tages, ließ sich in die Polster sinken und hatte nur noch den einen Wunsch, ins Bett gehen zu dürfen und zu schlafen.

Brandon betrachtete den schmalen, lockigen Kopf, der an seine Schultern gesunken war, dann schlang er den Arm um seine junge Frau und legte ihren Kopf an seine Brust. Sie seufzte entspannt in tiefem Schlummer. Ihre Hand legte sich vertrauensvoll in seinen Schoß. Brandon stockte der Atem. Er wurde blaß und begann zu zittern. Er verwünschte sich innerlich, daß er sich derart aus der Fassung bringen ließ. Es war, dachte er mit gemischten Gefühlen, als wäre er wieder ein unerfahrener junger Mann, der der Begegnung mit seiner ersten Frau entgegensah. Ihm brach der Schweiß aus. Dies waren völlig ungewohnte Empfindungen für ihn, denn er hatte es immer genossen, Liebschaften ohne große Ambitionen, nur des körperlichen Vergnügens wegen zu haben. Diesem Mädchen mußte eine Lektion erteilt werden. Kaum konnte er sich zurückhalten. Wo war seine kalte, logische Überlegung, seine Selbstkontrolle? Hatte er all das verloren, obwohl er geschworen hatte, sie nicht wie seine Frau zu behandeln, was gleichbedeutend damit war, sie nie zu berühren? Seit dieser freiwilligen Ablehnung war sie das einzige Ziel seines Begehrens geworden. Und hatte er sich nicht die ganze Zeit nach ihr gesehnt, auch als er noch annehmen mußte, sie nie mehr wiederzusehen?

Was, um Himmelswillen, war los mit ihm? Sie war eher noch ein Mädchen, kaum eine Frau, fast zu jung, um dieses Kind zu tragen. Sie bedurfte noch des Schutzes, der mütterlichen Sorge, statt dessen war sie hier ihm preisgegeben und würde bald selbst Mutter sein.

Er konnte es nicht leugnen. Der Wunsch, sie zu umfangen, sie zu lieben, wurde übermächtig. Am liebsten hätte er sie jetzt und hier genommen. Er glaubte keine Minute mehr warten zu können. Wie sollte er es in Zukunft ertragen, sie in der Nähe zu haben, sie in allen Variationen der Entkleidung und der Nacktheit zu sehen, ohne sich über sie zu werfen und sein Begehren an ihr zu stillen?

Aber er durfte sie nicht in die Arme schließen, so sehr er es auch wünschte. Er konnte seiner Drohung nicht untreu werden. Er hatte geschworen, sie sollte dafür zahlen, daß sie ihn eingefangen hatte, und bei Gott, das würde sie! Niemand sollte ihn erpressen dürfen und sich danach auch noch glücklich und erleichtert fühlen. Es war der Teufel in ihm, der ihn zwang, seine Drohung zu verwirklichen, und Stolz war der Name dieses Teufels.

Sie war nur eine Frau, und alle Frauen waren gleich. Er konnte sie aus seinem Gedächtnis verdrängen. Er kannte keine Frau, bei der ihm das nicht gelungen war.

Aber dennoch, wenn er ehrlich war, so mußte er sich eingestehen, daß Heather anders war als die anderen. Die anderen waren nur allzu bereitwillige Geliebte gewesen, nur allzu erfahren. Dieses Mädchen war eine Jungfrau, der er mit Gewalt die Unschuld genommen hatte. Sie wußte nichts von Männern und Liebesaffären. Das allein machte sie anders. Er war nicht fähig gewesen, sie zu vergessen, als sie ihn verlassen hatte. Bevor er sich diese vielen Fragen selbst beantworten konnte, hielt die Kutsche vor der Gastwirtschaft. Mittlerweile war es dunkel geworden. Lachen und Singen drang aus dem Gastzimmer, und seine Frau lag immer noch in seinen Armen und schlief.

»Heather«, murmelte er leise, die Lippen auf ihre Locken gepreßt, »soll ich dich in unser Zimmer hinauftragen?«

Ihr Kopf bewegte sich an seiner Brust.

»Was meinst du?« fragte sie verschlafen.

»Möchtest du, daß ich dich in die Herberge trage?«

Ihre Lider flatterten, langsam öffnete sie die Augen, immer noch unfähig, klar zu denken.

»Nein«, erwiderte sie leise. Aber sie machte keine Anstalten sich zu erheben.

Er lachte, als er sich über sie beugte. »Wenn du darauf bestehst, mein Liebes, können wir auch nochmal durch die ganze Stadt fahren.«

Nun richtete sich Heather mit einem kleinen, erschrockenen

Schrei auf. Sein amüsiertes Lächeln versetzte sie in äußerste Verlegenheit. Taumelnd versuchte sie den Wagen zu verlassen und wäre fast hinausgefallen, als sie die Kutschentür aufriß. Er packte rasch zu und verhinderte, daß sie fiel. Er war so erschrocken, daß er selbst einen Schrei ausstieß. Er umfaßte sie mit beiden Armen, zog sie zurück in die Kutsche und setzte sie auf seinen Schoß.

»Was soll das?« fragte er barsch. »Willst du dich umbringen?«

Sie bedeckte ihr Gesicht mit den Händen. »Oh, laß mich«, rief sie, »laß mich los. Ich hasse dich, ich hasse dich.«

Brandons Gesichtsausdruck wurde starr. »Das ist mir klar«, erwiderte er, »aber andererseits, wenn wir uns nicht begegnet wären, müßtest du noch mit dieser fetten Tante zusammenleben, müßtest ihre Beleidigungen hinnehmen, müßtest deine Nacktheit unter Kleidern verbergen, die dir zwölfmal zu groß sind, müßtest schrubben und scheuern, bis dir das Rückgrat bricht, müßtest dankbar die Bissen schnappen, die sie dir hinwirft, zufrieden, daß man dich in deiner Ecke kauern ließe. Du würdest als Jungfrau alt werden, ohne je zu wissen, was Mutterschaft ist. Wie grausam von mir, dich diesem erfreulichen Dasein zu entreißen! Du warst so glücklich in dieser Umgebung. Wie abscheulich, daß ich dich dort herausholte.« Nach einer kurzen Pause fuhr er brutal fort: »Du glaubst gar nicht, wie ich es bedauere, daß ich mich von der Weiblichkeit deines Körpers verführen ließ, anstatt vorher in Erfahrung zu bringen, daß du noch ein Kind warst. Nun habe ich dich für alle Ewigkeit am Halse, und das ist keineswegs erfreulich.«

Heathers Schultern zuckten. Ein hilfloses Schluchzen erschütterte ihren Körper. Unaufhaltsam rannen die Tränen, wie bei einem verängstigten, ratlosen Kind. Sie wollte keine Last sein, nur geduldet, unerwünscht und gehaßt. Nein, das hatte sie nicht gewollt!

Als er sah, wie ihr zarter Körper vor Schluchzen geschüttelt wurde, verlor er alle Lust, sie weiter zu kränken. Er sah grimmig aus, und seine Mundwinkel waren herabgezogen. Es lag

ihm wie ein Stein in der Brust, unsicher suchte er in seinen Taschen nach einen Taschentuch.
»Wo hast du das Taschentuch hingetan?« fragte er seufzend, »ich kann es nicht finden.«
Sie schüttelte den Kopf in seinem Arm und rang nach Atem. »Ich weiß es nicht«, murmelte sie verzweifelt. Sie wischte ihre Tränen mit dem Saum ihres Kleides ab, während er weiter sein Taschentuch suchte. Mittlerweile war der Kutscher vorsichtig herangetreten und schaute durchs Fenster. »Kann ich der Dame irgendwie behilflich sein?« fragte er unsicher, »ich hörte Weinen, und das bricht mir das Herz. Ich kann keine Frauen weinen sehen.«
Brandon runzelte die Brauen.
»Wir brauchen ihre Hilfe nicht«, erwiderte er höflich, »meine Frau ist nur etwas aufgebracht, weil ich mich geweigert habe, ihre Mutter bei uns aufzunehmen. Sie wird sich schon wieder beruhigen, wenn sie begriffen hat, daß ich meinen Entschluß nicht ändern werde.«
Der Kutscher grinste. »In diesem Fall, Sir, möchte ich mich lieber zurückziehen. Ich weiß, was es heißt, seine Schwiegermutter ständig um sich zu haben. Als ich damals heiratete, hätte ich mich genauso durchsetzen müssen wie Sie, dann hätte ich jetzt die alte Hexe nicht ständig im Haus.«
Er schlenderte zurück zu seinen Pferden, und Brandon fand endlich sein Taschentuch, das in Heathers Ausschnitt steckte. Er zog es heraus, wischte ihr die Tränen ab und putzte ihr wie einem kleinen Mädchen die Nase.
»Fühlst du dich besser?« fragte er, »können wir jetzt in unser Zimmer gehen?«
Sie seufzte und nickte. Er steckte das Taschentuch zurück an seinen Platz und gab ihr einen aufmunternden Klaps. »Nun komm, laß mich zuerst aussteigen, dann helfe ich dir hinunter.«
Die Gastwirtschaft war voll lärmender Leute. Die meisten von ihnen angetrunken, in Begleitung fragwürdiger Frauen, deren

schrilles Gelächter den Raum erfüllte. Deftige Seemannswitze flogen hin und her. Brandon zog Heather an der Hand hinter sich her, daß man ihr verweintes Gesicht nicht sehen konnte. George, der am Feuer gesessen hatte, sprang bei ihrem Anblick auf und folgte ihnen die Treppe hinauf. Brandon öffnete die Tür und ließ Heather eintreten. Dann gab er dem Diener eine Menge Anweisungen. Brandon schloß die Tür hinter sich und sah seine Frau an, die, gerade über eine Waschschüssel gebeugt, versuchte, mit kaltem Wasser ihre Tränenspuren zu beseitigen.

»George wird kommen und dir ein Tablett mit lauter guten Dingen bringen. Ich kann leider nicht hierbleiben, um mit dir zu essen, aber ich möchte, daß du dich nicht aus dem Zimmer rührst. Es ist sicherer für dich. Wenn du etwas brauchst, George ist draußen und hält Wache. Du kannst ihm sagen, was du möchtest.«

Sie warf ihm einen unsicheren Blick zu. »Danke vielmals«, murmelte sie verlegen.

Dann war er ohne weiteres fortgegangen. Sie starrte die Tür an, die sich hinter ihm geschlossen hatte.

Sie legte sich aufs Bett, und ihre Gedanken wanderten. Es macht die Dinge nicht einfacher, aber ich muß zugeben, daß er irgendwie recht hat. Es wäre unmöglich gewesen, aus dem Dorf zu fliehen, wie sehr ich es auch gehofft und geplant haben mag. Ich hätte wohl mein ganzes Leben lang dort bleiben müssen, wenn er nicht gekommen und wenn ich nicht durch ihn schwanger geworden wäre . . .

So werde ich also Mutter und hasse ihn dafür. Aber warum? Es ist doch nicht allzu schwierig, ihm Freundlichkeit zu erweisen und Dankbarkeit, wenn ich auch weiß, daß er mich ebenfalls haßt und die Umstände, die ihn an mich gekettet haben, verdammt. Trotz seines Hasses ist er doch oft freundlich zu mir. Nun muß ich ihm auch beweisen, daß ich kein Kind bin und wirklich auch Dankbarkeit empfinde. Es wird nicht einfach sein. Er ängstigt mich furchtbar.

Mitten in der Nacht wachte sie auf und hörte, wie er zurückkam. Er bewegte sich besonders leise beim Ausziehen. Die Laterne unten im Hof warf einen schwachen Lichtschimmer durchs Fenster so, daß sie ihn erkennen konnte. Er legte sich ins Bett neben sie und wandte das Gesicht zur Tür. Wieder war es still im Raum. Nur seine Atemzüge waren zu hören.
Schon bevor sie die Augen am Morgen öffnete, hörte sie den Regen heftig gegen das Fenster prasseln. Ein sauberer, klärender Regen, der allen Staub abwusch und alles neu zu machen schien. Die kalte Jahreszeit begann mit Regenschauern, von denen man glauben konnte, sie würden nie wieder aufhören.
Ihr Mann bewegte sich neben ihr und sie schlug die Augen auf, als er die Decke von sich warf. Als sie es ihm gleichtun wollte, zog er unwillig die Brauen zusammen.
»Es ist nicht nötig, daß du jetzt aufstehst«, sagte er, »ich habe noch einiges zu erledigen, was die Ladung betrifft, und ich kann dich leider nicht mitnehmen.«
»Gehst du denn gleich, sofort?« fragte sie unsicher und fürchtete, daß er wieder die Stirn runzeln würde.
»Nein, nein, nicht sofort, ich will erst baden und frühstücken, bevor ich gehe.«
»Wenn es dir nichts ausmacht«, sagte sie sanft, »würde ich gerne mit dir aufstehen.«
»Tu, was du willst«, sagte er grollend, »es ist mir einerlei.«
Heißes Wasser wurde gebracht, und Brandon ließ sich in die Wanne sinken. Er war ausgesprochen schlechter Laune und nicht bereit, sich zu unterhalten. Nur zögernd näherte sich Heather der Badewanne. Sie fürchtete sich, ihm ihre Hilfe anzubieten, ihre Hände zitterten, als sie nach dem Schwamm griff. Er sah sie überrascht an.
»Was willst du?« fragte er ungeduldig. »Kannst du den Mund nicht aufmachen?«
Sie atmete tief, bevor sie sprach. »Ich . . . ich möchte dir helfen, ich möchte dir beim Baden helfen«, brachte sie schließlich heraus.

Sein Gesicht hellte sich nicht auf. »Das ist nicht notwendig«, sagte er unfreundlich. »Geh und zieh dich an, und wenn du willst, kannst du unten mit mir frühstücken.«
Betrübt wandte sie sich ab. Er wollte nichts mit ihr zu tun haben, das war klar.
So zog sie das Nachthemd aus und kleidete sich an. Sie hatte sich für das neue blaue Kleid entschieden, das er für sie gekauft hatte. Aber genau wie das rote Kleid wurde es auf dem Rücken zugehakt, und so sehr sie sich auch bemühte, sie brachte es nicht fertig, mehr als ein paar Haken zu schließen.
Dann gehe ich eben mit offenem Rückenverschluß, beschloß sie eigensinnig, ich bitte ihn nicht um Hilfe. Ich will mich nicht noch einmal abweisen lassen.
Sie versuchte, ihre Haare mit den Fingern zu glätten, als er gerade aus der Badewanne stieg. Ohne sie eines Blickes zu würdigen, trocknete er sich ab und zog sich an. Nur einmal wandte er sich in ihre Richtung, um sich ein frisches Hemd vom Tisch zu nehmen. Und mit wild schlagendem Herzen wandte Heather sich ängstlich ab, um ihn nicht erst auf sich aufmerksam zu machen. Ihre scheue Bewegung machte ihn jedoch nicht nur auf sie aufmerksam, sie machte ihn vollends wütend.
»Warum benimmst du dich so albern?« fuhr er sie an. »Ich tu dir nichts.«
Heather stand zitternd unter seinem Blick. »Es tut . . . es tut mir leid«, murmelte sie ängstlich. »Ich wollte dir nur aus dem Wege gehen.«
Er fluchte etwas Undeutliches und zog sich das Hemd über. »Es ist mir völlig einerlei, ob du in meiner Nähe bist oder nicht. Jedenfalls kann ich dir versichern, ich werde keine Schläge austeilen, wie das deine liebe Tante zu tun pflegte.«
Sie sah ihn unsicher an, nicht wissend, sollte sie nun bleiben oder doch wieder weggehen. Er war gerade ärgerlich damit bemüht, sein Halstuch richtig zu binden. Aber ungeduldig und schlecht gelaunt wie er war, brachte er nichts Rechtes zu-

stande. Einer Eingebung folgend, ging sie zu ihm hinüber und schob seine Hände beiseite. Er starrte verblüfft auf sie hinab, aber sie sah ihn gar nicht an. Mit zitternden Fingern wand sie das Halstuch um seinen Nacken und band es, wie sie es viele Male für ihren Vater gebunden hatte. Als es tadellos geknüpft war und gerade richtig saß, nahm sie seine Weste vom Stuhl und hielt sie ihm hin. Immer noch mit umwölkter Stirn schlüpfte er hinein. Sie nahm all ihren Mut zusammen und knöpfte die Weste zu, obwohl sie feststellte, daß er unruhig war und es lieber selbst getan hätte. Als sie im Begriff war, ihm auch den Mantel zu reichen, schob er sie zur Seite.

»Tut mir leid«, sagte er rauh, »ich kann ihn schon selber anziehen. Nimm lieber die Bürste und frisier dich!«

Sie beeilte sich, ihm zu gehorchen, und während sie sich bürstete, trat er hinter sie und machte die restlichen Haken ihres Kleides zu. Als er damit fertig war, drehte sie sich um und lächelte ihm dankbar zu, während er etwas unsicher geworden auf sie hinunter sah. Der Morgen schien ihr ein wenig heller, ihr Herz wurde um einen Schimmer fröhlicher.

In den folgenden Tagen blieb sie die meiste Zeit in ihrem Zimmer, beruhigt, weil sie wußte, daß George vor der Tür Wache hielt. Sie sah ihren Mann am Morgen, wenn er aufstand, ein Bad nahm und sich anzog. Danach frühstückten sie gemeinsam und dann ging er, um erst am späten Abend, meist wenn sie schon schlief, zurückzukommen. Er gab sich immer große Mühe, leise zu sein, zog sich im Dunkeln aus, um sie nicht zu wecken. Dennoch wurde sie jedesmal für ein paar Augenblicke wach und fühlte sich um so sicherer, wenn sie wußte, daß er wieder da war. Fünf Tage waren seitdem vergangen, und diese Gewohnheiten hatten sich so eingespielt, als wäre es immer schon so gewesen. Seine schlechte Laune hatte sich gebessert, und wenn er morgens badete, saß er sogar still, wenn sie ihm den Rücken wusch. Diese morgendliche Tätigkeit war Heather lieb geworden. Sie genoß die schweigende Übereinstimmung, die darin lag. Ein gelegentliches freundliches Wort, und die kleinen Dienste, die einer dem anderen erwies, ließen den Tag gut beginnen und machten das Warten und Alleinsein erträglicher. Selbst Brandon schien Gefallen daran zu finden und hatte sich angewöhnt, ihr nach dem Frühstück einen Abschiedskuß auf die Stirn zu drücken, wie ein vorbildlicher Ehemann.

An diesem Oktobermorgen begann der Tag wie gewohnt. Sie gingen gemeinsam die Treppe hinunter, um ihr Frühstück einzunehmen. Die Wirtin brachte ihnen gähnend den Morgenkaffee. Brandon trank ihn schwarz, während Heather viel Milch und Zucker hineintat. Sie trank den Kaffee nicht gerade mit Begeisterung, aber sie tat es, um ihren Mann nicht durch Extrawünsche zu reizen.

»Heute nachmittag können wir zum Anprobieren fahren«, verkündete Brandon, »ich werde in ungefähr zwei Stunden zurück sein. Sag George, er soll uns bis dahin einen Mietwagen besorgen.«

Sie murmelte schüchtern eine Bestätigung und wurde verlegen, als sie seinen Blick auf sich ruhen fühlte. In seiner Nähe fiel es ihr schwer, etwas zu sagen, und wenn sie seine Fragen beantwortete, tat sie es ungeschickt. In diesem Augenblick öffnete sich die Tür, und ein großgewachsener junger Mann betrat die Gastwirtschaft. Sein Blick schweifte umher, fand Brandon, und er durchquerte den Raum, ging geradewegs auf ihn zu.

»Guten Morgen, Sir«, grüßte der junge Mann und verbeugte sich leicht vor Heather, »guten Morgen, Madame.«

Brandon stellte den jungen Mann als James Boniface, den Zahlmeister der ›Fleetwood‹ vor. Als er Heather als seine Gattin vorstellte, bemerkte sie, daß Mr. Boniface nicht den Schimmer von Überraschung zeigte. Kein Zweifel, ihm war bereits von der plötzlichen Hochzeit berichtet worden. Ob in allen Einzelheiten, wußte sie nicht, aber sie hoffte, daß er das meiste davon nicht wußte, und den übereilten Zeitpunkt der Eheschließung auf Brandons Verliebtheit zurückführte.

Mr. Boniface strahlte über das ganze Gesicht. »Es ist mir ein Vergnügen, ihre Bekanntschaft zu machen, Madame.« Sie lächelte freundlich zurück, und Brandon bat den jungen Mann, Platz zu nehmen. »Es ist wahrscheinlich zu viel verlangt, zu dieser frühen Morgenstunde eine gute Nachricht von den Docks zu erwarten«, sagte er. »Wahrscheinlich ist es irgend etwas, was meine Anwesenheit dort erfordert, stimmt es?«

Mr. Boniface schüttelte lächelnd den Kopf und setzte sich zu ihnen. »Sie können beruhigt sein, Sir«, meinte er. »Alles geht bestens. Übermorgen werden wir die Güter, die noch nach hierher unterwegs sind, in den Laderaum verstauen können. Der Lagerhausverwalter meint, der Winter käme dieses Jahr früh und wahrscheinlich nicht eben sanft, und es wäre besser, wenn wir in etwa sechs Tagen in See stechen würden.«

Brandon seufzte erleichtert.

»Ich hatte schon fast die Hoffnung aufgegeben, diesen Hafen jemals zu verlassen. Die Leute sind ungeduldig und möchten endlich nach Hause.«

»Ja«, stimmte Mr. Boniface eifrig zu. Heather konnte die Begeisterung des jungen Mannes keineswegs teilen. Für sie war der Aufbruch gleichbedeutend mit Ungewißheit und Abschiedsschmerz. Mittlerweile war es ihr ganz egal, was der Schatzmeister von ihr an Einzelheiten wußte. Hier war das Land, in dem sie zu Hause war. Es war nicht einfach, London zu verlassen und sich auf den Weg zu neuen Ufern zu machen. Aber in der Stimme ihres Mannes hörte sie einen Unterton, so herzlich und erleichtert, wie nie zuvor. Und sie erkannte, daß er nur allzugern nach Hause zurückkehrte.

Die beiden Männer gingen bald darauf zum Hafen, und sie stieg die Treppe zu ihrem Zimmer hinauf, um dort auf Brandon zu warten. Dort saß sie lange nachdenklich, bis sie sich darüber klar wurde, daß es Zeit war, ihre Sachen zu packen und dieses Haus zu verlassen, das ihr vorübergehend eine zweite Heimat geworden war. Sie ging mit einem Mann, den sie kaum kannte, einer dunklen Ungewißheit entgegen. Sie

würde ihr Kind unter lauter Fremden zur Welt bringen, Menschen, die sie möglicherweise ablehnen würden.
Tränen traten ihr in die Augen. Sie stand auf, stellte sich ans Fenster und sah hinaus auf die Straße. Aber gleichzeitig dachte sie an allen Kummer, an alle Scham, die sie nun mit dieser Reise und den neuen Verhältnissen hinter sich lassen konnte. Zumindest war das, was sie erwartete, nicht Schimpf und Schande. Und vielleicht würde Gott ihr die Kraft und den Mut geben, das beste aus diesen Veränderungen zu machen. Sie mußte jeden neuen Tag so nehmen, als könnte er alles zum Guten wenden.
George brachte einen kleinen Imbiß. Danach kleidete Heather sich an, um später mit Brandon in die Stadt zu fahren. Kurz darauf kam George noch einmal, um zu melden, daß der Mietwagen vorgefahren sei. Dann ging er nach unten, um im Hof auf Brandons Rückkehr zu warten. Bald darauf hörte sie die Schritte ihres Mannes vor der Tür, und als er eintrat, lächelte sie ihm freundlich entgegen.
»Ich sehe, daß du schon fertig bist«, sagte er mit gerunzelten Brauen, überrascht über ihre Fröhlichkeit. Er trug einen grauen Samtumhang über dem Arm und trat auf sie zu.
»Nimm dies hier«, sagte er und händigte ihr den Umhang aus, »draußen ist es kalt, und du brauchst auf jeden Fall einen Umhang. Ich denke, dieser paßt dir besser als der meine.«
»Oh, Brandon«, sagte sie überrascht und rang nach Luft, »wie wunderhübsch!«
Immer noch mit gerunzelter Stirn begann er, den Umhang mit silbernen Haken an ihrem Hals zu verschließen. Aber vor lauter Freude über diese modische Neuerwerbung konnte Heather keinen Moment stillstehen, sah ständig an sich herunter, wand und drehte sich, so daß Brandon schließlich über so viel kindliches Vergnügen lächeln mußte.
»Nun halt still, du Wildfang«, sagte er, »du bist ja schlimmer als ein Korb voller Flöhe.«
Sie lachte glücklich und senkte, an sich hinunterblickend, den

Kopf. Ihre Haare streiften sein Kinn. Ein leiser Duft entströmte ihnen.
»Und nun kann ich nicht einmal sehen, wo die Öse ist«, neckte er. Sie hob den Kopf und brach in helles Lachen aus. Seine Züge entspannten sich beim Anblick ihrer unbefangenen Freude über das unerwartete Geschenk. Aber von einem Augenblick auf den anderen verdüsterte sich sein Blick wieder. Heather hatte unabsichtlich ihre Hand auf seine Brust gelegt, und es durchfuhr ihn wie ein elektrischer Schlag. Ihre Augen trafen sich und hielten einander fest. Alle Heiterkeit war wie fortgewischt. Seine Hände, eben noch mit dem Verschluß ihres Umhangs beschäftigt, glitten von ihren Schultern über ihren Rükken zu den Hüften. Fast hätte er sie an sich gezogen. Heather fühlte, wie eine plötzliche Schwäche sie überwältigte, ihre Knie zitterten, und das Atmen fiel ihr schwer. Immer noch hielten die grünen Augen sie fest. Tiefe Stille herrschte im Raum. Die Zeit schien stillzustehen. Plötzlich drang keifendes Mägdegeschrei vom Hof herauf und brach den Zauber. Brandon nahm seine Hände fort, rief sich innerlich zur Ordnung und zwang sich zur Ruhe.
»Komm, mein Liebes«, sagte er mit ungewohnter Sanftmut, »wir müssen uns beeilen.«
Galant bot er ihr den Arm. Vor der Tür wartete bereits der Mietwagen, ein bescheidener Einspänner, und George entschuldigte sich wortreich, nicht eine geräumigere und komfortablere Kutsche gefunden zu haben. Brandon wischte seine Entschuldigung mit einer Handbewegung hinweg. »Eine größere ist gar nicht notwendig, George, diese hier tut es genauso. Wir werden einige Stunden weg sein und ich möchte, daß in der Zwischenzeit in unserem Zimmer der Tisch für das Dinner gedeckt wird. Außerdem habe ich noch einen Auftrag für dich. Meine Frau braucht einen großen Seekoffer. Sieh zu, daß du einen besonders schönen Koffer findest und bring ihn dann gleich ins Zimmer hinauf.«
Er nahm einige Goldstücke aus einem kleinen Lederbeutel

und übergab sie dem Diener. »Aber achte darauf, daß es wirklich ein hübscher Koffer ist«, wiederholte er.
Der Mann grinste und nickte eifrig mit dem Kopf: »Aye, aye, Sir!«
Brandon bestieg als erster die Kutsche und half Heather hinein; die Pferde zogen mit einem Ruck an.
Madame Fontaineau stand bereits auf der Schwelle ihres Modesalon, und begrüßte sie überschwenglich, um sie anschließend sofort zu dem kleinen Ankleideraum zu geleiten. »Alles geht seiner Vollendung entgegen, Kapitän Birmingham«, versicherte sie, »es ließ sich viel besser bewerkstelligen, als ich gedacht hatte. Es wird keine Schwierigkeiten mehr machen, das Bestellte auch fristgerecht zu liefern.«
»Na, sehen Sie«, erwiderte Brandon gelassen, »und es ist auch gut so, denn in einer Woche segeln wir bereits.«
Die Frau lachte selbstgefällig, »keine Sorge, Monsieur, ich werde Madame nicht ohne ihre Garderobe davonsegeln lassen.«
Als Madame Fontaineau nun die Unmengen zugeschnittener und gehefteter Kleider heranzuschleppen begann, wandte sich Heather mit dem Rücken zu Brandon, legte ihre Haare nach vorn über die Schulter und bat ihn, ihr das Kleid aufzuhaken. Ein seltsamer Ausdruck überflog sein Gesicht, und als er anfing, das Kleid zu öffnen, waren seine Finger etwas weniger geschickt als sonst.
Madame Fontaineau half Heather, das erste Kleid anzuprobieren. »Welches Glück«, zirpte die Französin schmeichelnd, »daß die Mode gerade so ist, wie sie heute ist. Sie werden keine Schwierigkeiten haben, diese Kleider monatelang zu tragen, ungeachtet ihres Zustands. Die hochgesetzte Taille ist außerordentlich günstig, und ich werde noch einen breiten vorderen Saum in den Kleidern lassen, damit sie während der letzten Zeit Ihrem Zustand entsprechend verändert werden können.«
Brandon zog die Brauen zusammen. Er betrachtete nachdenk-

lich die Rundung, die sich unter Heathers Taille immer deutlicher abzeichnete. Für eine Weile hatte er diese körperliche Veränderung und ihre Ursache vergessen, ebenso wie die Umstände, die zu ihrer Heirat geführt hatten.

»Entspricht dieses Kleid Ihren Vorstellungen, Monsieur?« Madame Fontaineaus Frage riß Brandon aus seinen Gedanken. Er murmelte eine zustimmende Antwort und sah zur Seite.

Ein neues Kleid wurde anprobiert, und Heather besprach in aller Ruhe mit der Schneiderin die notwendigen Abänderungen, während Brandon sie selbstvergessen betrachtete. Ein Träger ihres Hemdes war ihr über die Schulter geglitten. Sie schien es nicht bemerkt zu haben. Brandon starrte auf die Rundung ihrer Brust, auf die glatte Haut ihrer Schultern und bewegte sich unruhig in seinem Sessel hin und her, weil die Erregung, die bei diesem Anblick in ihm aufstieg, nicht mehr länger zu verbergen war.

»Oh, dieses schwarze Kleid finde ich am schönsten, Monsieur«, schwärmte Madame Fontaineau, »schwarz ist so elegant, und ich bin Ihnen direkt dankbar für die modische Anregung, die Sie mir damit gegeben haben. Ihre Frau Gemahlin sieht darin hinreißend aus, finden Sie nicht auch?«

Brandon murmelte etwas Unverständliches und überlegte bereits, ob er aufstehen und den Raum verlassen sollte. Kleine Schweißperlen standen ihm auf der Stirn. Gerade eben noch war er in Versuchung gewesen, seinen Stolz zu vergessen, sein Versprechen zu brechen, und in jenem verzauberten Augenblick, dort in ihrer Herberge zu tun, wonach ihn verlangte – Heather in seine Arme zu nehmen, sie hinüber zu tragen auf ihr Bett und sich durch nichts und niemanden daran hindern zu lassen, sie zu lieben, in ihr zu versinken. Im allerletzten Augenblick hatte er sich noch zurückreißen können. Aber dies hier – dieses Zusehen-müssen, wie sie sich aus- und wieder ankleidete, das ging über seine Kräfte. Sein Stolz und sein leidenschaftliches Verlangen lagen in furchtbarem Widerstreit miteinander. Ihm war noch nicht klar, was siegen würde.

Nervös schnippte er ein Stäubchen von seinem Rock und blickte geistesabwesend zum Fenster hinaus. Er vermied es tunlichst, die beiden Frauen weiter beim An- und Umkleiden zu beobachten. Wenn sie nicht bald aufhörten, würde er sich wie ein Tier benehmen. In der Abgeschlossenheit des Mietwagens würde Heather sich dann von dieser Tatsache überzeugen müssen. Dann würde ihr Widerstand nichts mehr nützen. Und danach würde sie ihn um so mehr hassen. Sie schien so gottverdammt zufrieden mit der stillschweigenden Übereinkunft, die sie getroffen hatten. Sie würde sich wie eine Katze zur Wehr setzen, um so mehr, wenn er auf seine Rechte als Ehemann pochte. Und wer konnte es ihr verübeln, nach den ersten Erfahrungen, die sie mit ihm gemacht hatte? Nein, er wollte ihre Beziehungen nicht wieder durch eine Vergewaltigung — sei und sei es diesmal auch eine legitime — vergiften.
Die Anprobe zog sich endlos hin, ein Kleid folgte dem anderen und er verfluchte sich insgeheim, daß er so viele bestellt hatte. Seine Stirn umwölkte sich mehr und mehr, seine Antworten an Madame Fontaineau wurden immer kürzer. Heather und die Schneiderin warfen ihm unsichere Blicke zu.
»Sind Sie vielleicht nicht zufrieden mit den Kleidern, die Sie bis jetzt gesehen haben?« fragte die Französin vorsichtig.
»Sie haben tadellose Arbeit geliefert, Madame«, erwiderte er etwas steif, »nur die Dauer der Anprobe entnervt mich etwas.«
Madame Fontaineau seufzte erleichtert. Diese Erklärung eines ungeduldigen Mannes leuchtete ihr ein.
Wieder blickte Brandon verzweifelt in die andere Richtung und änderte die Stellung, in der er bis jetzt, einigermaßen ungemütlich, gesessen hatte. Wenigstens bedeckte das Kleid, das Heather nun anprobierte, ihren Busen, und er hatte für eine Weile etwas Ruhe, so daß er auch einmal hinschauen konnte, ohne befürchten zu müssen, daß die Erregung ihn überwältigte. Sie stand da, so unschuldsvoll und ahnungslos und rätselte vermutlich über seine plötzliche schlechte Laune. Ob sie wirklich nicht wußte, was ihr Anblick in einem Mann auslöste?

Konnte sie es nicht wenigstens vermuten? Wenn er auch laut geschworen hatte, sie niemals zu berühren, so hieß das doch nicht, daß er nicht von ihrem Anblick überwältigt wurde, vor allem in diesem durchsichtigen Hemd.

Madame half Heather in ein weiteres Kleid und brach dabei in einen französischen Redeschwall aus. Das Oberteil des Kleides war so eng, daß Heathers Brüste aus seinem tiefangesetzten Ausschnitt förmlich herausquollen, Brandon in seinem Sessel wurde zusehends unruhiger, von neuem bildeten sich kleine Schweißperlen auf seiner Stirn. Er fluchte innerlich, und der Heather bereits bekannte Wangenmuskel begann heftig zu zucken.

»Ah, diese Marie!« rief Madame Fontaineau ärgerlich, »sie wird niemals eine gute Schneiderin werden. Wahrscheinlich glaubt sie, alle Frauen seien flachbrüstig wie sie selbst. Oder sie denkt, dieses Kleid sei für ein Kind anstatt für eine erwachsene Frau? Ich werde sie herholen, damit sie sich von dem überzeugt, was sie angerichtet hat.«

Erzürnt rauschte sie aus dem Raum und ließ ihre Kundin nahezu atemlos zurück. Schmerzgequält hob Heather den Arm.

»Oh, Brandon, schaust du bitte mal nach«, rief sie verzweifelt. »Ich habe das Gefühl, ich läge auf einem Nadelkissen. Dieses Mädchen muß sämtliche Stecknadeln in dem Kleid vergessen haben. Ich kann nicht atmen, ohne daß mich irgendwo etwas sticht.«

Sie hielt beide Arme hoch und Brandon erblaßte, als sie sich unbefangen zwischen seine Knie stellte. An der weißen Haut ihres Unterarms war ein häßlicher Kratzer zu sehen, und eine lange Stecknadel schaute aus dem Stoff, der sich über ihre Brust spannte. Aber der Stecknadelkopf war innen im Kleid, er konnte nicht herausgezogen werden, ohne daß man die Hand zwischen Haut und Stoff schob. Zögernd ließ Brandon zwei Finger über die warme, weiche Haut ihrer Brust gleiten, während sie regungslos dastand und ihn mit vertrauensvollen Augen ansah. Sein Blick traf den ihren nur eine Sekunde lang,

und er spürte verärgert, daß ihm das Blut in den Kopf schoß. Zum Teufel nochmal, dachte er ärgerlich, jetzt erröte ich ihretwegen schon wie ein minderjähriger Jüngling.
Mit einem Ruck zog er seine Hand weg, als hätte er sich verbrannt. »Du mußt schon warten, bis Madame Fontaineau zurückkommt«, sagte er grollend, »ich komme da nicht dran.«
Heather stand bestürzt und wußte sich seine brüske Reaktion nicht zu erklären. Daß er sich unbehaglich fühlte, war klar zu erkennen. Er saß in seinen Sessel zurückgelehnt und vermied es, sie anzusehen. Zögernd wandte sie sich ab und war erleichtert, als Madame Fontaineau mit Marie zurückkehrte. Marie war ein dünnes, unscheinbares junges Mädchen, nicht älter als fünfzehn Jahre.
»Nun sieh selbst, was du verpfuscht hast,« rief die Couturière mit erhobener Stimme.
»Bitte, Madame«, sagte Heather verzweifelt, »ich muß schnellstens aus diesem Kleid heraus. Es steckt voller Nadeln.«
»Mon Dieu!« rief die Meisterin entsetzt, »oh, Madame Birmingham, es tut mir so leid! Entschuldigen Sie bitte. Marie ist eben noch ein dummes Kind.«
Sie drehte sich zu dem verstörten Mädchen um und wies ihr die Tür: »Mach, daß du hinauskommst. Wir sprechen uns später.«
Dann beeilte sie sich, das mißglückte Kleid zu öffnen und Heather war dankbar, daß ihre Pein endlich beendet wurde. Dies war das letzte Kleid, das anprobiert werden mußte, und zu Brandons großer Erleichterung konnten sie endlich den winzigen Ankleideraum verlassen und sich auf den Weg zu ihrem Gasthof machen.
Die ganze Fahrt über hüllte Brandon sich in finsteres Schweigen. Als sie die Herberge erreichten, war die Dämmerung bereits hereingebrochen. Brandon hob Heather aus der Kutsche, setzte sie fast unsanft zu Boden und öffnete die Tür zur Schankstube, in der es wie immer laut und lärmend zuging. Die Schankstube war überfüllt von Matrosen, die sich hier mit

ihren Mädchen vergnügten. Als Heather eintrat, näherte sich ihr ein gutmütig aussehender, aber stockbesoffener Matrose in der Absicht, ein langatmiges Gespräch mit ihr zu führen. Trotz seiner Trunkenheit wich er jedoch schleunigst zurück, als er Brandon mit finsterem Gesicht hinter Heather auftauchen sah. Unangefochten erreichten sie ihr Zimmer, wo Brandon die verschiedenen Päckchen und Pakete aufs Bett warf und sich ans Fenster stellte.

Ein großer Seekoffer mit blanken Messingbeschlägen stand am Fußende des Bettes. Brandon betrachtete ihn mit gerunzelter Stirn und sagte über die Schulter zu seiner Frau:

»Das ist dein Koffer, du kannst alles da hineinpacken, was dir gehört. Du wirst in den nächsten Tagen ohnehin mit nichts anderem als mit Packen beschäftigt sein.«

Brüsk wandte er sich wieder dem Fenster zu. Heather entzündete eine kleine Kerze auf der Kommode und stellte überrascht und erfreut fest, daß dort ein Tisch mit feinem Leinen und Porzellan gedeckt war. Durch die Geschäftigkeit dieses Nachmittags war sie so abgelenkt worden, daß sie ihren Hunger ganz vergessen hatte. Dafür regte sich ihr Appetit jetzt um so mehr. Sie freute sich, als es an der Tür klopfte und George, begleitet von einem Hausknecht, Platten und Schüsseln hereinbrachte und servierte. Auch eine Karaffe mit Wein war nicht vergessen worden. Nachdem die Dienstboten das Zimmer verlassen hatten, verbeugte sich Brandon steif und rückte einen Stuhl für sie zurecht. Als sie Platz nahm, sah er wie gebannt auf den feinen Schwung ihres Nackens und wieder fiel ihn die Versuchung an, sie zu berühren. Einen Augenblick stand er bewegungslos und umklammerte die Stuhllehne. Schließlich setzte er sich und lenkte sich ab, indem er umständlich Wein in die Gläser goß. Heather gab sich unbefangen den Tafelfreuden hin. Einige Male sah sie zu ihm hinüber, weil sie seine Augen auf sich ruhen fühlte, aber immer, wenn sie ihn ansah, fand sie, daß sein Blick irgendwo anders verweilte. Brandon aß auffallend wenig, dafür sprach er um so mehr dem Wein zu.

Die Mahlzeit verlief schweigend. Brandon saß tief in Gedanken mit seinem unlösbaren Problem beschäftigt. Als sie vom Tisch aufgestanden waren, ging Heather, schweigend, um Brandon nicht zu reizen, hinüber zum Bett und öffnete die verschiedenen Päckchen und Pakete, um ihren Inhalt in dem neuen Koffer zu verstauen. Sie zog einen wunderschönen Muff aus Fuchspelz aus einer Verpackung, streichelte mit zärtlichen Fingerspitzen das weiche Fell, pustete verspielt hinein und vergrub begeistert ihre kleine Nase darin. Sie merkte nicht, daß Brandon nähergekommen war und sie beobachtete. Da stand er, eine Hand ausgestreckt und hob behutsam eine Locke von ihrer Schulter. Sie erschrak, sah sich um und ihm direkt in die Augen. Ein seltsamer Ausdruck stand darin, halb Qual, halb Entzücken. Er setzte zum Sprechen an, aber die Worte blieben ihm in der Kehle stecken. Plötzlich verfinsterte sich sein Gesicht. Er biß die Zähne aufeinander, ließ die Locke los und begann hastig und mit großen Schritten im Zimmer auf- und abzugehen. Verständnislos sah Heather ihm zu und wußte nicht, was sie davon halten sollte. Als er zu sprechen anfing, fuhr sie erschrocken zusammen.

»Verdammt nochmal, Heather, es gibt da einiges, was Männern wichtig ist und was du wissen solltest. Ich kann nicht . . .«

Mitten im Wort hörte er auf zu sprechen, der Wangenmuskel zuckte. Schweigend wandte er sich wieder dem Fenster zu und starrte hinaus.

Minutenlang wartete Heather, ob er den begonnenen Satz beenden würde, als er jedoch stumm blieb, entschloß sie sich, ihr Bett abzuräumen und den Inhalt der restlichen Päckchen sorgfältig in den Koffer zu legen. Geschäftig ging sie im Raum auf und ab und blickte von Zeit zu Zeit vorsichtig zu ihrem Mann hinüber. Dann setzte sie sich in einen Sessel und beschäftigte sich mit einer Stickerei, die sie vor ein paar Tagen bei Madame Fontaineau gekauft hatte. Brandon wandte sich um und ging zum Tisch, um sein Weinglas neu zu füllen. Er fluchte, als er sah, daß die Karaffe leer war. Ungeduldig setzte er das Glas so hart auf den Tisch zurück, daß Heather zusammenfuhr und sich vor Schreck in den Finger stach. Unschlüssig stand Brandon dort, dann zog er sich einen Stuhl heran und setzte sich neben sie. Sie ließ ihren Stickrahmen sinken und sah ihn erwartungsvoll an. Einen Augenblick lang suchte er nach Worten. Seine Hände lagen auf ihren Knien und liebkosten den weichen Samt ihres Kleides.

»Heather«, begann er schließlich, »die Fahrt nach Amerika ist lang. Wir werden die meiste Zeit in einem Raum zusammen sein, der kleiner ist als dieses Zimmer. Wir werden zusammen in einem Bett schlafen, das nur halb so groß ist wie dieses hier. Es wird furchtbar kalt und unbequem sein, und es wird bestimmt kein Vergnügen für dich werden, zumal du die einzige Frau an Bord bist. Aus diesem Grunde wirst du dich auch nicht frei auf dem Schiff bewegen können. Ohne mich an deiner Seite zu haben, kannst du dich nicht aus deiner Kabine wagen. Es würde zu gefährlich für dich sein. Du mußt verstehen, Heather – Matrosen, die lange nicht mehr an Land waren, können keine Frau ansehen, ohne . . . ohne . . . in einen unkontrollierbaren Zustand der Erregung zu geraten. Werden sie mehrmals durch den Anblick einer Frau herausgefordert, so kann daraus eine böse Situation entstehen.« Er beobachtete aufmerksam ihren Gesichtsausdruck, um daran abzulesen, ob sie verstanden hatte, was er meinte. Sie sah ihn ernsthaft an, wandte den Blick nicht ab und hatte die ganze Zeit über aufmerksam zugehört, dennoch bezweifelte er, daß sie begriff, um was es ging. Er seufzte schwer und begann von neuem: »Hör zu, Heather, wenn ein Mann eine schöne Frau sieht und sie immer wieder sieht, ohne sie je berühren zu dürfen, dann entsteht der Wunsch in ihm, mit ihr zu schlafen, ein Wunsch, der allmählich quälend wird. Ist das, aus welchem Grund auch immer, nicht möglich, so wird die Qual eines guten Tages unerträglich. Er muß . . .«

Er vollendete den Satz nicht. Heather war die Röte in die Wangen gestiegen. Sie nahm den Stickrahmen wieder auf und beugte tief den Kopf darüber. »Ich werde so viel wie möglich in der Kabine bleiben, Brandon«, sagte sie leise, ohne ihn anzusehen, »und ich werde versuchen, niemand in den Weg zu kommen.«

Brandon stieß innerlich einen Fluch aus, wie so häufig in letzter Zeit, und wußte nicht mehr weiter. »Mein Gott, Heather!« rief er ungeduldig und stand auf. »Was ich dir dauernd zu sagen versuche, ist, daß es eine lange Reise sein wird, verdammt nochmal, und daß du mich . . .«

Er sprach nicht zu Ende. Sein Stolz gewann die Oberhand, mit einer unbeherrschten Bewegung schob er den Stuhl zurück und stürmte durchs Zimmer und zur Tür hinaus.

»Geh nicht nach unten und verlasse diesen Raum nicht«, rief er ihr im Hinauseilen noch barsch zu, »George bleibt vor der Tür und paßt auf, daß dir nichts geschieht.« Krachend warf er die Tür zu und ließ Heather ratlos zurück. Sie begriff überhaupt nichts mehr. Er war plötzlich so jähzornig geworden, obwohl sie doch versucht hatte, zu verstehen. Sie hörte, wie er George in gereiztem Ton Anweisungen gab, und kurz darauf erschien der Diener im Türrahmen und sah genauso ratlos aus wie sie. Er bat eintreten zu dürfen und räumte den Tisch ab. Sie seufzte verstohlen, stand auf und stellte sich ans Fenster. Brandons Dreispitz lag auf der Fensterbank. Sie nahm ihn auf und strich sanft, fast liebevoll mit der Hand darüber. Es war, als liebkoste sie die Kopfbedeckung.

»Er hat seinen Hut vergessen, George«, murmelte sie und fuhr fort, über den weichen Filz zu streichen. »Hat er gesagt, wann er zurück sein will?« George sah von seiner Arbeit auf. »Nein, Madame«, antwortete er, fast entschuldigend. »Kein Wort.« Und dann, sichtlich bemüht, die richtigen Worte zu finden, setzte er hinzu: »Der Käpt'n, Madame, ist ja manchmal so'n bißchen sonderbar, das finde ich ja auch, aber wenn sie nur'n bißchen Geduld haben, dann wird alles schon wieder in die Reihe kommen. Sie dürfen nur nicht die Geduld verlieren. Er ist

ja'n bißchen streng und wird auch leicht zornig, aber er ist wirklich ein guter Mann.«
Verlegen fuhr er fort, das Geschirr abzuräumen, aber seine Worte hatten ihre Wirkung auf Heather nicht verfehlt. Sie lächelte still vor sich hin und drückte den Dreispitz gegen ihre Brust.
»Vielen Dank, George«, murmelte sie.
An der Tür sah George nochmals über die Schulter zurück.
»Wünschen Sie heißes Wasser zum Baden wie gewöhnlich, Madame?«
Sie nickte, immer noch lächelnd. »Ja, bitte, George, wie gewöhnlich.«

Als Brandon den Raum betrat, wurde Heather wach. Sie bewegte sich verschlafen unter der weichen Bettdecke, lächelte mit geschlossenen Augen vor sich hin, blinzelte ein wenig ins Kerzenlicht und legte eine Hand auf sein Kissen. Aber plötzlich richtete sie sich mit einem Ruck auf. Draußen dämmerte bereits der Morgen. An den Türpfosten gelehnt stand Brandon, schwankte und starrte sie an. Seine Augen waren blutunterlaufen, sein Kragen war gelockert, sein Jackett unordentlich geöffnet. Ein betrunkenes Lächeln spielte um seinen Mund.
»Brandon«, sagte sie atemlos und nun vollends wach, »fühlst du dich nicht wohl?«
In diesem Zustand hatte sie ihn noch niemals gesehen. Er roch nach Alkohol und war regelrecht betrunken. Als er jetzt auf sie zukam, benahm ihr der schale Geruch von Rum und billigem Parfüm fast den Atem. Vorsichtig glitt sie unter die Bettdecke zurück und beobachtete ihn aufmerksam.
»Du verdammtes Frauenzimmer«, lallte er, »mit deinen hohen Brüsten und deinen rosigen Knospen führst du selbst im Schlaf noch einen Mann in Versuchung.«
Er holte mit dem Arm aus, als wollte er die Platte des Nachttischs leerfegen, und Heather zog sich, mittlerweile ernsthaft verängstigt, weiter zurück. »Ach, verdammt sei deine wertvol-

le Jungfernschaft«, fauchte er. »Ihr seid alle gleich, ihr verfluchten Weiber. Ihr kastriert einen Mann, so daß er unfähig ist, mit einer anderen zu schlafen. Ihr zerstört mit rücksichtslosen Krallen seinen Stolz, dann tänzelt ihr aufgeputzt daher wie die Henne vor dem Hahn, zeigt aller Welt eure kostbare Unschuld und tragt allein deswegen die Nase hoch in der Luft.« Er tat einen unsicheren Schritt nach vorne, stolperte und hielt sich am Bettpfosten fest. Wieder holte er weit mit dem Arm aus, als wollte er sie aller Welt vorstellen: »Und hier, verehrte Herrschaften, sitzt die Königin aller jungfräulichen Maiden auf einem Thron aus Eis, umgeben von einem Wall aus Reinheit. Und was ist mit mir? Ich habe das Spiel gespielt und den Preis gewonnen, und nun habe ich ihn nach Hause gebracht und kann ihn nicht mal anfassen.« Er ergriff mit beiden Händen den Bettpfosten und rieb seine Stirn daran, als müsse er den Schmerz daraus vertreiben. »Oh, jungfräuliches Weib, warum bist du nicht dünn und häßlich, dann könnte ich dich ignorieren, genauso wie du es gerne haben möchtest. Aber von allen Frauen in London mußte ich ausgerechnet dich erwischen, die zarteste Flaumfeder, die je einen Mann in Versuchung führte. Und du behandelst mich nicht wie einen Mann, sondern wie einen alten Bock, der schon zu abgewirtschaftet ist, um sich noch eine Geiß zu suchen. Du drehst und wendest dich vor meinen Augen und nimmst wohl an, das machte mir nichts aus. Du weckst meine Wünsche auf meine ehelichen Rechte und dann verweigerst du mir die ehelichen Pflichten. Mein Gott, du Weibsbild, glaubst du, ich sei ein Eunuch? Für ein Shillingstück kann man sich mehr Freundlichkeit erkaufen, als du je zu geben bereit bist.«

Er lehnte sich über das Fußende des Bettes und sah ihr starr ins Gesicht, »aber ich will dich lehren, du verdammtes Weibsstück«, fuhr er drohend fort und streckte die Hände nach ihr aus, »ich werde dich nehmen, wann immer mir der Sinn danach steht.«

Seine Augen saugten sich an ihr fest und seine Stimme wurde

gefährlich dunkel. »Verdammt nochmal, ich will dich jetzt haben.«
Er versuchte, über das Bett zu langen, in der Absicht, sie um die Taille zu fassen. Heather stieß einen Angstschrei aus und kroch aus seiner Reichweite. Es gab ein kurzes, reißendes Geräusch und Brandon, der gleichfalls auf dem Bett kniete, starrte verblüfft auf das Stück hauchdünnen Stoffs in seiner Faust. Er hob die Augen und sah, daß er ihr das Nachthemd vom Leibe gerissen hatte. Sie war nackt, ihre Haut schimmerte weiß in der Dämmerung des heraufsteigenden Morgens. Langsam ließ Brandon sich zurücksinken und fiel unmittelbar in einen tiefen Schlaf der Trunkenheit. Seine Faust löste sich und das zerrissene Nachthemd fiel zu Boden.
Heather stand regungslos und beobachtete ihn einen Augenblick, voller Angst, er könnte sich nochmals erheben und nach ihr greifen. Vorsichtig kam sie näher und sah, daß seine Augen fest geschlossen waren. Er atmete tief und regelmäßig.
»Brandon?« fragte sie mißtrauisch. Er bewegte sich nicht. Sie berührte leise seine Hand, bereit zurückzuspringen, wenn er die Augen öffnete, aber er reagierte nicht und schlief weiter.
Nunmehr fühlte sie sich sicher. Sie beugte sich über ihn und versuchte, ihm die Jacke auszuziehen. Es war nicht so einfach, wie sie geglaubt hatte. Er war zu schwer, als daß sie ihn hätte allein umdrehen können. Es blieb ihr nichts anderes übrig, als George um Hilfe zu bitten. Sie zog sich ein neues Hemd an und warf den Umhang über die Schultern. Dann ging sie die Treppe hinunter zu den Dienstbotenzimmern und klopfte an Georges Tür.
Dahinter rührte sich etwas, und ein verschlafenes Brummen wurde hörbar. Langsam wurde die Tür geöffnet, George erschien auf der Schwelle und starrte sie fassungslos an, unfähig zu begreifen, was dies wohl bedeuten könne. Er trug ein langes Nachthemd. Eine Nachtmütze saß ihm schief auf dem Kopf, so daß die Quaste auf seine Schulter baumelte. Als er be-

griff, daß Heather geklopft hatte, weiteten sich seine Augen in jähem Erstaunen und er zog sich schleunigst halb hinter die Tür zurück. »Madame, was tun Sie um diese Stunde hier?«

»Würden Sie bitte mitkommen, George,« bat sie leise, »der Kapitän fühlt sich nicht wohl, und ich brauche Hilfe, um ihn ins Bett zu bringen.«

Er runzelte fragend die Stirn, antwortete jedoch bereitwillig, ohne lange zu überlegen: »Aye, aye, Madame, ich bin gleich soweit.«

Heather kehrte in ihr Zimmer zurück, und kurz darauf erschien George, vollständig angezogen. Er sah Brandon bäuchlings mit ausgebreiteten Armen auf dem Bett liegen und konnte seine Überraschung über diesen Anblick nur schlecht verbergen.

»Oh, der Käpt'n hat sich diesmal wohl'n bißchen übernommen«, meinte er mitfühlend. Dann sah er zweifelnd seine Herrin an. »Das tut er sonst wirklich nie Madame, das kann ich Ihnen versichern. Wirklich . . .«

Sie antwortete nicht, sondern begann, Brandon die Schuhe auszuziehen. Georges Blick folgte ihr und er entdeckte das zerrissene Nachthemd am Fußende des Bettes. Ohne weiteres Zögern half er Heather, Brandon auszukleiden. Außer mit einem gelegentlichen Grunzen oder einem tiefen Seufzer reagierte Brandon überhaupt nicht auf diese Prozedur. Er erwachte keinen Moment aus seinem Rausch. Die beiden zogen ihn bis auf die Hosen aus. Heather sah George unsicher an, und sie kamen stillschweigend überein, ihm dieses Kleidungsstück zu belassen. Dann breiteten sie die Decke über ihn, und George zog sich leise an die Tür zurück. Dort wandte er sich noch einmal um: »Es wird wahrscheinlich Nachmittag werden, bis er wieder zu sich kommt, Madame«, sagte er erklärend; »inzwischen bring' ich noch ein Kissen, damit er seinen Kopf etwas höher legen kann.«

Heather verschloß die Tür hinter ihm, legte den Umhang ab und hängte ihn an den Kleiderhaken. Dann nahm sie ihre Bettdecke, rollte sich in dem großen Sessel zusammen, zog die

Füße unter sich und begann zu sticken, um sich etwas abzulenken.
Allmählich wich der Schock, den Brandons Auftritt in ihr ausgelöst hatte. Stattdessen stieg Zorn in ihr auf. Ärgerlich führte sie die Nadel durch den Stoff.
Er treibt sich auf den Straßen herum auf der Suche nach käuflicher Liebe und findet keine, die ihm paßt, und dann kommt er hier hereingetaumelt und will mich zu seiner Hure machen, dachte sie erbittert.
Mit Windeseile bewegte sie die Nadel. Voller Abscheu blickte sie auf ihren Mann, der in den Kissen lag und den gesunden Schlaf eines harmlosen Kindes zu haben schien. Dieser Anblick entfachte aufs neue ihren Zorn. Erst die fragwürdigen Hafenviertel unsicher machen, spann sie ihre Gedanken fort, und dann zu mir kommen, um mich als verworfenes Frauenzimmer zu beschimpfen, das ihn in Versuchung führt! Alle Jungfrauen der Welt verflucht er, aber vor gar nicht allzu langer Zeit paßte ihm meine Jungfräulichkeit sehr wohl.
Unfähig, länger ruhig sitzenzubleiben, warf sie den Stickrahmen zu Boden, sprang auf und rannte im Zimmer auf und ab.
Was denkt er von mir! Denkt er etwa, ich warte demütig, bis er mit den Fingern schnalzt, um dann wie ein williges Freudenmädchen gleich in sein Bett zu hüpfen? Mit ein paar raschen Schritten war sie am Bett und sah auf den Schlafenden hinunter. »Du widerwärtiger Mensch«, sagte sie halblaut, »begreifst du denn nicht? Ich bin eine Frau, und meinen einzigen Besitz, meine Jungfräulichkeit, wollte ich behalten für den Mann, für den ich mich entscheiden würde – freiwillig –, aber das hast du mir genommen. Ich bin ein lebendiges Wesen mit einem Herzen in der Brust, mit einem letzten Funken Stolz, den ich mir nicht nehmen lassen werde.«
Sie stöhnte leise, wandte sich ab und ging zu ihrem Sessel zurück. Dort wickelte sie wieder die Decke um sich, zog die Beine hoch und saß lange nachdenklich da. Dann flog ein kleines Lächeln über ihr Gesicht, als sie seine ebenmäßigen Züge be-

trachtete. Was auch geschehen sein mochte und noch geschah – er war ein ungewöhnlich schöner Mann.
Es war schon nach zehn Uhr, als sie in ihrem Sessel erwachte. Brandon schlief noch tief und fest, und sie erhob sich leise, um sich anzuziehen. George brachte ihr das Frühstück. Danach widmete sie sich wieder ihrer Stickerei, und wartete, daß ihr Mann erwachen würde. Aber erst am Nachmittag hörte man vom Bett her ein unbehagliches Stöhnen. Aus den Augenwinkeln heraus beobachtete sie über ihre Stickerei hinweg, wie Brandon sich langsam aufrichtete. Er legte den Kopf in beide Hände und gab einen Schmerzenslaut von sich. Dann sah er Heather im Sessel sitzen und streckte sich in dem Versuch, Haltung zu bewahren.
»Gib mir meine Kleider herüber!« sagte er unfreundlich. Sie legte den Stickrahmen hin und holte seine Sachen. Unsicher sah er sie an, als sie mit den Kleidungsstücken vor ihm stand. Er lehnte ihr Angebot, ihm zu helfen, unwirsch ab, zog sich in aller Eile an und ging schleunigst zur Tür hinaus.
»Sorge dafür, daß mein Bad fertig ist, bis ich wieder da bin«, rief er über die Schulter zurück, »und sieh zu, daß es richtig heiß ist, sonst werde ich fuchsteufelswild.«
Unsanft schloß er die Tür hinter sich, und sie konnte sich ein kleines, schadenfrohes Lächeln nicht versagen. Die Nachwirkungen seines Rausches schienen ihm schwer zu schaffen zu machen. Dennoch beeilte sie sich, seinen Wünschen nachzukommen, wohl wissend, daß es in dieser Situation klüger war, ihn nicht zu reizen. Als er zurückkam, sah er zwar noch etwas blaß aus, aber sein Schritt war wieder sicher und seine Haltung aufrecht. Er zog sich aus und drückte ihr, ohne sie anzusehen, seine Kleider in die Hand. Dann stieg er vorsichtig in das dampfende Badewasser. Mit einem tiefen Seufzer lehnte er sich in der Wanne zurück und blieb lange Zeit schweigend und mit geschlossenen Augen so sitzen, den Kopf gegen den Rand der Messingwanne gelehnt.
Es klopfte an der Tür, und er riß ärgerlich die Augen auf.

»Verdammt nochmal, was soll das Gehämmer!« schrie er, dann verzog er das Gesicht und fügte in normalem Tonfall hinzu: »Herein, wenn es schon sein muß!«
George, mit einem Tablett in den Händen, trat ein. Er brachte eine Karaffe mit Brandy und ein Glas. Vorsichtshalber ging er dabei auf Zehenspitzen. Er warf Heather einen schnellen Seitenblick zu, um an ihrem Gesicht den Stand der Dinge abzulesen, aber sie schien den Sturm gut überstanden zu haben.
Er reichte das gefüllte Glas seinem Käpt'n und zog sich so schnell wie möglich zurück.
Brandon schluckte den Rum in einem Zug und lehnte wiederum erschöpft den Kopf gegen die Wanne. Die wärmende Wirkung des Brandy machte sich angenehm bemerkbar. Heather breitete das Badetuch aus und legte seine Kleider zurecht, dann trat sie an die Wanne, um ihm behilflich zu sein. Einen Augenblick stand sie da, sah auf ihn herab, Schwamm und Seife in der Hand, und rührte sich nicht. Der Schweiß floß Brandon in Strömen vom Körper. Er schien allen Alkohol herauszuschwitzen, den er am Abend vorher in sich hineingeschüttet hatte. So lag er mit geschlossenen Augen im heißen Wasser, die Arme auf den Wannenrand gelegt, und sah fast zufrieden aus. Sie empfand den plötzlichen Wunsch, diesen friedlichen Zustand zu unterbrechen und ließ Seife und Schwamm ins Wasser fallen. Er öffnete verblüfft die Augen, als das Wasser hoch aufspritzte, und sah sie an. Das Wasser lief in kleinen Bächen in seinen Bart, aber er machte keine Miene, es abzuwischen. Heather verließ der Mut, sie wandte sich ab und tat, als ob sie aufräumte. Dabei hatte sie das unangenehme Gefühl, daß er jede ihrer Bewegungen beobachtete. Als sie nach einer Weile in der Absicht, ihm zu helfen, wieder an die Wanne trat und nach der Seife griff, verlor er die Beherrschung:
»Mach, daß du rauskommst, du verflixtes Frauenzimmer!« schrie er, »geh mir aus den Augen. Ich werde mich selbst waschen. Ich kann es nicht ausstehen, wenn man auf Katzenpfoten um mich herumschleicht. Auf deine Hilfe verzichte ich.«

Heather ließ erschrocken die Seife fallen und eilte zur Tür. Als sie sie öffnete, fragte er schneidend:
»Und wo möchtest du in diesem Aufzug hingehen, wenn ich fragen darf?«
Sie hatte ganz vergessen, daß ihr Kleid im Rücken noch geöffnet war. Hochmütig hob sie die zierliche Nase in die Luft: »Ich gehe nach unten und bitte George, mir das Kleid zuzumachen!« erwiderte sie schnippisch. Damit schlüpfte sie auch schon zur Tür hinaus, ohne seine Antwort abzuwarten. Hinter der geschlossenen Tür hörte sie ihn fluchen und schreien, ein sicheres Zeichen, daß er mit ihrer Handlungsweise keineswegs einverstanden war. Zu ihrem Glück kam gerade eine Magd die Treppe herauf, und so bat Heather sie, ihr das Kleid zuzuhaken.
Es war Sonntag, und die Gastwirtschaft war ruhiger als sonst, der große Schankraum fast leer. Heather bestellte Tee und setzte sich an den für sie reservierten Tisch, wobei sie ein paar freundliche Worte mit der Wirtin wechselte. Bald darauf kam auch Brandon die Treppe hinunter und setzte sich zu ihr. Er brütete finster vor sich hin, bis das Frühstück serviert wurde. Erst als das Mädchen wieder gegangen war, richtete er drohend das Wort an Heather: »Wenn du nicht wünschst, daß ich dich übers Knie lege, und dir deine rosige Kehrseite versohle, dann möchte ich dir doch dringend empfehlen, genau zu überlegen, was du tust.«
Ruhig wandte sie sich ihm zu, blaue Unschuld im Blick: »Was könnte es wohl sein, mein lieber Mann, das dich veranlaßt, deine schwangere Ehefrau zu schlagen?«
Er schob den Unterkiefer vor, »Heather«, sagte er mühsam beherrscht, »reize mich nicht, ich bin nicht bei bester Laune!«
Heather schluckte und widmete sich fortan ihrem Frühstück. Das Zucken des Muskels unter seinem Backenknochen war ihr Warnung genug. Aller Mut hatte sie wieder verlassen. Als sie am Abend zu Bett gingen, bemerkte Brandon das zerrissene Nachthemd, das am Haken hing. Er befühlte es kurz und run-

zelte die Stirn, dabei sah er, daß Heather mit ihrem normalen Hemd bekleidet ins Bett stieg. Er blies die Kerze aus, zog sich im Dunkeln aus und lag, tief in Gedanken versunken, da. Als er neben sich eine Bewegung verspürte, sah er zu Heather hinüber. Sie hatte ihm den Rücken zugewandt und war so weit wie möglich von ihm abgerückt. Sie hatte die Decke bis zu den Ohren hochgezogen, als suche sie darin Schutz vor ihm. Verärgert drehte er sich gleichfalls auf die Seite. Da sie sich wohl zu fühlen schien und er seinerseits keinerlei Entspannung empfand, hatte vermutlich nichts zwischen ihnen stattgefunden. Seine Betrunkenheit war so groß gewesen, daß er sich beim besten Willen an die Vorgänge der vergangenen Nacht nicht mehr erinnern konnte.
Am nächsten Morgen jagte Brandon seine Frau bereits in grauer Frühe aus dem Bett, ohne auf ihre Proteste zu achten. »Beeil dich, es ist keine Zeit zu verlieren! Wir müssen heute morgen die ›Fleetwood‹ einbringen, und ich muß frühzeitig auf den Docks sein.« Er half ihr beim Anziehen, hakte ihr das Kleid zu und kleidete sich selbst in Windeseile an. Dann stürmte er, Heather hinter sich herziehend, die Treppe hinunter. Sie nahmen überstürzt ihr Frühstück ein. Heather gab sich alle Mühe, ihr Gähnen zu unterdrücken. Anschließend ging Brandon fort und kam vor dem Abend nicht zurück. Wie am Tag zuvor entkleidete er sich im Dunkeln, legte sich ins Bett neben sie, sorgfältig darauf bedacht, sie nicht zu wecken. Die folgenden Tage glichen einer dem anderen. Mit Ausnahme der noch dunklen Morgenstunden, wenn sie zusammen frühstückten, gab es keine Unterhaltung zwischen ihnen. Während seiner Abwesenheit blieb Heather in ihrem Zimmer und vertrieb sich die Zeit, so gut sie eben konnte. Sie nahm auch ihre Mahlzeiten auf dem Zimmer ein, nur wenn die Gastwirtschaft so gut wie leer war, aß sie unter Georges respektvoller Bewachung unten an ihrem reservierten Tisch.
Am vierten Abend dieser Woche kam Brandon ausnahmsweise einmal früher zurück. Sie lag in der Badewanne und hatte

ihn nicht erwartet. Als die Tür sich plötzlich öffnete, rang sie erschrocken nach Luft.
Brandon stand auf der Schwelle und zögerte einen Augenblick. Er konnte sich der Intimität und Verzauberung der häuslichen Szene nicht entziehen, die sich hier vor seinen Augen abspielte. Sie saß aufrecht in der Wanne und hatte die Arme ängstlich vor der Brust gekreuzt – die blauen Augen waren weit aufgerissen. Erst allmählich erholte sie sich von ihrer Überraschung. Ihre Haut schimmerte glänzend vor Feuchtigkeit im sanften Kerzenlicht, und mit den auf dem Kopf aufgetürmten Haaren, den kleinen, koketten Locken, die sich aus der Haarfülle herausgestohlen hatten, war sie bei weitem der reizendste Anblick, den dieser Tag ihm geboten hatte.
Eine kleine Fußbank stand neben der Messingwanne, darauf eine Flasche Bade-Essenz und ein großes Stück duftender Seife in einem Schälchen. Genüßlich sog er den zarten Duft ein und lehnte sich an den Türpfosten. Dann schloß er behutsam die Tür hinter sich. Er ging zur Wanne hinüber und beugte sich über Heather, um sie auf die Stirn zu küssen.
»Guten Abend, mein Herz«, murmelte er leise.
Verwirrt durch sein freundliches, ja fast zärtliches Benehmen, ängstlich, ihm in die Falle gegangen zu sein, ließ sich Heather tief in die Wanne zurückgleiten, bis das Wasser ihre Schultern bedeckte. Sie gab sich Mühe, sein Lächeln zu erwidern, aber ihre Lippen zitterten dabei. Er lächelte amüsiert über ihre Ängstlichkeit, streckte die Hand aus und ließ das Stück Badeseife ins Wasser fallen, das hoch aufspritzte und ihr den Atem benahm. Unter rollenden Wassertropfen blinzelte sie verzweifelt umher, um an das Handtuch zu gelangen, das auf einem Stuhl in der Nähe lag.
»Trockne dir auch das Gesicht ab, meine Süße«, lachte er, »es ist ganz naß.«
Erbittert riß sie das Handtuch vom Stuhl und preßte es sich gegen die Augen: »Oh du – du –« rief sie ärgerlich.
Er lachte leise und entfernte sich. Als sie wieder in der Lage

war umherzuschauen, ohne zu blinzeln, sah sie, daß er sich auf einem Sessel niedergelassen hatte, die Beine weit ausgestreckt und sie dabei zufrieden lächelnd betrachtete.
»Genieße dein Bad, mein Liebes«, sagte er und machte Miene, aufzustehen, »möchtest du, daß ich dir den Rücken wasche?«
Sie preßte entschlossen die Lippen zusammen, bereit, sich sofort aus der Wanne zu erheben, falls er sie berührte, aber er ließ sich stattdessen wieder in den Sessel zurücksinken und winkte ab. »Nur keine Nervosität, Heather! Und wie ich dir schon sagte – genieße das Bad«, meinte er, nunmehr ernst geworden, »es wird vermutlich für lange Zeit das letzte sein.«
Sie richtete sich halb auf und sah ihn bestürzt an. War dies eine neue Maßnahme, mit der er sie strafen wollte?
»Brandon, ich bitte dich! Ich bin wirklich nicht anspruchsvoll, und die paar Freuden, die ich habe, sind recht bescheiden. Aber dies ist etwas, was ich unbedingt brauche.« Sie sah ihn flehend an: »Ich beschwöre dich, Brandon, mir das nicht zu nehmen, mir nicht das Baden zu verbieten, oh bitte nicht. Ich brauche das, um mich wohlzufühlen.«
Wieder bebte ihre Unterlippe, und sie senkte den Blick.
Das Lächeln verschwand von Brandons Gesicht. Er erhob sich und ging zu ihr herüber. Mit beiden Händen auf den Wannenrand gestützt, stand er vorgebeugt und sah sie ernsthaft an. Immer noch saß sie da mit niedergeschlagenen Augen wie ein ängstliches Kind, das sich vor Strafe fürchtet. Als er nun zu sprechen anfing, war seine Stimme liebevoll:
»Du tust mir unrecht Heather, wenn du annimmst, ich entziehe dir absichtlich dieses Vergnügen. Im Gegenteil, ich gönne es dir von Herzen. Ich sprach nur davon, weil wir morgen an Bord gehen und spätestens drei Tage später in See stechen werden.«
Sie hob den Kopf und blickte ihn an. Auf ihren kleinen, festen Brüsten schimmerte der Widerschein der Kerzen.
»Oh Brandon, es tut mir leid«, murmelte sie verlegen, »wie töricht von mir, etwas anderes zu denken.« Sie hielt inne und

bemerkte, daß sein Blick auf ihren Busen abgeglitten war. Brandon war blaß geworden, und wieder zuckte der Muskel in seiner rechten Wange. Heather murmelte eine Entschuldigung und preßte den großen Schwamm gegen ihre Brust. Brandon wandte sich abrupt ab und stellte sich ans Fenster.
»Falls du dich nunmehr aus der Wanne erheben wolltest, Madame«, sagte er mit einiger Schärfe in der Stimme, »könnten wir in absehbarer Zeit zu Abend essen. Ich werde George sagen, er soll uns etwas heraufbringen.«
Schleunigst tat Heather, was er verlangte.

Ihr erschien es, als sei nur eine kurze Zeit vergangen, seitdem sie sich zum Schlafen hingelegt hatte, als Brandon sie wachschüttelte. Draußen war es noch dunkel, aber Brandon war bereits angekleidet. Er zog sie kurzerhand aus dem Bett und gab ihr ihre Sachen. Sie schlüpfte hinein. Er half ihr dabei. Dann legte er den Umhang um ihre Schultern und stand ungeduldig an der Tür, während sie noch versuchte, sich die letzten Spuren von Verschlafenheit mit einem nassen Schwamm aus dem Gesicht zu reiben. Sie gingen hinunter zum Frühstück, und wenig später machten sie sich zu Fuß auf den Weg zu dem Schiff, das mittlerweile an einem Hafenkai in der Nähe vertäut worden war.
Die Mannschaft war bereits vollzählig versammelt, um die letzte Ladung an Bord zu nehmen. Nur einen Augenblick unterbrachen die Männer ihre Arbeit, um ihren Kapitän zu beobachten, wie er mit seiner Frau an Bord ging. Ihre Augen folgten den beiden, bis sie unter Deck verschwunden waren.
Sobald sie in der Kapitänskajüte waren, nahm Heather den Umhang ab, legte sich in die Koje und schlief sofort wieder ein. Sie merkte nicht einmal mehr, daß Brandon eine Decke über sie breitete.
Nach dem kurzen Lunch, den er ihr in die Kabine gebracht hatte, stieg sie an Deck und stand eine Weile an der Reling, um die Arbeit der Matrosen und das Treiben im Hafen zu beob-

achten. Straßenverkäufer liefen über die Docks und boten frische Früchte und Gemüse feil, um den Matrosen in dem monotonen Einerlei von gepökeltem Schweinefleisch, Bohnen und Trockenbisquit eine willkommene Abwechslung zu bieten. Reiche Kaufleute, aufwendig gekleidet, standen im Gedränge zwischen Bettlern und Taschendieben, die sich alle Mühe gaben, sie um das Gewicht ihrer Geldbörsen zu erleichtern. Matrosen, ihre Mädchen am Arm, schlenderten müßig einher. In aller Öffentlichkeit wurde gekost und geküßt. Am Kai standen die Mietkutschen und warteten auf Kunden. Ein buntes Bild alltäglichen Hafenlebens bot sich Heathers Augen. Schiffe wurden beladen und entladen, Seemannsflüche vermischten sich mit Kommandorufen und den lauten Stimmen der anpreisenden Straßenhändler. Niemals zuvor hatte Heather irgendwo geschäftigeres Treiben beobachtet. Interessiert und ein wenig atemlos lehnte sie sich über die Reling, um sich nichts von diesem Anblick entgehen zu lassen. Da und dort vernahm man Brandons tiefe, befehlende Stimme. Zwischendurch sah sie ihn, wie er mit Mr. Boniface oder einem der Matrosen sprach. Manchmal stand er auch unten am Dock und verhandelte mit den Kaufleuten.

Es war später Nachmittag, als sie George mit einer Pferdekarre herankommen sah. Die Karre war beladen mit ihrem Seekoffer, mit Brandons Seesack und zu ihrer maßlosen Überraschung – mit der Messingbadewanne aus der Gastwirtschaft. Verwirrt beobachtete Heather, wie der Diener das Gepäck ablud und an Bord brachte. Als er die Wanne auf die Planken setzte, drehte er sich lächelnd zu ihr um, und in diesem Moment wußte sie, daß Brandon die Wanne eigens für sie gekauft hatte. Sie schaute hinüber zu ihrem Mann, der hinter George stand und sich mit Mr. Boniface unterhielt. Auch er hatte sich gerade umgesehen, um sich davon zu überzeugen, daß George alles unversehrt an Bord gebracht habe. Und jetzt hob er seine Augen zu ihr. Ihre Blicke trafen sich, und plötzlich fühlte sich Heather sehr glücklich – die Freude am Leben weitete ihr das

Herz und überwältigte sie. Kein noch so kostbares Geschenk hätte ihr mehr Freude machen können als diese alte Messingwanne. Ihre Lippen öffneten sich leicht, und in dem Lächeln, das nun ihr Gesicht überstrahlte, drückte sich alles aus, was sie empfand – Freude, Dankbarkeit und Zuneigung. Einen Augenblick stand Brandon wie gebannt unter dem Zauber dieses Lächelns, dann räusperte sich James Boniface und wiederholte die Frage, die er soeben gestellt hatte.

Am Abend kam Madame Fontaineau mit zwei ihrer Näherinnen und brachte Heathers Garderobe. Nachdem Brandon alles genau geprüft hatte, nicht ohne seiner Zufriedenheit gebührenden Ausdruck zu geben, holte er eine eiserne Kassette aus den Tiefen seines Seekoffers und zählte der Couturière die geforderte Summe auf den Tisch. Die Frau erhaschte über seine Schulter hinweg einen Blick auf den oberen Einsatz der Kassette und rang bei dem Anblick, der sich ihr bot, hörbar nach Luft. Brandon wandte sich um und hob verärgert eine Augenbraue, worauf Madame sich schleunigst zurückzog. Sie warf nunmehr einen Blick auf Heather, die neben ihrem großen Seekoffer kniete und Kleider und Accessoires sorgfältig verpackte. Dann wandte sich Madame Fontaineau wieder Brandon zu, ein berechnendes Lächeln in den Augen. Der Anblick von Geld löste in ihr immer eine gewisse Erregung aus.

»Wird Ihre Frau Gemahlin im nächsten Jahr wieder mit Ihnen hierher kommen, Monsieur?«

»Nein«, antwortete Brandon kurz angebunden.

Ihr Lächeln ging noch etwas mehr in die Breite. Kokett strich sie sich eine Locke aus der Stirn. »Wenn Sie alleine zurückkommen, werden Sie natürlich bei mir vorbeischauen, um weitere Kleider für Madame zu bestellen, nicht wahr, Monsieur? Ich werde gerne wieder für Sie tätig sein. Mit Vergnügen werde ich meine Fähigkeiten ganz zu Ihrer Verfügung stellen, Monsieur«, fügte sie gurrend und nicht ganz eindeutig hinzu.

Diese Bemerkung ging an Heathers unschuldigen Ohren vorbei, ohne daß sie ihr irgendeine Bedeutung beimaß. Sie sah nicht einmal von ihrer Tätigkeit auf. Aber Brandon verstand genau, was gemeint war. Er betrachtete Madame Fontaineau ruhig und in einer Weise, die sie nervös machte. Er sah sie an, als schätze er kalt den Wert einer Sache ab, ließ seinen Blick auf dem matronenhaften, zu üppigen Busen verweilen und schaute mit unverhohlener Geringschätzung auf ihre ausladenden Hüften. Dann, als sei nichts geschehen, wandte er seine Aufmerksamkeit wieder dem Geld zu.

»Sie mißverstehen mich, Madame. Ich meine damit, daß ich überhaupt nicht mehr nach England zurückkehre – dies ist meine letzte Reise hierher gewesen.«

Die Frau wich erschrocken einen Schritt zurück. Einen Augenblick später überreichte ihr Brandon das Geld in einem Beutel. Madame Fontaineau nahm sich nicht einmal mehr die Mühe, es nachzuzählen. Sie drehte sich auf dem Absatz um und verschwand ohne ein weiteres Wort.

Zur Abendbrotzeit war Brandon innerlich mit anderen Dingen beschäftigt, so daß die Eheleute kaum ein Wort miteinander wechselten. Auch noch, nachdem Heather sich in die Koje zurückgezogen hatte, saß er an seinem Schreibtisch über Aufstellungen, Rechnungen und Logbüchern. Es war lange nach Mitternacht, als er die Kerzen ausblies, sich im Dunkeln entkleidete und neben sie legte. Heather war wachgeworden. Sie rückte zur Seite, um ihm Platz zu machen, aber sehr viel Platz stand nicht zur Verfügung. Brandon rollte sich, von ihr abgewandt, auf seine Seite. So lagen sie Rücken an Rücken und versuchten beide – jeder aus anderen Gründen – nicht daran zu denken, was in diesem Bett stattgefunden hatte, als sie zum letzten Mal hier beieinander gelegen waren.

Die beiden nächsten Tage vergingen rasch. Die Ladung war verstaut, Proviant an Bord genommen, letzte Abschiedsgrüße ausgetauscht. Große Boote kamen, um die ›Fleetwood‹ aus dem Hafen hinauszuziehen, damit sie Segel setzen und auf den Abendwind warten konnte, der sie davontreiben sollte.

Alle an Bord wurden still und nachdenklich, nur das Schiff schien ungeduldig den frischen Zephyr zu erwarten, damit er prall die Segel fülle. Es war ein ruhiger Abend und das Wasser spiegelglatt. Die Segel hingen schlaff. Eben ging die Sonne hinter den Dächern von London unter, als das Topsegel plötzlich laut zu knattern begann. Aller Augen blickten nach oben. Eine kühle Brise hatte sich aufgemacht. Heather verspürte den prickelnd kalten Hauch im Gesicht, als sie neben Brandon an Deck stand. Wieder ließ sich das Segel laut vernehmen, und dann füllte es sich, als der Wind auf einmal stärker wurde. Nun erklang Brandons Stimme laut und deutlich:

»Hebt die Anker, Matrosen – es geht heimwärts!«

Die Ankerwinde begann zu knarren und Brandons Stimme schallte freudig über das Schiff:

»Legt ab und haltet Steuerbord!«

Langsam hoben sich die Anker aus dem Wasser der Themse, und das Schiff setzte sich allmählich in Bewegung. Heather sah, wie die Lichter am Ufer zurückblieben, und die Kehle wurde ihr eng.

In der Morgendämmerung erst erschien Brandon in der Kabine, um noch etwas Schlaf nachzuholen. Beim Frühstück erklärte er ihr, was sie auf dieser Reise erwartete.

»Die Decks, Heather, gehören am Morgen der Mannschaft. Falls es dir einfallen sollte, zu früh hinauszuschauen, wird der Anblick der Vorgänge an Bord dich erröten lassen. Ich rate dir also, bis zum späten Vormittag in der Kabine zu bleiben.«

Sie murmelte eine gehorsame Antwort und hielt den Blick auf ihren Teller gesenkt. Ihre Wangen hatten sich rosig gefärbt . . .

»Und im unteren Deck hast du prinzipiell nichts zu suchen«, fuhr er fort. »Die Mannschaftsquartiere befinden sich dort, und du bist für die Männer auf dieser langen Reise eine zu große Versuchung. Ich möchte nicht erst in die Lage kommen, einen meiner Leute erschießen zu müssen, weil er sich vergaß. Deshalb wirst du dich völlig von dort fernhalten und es vermeiden, den Männern in den Weg zu kommen.«

Am späten Nachmittag hörte Heather den Ruf:
»Land's End ahoi! Vier Strich Steuerbord.«
Der Tag war bereits winterlich grau. Niedrige Wolken jagten über den Himmel. Der Wind kam aus Nordost. Heather ging an Deck. Ihr Mann stand am Steuerrad und beobachtete, wie die Südspitze Englands allmählich verschwand. Gerade wandte er sich an den Steuermann: »Jetzt übernimmst du. Halt gerade nach Westen.« Dann schrie er nach oben: »Achtet auf die Segel, Jungs, und setzt ein anderes Topsegel!«
Eine Weile stand er da, die Hände auf dem Rücken verschränkt, mit gespreizten Beinen, blickte zu den Masten empor und fühlte die gleichmäßige Schiffsbewegung unter seinen Füßen. Die Segel waren prall gefüllt, die Sonne stand tief am Horizont und malte rotgoldene Ränder auf die Wolkenbänke. Die Landspitze versank im Dämmern hinter ihnen.
Mit einem dumpfen Schmerz in der Brust sah Heather, daß England nunmehr aus ihrer Sicht und aus ihrem Leben verschwunden war.

6. Kapitel

Es war vier Tage später. Kalt und drohend stieg die Sonne am östlichen Horizont empor. Der scharfe Ostwind war steifer geworden. Die ersten beiden Tage waren verhältnismäßig mild gewesen, und die ›Fleetwood‹ hatte volle Segel setzen können. Sie war über eine nur wenig rauhe See in Richtung Westen dahingetanzt. Nun pfiff der Wind in den Wanten, und die Segel schienen fast zu bersten. Auf die Seite geneigt rollte die ›Fleetwood‹ über hohe weiße Schaumkämme. Dennoch gehorchte sie gefügig jeder Bewegung des Steuerruders.
Brandon hielt ein wachsames Auge auf eine niedrige Wolkenbank voraus, benutzte eifrig den Sextanten und studierte seine Seekarte.
Der Wind verhieß schlechtes Wetter. Dennoch lächelte Brandon zufrieden vor sich hin: Das Tempo, das die ›Fleetwood‹ vorlegte, brachte sie rasch voran.
Er betrat seine Kajüte, verstaute Karten und Sextanten und goß sich aus dem Topf, der auf dem Ofen stand, Kaffee in eine Tasse. Während er genüßlich das heiße Getränk schlürfte, sah er nachdenklich zu Heather hinüber. Sie schlief noch in der Koje. Ihre Hand lag auf seinem Kissen und ihre Locken hatten sich unter ihrem ausgetreckten Arm verfangen. Er dachte an die Wärme und Weichheit ihres Körpers und überlegte kurz, ob sie sich wohl sehr wehren würde, wenn er versuchte, sie jetzt zu nehmen. Sie bewegte sich leicht, als hätte sie im Schlaf seine Gedanken gespürt, und er verbannte die quälenden Wünsche sofort wieder aus seiner Phantasie. Heather dehnte und streckte sich unter der Decke und öffnete langsam die Augen. Als sie ihn stehen sah, lächelte sie ihm einen kleinen

Morgengruß zu, dann erhob sie sich und warf einen leichten Umhang über.

Im gleichen Augenblick klopfte George leise an die Tür. Auf Brandons ›herein‹ betrat der Diener, mit einem Frühstückstablett beladen, das Zimmer. Dann zog er eine Orange aus seiner Tasche und überreichte sie Heather, die ihm überrascht und erfreut dankte. Brandon, der den Vorgang schmunzelnd beobachtet hatte, überlegte, ob sein Diener Heathers Liebreiz und ihrer Mädchenhaftigkeit nun vollends verfallen sei.

»Wir werden heute abend Gäste zum Dinner haben, George«, sagte er ein wenig barsch und drehte sich um. Er spürte sehr wohl, daß Heather ihn überrascht ansah, aber er wollte nicht darauf reagieren. »Ich habe Mr. Boniface und den Maat Tory McTavish gebeten, uns Gesellschaft zu leisten, du wirst bitte heute abend servieren . . .«

»Aye, aye, Käpt'n«, sagte George und warf einen schnellen Blick zu Heather hinüber. Aber die hatte sich schon abgewandt und schien intensiv damit beschäftigt, ihre Hände über dem Öfchen zu wärmen. Dennoch konnte man ihr ansehen, daß sie verärgert war, und George schüttelte den Kopf über die rüden Manieren seines Käpt'ns. Er konnte doch nicht weiter eigensinnig an seinen Junggesellengewohnheiten festhalten, wo er gerade im Begriff war, Familienvater zu werden, fand George.

Dieser Abend war kälter als alle Abende zuvor. Heather stand fröstelnd in einem ihrer neuen Kleider vor dem Ofen und wartete darauf, daß Brandon seine Toilette beendete. Sie hatte sich für dieses Kleid entschieden, weil es ihr wärmer zu sein schien als alle anderen – es war ein grünes Samtkleid mit langen Ärmeln, hochgeschlossen, das Oberteil mit winzigen, funkelnden Perlen bestickt. Ihre Haare hatte sie kunstvoll frisiert. Sie sah sehr elegant aus und war, wie sie da stand, ein überaus reizvoller Kontrast zu dieser absolut männlichen Umgebung. Brandon, der sie wohlgefällig betrachtete, stellte zufrieden fest, daß sie eine ungewöhnlich schöne Seemannsfrau wäre. Er

lächelte belustigt, als sie noch näher an den Ofen herantrat und die Röcke hob, damit die Wärme auch darunter stieg.
»Die Art und Weise, in der du dich mit dem Ofen beschäftigst, Madame, läßt mich vermuten, daß du das Wetter, das uns noch bevorsteht, ganz und gar nicht schätzen wirst.«
»Wird es denn noch so viel kälter werden, Brandon?« fragte sie erschrocken.
Er lache: »Aber gewiß wird es das. Wir nehmen die nördliche Route und sind auf dem Weg nach Neufundland. So gewinnen wir Zeit, die wir dringend nötig haben, weil wir ohnehin viel zu spät von England aufgebrochen sind. So, wie die Dinge stehen, erwarte ich nicht, vor Neujahr zuhause zu sein. Dennoch hoffe ich optimistisch, daß wir es vielleicht ein wenig früher schaffen.«
Der Maat und der Schatzmeister schienen den Abend und speziell Heathers Anwesenheit voll zu genießen. Falls sie ihren Zustand bemerkt haben sollten, so ließen sie es sich jedenfalls nicht anmerken. Als sie die Kapitänskajüte betraten, hatten sie ihr als Gastgeschenk eine kleine Nachbildung der ›Fleetwood‹ überreicht und sich wortreich für die Einladung bedankt. Brandon war etwas überrascht, mit welcher Begeisterung sie die Einladung angenommen hatten. Er trat neben seine Frau und beobachtete ein wenig mokant, wie Heather das Gastgeschenk voller Freude entgegennahm und versicherte, daß sie es besonders hüten wolle.
Der Abend verlief behaglich. Die beiden Männer erzählten allerlei Seemannsgeschichten und waren eifrig bemüht, einen guten Eindruck zu machen, indem sie sich überschlugen, ihr die heruntergefallene Serviette aufzuheben und ihr den Stuhl zurechtzurücken. Manchmal spürte Heather, daß es Brandon ärgerte, wenn sie unbefangen über die lustigen Geschichten ihrer Gäste lachte. Ängstlich war sie sich seiner besitzergreifenden Härte bewußt. Während des Essens sah sie öfter zu ihm hinüber, um festzustellen, in welcher Stimmung er sei. Seine Wut auf den jungen Mann im Modesalon, sein mörderi-

scher Zorn den Einbrechern gegenüber und seine Verärgerung, als sie im Begriff war, sich ihr Kleid von einem Dienstboten schließen zu lassen, kamen ihr jäh ins Gedächtnis. Und trotzdem war sie sicher, daß er keinerlei Liebe für sie empfand, daß er sich, im Gegenteil, wider Willen gefesselt und in Ketten gelegt vorkam. Was mochte der Grund seines rasch entflammten Zorns sein? Engherzigkeit? Wohl kaum. Sie hatte genügend Beweise seiner plötzlich hervorbrechenden Großzügigkeit, die teure, elegante Garderobe, die er für sie gekauft hatte, die üppigen Mahlzeiten, die sie zusammen einnahmen, die Badewanne, extra für sie. Nein, es war keine Engherzigkeit, aber dennoch erfaßte ihn immer wieder ein seltsamer Zorn, wenn andere Männer ihre Gegenwart zu schätzen schienen. Was für ein merkwürdiger Mann war das, an den man sie verheiratet hatte! Würde das Leben mit ihm sich jemals normal gestalten, oder würde es immer ein unsicheres Spiel bleiben, in dem es ihr dauernd zufiel, zu erraten, was sie nun schon wieder falsch gemacht hatte?

Das Mahl war vorüber, der Tisch abgeräumt. Mit vielen Entschuldigungen zündeten die Männer sich ihre Zigarren an. Das Gespräch wandte sich nun geschäftlichen Dingen zu. Mr. Boniface fragte, ob es nicht sicherer wäre, die südliche Route zu nehmen. Brandon schlürfte bedächtig seinen Wein, schwieg eine Weile und antwortete:

»Eine Woche, bevor wir die Anker geliftet haben, sind zwei andere Kauffahrteischiffe nach Charleston aufgebrochen. Ihre Laderäume waren voll bis obenhin. Alle beiden nahmen die südliche Route. Wenn sie vor uns den Hafen erreichen, ist unsere Ladung nur noch die Hälfte wert. Wenn es uns jedoch gelingt, sie zu überholen — und ich hoffe, daß wir das können — dann wird sich unser Gewinn dementsprechend verdoppeln. Dies ist meine letzte große Fahrt und ich habe vor, damit einen möglichst hohen Gewinn zu erzielen, nicht nur für mich, sondern für alle Beteiligten.«

»Das finde ich großartig, Käpt'n«, sagte Tory McTavish zufrieden lächelnd. Er war ein Mann, der bares Geld zu schätzen wußte.

Auch Jamie Boniface nickte zustimmend.

»Jeff und ich, wir haben beide allerhand in die Ladung investiert«, fuhr Brandon fort. Ich möchte gerne, daß das Geld sich verdoppelt. Wenn wir zeitig genug ankommen, wird das der Fall sein.«

Mr. McTavish zwirbelte seinen gewaltigen Schnauzbart. »Aye, aye, Käpt'n. Diesen Einsatz ist das Spiel wert. Mein eigener Anteil wird eine Menge mehr ausmachen, wenn wir es so schaffen, wie Sie es vorhaben.«

»Dasselbe trifft auch auf mich zu«, lächelte der Zahlmeister.

»Wird Jeff sich irgendwo niederlassen, jetzt, nachdem Sie geheiratet haben, Käpt'n?« fragte McTavish.

Brandon warf Heather über den Tisch hinweg einen schnellen Blick zu, bevor er leise lachend den Kopf schüttelte . . . »Soweit mir bekannt ist, McTavish, zieht er es vor, konsequent ein Junggesellendasein zu führen, obwohl Hatty ständig an ihm herumnörgelt und ihn von der Notwendigkeit des Ehestandes zu überzeugen versucht.«

»Wenn er sieht, wie gut Sie Ihre Wahl getroffen haben, Käpt'n«, gab McTavish zu bedenken, wobei er Heather freundlich lächelnd ansah, »gerät er vielleicht in Versuchung, es Ihnen gleichzutun.«

Heather errötete und erwiderte scheu sein Lächeln. Sie sah, daß Brandon sie betrachtete, es wirkte, als überlegte er, ob der Maat mit dem, was er gesagt hatte, recht habe. Ihre Hände zitterten, und schließlich hob sie die Augen und ihre Blicke trafen sich über dem Tisch.

Mr. Boniface und Mr. McTavish wechselten lächelnd wissende Blicke, und damit waren sie schweigend übereingekommen, sich bald zurückzuziehen. Aber als sich die Tür hinter ihnen geschlossen hatte, kehrte Brandon an seinen Schreibtisch zurück, um sich seinen Büchern und Berechnungen zu widmen, und Heather nahm ihren Stickrahmen und setzte sich so nah wie möglich neben den Ofen. Der kleine Eisenofen gab nicht viel Wärme ab, und sie wechselte häufig die Stellung, um sich von allen Seiten ein wenig wärmen zu lassen. Ihre Unruhe lenkte Brandon schließlich so stark ab, daß er seine Feder weglegte und die Arbeit beiseite schob. Eine Weile saß er da und betrachtete sie düster, einen Ellenbogen auf den Tisch gelegt, die andere Hand auf den Knien. Schließlich stand er auf und ging zu ihr hinüber. Unter seinem beobachtenden Blick wurde Heather immer nervöser. Dann ließ auch sie ihre Arbeit sinken und sah ihn an.

»Stimmt irgend etwas nicht, Brandon?« fragte sie ängstlich.

Er schien sie gar nicht zu hören. Stattdessen drehte er sich auf dem Absatz herum, ging zu seinem Seekoffer und öffnete den Deckel. Achtlos begann er, Kleidungsstücke hinauszuwerfen, bis er auf ein dünnes Bündel stieß, das er herausnahm und ihr herüberbrachte.

»Es kann sein, daß du die Dinger zuerst ziemlich unbequem findest, Madame, aber ich glaube, sie werden dir einige Erleichterung in dieser Kälte verschaffen.«

Sie öffnete das Bündel und starrte in absoluter Verwirrung auf seinen Inhalt. Brandon grinste breit über ihre Ratlosigkeit, griff zu und hielt eines der leichten Kleidungsstücke so in die Höhe, daß sie es genau sehen konnte.

»Oh«, rief sie bestürzt aus. »Oh, du lieber Himmel – und das soll ich anziehen? Zweifelst du an meiner Tugend, daß du mich in so etwas einpacken willst?«

Seine Schultern zuckten vor Lachen. »Diese hier sind genau echten Männerunterhosen nachgemacht. Du sollst sie unter den Röcken tragen, damit du nicht so frierst.«

Heather starrte fassungslos und begriff immer noch nicht ganz.

»Du glaubst gar nicht, wie schwierig es war, sie für dich anfertigen zu lassen«, lachte er. »Jeder Schneider, dem ich mit diesem Ansinnen kam, dachte, ich hätte den Verstand verloren, niemand kam auf den Gedanken, daß ich sie für eine Frau ha-

ben wollte. Ich mußte ein gutes Stück Geld hinlegen, um sie nur endlich gemacht zu bekommen.«
»Du sagst, ich soll diese Dinger unter meinen Kleidern tragen?« fragte sie immer noch ungläubig.
Er war über ihre Verständnislosigkeit aufs höchste amüsiert. »Es sei denn«, meinte er lächelnd, »du bevorzugst den kalten Wind unter deinen Röcken, Madame. Ich versichere dir, ich habe ›diese Dinger‹ nur in bester Absicht nähen lassen. Du mußt nicht befürchten, daß ich mir hier mit dir irgendwelche schlimmen Scherze erlaube. Ich möchte nur, daß du nicht frierst.«
Zögernd berührte sie den flauschigen Stoff, und schließlich erschien ein kleines Lächeln auf ihren Lippen: »Ich danke dir«, murmelte sie verlegen.
Weitere fünf Tage vergingen, und mit jedem Tag wurde das Wetter rauher. Heather zweifelte nicht länger an den Vorzügen der seltsamen Beinkleider, die Brandon ihr gegeben hatte. Sie war vielmehr äußerst dankbar, sie zu haben. An dem ersten Tag, an dem sie sie anzog, mußte sie selbst laut lachen, etwas Komischeres hatte sie niemals gesehen. Die Hosen reichten bis zu ihren Knöcheln und wurden mit einer Art Wickelband hoch unter der Brust zusammengehalten. Der Anblick erschien ihr höchst lächerlich. Sie lachte noch, als Brandon zum Lunch herunterkam und lüpfte ihre Röcke, um die neuen Wäschestücke zu zeigen, die Brandon mit verhaltener Erregung gebührend bewunderte.
Nur im Bett trug sie die neuen Unterhosen nicht. Brandons Körperwärme machte das überflüssig, sie wirkte wie ein Magnet, an den sie herangezogen wurde, während sie schlief. Oft fand sie, wenn sie plötzlich in der Nacht erwachte, daß sie sich an seinen Rücken gekuschelt hatte. Oder sie entdeckte beim Aufwachen, daß, während er auf dem Rücken lag, sie ihren Kopf auf seine Schulter gebettet oder ein Knie über seine Beine gelegt hatte.
Jedesmal löste diese Feststellung Schock und Überraschung in

ihr aus, Verwunderung darüber, daß sie sich im Schlaf so vollkommen vergessen konnte. Jetzt gerade lag Brandon auf dem Rücken, aber sie waren beide noch wach. Sie waren früh ins Bett gegangen, um der Kälte in der Kabine zu entfliehen. Die warme Koje war ein wahres Paradies an Bequemlichkeit und Wohlbehagen. Der Ofen war nicht mehr in der Lage, den Raum vollends mit Wärme zu füllen.

Heute abend hatte sie Brandon von dem Leben erzählt, das sie geführt hatte, bevor sie ihm begegnet war, obwohl sie annahm, daß er bereits eine Menge von Lord Hampton darüber erfahren hatte. Er hörte voller Interesse zu, stellte hier und da einige Fragen und war ganz Aufmerksamkeit.

»Wie kam es, daß du an dem Abend, an dem wir uns begegneten, in London warst?« fragte er, nachdem sie ihre Geschichte beendet hatte. Er wandte ihr den Kopf auf dem Kissen zu und nahm eine Locke von ihrer Schulter, um gedankenverloren damit zu spielen.

Heather schluckte. »Ich kam mit dem Bruder meiner Tante«, murmelte sie. »Er wollte mir helfen, eine Stelle als Lehrerin an einer Töchterschule zu finden. Ich verlief mich, als er mich auf einen Jahrmarkt begleitete. Das war am gleichen Abend, an dem wir in London ankamen.«

»Was für eine Art Mann war er, daß dein Onkel dich bedenkenlos mit ihm gehen ließ?«

Sie zuckte nervös die Schultern: »Zumindest ein vermögender Mann, Brandon.«

»Verdammt nochmal, das meine ich doch nicht, Heather! War dein Onkel so weltfremd, daß er dich diesem Mann mitgab, nur auf das Versprechen hin, er wolle dir eine Lehrerinnenstelle besorgen? Dachte er nicht daran, daß er dich ebensogut an Männer verkaufen oder dich selbst mißbrauchen konnte? Vielleicht war es sogar gut, daß du ihn verloren hast.«

Heather lag ganz still neben ihm. Der Ärger in seinen Worten war nicht zu überhören. Sie überlegte, ob er der einzige war, der mit richtigem Instinkt vermutete, was William Court geplant hatte. Jetzt war sie sicher vor englischen Gefängnissen. Aber wie würde er es aufnehmen, wenn er erfuhr, daß seine Frau eine Mörderin war?

Ihre Furcht war stärker als der Wunsch, sich ihm zu offenbaren.

»Wir waren gerade an diesem Morgen im Hafen eingelaufen«, flüsterte er und wand die Locke um seine Finger. »Wäre es nicht dieser erste Tag nach der langen Seereise gewesen, hätte ich mich vielleicht vernünftiger benommen, aber ich war unruhig, und so bat ich George, etwas Passendes für mich zu finden. Seine Wahl war für mich eine vollständige Überraschung – eine unberührte Jungfrau mit einflußreichen Freunden.«

Heather errötete und wandte ihr Gesicht ab. Brandon betrachtete die zarte Linie ihres Nackens, die weiche Haut, die sich hell von dem dunklen Haaransatz abhob. Es war eine Versuchung ohnegleichen, seine Lippen auf diese verführerische Stelle zu pressen, und es war ungeheuer schwer, ruhig Blut zu bewahren und zu vergessen, daß sie eigentlich sein war. Ihm gehörte dieser zarte Fleck Haut unter dem seidigen Haaransatz, diese kleine Stelle, die er so gerne liebkost und geküßt hätte.

»Und jetzt werde ich allerhand zu tun haben, das Ganze meinem Bruder zu erklären«, sagte er leise.

Überrascht sah sie ihn an. Bisher hatte sie keine Ahnung gehabt, daß ein Schwager auf sie wartete.

»Ich wußte gar nicht, daß du einen Bruder hast«, sagte sie erstaunt.

Brandon hob die Brauen und betrachtete sie eine Weile schweigend.

»Ich bin mir vollkommen bewußt, daß dir das unbekannt war. Es gibt noch eine Menge, was du über mich in Erfahrung bringen wirst. Ich sprudele meine Lebensgeschichte nicht aus mir heraus, wie du das tust.«

Heather reagierte auf diese Beleidigung ganz und gar nicht sanftmütig. Mit einem zornigen Ausruf wandte sie sich ab und entriß ihr Haar seinen Fingern. Tränen der Wut traten ihr in die Augen und sie lag schweratmend, den Rücken ihm zugewandt, während er herausfordernd lachte. Sie beschimpfte ihn im stillen; laut wagte sie nichts mehr zu sagen.

Brandon erwachte langsam. Er war ganz eingehüllt in das Gefühl von Heathers Wärme und Weichheit, die sich an ihn preßte. Ihre zarten Brüste schienen brennende Stellen in seinem Rücken zu hinterlassen, seine Schenkel lagen unter ihrer Hüfte, und ihre schlanken Glieder waren an ihn geschmiegt. Seine Männlichkeit schien ihn fast zu sprengen, als er nur daran dachte, was geschehen würde, wenn er sie jetzt nähme – mit Gewalt nähme. Noch im Halbtraum schien es ihm, als zöge ihr Haar ihn zu ihr hinüber, als liebkosten ihn ihre seidigen Locken, als preßte sich ihr Mund auf den seinen. Ihre Arme waren geöffnet und schienen ihn willkommen zu heißen. In Gedanken drängte er sich zwischen ihre Schenkel, stieß in den Eingang zur Glückseligkeit vor, und Heather wölbte sich unter ihm zu einem Bogen der Lust, während ihrer beider Erregung sich zur Ekstase steigerte.

Seine eigene Begierde und erhitzte Phantasie hatten ihn genarrt. Ehrgefühl, Mannesstolz, Beharrlichkeit wurden zunichte unter dem Sturm seiner Leidenschaft, die rücksichtslos darüber hinwegfuhr. Gerade wollte er sich ihr zuwenden, um sich entschlossen die Erleichterung von wochenlanger Qual zu verschaffen. Er preßte sich gegen ihren kleinen, allmählich sich rundenden Bauch, als eine winzige Bewegung ihn zurückzukken ließ. Er strich mit der Hand über die sanfte Wölbung und spürte es wieder, diesmal stärker. Das Baby strampelte in ihr, als protestiere es gegen seine Absichten. Sein erhitztes Blut kühlte sich ab, und er war sich der Realität plötzlich wieder bewußt. Er würde es sich nicht gestatten, die Selbstkontrolle zu verlieren.

So erhob er sich und vermied es, Heather zu wecken. Er warf sich ein Kleidungsstück über. Der Mond schien hell, man

brauchte kein Kerzenlicht, um sehen zu können. Er goß sich einen Brandy ein und begann, ruhelos in dem kleinen Raum auf- und abzugehen.
Mittlerweile war er hellwach und dazu aufs höchste verstört. Sein Körper versuchte, die Oberhand über seinen Verstand zu gewinnen. Er hatte diese halben Tagträume in letzter Zeit immer häufiger und immer dringlicher. Wenn er nicht auf sich aufpaßte, würde er in einer Nacht einmal aus seinen Träumen Wirklichkeit machen. Er stellte sich neben die Koje und blickte auf seine junge Frau hinunter, wie sie dort schlief, unschuldig, zart, ahnungslos. Er dachte an alle Grausamkeiten, die ihr zugefügt worden waren, an die Wandlung, die sie ihrem kindlichen Wesen hätten bringen können, so wie sich Eisen unter extremen Bedingungen zu Stahl härtet. Und dennoch, sie hatte allem standgehalten, seinen Zornesausbrüchen und dem Mißbrauch, den ihre Tante mit ihr getrieben hatte. Die bezaubernde Kindlichkeit hatte man ihr nicht rauben können, sie schien zu ihr zu gehören, als unveränderlicher Bestandteil ihres Wesens.
Louisa kam ihm in den Sinn, die reife Frau, die wohl jetzt gerade ungeduldig auf seine Rückkehr wartete. Sie war aus völlig anderem Holz als dieses zarte Mädchen, das das Bett mit ihm teilte. Louisa war der verwöhnte Liebling ihrer Eltern gewesen. Sie hatte nichts entbehren müssen und hatte selbst niemals etwas Böses erfahren; ihre Persönlichkeit war durchaus unkompliziert. Sie war leicht zu durchschauen. Man konnte sie so gut wie gar nicht beleidigen. Sobald Männer im Spiel waren, gab es für sie keine zarteren Empfindungen. Sie genoß die Freuden des Bettes vollauf und wäre da, wo Heather ängstlich zurückwich, entzückt gewesen.
Hier stand er nun, alle seine Lebenspläne waren durcheinandergeraten, sein Selbstbewußtsein war erschüttert. Er war eingefangen worden von einer Jungfrau, wie ein unerfahrener junger Bursche vom Lande, der es nicht besser weiß.
Heather bewegte sich und rollte sich fröstelnd zusammen, weil

ihr seine Wärme zu fehlen schien. Sie wickelte sich fester in die Decke.

Brandon lächelte gerührt und zog sich wieder aus, behutsam, um sie nicht zu wecken, schlüpfte er unter die Decke und nahm sie in die Arme, um sie zu wärmen. Diesen kurzen Augenblick wollte er seine Leidenschaft und seinen Stolz vergessen und sie nur als ein kleines Mädchen betrachten, das jemanden brauchte, der sich um sie kümmerte.

Als Heather am Morgen erwachte, war er schon aus der Kabine gegangen. Er hatte eine zweite Decke über sie gebreitet. Als sie dessen gewahr wurde, lächelte sie erfreut und überlegte, wie seltsam es doch war, daß er manchmal so liebevoll auch die kleinsten Dinge bedachte.

Zum Frühstück kam er in die Kajüte hinunter, still, aber freundlich und sehr nachdenklich. Sie aßen schweigend. Sein Gesicht war von der Kälte gerötet. Er trug einen dicken Seemannssweater mit Rollkragen, dunkle Hosen und hohe Stiefel. Er hatte seine Wollmütze vom Kopf gezogen, als er den Raum betrat, und seinen schweren Mantel abgelegt. Er war alles andere als elegant, aber Heather stellte plötzlich fest, daß Kleidung mit seinem guten Aussehen nichts zu tun hatte. Er sah in allem, was er trug, ungewöhnlich nobel aus, einerlei ob es kostbare Kleidungsstücke waren oder diese einfache Arbeitskleidung, die seine Männlichkeit nur noch zu unterstreichen schien.

Am späten Nachmittag verließ Heather die Kabine. Sie war eng in einen, schweren Umhang gehüllt und wollte an Deck ein wenig frische Luft schöpfen. Brandon war nirgends zu sehen.

Sie stellte sich neben den Steuermann, einen stämmigen Burschen mit dem ersten Flaum eines Bartes auf den glatten Wangen. Verlegen hielt der junge Mann die Augen auf den Kompaß gerichtet und tat so, als sähe er sie nicht.

»Ich dachte, der Kapitän wäre auf Wache?«

Der junge Steuermann hob schweigend den Arm und deutete

nach oben. Sie sah in die angegebene Richtung und konnte einen Schreckensschrei nicht unterdrücken. Oben turnte Brandon in den Wanten herum und prüfte etwas an den Segeln. Heather war totenblaß geworden und einen Schritt zurückgetreten, als sie ihren Mann dort in schwindelnder Höhe sah. Von hier unten wirkte der Mast so schlank, fast zerbrechlich, daß sie befürchtete, er könne Brandons Gewicht nicht aushalten. Das Herz klopfte ihr in der Kehle vor Angst. Sie preßte den Handrücken gegen den Mund, um dem ersten Schrekkenslaut nicht einen lauten Schrei folgen zu lassen. Ein Windstoß war in die Segel gefahren, und Brandon mußte einen Halt suchen, weil der Mast stärker schwankte. Als er nach unten sah, um dem Steuermann etwas zuzurufen, entdeckte er Heather und hörte auf zu arbeiten. Er kletterte nach unten, und sprang die letzten Meter leichtfüßig auf die Planken hinab. Zu dem jungen Steuermann gewandt sagte er: »Da oben muß noch einiges festgezurrt werden. So wie das jetzt aussieht, haltten die Segel einem kräftigen Sturm nicht stand. Sorge gefälligst dafür, daß das wieder in Ordnung gebracht wird.«

»Aye, aye«, erwiderte der Mann, und die Röte stieg ihm in die Stirn, weil Heather Zeugin der Rüge geworden war, die ihm soeben erteilt wurde.

Brandon legte sich den Mantel um die Schultern, und Heather atmete erleichtert auf.

»Oh, Brandon, was hast du da oben getan?« fragte sie aufgebracht. Die soeben ausgestandene Angst hatte ihr die Tränen in die Augen getrieben.

Überrascht über ihren Ton und diese unerwartete Gemütsbewegung wandte sich Brandon ihr zu und sah die Angst in ihrem Gesicht. Er starrte sie einen Moment verblüfft an, fast ungläubig, daß sie solche Anteilnahme an seiner Person zeigte. Dann lachte er. Es klang erfreut.

»Kein Grund zur Aufregung. Ich befand mich nicht in Lebensgefahr dort oben. Ich habe nur die Takelage inspiziert.«

Sie furchte die Stirn: »Die Takelage inspiziert?«

»Aye, aye, Madame«, sagte er und suchte den Horizont ab, während er mit ihr sprach. »In den nächsten drei Tagen werden wir einen ganz schönen Sturm erleben, und ich halte nichts von zerrissenen Segeln.«
»Aber kann das nicht jemand anders für dich tun?« fragte sie besorgt.
Wieder schaute er sie an und grinste fröhlich, während er ihr den Umhang fest unter dem Kinn zusammenzog. »Sich um das Schiff zu sorgen, ist die Aufgabe des Kapitäns; und es ist auch seine Aufgabe, zu prüfen, ob alles in Ordnung ist.«
Heather war mit dieser Antwort keineswegs zufrieden, aber andererseits sah sie ein, daß sie ihn nicht bitten konnte, solcherlei Vorkehrungen zu unterlassen. »Aber du bist doch vorsichtig dabei, nicht wahr, Brandon?«
Seine Augen leuchteten, als er auf sie hinunterblickte: »Ich habe durchaus die Absicht, Madame, du siehst viel zu reizend aus, um bald Witwe zu werden.«
Der nächste Tag dämmerte im Schein einer blutroten Morgensonne herauf, ein sicherer Hinweis auf den Sturm, der zu erwarten war. Der Wind hatte zugenommen und wechselte häufig die Richtung. Wieder und wieder wurden die Leute in die Wanten geschickt, um die Takelage zu sichern. Auch die Wellen wechselten die Richtung, und das schwer beladene Schiff stampfte und schlingerte. Dunkle Wolkenfetzen jagten über den Himmel. Das Meer sah grau und stumpf aus, – ein düsterer Anblick, der nichts Gutes verhieß. Die Nacht, die hereinbrach, war tiefschwarz. Das einzige Licht an Deck kam von der schwankenden Laterne über dem Steuerruder.
Bevor die Dämmerung des nächsten Tages hereinbrach, wurde es plötzlich windstill. Am Horizont wetterleuchtete es. Die Segel flatterten lose, und die See sah trügerisch glatt und spiegelnd aus. Der Horizont war nicht klar abgegrenzt, weil die Wolkenränder mit dem Meer zu verschmelzen schienen und eine einzige dunstige Einheit bildeten. Plötzliche Nebelfetzen verbargen von Zeit zu Zeit das Topsegel. Das Schiff kam kaum

voran. Ohne Übergang kam die Nacht. Die Mannschaft war, in Erwartung dessen, was auf sie zukam, von einer nervösen Spannung erfaßt.
Im Laufe der Nachtstunden machte sich ein starker Wind auf. Sorgfältig wurde das Schiff darauf vorbereitet, dem Sturm standzuhalten, der jeden Moment losbrechen konnte. Als der Morgen hereinbrach, schlugen die Wellen bereits hoch, und das Schiff hatte erheblich an Geschwindigkeit gewonnen.
Nur die notwendigsten Segel waren gesetzt und festgezurrt, an Deck wurden Seile gespannt, damit die Leute, die nach oben mußten, Halt fänden und nicht über Bord gespült wurden. Von nun an würde es kein Mann mehr wagen, in die Wanten zu klettern.
Der Tag ging dahin. Die See wurde immer aufgewühlter. Die Gewalt des Sturmes nahm ständig zu.
Die ›Fleetwood‹ ächzte und krachte in allen Holzteilen. Ein Stöhnen schien durch den Schiffsleib zu gehen, als die ›Fleetwood‹ nun mitten hineingeriet in die kaum noch unterscheidbaren Massen von Wasser, Gischt und jagenden Wolken. Heather wußte allmählich nicht mehr, wann der Tag begann und wann es Abend wurde. Alle Kleidungsstücke, jedes Stück Stoff an Bord war klamm und kalt. Sie sah Brandon nur die seltenen Male, wenn er, durchnäßt und frierend, herunterkam, um die Kleidung zu wechseln und etwas Warmes zu trinken. Er hatte so gut wie nie Zeit zum Schlafen und nahm die wenigen Mahlzeiten in aller Hast und völlig unregelmäßig zu sich. Wenn er erschien, half sie ihm, sich auszuziehen und wickelte ihn in eine Decke, die sie am Ofen für ihn vorgewärmt hatte. Seine Augen waren vom Salzwasser gerötet, seine Stimmung überaus gereizt. Sie tat, was sie konnte, um ihm das Leben zu erleichtern. Vor allen Dingen hütete sie seinen Schlaf. Für gewöhnlich dauerte eine solche Ruhepause nicht lange. Er erhob sich nach kurzer Zeit wieder und kleidete sich an, um an Deck zu gehen und sein Schiff durch die wilden Naturgewalten hindurchzusteuern.

Mehrere Tage vergingen auf die gleiche Weise. Eines Morgens war das Deck total vereist. Der Sturm war zum Schneesturm geworden. Brandon kam mit Eiskristallen in Brauen und Wimpern in die Kabine hinunter. Er setzte sich, eingewickelt in eine Decke, dicht an den Ofen und hatte die Hände um einen großen Becher mit heißem Kaffee und Rum gelegt, um sie zu wärmen.
Heather breitete gerade seine Kleider zum Trocknen aus, als sie durch das Geräusch eines dumpfen Falls erschreckt wurde. Sie sah sich um, – da rollte der Kaffeebecher auf dem Boden hin und her. Brandon hatte es gar nicht bemerkt; er war in einen tiefen Erschöpfungsschlaf gefallen. Behutsam legte sie eine weitere Decke über ihn, und als McTavish hereinkam, um seinem Kapitän einige Fragen zu stellen, schob sie ihn freundlich, aber bestimmt wieder hinaus. Nur das Ächzen des Schiffsleibs und das gleichförmige Brausen des Sturms waren in der Kabine zu hören. Sie setzte sich hin, nahm ihre Stickerei zur Hand und war fest entschlossen, den Schlaf ihres Mannes eifersüchtig zu hüten. Es vergingen einige Stunden, bevor er erwachte. Erfrischt stand er auf, um weiter seinen Pflichten nachzukommen. Er ließ Heather in dem befriedigten Bewußtsein zurück, ihm die dringend notwendige Ruhe verschafft zu haben.
Bei einbrechender Dunkelheit erschien George, um zu berichten, daß der Sturm etwas nachgelassen hätte und sie anscheinend aus dem Schlimmsten heraus wären. Brandon kam lange Zeit nach Mitternacht, völlig übermüdet. Sie erwachte und wollte aufstehen, um ihm aus den Kleidern zu helfen, aber er wehrte ab. Ein wenig später schlüpfte er, vor Kälte zitternd, unter die Decken, und sie preßte sich an ihn, um ihn zu wärmen. Dankbar genoß er ihre Hilfsbereitschaft und zog sie eng an sich. Allmählich hörte er auf zu zittern und glitt in einen traumlosen Schlummer, zu erschöpft, um sich noch auf seine Seite und von ihr abzuwenden.
Im Morgendämmern wachte er auf. Während Heather noch

schlief, kehrte er zu seiner Arbeit zurück. Wenngleich der Sturm am Nachmittag noch raste, kam Brandon doch in die Kabine hinunter und beeilte sich nicht sonderlich, wieder an Deck zu gehen. Während er breitbeinig mit offener Jacke vor dem Ofen saß und sich wärmte, hatte Heather ihre Lieblingsstellung eingenommen: Sie lüftete die Röcke, damit die Wärme ihr näher an die Haut dränge. Brandon betrachtete sie versunken und bedauerte fast im Stillen, daß er die verhüllenden Unterhosen hatte nähen lassen.

Es klopfte an der Tür. Erschrocken ließ Heather die Säume sinken. Brandon rief ›herein‹, und George betrat den Raum mit einer Kanne frischen Kaffees und einem Becher auf einem Tablett. Er schenkte seinem Käpt'n ein und wandte sich ihr zu: »Ich bringe Ihnen sofort den Tee, Madame.«

Brandon sah ihn finster an und dachte bei sich, daß der alte Mann sie doch recht verwöhnte, und sein düsterer Gesichtsausdruck veränderte sich nicht, als er nun auch Heather anschaute. Sie fühlte, was er dachte und beeilte sich, seinen heraufziehenden Zorn zu besänftigen:

»Vielen Dank, George, ich trinke diesmal auch Kaffee.«

Der alte Diener schenkte ihr eine Tasse ein und blickte sie zweifelnd an. Er wußte genau, daß sie Kaffee nicht mochte.

Verlegen, da sie die Augen beider Männer auf sich gerichtet fühlte, tat sich Heather Zucker in den Kaffee und rührte in der Tasse. Dann nahm sie tapfer einen Schluck und bekämpfte den Schauder, der ihr dabei über den Rücken lief. Ohne recht nachzudenken, sah sie George an und fragte mit einem angestrengten, kleinen Lächeln: »Ob ich wohl etwas Milch haben könnte, George?«

Brandon tat einen gurgelnden Laut und spie seinen Kaffee prustend in den Becher zurück. »Wie bitte, Madame?« platzte er heraus, »glaubst du, wir finden eine Herde Kühe mitten im Nordatlantik?«

Erschrocken fuhr sie bei dieser rüden Redeweise zusammen, wandte sich ab und beugte den Kopf über ihre Tasse, um die aufsteigenden Tränen zu verbergen. Er hatte kein Recht, so mit ihr zu sprechen, noch dazu in Gegenwart eines Untergebenen.

Brandon trank seinen Kaffee in einem Zug aus, und George sah unschlüssig von einem zum anderen. Er hätte seine Herrin gerne getröstet, wagte es aber nicht. Stattdessen entschloß er sich zu einem unauffälligen Rückzug, nahm das Tablett und ging leise hinaus. Brandon stand auf und folgte ihm, und dabei murmelte er einige Bemerkungen über Frauen im allgemeinen und im besonderen vor sich hin.

Als er am späten Nachmittag in die Kabine zurückkehrte, hatte sie den Ärger noch nicht verwunden, den seine heftigen, spottenden Worte in ihr ausgelöst hatte.

Er streifte die durchnäßten Kleider ab, schlüpfte in seinen Morgenmantel und streckte sich behaglich in einem Sessel vor dem Ofen aus, während Heather hinter ihm stand und ihn grollend beobachtete.

Das Abendessen wurde aufgetragen und schweigend eingenommen.

Danach beschäftigte sich Heather mit ihrer Handarbeit. Brandon saß daneben und beobachtete die schmalen, schlanken Finger, die sich so geschickt bewegten. Nach einiger Zeit nahm er ein Buch und vertiefte sich in die Lektüre. Heather wandte sich von ihm ab, schlüpfte aus ihrem Kleid und ihrem Hemd. Brandons Blicke schweiften von der Buchseite hinüber zu ihr. Er sah zu, wie sie sich auszog. Sie stand einen Augenblick mit nacktem Oberkörper da, und er erhaschte einen Blick auf ihre runden Brüste, als sie sich bückte, um nach ihrem Nachthemd zu greifen. Das Feuer in seinen Augen glühte intensiver. Sie beeilte sich, das Nachtgewand überzustreifen, dann ließ sie die langen Hosen auf den Fußboden fallen. Brandon wandte sich seufzend seinem Buche zu.

Sie stellte sich wieder neben den Ofen, um ihre Haare zu bürsten. Brandon hatte mittlerweile alles Interesse an seiner Lektüre verloren und legte das Buch beiseite. Er betrachtete sie jetzt unverhohlen, als sie die Haare löste und die Lockenpracht über Schultern und Rücken fiel. Vor den Kerzen, die im Hintergrund brannten, hob die schmale Silhouette sich deutlich ab. Brandons Aufmerksamkeit war ganz ihrem Körper zugewandt. Zum ersten Mal erkannte er, daß die Schwangerschaft nicht mehr zu verbergen war. Wenn sie zuhause ankämen, konnte es keinen Zweifel mehr über ihren Zustand geben. Die Leute würden sich und vielleicht auch ihm Fragen stellen. Man würde schmunzelnd feststellen, daß er offensichtlich keine Zeit verloren hatte. Schließlich konnte man rechnen. Er stellte sich die erstaunten Gesichter vor, wenn er Heather als seine Ehefrau präsentierte. Die wirklichen Freunde und guten Bekannten würden zu taktvoll sein, um direkte Fragen an ihn zu richten und andere würden sich fürchten, seinen Zorn heraufzubeschwören. Nur die Familienmitglieder und die Ex-Braut würden fragen, und was sollte er denen sagen? Trotz allem amüsierte ihn der Gedanke. Er stand auf und trat so leise neben Heather, daß sie erschrak. Sie ließ die Bürste sinken. Er lächelte sie an, legte seine Hand auf ihren Bauch und ließ sie dort liegen.

»Du beginnst dich allmählich ganz hübsch zu runden, Madame«, neckte er. »Ganz Charleston wird sofort wissen, daß ich keine Zeit verloren habe, dich zu schwängern. Es wird etwas schwierig werden, meiner ehemaligen Verlobten alles zu erklären.«

Heather gab einen zornigen Laut von sich und schob ärgerlich seine Hand fort. »Du Ekel«, sagte sie heftig. »Wie kannst du es wagen, vor meinen Ohren laut zu überlegen, was du deiner früheren Verlobten erzählen wirst! Du behandelst mich nicht wie deine Frau, die Mutter deines Kindes, du gehst so achtlos mit mir um, wie mit dem Staub unter deinen Füßen.«

Ihre Augen funkelten: »Es ist mir völlig gleichgültig, was du ihr über mich sagen wirst. Ich nehme an, deine Worte werden mild wie Honig sein, wenn du ihr erklärst, daß du gezwungen wurdest, mich zu heiraten, mich, eine bereits Schwangere. Du wirst dich beredt als das Unschuldslamm hinstellen, das von einer habgierigen, raffinierten Person eingefangen worden ist. Ich bin auch sicher, daß du erzählen wirst, du habest mich aus der Gosse gezogen und mir nur deshalb deinen Namen gegeben, weil du erpreßt wurdest. Du wirst sehr überzeugend wirken. Und ich habe keinen Zweifel, daß du, bevor du mit deiner Geschichte zu Ende bist, auch ihre Jungfräulichkeit überwältigt haben wirst.«

Er furchte die Stirn und tat einen Schritt auf sie zu. Heather, ängstlich geworden, beeilte sich, einen Stuhl zwischen ihn und sich zu schieben.

»Rühre mich nicht an«, schrie sie, »wenn du es tust, ich schwör's dir, dann springe ich über Bord!«

Brandon streckte die Hand aus, um den Stuhl wegzuschleudern. Heather wich schrittweise zurück, bis es nicht mehr weiter ging und sie mit dem Rücken an der Wand stand.

»Bitte«, flehte sie, als er sie an den Armen packte, »bitte, tu mir nicht weh, Brandon! Du mußt an das Kind denken!«

»Ich habe nicht die geringste Absicht, dir weh zu tun, Madame«, sagte er langsam, »aber deine lose Zunge erregt meinen Zorn. Nimm dich in acht! Es gibt noch andere Wege, um dich zu strafen!«

Heather zuckte zusammen. Sie hatte die Augen angstvoll aufgerissen, ihr Mund bebte. Brandon bemerkte ihre Furcht, ließ sie los und wandte sich mit einem Fluch der Koje zu.

»Komm lieber ins Bett«, sagte er, ruhiger geworden. »Ich bin todmüde. Heute möchte ich mich endlich ausschlafen.«

Heather warf den Kopf zurück. Ihr Zorn war stärker als die Angst.

Wie konnte er es wagen, sie aufzufordern, sich neben ihn zu legen, nach allem, was er ihr gesagt hatte! Schließlich hatte sie auch ihren Stolz.

Obwohl ihr die Tränen in die Augen schossen, hielt sie hochmütig das Kinn in die Luft gereckt, trat gleichfalls an die Koje heran und zog ihr Kissen und ihre Decke heraus. Dann trug sie

beides in den vorderen Teil der Kabine und begann, auf der breiten Fensterbank ein Lager herzurichten. Brandon beobachtete sie mit gerunzelter Stirn.
»Hast du etwa vor, dort zu übernachten?« fragte er ungläubig.
»Ja«, murmelte sie, und machte Anstalten, unter die Decke auf das harte Lager zu schlüpfen.
»Das ist nicht der richtige Platz, um eine Nacht zu verbringen«, versuchte er, ihr klarzumachen. »Der Sturm ist noch nicht vorüber. Im Fenster ist es feucht und kalt. Du wirst es sehr unbequem haben.«
»Laß mich nur«, sagte sie ungerührt. »Mir ist das egal.«
Brandon fluchte leise in sich hinein, zog die Kleider aus und warf sie ungeduldig über einen Stuhl. Ratlos setzte er sich auf den Bettrand und starrte Heather an. Sie war immer noch damit beschäftigt, eine möglichst bequeme Lage zu suchen und drehte sich von einer Seite auf die andere.
Lange Zeit saß Brandon und sah schweigend zu ihr hinüber, bevor er sich hinlegte. Er betrachtete den leeren Platz neben sich, wo sie seit Beginn der Reise allnächtlich gelegen hatte, und es wurde ihm voll Erstaunen bewußt, daß er sie vermissen würde. Gerade in der vorigen Nacht hatte sie ihm freiwillig ihre Körperwärme gegeben, um ihn vor Kälte zu schützen. Wieder wandte er den Blick zu ihr hinüber und seine Stimme war rauh, als er jetzt sagte:
»Heather, auf diesem Schiff kann man Wärme wirklich nicht verschwenden. Komm zu mir, damit wir uns gegenseitig wärmen!«
Sie hob die kleine Nase in die Luft und klemmte sich mit einer Schulter in die Ecke fest, um nicht von ihrem Lager auf den Boden zu fallen, wenn das Schiff schwankte. »Ich bin so dumm, Sir, daß ich geglaubt habe, in der Mitte des Atlantiks seien Kuhherden zu finden. Mein armes kleines Spatzenhirn verbietet mir, mich von dieser Fensterbank zu erheben und die Nacht mit dir in einem Bett zu verbringen.«
Brandon schnaubte ärgerlich. »Also dann«, sagte er mit erho-

bener Stimme, »tu was du willst, ich bin sicher, du und die eisige See, ihr werdet dort auf der Fensterbank in glücklichster Weise Bekanntschaft miteinander schließen. Ich werde dich nicht noch einmal bitten, neben mir zu schlafen. Laß es mich wissen, wann du es satt hast da drüben, dann mache ich dir hier Platz. Es wird wahrscheinlich nicht lange dauern.«

Heather konnte ihren Zorn kaum noch beherrschen. Und wenn sie sich zu Tode frieren würde, sie würde nicht in sein Bett kriechen, und ihm Gelegenheit geben, sich über sie zu mokieren.

Mit fortschreitender Nacht wurde die Decke, in die sie sich eingehüllt hatte, immer feuchter. Die nasse Kälte drang durch die Fensterritzen. Die Temperatur in der Kajüte wurde eisig. Heather biß die Zähne zusammen, damit man nicht hörte, wie sie vor Kälte aufeinanderschlugen. Jeder Muskel ihres Körpers war angespannt, um zu verhindern, daß sie zitterte. Sie sehnte sich nach der Wärme der Koje, aber ihr Stolz gestattete ihr nicht, Vernunft anzunehmen und sich neben Brandon ins Bett zu legen. Gegen Morgen dämmerte sie ein wenig ein, aber es war der ruhelose Schlummer der Erschöpfung, den sie schlief.

Sie erwachte mit einem jähen Schrecken, als die Kabinentür zugeschlagen wurde. Es kostete sie Mühe, die schmerzenden, tränenden Augen zu öffnen. Sie sah gerade noch, daß ihr Mann die Kabine verließ. Sie versuchte, sich aufrecht zu setzen, aber die Kabine schwankte und drehte sich, schlimmer als man es bei dem nachlassenden Sturm hätte erwarten können. Sie spürte keine Kälte mehr, stattdessen hielt trockene Hitze sie wie in einer Umklammerung. Sie wollte die feuchte Decke von sich werfen, aber es gelang ihr nicht, und ihre Arme begannen von der Anstrengung zu zittern. Die Kabine schien sich weiter in unruhiger Bewegung um sie zu drehen. Heather erhob sich mühsam; die Decke, die sie gestern abend so eng um sich gewickelt hatte, hing an ihr wie ein lebendes Wesen, das sie nicht freigeben mochte. Sie brach in die Knie, das Gewicht der Decke lastete auf ihr. Dann fiel sie ganz zu Boden.

Dort lag sie nun, schwer atmend, und versuchte, ihre Kräfte wieder zu sammeln. Ein Schüttelfrost, der sich nicht mehr unter Kontrolle bringen ließ, überwältigte sie plötzlich. Schwach hob sie den Kopf und sah den Ofen ganz in der Nähe. Sehnsüchtig dachte sie an seine Wärme. Gleich daneben stand der Sessel. Wenn sie sich nur aufrichten und dieses eisige Gewicht abwerfen könnte, würde sie ihn erreichen! Langsam rutschte sie auf den Knien hinüber. Der Ofen schien in einem Nebel zu verschwimmen und sich von ihr zurückzuziehen. Die Anstrengung schien alle ihre Kräfte aufzusaugen, aber sie erreichte den Stuhl, erfaßte seine Beine und zog sich mit äußerster Mühe soweit daran hoch, daß sie, davor kniend, ihren Kopf auf den Sitz legen konnte, um ein wenig Atem zu schöpfen. Wieder drehte sich der Raum um sie, und sie starrte auf die Wände, die immer schneller kreisten. Ihr wurde übel von dem Wirbel, in dessen Mittelpunkt sie sich befand. Und dann war auf einmal alles schwarz und sie stürzte in bodenlose, lichtlose Tiefe.

Einige Zeit darauf kam Brandon von Deck herunter. Seine Laune hatte sich etwas gebessert. Das Schiff hatte das tagelange Unwetter durchgestanden; er hatte das Spiel gewonnen, auf das er sich eingelassen hatte. Der Sturm war schlimm gewesen, aber er hatte sie in Richtung Süden vorangetrieben, und sie gewannen auf diese Weise nochmals einige Tage. Zwar hielt der Sturm an, die See blieb aufgewühlt und die Kälte war fast unerträglich. Dennoch konnte man es als Glück bezeichnen, daß sie diese Schlechtwetterfront unerschrocken durchfahren hatten. Dann erinnerte er sich der vergangenen Nacht, und seine Stimmung schlug um. Er würde diesem dickköpfigen kleinen Frauenzimmer keine Gelegenheit mehr geben, ihn zu überrumpeln; man würde ihr eine Lektion erteilen müssen, damit sie endlich begriff, wie sich die Ehefrau eines Birmingham zu verhalten hatte. Im Vorbeigehen schnauzte er George an, sich gefälligst mit dem Servieren der Mahlzeit zu beeilen. Mit großen Schritten ging er auf die Kabinentür zu, entschlos-

sen, Heather zur Rede zu stellen und ihr klarzumachen, wie dumm sie sich benommen hatte. Seine Wut war auf dem Siedepunkt angelangt, als er die Tür aufstieß – aber auf der Schwelle blieb er stehen und aller Zorn war verraucht, als er Heather dort auf dem Boden knien sah, Kopf und Arm hilflos auf das Sesselpolster gelegt, eine Decke um sich geschlungen. Atemlos rief er sie beim Namen. Sie öffnete langsam die Augen. Sie hob den Kopf und versuchte zu sprechen, aber der Schüttelfrost hatte sie wieder mit solcher Heftigkeit überfallen, daß sie kein deutliches Wort herausbrachte. Brandon befreite sie von der schweren, feuchten Decke, hob sie auf und nahm sie in die Arme. Ihr Kopf rollte kraftlos hin und her, bevor er an seiner Schulter Halt fand. Sie hörte, wie er nach George schrie. Dann legte er sie in die Koje und breitete seine trockenen Decken über sie. George kam. Brandon gab mit erhobener Stimme Anordnungen. Heather, halb bewußtlos, verstand nichts. Wieder beugte er sich über sie. Diesmal schlug er die Decke zurück. Sie wimmerte über die plötzliche Kälte und versuchte verzweifelt, die Decken festzuhalten, weil sie glaubte, er habe vor, sie zu strafen. Er strafte sie doch immer . . .
»Heather, laß mich«, sagte er rauh, »dein Nachthemd ist feucht, es wird dir wärmer, wenn du es vom Leib hast.«
Ihre Finger ließen die Decke los, und sie lag ohne Widerstand da, als er ihr das Nachthemd aufnestelte und über die Schultern zog. Wieder wurde sie in Decken eingewickelt. Und wieder sank sie in eine tiefe Ohnmacht.
Heather fühlte eine Hand auf ihrer Stirn; die Kühle dieser Hand tat ihr unendlich wohl. Langsam öffnete sie die Augen und sah Brandon an. Aber das war nicht Brandon, der dort, eine Hand auf ihren Kopf gelegt, an ihrem Bett stand, – es war ihr Vater.
»Heather Brianna«, sagte er heiser, »sei jetzt ein gutes Kind und iß deinen Teller leer, oder Papa wird böse mit dir.«
»Aber ich will doch nichts essen, Papa.«
»Wie, glaubst du, wirst du jemals zu einer hübschen jungen

Dame heranwachsen, wenn du nichts ißt, Heather Brianna? Du bist viel zu dünn für deine sechs Jahre.«
Das Phantasiegebilde zerrann und formte sich aufs neue.
»Mußt du wirklich wieder gehen, Papa?«
Er lächelte: »Du wirst mit den Dienstboten hierbleiben, und alles wird wunderschön sein. Heute ist ja dein zehnter Geburtstag. Ein so großes Mädchen fürchtet sich nicht mehr allein.«
Sie sah, wie er sich rückwärts bewegte, und ihre Unterlippe begann zu zittern. Ihre Augen füllten sich mit Tränen. »Ich tu' ja alles, was du willst, Papa, ich tu's ja schon; komm zurück, bitte, Papa!«
»Dein Vater ist tot, mein Liebes, er starb am Spieltisch, erinnerst du dich nicht?«
»Nimm mir nicht das Bild meiner Mutter weg. Es ist alles, was ich noch von ihr habe.«
»Ich muß gehen, um die Schulden deines Vaters zu bezahlen. Ich muß alles mitnehmen. Auch das Bild deines Vaters.«
»Wir sind gekommen, um dich abzuholen, Heather, du wirst von jetzt an mit deiner Tante und mir zusammenleben.«
»So, du bist also das Mädchen? Du siehst ja nicht gerade aus, als ob du tüchtig arbeiten könntest, so dünn wie du bist. Meine Kleider werden dir eben passen müssen. Und glaub nicht, daß du einen Bankert in mein Haus einschleppen kannst. Ich schmeiß dich raus! Du bist eine Hexe, Heather Simmons.«
»Nein, ich bin keine Hexe!«
»Das ist mein Bruder William, er ist gekommen, um dich mit nach London zu nehmen.«
»Du siehst ja bezaubernd aus, mein Kind. Darf ich dir meinen Assistenten, Thomas Hint, vorstellen? Er ist nicht unbedingt der Typ Mann, der Frauen durch seine Schönheit in Versuchung führt.«
»Bitte, lassen Sie mich in Ruhe. Rühren Sie mich nicht an.«
»Ich habe vor, dich voll und ganz zu besitzen, meine Liebe. Es besteht also gar kein Grund, dich zu wehren.«

»Er fiel in das Messer hinein. Es war ein Unfall. Er hat versucht, mich zu vergewaltigen. Sie sind hinter mir her. Er weiß nicht, daß ich einen Mann umgebracht habe. Er denkt, ich bin ein Straßenmädchen.«
»Glaubst du, ich lasse dich wieder davonlaufen?«
›Es war der Yankee, der mich genommen hat. Es ist *sein* Kind, das ich trage. Niemand anders hat mich angerührt. Er glaubt, er kann mich zu seiner Geliebten machen und will, daß ich hier sein Kind zur Welt bringe, während er eine andere in seinem Heimatland heiratet. Er ist so überheblich. Bitte, laß es ein Mädchen sein. Ich wollte nicht schreien. Du hast mich erschreckt, bitte tu mir nicht weh! Er hat seinen Hut vergessen, George. Wird er bald zurück sein?«
»Der Käpt'n ist ein guter Mann.«
»Oh Brandon, was tust dort oben? Er behandelt mich wie ein Kind ... Er streichelt meinen Bauch und dann erzählt er mir von seiner Verlobten.«
Die Hitze war unerträglich. Sie schlug um sich, um ihr zu entfliehen. Etwas Kühles und Feuchtes legte sich über ihren Körper und glitt mit langsamer, ruhiger Bewegung darüber. Von starken, sanften Händen wurde sie umgedreht, und ihr entblößter Rücken wurde mit derselben feuchten Kühle liebkost.
»Schluck es«, hörte sie eine Stimme sagen, »schluck es.«
Wieder sah sie ihren Vater, wie er ihr eine Tasse an die Lippen hielt. Sie stöhnte. Gehorsam, wie sie immer gewesen war, trank sie.
Tante Fanny stand an ihrem Bett, und sie schrie, als sie sah, daß die Frau ihren toten Bruder in den Armen hielt. Ein Messer stak tief in seiner Brust. Heather versuchte zu erklären, daß es ein Unfall gewesen sei, daß sie ihn nicht wirklich getötet hätte, daß er in das Messer hineingefallen sei. Thomas Hint trat neben ihre Tante, schüttelte seinen häßlichen Kopf und zeigte mit anklagendem Finger auf sie. Sie sah das Beil des Henkers, sah seinen Kopf unter der Kappe und seine entblößte Brust. Er preßte ihren Kopf auf den Richtblock und schnitt ihr

die langen Locken ab. Wieder kam dies Kühlende, Liebkosende, und ihr Vater strich ihr die Haare zur Seite.

»Trink, Heather!«

»Geht es ihr besser, Käpt'n?«

Immer und immer wieder kam der Schüttelfrost. Ihr war entsetzlich kalt. Sie wurde in etwas Wärmendes gehüllt. Wieder wurde sie von schweren Decken herniedergedrückt.

»Papa, verlaß mich nicht, Papa.«

»Henry, ich kann dich nicht heiraten, bitte, frag nicht nach den Gründen. Da ist so viel Blut, und es war nur eine ganz kleine Wunde.«

William Court lachte und sah sie mit wässrigen, trunkenen Augen an. Mr. Hint stand an seiner Seite, und beide kamen gemeinsam auf sie zu. Sie versuchten, sie mit ihren Klauen zu ergreifen, und sie wandte sich um, rannte von ihnen weg, genau hinein in die Arme des Yankee.

»Bitte schützen Sie mich! Lassen Sie nicht zu, daß sie mich packen. Ich bin Ihre Frau.«

»Du bist nicht meine Frau.«

Dann kam die Hitze in großen Wellen. Und dann wieder die kühlende Bewegung, die ihr Erleichterung verschaffte . . .

Sie sah Brandon neben sich sitzen und sah, daß er ihren Körper mit einem feuchten Tuch behutsam abrieb.

»Brandon, laß mein Baby nicht sterben.«

Seine Hand strich sanft über ihren Bauch, und er blickte sie an: »Es lebt, mein Liebes.«

Tante Fanny stand hinter ihm und lachte: »Hast du das gehört, du Miststück, dein Bankert lebt immer noch.«

Die Gesichter von William Court, Thomas Hint, Tante Fanny und Onkel John beugten sich über sie. Alle lachten und lachten und lachten, mit weit aufgerissenen Mündern.

»Mörderin! Mörderin! Mörderin!«

Sie preßte die Hände gegen ihre Ohren und schlug wild um sich.

»Das bin ich nicht. Ich bin es nicht. *Ich bin es nicht!*«

»Trink dies hier! Du mußt es trinken!«
»Laß mich nicht allein, Papa«, flehte sie.
Und dann fiel sie von neuem hinunter in die tiefe, alles verschlingende Dunkelheit.

Heather öffnete die Augen und sah die Täfelung der Koje über sich. Alles um sie war ruhig und friedvoll. Nur das gleichmäßige Geräusch des Wassers war zu hören. Einen Augenblick lag sie unbeweglich und versuchte sich in Erinnerung zu rufen, was geschehen war. Sie hatte versucht, das Bett zu erreichen, aber sie mußte dabei hingefallen sein. Sie bewegte sich ein wenig und stöhnte. Jede Stelle ihres Körpers schmerzte, als hätte man sie geschlagen, und sie fühlte sich unendlich schwach. Sie wandte den Kopf in den Kissen und sah Brandon, der in einer Hängematte lag und schlief. Die Hängematte war zwischen den zwei großen Pfosten der Kajüte befestigt.
Eine Hängematte, hier? Und Brandon wirkte so angegriffen. Er hatte dunkle Schatten um die Augen, seine Haare waren verwirrt und ungepflegt. Wie seltsam! Sonst achtete er doch immer peinlich genau auf sein Aussehen.
Ihre Verwirrung wuchs, als sie sich weiter im Raum umschaute. Es herrschte ein unglaubliches Durcheinander. Kleidungsstücke waren achtlos über die Stühle geworfen, Brandons Stiefel lagen am Boden. Neben dem Bett stand eine Schüssel mit Wasser auf einem Stuhl. Leinenfetzen hingen über einer Schnur in der Nähe des Ofens. Krampfhaft überlegte Heather, was wohl vorgefallen sein könnte und warum George nicht aufgeräumt hatte.
Mit schier unmenschlicher Anstrengung richtete sie sich auf einem Ellenbogen auf, und sofort öffnete Brandon die Augen. Er schwang sich aus der Hängematte und kam eilig zu ihr ans Bett herüber. Erstaunt blieb er stehen, als er bemerkte, daß sie ihn mit klaren Augen ansah. Er strahlte über das ganze Gesicht und setzte sich auf den Bettrand. Vorsichtig befühlte er ihre Stirn. »Du hast kein Fieber mehr«, sagte er erleichtert.

»Was war denn?« fragte sie leise, »ich fühle mich so schrecklich müde, und alles tut mir weh. Bin ich hingefallen?«
Er strich ihr zärtlich das Haar aus dem Gesicht. »Du bist krank gewesen, meine Süße, viele Tage lang. Heute ist der sechste Tag.«
»Sechs Tage?« fragte sie ungläubig. Alles erschien ihr wie ein wüster Traum. Sechs Tage waren vergangen, und sie hatte gemeint, es seien bloß ein paar Stunden gewesen.
Plötzlich weiteten sich ihre Augen voller Entsetzen. Sie griff mit beiden Händen nach der Decke über ihrem Bauch.
»Das Baby. Ich habe das Baby verloren, nicht wahr?« schrie sie angstvoll. Die Tränen stürzten ihr aus den Augen. Panik überwältigte sie.
»Oh Brandon, sag die Wahrheit, oh Brandon . . .«
Er lächelte liebevoll und legte eine Hand begütigend auf ihre Hand. »Nein«, murmelte er, »das Kind lebt, und es bewegt sich oft.«
Sie schluchzte vor Erleichterung. Am liebsten hätte sie ihn für diese Antwort umarmt, aber sie wagte es nicht. Sie wischte sich die Tränen aus dem Gesicht und lächelte ihn an. Die Verkrampfung löste sich und erschöpft sank sie in die Kissen zurück.
Er lachte. »Ich hätte es dir ja niemals verziehen, meine Kleine, wenn du meinen Sohn verloren hättest, nach allem, was ich mit dir durchgemacht habe«, neckte er. »Ich habe Großes mit ihm vor.«
Ängstlich forschte sie in seinem Gesicht und konnte kaum glauben, was sie gehört hatte. »Du hast Großes mit ihm vor? Wirst du stolz auf ihn sein, auf mein Kind?«
»Auf *unser* Kind, mein Liebes«, verbesserte er sie herzlich. »Dachtest du, ich würde ihn nicht mögen, meinen eigenen Sohn? Schäm dich, Madame, so etwas zu glauben! Ich habe dir doch schon gesagt, daß ich Kinder liebe. Und meinen eigenen Sohn . . . ! Wo denkst du hin?«
Mit großen Augen starrte sie ihn an, immer noch ungläubig,

dann wagte sie zum ersten Mal über das zu sprechen, was sie seit langem gequält hatte:
»Brandon, bin ich die erste . . .« begann sie zögernd, »ist dies das erste . . . ich meine . . . hast du schon ein anderes Kind von einer anderen Frau?«
Er lehnte sich zurück und schien ziemlich aus der Fassung gebracht. Sie errötete unter seinem Blick. Dann wandte sie die Augen ab und murmelte eine verlegene Entschuldigung.
»Es tut mir leid, Brandon, ich wollte dich nicht verletzen. Ich weiß nicht, warum ich gefragt habe, wirklich nicht. Bitte, entschuldige.«
Plötzlich mußte er lachen. Ihre Augen trafen sich, als er nun ihr Kinn hob. »Als Mann von fünfunddreißig Jahren kann ich zwar nicht gut behaupten, ich hätte zuvor niemals mit einer anderen Frau geschlafen, oder?« Er grinste fröhlich. »Aber mit ziemlicher Gewißheit kann ich dir versichern, daß keine Frau vor dir ein Kind von mir zur Welt gebracht hat. Ich muß zumindest keinen Unterhalt für irgendwelche unehelichen Kinder zahlen. Bist du nun zufrieden, mein Liebes?«
Sie lächelte glücklich. Aus irgendeinem seltsamen Grunde befriedigte sie diese Antwort tief. »Ja«, erwiderte sie erleichtert.
Sie fühlte sich bedeutend besser und versuchte, sich aufzurichten. Sie hielt sich an ihm fest, als er sie hochzog und ein Kissen hinter ihren Rücken stopfte.
»Hast du Hunger?« fragte er zärtlich, und hielt sie immer noch im Arm. Die Decke war von ihr abgeglitten und sie war bis zur Hüfte nackt. Die Flut ihrer dunklen Haare stürzte ihr über Schultern und Brust. Zögernd ließ er sie los. »Du solltest wenigstens versuchen, etwas zu essen. Du hast abgenommen.«
Sie hob die Augen zu ihm auf. »Du aber auch«, flüsterte sie.
Er lachte leise und half ihr, sich in die Kissen zurückzulegen.
»Ich werde George sagen, er soll uns beiden etwas Schönes kochen. Er wird sich freuen, wenn er hört, daß du dich wieder wohler fühlst. Er ist dir sehr zugetan und ich befürchte, die Sorge um dich hat ihn zehn Jahre seines Lebens gekostet.

Brandons Augen sprühten kleine Übermutsfunken. »Ich brauche dir wohl nicht erst zu sagen, mein Liebes, daß du nicht mehr dort drüben auf der Fensterbank schlafen wirst.«
Sie lachte leise. »Nie habe ich eine fürchterlichere Nacht verbracht«, gab sie zu.
»Du bist ein verflixt eigensinniges kleines Frauenzimmer«, sagte er grinsend, »aber das nächste Mal wirst du wenig Gelegenheit haben, das unter Beweis zu stellen.« Dann wurde er wieder ernst: »Von nun an wird mein gesunder Menschenverstand entscheiden, und ich werde dafür sorgen, daß du dich dementsprechend verhältst.«
Sie lächelte schüchtern, weil sie wußte, daß er nicht scherzte. Ein anderer Gedanke kam ihr in den Sinn, als er nun aufstand und zur Tür ging. Bevor er die Tür erreichte, rief sie ihn an: »Brandon!«
Er drehte sich um, abwartend, was sie sagen wollte. Verwirrt zupfte sie an der Decke. Einerseits fürchtete sie sich auszusprechen, was sie bewegte, fürchtete seine Reaktion auf ihre Fragen, andererseits wußte sie, sie mußte fragen. Wieder murmelte sie eine Entschuldigung:
»Brandon . . .« Sie nahm ihren ganzen Mut zusammen und sah ihm direkt ins Gesicht, » . . . wirst du deiner Familie erzählen, daß du gezwungen wurdest, mich zu heiraten?«
Einige Sekunden lang starrte er sie mit unbewegtem Gesicht an. Dann wandte er sich wortlos um und verließ den Raum.
Verzweifelt drehte Heather ihr Gesicht der Wand zu, todunglücklich, daß sie diese Frage gestellt hatte. Er hatte sie nicht beantwortet, doch das war *auch* eine Antwort. Sie glaubte, die Scham darüber nicht ertragen zu können.
Bis Brandon zurückkam, hatte sie sich von dem Schock halbwegs erholt und sich geschworen, nie wieder auf diesen Punkt zurückzukommen.
Er nahm eines ihrer Nachthemden aus dem Koffer und brachte es ihr ans Bett. »Heather, wenn du nichts dagegen hast, werde ich dir helfen, es anzuziehen.«

Er streifte ihr das Nachtgewand über den Kopf und knöpfte es ihr über der Brust zu, während sie ihn unverwandt anblickte. Er sah unendlich müde und elend aus. Das sonst immer so gepflegte Haar hing ihm wirr um den Kopf, die tiefen Schatten um Augen und Nase zeugten von langen, schlaflosen Nächten. Er hatte seine Kräfte nicht geschont, und sie fühlte ein sehnsüchtiges Verlagen, die Hand auszustrecken, sein Gesicht zu streicheln und die Falten, die die Müdigkeit hineingegraben hatte, wegzuwischen.

»George hat nicht auf dich aufgepaßt«, murmelte sie sanft, »ich werde ihn schimpfen!«

In plötzlicher Verlegenheit wandte er das Gesicht ab und ging zu seinem Schreibtisch hinüber. Aber sobald sie sich bewegte, sah er sich wieder um.

»Oh«, sagte sie und verzog das Gesicht, »dieses harte Bett hat mich völlig wund gemacht.« Sie sah ihn an, »darf ich mich hinsetzen? Bitte, Brandon.«

Er nahm eine Decke vom Bett und legte sie auf den Sessel neben dem Ofen, brachte ihr ihre kleinen Pantöffelchen und zog sie ihr an. Dann nahm er sie in die Arme, hob sie hoch. Heather schlang ihre Arme um seinen Nacken. Dabei bedauerte sie, daß der Weg zum Sessel nicht länger war. Gerade wickelte Brandon sorgfältig eine Decke um sie, als George an der Tür klopfte. Ein breites Lächeln auf dem gutmütigen Gesicht, trat er ein. Er trug ein großes Tablett, reich mit Schüsseln und Platten beladen.

»Aye, aye, Madame, Sie haben uns allen einen schönen Schrecken eingejagt«, sagte er, »wir dachten, ihr letztes Stündlein hätte geschlagen. Der arme Käpt'n ist keine Minute von ihrem Bett gewichen, weder Tag noch Nacht. Kein anderer durfte sich um sie kümmern.«

Brandon sah seinen Diener finster an. »Du hast eine verdammt lose Zunge, George«, grollte er. Der Mann grinste ihn respektvoll an: »Aye, aye, Käpt'n!« erwiderte er ohne sonderliche Anzeichen von Reue und setzte das Tablett auf den Tisch.

Heather hatte keinen großen Appetit, obwohl die Suppe vor ihr köstlich duftete. Nur um den beiden Männern einen Gefallen zu tun, nahm sie einen Löffel und dann noch einen, und dann kam der Hunger tatsächlich mit dem Essen. Es schmeckte immer besser. Sie machte eine Pause und bemerkte, wie beide ihr begeistert zusahen und sich zufrieden davon überzeugten, daß mit ihrem Appetit auch die Lebensgeister zurückzukehren schienen. Verlegen darüber ließ sie den Löffel sinken und versuchte von sich abzulenken, indem sie zu George gewandt sagte: »Sie haben aber nicht gut auf Ihren Käpt'n aufgepaßt, George.«

Brandon schnaufte und wandte sich ab. George hingegen trat unbehaglich von einem Fuß auf den anderen, dabei rieb er sich verlegen die Hände.

»Aye, aye, Madame, aber der Käpt'n ließ mich ja nicht. Ich durfte nicht mehr zur Tür hereinkommen«, und um seinen Worten mehr Überzeugungskraft zu verleihen, fügte er eilig hinzu: »Er allein hat Sie gepflegt und Sie letzten Endes auch durchgebracht, Madame.«

Brandon sagte irgend etwas Unverständliches aus dem Hintergrund und machte Miene, George am Kragen zu packen. Der Mann zog sich, nicht besonders ängstlich, aber doch eilig zurück.

»Ich bin auf jeden Fall froh, Sie wieder wohlauf zu sehen, Madame«, sagte er von der Tür her.

Heather aß die Suppe vollends auf und wandte sich dann, ohne noch weiter zu zögern, den übrigen Schüsseln zu. Dabei ließ sie keinen Blick von ihrem unbehaglich dreinschauenden Ehemann.

An diesem Abend, als er sich auszog, um ins Bett zu gehen, rückte sie bereitwillig zur Seite und schlug einladend die Dekke zurück. Er betrachtete zögernd den freigewordenen Platz. Dann sah er weg.

»Es ist besser, ich schlafe nicht mehr in der Koje«, sagte er, warf ihr einen raschen Blick zu und bemerkte ihre Bestürzung.

Dann räusperte er sich und fuhr fort: »Es wird jetzt draußen wärmer, und deshalb ist es nicht mehr so notwendig, das Bett miteinander zu teilen. Und ich . . . äh . . . ich . . . habe auch darüber nachgedacht . . . daß ich mich im Schlaf vielleicht zu heftig umdrehen und dir und dem Kind schaden könnte. Und ohne . . . ohne mich hast du mehr Platz.«

Mit etwas ungeschickter Hast schwang er sich in die Hängematte, in der er sich zurechtrollte, um den wohlverdienten Schlummer zu finden.

Schmollend schob Heather die Unterlippe vor und ließ die Decke, die sie hochgehoben hatte, wieder sinken. Dann drehte sie sich auf die Seite und zog die Decke bis zu den Ohren.

Die Tage wurden zu Wochen; allmählich wurde das Wetter angenehmer, je weiter sie nach Süden segelten. Unter den wärmenden Strahlen der Sonne kehrte die Farbe in Heathers Wangen zurück und die Nachwirkungen der Krankheit schwanden allmählich. Von Tag zu Tag sah sie frischer aus. Wenn immer sie an Deck erschien – Brandon dicht an ihrer Seite – waren die Augen der Männer bewundernd auf sie gerichtet, aber nie gaben die Leute auch nur das leiseste Zeichen, daß sie etwas anderes sahen als eine Lady von Geblüt.

Die neue Verteilung der Schlafplätze zwischen ihnen schien Brandon gut zu bekommen. Allmählich schwanden die Schatten unter seinen Augen, die hohlen Wangen wurden voller, die Erschöpfungsfalten glätteten sich wieder; er machte einen ausgeruhten Eindruck. Seine Haut bräunte schnell unter der Sonne und nahm einen tiefen Kupferton an. Immer öfter ertappte sich Heather dabei, wie sie ihn bewundernd betrachtete.

Sie näherten sich den Bermudas und hatten vor, dort anzulegen, als ein gewaltiges Gewitter über sie hereinbrach. Als Brandon während des Unwetters zum Achterdeck hinaufstieg, bemerkte er, daß George ein leeres Faß an der Reling festzurrte. Darüber befestigte er mit viel Umstand und Einfallsreichtum ein Stück Segeltuch, so daß es wie ein Trichter den strö-

menden Regen auffing und gesammelt in das Faß fließen ließ.
»George, in drei Teufels Namen – hast du den Verstand verloren?« rief Brandon verärgert. »Was sollen diese Spielereien? Hast du nichts Besseres zu tun?«
»Ich dachte an die junge Lady, Käpt'n«, erwiderte George unbeeindruckt von dem zornigen Anruf. »Sie würde sicher gerne wieder einmal baden, und da will ich ein bißchen Regenwasser auffangen, denn in Salzwasser badet es sich doch nicht so gut.«
Brandon warf einen kritischen Blick auf die Konstruktion, und George trat unruhig von einem Fuß auf den anderen, ängstlich, daß sein Käpt'n den sofortigen Abbau befehlen könnte. Aber Brandon schüttelte nur den Kopf, wandte sich langsam um und blickte den Diener, der unter seinem Blick vor Verlegenheit zu schrumpfen schien, eine Weile durchdringend an.
»Manchmal«, sagte Brandon mit seltsamer Betonung, so daß George insgeheim erschrak und Schlimmes erwartete, »manchmal, George, versetzt du mich wirklich in Erstaunen!«

Begeistert ließ sich Heather ins warme Wasser gleiten. Sie genoß das heiße Bad in vollen Zügen. Als sie die Badewanne voll dampfenden Wassers entdeckt hatte, stieß sie einen kleinen Freudenschrei aus und küßte George auf die Wange. Der alte Mann, rot vor Freude und Verlegenheit, hatte sich daraufhin schleunigst zurückgezogen.
Heather seufzte vor Wohlbehagen und lehnte entspannt den Kopf an den Rand der Wanne. Sie tauchte die Arme tief ins Wasser, hob sie wieder hoch und ließ die Tropfen daran herunterperlen. Brandon, der am Schreibtisch arbeitete, verfluchte sich insgeheim, als er zum achten Mal eine Zahlenkolonne mit falschem Endresultat zusammenzählte. Heather war so vollkommen glücklich in dem ungewohnten Luxus eines heißen Bades, daß sie seinen Unmut überhaupt nicht bemerkte.
Er warf den Gänsekiel hin, schloß die Bücher und stand vom Tisch auf. Dann stellte er sich ans Fenster und schaute auf die

mondbeglänzte nächtliche See, in dem Versuch, seine Aufmerksamkeit auf etwas weniger Frustrierendes zu lenken als auf den Anblick seiner bezaubernden jungen Frau in der Badewanne. Die Anstrengung mißlang, und er ertappte sich dabei, wie er wiederum verlangend zu ihr hinüberschaute, die verlockenden Rundungen ihrer Brüste betrachtete und vollständig in ihren Anblick versank. Er konnte nicht widerstehen, er ging zu ihr hinüber. Zart liebkoste er ihr kleines Ohr und strich leicht über ihren Nacken. Sie hob feuchtschimmernde Augen zu ihm, lächelte und rieb zärtlich ihre Wange an seinem Handrücken. Brandon stöhnte, vergrub die Zähne in seine Unterlippe und zog sich in den sicheren Hintergrund der Kabine zurück.

Heather, die sich allmählich an den jähen Wechsel seiner Stimmungen gewöhnt hatte, ließ sich in ihren Badefreuden nicht stören und fuhr fort zu plantschen.

»Brandon«, bat sie mit sanfter Stimme, »würdest du bitte den großen Topf mit heißem Wasser vom Ofen nehmen und in die Wanne schütten?«

Er beeilte sich, ihrer Bitte nachzukommen, froh, daß er durch eine Aufgabe von seinem erregten Brüten abgelenkt wurde. Er goß das Wasser in die Wanne und stand unbeholfen, mit dem leeren Topf in der Hand da, während sie sich in der neuen Wärme wohlig dehnte und ihn dankbar anlächelte. Sie ließ sich bis zu den Schultern im Wasser versinken, tauchte wieder auf, und die rosigen Brüste schimmerten naß im Kerzenlicht.

Brandon drehte sich um und murmelte etwas, das wie ›neues Wasser holen‹ klang, nur um der Qual ihres Anblicks zu entrinnen.

Heather legte sich entspannt in die Wanne zurück. Am liebsten hätte sie vor Wohlbehagen geschnurrt. Das Wasser war weich wie Seide, ein ungewohnter Luxus, den sie nach den vielen salzig-beißenden Seewasserbädern vollauf genoß.

Ein Geräusch über ihrem Kopf ließ sie aufhorchen. Sie erkannte Brandons Schritte, der ruhelos hin und herging. In regelmä-

ßigen Abständen fiel sein Schatten über die Luke in der Kabinendecke, und sie überlegte, ob er wohl sehr ungeduldig sei, endlich von Bord und nach Hause zu kommen.
Nachdem sie ihr Bad beendet hatte, hüllte sie sich in ein frisches, duftiges Nachtgewand, setzte sich mit einer Decke über den Knien neben den Ofen und begann, ihre Haare zu bürsten. Sie war noch damit beschäftigt, als ihr Mann zurückkam. Brandon blieb unschlüssig im Türrahmen stehen. Der Ausschnitt des Nachthemds gab ihren schwellenden Busen frei – und beim Anblick ihrer seidigen Haut und der festen Brustknospen, die sich unter dem Stoff abzeichneten, überfiel ihn dieselbe fiebrige Unsicherheit wie viele Male zuvor. Er wußte nicht, wie er den Blick von ihr abwenden sollte. Unruhig begann er, in der Kabine auf- und abzugehen, blieb vor ihrem Koffer stehen, über den ihr Kleid ausgebreitet lag und berührte den weichen Samt mit vorsichtigen Fingerspitzen, als liebkoste er lebendige Haut. Plötzlich wurde er sich dessen bewußt, was er tat, und begann leise zu fluchen. Er nahm das Kleidungsstück auf, ging hinüber zu ihr und legte es ihr über die Schultern, so daß der Busen bedeckt war. Sie lächelte ihn freundlich an und murmelte einen Dank. »Heather, um Gottes Willen«, sagte er leise, »ich bin kein Kind und meine Empfindungen beim Anblick deiner nackten Brüste . . . ich bin ein ausgewachsener Mann. Und ich kann es nicht mehr ertragen, dich so entblößt zu sehen!«
Gehorsam zog sich Heather den Stoff fester um die Schultern.
Mit fortschreitender Reise wurde Brandon immer unruhiger. Unentwegt hantierte er mit seinen nautischen Instrumenten. Er und McTavish verglichen ihre Beobachtungen und konnten annäherend festlegen, wann sie Land erreichen würden. Dennoch sprachen sie nicht laut darüber, aus Furcht, sie könnten sich geirrt haben.
Es war an einem Tag im Dezember. Die Crew unterhielt sich darüber, ob sie wohl noch vor Weihnachten im Heimathafen einlaufen würden. Die beiden Schiffe, die vor ihnen England

verlassen hatten, wurden etwa um Neujahr dort erwartet. Wenn die ›Fleetwood‹ es fertigbrächte, vor ihnen anzukommen, würde sie seit Monaten das erste Schiff sein, das aus England zurückkehrte, und ihre Ladung würde einen entsprechend höheren Gewinn bringen. Die Mannschaft wußte, daß die Bermudas nicht mehr weit entfernt waren und daß, sobald die Inseln gesichtet würden, ihre Reise sich dem Ende näherte.
Am späten Vormittag des nächsten Tages, am achten Dezember, rief die Stimme des Matrosen aus dem Mastkorb:
»Land voraus!«
Vom Deck aus war noch nichts zu sehen. Brandon blickte auf seine Karten und machte Eintragungen ins Logbuch, dennoch hielt er den Kurs bei, bis die Inseln endgültig in Sicht waren. Dann erst gab er den lange ersehnten Befehl, den Kurs in Richtung Heimathafen zu ändern.
Eine Woche vor Weihnachten, nach mehr als sechs Wochen Seereise, steuerten sie die Charleston-Bay an. Als das Land in Sicht kam, hißten sie die Flagge. Heather, in ihren Umhang gehüllt, kam an Deck, um den ersten Blick auf das fremde Land zu tun, das nun bald ihre neue Heimat sein würde. Der erste Anblick, der sich ihr bot, war ein graublauer Streifen am fernen Horizont. Als sie näher heransegelten und die Küste sich deutlicher abzeichnete, stellte Brandon fest, daß sie ein paar Meilen zu weit nördlich waren. Er ließ den Kurs um einige Striche korrigieren, was sie näher ans Ufer heranbrachte. Heather sah verwundert auf die weite Landschaft, die sich ihren Blicken darbot. Aus Büchern, die sie gelesen, und aus den Erzählungen Reisender, denen sie zugehört hatte, war in ihrer Phantasie das Bild einer ganz anderen Landschaft entstanden: Ärmlich, trostlose, triste Ansiedlungen in feuchten Sumpfgebieten – ein unwirtliches Land. Umso erstaunter war sie nun über das klare, tiefblaue Wasser, in dem das Schiff dahinglitt, und über den blendend weißen Sandstrand, der sich meilenweit erstreckte. Dahinter erhoben sich dichte Wälder von Mangroven, Eichen und Zypressen, und als sie schließlich ein

weit ins Wasser hineinragendes Riff umrundet hatten, und jetzt erst richtig in die Bay einliefen, erschrak sie fast über die Schönheit der Stadt, deren helle Häuser sich am Strand erhoben, heiter und farbig und fröhlich im blendenden Sonnenlicht. Während die ›Fleetwood‹ die letzte Meile auf ihren Heimathafen zusegelte, konnte Heather in der Entfernung eine große Menschenmenge am Ufer erkennen. Erschrocken wurde sie sich darüber klar, daß dort nicht nur Brandons Freunde standen, sondern auch sein Bruder und seine Verlobte. Das Herz klopfte ihr bis zum Halse, als sie daran dachte, daß sie ihnen bald gegenübertreten mußte. Sie eilte unter Deck, um schleunigst Toilette zu machen, so wie sie fand, daß es sich für die Frau eines Kapitäns geziemte. Sie wählte ihre Garderobe sorgfältig und entschied sich für ein rosa Wollkleid mit einer Pelerine aus dem gleichen Stoff, die wie die Capes der Husaren mit seidenweichem Krimmer besetzt war und mit Tressen geschlossen wurde. Größte Sorgfalt widmete sie ihrer Frisur. Sie bauschte ihre Haare in einem Lockentuff auf dem Kopf und setzte eine dunkle Nerzkappe auf. Lange bevor das Schiff anlegen konnte, war sie mit ihren Vorbereitungen fertig. Es blieb ihr nichts weiter zu tun übrig, als zu warten. So saß sie in dem altvertrauten Sessel neben dem erkalteten Ofen und sah nachdenklich in das Dämmerdunkel, das in der Kabine herrschte. Sie vergrub ihre Hände tief in den Muff, denn plötzlich fror sie aus Furcht vor dem Kommenden.

Plötzlich fühlte sie, wie das Schiff gegen die Kai-Mauer scheuerte. Wenig später öffnete Brandon die Tür und betrat die Kabine. Er ließ prüfend seine Blicke über Heather gleiten, dann ging er hinüber zu seinem Schreibtisch, öffnete eine Schublade und holte eine Flasche Brandy heraus, um sich ein Glas einzugießen. Er trank es in einem Zug aus.

Nervös biß Heather sich auf die Unterlippe, kam zu ihm herüber und stellte sich neben ihn. Sie nahm ihm das Glas aus der Hand und hielt es ihm bittend hin. Sie hatte das Gefühl, daß sie eine Stärkung brauchte für das, was sie dort unten am Kai erwartete. Brandon lächelte. Er goß ihr nur wenig ein. So, wie sie es bei ihm gesehen hatte, trank Heather das Glas in einem einzigen Zuge aus. Die Wirkung war entsprechend. Mit vor Schreck aufgerissenen Augen holte sie hörbar tief Luft, um das brennende Gefühl, das ihr von der Kehle bis in den Magen drang, zu besänftigen. Sie keuchte und hustete und dachte, sie würde sich nie mehr erholen. Aber schließlich atmete sie noch einmal tief durch und empfand es plötzlich als angenehm, daß das Brennen sich allmählich in wohlige Wärme verwandelte. Mit Tränen in den Augen sah sie Brandons amüsiertes Gesicht und nickte ihm tapfer zu, bereit, nun den Leuten da draußen entgegenzugehen.

Brandon stellte die Flasche zurück, nahm einen Packen Bücher unter den Arm und schob sie sanft zur Kabinentür, die Treppe hinauf, an Deck, wo bereits die Gangway ausgelegt war. Hier blieben sie stehen und ihre Augen trafen sich kurz, bevor er ihr höflich den Arm bot. Heather ergriff ihn, atmete tief und ließ sich von ihm an Land geleiten.

Als sie an der Reling erschienen waren, hatten sich zwei Menschen aus der Menge gelöst und eilten ihnen entgegen, ein junger Mann und eine junge Frau.

Der Mann war genauso groß wie Brandon, nur etwas schmaler gebaut, aber die Ähnlichkeit zwischen den beiden war unverkennbar. Die Frau, hochgewachsen, vollbusig und mit herrlich blondem Haar, das mußte ohne Zweifel die Braut sein. Ihre braunen Augen leuchteten. Mit ausgebreiteten Armen flog sie Brandon entgegen, warf sich ihm an den Hals und küßte ihn lange und leidenschaftlich, leidenschaftlicher, als es für ein verlobtes Paar in der Öffentlichkeit schicklich war. Brandon stand mit herabhängenden Armen da und machte keine Miene, ihre Zärtlichkeiten zu erwidern. Er warf nur einmal einen kurzen Seitenblick auf Heather, die zurückgetreten war und die Szene eher neugierig beobachtete. Endlich löste sich Louisa von Brandon. Verwundert tat sie einen Schritt zurück und starrte ihn an. Sie begriff die Kühle nicht, mit der er ihre Begrüßung aufgenommen hatte. Sie nahm seinen Arm und preßte ihn gegen ihren Busen. Schließlich wandte sie sich um, und ein kühler Blick traf Heather.

Die beiden Frauen maßen einander mit haßerfüllten Blicken. Heather sah vor sich die üppige Schönheit einer erfahrenen Frau, die mit Männern umzugehen verstand und genau wußte, was sie wollte; Louisa nahm ein zauberhaftes, ungewöhnlich schönes junges Mädchen wahr, kaum erblüht, von einer Zartheit, die sie, Louisa, selbst nie besessen hatte. Jede der beiden Frauen erkannte in der anderen das, was sie am meisten fürchtete, und bereits in der ersten Sekunde ihrer Begegnung wurden sie zu Feindinnen.

Louisa faßte sich zuerst und wandte sich Brandon zu: »Was hast du uns denn da mitgebracht, mein Liebling?« fragte sie hochmütig. »Ein armes kleines Ding, das du in Londons Straßen aufgelesen hast?« Der Ton ihrer Stimme war schneidend.

Mit aufmerksamen Augen hatte Jeff die Szene beobachtet und Schlüsse gezogen. Er konnte ein vergnügtes Lachen kaum unterdrücken, als Brandon nun steif erwiderte: »Nein Louisa, dies ist meine Frau, Heather.«

Es verschlug Louisa die Sprache. Sie rang nach Luft, ihre Augen waren weit aufgerissen. Alle Farbe war aus ihrem Gesicht gewichen, und sie starrte ihn stumm an.

Brandon, der inständig hoffte, daß der Sturm schnell vorübergehen möge, beeilte sich fortzufahren:

»Heather, dies ist mein Bruder Jeffrey, Jeff, das ist meine Frau.«

»Deine Frau?« schrie Louisa, die ihre Sprache wiedergefunden hatte. »Willst du damit sagen, daß du diese Person geheiratet hast?«

Jeff lächelte und ignorierte ihren Ausbruch. Er nahm Heathers Hand in die seine, beugte sich darüber und sagte herzlich: »Ich freue mich aufrichtig, dich kennenzulernen, Mrs. Birmingham.«

Heather erwiderte sein Lächeln und wußte im gleichen Au-

genblick, daß sie an ihm einen Verbündeten für die Zukunft gewonnen hatte.
»Ich freue mich auch, dich kennenzulernen«, sagte sie schüchtern. »Brandon hat viel von dir erzählt.«
Jeff warf einen zweifelnden Blick auf seinen Bruder. »Na ja, so weit ich ihn kenne . . .«
»Du verfluchter Kerl!« schrie Louisa, vor Wut schäumend. »Du hast mich einfach sitzenlassen! Ich warte auf dich und auf die Erfüllung deiner verlogenen Versprechungen, während du durch Londons Straßen strolchst und dabei auf Weiberjagd gehst.«
Sie ballte die Faust und streckte sie ihm entgegen, daß der Ring an ihrer Hand ihm direkt vor den Augen funkelte. »Du hast mich gebeten zu warten. Dies sei deine letzte Seereise, hast du gesagt, danach wolltest du mich als deine Frau heimführen. Mag der Himmel wissen, wo du diese Person aufgelesen hast, die du an den Platz gesetzt hast, der mir zugekommen wäre. Was hast du dir eigentlich dabei gedacht? Du hast meine Gefühle gemein mißbraucht! Deinem Bruder hast du ja anscheinend den größten Gefallen getan. Der steht so unverschämt grinsend da, als hätte er selbst diesen Plan ausgeheckt und steckte mit dir unter einer Decke.«
Sie tat einen Schritt auf Heather zu und sah sie mit bösen Augen an. Ihre Stimme war eisig: »Du widerwärtiges Stück Dreck, aus welchem Puff hat er dich geholt? Das möchte ich gern wissen. Du hast ihn mir gestohlen!« Sie ging noch näher an Heather heran. »So jung«, höhnte sie, »und schon so verdorben! Du mußt ja höchst bereitwillig in sein Bett gekrochen sein, du Hure!«
Louisa holte aus, als wollte sie Heather ohrfeigen, aber sie wurde von Brandon festgehalten.
»Sei gewarnt, Louisa«, sagte er eindringlich, »sie ist meine Frau, und sie trägt mein Kind. Gut, ich habe dir unrecht getan, ich weiß es. Es bleibt dir unbenommen, deinen Zorn über mich auszuschütten. Aber nie wirst du gegen *sie* die Hand er-

heben. Ich erlaube nicht, daß du *sie* beleidigst. Laß dir das gesagt sein!«
Louisa hatte Angst, das sah man. Brandon ließ sie los und stellte sich vorsorglich zwischen die beiden Frauen. Aber das war nicht mehr notwendig, denn Louisa hatte bereits klein beigegeben.
»Dein Kind?« fragte sie fassungslos. Ihre Augen glitten über Heathers gewölbten Leib, als bemerkte sie ihren Zustand erst jetzt.
Sie wandte sich ab, und man sah, daß sie insgeheim bittere Rache schwor.
»Und nun, da wir ja glücklich der Mittelpunkt des Interesses geworden sind«, sagte Jeff grinsend, »gehen wir wohl am besten zu den Wagen.« Er schaute seine goldblonde Begleiterin an, »Loui, altes Mädchen, wirst du mit uns nach Harthaven fahren, oder sollen wir James sagen, daß er in Oakley anhält?«
Sie blickte ihn finster an, dann überlegte sie kurz, schien einen Entschluß zu fassen und drehte sich zu Brandon um. »Ihr müßt in Oakley anhalten, Liebling, ich habe bereits eine Teetafel für uns vorbereitet.« Sie strahlte ihn mit verkrampfter Heiterkeit an. »Ich bestehe darauf, daß ihr meine Gäste seid, und du wirst mich gewiß nicht enttäuschen.«
Jeff sah zweifelnd seinen Bruder an und bemerkte, daß Brandon von dieser Einladung keineswegs entzückt war. Der Jüngere amüsierte sich köstlich. Er zog Heather, die halb hinter Brandon gestanden hatte, in den Kreis und zwinkerte ihr verschmitzt zu, als er das Wort an Louisa richtete: »Louisa, sag, gilt diese Einladung für *alle* Birminghams oder ist sie sehr privater Natur? Ich glaube, daß meine Schwägerin nicht allzugern lange auf die Gegenwart ihres Mannes verzichtet.«
Louisas Augen schossen Blitze. Aber sie beherrschte sich bewundernswert: »Natürlich, mein Lieber, gilt diese Einladung euch allen ohne Ausnahme; ich bin sicher, daß die Kleine in ihrem Zustand gerne ein Glas warme Milch trinkt.«
Jeff grinste noch breiter und fuhr spielerisch mit dem Finger

über Heathers weiche Pelzkappe: »Magst du warme Milch, Mrs. Birmingham?«
»Ja«, erwiderte sie versöhnlich und lächelte ihm zu. Sein jungenhafter Charme hatte sie schon für ihn eingenommen. »Aber«, fuhr sie zögernd fort, »eigentlich würde ich Tee doch vorziehen.«
Jeff wandte sich zu Louisa um und sagte ironisch: »Na also, Tee ist wahrscheinlich doch das geeignetere nach einer langen Reise, meinst du nicht auch?«
Louisa sah ihn an wie eine Schlange, die ihr Opfer fixiert. »Aber gewiß, wie du meinst, es soll an nichts fehlen!«
Sie war entschlossen, sich – vorläufig wenigstens – diplomatisch zu verhalten. »Die Kleine soll haben, was sie möchte«, setzte sie hinzu.
Jeff lachte in sich hinein. »Meiner Ansicht nach hat sie bereits alles, was sie möchte«, stichelte er.
Louisa wandte sich schroff von ihm ab. Brandon warf seinem Bruder einen warnenden Blick zu. Aber der ließ sich seine ausgezeichnete Laune nicht verderben, lächelte unbekümmert und bot Heather galant den Arm.
»Komm, Mrs. Birmingham«, sagte er, »man sollte auf deinen Zustand Rücksicht nehmen. Du steigst jetzt besser in die Kutsche.«
Während sie sich einen Weg durch die neugierig gaffende Menge bahnten, benutzte Jeff wieder und wieder die Anrede ›Mrs. Birmingham‹, weil er mit unverhohlenem Vergnügen beobachtete, wie Louisa jedesmal zusammenzuckte.
Louisa ging voran. Sie hatte sich an Brandons Arm gehängt. Ihre Augen war schmal vor kaum unterdrückter Wut. Sie konnte das Getuschel der Leute hören, und es war ihr vollkommen klar, daß die Nachricht von Brandons Heirat und ihrer beider zerbrochenen Verlobung sich wie ein Lauffeuer in Charleston ausbreiten würde.
Brandon, der vor gar nicht allzulanger Zeit Louisa mit einem gewissen Besitzerstolz durch die Stadt begleitet hatte, fand ih-

re Nähe auf einmal lästig, und es war ihm umso unbehaglicher zumute, als er nur ungern mit ansah, wie sein Bruder Heather ganz offen den Hof machte. Er wußte, daß Jeff Louisa niemals gemocht hatte und bei dem Gedanken, sie eines Tages als Schwägerin akzeptieren zu müssen, entsetzt gewesen war. Er hatte aus seiner Abneigung nie ein Hehl gemacht. Es war nur allzu verständlich, daß er sich jetzt so provozierend benahm. Wahrscheinlich tat er das aus lauter Erleichterung. Brandon sah die zierliche Gestalt seiner jungen Frau vor sich, ihre schwingenden Röcke, wie sie munter am Arm seines Bruders dahinschritt, und sein Blick verfinsterte sich.

Jeff half Heather mit besonderer Behutsamkeit in die Kutsche und zögerte nicht, sich neben sie zu setzen. Dem wütenden Blick seines Bruders begegnete er mit Gelassenheit. Notgedrungen half Brandon Louisa in den Wagen. Es blieb ihm nichts anderes übrig, als auf dem einzigen freigebliebenen Sitz Platz zu nehmen. Sie benützte die Gelegenheit, sich fest an ihn zu schmiegen und wie unabsichtlich ihre Hand auf sein Knie zu legen, um allen Anwesenden damit die intime Beziehung vor Augen zu führen, die sie trotz allem verband. Brandon saß mit aufeinandergepreßten Lippen da und verwünschte seinen Bruder aus Herzensgrund.

Heather schaute verstört auf die Hand, die auf Brandons Knien lag. Schließlich hob sie fragend die Augen, um zu sehen, wie er auf diese Berührung reagierte. Louisa fing ihren Blick auf, und ein böses Lächeln kräuselte ihren üppigen Mund.

»Sagen Sie, meine Liebe«, begann sie lauernd, »hat Brandon Ihnen eigentlich alles von uns erzäht?«

»Ja, das hat er getan«, murmelte Heather, aber bevor sie fortfahren konnte, unterbrach Louisa sie mit spöttisch hochgezogenen Augenbrauen:

»Aber ich nehme an, es wird nicht *alles* gewesen sein.« Mit kokettem Lächeln sah sie zu Brandon auf und ließ die langen, seidigen Wimpern flattern:

»Du hast ihr doch wohl keine Details über uns erzählt, Liebling,

ich hoffe, *so* weit bist du nicht gegangen, nicht wahr?«
Ein Schlag ins Gesicht hätte nicht weher tun können. Verwirrt senkte Heather die Augen. Die Gedanken jagten sich in ihrem Kopf; Fragen und Vermutungen prallten verzweifelt aufeinander. Nicht im entferntesten hatte sie daran gedacht, daß Brandon und diese Frau bereits das Bett miteinander geteilt hätten. Kein Wunder, daß er sie nur widerstrebend geheiratet hatte! Wenn sie auch mit seinem Kind schwanger war, wenn sie auch seinen Namen trug – *sie* war diejenige, die allein und verlassen dastand, nicht Louisa. Hatte er in dieser fürchterlichen Brautnacht nicht gesagt, sie würde in seinen Augen nichts anderes als ein Dienstbote sein?
Sie biß sich auf die zitternde Unterlippe und strich nervös über den Pelz ihres Muffs.
Ihre Betroffenheit wurde von beiden Männern bemerkt. Der Muskel in Brandons Wange spannte sich verdächtig. Jeff beugte sich vor. In seinen Augen war der Zorn deutlich zu erkennen.
»Einerlei, was gesagt oder nicht gesagt wurde, liebe Louisa. Unsere Heather trägt jedenfalls den Beweis seiner Zuneigung unter dem Herzen.«
Er sah ihr direkt in die Augen, und sie, ein wenig unsicher geworden, zog sich darauf von Brandon zurück. Der Hieb hatte gesessen. Brandon blieb still. Er war dankbar, daß Jeff Louisa in Schach hielt.
Wie um seine Worte zu bekräftigen, drückte Jeff abschließend leicht die Hand seiner Schwägerin, aber die saß immer noch stumm und niedergeschlagen da und schaute zum Fenster hinaus. Sie mußte gegen die aufsteigenden Tränen kämpfen.
In diesem Augenblick näherte George sich dem Wagen, und als Heather seiner ansichtig wurde, brachte sie ein kleines Lächeln zustande. Er zog die Wollmütze vom Kopf und erwiderte ihr Lächeln mit seinem breiten, gutmütigen Grinsen.
»Ach Gott, Madame, wie fein Sie heute aussehen! Die Sonne scheint gleich nochmal so hell.« Sie nickte ihm dankend zu

und bedachte ihn mit einem freundlichen Blick. Louisa lehnte sich in die Polster zurück und beobachtete die kleine Szene, innerlich fauchend. Der Respekt im Blick des Dieners war nicht zu verkennen. Bitterkeit stieg in ihr auf, als sie erkennen mußte, daß gerade dieser Mann, den Brandon vor allen anderen Dienstboten besonders schätzte, Heather die Ehrerbietung entgegenbrachte, die er ihr nie erwiesen hatte. Im Gegenteil – auch jetzt beachtete er sie überhaupt nicht, als er sich Jeff zuwandte:

»Wir haben alles Gepäck auf den Wagen verladen, Käpt'n, und Luke und Ethan möchten die Mulis in Bewegung setzen, bevor die Viecher vor dem Wagen eindösen. Wenn Sie nichts dagegen haben, würden wir gerne losfahren.«

Brandon nickte: »Sag James Bescheid, er soll herkommen, wir wollen ebenfalls los. Wir werden Miss Wells in Oakley aussteigen lassen und vielleicht auch ein paar Augenblicke dort bleiben. Fahrt ihr nur ruhig weiter nach Hause.«

»Aye, aye, Käpt'n«, erwiderte George und sah Louisa gleichgültig an, bevor er sich umdrehte und davonging.

Einen Augenblick später kam ein älterer Neger angerannt und stieg auf den Kutschbock, schnalzte mit der Zunge, hob die Zügel und ließ die Pferde munter traben.

Die Vier in der Kutsche waren nicht besonders gesprächig. Gelegentlich zeigte Jeff im Vorbeifahren auf dieses und jenes, von dem er glaubte, es würde Heather interessieren, und sie schenkte ihm bereitwillige Aufmerksamkeit, um sich abzulenken. Sie war tief beeindruckt von der Stadt, von der Eleganz der Häuserfronten und von dem offensichtlichen Wohlstand ihrer Bewohner.

Die Fahrt nach Oakley ging schweigend vonstatten. Als die Kutsche vor dem großen Herrenhaus zum Stehen kam, machte Jeff Miene, sich wieder um Heather zu kümmern, aber er fand sich durch einen unsanften Stoß mit dem Ellenbogen in seinen Sitz zurückgedrängt. Brandon hatte sich erhoben. Er ergriff die Hand seiner jungen Frau und half ihr aus der Kutsche. Ihre

Blicke trafen sich kurz. Er zog ihren Arm durch den seinen und führte sie ins Haus. Jeff blieb nichts anderes übrig, als grollend Louisa seine Kavaliersdienste anzubieten und sie widerstrebend ins Haus zu geleiten.

In der großen Halle bemühte sich sofort ein Butler um sie. Brandon, die Hand um Heathers Taille gelegt, führte seine Frau durch eine riesige Flügeltür ins große Wohnzimmer. Grinsend gesellte Jeff sich den beiden zu, während Louisa ihrem Butler einige Anweisungen gab. Dann folgte sie den Gästen.

Brandon hatte sich dicht neben Heather gesetzt, sein rechter Arm ruhte hinter ihrer Schulter auf der Sofalehne. Damit suchte er zu verhindern, daß Jeff sich noch einmal zwischen sie drängte. Jeff seinerseits war alles andere als verärgert über dieses Verhalten, denn er hatte erreicht, was er wollte – daß nunmehr Brandon es unternahm, entschieden seine junge Frau zu verteidigen. Vor ihnen stehend verwickelte er die beiden in eine Unterhaltung über die Seereise.

Bevor sie zur Bar hinüberging, um ihren Gästen einen Drink anzubieten, drehte Louisa sich zu Brandon um und stellte vertraulich die Frage:

»Das Übliche, Liebling? Ich weiß ja genau, wie du's haben möchtest . . .« sagte sie betont. Heather faltete die Hände im Schoß und senkte die Augen. Sie wußte nicht, was sie davon halten sollte.

Louisa, in dem Bestreben, Heather so tief wie möglich zu verletzen, wandte sich ihr voll zu: »Sie haben noch eine Menge zu lernen, was Ihren Mann anbetrifft, meine Beste. Er hat einen sehr differenzierten Geschmack, gerade, wenn es um Getränke geht.« Sie sah Heather spöttisch an, »man muß da erst Erfahrungen sammeln. Ich kann Ihnen gerne ein paar Hinweise geben, was er mag, und was er nicht mag – und was er besonders bevorzugt!«

Jeff mischte sich unvermittelt ein: »Ich bin überzeugt davon, Louisa, daß du eine Menge Erfahrungen zum Weitergeben

hast, aber sie dürften für eine junge Ehefrau nicht besonders geeignet sein.«
Sie warf ihm einen bitterbösen Blick zu, bevor sie Brandon den Drink servierte. Dann stellte sie sich hinter das Paar, wo sie Heather beobachten konnte, ohne ihr in die Augen sehen zu müssen. Aber Jeff schob sie wieder zur Hausbar zurück und veranlaßte sie, ihm einen Whisky pur einzuschenken.
Doch von dem, was sie sich einmal vorgenommen hatte, ließ Louisa sich nicht so leicht abbringen.
»Es bedarf wirklich großer Erfahrung, Ihren Mann zufriedenzustellen«, gurrte sie, »ich weiß es genau. Schade, daß Sie so jung und unerfahren sind.«
Brandon legte seine Hand auf Heathers Schulter. Mit dem Daumen streichelte er liebevoll ihr Ohrläppchen.
Verwirrt über seine Zärtlichkeit in Gegenwart dieser Frau sah Heather zu ihm auf.
Das weiche Fell ihrer Pelzkappe streifte seine Hand. Er strich leicht darüber hin. Für Louisa hatte diese kleine Geste den Anschein zärtlicher Übereinstimmung. Sie barst nahezu vor Haßgefühlen. Eifersucht tobte in ihr, und sie wünschte nichts sehnlicher, als die beiden auseinanderzureißen. Jetzt und auf der Stelle. Als sie ihren Blick abwandte, sah sie genau in Jeffs spöttische Augen.
Er hatte sie die ganze Zeit über beobachtet und konnte sich denken, was in ihr vorging. Er lächelte leicht, nickte und erhob halb das Glas, als wollte er einen Toast ausbringen.
Eine junge Negerin mit einem Tablett betrat den Raum. Louisa plazierte sich so, daß ihr Sessel genau dem Sofa gegenüber stand, auf dem Brandon und Heather saßen, um das Gefecht mit ihrer Gegnerin fortzusetzen. Mit hochmütiger Arroganz betrachtete sie Heather, die verlegen in ihrem Tee rührte.
»Sagen Sie mal, meine Gute, wie lange kennen Sie Brandon eigentlich?«
Die Tasse klirrte auf dem Unterteller. Heathers Hand begann zu zittern, und sie stellte die Tase schleunigst wieder auf den

Tisch neben sich. Sie legte die Hände im Schoß zusammen, bemüht, ihr Zittern zu verbergen und schaute Louisa an.
»Ich traf ihn am ersten Abend, an dem er in London war, Miss Wells«, sagte sie leise.
Louisa wandte keinen Blick von ihr. In ihren Mundwinkeln saß der Hohn: »Ach, so bald? Aber natürlich – anders kann's ja gar nicht gewesen sein, bei dem fortgeschrittenen Zustand Ihrer Schwangerschaft! Und wie lange sind Sie schon verheiratet?«
Brandon, die Hand immer noch auf Heathers Schulter, lächelte undefinierbar, als er jetzt seine junge Frau an sich zog.
»Jedenfalls lange genug, Louisa«, sagte er in einem Ton, der keine Widerrede duldete.
Louisa blickte von einem zum anderen und stellte schadenfroh fest, daß Heather ein wenig bleich geworden war. Sie tat, als hätte sie Brandons Einwand gar nicht gehört und richtete weiter ihre Fragen an die verschüchterte Heather: »Eines interessiert mich ja ungeheuer: Bei welcher Gelegenheit sind sie ihm eigentlich begegnet, meine Liebe? Ich dachte, es wäre so schwierig, für eine wohlerzogene englische junge Dame, einen Yankee-Kapitän kennenzulernen.« Die Wendung ›wohlerzogene englische junge Dame‹ betonte sie in einer Weise, die Ihren Zweifel an dieser Tatsache deutlich zum Ausdruck brachte.
Brandon richtete kalte Augen auf Louisa: »Wir wurden durch die Bemühungen von Lord Hampton miteinander bekannt gemacht, Louisa, einem guten Freund der Familie meiner Frau. Er wünschte diese Begegnung zwischen uns sehr dringend. Er war ganz erpicht darauf und sprach regelrechte Drohungen aus, falls ich mich seinem Wunsch widersetzen würde. Ein energischer alter Herr, begabt, Ehen zu stiften . . .« Er lächelte dabei ein wenig, den einen Mundwinkel spöttisch herabgezogen.
Heather sah Brandon erstaunt an. Er hatte mit keinem Wort gelogen. Er hatte es fertiggebracht, dem Sachverhalt einen ab-

solut korrekten Anschein zu geben und ihr peinliche Einzelheiten zu ersparen. Sie lächelte ihm dankbar zu, und das Baby, als hätte es die Erleichterung seiner Mutter gespürt, bewegte sich heftig. Heathers Augen weiteten sich vor Erstaunen, als sie bemerkte, daß auch Brandon das gefühlt hatte. Lächelnd beugte er sich über sie und streifte ihre Haare mit den Lippen, so daß es sie auf einmal heiß überrieselte.

»Ein energischer kleiner Bursche, was, mein Liebling?« murmelte er, den Mund in ihren Locken vergraben.

Louisa, gereizt durch die vertraute Zärtlichkeit zwischen den beiden, fragte in anmaßendem Ton: »Was hast du gesagt, Brandon?«

»Mir scheint, Louisa«, warf Jeff ein, »daß er etwas sagte, was dich ausnahmsweise einmal nichts anging. Das war nämlich eine Unterhaltung a trois.«

Louisa sah ihn verständnislos an. Sie begriff die Pointe nicht. Zornig sah sie von einem der Männer zum anderen. Die beiden tauschten in brüderlicher Übereinstimmung amüsierte Blicke miteinander aus. Es war nicht das erste Mal, daß sie sich über ihren Kopf hinweg in einer Art Geheimkode unterhielten, den sie nicht verstand. Auch diesmal war sie erbost, daß man sie aus einer Unterhaltung ausschloß, umso mehr, als das verhaßte Mädchen, das sich hier eingedrängt hatte, verstanden zu haben schien, was ihr Schwager meinte. Aber sie würde es ihr schon heimzahlen!

»Brandon, mein Liebling, möchtest du noch einen Drink?« fragte sie. Brandon lehnte ab und Louisa wandte ihre gefährliche Aufmerksamkeit von neuem Heather zu.

»Ich hoffe, Sie haben nichts dagegen, daß ich Ihren Mann Liebling nenne, meine Beste. Schließlich habe ich ihn so lange gekannt, daß es mir schon in Fleisch und Blut übergegangen ist; wir standen ja kurz vor der Heirat, wenn Sie sich erinnern.«

Heather hatte ihr Selbstbewußtsein wiedergefunden. Sie lächelte Louisa liebenswürdig an: »Ich sehe wahrhaftig keinen

Grund, warum Sie nicht mit der Familie Birmingham weiter freundschaftlich verkehren sollten, Miss Wells«, antwortete sie. »Dazu gehört auch, daß Sie selbstverständlich immer ein gerngesehener Gast bei uns sein werden. Kommen Sie jederzeit vorbei, wenn Sie mögen.«
Jeff lachte entzückt: »Na, Loui, ich finde, diese junge Dame kann Nachhilfeunterricht in Gastfreundschaft erteilen. Schade, daß du keinen Unterricht nehmen willst.«
Louisa warf den Kopf zurück und sah ihn böse an: »Würdest du bitte deinen ungewaschenen Mund halten und nicht dauernd demonstrieren, was für ein ungehobelter Bursche du bist«, sagte sie scharf.
Brandon lachte leise und streichelte die Schulter seiner Frau. »Mein lieber Bruder, wenn du so uneinsichtig weitermachst, wirst du einen lebenslangen Kampf führen. Hast du Louisas Temperament vergessen?«
»Nein«, erwiderte Jeff grinsend, »aber *du* hast es offensichtlich vergessen, Brandon, denn wenn du fortfährst, deine Frau in Louisas Gegenwart zu streicheln, wirst *du* am Ende das Opfer ihres Temperaments . . .«
Jetzt mußte auch der ältere Bruder lachen. Er nahm seinen Arm von Heathers Schultern. Dann erhob er sich. »Wir müssen wirklich gehen, Louisa, die Reise war für Heather sehr anstrengend. Sie muß endlich zur Ruhe kommen, und ich möchte auch allmählich nach Hause.«
Er dankte höflich für die Einladung zum Tee und half Heather beim Aufstehen, während Jeff noch sein Glas leerte. In der Halle legte er ihr die Pelerine um und hielt ihren Muff, bis sie sie zugeknöpft hatte. Louisa, krank vor Neid, beobachtete wachsam, mit welcher Aufmerksamkeit Brandon seine junge Frau behandelte. Zum ersten Male wurde ihr klar, daß die andere das Spiel gewonnen hatte. Sie folgte ihren Gästen bis zum Ausgang. Im Augenblick war sie um Worte verlegen, die ihr im Kampf gegen ihre Widersacherin eine Waffe hätten sein sollen.

Brandon half Heather in die wartende Kutsche und verabschiedete sich nochmals höflich. Louisa stand allein auf der Veranda. Sie sah dem Wagen lange nach.

Während der Fahrt unterhielten sich Brandon und Jeff in einer so kameradschaftlichen Art und Weise, daß es ganz offensichtlich war – diese zwei Brüder verstanden sich blendend miteinander.

Dann zeigte Brandon Heather einen großen Quaderstein als Abschluß der Markierungslinie, die seinen Besitz begrenzte. Heather reckte sich neugierig, um durch das Kutschenfenster einen Blick auf das Haus zu erhaschen. Aber sie sah nichts als endlose Wälder. Sie ließ sich, über diesen Anblick betroffen, in die Polster zurücksinken. Jeff beobachtete sie amüsiert lächelnd.

»Es wird noch eine ganze Weile dauern, bevor wir ankommen«, erklärte er, »wir haben noch mindestens zwei Meilen bis zum Haus.«

Mit weit aufgerissenen Augen wandte Heather sich Brandon zu: »Soll das heißen, daß dir all das hier gehört?« fragte sie und wies auf die Landschaft draußen.

Brandon nickte bedächtig und Jeff grinste: »Du hattest keine Ahnung, auf was du dich eingelassen hast, als du einen Birmingham heiratetest, kleine Schwägerin.«

Plötzlich wies Brandon nach vorne: »Dort ist Harthaven.«

Sie sah in die angegebene Richtung und beugte sich ein wenig vor, um besser sehen zu können, aber sie konnte nur eine dünne Rauchsäule erkennen, die über den Baumwipfeln in einiger Entfernung in den Himmel stieg.

Sie bogen jetzt in eine Eichenallee ein, deren schier endlose Länge Heather in neues Erstaunen versetzte. Weit weg, an ihrem Ende, stand ein Haus, wie sie es zuvor nie in ihrem Leben gesehen hatte: Riesige dorische Säulen stützten das Dach, das von den Wipfeln der Eichen überragt wurde. Eine breite Veranda im ersten Stock des Hauses wirkte ausladend und majestätisch.

Beide Brüder lächelten über Heathers Verblüffung. Wie ein Blitzstrahl traf sie die Erkenntnis, daß dies ihr neues Zuhause sein würde, der Platz, wo das Kind zur Welt kommen sollte, das sich in ihr bewegte. Fast schon geschwundene Hoffnungen erfüllten aufs neue ihr Herz. Aufatmend lehnte sie sich zurück. Frieden und Ruhe überkamen sie, und neues Vertrauen in die Zukunft.

7. Kapitel

Zwei kleine Negerjungen spielten im Staub des Vorplatzes, als die Kutsche vor dem großen Hause anhielt. Nach einem Blick auf Brandons Gesicht stoben sie davon und hinterließen absolute Stille. Irgendwo aus der Entfernung hörte man schließlich Stimmen. Dann ließ sich von der einen Ecke des Hauses das Kichern eines Kindes vernehmen, und von einer Ecke der Terrasse erklang verstohlenes Kinderlachen. Dann folgte ein ganzer Chor von Gekicher und Gelächter. Von der Rückseite des Hauses hörte man eine schrille Knabenstimme: »Master Brandon ist da, Master Brandon ist da!«

Und dann der Aufschrei einer älteren Frau: »Du liebes Gottchen, endlich ist der Junge nach Hause gekommen.«

Die Schritte vieler Füße kamen durchs Haus. Kinder quollen aus jeder Ecke und hinter jedem Busch hervor. Schließlich war die Kutsche in einer Kinderschar förmlich eingekeilt. Die Eingangstür flog auf. Eine stattliche Negerin stand auf der Schwelle und trocknete sich die Hände an ihrer Schürze ab, bevor sie die Stufen hinunterwatschelte. Mit zusammengekniffenen Augen schaute sie ins Kutschenfenster.

»Du liebes Gottchen, Mr. Jeff, haben Sie sich die Mühe gemacht, das Strandgut mit nach Hause zu bringen?« lachte sie.

Brandon sprang heraus und strahlte sie an. »Hatty, gute, alte Hatty, an einem der nächsten Tage werde ich dir doch mal aufs Dach steigen!«

Die alte Frau gluckste beglückt und öffnete weit beide Arme. Brandon umarmte sie fröhlich, und als er sie endlich losließ, schnappte sie hörbar nach Luft.

»Jessus, Jessus, Master Bran, Sie sind nicht schwächer gewor-

den mit der Zeit. Eines Tages werden Sie mir noch die Rippen brechen!«
Wieder lugte sie ins Kutschenfenster: »Und wer ist da noch bei Ihnen, Mr. Jeff? Wen versuchen Sie vor der alten Hatty zu verstecken? Bringen Sie sie sofort heraus und lassen Sie mich einen Blick auf sie werfen! Ich will sehen, was Mr. Brandon diesmal aufgegabelt hat. Das letzte Mal war es ja die Bulldogge Bartholomae, die er anschleppte, aber dies hier sieht wirklich nicht aus wie eine Bulldogge. Und Miss Louisa ist es auch nicht.«
Während sie noch rätselte, hatte Jeff sich erhoben, war aus der Kutsche gesprungen und half Heather heraus. Hatty redete ohne Unterlaß weiter. »Nun aber mal schnell, Mr. Jeff«, dirigierte sie ihn ungeduldig, »stellen Sie sie erst mal hin, damit ich sie genauer sehen kann. Gehen Sie aus dem Weg, Junge. Sie waren schon immer zu ungeschickt für Ihr Alter.«
Jeff trat beiseite, damit die alte Negerin Heather anschauen konnte. Hattys Augen prüften eindringlich das junge Gesicht, und sie lächelte zufrieden.
»Ach Gottchen, sie ist ja fast noch ein Kind! Wo haben Sie denn sowas Süßes gefunden, Mister Bran?«
Aber dann fiel ihr Blick auf Heathers gerundeten Leib und sie wurde ernst. Heftig wandte sie sich zu Brandon um. Diesmal redete sie ihn nicht mit Vornahmen an, sondern fragte mit hochgezogenen Brauen: »Mr. Birmingham, werden Sie die kleine Miss heiraten? Sie braucht Sie mehr als Miss Louisa. Ihre arme Mutter würde sich im Grabe umdrehen, wenn diesem Kind nicht sein Recht geschieht!«
Brandon grinste breit und sah der alten Frau herzlich in die Augen. »Daran habe ich schon in London gedacht, Hatty. Ich möchte dir meine Frau, Heather, vorstellen!«
Ein zufriedenes Lächeln breitete sich auf dem Gesicht der alten Negerin aus. Ihre Augen leuchteten. »Oh, mein Gottchen, Mister Bran«, rief sie glücklich, »endlich haben Sie Ihre Junggesellen-Eseleien aufgegeben und eine neue Mrs. Birmingham

nach Harthaven gebracht. Jetzt werden wir bald Kinder in diesem Hause haben, viele, viele Kinder! Es ist ja auch Zeit. Jessus, Jessus, Sie haben uns wirklich warten lassen und uns Sorge gemacht mit der anderen. Mein altes Herz konnte das kaum noch ertragen. Ich hatte diese Familie schon fast aufgegeben.«
Strahlend, beide Hände auf die breiten Hüften gestützt, wandte sie sich Heather zu: »Mrs. Birmingham«, lachte sie, »dieser Name paßt zu Ihnen. Es gab noch niemanden, der so gut zu den Birminghams gepaßt hätte wie Sie. Sie sind so hübsch wie ein Pfirsich, Kindchen, Sie sehen aus wie eine kleine Blume.«
Sie nahm Heather bei der Hand. »Kommen Sie mit mir! Die Männer lassen Sie doch tatsächlich hier im Staub stehen und achten nicht mal auf Ihren Zustand!« Sie warf Brandon einen vorwurfsvollen Blick zu. »Diese entsetzlich lange Reise über das große Meer in einem kleinen Schiffchen, und nur Männer um Sie herum – Sie müssen ja völlig erledigt sein. Aber jetzt brauchen Sie keine Sorgen mehr zu haben, Mrs. Heather. Jetzt ist die alte Hatty bei Ihnen und wird auf sie aufpassen. Nun wollen wir erst einmal aus den Reisekleidern heraus und sehen, daß Sie es hübsch und bequem haben. Es war ja auch eine weite Fahrt von Charleston her für Sie und das Baby. Sie müssen sich noch ein bißchen ausruhen vor dem Abendessen.«
Heather schaute ein wenig hilflos aber zugleich glücklich über die Schulter zu Brandon hinüber, während Hatty zwei jungen Mädchen Anweisungen gab.
»Nehmt eure Füße in die Hand und sorgt dafür, daß schnell heißes Wasser für die Missus herbeigeschafft wird. Sie will ein Bad nehmen. Und wagt nicht zu trödeln, verstanden?«
Jeff lehnte sich laut lachend an die Kutsche. Brandon schüttelte den Kopf und mußte gleichfalls lachen.
»Die alte Hatty«, sagte er, »sie hat sich in der Zwischenzeit wahrhaftig nicht geändert.«
»Sagen Sie George und Luke, sie sollen das Gepäck der Missus

in den ersten Stock bringen, sobald sie hier sind«, rief ihnen Hatty noch zu, »die alten Mulis werden sich sicher wieder Zeit lassen.«

Die Eingangstür schlug zu. Hatty und Heather befanden sich in einer großen, prächtigen Halle. Es duftete nach Bohnerwachs. Der Boden war spiegelblank poliert. Nirgends war auch nur ein Stäubchen zu entdecken. Eine breite, gewundene Treppe führte in den ersten Stock. Einige kostbare Möbelstükke gaben dem großen Raum das Flair gediegener Eleganz und soliden Wohlstandes. Gelber und blauer Samt und goldgewirkter Brokat herrschten vor. Die zartgelb getönten Wände gaben einen vortrefflichen Rahmen ab.

Heather sah sich mit großen Augen um, und Hatty, die ihre Verwunderung bemerkte, machte einen kleinen Umweg durch die untere Zimmerflucht, wobei sie keinen Augenblick zu reden aufhörte. Sie zeigte auf ein Porträt über dem Kamin im großen Wohnzimmer. Es zeigte einen Mann, der Brandon sehr ähnlich sah, aber er hatte dunkle Augen und schärfere Gesichtszüge. »Das ist der alte Herr. Er und die Missus haben dieses Haus gebaut.«

In diesem Zimmer waren die Wände mit ockerfarbener Seide bespannt und Samtportieren in einem dunklen Bernsteingelb, von breiten Seidenbändern gehalten, waren um die Fenster drapiert. Riesige Flügel-Glastüren führten auf die Veranda hinaus. Die Polstermöbel waren mit grüner Seide bezogen. Zierliche Sesselchen aus der Zeit Louis XV. luden zum Sitzen ein. Ein luxuriöser, crémefarbener Aubusson-Teppich mit goldbraunem Muster bedeckte den Boden. Über einer prachtvollen Kommode hing ein wertvoller venezianischer Spiegel. Ein großer, französischer Sekretär stand neben der Flügeltür, die ins Speisezimmer führte. Auch dieser Raum war hinreißend elegant eingerichtet. Eine lange Tafel beherrschte den Raum. Darüber funkelte ein Kristallüster. Fassungslos starrte Heather auf diese Pracht. Hatty kicherte stolz und zog sie wieder zurück in die Haupthalle und die Treppen hinauf.

»Wo kommen Sie her, Mrs. Heather?« fragte sie, gab aber ihrer neuen Herrin gar keine Chance zu antworten. »Sie müssen aus London sein. Hat Mr. Brandon Sie dort kennengelernt? Wir haben ein hübsches Feuerchen in seinem Kamin angemacht, damit das Zimmer warm ist, wenn er kommt, und Ihr Bad wird auch bald fertig sein. Nur noch ein paar Minuten, und Sie werden alles wunderschön und bequem vorfinden.«

Die Negerin führte Heather in ein großes Schlafzimmer, in dessen Mitte ein riesiges, breites Himmelbett stand. In das Kopfende des Bettes war das Familienwappen geschnitzt, und ein Moskitonetz war zwischen die Pfosten gespannt. Es war ein warmer, freundlicher Raum und Heather fühlte sich sofort wohl und geborgen darin. Ihr Herz klopfte ein wenig schneller bei dem Gedanken, daß sie mit ihrem Mann jetzt bald wieder das Bett teilen würde, und ein anderer Gedanke kam ihr in den Sinn: daß dies das Bett war, in dem sie ihr Kind zur Welt bringen würde, und daß hier andere Kinder gezeugt werden könnten, wenn es andere geben sollte.

Das Bad war bereitet, und während Hatty ihr half, sich auszuziehen, fiel Heathers Blick auf eine goldgerahmte Miniatur, das Bildnis einer Frau, das auf dem Toilettentisch stand. Sie nahm es in die Hand und betrachtete es neugierig. Dieselben grünen Augen, die Brandon hatte, und das Lächeln hatte den gleichen Ausdruck unzerstörbarer Heiterkeit wie Jeffs Lächeln. Weder das hellbraune Haar, noch das schmale Gesicht erinnerten an einen der beiden Brüder, aber die grünen Augen, oh, diese Augen . . . !

»Das ist Mrs. Catherine«, strahlte Hatty, »die Mutter. Sie war auch ein so süßes, junges Ding wie Sie, aber , du lieber Himmel, *die* hatte den Haushalt im Griff! Die beiden Bengels, die sie zur Welt gebracht hatte, mitsamt ihrem Papa taten alles, wie sie's wollte. Wenn die Jungen was angestellt hatten, sprach sie ganz sanft mit ihnen. Und trotzdem verkrochen sie sich vor lauter Scham in die Ecke. Die Männer haben nie gemerkt, daß sie sie ebenso in der Hand hatte wie den Haushalt. Und als sie es schließlich doch mal merkten, da waren sie zufrieden, daß es so war, wie es war. Sie war zart und lieb, und sie liebte den alten Herrn und ihre beiden Jungen wie nichts anderes auf der Welt. Na, und der alte Herr – der war auch so einer! Immer dickköpfig und kampfeslustig, sage ich Ihnen, so als wollte er jeden Krieg mitmachen und natürlich auch gewinnen. Mr. Bran ist genau wie er. Und einen Stolz hat er, du lieber Gott! Ich hab gefürchtet, die Miss Louisa hätte ihn wirklich eingefangen. Das wäre schlimm gewesen. Es hätte nicht lange gedauert, dann hätte er sie umgebracht.«

Heather sah die alte Frau überrascht an. »Warum sagst du das, Hatty?«

Die Negerin spitzte die Lippen. »Der Herr meint immer, ich schwätze zu viel«, antwortete sie, rollte ihre Augen und eilte hinaus, um Badeöl zu holen.

Heather saß verblüfft da und dachte nach. Ihre Neugier war geweckt, aber die Negerin schien, wenigstens für den Augenblick, nichts mehr sagen zu wollen.

Ein Schrei, ein Kommandoruf und ein zorniges Wiehern von draußen machte Heather aufmerksam. Sie ging zum Fenster und sah Brandon auf dem Rücken eines schwarzen Pferdes, das sich bäumte, zornig schnaubte und sich offensichtlich nicht gerne besteigen ließ. Jeff stand daneben und beobachtete interessiert den Kampf zwischen Pferd und Reiter. Hatty kam zurück und schaute gleichfalls hinunter. Das Pferd schien sich verzweifelt gegen Zaumzeug und Sporen zu wehren. Es hob sich immer wieder steil in die Luft und wirbelte mit den Hufen Staub auf, aber Brandon zwang es mit Schenkeldruck und Peitsche unter seinen Willen. Schließlich schien das Tier zu resignieren. Brandon ließ es mehrmals um die Wiese traben, bis es schweißbedeckt und mit zitternden Flanken bei dem großen Tor haltmachte.

Hatty schüttelte den Kopf. »Dieses verdammte Pferd da unten kann niemand reiten außer Master Bran. Jedesmal, wenn er von See zurückkommt, muß er ihm wieder neu den Willen brechen.«

Als Jeff das Tor öffnete, um Pferd und Reiter hinauszulassen, schob Heather den Vorhang zur Seite, damit sie besser sehen konnte, wie Brandon davonritt. Mann und Pferd standen direkt unter dem Fenster. Brandon hob den Kopf auf und sah sie in ihrem dünnen Hemd dastehen. Der Rappe scharrte ungeduldig mit den Hufen, aber sein Herr hielt die Zügel kurz und blickte zu Heather auf. Ihre Augen versanken sekundenlang ineinander. Als Brandon keine Miene machte, aus dem Tor hinauszureiten, drehte Jeff sich um und folgte seinem Blick. Heather zog sich verschämt zurück und ließ den Vorhang fallen. Da erst wandte Brandon seine Aufmerksamkeit wieder dem Pferd zu. Im gestreckten Galopp flog der Rappe nun über die Wiesen dahin. Brandon ließ dem Pferd die Zügel und genoß in vollen Zügen das lang entbehrte Vergnügen des Ausritts.

»Kommen Sie, Kindchen«, drängte Hatty, »Ihr Bad ist fertig und es wird kalt, wenn wir hier noch länger herumstehen. Der Herr weiß, wie er Leopold reiten muß, da brauchen Sie keine Sorge zu haben.«

Aufseufzend vor Behagen versank Heather in dem warmen Bad, während Hatty die beiden Dienstboten, George und Luke, die Treppe hinauf in den Nebenraum dirigierte, wo sie das Gepäck abstellten. Dann begann die alte Negerin auszupakken und die Kleider in den Schrank zu hängen. Mit Bedacht wählte sie ein malvenfarbiges Samtkleid, das sie bereitlegte, damit Heather es nach dem Bade anzöge.

»Ist Ihnen dieses Kleid recht, Mrs. Heather? Es ist wirklich bildschön. Master Bran wird es mögen. Hat er Ihnen alle diese Kleider gekauft?!«

Heather ließ die alte Frau lächelnd gewähren. Sie hatte mittlerweile schon festgestellt, daß Hatty, einmal in Gang gebracht, nicht mehr aufzuhalten war. Sie sprach unaufhörlich, und die Fragen, die sie stellte, beantwortete sie sich der Einfachheit

halber gleich selbst. Aber die Gutherzigkeit der alten Frau war überwältigend.
Jetzt trat Hatty an die Badewanne, ein riesiges, angewärmtes Tuch in der Hand, bereit, ihre junge Herrin darin einzuhüllen.
»Also, jetzt erheben Sie Ihr hübsches Körperchen aus der Wanne, und dann wollen wir Sie schön abtrocknen, Kindchen«, sagte sie in sanftem Befehlston. »Dann werde ich Sie mit Rosenöl einreiben, und Sie können sich vor dem Abendessen noch eine Weile hinlegen. Master Bran wird sicherlich auch gerne baden, wenn er zurückkommt.«
Wenig später schloß Hatty die Tür und ließ eine müde, glückliche Heather zurück, die, eine weiche Daunendecke über sich gebreitet, entspannt in dem großen Bett lag. Die Dämmerung war bereits herabgesunken, als sie erwachte, und die Negerin, die auf unerklärliche Weise gespürt hatte, daß Heather jetzt wieder ihrer Hilfe bedurfte, erschien auch schon, um ihr bei der Abendtoilette zur Hand zu gehen . . .
»Was haben Sie für schönes Haar, Kindchen«, sagte sie und bürstete lächelnd die langen, schimmernden Locken. »Ich kann mir gut vorstellen, daß der Herr stolz darauf ist«, und mehr zu sich selbst fügte sie hinzu: »Da kann sogar Miss Louisa nicht mithalten . . .«
Einen Augenblick später hörte Heather Brandons Schritt in der Halle. Hatty beeilte sich mit dem Frisieren.
»Ach Gottchen, ach Gottchen, Master Bran kommt nach Hause, und wir sind noch nicht fertig!«
Die Tür öffnete sich. Brandon trat herein, seine Jacke über die Schulter geworfen. Sein Gesicht war noch gerötet vom Ritt, und er war ein wenig atemlos.
»Jessus, Jessus, ich hab' sie in einer Minute fertig«, versicherte Hatty beflissen. Er lachte und seine Augen ruhten nachdenklich auf Heather, die, nur mit ihrem Hemd bekleidet, vor dem großen Spiegel saß. »Du brauchst dich deswegen nicht in Stücke zu reißen, Hatty, du bist ja schon ganz aufgelöst.«
Brandon ließ seine Jacke auf einen Stuhl fallen und begann

sich die Weste aufzuknöpfen, während die Negerin Heathers Haar geschickt in einer Frisur türmte, die mit einem Band lose zusammengehalten wurde. Wärme und Bewunderung im Blick, sah er zu, wie sie Heather in das Kleid half. Aber als die Negerin im Begriff war, es ihr im Rücken zu schließen, trat er hinzu.

»Laß nur, Hatty, ich mach' das schon, geh du mal und schau nach meinem Bad.«

»Jessus, Jessus, Master Bran«, kicherte sie und verließ geräuschvoll den Raum.

Brandon begann die Haken des Kleides zu schließen, langsam und fast genußreich, sorgfältig darauf bedacht, daß er es richtig machte. Heather war sich seiner Nähe deutlich bewußt, des männlichen Geruchs nach Pferden, Leder und Tabak. Als er am Halsausschnitt angelangt war, zögerten seine Hände. Er beugte den Kopf nach vorn, bis sein Gesicht ihr Haar leicht berührte. Tief atmete er den zarten Duft ein, der daraus aufstieg. Heather stand mit halbgeschlossenen Augen, regungslos, sie hörte ihn, roch ihn, fühlte ihn und wagte kaum zu atmen, um den Zauber dieses Augenblicks nicht zu brechen.

»So und jetzt bringt das Wasser hier herein. Master Brandon wartet schon auf sein Bad.«

Heather wandte sich, um ihrem Mann ins Gesicht zu sehen, aber er war schon zurückgetreten und knöpfte sich das Hemd auf. Hatty öffnete die Tür, damit die Diener die großen Eimer mit heißem Wasser hereintragen konnten. Sie füllten die Wanne bis zum Rand und wurden von der hurtigen alten Frau gleich wieder hinausgejagt. Sie wandte sich zu Brandon und fragte: »Ist das alles, was Sie jetzt wünschen, Sir?«

»Ja«, antwortete er und zog sich bereits die Reithosen herunter, was Hatty zu eiligem Rückzug veranlaßte.

Heather legte sein Badetuch und seine Kleider zurecht und betrachtete ihn verstohlen, wie er sich ganz auszog. Sie bewunderte insgeheim seinen muskulösen Körper, die schmalen Hüften und die breiten Schultern. Plötzlich empfand sie so et-

was wie Besitzerstolz. Er gehörte ihr, und keine andere Frau hatte ein Recht auf ihn, nicht einmal Louisa.
Sie ging zum Bett, setzte sich auf den Rand und zog sich Strümpfe und Schuhe an, während er in die Wanne stieg.
»Hat Hatty dir schon das Haus gezeigt?« fragte Brandon und sah zu, wie sie zierliche Strumpfbänder über die Schenkel streifte.
Sie schüttelte den Kopf. »Nein, nur das Wohnzimmer und das Speisezimmer, aber ich bin schon furchtbar neugierig, das Übrige zu sehen. Ich habe nicht im Traume gedacht, daß dieses Haus so groß und so wunderschön sein würde«, und mit einem kleinen, fröhlichen Lachen fügte sie hinzu: »Du hast mir nicht erzählt, daß es ein Herrenhaus sein würde.«
Brandon lächelte sie belustigt an, als sie aufstand und die Röcke glattstrich: »Du hast mich ja nicht gefragt, mein Herz.«
Sie lachte, und im Vorübergehen tauchte sie eine Hand ins Badewasser und ließ ein paar Tropfen auf Brandons Brust fallen. »Beeil dich«, bat sie vergnügt, »ich komme um vor Hunger.«
Während er sich anzog, ging Heather neugierig im Zimmer umher. Sie strich über das Bett und über die Polster eines Stuhles. Brandon beobachtete sie. »Das war einmal ein Wohnraum«, sagte er, »aber meine Mutter stellte das Bett hier herein, nachdem ich geboren war. Sie wollte nicht, daß mein Vater gestört wurde, wenn Jeff und ich unsere verschiedenen Kinderkrankheiten durchmachten. So blieb sie gleich hier, wenn wir krank waren. Das Kinderzimmer ist nebenan.«
Seine Augen folgten ihr, wie sie von einem Möbelstück zum anderen ging, um sich mit der Einrichtung vertraut zu machen. Alles in ihm drängte zu ihr, drängte danach, sie in die Arme zu nehmen und zu liebkosen.
Ihre Aufmerksamkeit war nun ganz dem Bett zugewandt. Sie betrachtete die bestickte feine Leinenwäsche. Er stellte sich hinter sie, nahe daran, sie an sich zu reißen, aber gleich darauf rief er sich innerlich zur Ordnung.
Was wäre, wenn sie ihn wieder abweisen, wenn sie sich aus

Leibeskräften gegen ihn wehren würde? Und falls er sich mit Gewalt nahm, wonach er begehrte, so könnte er ihr oder dem Kind schaden.
Seine Gedanken überstürzten sich. Ihre Nähe machte ihn taumelig. Die Fülle ihres seidigen Haares und ihr Duft waren eine unwiderstehliche Verlockung. Aber er würde sie nicht wieder zwingen. Er würde nicht seine Körperkraft gegen sie ausspielen, um sie sich gefügig zu machen. Sie mußte freiwillig kommen.
Sie soll entscheiden, dachte er – dieses Zimmer oder meines, dieses einsame Bett oder eines, das sie freiwillig mit mir teilt. Ich will sie wählen lassen.
Er räusperte sich: »Dieses Bett«, begann er, »ich meine, dieses Zimmer ist deines, falls du es wünschst, Heather«.
Er machte eine Pause und suchte nach Worten. Er konnte seine Verwirrung nicht mehr verbergen.
In Heather gefror alles. Schmerz durchzuckte ihre Brust. Mein Gott, dachte sie, er steht so nahe neben mir und haßt mich so! Er kann es nicht ertragen, daß ich das Bett mit ihm teile. Nun, da er zu Hause ist und sein Leben mit Louisa wieder aufnehmen kann, stößt er mich beiseite, wie er es mir angedroht hat. Er wird nur allzuschnell vergessen, daß ich existiere.
Tränen traten ihr in die Augen, als sie an ihre Hoffnungen dachte, die trügerischen Hoffnungen auf ein glückliches, normales Leben gemeinsam mit ihm zusammen. Verzweifelt beugte sie sich vor und strich über die weiche Leinenbettwäsche.
»Es ist ein hübsches Bett«, murmelte sie, »und das Zimmer befindet sich gleich neben dem Kinderzimmer. Ich nehme an, es ist das Beste für mich.«
Brandon ließ resigniert die Schultern sinken. »Ich werde Hatty sagen, daß sie deine Kleider zurückbringen soll«, seufzte er, wandte sich um und verließ wortlos den Raum.
Er schloß die Tür hinter sich und lehnte sich von außen dagegen. Enttäuschung und Zorn über sich selbst erfüllten ihn.

Warum hatte er das Thema überhaupt angeschnitten? Er hätte sich verfluchen mögen.
Ich Narr, ich hoffnungsloser Idiot! Warum habe ich nicht den Mund gehalten?
Verärgert ging er ins Speisezimmer hinunter. Aus einer Flasche Brandy, die auf dem Tisch stand, goß er sich mißgelaunt einen mehr als herzhaften Schluck ein. Dann stand er da und starrte auf das Glas in seiner Hand. Mußte ich unbedingt den Kavalier spielen und sie wählen lassen? Er kippte sich den Brandy in einem Zug hinunter. Na denn – vergnügte, kalte Wintertage in einsamem Bett, ich Trottel!
Er setzte das Glas mit einem Knall auf den Tisch und verließ mit großen Schritten das Zimmer.
Draußen in der Halle traf er Hatty und sagte grollend: »Mrs. Birmingham hat sich dafür entschieden, den kleineren Wohnraum als Schlafzimmer zu nehmen. Sieh zu, daß ihre Kleider in den anderen Schrank kommen, bevor ich wieder zurück bin.«
Verblüfft über die Nachricht und seine schlechte Laune starrte ihn die Negerin mit offenem Mund an. Sie murmelte eine gehorsame Antwort, während er an ihr vorbei die Treppe hinaufstürmte und verschwand. Sie schüttelte den Kopf über seinen Temperamentsausbruch, ging hinauf und öffnete die Tür des Zimmers, in dem sich Heather befand. Dort saß ihre junge Herrin auf der Bettkante, und die Tränen strömten ihr übers Gesicht. Als die Dienerin hereinkam, wandte sie sich schnell ab und wischte sich die Tränen von den Wangen.
»Sie sehen wunderhübsch aus, Kindchen«, sagte Hatty sanft und tat so, als ob sie nichts gesehen hätte, »Master Jeff wartet unten schon darauf, daß Sie herunterkommen. Er hat gesagt, wenn sein Bruder nicht aufpaßt, dann wird er Sie unter seinen Augen wegschnappen.«
Mit zitternden Lippen brachte Heather ein kleines, schüchternes Lächeln zuwege und wandte sich der alten Negerin wieder zu.

Hattys dunkle Augen forschten in dem Gesicht der jungen Herrin. Liebevoll fuhr sie fort:

»Nun sehen Sie zu, daß Sie das hübsche Gesichtchen wieder frisch machen, und gehen Sie und essen Sie etwas. Wenn Sie das jetzt nicht tun, wird das Baby noch verhungern.«

Hattys unaufhörliches, freundliches Geplauder lenkte Heather ein wenig von ihren trüben Gedanken ab.

Ein paar Minuten später betrat sie den Salon. Jeff begrüßte sie mit einem ganzen Strauß von Komplimenten. Bevor er ihre Hand ergriff, warf er Brandon erst einen unsicheren Blick zu, aber der stand mit dem Rücken zu ihnen und sah starr geradeaus ins Leere. Jeff beugte sich tief über die Hand seiner jungen Schwägerin, als sei sie eine regierende Fürstin, und Heather lächelte ihn, mit einem scheuen Seitenblick auf ihren Mann, dankbar an. Sie war entschlossen, sich ihren Kummer nicht anmerken zu lassen. Sie würde ihm nicht die Genugtuung verschaffen und ihn spüren lassen, daß es sie schmerzte, aus seinem Schlafzimmer verbannt zu sein.

»Ah, Lady Heather, deine Schönheit läßt meine Seele erblühen, so wie der Frühling Felder und Wälder ergrünen läßt«, seufzte Jeff in komischer Übertreibung, denn er hatte während des langen Wartens einige Whiskys zu sich genommen. »Meine alten Augen strahlen bei deinem Anblick wie beim Anblick der köstlichsten Früchte«, fuhr er hochtrabend fort.

»Na also, Sir«, erwiderte sie lachend, »das beweist nur, daß du einen guten Appetit hast. Vielleicht ist es dir nicht so recht bekommen, daß das Abendessen später serviert wird? Gestehe es – deine Begeisterung gilt dem Essen und deine freundlichen Worte sind nur gesagt, um meine Häßlichkeit vergessen zu machen.« Es gelang ihr gut, seinen Ton zu kopieren. Vergnügt spielte sie nun das Spiel mit, das er begonnen hatte. Jeff wandte sich theatralisch zur Seite, als hätte man ihn tief gekränkt.

»Oh teuerste aller Schwägerinnen, du triffst mich mitten ins Herz. In meiner armen Junggesellenseele hat bei deinem Anblick der Gedanke an Essen keinen Platz mehr.«

»Oh vieledler Ritter«, seufzte sie und tat, als bedauerte sie ihn heftig, »deine freundlichen Worte klingen süß in meinen Ohren.« Sie drehte sich um und wies zu Brandon hinüber. »Doch dort hinten steht der finstere Drache, und ich befürchte, daß er dich gleich verschlingen wird. Oh nein, lieber Herr«, sie hob die Hände, als wollte sie ihn abwehren, »ich nehme an, es müssen ihm Opfergaben gebracht werden, sonst wird er uns alle beide auffressen!«

Sie lachte fröhlich über ihren Scherz.

Brandon wandte sich um; seine Laune hatte sich wenig gebessert, nachdem er der Gegenstand ihrer Witzeleien geworden war. »Nicht genug, daß ich persönliche Sorgen habe, ich bin außerdem noch mit einem idiotischen Bruder gesegnet, der besser den Buffo in einem Schmierentheater spielen würde, und dazu noch mit einer einfältigen Frau, deren Unbesonnenheit nur noch durch die Fähigkeit übertroffen wird, sich über mich zu mokieren. Falls Ihr jetzt mit euren kindischen Blödeleien zuende seid, wäre ich euch sehr verbunden, wenn wir endlich essen könnten. Mein Hunger ist größer als mein Bedürfnis nach eurem Laientheater.«

Jeff lachte und bot Heather den Arm. »Ich glaube, mein teurer Bruder ist verärgert, Mylady, eigentlich müßte man ihn aufmuntern, findet Ihr nicht auch?«

Heather blickte über die Schulter auf ihren Mann, der ihnen finster nachstarrte und hob die kleine Nase in die Luft: »Oh gewiß doch, teurer Schwager, muß er aufgeheitert werden, denn die fröhlichen Tage seiner Junggesellenzeit sind vorbei. Er geht schwer unter der Last seines Weibes, so wie das Weib schwer unter der Last seines Kindes geht. Solchermaßen belastet zu sein, würde manchen Mann verdrießen. Man muß es ihm nachsehen.«

Brandon schaute sie düster an, aber sie wandte sich Jeff zu und lächelte fröhlich. Kokett schüttelte sie den Kopf, daß die Lokken flogen. »Nun müssen wir nur noch für dich ein Weib finden, lieber Schwager, damit auch du bald so ernst und finster dasitzt und keinen Anschein von Fröhlichkeit mehr zeigst. Wäre das nicht das Richtige?«

Jeff warf den Kopf zurück und lachte schallend. »Wenn es jemand wie du ist, liebe Schwägerin, dann hätte ich nichts dagegen«, grinste er, »aber leider muß ich wohl noch warten, bis man eine naturgetreue Kopie von dir angefertigt hat.«

Sie kicherten beide, und Jeff führte Heather durch die Flügeltür ins Speisezimmer. Dort war der Tisch hochoffiziell gedeckt. Brandons Platz befand sich am einen Ende der Tafel, der Heathers am anderen, zwei Kristallkandelaber standen zwischen ihnen, und Jeffs Platz war in der Mitte. Der gutgelaunte Bruder geleitete Heather zu ihrem Platz, dann blieb er wie angewurzelt stehen und betrachtete mit gerunzelter Stirn den Abstand zwischen den einzelnen Gedecken.

»Lieber Brandon, du magst ja eine Vorliebe für hehre Einsamkeit haben, aber ich bin mehr geselliger Natur und finde den Gedanken unerträglich, meine arme Schwägerin da unten allein dinieren zu lassen.« Er ergriff Teller, Besteck und Glas und setzte sich dicht neben Heather ans untere Tafelende. Brandon sah einen Augenblick verdutzt drein, dann seufzte er, nahm auch sein Gedeck und setzte sich zu den beiden. So verlief die Mahlzeit bedeutend ungezwungener, und das muntere Geplauder von Bruder und Gattin verfehlte schließlich auch nicht seine Wirkung auf Brandons schlechte Laune.

Die Dienstboten räumten das leere Geschirr weg und gossen jedem zum Abschluß des Mahles noch ein Glas Wein ein. Heather lehnte sich zurück und seufzte wohlig. Sie hatte dem Essen ungeniert zugesprochen und fühlte sich jetzt satt und müde. Die Müdigkeit wurde so groß, daß sie das Bedürfnis hatte, aufzustehen und sich zu strecken. Brandon erhob sich und zog ihren Stuhl zurück. Alle drei gingen hinüber ins Wohnzimmer, wo die beiden Männer sich lange Zigarren anzündeten. Heather jedoch hatte das dringende Bedürfnis nach frischer Luft.

»Brandon«, flüsterte sie, »ich glaube, das üppige Dinner hat mich ein wenig schwerfällig gemacht. Hast du etwas dagegen, wenn ich eine Weile nach draußen gehe, um frische Luft zu schöpfen?«

Brandon stimmte freundlich zu, warf einen besorgten Blick auf ihren gerundeten Leib, ging zur Tür und rief einem Hausmädchen zu, man möge für Mrs. Birmingham einen Schal herbeibringen. Dann legte er ihr den Schal um die Schultern und begleitete sie zur Terrassentür. Er öffnete sie und machte Miene, sie in den Garten hinaus zu geleiten. Aber sie legte eine Hand leicht gegen seine Brust.

»Nein«, sagte sie leise, »ich weiß, daß du und Jeff eine Menge miteinander zu bereden haben. Ich bin nicht lange draußen. Ich will bloß ein paar Schritte gehen und tief durchatmen.«

Erst schien er zu zögern, sie allein zu lassen, aber dann nickte er.

»Nun gut, aber geh bitte nicht zu weit vom Hause weg.«

Sie lächelte ihm zu und ging auf die Veranda hinaus. Er schloß die Tür hinter ihr. Es war ein wunderschöner Abend, kühl und frisch. Kleine Wolken zogen über einen klaren, bestirnten Himmel. Es war still ringsum, nur ein verschlafener Vogelruf drang hin und wieder aus dem nahen Wald. Die Fenster des Dienstbotentrakts waren erleuchtet. Heather stieg die Stufen hinunter. Langsam ging sie unter den großen Bäumen dahin, deren Zweige sich, bizarr verschlungen, vor der silbernen Scheibe des Mondes abhoben. Dies, dachte sie, ist meine erste Nacht im fremden Land. Dennoch habe ich ein seltsames, köstliches Gefühl des Einsseins mit dieser Landschaft. Ihre Weite und Schönheit ist jenseits meiner Vorstellungen. Hier könnte ich glücklich sein.

Nach einiger Zeit wurde es Heather trotz des Schals kühl. Sie kehrte um und stieg die Stufen zum Haupteingang hinauf, öffnete leise die Tür und schloß sie ebenso leise hinter sich, weil sie die beiden Männer nicht stören wollte. Als sie den Schal von den Schultern nahm, hörte sie Jeffs Stimme aus dem Wohnzimmer dringen. Er führte in gereiztem Ton eine Unterhaltung mit seinem Bruder.

»Warum, ich bitte dich, mußtest du heute nachmittag nochmal zu ihr gehen? Verdammt noch mal, du hast doch gesehen, wie das Weib Heather behandelt hat! Sie hat doch keine Zeit verloren, ihr mitzuteilen, was zwischen euch war. Sie war wie versessen darauf, sich zu rächen.«

»Nimm endlich Vernunft an, lieber Bruder«, erwiderte Brandon ruhig. »Du mußt schließlich auch berücksichtigen, daß Louisa einen furchtbaren Schock erlitten hat. Sie erwartet ihren zurückkehrenden Bräutigam, um ihm in die Arme zu sinken und wird statt dessen seiner Frau vorgestellt. Es war wirklich nicht leicht für sie, und wir waren beide nicht sehr galant. Die Neuigkeit meiner Verheiratung hätte man ihr vielleicht etwas schonender beibringen können. Ich meinerseits bin mit meinem Verhalten durchaus nicht zufrieden. Ich habe sie schlecht behandelt.«

Heather stand unschlüssig, nicht wissend, ob sie sich wieder in den Garten begeben sollte. Der Gedanke, daß Brandon allein bei Louisa gewesen war, ließ ihr das Herz sinken.

»Aber verdammt nochmal, Bran, denkst du etwa, sie hat die sittsam wartende Braut gespielt, während du fort warst? Den Teufel hat sie getan! Sie hat ihre Runden durch verschiedene Betten gemacht, als wären es ihre letzten Tage auf Erden. Deine Freunde können es bestätigen.«

Es kam keine Antwort, statt dessen hörte man Jeff verächtlich lachen. »Schau doch nicht so verdutzt, Bran, dachtest du, sie würde es so lange ohne Mann aushalten? Sicher, für sie bist du der Beste, der Favorit; aber während der Stallhengst weg ist, glaubst du, daß die Stute angehalftert bleibt? Und außerdem kann ich dir auch eines nicht verhehlen, nämlich, daß du noch eine Menge zu zahlen haben wirst. Sie hat in der Zwischenzeit erhebliche Schulden gemacht und zwar im Vorgriff auf ihre Zukunft als Mrs. Birmingham. Die Betroffenen kamen mit ihren Rechnungen zu mir, um sich zu vergewissern, daß du sie auch heiraten würdest. Du wirst erfahren, daß sie mehr als fünfhundert Pfund ausgegeben hat.«

»Fünfhundert Pfund?« schrie Brandon, »was, zur Hölle, hat sie denn damit gemacht?«
Jeff lachte belustigt. »Sie versorgte sich mit Schmuck, mit Kleidern, mit allem, was ihr Spaß machte. Außerdem ließ sie Oakley vom Boden bis zum Keller renovieren, und da reichten die fünfhundert Pfund nicht einmal. Ich möchte wetten, sie ist die teuerste Süßigkeit, an der du in deinem ganzen Leben genascht hast. Bescheidenheit ist nicht ihre starke Seite. Wäre es so, dann hätte sie ihr Leben bequem mit dem führen können, was ihr Vater ihr hinterlassen hat. Aber sie hat das Geld schneller verpulvert, als man ein Kaninchen häuten kann, und ihre Plantage verkommt immer mehr.«
Als er seine Anklage beendet hatte, ging er quer durch den Raum, um sein Glas neu zu füllen, und sah Heather an der Tür. Sie stand dort mit ausdruckslosem Gesicht, wie erstarrt. Er blickte sie an, und unter seinem Blick röteten sich ihre Wangen, denn sie fühlte sich beim Lauschen ertappt. Sie zuckte nervös mit den Schultern.
»Es . . . es tut mir leid«, stammelte sie, »draußen wurde es kalt und ich . . . ich wollte gerade zu Bett gehen.«
Nun kam auch Brandon an die Tür. Sie errötete immer tiefer. In völliger Verwirrung schlang sie den Schal um sich und eilte durch die Halle, die Treppe hinauf. Brandon tat einen Schritt nach vorn und sah ihr nach, wie sie überstürzt vor ihnen floh. Als er sich wieder seinem Bruder zuwandte, war sein Gesichtsausdruck düster. Brandon trank sein Glas aus und ging zur Bar, um sich einen weiteren Drink einzugießen, den er gleichfalls in einem Zug hinuntergoß. Jeff beobachtete ihn währenddessen erstaunt. Für gewöhnlich hatte sein Bruder die gute Angewohnheit, seine Drinks zu genießen, aber im Augenblick schien er völlig aus der Fassung geraten zu sein und ging mit dem Brandy um, als handele es sich um einen Heiltrunk gegen böse Geister.
»Ich glaube, man kann behaupten, daß für dich das Eheleben nicht taugt, Bran«, meinte Jeff langsam. »Ich habe dich weni-

ger verdreht gesehen, wenn du mit irgendeinem Freudenmädchen beschäftigt warst. Leider blicke ich nicht ganz durch, was dein Problem ist. Du siehst deine junge Frau an wie ein Hengst, der die heiße Stute wittert. Du machst den Eindruck, als wärest du von Stunde zu Stunde vernarrter in sie, aber wenn sie sich dir zuwendet, dann spielst du den gestrengen Ehemann. Du scheinst Angst zu haben, sie nur anzurühren, und gelegentlich schnauzt du sie sogar an. Außerdem, verdammt noch mal, was höre ich da von getrennten Schlafzimmern?« Er sah, wie sein Bruder nervös mit dem Wangenmuskel zuckte. »Hast du die Sprache verloren?« fuhr er fort. »Dieses Mädchen ist doch wirklich eine Augenweide, verdammt, sie ist eine bildschöne Frau. Und liebenswert. Und charmant. Alles, was ein Mann sich wünschen kann. Und sie gehört dir. Aber aus irgendeinem merkwürdigen Grunde, den ich nicht begreife, hältst du dich von ihr zurück.«

»Laß mich bitte in Ruhe, Jeff«, sagte Brandon kurz angebunden, »das geht dich wirklich nichts an.«

Jeff schüttelte bekümmert den Kopf, als sei dies nicht wahr. »Brandon, das Glück ist dir auf eine ganz besondere Art und Weise hold gewesen, indem es dich diese Frau finden ließ. Sie ist es wert, daß du sie festhältst. Mich wundert es zwar, wie du an so ein süßes Geschöpf geraten bist. Ich zweifele, daß es an deinem ungeheuren Talent liegt, dir die richtigen Gefährtinnen zu suchen. Bisher hattest du doch eine ausgesprochene Vorliebe für Freudenmädchen und andere leichte Damen. Nie war so etwas Bezauberndes darunter wie Heather. Aber ich sage dir eines, Bran: Falls du es eines schönen Tages schaffst, sie zu verlieren, wird der Verlust gewiß größer sein, als du es im Augenblick auch nur ahnst.«

Brandon drehte sich heftig um und sagte grollend:

»Jeff, du strapazierst meine Nerven! Ich bitte dich inständig, halt den Mund. Ich kenne die Grenzen meines Glücks und brauche deine altväterlichen Ermahnungen nicht, um mir dessen bewußt zu werden.«

Jeff zuckte die Achseln. »Von meinem Standpunkt aus finde ich, daß du sogar dringend jemanden brauchst, der dir sagt, was du zu tun hast, bevor du Narr dir dein Leben ruinierst.«
Brandon hob ungeduldig die Hand. »Schließlich ist es *mein* Leben, das ich ruiniere, wenn überhaupt.«
Der Jüngere trank seinen Whisky aus. »Okay, ich werde mich zurückhalten und nur von weitem zusehen, wie du deine Probleme löst. Und nun gute Nacht, Bruderherz, ich wünsche dir angenehme Träume in deinem einsamen Bett.«
Brandon sah ihn böse an. Aber Jeff hatte sich schon umgewandt und war gegangen.
Brandon stand da, allein, sein leeres Glas in der Hand. Er starrte lange hinein und fühlte schon jetzt die Einsamkeit, die ihn in seinem Zimmer umgeben würde. Mit einem Fluch warf er das Glas in den Kamin.

Ein strahlender Morgen brach an. Hatty klopfte vorsichtig an die Tür ihrer Herrin und schob ein junges Mädchen vor sich her ins Zimmer, das sie als ihre Enkelin Mary vorstellte. Das Mädchen sollte den Ehrenposten einer Zofe bei Heather erhalten. Die alte Negerin beeilte sich, Heather zu versichern, daß ihre Enkeltochter in allen vorkommenden Arbeiten geschickt und zuverlässig sei. »Sie hat alles Notwendige aufs beste gelernt, Mrs. Heather«, strahlte sie stolz, »sie ist von Anfang an darauf vorbereitet worden, die Zofe einer zukünftigen Mrs. Birmingham zu werden. Sie weiß, wie man frisiert, kann feine Näharbeiten und alles, was man sonst noch braucht.«
Heather lächelte das Negermädchen freundlich an: »Wenn du das sagst, Hatty, wird sie wohl die Beste sein. Ich danke dir auch vielmals.«
Die alte Frau strahlte. »Das habe ich gern getan, Mrs. Heather. Außerdem wollte ich noch sagen: Master Bran läßt Ihnen ausrichten, er ist für ein paar Tage nach Charleston gefahren. Er muß sich um sein Schiff kümmern.«
Heather neigte ihren Kopf über die Teetasse und dachte an das

Gespräch, das sie gestern abend wider Willen belauscht hatte. Kein Zweifel, Louisa hatte Brandon mit offenen Armen willkommen geheißen. Nun würde also die alte Liebe weitergehen, und sie, die rechtmäßige Gattin, schob er beiseite. Er hatte es nicht einmal für nötig gehalten, sich von ihr zu verabschieden, bevor er nach Charleston aufbrach.

Sie seufzte. Zumindest war sie freundlich in diesem Hause aufgenommen worden, und sie konnte einen gewissen Trost darin finden, unter wohlwollenden und hilfsbereiten Menschen zu leben.

Während sie frühstückte, war ihr Bad bereitet worden. Sie stellte die Tasse hin und ging hinüber in ihr Schlafzimmer, wo die Wanne stand. Mary folgte ihr mit Kamm und Bürste und frisierte Heathers Haar in einen großen Knoten, den sie hoch am Hinterkopf aufsteckte, so daß sie sofort ins dampfende Bad steigen konnte. Während Mary sich noch um die Kleider ihrer neuen Herrin kümmerte, kam Hatty zurück, um sich davon zu überzeugen, ob ihre Enkelin gute Arbeit geleistet hatte. Sie nickte zufrieden, als sie Heathers Badefrisur sah.

»Das hast du gut gemacht, Kind«, sagte sie, nahm aber dennoch den Kamm auf und zupfte hier und da eine Locke zurecht. »Für Mrs. Heather«, fuhr sie ermahnend fort, »ist aber ›gut‹ noch nicht gut genug – es muß perfekt sein!«

Das Programm des Tages begann damit, daß Hatty Heather bat, den Speisezettel zu überprüfen. Heather folgte der alten Frau die Treppe hinunter, hinüber zu den Wirtschaftsgebäuden in die Küche, um ›Tante Ruth‹, die schwarze Köchin, kennenzulernen. Die Küche war riesig und spiegelte vor Sauberkeit. In der Mitte stand ein großer Arbeitstisch und es gab zwei Herde. Vier junge Negerinnen, angetan mit weißen Häubchen und weißen Schürzen, putzten Gemüse, schnitten Fleisch und schälten Kartoffeln.

Dann führte Hatty sie zurück zum Herrenhaus und überschüttete sie auf dem Weg dorthin mit einem Schwall von Einzelheiten und Erklärungen. Als sie wieder im Hause waren, führ-

te die alte Frau Heather durch alle Räume. Sie inspizierte jedes Möbelstück, ob es in der vorgeschriebenen Weise behandelt und gepflegt worden war, und jagte das Personal herum, wenn sie nur den geringsten Makel entdeckte. Heather hatte Mühe, mit ihr Schritt zu halten. Einige Zeit später machten sie eine kleine Pause im Wohnzimmer, Heather sank lachend in einen Sessel.
»Oh Hatty, ich muß mich einfach ausruhen. Ich glaube, die lange Reise war nicht die richtige Vorbereitung für hausfrauliche Betätigung.«
Hatty gab Mary, die sich in der Nähe aufhielt, einen Wink, und das junge Mädchen kam kurz darauf mit einem großen Glas kühlen Fruchtsafts zurück. Heather nahm es dankbar in Empfang und bestand darauf, daß die beiden anderen Frauen auch etwas trinken sollten.
»Und Hatty, bitte, setz dich hier hin.«
Hatty murmelte einen Dank und ließ sich vorsichtig auf der Kante eines Stuhles nieder. Heather lehnte sich in den Sessel zurück, schloß einen Moment die Augen und seufzte.
»Hatty, als ich Brandon begegnete, habe ich nicht im Traum daran gedacht, daß ich mit ihm in einem Haus wie diesem wohnen würde.« Ein nachdenkliches, fast zärtliches Lächeln lag auf dem jungen Gesicht. »Und selbst nachdem wir geheiratet hatten, wußte ich nicht mehr, als daß er Schiffskapitän war. Ich glaubte, ich würde den Rest meines Lebens in feuchten Hafenschänken zubringen. An etwas wie dieses Schloß habe ich nie gedacht.«
Hatty kicherte. »Ja, Madam, so ist Master Bran. Die Menschen, die er am meisten liebt, führt er auch am liebsten an der Nase herum.«
Nach dem Mittagessen erfaßte Heather die Neugier, und sie beschloß, sich noch einmal in Ruhe allein im Haus umzusehen. Beeindruckt durch die Schönheit des Ballsaals ging sie zuerst einmal dorthin zurück und bewunderte den spiegelblank polierten Eichenboden. Sie liebkoste die weiße Moiree-

seide, mit der die hohen Wände bespannt waren, stand unter den Kristallüstern und sah hinauf in das Regenbogengefunkel der tausend geschliffenen Glasplättchen.
Heathers Entzücken wurde durch eine Kinderstimme vor dem Hause jäh unterbrochen. »Der Händler ist gekommen, der Trödler ist da. Er möchte die Gnädige Frau sprechen.«
Heather schwankte einen Moment, ob sie überhaupt hinausgehen sollte, wahrscheinlich handelte es sich um einen Hausierer, aber als Hatty hereinkam, um Bescheid zu sagen, folgte sie ihr doch auf die Veranda. Dort stand ein älterer Mann, der die Negerin vertraulich begrüßte. Hatty erwiderte seine Begrüßung und stellte ihn ihrer Herrin vor.
»Und dies, Mrs. Heather, ist Mr. Bates, ein fliegender Händler, der von Zeit zu Zeit seine Waren hier anbietet. Mr. Bates, Sie sehen die neue Herrin von Harthaven, Master Brans Frau.«
Der Mann zog ehrerbietig den Hut und verbeugte sich tief. »Oh, Madame Birmingham, es ist mir eine hohe Ehre. Ich habe schon von einer Heirat in der Familie gehört.«
Heather lächelte freundlich.
»Mit Ihrer Erlaubnis, Madame Birmingham, möchte ich Ihnen meine Waren zeigen. Ich habe eine Menge Dinge anzubieten, die in jedem Haushalt gebraucht werden. Vielleicht finden Sie etwas darunter, das Ihrem Geschmack entspricht.«
Nachdem Heather ihre Zustimmung genickt hatte, eilte er davon, um von seinem kleinen Pferdewagen Kisten und Kästen heranzuschleppen und ihren Inhalt auf dem Fußboden auszubreiten. »Zuerst, Madame, möchte ich Ihnen die Küchengerätschaften zeigen. Außerdem habe ich viele Gewürze.« Wortreich empfahl der behende kleine Mann die Qualität seiner Töpfe und Pfannen, Löffel und Quirle.
An diesen alltäglichen Gegenständen hatte Heather wenig Interesse, aber Hatty prüfte sie dafür umso aufmerksamer. Dann holte der Mann duftende orientalische Seifen hervor, von denen Hatty verschiedene auswählte und ihre Herrin fragte, ob sie sie zu kaufen wünschte.

Heather lehnte freundlich ab, weil sie der Dienerin nicht eingestehen mochte, daß sie keinen Cent besaß.
Sodann begann der Händler große Stoffballen aufzurollen. Hatty wählte einen geblümten Stoff für ein Sonntagskleid, und Heather schaute lächelnd zu. Als der Mann jedoch einen tiefgrünen, schweren Samt ausbreitete, erwachte auch ihr Interesse. Sie stellte sich vor, wie gut Brandon diese Farbe stehen würde. Sehnsüchtig betrachtete sie den Stoff. Auf einmal kam ihr ein Gedanke. Sie bat den Mann, einen Augenblick zu warten und eilte ins Haus, die Treppe hinauf in ihr Zimmer, wo sie in ihrem Schrank wie wild nach dem Kleid suchte, das sie als Tauschobjekt im Sinne hatte. Sie fand es schließlich und zog es heraus. Gedankenvoll hielt sie es eine Weile in der Hand. Dieses beigefarbene Kleid hatte sie in der Nacht getragen, als sie ihrem Mann zum ersten Mal begegnet war. Zu viele schlimme Erinnerungen waren damit verbunden, so daß sie nicht bedauerte, es wegzugeben. Sie schob die unbehaglichen Erinnerungen fort, legte das Kleid über den Arm und lief aus dem Zimmer, die Treppen hinunter, auf die Terrasse hinaus.
»Sind Sie zu einem Tauschgeschäft bereit, Mr Bates?« fragte sie den Händler.
Er nickte bereitwillig. »Wenn das Tauschobjekt es wert ist, Madame, natürlich.«
Sie breitete das Kleid vor ihm aus, und der Mann machte große Augen vor Verwunderung. Man sah, wie entzückt er war. Heather zeigte auf den grünen Samt und bat um entsprechende Futterseide und Faden. Als er in seinen Wagen kroch, um die geforderten Zutaten herauszusuchen, flüsterte Hatty ihrer Herrin ins Ohr: »Aber tauschen Sie doch dieses hübsche Kleid nicht um! Master Bran hat für solche Dinge Geld im Haus. Ich kann Ihnen zeigen, wo.«
Heather schüttelte den Kopf. »Vielen Dank, Hatty«, sagte sie freundlich, »aber dies soll eine Überraschung für ihn sein, und dafür will ich nicht sein Geld ausgeben.«
Die Negerin wandte sich stirnrunzelnd ab, offensichtlich sehr

unzufrieden mit dem, was Heather tat, aber sie wagte keine weiteren Einwände.
Mittlerweile war der kleine Mann mit dem Gewünschten wieder zurückgekommen: »Der grüne Samt ist ein besonders schönes Stück, Madame«, beteuerte er. »Ich habe ihn bisher gehütet wie meinen Augapfel. Wie Sie selbst sehen, ist es von feinster Qualität.«
Sie nickte und fing vergnügt an, auch ihren Tauschgegenstand anzupreisen: »Das Kleid ist dafür bei weitem mehr wert, Mr. Bates.« Sie wies auf die Perlenstickerei des Oberteils. Der kostbare Besatz funkelte in der Nachmittagssonne.
Daraufhin fühlte er sich genötigt, nochmals die Qualität seiner Ware zu loben, aber Heather war das Spiel mittlerweile leid, und so wurde der Tauschhandel nunmehr sachlich und schnell abgeschlossen. Der Händler überreichte Heather mit tiefer Verbeugung den grünen Samt und nahm dafür das Kleid in Empfang, das er sorgsam einwickelte und gesondert weglegte. Dann verabschiedete er sich ehrerbietig.
Heather winkte ihm noch einmal zu, als er losfuhr, und trug glücklich ihre erstandenen Schätze ins Haus, während Hatty den Kopf schüttelte und unwillig murmelte: »Ich weiß wirklich nicht, was in Sie gefahren ist, Mrs. Heather, daß Sie ein so hübsches Kleid weggegeben haben. Master Brandon hat so viel Geld, er ist doch kein armer weißer Einwanderer.«
»Hatty, untersteh dich, ihm nur ein Wort zu sagen, wenn er nach Hause kommt!« bat Heather. »Ich möchte ihm ein Weihnachtsgeschenk machen, und das soll eine Überraschung bleiben.«
»Na schön, Madame«, brummte Hatty und stampfte mißmutig hinter ihrer Herrin her.
Am nächsten Tag, ungefähr um Mitternacht, kam Brandon von Charleston zurück. Alles schlief, mit Ausnahme von Josef, dem Butler, und George, die beide auf ihn gewartet hatten. Durch die plötzliche Geschäftigkeit im Hause wurden erst Jeff und dann auch Heather wach.

Sie erhob sich, zog einen Morgenmantel über und schlüpfte in ihre Pantöffelchen; dann ging sie hinüber in Brandons Zimmer, wo sie die Brüder und die beiden Diener vorfand. Sie lächelte, als Brandon auf sie zukam, und lehnte sich leicht gegen seine Schulter. Er gab ihr einen Kuß auf die Stirn: »Wir wollten dich nicht wecken, mein Süßes«, murmelte er sanft und legte liebevoll einen Arm um sie.
»Hm«, sagte sie schlaftrunken, »ich wußte gar nicht, daß du heute kommst, sonst hätte ich gewartet. Hast du das Schiff verkauft?«
»Nach Weihnachten, mein Liebes. Dann wird die ›Fleetwood‹ von oben bis unten auf Hochglanz gebracht, damit ihre Käufer zufrieden sind. Ich werde sie nach New York segeln und dort verkaufen.«
Heather hob den Kopf und sah ihn, nunmehr hellwach, mit aufgerissenen Augen an: »Du fährst nach New York?« fragte sie. »Wirst du lange wegbleiben?«
Er strich ihr lächelnd das Haar aus dem Gesicht:
»Nicht allzulange, mein Liebes, vielleicht einen Monat oder auch ein wenig länger oder kürzer. Ich weiß es noch nicht genau. Aber du gehst jetzt am besten wieder ins Bett. Wir müssen früh aufstehen, um zur Kirche zu gehen.«
Er küßte sie nochmals auf die Stirn und sah ihr nach, als sie den Raum verließ. Mit leicht zusammengezogenen Brauen wandte er sich den anderen wieder zu und stellte dabei befremdet fest, daß George und Jeff ihn anstarrten. Der Diener wandte schnell den Blick ab, aber Jeff schüttelte langsam den Kopf und schien verärgert. Brandon sah darüber hinweg, goß sich einen Brandy ein und trank ihn langsam und mit Bedacht.
Als Heather am nächsten Morgen erwachte, fand sie Mary vor, die das Feuer im Kamin anzündete. Der kalte Dezemberwind brauste durch die Baumkronen und pfiff durch alle Ritzen.
Heather zog sich für den Kirchgang besonders sorgfältig an. Sie entschied sich für ein Kleid aus saphirblauer Seide. Es war das gleiche, das Brandon seinerzeit bestellt hatte, weil dieses

Blau der Farbe ihrer Augen genau entsprach. Als sie fertig war und vor dem Spiegel stand, hielt die kleine Zofe hinter ihr den Atem an:

»Oh Mrs. Birmingham, ich habe niemals eine so schöne Frau gesehen, wie Sie es sind!«

Heather lächelte dem Mädchen zu. Dann prüfte sie selbst kritisch ihr Spiegelbild. Gerade an diesem Morgen wollte sie so gerne besonders hübsch aussehen, denn sie würde viele von Brandons Freunden und Bekannten kennenlernen. Schon seinetwegen war sie darauf bedacht, einen guten Eindruck zu machen. Über das Kleid hatte sie einen passenden blauen Mantel gezogen. Dazu trug sie Kappe und Muff aus Silberfuchs.

Sie eilte die Treppen hinunter, immer noch ungewiß, ob sie vielleicht nicht doch ein Hütchen statt der Kappe hätte aufsetzen sollen.

Die Männer warteten bereits im Wohnzimmer. Als sie den Raum betrat, hielten sie mitten im Satz inne. Sie starrten sie bewundernd an, überwältigt von ihrer zarten Schönheit. Schließlich wurde sie unsicher unter ihren Blicken. Beide Brüder stellten das zur gleichen Zeit fest, erhoben sich zur gleichen Zeit und gingen auf sie zu. Dabei stießen sie fast zusammen. Mit einem unterdrückten Lachen trat Jeff beseite und ließ seinem Bruder den Vortritt.

»Bin ich auch passend angezogen?« fragte sie Brandon ängstlich und hoffte auf seine Zustimmung.

Er lächelte und strich ihr zärtlich über die Schultern. »Meine Süße, du brauchst keine Sorge zu haben; ich versichere dir, du wirst das Hübscheste sein, was unsere alte Kirche heute beherbergt.« Er beugte sich zu ihrem Ohr herunter und flüsterte: »Du wirst ganz sicher alle Männer unruhig und alle Frauen neidisch machen.«

Sie lächelte erfreut. Alle Angst vor der Begegnung mit seinen Freunden war mit einemmal verflogen.

Als die Kutsche vor der Kirche hielt, wandten die Kirchgänger, die dort plaudernd in Gruppen zusammenstanden, den Kopf, um die Ankunft der Birminghams zu beobachten. Zuerst stieg Jeff aus, dann Brandon und als er nun seiner jungen Frau aus dem Wagen half, war die Neugier der Umstehenden auf dem Höhepunkt angelangt. Heather erschien, und ein Murmeln ging durch die Menge. Einige Mädchen, die, unscheinbar wie sie waren, es noch nicht geschafft hatten, unter die Haube zu kommen, machten ein paar abfällige Bemerkungen. Die Mütter von Mauerblümchen schnauften verächtlich, aber die Männer standen ausnahmslos in schweigender Bewunderung. Die Weiber steckten ihre Köpfe zusammen und tuschelten. Über die Gesichter der Männer ging ein breites Lächeln der Anerkennung.

Jeff lächelte belustigt:

»Ich glaube, unsere liebliche junge Dame hat hier einigen Aufruhr gestiftet.«

Brandon sah sich um und stellte fest, daß einige Leute verlegen den Kopf abwandten, weil man sie beim Gaffen überrascht hatte. Er lächelte spöttisch und bot Heather den Arm. Während er mit ihr an den Leuten vorbeischritt, grüßte er nach rechts und links.

Im Kirchenvorraum stand eine dickliche Matrone und stierte ganz unverhohlen mit hervorquellenden Augen auf die Hereinkommenden, während die Tochter über die Schulter ihrer Mutter hinweg die Birminghams verkniffen betrachtete. Beider Aufmerksamkeit war jedoch ausschließlich auf Heather gerichtet. Es war keineswegs freundliches Interesse, mit dem sie die junge Frau von Kopf bis Fuß musterten. Die Mutter war eine breithüftige Frau mit harten Gesichtszügen und schütterem Haar. Ihre Tochter war größer und recht gut gewachsen, aber ihr knochiges Gesicht und die leicht vorstehenden Zähne wirkten alles andere als anziehend. Ihre Haut war fahl und mit unzähligen Sommersprossen übersät. Ihr dünnes Haar hatte sie unter einem lächerlichen, schleifenbesetzten Hütchen verborgen. Hinter einer runden Nickelbrille hefteten sich wässrigblaue Augen fasziniert auf Heather. Die Blicke beider Frauen waren auf Heathers gerundeten Leib geheftet. In den Augen der Tochter konnte man deutlich bitteren Neid erkennen. Brandon zog seinen Hut und begrüßte erst die Ältere und dann die Jüngere.

»Mrs. Scott, Miss Sybil, ein ziemlich kalter Tag heute, nicht wahr?«

Die Mutter lächelte säuerlich, die Tochter errötete tief und stotterte eine Antwort.

»Ja, ja, da haben Sie recht.«

Brandon ging weiter und geleitete Heather den Kirchengang entlang zum Kirchengestühl der Familie in der ersten Reihe. Die Leute, die bereits saßen, reckten die Hälse, schauten und grüßten. Im Kirchenstuhl blieb Brandon mit Heather erst einmal stehen, damit Jeff an ihnen vorbei konnte. Dann erst nahmen sie ihre Plätze ein. Die beiden hochgewachsenen, breitschultrigen Männer flankierten Heathers zarte Erscheinung und während Brandon ihr aus dem Mantel half, lehnte Jeff sich vor und flüsterte ihr ins Ohr:

»Du hattest gerade das Vergnügen, Mrs. Scott, den Wasserbüffel und ihr scheues Kalb Sybil kennenzulernen. Das Mädchen ist seit undenklichen Zeiten in deinen Mann verliebt, und ihre Mutter, in Erwartung eines reichen Schwiegersohnes, hat alles getan, was in ihrer Macht stand, um Brandon auf die Tochter aufmerksam zu machen. Es hat sie sehr gestört, daß Brandon ihren kleinen Liebling stets übersehen hat. Ich möchte wetten, die beiden starren dir jetzt gerade ein Loch in den Rücken. Und verschiedene andere, etwas abgestandene Jungfern tun im Moment das gleiche. Am besten, du schärfst Zähne und Klauen für die Begegnung mit ihnen nachher. Die Glück- und Erfolglosen, die niemals Brandons Interesse erregten, sind hier zahlreich versammelt.«

Heather mußte lächeln und wandte ihren Blick zu Brandon. Er neigte den Kopf, als sie sich leicht an seine Schulter lehnte.

»Du hast mir gar nicht gesagt, daß mehr als eine Braut auf deine Rückkehr wartete«, murmelte sie. »Jeff meint, ich müßte mich sämtlicher junger Damen ringsum erwehren. Ist Sybil ein Mädchen, das leicht die Kontrolle über sich verliert? Sie sieht ziemlich kräftig aus. Ich möchte nicht gerne von ihr attackiert werden. Ebensowenig wie von einem der anderen jungen Mädchen hier herum.« Brandon sah über ihren Kopf hinweg seinen Bruder an, aber Jeff grinste nur und zuckte die Achseln.

»Ich versichere dir, mein Liebes«, flüsterte Brandon irritiert zurück, »ich habe niemals mit einer dieser Damen im Bett gelegen. Sie sind alle nicht nach meinem Geschmack, und was Sybil anbelangt, so brauchst du sie kaum noch als junges Mädchen zu bezeichnen. Sie ist mindestens zehn Jahre älter als du.«

Einige Reihen hinter ihnen beobachteten Sybil und ihre Mutter die Birminghams und waren keineswegs erfreut über das, was sie mit ansehen mußten: Die junge Frau lachte ihren Mann an, nahm ein Stäubchen von seinem sonst tadellosen Mantel und strich vertraut und zärtlich über seinen Arm. Die beiden waren, das konnte nicht bezweifelt werden, ein glücklich verliebtes Paar.

Nach dem Gottesdienst gingen die Birminghams zum Kirchenausgang, um den Pfarrer zu begrüßen. Brandon stellte seine junge Frau vor, und der Pastor beglückwünschte beide herzlich zur Eheschließung. Als sie die Stufen zum Kirchplatz hinunterstiegen, wurde Jeff von einer Gruppe junger Leute aufgehalten. Kurz darauf näherten sich zwei Herren Brandon, bevor er mit Heather wieder die Kutsche besteigen konnte. Nach der allgemeinen Vorstellung redeten sie lebhaft auf ihn ein. »Du bist ein so guter Pferdekenner, Brandon«, sagte einer von ihnen grinsend, »komm doch bitte mal mit herüber und schlichte einen Streit.« Die Männer nahmen ihn ohne weiteres in ihre Mitte und zogen ihn mit sich fort. Brandon rief lachend über die Schulter seiner Frau zu: »Ich bin gleich wieder da, mein Liebes.«

Als sie außer Sichtweite des Pfarrers waren, blieben die beiden jungen Männer stehen. Einer von ihnen zog eine kleine Flasche unter seinem Mantel hervor, schraubte sie auf und prostete Brandon zu. Heather mußte lachen, als sie sah, wie sie ihm mit lebhaften Gesten und offensichtlich unter lautstarken Reden auf die Schulter schlugen. Nun hatte sie doch einige Zweifel, daß das Problem, das er lösen sollte, ernsthafter Natur sei.

Einen Augenblick stand sie unentschlossen da und beobachtete, wie die Frauen ringsum sich allmählich zu kleineren und größeren Grüppchen zusammenschlossen. Sie fühlte sich ein wenig verloren in der Menge, ohne ein vertrautes Gesicht in der Nähe. Ihr Interesse wurde wach, als sie eine sehr gut angezogene, ältere Dame sah, die offensichtlich ein windgeschütztes Plätzchen vor der Kirche suchte. Sie trug einen eleganten Schirm, den sie aber nur als Stock zu benützen schien. Ein livrierter Diener eilte zu ihr und brachte einen Hocker. Sie nahm darauf Platz und schaute in die Runde. Dabei entdeckte sie Heather und winkte ihr energisch zu, sie möge doch zu ihr kommen. Als Heather der Aufforderung Folge leistete, klopfte die alte Dame plötzlich mit dem Schirm auf den Boden und rief: »Bleiben Sie jetzt stehen, Kind, und lassen Sie sich einmal anschauen.«

Heather gehorchte ein wenig verwirrt und hielt geduldig einer langen, kritischen Betrachtung stand.

»Sehr gut! Sie sind eine außergewöhnlich hübsche, junge Person. Fast könnte man eifersüchtig werden«, fügte sie lachend hinzu. »Sie haben gewiß den Damenkränzchen dieser Gegend genügend Gesprächsstoff für die nächsten Wochen gegeben. Falls Sie es noch nicht wissen sollten, ich bin Abigail Clark, und wie ist Ihr Name, meine Liebe?«

Der Diener der alten Dame brachte eine Decke und legte sie um ihre Knie. »Heather«, erwiderte die Jüngere artig, »Heather Birmingham, Madame.«

Die alte Dame schnob verächtlich, »vor langer Zeit ließ ich

mich einmal mit ›Madame‹ anreden, als ich noch verheiratet war. Seit mein Mann starb, ziehe ich es vor, Abigail genannt zu werden.« Sie fuhr fort, ohne Heather eine Möglichkeit zur Antwort zu geben: »Sie sind also die junge Mrs. Birmingham. Ich freue mich, mein Kind, ich freue mich wirklich von Herzen. Sie wissen natürlich, daß Sie die Hoffnungen zahlreicher junger Damen der Stadt und der Umgebung zerstört haben. Brandon war der begehrteste Junggeselle, den ich je gekannt habe. Er hatte wirklich seine Last. Umso froher bin ich, daß er eine so kluge Wahl getroffen hat. Eine Weile mußte man seinetwegen wirklich recht besorgt sein.«

Eine größere Gruppe von Damen hatte sich um die beiden versammelt und hörte gespannt der Unterhaltung zu. Jeff bahnte sich einen Weg zwischen ihnen hindurch, trat an Heathers Seite, legte ihr schützend den Arm um die Schulter, und grinste Abigail Clark an. Doch die fuhr ohne Unterbrechung fort: »Und nun wird wahrscheinlich Jeff die Aufmerksamkeit der heiratsfähigen jungen Damen von sich abwehren müssen.« Sie kicherte bei dieser Vorstellung. Jeff lächelte und sah auf seine Schwägerin herunter.

»Hier wirst du wachsam sein müssen, liebe Heather«, sagte er neckend, »diese Dame hat eine scharfe Zunge und das Temperament eines weiblichen Alligators. Ich glaube, sie hat da und dort schon Leuten die Beine abgebissen.«

»Du junger Bengel, wenn du noch eine Kleinigkeit jünger wärest, würde ich dich übers Knie legen«, erklärte Mrs. Clark vergnügt.

Jeff stimmte in das Gelächter mit ein: »Oh Abigail, meine Teure, schenk mir doch ein freundliches Wort!«

Die alte Dame machte eine unwillige Handbewegung, »du Süßholzraspler, man kann dir nicht trauen.«

Er grinste. »Es fällt nicht schwer zu erkennen, Abigail, daß diese warme Wintersonne deine Liebe für mich immer noch nicht zum Sprießen gebracht hat.«

»Ha!« rief die alte Dame, »es ist diese bezaubernde junge Person da neben dir, die dich völlig ins Dunkel abdrängt. Dein Bruder hat eine vorzügliche Wahl getroffen. Außerdem ist er offensichtlich bereits sehr aktiv gewesen«, sie sah Heather schmunzelnd an. »Wann erwarten Sie Brandons Kind, meine Liebe?«

Heather fühlte aller Blicke auf sich gerichtet und antwortete leise: »In den letzten Märztagen, Mrs. Clark.«

»Aha!« der Ausruf kam von Mrs. Scott, die unbemerkt hinzugetreten war, »dann hat er ja nicht viel Zeit mit ihr verloren. Das steht fest!« Sie zischte es mehr als sie sprach. Gehässig fuhr sie fort, indem sie das Wort an Heather richtete: »Ihr Mann ist dafür bekannt, daß er die Betten junger Damen mit seiner Anwesenheit beehrte, aber Sie sind ja kaum alt genug, ein Kind auszutragen.«

Mrs. Clark stieß energisch mit dem Schirm auf den Boden. »Gib bitte acht, Miranda, was du sagst. Nur weil du ihn nicht für deine Sybil einfangen konntest, brauchst du hier kein Gift zu verspritzen.«

»Natürlich, es war ohnehin nur eine Frage der Zeit, wann ihm schließlich jemand eine solche Falle stellen würde, um ihn einzufangen«, gab Mrs. Scott zurück und schaute sich beifallheischend in der Runde um. »Nach dem, was er an amourösen Affären schon hinter sich gebracht hat, ist es nachgerade ein Wunder, daß ihn nicht schon früher eine auf diese Weise geangelt hat.«

Heather fühlte, wie ihr die Röte in die Wangen stieg, aber Jeff mischte sich ohne zu zögern in die Unterhaltung: »Dies alles, Mrs. Scott, war, bevor er Heather traf.« Die Frau sah Heather lauernd an, sie gab noch nicht auf. Mit schallender Stimme fragte sie: »Und wann haben Sie geheiratet, meine Liebe?«

Mrs. Clarks Schirm trat wieder in Aktion: »Das geht dich nichts an, Miranda«, unterbrach sie scharf, »ich finde deine Fragerei geschmacklos!«

Mrs. Scott ignorierte indessen die Einwürfe der Älteren und fuhr fort:

»Aber wie haben Sie es fertig gebracht, ihn in ihr Bett zu locken? Erzählen Sie doch!«
»Miranda! Hast du den Verstand verloren?« herrschte Abigail sie an und umklammerte ihre Schirmkrücke, als ginge sie am liebsten zum tätlichen Angriff über, »hast du denn überhaupt keinen Anstand?«
Brandon war gerade um die Ecke gebogen, zeitig genug, um die letzte Bemerkung noch aufzufangen. Mit weit ausholenden Schritten trat er hinzu und stellte sich an Heathers Seite. In seinen Augen funkelte Empörung. Mrs. Scotts herausfordernde Haltung fiel merklich in sich zusammen, und sie machte vorsichtig einen Schritt zurück.
»Oh, es gibt einige junge Damen, denen gegenüber ich nur allzugern zögerte, wie Sie selbst wissen«, sagte Brandon schneidend.
Mrs. Scott warf den Kopf in den Nacken und drehte sich um. Ein Geraune ging durch die Gruppe der Frauen. Brandon lächelte Mrs. Clark verbindlich zu, während er Heathers Hand in seine nahm und seinen Arm um sie legte. »Nun, Abigail, da bist du mal wieder, wie gewöhnlich, im Mittelpunkt des Geschehens.«
Sie lachte. »Du hast die Stadt ziemlich in Wallung gebracht, indem du eine Fremde zu deiner Frau machtest, Brandon, aber damit hast du mein Vertrauen in deinen gesunden Menschenverstand wiedergewonnen. Deiner anderen Wahl habe ich ja nie Geschmack abgewinnen können.« Sie sah Heather freundlich, fast liebevoll an, »aber diese hier, – ich glaube, deine Mutter wäre stolz auf sie gewesen.«
Er lächelte herzlich und erwiderte gut gelaunt: »Danke, Abigail. Ich hatte doch tatsächlich schon Angst, du könntest eifersüchtig werden.«
»Möchtest du dich nicht eine Weile zu mir setzen und mit einer alten Frau plaudern?« fragte sie. »Ich hätte gerne gewußt, wie du diese charmante Person erobern konntest.«
»Vielleicht ein andermal«, erwiderte er liebenswürdig, »aber

die Fahrt nach Hause ist lang, und mit Rücksicht auf Heathers Zustand möchte ich jetzt doch lieber aufbrechen.«
Sie nickte Zustimmung und sah zu Mrs. Scott hinüber: »Ich verstehe vollkommen, Brandon, es war heute ein ziemlich eisiger Tag.«
»Du hast Harthaven schon lange nicht mehr das Vergnügen deiner Anwesenheit zuteil werden lassen, Abigail«, warf Jeff ein.
Sie kicherte ein vergnügtes Altfrauenlachen. »Auch das noch! Sollte ich meinen guten Ruf ruinieren, indem ich mich in eure Junggesellenhöhle begab? Aber nun, nachdem Ihr beide eine Frau im Hause habt, die euch am Zügel hält, kann man sich ja einen Besuch mal überlegen . . .«
Jeff beugte sich über ihre Hand und hauchte einen Kuß darauf:
»Komm und besuch uns bald, meine Liebe. Es ist völlig anders geworden, seitdem Brandon seine Frau mitgebracht hat. Selbst an Hatty kann man die Veränderung wahrnehmen.«
Nachdem die Birminghams sich verabschiedet hatten, geleitete Brandon Heather durch die Menge. Jeff folgte. Als sie an Mrs. Scott vorbeikamen, reckte die ihre Nase in die Luft:
»Trotz all dieser hübschen, jungen Mädchen hier mußte er nach England gehen und sich eine Britin zur Frau nehmen«, sagte sie so laut, daß man es hören konnte.
Jeff griente und tippte an die Hutkante: »Die verdammt hübscheste Britin, die ich je gesehen habe«, sagte er.
Kurz bevor sie ihre Kutsche erreichten, bemerkte Heather, daß Sybil Scott bereits in ihrem Wagen saß. Sie sah so trostlos aus, so verlassen und verloren, daß Heather Mitleid mit ihr empfand, ja sogar mit der Mutter, die dastand und ihnen nachblickte, ihrer schönsten und sehnsüchtigsten Hoffnungen endgültig beraubt. Sie war eigentlich am bedauernswertesten, denn sie hatte in aller Öffentlichkeit die Selbstbeherrschung und damit ihr Gesicht und die Achtung vieler verloren.
Während die beiden Damen Scott noch dasaßen und starrten,

half Brandon seiner jungen Frau galant in die Kutsche. Sie sank in die Wagenpolster und legte eine Decke über ihre Knie, die sie einladend hochhielt, damit Brandon mit darunter schlüpfen konnte. Er sah ihr prüfend ins Gesicht, besorgt, daß das viele Gerede sie verletzt haben könne, aber sie wirkte völlig gelassen. Sie lächelte ihm zu und schmiegte sich an ihn. Nachdenklich schaute er auf ihre behandschuhte kleine Hand, die vertrauensvoll auf seinem Arm lag, bevor er seinen Blick zum Fenster hinauswandte. Ein kalter Nordwind fuhr durch die Wipfel der Pinien. Seine Kälte drang durch Ritzen und Fugen des Wagens, als sie auf der Landstraße dahinratterten. Heather kuschelte sich unter der Decke an Brandon, während Jeff ihnen gegenüber die größte Mühe hatte, sich warm zu halten. Sie lächelte amüsiert, als sie beobachtete, wie er sich eine Decke auf den kalten Sitz legte, eine andere über seine Beine und eine dritte um die Füße wickelte, um halbwegs warm zu werden. Er lehnte unglücklich in der Ecke, hatte den Mantelkragen hochgeschlagen. Schließlich rückte sie noch dichter zu Brandon und machte Platz für Jeff frei.

»Es heißt, drei seien bereits eine Menschenmenge, Jeff«, lächelte sie, »hast du etwas dagegen, dich neben mich zu setzen und dich in der Menge zu wärmen?«

Ohne Zögern kam er ihrer Aufforderung nach und breitete seine Decke über ihrer aller Knie. Heather schmiegte sich enger an Brandons Arm, und Jeff lächelte auf sie herab.

»Pfui über dich, Madame«, feixte er, »du bist durchschaut! Es war nicht meine Bequemlichkeit, die du im Auge hattest, du hast nur eine Möglichkeit gesucht, dich von der anderen Seite noch besser zu wärmen . . .«

Die Dienstboten hatten bereits am Weihnachtsvorabend ihre Geschenke erhalten und sich über die Großzügigkeit ihrer Herrschaft gefreut. Jetzt feierten sie das Christfest auf ihre Weise, ausgelassen, mit Essen und Trinken und waren glücklich dabei.

Heather hatte ihr Geschenk für Brandon aufbewahrt, um es ihm am Weihnachtsmorgen unter vier Augen zu überreichen. Sie war früh aufgewacht und hatte auf die Geräusche aus seinem Schlafzimmer gewartet.

Endlich hörte sie, wie er sich nebenan regte, hörte das Geplätscher von Wasser in der Waschschüssel und dann das Zuschlagen einer Schranktüre. Sie erhob sich, nahm das hübsch eingewickelte Geschenk und öffnete leise die Verbindungstür. Er wandte ihr den Rücken zu und bemerkte nicht, daß sie auf Zehenspitzen den Raum betrat. Er stand da in Hose und Socken, suchte verzweifelt nach einem Hemd, und hatte für nichts anderes Augen und Ohren. Sie legte das Geschenk aufs Bett, schlich zu dem Sessel neben dem Kamin, setzte sich hinein und zog die Beine hoch. Schließlich fand Brandon sein Hemd. Als er es anzog, bemerkte er die offene Tür. Seine Augen gingen suchend durch den Raum. Jetzt erst entdeckte er seine Frau, die sich in dem Sessel zusammengerollt hatte und ihn anstrahlte.

»Guten Morgen, Brandon«, sagte sie, »fröhliche Weihnachten!«

»Guten Morgen, meine Süße, auch ich wünsche dir ein schönes Weihnachtsfest.«

»Ich hab' dir auch was mitgebracht«, sagte sie geheimnisvoll und zeigte aufs Bett, »willst du es nicht aufmachen?«

Er ging hinüber, neugierig geworden, nahm das Päckchen behutsam in die Hand und begann die Verschnürung zu lösen. Verblüfft hielt er dann die Samtweste hoch. Vor allem bewunderte er das Familienwappen, das Heather mit Goldfäden auf die linke Brustseite gestickt hatte.

»Magst du sie, Brandon?« fragte sie atemlos, »bitte zieh sie an und laß dich anschauen.«

Er schlüpfte hinein. Die Weste paßte tadellos. Erfreut strich er über den seidig schimmernden Samt. »Das ist wirklich ein sehr elegantes Kleidungsstück, Heather, ich wußte gar nicht, daß du so talentiert bist.«

Heather lachte glücklich und sprang vom Stuhl auf, umkreiste

ihn und bewunderte die Weste und ihren Träger. »Sie paßt wirklich wie angegossen«, meinte sie stolz. »Und du siehst fabelhaft darin aus!«
Er ging hinüber zu seinem Seekoffer und holte ein kleines, schmales Kästchen heraus, das er ihr in die Hand legte. »Ich fürchte, mein kleines Geschenk wird durch das Strahlen deines Gesichtchens in den Schatten gestellt und dadurch vielleicht gar nicht zur Wirkung kommen.«
Er sah ihr über die Schulter zu, als sie das Kästchen öffnete. Große, von Diamanten umgebene Smaragde funkelten im hellen Schein der Morgensonne. Atemlos und ungläubig starrte Heather auf das Schmuckstück, das da in weißen Samt gebettet lag: eine herrliche Brosche. Langsam und immer noch ungläubig, hob sie die Augen.
»Das ist für mich?« fragte sie. Er lachte leise, nahm die Brosche heraus und warf das Kästchen aufs Bett.
»Für wen, Madame, würde ich ein solches Geschenk aussuchen, wenn nicht für dich? Es gehört dir!«
Er befestigte die Brosche auf dem burgunderroten Samt über ihrer Brust. Seine Finger zitterten bei der Berührung ihrer weichen Haut, und es dauerte länger als normal, bis es ihm gelang, die Brosche zu schließen.
»Kriegst du sie zu?« fragte sie, während sie seine schmalen, braunen Hände beobachtete. Der Ausdruck ihrer Augen hatte sich verändert. Die Berührung seiner Hände hatte ein sanftes, warmes Licht darin entzündet. Ein seltsames Zittern überrieselte sie. »Ja«, erwiderte er, und schließlich hatte er die kleine Öse gefunden und die Nadel eingehakt.
Sie lehnte sich gegen ihn, um ihn daran zu hindern, von ihr fortzugehen und liebkoste die Brosche mit den Fingerspitzen. »Ich danke dir, Brandon«, murmelte sie. Da klopfte es an der Tür, und zornig wandte Brandon sich um. Hatty kam herein, beladen mit einem vollen Tablett. Heather nahm am Frühstückstisch Platz, und Brandon neckte die alte Negerin: »Wo ist der Schirm, den ich dir geschenkt habe, Hatty? Ich dachte,

du würdest heute morgen damit durchs Haus gehen, damit ihn jeder auch sieht. Mrs. Clark wird bestimmt neidisch werden, ihr Schirm ist lange nicht so schön.«
»Jessus, Jessus, Master Bran«, schwadronierte die alte Frau, »das wird sie sicherlich. Ein so schönes Stück hat sie bestimmt nie gehabt. Aber das ist ja eine fabelhafte Weste, die Sie da tragen!« Sie warf Heather einen verstohlenen Blick zu und rollte ihre Augen zur Decke.
»Vielen Dank für das Kompliment, Hatty«, erwiderte er lächelnd und sah gleichfalls Heather an, »meine Frau hat sie mir genäht.«
Die alte Negerin servierte ihm das Frühstück mit gespitzten Lippen und wandte sich dann zur Tür, aber bevor sie hinausging, warf sie noch einmal einen Blick auf die Weste:
»Jessus, Jessus, das ist wirklich ein feines Kleidungsstück.« Sie machte eine kleine Kunstpause, dann fuhr sie geschwind fort: »Aber es bleibt doch schade, daß die gnädige Frau für Stoff und Zutaten eines ihrer Kleider eingetauscht hat.«
Brandon legte seine Gabel hin und wollte etwas fragen. Aber sie hatte sich schon umgedreht und mit zufriedenem Grinsen auf dem breiten Gesicht das Zimmer verlassen.
Nunmehr wandte Brandon sich seiner Frau zu. Heather schaute zum Fenster hinaus, als ob es da draußen etwas Hochinteressantes zu beobachten gäbe. Er sagte sehr langsam: »Du hast Kleider für Stoff eingetauscht? Was soll das heißen?«
Sie wandte sich ihm mit unschuldigem Ausdruck in den blauen Augen zu und zuckte die schmalen Schultern. »Ich hatte kein Geld, und ich wollte dich doch mit einem Geschenk überraschen. Es war nur ein altes Kleid.«
Er sah sie überrascht an: »Du hattest doch gar kein altes Kleid.«
Sie lächelte strahlend und entgegnete: »Doch, das hatte ich wohl.«
Er schien einen Moment zu überlegen, aber er konnte sich an kein altes Kleid erinnern. Außer ihrem bräutlichen Gewand war sie buchstäblich nackt zu ihm gekommen.

»Und welches Kleid hast du als ›altes Kleid‹ angesehen, mein Liebes?«

Sie vermied seinen Blick und lehnte sich im Stuhl zurück, während sie über ihre Leibeswölbung strich:

»Das, in dem ich dir begegnet bin. Erinnerst du dich?«

»Oh«, sagte er gedehnt, nahm seine Gabel und begann zu essen. Aber dann legte er die Gabel wieder hin. Es war Mißbilligung in seinem Ton, als er jetzt weitersprach:

»Ich wünschte, du hättest es nicht getan, Heather. Ich habe etwas gegen die Vorstellung, daß meine Frau mit Hausierern vor der Tür Tauschgeschäfte macht.«

Er nahm noch ein paar weitere Bissen und fuhr dann fort: »Normalerweise liegt im Schreibtisch Geld. Ich werde es dir später zeigen. Es liegt da, damit du etwas zur Verfügung hast, wenn du es brauchst.«

Sie schlürfte ihren Tee und war gekränkt: »Wenn ich dich richtig verstehe, dann hätte ich dein Geld und nicht meines für dein Weihnachtsgeschenk ausgeben sollen?«

Er ließ die Gabel klirrend auf den Teller fallen und starrte Heather an: »Du vergißt, daß du einen Gegenstand getauscht hast, der ohnehin mir gehört, Madame«, grollte er. »Bevor wir heirateten, hast du Geld aus meiner Schublade genommen und das Kleid als Gegenwert zurückgelassen. Für mich war es die Trophäe einer gewonnenen Schlacht, die Erinnerung an ein bezauberndes junges Wesen, das mir begegnet war. Ich wollte es deshalb auch behalten.«

Heather war bestürzt und schaute ihn jetzt ratlos an. Tränen traten ihr in die Augen.

»Es tut mir leid, Brandon«, stammelte sie, »ich wußte ja nicht, daß dir das Kleid so viel wert war.« Sie nestelte verlegen an ihrer Brosche. Das wiederum erinnerte Brandon daran, daß heute Weihnachten war. Seine Stimmung wurde milder, er bedauerte bereits, daß er ihr die Freude am Schenken fast verdorben hatte. So beeilte er sich, wieder gutzumachen, was er angerichtet hatte. Er erhob sich und kniete neben ihrem Stuhl nieder. »Meine Süße«, murmelte er und nahm zärtlich ihre Hand, »ich finde diese Weste wunderschön und bin stolz darauf, daß du sie mir genäht hast. Ich werde sie gerne tragen. Aber schau, ich bin doch kein knickriger Mann, und ich will nicht, daß meine Frau mit fliegenden Händlern Kleider gegen Ware tauscht wie eine Bauersfrau. Ich habe Geld, und es ist genausogut dein Geld. Nun komm«, er stand auf, zog sie zu sich hoch und legte die Arme um sie. Eine Weile hielt er sie eng an sich gepreßt. »Wir wollen ein fröhliches Weihnachten feiern. Also keine Tränen mehr! Das paßt überhaupt nicht zu deinem hübschen Gesicht.«

Der Tag war regnerisch, das Haus still. Nur wenige Dienstboten waren anwesend. Jeff war nach Charleston gefahren, um seine Besuchsrunde mit Geschenken zu machen. Er würde erst zum Festessen am Abend zurückkehren. Brandon entzündete ein Feuer im Kamin und setzte sich auf den Fußboden neben Heathers Sessel. Er hatte die Beine ausgestreckt, lehnte sich gegen ihre Knie und las ihr aus dem »Sommernachtstraum« von Shakespeare vor. Sie lauschte und nähte an einem Hemdchen für das Baby. Zwischendurch lachte sie begeistert, wenn er den verschiedenen handelnden Personen mit immer veränderter Stimme so gut gerecht wurde. Neben ihnen stand ein vielarmiger Kandelaber mit süß duftenden Wachskerzen. Über dem Kamin hing ein Mistelzweig. Frieden und Behaglichkeit herrschten im Raum, und Heather genoß das Alleinsein mit ihrem Mann. Später holte er ein Schachbrett und brachte ihr bei, wie man Schach spielt. Aber die vielen Figuren und ihre Bedeutung verwirrten sie, und sie lachte über die vielen Fehler, die sie machte. Der Abend brach herein. Heather entschuldigte sich; sie wollte nach oben gehen und sich für das Festmahl umziehen.

Als sie wieder herunterkam, trug sie ein dunkelgrünes Samtkleid, das genau zu der Brosche paßte. Ihr Busen, von einem tiefen Dekolleté kaum verhüllt, war ein verlockender Anblick für Männeraugen.

Brandon küßte ihre Hand und umfing sie mit einem bewundernden Blick:
»Die Brosche ist nicht halb so schön wie ihre Trägerin, Madame», murmelte er.
Er schenkte ihr ein Glas Madeira ein.
Der Wind heulte ums Haus und peitschte den Regen gegen die Fenster. Aber hier drinnen brannte ein gemütliches Feuer, und die Menschen waren heiter. Heather dachte glücklich, welch herrlicher Tag hinter ihr lag, ein Tag, den sie immer als besondere Kostbarkeit in ihrer Erinnerung bewahren würde. Brandon trat hinter sie, als er sie so träumerisch sah, und blickte über ihre Schulter hinweg in die Dunkelheit hinaus.
»Ich liebe Regenwetter«, sagte sie leise, »besonders, wenn es so wie heute ist, stürmisch und dabei drinnen gemütlich. Mein Vater ging immer mit mir hinaus, wenn es stürmte. Wahrscheinlich mag ich deswegen dieses Wetter so. Ich habe mich niemals vor Regen und Gewitter gefürchtet.«
»Du mußt deinen Vater sehr geliebt haben.«
Sie nickte. »Das habe ich. Er war ein guter Vater. Aber ich stand immer entsetzliche Ängste aus, wenn er mich allein ließ.« Sie lachte verlegen, »ich bin nicht sehr tapfer. Mein Vater hat das immer gesagt. Ich war ein ängstliches Kind.«
Er nahm liebevoll ihre Hand. »Kleine Mädchen brauchen nicht tapfer zu sein, meine Süße. Sie sollen in den Arm genommen, gestreichelt und beschützt werden, damit sie keine Angst mehr zu haben brauchen.«
Verwundert über diese Antwort, starrte sie ihn an. Dann schlug sie die Augen nieder. Ihr Gesicht rötete sich: »Ich habe dich schon wieder mit meiner Lebensgeschichte gelangweilt, glaube ich. Es tut mir leid.«
»Ich habe niemals gesagt, daß es mich langweilt, Liebes«, murmelte er. Er zog sie mit sich hinüber zu dem kleinen Sofa. Sie hatten sich gerade dort niedergelassen, als man Schritte auf der Terrasse hörte und Jeff wie ein Sturmwind hereinbrach. Hinter ihm fegte der Wind ins Zimmer und ließ die Funken

im Kamin tanzen. Jeff war durchnäßt vom Regen. Er wischte sich die Tropfen vom Gesicht. »Du lieber Gott«, rief er, »was für ein Tag!« Dann schenkte er sich als erstes einen kräftigen Schluck Whisky ein. So gestärkt und innerlich aufgewärmt, zog er einen langen, schmalen Kasten aus seiner Jackentasche und überreichte ihn Heather. »Für die kleine Britin. Ich habe ihr ein Geschenk mitgebracht, obgleich seine Nützlichkeit an einem Tag wie diesem sehr in Frage gestellt werden muß.«
»Oh, Jeff, das solltest du doch nicht!« sagte sie verlegen, aber sie freute sich doch. »Du beschämst mich, denn ich habe nichts für dich.«
Er lächelte unbekümmert, »freu dich über das Geschenk, Heather, ich hol mir meines irgendwann später.«
Neugierig öffnete sie die Schachtel und zog einen wundervollen Fächer aus kunstvoll geschnitztem Elfenbein heraus, der mit kostbarer spanischer Spitze besetzt war. Sie entfaltete den Fächer und bewegte ihn graziös in der Hand. »Oh Jeff«, rief sie, »du weißt wirklich über Frauenwünsche Bescheid!«
Er lachte: »Ich hoffe doch, Heather. Dennoch befürchte ich, daß das Geschenk meines Bruders meinen armen, kleinen Fächer geradezu lächerlich erscheinen läßt.«
»Ist es nicht wundervoll?« fragte sie leise und glücklich und hob die Brosche ein wenig an, um sie ihm zu zeigen. Dankbar lächelte sie ihrem Mann zu, der sie zärtlich beobachtete. Jeff wechselte einen Blick des Einverständnisses mit Brandon. »Mein Bruder trifft immer eine gute Wahl, davon bin ich mittlerweile überzeugt.«
Hatty klopfte an und meldete, daß das Essen angerichtet sei. Heather erhob sich von dem kleinen Sofa und strich ihr Kleid glatt. Der tiefe Ausschnitt gab die Pracht ihrer glatten runden Schultern und ihres rosigen Busens frei. Die Anmut, mit der sie sich trotz ihres Zustandes bewegte, mußte jeden Mann bezaubern. Jeff war dafür der beste Beweis. Er stand da, stumm vor Bewunderung. Brandon, dem das nicht entgangen war, faßte seinem Bruder beinahe väterlich unters Kinn.

»Komm zu dir, Jeffrey! Sie ist bereits vergeben! Aber du brauchst nicht zu verzweifeln, vielleicht findest du selbst eines Tages ein Mädchen, das du genauso hinreißend findest.«
Damit wandte er sich ab und geleitete Heather zu ihrem Platz an der langen Tafel. Während der jüngere Bruder ihnen folgte, sagte er achselzuckend, fast als Entschuldigung: »Na ja, Louisa hat niemals so ausgesehen.«
Brandon betrachtete ihn stirnrunzelnd. Heather schaute betroffen von einem zum anderen und überlegte, was zwischen den beiden Brüdern vorgefallen sein mochte, aber es gab keine weiteren Kommentare. Man setzte sich, und der erste Gang des festlichen Mahles wurde aufgetragen. Es war ein Meisterstück der Kochkunst, was da serviert wurde, ein Beweis für »Tante Ruths« einzigartige Talente. Aber nach dem ersten genußvollen Schwelgen kam die Unterhaltung der beiden Brüder doch bald wieder aufs Geschäftliche. Brandon tranchierte die gebratene Gans und legte seiner Frau ein großes Stück davon auf den Teller.
»Hast du noch etwas mehr über die Mühle und Bartlett in Erfahrung bringen können?« fragte er den Jüngeren.
»Nichts«, erwiderte Jeff, »jedenfalls nichts Genaueres. Ich weiß, daß er vorwiegend mit schwarzen Sklaven arbeitete, die in seiner Mühle schuften mußten, und daß er seine Erzeugnisse sehr teuer verkaufte. Zur Zeit arbeiten sie mit Verlust.«
»Man könnte das Ganze in relativ kurzer Zeit wieder auf die Beine bringen«, meinte Brandon, halb zu sich selbst. Dann sah er seinen Bruder an. »Wenn man die Sklaven herausnimmt und stattdessen gutbezahlte Arbeiter einstellt, wäre das bestimmt zu schaffen. In Delaware ist die Nachfrage nach Schiffsholz ungeheuer groß. Aber wenn das mit dem Bauwesen in Charleston so weitergeht wie in den letzten Jahren, eröffnet sich hier ein ebenso guter Markt. Wir können das Ganze nochmal durchdiskutieren und dann überlegen, wie wir's anfangen. Ich werde jetzt erst einmal ein paar Wochen fort sein, um die ›Fleetwood‹ nach New York zu bringen und

dort zu verkaufen. Am besten wäre es, vorher eine Entscheidung zu treffen und die Mühle dann gleich in Schuß zu bringen.«

»Und was ist mit Louisa?« fragte Jeff, ohne von seinem Teller aufzusehen. »Ich habe sie heute in der Stadt getroffen. Sie drängte mich buchstäblich in die Ecke und wollte wissen, ob du bereits ihre Schulden überprüft und diesbezüglich Entschlüsse gefaßt hast. Ich habe ihr gesagt, ich wüßte nichts davon.«

Bis hierher hatte Heather der Unterhaltung nur mit halbem Ohr zugehört, aber bei der Erwähnung von Louisas Namen erwachte ihr Interesse. Brandon bemerkte es und antwortete leichthin:

»Sie war vor ein paar Tagen auch bei mir auf der ›Fleetwood‹, um mit mir über ihre finanzielle Lage zu sprechen. Ich bot ihr an, ihre Schulden in Ordnung zu bringen und ihr darüber hinaus für das Land noch eine anständige Summe zu zahlen. Aber sie war mal wieder eigensinnig, wie gewöhnlich, und das in recht unziemlicher Form. Ich werde die kleinen Schulden bezahlen, die sie in Erwartung unserer Hochzeit gemacht hat. Die größeren werde ich aber nicht eher begleichen, bis sie in den Landverkauf eingewilligt hat. Sie möchte die Dinge so arrangiert haben, daß ich einerseits ihre Schulden voll bezahle, sie andererseits das Land aber immer noch als Lockmittel benutzen kann. Aber dazu habe ich wahrhaftig keine Lust. Ich werde ihr das demnächst nochmals in aller Deutlichkeit sagen und mich mit ihren Gläubigern in Verbindung setzen, die ihr nur deshalb Kredit gewährten, weil sie annahmen, daß wir eines Tages heiraten würden. Ich bringe das vor meiner Abreise nach New York auf jeden Fall in Ordnung. Ich werde also noch allerhand zu tun haben, wobei mir das Projekt mit der Mühle durchaus verlockend zu sein scheint. Übrigens — wärest du bereit, eine nicht allzugroße Summe in die Mühle zu investieren, falls sie sich als ertragreich erweisen sollte?«

Jeff grinste: »Ich dachte, du würdest gar nicht erst fragen.«

Die Unterhaltung ging in geschäftliche Einzelheiten, und als die Mahlzeit vorüber war, eilte Jeff um den Tisch, um Heather von ihrem Stuhl zu helfen, bevor Brandon sich erheben konnte. Ohne sich um die gerunzelten Brauen des älteren Bruders zu kümmern, geleitete Jeff seine Schwägerin zurück ins Wohnzimmer. Genau unter dem Kronleuchter blieb er stehen, schaute hinauf und murmelte laut: »Armes kleines Ding! Da hängt es nun und sieht nicht so aus, als ob man seiner gedacht hätte.«

Ihre Augen folgten seinem Blick und dort hing von der Mitte ein kleiner Mistelzweig an rotem Band. Jeff räusperte sich und sagte lächelnd: »Und nun, Madame, bitte ich um das Geschenk, das Sie vorhin erwähnt haben.«

Ohne ihre Verblüffung zu beachten, nahm er sie in die Arme, beugte sich über sie und küßte sie lange, alles andere als brüderlich. Heather verhielt sich in seiner stürmischen Umarmung völlig passiv, eher erschrocken. Brandon war der Ärger über diese Attacke seines Bruders deutlich ins Gesicht geschrieben. Als Jeff seinen ausdauernden Kuß schließlich beendet hatte, sah er in das düstere Gesicht seines Bruders und grinste breit und zufrieden.

»Erhol dich wieder, Brandon! Ich habe schließlich nur einem guten alten Brauch Genüge getan.«

»Das gibt mir ernstlich Anlaß zu überlegen, ob ich Heather mit dir allein lasse, wenn ich weg bin«, erwiderte Brandon nicht ohne Schärfe.

Jeff lachte und sagte ironisch: »Nanu, Brandon, was ist denn das für ein großes, giftgrünes Monstrum, das auf deinem Rükken hockt? Ich glaube mich zu erinnern, daß du vor gar nicht so langer Zeit einmal großartig erklärt hast, du seiest immun gegen den Dämon Eifersucht . . .?«

Die Wochen vergingen wie im Fluge, und der Zeitpunkt rückte näher, an dem Brandon nach New York segeln wollte. Er hatte während der ganzen Zeit viel zu tun gehabt, hatte sich

um das Schiff kümmern müssen, um Louisas Schulden und um die Mühle, die er und sein Bruder nun endgültig kaufen wollten. Er war sehr wenig zu Hause gewesen. Einige Male blieb er gleich auf der ›Fleetwood‹ und kam drei oder vier Tage nicht heim. Wenn er zu Hause war, saß er in seinem Arbeitszimmer, in Papiere, Kassenbücher und Aufstellungen vergraben. Nur sonntags waren er und Heather zusammen. Wenn sie zur Kirche gingen, wurde die junge Frau mittlerweile von allen Seiten respektvoll und freundlich begrüßt.
An diesem Tag hatte Brandon kurz nach dem Lunch Leopold aus dem Stall geholt, um noch einmal einen langen Ritt zu unternehmen, bevor er wieder auf See mußte. Es war am späten Nachmittag, als das Pferd zurückkam und einigen Schrecken auslöste, denn es kam ohne seinen Reiter. Heather glaubte vor Angst den Verstand zu verlieren, als einer der Dienstboten über die Wiese deutete. Sie sah Brandon – Gott sei Dank, er stand und nun bewegte er sich, ging, wenn auch ein wenig mühsam, auf das Haus zu. Als er sich näherte, konnte man erkennen, daß er staubbedeckt war und daß ihm der Schweiß in Bächen über das zornige Gesicht lief. Er hinkte etwas und schien nicht bei bester Laune zu sein, als er bemerkte, daß sich eine Menschenansammlung gebildet hatte, die ihn erwartete. Leopold sah seinen Herrn von der Seite an und wirkte dabei äußerst munter, so, als triumphierte er, daß es ihm endlich gelungen war, den Herrn und Meister zu überrumpeln. Brandon fluchte mit erhobener Peitsche und sank erschöpft auf eine Bank.
Hatty gluckste vergnügt: »Hat die alte Mähre Sie etwa geschafft, Master Bran?«
Wieder fluchte er unfein und warf seine Handschuhe nach der alten Frau, aber die duckte sich und trat fröhlich, wenn auch in gebotener Eile, ihren Rückzug an.
Jeff lachte schallend: »Eines ist sicher«, rief er übermütig, »auf diese Art und Weise wirst du das Rückenteil deines Jacketts eher verschlissen haben als den Hosenboden.«

George wandte das hochrot gewordene Gesicht ab und hustete, dann gab er sich redliche Mühe, ein gleichmütiges Gesicht zu zeigen.

Nur Heather war noch ehrlich besorgt: »Um Himmels Willen, was ist geschehen, Brandon, du hinkst ja?«

»Dieses verdammte Biest hat einen Moment meine Unaufmerksamkeit genutzt und ist boshaft unter einem niedrig hängenden Ast hindurchgerannt«, erwiderte er zornig. »Und was das Hinken anbelangt: Ich habe eine Blase am Fuß. Denn diese Reitstiefel sind nicht für lange Fußmärsche gedacht.«

Damit wandte er den Anwesenden den staubbedeckten Rükken zu und ging mit wütenden Schritten ins Haus. Als er sich entfernte, schüttelte das Pferd seine Mähne und wieherte laut. Brandon drehte sich um und erhob die geballte Faust.

»Demnächst werde ich dich noch umbringen, verdammter Gaul!«

Damit stürmte er davon.

George sagte mit unterdrücktem Lachen: »Es wird wohl das beste sein, ich gehe und richte ihm das Bad. Er sieht so aus, als könnte er eines brauchen.«

Das Abendessen wurde schweigend eingenommen. Brandon gab nur kurz angebundene Antworten, was nicht zu weiterer Konversation ermutigte. Es war unschwer zu erkennen, daß der verletzte Reiterstolz ihn mehr schmerzte als Schrammen und Blasen.

Auch am nächsten Tag besserte sich seine Stimmung nur wenig. Als Heather an die Tür seines Arbeitszimmers klopfte, tat sie es infolgedessen mit einiger Beklemmung. Ungeduldig rief er ›herein‹. Er saß an seinem Schreibtisch, auf dem sich die Papiere zu Haufen stapelten.

»Hast du vielleicht einen Augenblick Zeit für mich, Brandon?« fragte sie schüchtern. Noch nie hatte sie ihn bei der Arbeit gestört.

Er nickte: »Ja, wenn es nicht zu lange dauert.«

Sie setzte sich in einen Sessel neben den Schreibtisch. Während sie nervös ihr Kleid glattstrich, wartete er mit wachsender Ungeduld, was sie auf dem Herzen haben mochte. »Willst du etwas mit mir besprechen?« erkundigte er sich schließlich.

»Ja ... das heißt nein. Ich wollte nur fragen, wie lange du vorhast, wegzubleiben? Wirst du zurück sein, bevor das Baby kommt?«

Er runzelte die Stirn. »Ja, natürlich. Ich beabsichtige nicht, länger als einen Monat fort zu sein«, antwortete er, etwas verärgert über die Unwichtigkeit dieser Frage, die, wie er fand, in keinem Verhältnis zu der Störung stand. Er wandte sich wieder seiner Arbeit zu.

»Brandon«, fuhr sie leise fort, »während du weg bist, dachte ich, könnte man vielleicht das Kinderzimmer renovieren lassen ...«

»Aber natürlich«, antwortete er kurz, »laß Ethan sich nach Hilfskräften umsehen und nach allem, was du sonst noch brauchst.«

In der Annahme, daß jetzt alles besprochen sei, wollte er sich wieder in seine Papiere vertiefen.

»Da wäre auch noch ... da wäre auch noch etwas im Wohnzimmer zu tun, wenn du nichts dagegen hast.«

Er sah sie an. »Liebes Weib, du kannst während meiner Abwesenheit das ganze Haus umkrempeln, wenn es dir Spaß macht«, meinte er sarkastisch.

Heather senkte die Augen auf ihre gefalteten Hände. Brandon betrachtete sie finster und begann nun endgültig weiterzuarbeiten. Im Raum herrschte Grabesstille, aber Heather machte keine Miene, wieder zu gehen. Nach einiger Zeit blickte Brandon auf. Er steckte den Gänsekiel ins Tintenfaß und lehnte sich im Sessel zurück:

»Möchtest du noch etwas?« fragte er ohne besondere Freundlichkeit.

Klare blaue Augen sahen in zornige grüne. Heather streckte das Kinn ein wenig vor und sprach vor lauter Verlegenheit so schnell, daß man sie kaum verstehen konnte:

»Ja, bitte – während das Wohnzimmer hergerichtet wird, möchte ich gerne deine Erlaubnis, dein Zimmer als Schlafzimmer zu benutzen; du bist ja nicht da.«
Er schlug mit der flachen Hand auf den Schreibtisch und erhob sich, um ärgerlich im Zimmer auf- und abzugehen. Er fand es einfach lächerlich, daß seine eigene Frau ihn um Erlaubnis bat, ein Zimmer zu benützen, das eigentlich für sie beide gedacht war.
»Verflixt nochmal, du brauchst mir nicht den Nerv zu töten, indem du mich um Dinge bittest, die selbstverständlich sind. Du kannst alles in diesem Hause benützen, während ich da bin und genauso während ich weg bin. Ich bitte dich – fang endlich an, die Herrin dieses Hauses zu sein! Auch wenn du nicht das Bett mit mir teilen willst, so gebe ich dir dennoch gern jede Gelegenheit, mit mir zu teilen, was dir sonst beliebt. Also frage nicht erst! Und nun habe ich zu arbeiten, wie du siehst. Ich brauche meine Ruhe, und deshalb bitte ich dich, zu gehen.«
Den letzten Satz hatte er fast geschrien. Heather war während seines Ausbruches immer blasser geworden. Sie erhob sich und rannte fast aus dem Zimmer, blieb aber draußen vor der Tür stehen, als sie sah, daß Jeff und George gerade zur Haustür hereingekommen waren, und zu allem Überfluß auch noch Hatty wie angewurzelt auf der untersten Treppenstufe stand. Die aufgerissenen Augen der drei ließen ihre Vermutung zur Gewißheit werden: Sie hatten jedes Wort mit angehört und verstanden. Die Tränen stürzten ihr aus den Augen, und mit einem Schluchzer lief sie davon, die Treppen hinauf, in ihr Zimmer.
Dort warf sie sich aufs Bett und weinte, als könnte sie nie mehr aufhören.
Brandon kam aus dem Arbeitszimmer und wäre ihr am liebsten gefolgt, um sie zu trösten und wegen seines Zornesausbruchs um Verzeihung zu bitten. Stattdessen begegnete er seinem verärgerten Bruder und sah sich überdies der offenen

Mißbilligung aller gegenüber, die dort standen. Hatty tat einen Schnaufer und sagte, zu Jeff gewandt: »Manche Männer haben wirklich keinen Verstand.« Damit drehte sie sich um und ging.

George trat vor seinen Kapitän, das erstemal ohne den gehörigen Respekt, dafür mit unverhohlenem Ärger. Er öffnete den Mund, suchte nach Worten, aber dann stülpte er sich seine Mütze auf den Kopf und stampfte davon.

Jeff starrte in Brandons sich langsam rötendes Gesicht. »Es gibt Gelegenheiten, lieber Bruder«, sagte er, »bei denen du unseren Erzeugern Schande machst. Wenn du schon unbedingt verrückt spielen mußt, dann laß es nicht andere entgelten.«

Auch er wandte sich um, ging und ließ Brandon stehen.

Betroffen sah der Ältere ihm nach. Er empfand mit schmerzhafter Deutlichkeit den Unsinn und die verhängnisvolle Wirkung seines rasch aufflammenden Jähzorns. Es war schlimm genug, daß seine beiden treuen Dienstboten – wirkliche Freunde – sich gegen ihn gewandt hatten. Es war schlimm, daß er über den Kummer, den er Heather zugefügt hatte, tiefes Bedauern empfand – in der Stille des Hauses war aus dem oberen Stockwerk ihr Schluchzen zu hören, aber daß sein eigener Bruder sich der allgemeinen Ablehnung zugesellt hatte, daß er ihn so hart verurteilte, das war am schlimmsten.

Brandon kehrte in sein Arbeitszimmer zurück und saß, tief in Gedanken versunken, an seinem Schreibtisch. Das Schweigen im Hause schien sich drückend auf ihn zu legen. Er fühlte sich in den eigenen vier Wänden als Ausgestoßener. Er wußte nicht, wie er der selbstverursachten Isolierung entgehen konnte.

Beim Abendbrot herrschte verlegenes Schweigen. Heathers Stuhl blieb leer. Hatty servierte den beiden Männern und schien ein Vergnügen darin zu finden, Brandon die Schüsseln möglichst unbequem außer Reichweite zu stellen. Jeff beendete die Mahlzeit, ohne ein Wort gesagt zu haben, ließ klirrend das Besteck auf den Teller fallen, warf die Serviette hin und

verließ den Tisch, ohne seinen Bruder eines Blickes zu würdigen. Als er in der Eingangshalle stehen blieb, kam Hatty auf ihn zu und sagte, laut genug, daß Brandon es hören konnte:
»Master Jeff, Mrs. Heather sitzt oben am Fenster und will nicht essen. Was soll ich bloß anfangen? Sie und das Baby brauchen etwas zu essen!«
Jeff antwortete in gedämpftem Ton: »Ich würde mir keine Sorgen machen, Hatty. Ich glaube, es ist das beste, wir lassen sie jetzt eine Weile allein. Sie wird sich schon wieder erholen, und er reist außerdem morgen ab.«
Hatty ging, schüttelte den Kopf und murmelte Unverständliches.
Jeff, der noch zu aufgebracht war, um zu schlafen, trat vor die Haustür, starrte ins Dunkle und wunderte sich, wie sehr sein Bruder außer Kontrolle geraten konnte und was für ein Narr er dann war. Vom Stall her hörte er Leopolds Schnauben und Stampfen. Jeff ging über den Hof zum Pferdestall und streichelte das unruhige Tier. Stimmengemurmel lenkte seine Aufmerksamkeit von dem Pferd ab. Er sah einen Lichtstrahl in den Stallgang fallen, die Tür zu dem Raum, in dem George schlief, war nur halb angelehnt. Verwundert und neugierig, mit wem der alte Mann sich wohl um diese Tageszeit unterhielt, näherte er sich der Tür und schaute durch den Spalt. George saß angezogen, mit gekreuzten Beinen, auf seinem Bett. Eine halbleere Flasche war zwischen seine Knie geklemmt, und eine verschlafene Katze, die träge am Fußende des Bettes saß, schien die Zuhörerin seines betrunkenen Monologs zu sein.
»Oh Webby, ich habe Unrecht getan, sie ihm zu bringen. Sieh dir doch an, wie er sie jetzt behandelt, und noch dazu, wo sie sein Kind trägt.« Er zuckte die Schultern. »Aber wie konnte ich wissen, daß sie nur ein armes, verängstigtes Mädchen war, Webby? Die meisten Mädchen, die nachts in den Straßen von London allein herumlaufen, sind Huren. Und der Käpt'n, der hatte so was nötig in der ersten Nacht im Hafen. Er brauchte

'ne Frau im Bett. Aber warum, du lieber Himmel, mußten wir ausgerechnet auf sie stoßen! Das arme Ding, das seine Familie verloren hatte und nicht wußte, wohin. Er muß sie verdammt schlecht behandelt haben in der Nacht. Und sie war noch Jungfrau! Das ist das schlimmste von allem, Webby, sie, als kleines, unschuldiges Mädchen mußte solche Erfahrungen machen. Es ist eine Schande, oh Webby, eine Schande!«
Er hob die Flasche zum Mund und trank in langen Zügen. Dann lachte er, während er sich mit seinem Jackenärmel den Mund abwischte:
»Aber der Lord Hampton, der hat dem Käpt'n Beine gemacht! Der hat verlangt, daß er die kleine Madame heiratete, als er 'rausfand, daß sie schwanger war. Der Käpt'n hatte vielleicht 'ne Wut im Bauch, Webby! Es gibt nicht viele, die ihn zwingen können, etwas zu tun, was er nicht will.«
Der alte Dienstbote verfiel in dumpfes Schweigen, ließ sich gegen das Kopfende des Bettes sinken und starrte gläsern, mit trunkenem Blick, in seine Flasche.
»Trotzdem«, murmelte er nach einer Weile, »der Käpt'n muß sie gemocht haben, denn er ist wie'n Wilder durch London gerannt, als sie weg war. Niemals vorher hat er so eine schreckliche Wut gehabt wie damals, als er merkte, daß sie abgehauen war. Wir mußten alle los und sie suchen. Und wir wären wahrscheinlich noch heute damit beschäftigt, wenn nicht der alte Herr gekommen wäre, der sie ihm zurückgebracht hat, damit er sie heiratet.«
Er setzte sich aufrecht und tat einen weiteren ausgiebigen Schluck. »Und ich, *ich* war es, der sie zuerst für ihn angeschleppt hat, Webby, ich! Ich will verdammt sein. Ich habe sie ihm in die Hände geliefert. Und was sie mit ihm durchgemacht hat und noch immer durchmacht, das arme Wesen . . .«
Seine Stimme schwankte, sein Kopf sank ihm schwer auf die Brust. Unvermittelt war er in tiefen Schlaf gefallen. Sein betrunkenes Schnarchen klang laut durch die Nacht.
Sehr nachdenklich geworden, ging Jeff zurück in den Stall.

»Aha, so hat er sie also gefunden«, murmelte er vor sich hin. Wider Willen mußte er lachen. »Armer Bran, das war eine verteufelte Geschichte! Aber was sage ich, – armes, kleines Mädchen, müßte es heißen!«

Leise vor sich hinpfeifend verließ er den Stall. Sein Sinn für Humor hatte gesiegt. Er kehrte zum Haus zurück. Die Tür zum Arbeitszimmer war geschlossen, und als er vorbeiging, salutierte er spöttisch.

Am nächsten Morgen kam Jeff gut gelaunt die Treppe hinunter ins Speisezimmer. Aber auch beim Frühstück blieb Heathers Platz leer. Er gedachte, seinen Bruder nicht zu schonen. Er wartete nur den Moment ab, bis Brandon den Mund voll genug hatte, dann begann er fast gleichgültig zu sprechen: »Du weißt doch, Brandon, daß eine Frau ungefähr zweihundertsiebzig Tage braucht, um ein Kind auszutragen? Es wird interessant sein, festzustellen, wie lange dieses hier braucht, um zur Welt zu kommen. Es wird besonders interessant sein, sich zu überlegen, wie das vor sich gegangen ist, falls du Heather auf dem Schiff geheiratet hast, das heißt, während ihr auf See wart. Da du selbst der Kapitän des Schiffes warst, müssen einige Schwierigkeiten aufgetaucht sein – sich selbst zu trauen, tz, tz, tz . . .« Nachdenklich fuhr er fort, sich dem reichhaltigen Frühstück zu widmen, als dächte er ernsthaft über die Umstände von Brandons Hochzeit nach. Brandon sah ihn durchdringend an, schwieg aber. Jeff beendete die Mahlzeit und wischte sich den Mund mit der Serviette ab. Dann lehnte er sich zurück und murmelte, halblaut, wie zu sich selbst: »Der Sache muß ich doch mal nachgehen.«

Und bevor Brandon noch ein Wort sagen konnte, erhob er sich und ließ seinen Bruder verblüfft und einigermaßen gereizt zurück.

Das Gepäck war in die Lutsche verladen. Der verkaterte George setzte sich neben James, den Kutscher, und schloß gequält seine geschwollenen Augen vor der blendenden Sonne.

Die beiden Brüder standen neben dem Wagen, als Heather auf die Terrasse heraustrat.
»Ich hoffe, du hast eine gute Reise, Brandon«, sagte sie sanft. »Bitte versuch doch, so bald wie möglich wieder nach Hause zu kommen!«
Er stieg die Stufen zur Terrasse herauf. Sein Gesicht war grimmig. Er blieb stehen und starrte sie an. Mit einem unterdrückten Fluch wandte er sich wieder ab und sprang in die Kutsche.
Jeff blickte dem Wagen nach, der durch die Allee davonrollte. Dann trat er zu Heather. »Hab Geduld, Mädchen«, murmelte er, »er ist nicht so dumm, wie es manchmal den Anschein hat.«
Sie lächelte ihn scheu an, dankbar für sein Verständnis.
Während der folgenden Tage fand sie keine Zeit zum Nachdenken. Sie hatte sich viel vorgenommen. Das Kinderzimmer und das kleine Wohnzimmer sollten neu möbliert, die Wände tapeziert werden. Sie suchte Stoffe für neue Draperien und Vorhänge aus und passende Tapeten dazu. Wenn sie sich einmal etwas Ruhe gönnte, beschäftigte sie sich meistens noch mit einer Handarbeit, um die Babyausstattung zu vervollkommnen. Nur nachts, wenn sie in Brandons Bett lag und mit nervösen Fingern über das geschnitzte Kopfende des Bettes strich, wurde sie sich bewußt, wie einsam Harthaven ohne ihn war, wie verloren sie sich vorkam.

8. Kapitel

Brandon betrat die Gastwirtschaft, warf Umhang und Hut auf einen Stuhl und setzte sich an einen Tisch in der Ecke. Dabei übersah er, daß George ganz in der Nähe an der Theke stand und sich seinem Humpen Bier widmete. Er bestellte Essen und ein Glas Wein, trank den Madeira geistesabwesend, völlig in seine Gedanken versunken, als sich die Tür des Gasthauses öffnete und eine vielköpfige Familie hereinkam. Sie machten alle einen etwas unterernährten Eindruck und waren für die Kälte, die draußen herrschte, viel zu dünn angezogen. Brandon beobachtete die kleine Prozession. Zwei hochgeschossene Halbwüchsige und ihre Mutter gingen voran zum Kamin, um sich dort die Hände zu wärmen, während der Mann den Gastwirt begrüßte und mit ihm etwas zu besprechen schien. Brandon vermutete, daß die Frau ungefähr in seinem Alter sein mußte, aber ihr Gesicht war zerfurcht und hohlwangig, ihre roten, verarbeiteten Hände zeugten von einem harten Leben. Das Kleid, das sie trug, war geflickt und ärmlich. Aber genau wie ihre Kinder, machte sie einen sauberen und ordentlichen Eindruck. Sie hielt ein Baby, das noch kein Jahr alt sein mochte, auf dem Schoß. Ein etwas größerer Bub hielt sich mit beiden Fäustchen an ihrem Rock fest. Der Junge, der das älteste der insgesamt zehn Kinder zu sein schien, stand schüchtern abseits. Er hielt eine etwas jüngere Schwester an der Hand. Die anderen Kinder saßen sittsam und ruhig auf ihren Stühlen und sahen einer Dienstmagd zu, die das Essen auftrug. Ihre Augen wurden beim Anblick der vollen Platten und Schüsseln groß und rund.

Der Vater näherte sich Brandons Tisch; er hielt seinen verbeulten Hut in der Hand.
»Ich bitte um Verzeihung, Sir«, sagte der Mann, »sind Sie vielleicht Käpt'n Birmingham? Der Gastwirt meinte, sie seien der Mann, nach dem ich suche.«
Brandon nickte: »Ja, ich bin Kapitän Birmingham. Was kann ich für Sie tun?«
Der Fremde drehte verlegen den Hut in den Händen. »Ich bin Jeremiah Webster, Sir, ich weiß, daß Sie nach einem Holzfachmann suchen. Ich hätte den Job gerne, Sir.«
Brandon wies auf einen Stuhl am Tisch. »Nehmen Sie Platz, Mr. Webster.«
Der Mann folgte der Aufforderung, und Brandon fragte: »Was für Qualifikationen bringen Sie für eine solche Arbeit mit, Mr. Webster?«
»Nun ja, Sir«, meinte der andere, »ich habe von Anfang an im Holzgewerbe gearbeitet. Das sind mittlerweile fünfundzwanzig Jahre. Die letzten acht Jahre war ich Vorarbeiter, und davon die letzten zwei Jahre Meister. Ich kenne die Arbeit inund auswendig, Sir.«
Brandon wollte gerade zu sprechen anfangen, als das Essen aufgetragen wurde. »Macht es Ihnen etwas aus, daß ich meine Mahlzeit zu mir nehme, während wir uns unterhalten, Mr. Webster?« fragte er, »ich möchte es nicht kalt werden lassen.«
»Nein, Sir. Essen Sie nur, und guten Appetit!«
Brandon nickte seinen Dank und kehrte dann zum Geschäftlichen zurück, während er aß. »Warum haben Sie jetzt keine Stellung, Mr. Webster?«
Der Mann schluckte, bevor er antwortete: »Bis zum vergangenen Sommer war ich in Arbeit und Brot, Sir. Aber ich hatte einen Arbeitsunfall. Meine linke Schulter und der Arm wurden von einem herabfallenden Baumstamm zerschmettert. Ich lag bis zum Beginn des Winters im Bett. Seitdem habe ich nur von Zeit zu Zeit Aushilfsstellen als gewöhnlicher Holzarbeiter bekommen. Die besseren Positionen waren alle besetzt. Außer-

dem verursacht mir das kalte, nasse Wetter hier im Norden immer wieder Narbenschmerzen. Ich glaube, ich kann hier auf die Dauer nicht bleiben. Es ist sehr schwierig, eine große Familie mit dem Lohn eines Hilfsarbeiters zu ernähren.«
Brandon nickte. Dann lehnte er sich zurück und schaute den Mann durchdringend an.
»Es ist nun so, Mr. Webster, daß ich tatsächlich nach einem Leiter für mein Sägewerk suche.« Er machte eine Pause, und der arme Bursche schien in seinem Stuhl zusammenzuschrumpfen. »Ihr Name ist mir nicht unbekannt«, fuhr Brandon fort, »Sie wurden mir von Mr. Bristol, dem Käufer meines Schiffes, empfohlen. Er sagte mir, Sie wären ein guter Mann und hätten mehr Erfahrung als mancher andere. Ich beginne jetzt mit dem Betrieb eines Sägewerks, und ich möchte die Leitung jemand anvertrauen, der das Geschäft von Grund auf kennt. Ich nehme an, Sie sind der Richtige, und falls Sie einverstanden sind, können Sie die Position haben.«
Mr. Webster saß einen Augenblick wie versteinert. Dann flog ein breites, glückliches Lächeln über sein Gesicht.
»Ich danke Ihnen, Sir, Sie sollen Ihre Entscheidung keinen Moment bereuen, das verspreche ich Ihnen. Darf ich meiner Frau schnell die gute Nachricht bringen?«
»Aber selbstverständlich, Mr. Webster, tun Sie das, und dann gibt es noch einiges, worüber wir uns unterhalten müssen.«
Der Mann ging hinüber und sprach mit seiner Frau. Brandon beobachtete die Kinder, die viel größeres Interesse an dem guten Essen ringsum zu haben schienen als an der Neuigkeit ihres Vaters. Er erinnerte sich auf einmal, daß die Augen des Mannes ständig an seinem Teller gehangen hatten, während er aß. Als er jetzt die Familie beobachtete, wurde es ihm klar, daß sie wohl schon lange kaum etwas zu essen gehabt haben mußten.
Der Vater kehrte an den Tisch zurück. Brandon sagte schnell: »Es tut mir unglaublich leid, Mr. Webster, ich habe nicht daran gedacht – aber haben Sie überhaupt schon gegessen?«

Webster lachte nervös und beteuerte: »Wir sind direkt hierhergekommen, Sir, es macht überhaupt nichts, daß wir bis jetzt noch nicht gegessen haben. Wir haben ein paar Vorräte im Planwagen und werden später essen.«
»Nun, Mr. Webster«, lächelte Brandon, »nachdem Sie gerade für einen sehr verantwortungsvollen Posten von mir eingestellt worden sind, haben wir einen kleinen Grund zum Feiern, meine ich. Darf ich Sie einladen, alle meine Gäste zu sein. Es wäre mir ein wirkliches Vergnügen.«
Verwirrt senkte der Mann den Kopf: »Ja — ja — doch, vielen Dank auch, Sir.«
Er eilte zurück zu seiner Familie, und Brandon gab in der Zwischenzeit die Bestellung auf. Der Schankwirt beeilte sich, genügend Stühle um zwei zusammengestellte Tische zu gruppieren. Ordentlich und gesittet versammelte sich daraufhin die Familie um die rasch geschaffene Tafel und nahm ihre Plätze ein. Brandon erhob sich, als Mr. Webster seine Frau vorstellte.
»Käpt'n Birmingham, dies ist meine Frau Leah.«
Brandon machte eine kleine Verbeugung und sagte höflich:
»Es freut mich, Sie kennenzulernen, Madame. Ich hoffe, Sie beide und Ihre Kinder werden sich bei uns zu Hause fühlen.«
Die Frau lächelte verlegen und senkte den Blick. Sie hielt noch immer das Baby im Arm. Brandon blieb sitzen und wartete, bis die Mahlzeit serviert und der erste Hunger gestillt war, ehe er fortfuhr, über Geschäftliches zu reden.
»Wir haben noch nicht über Ihr Einkommen gesprochen, Mr. Webster«, begann er, »mein Vorschlag ist folgender: Ihr Gehalt beträgt zwanzig Pfund im Monat, Ihre Wohnung wird ganz in der Nähe des Sägewerks liegen. Falls Ihre Tätigkeit erfolgreich sein sollte, können Sie sich späterhin mit einem gewissen Einsatz am Gewinn beteiligen.«
Wiederum schien der Mann sprachlos zu sein und konnte nur stumm nicken. Brandon zog ein Papier aus seiner Jackentasche. »Hier ist ein Blanko-Scheck, auf meine Bank in Charleston

ausgestellt. Es soll Ihre vorläufigen Unkosten decken, und falls Sie ein paar gute Leute ausfindig machen, die als Holzarbeiter zu gebrauchen sind und die Sie gleich mitbringen, können Sie auch die dadurch entstehenden Kosten damit begleichen. Haben Sie irgendwelche Schulden, die Sie in Ordnung bringen müssen, bevor Sie den Wohnort wechseln?«

Mr. Webster schüttelte den Kopf.

»Gut dann«, erwiderte Brandon, griff in seine Tasche nach seinem Geldbeutel und zählte zehn Goldmünzen auf den Tisch: »Hier sind im voraus erst einmal Ihre Reisekosten. Ich nehme an, daß Sie innerhalb einer Woche, nachdem ich zu Hause bin, dort eintreffen werden. Haben Sie noch irgendwelche Fragen?«

Der Mann zögerte erst, dann aber sagte er: »Da ist noch etwas, Sir: Ich möchte nicht gerne mit Sklaven oder mit Sträflingen arbeiten.«

Brandon lächelte: »Sind sind mein Mann, Mr. Webster! Für gute Arbeit sind bezahlte Leute die besten Arbeitskräfte.«

Die Teller und Platten wurden abgetragen. Die älteren Kinder wisperten und flüsterten miteinander, während die kleineren, ermüdet durch das ungewohnt reichhaltige Essen, schläfrig dasaßen. Brandon betrachtete die Familie nachdenklich und mußte plötzlich an sein eigenes Kind denken.

»Sie haben eine wundervolle Familie, Mr. Webster«, sagte er, »meine Frau erwartet unser erstes Kind. Es wird irgendwann im März geboren, und deshalb bin ich sehr in Eile, nach Hause zu kommen, um rechtzeitig zur Geburt daheim zu sein.«

Die Frau lächelte ihm verständnisvoll und herzlich zu.

Das Geschäft war damit beschlossen. Die beiden Männer erhoben sich und reichten einander die Hand. Brandon sah nachdenklich zu, wie die Familie in langer Reihe wieder hinausging. Dann sank er in seinen Stuhl und goß sich noch ein Glas Madeira ein.

Eine recht attraktive Person im gewagt ausgeschnittenen, etwas zu bunten Kleid mit flammend rotem Haar und geschminkten Lippen erhob sich von ihrem Stuhl, wo sie die ganze Zeit über gesessen und Brandon nicht aus den Augen gelassen hatte. Der Anblick seiner Geldbörse schien sie befeuert zu haben. Mit aufreizend wiegenden Hüften kam sie langsam näher und lehnte sich an seinen Tisch. »Wie steht's« fragte sie. »Sind Sie ein Gentleman und zahlen einer einsamen Dame einen Drink?«

Brandon sah sie kühl von oben bis unten an. »Ich fürchte, ich habe heute abend eine andere Verabredung«, sagte er kurz, »Sie werden mich bitte entschuldigen.« Er machte eine abweisende Handbewegung und sie stöckelte eilig davon. George, der das Interesse der Frau schon früher bemerkt hatte, lächelte in sich hinein und seufzte erleichtert. Seitdem sie vor vier Wochen mit der ›Fleetwood‹ hier eingetroffen waren, hatte er seinen Kapitän genau beobachtet und gesehen, wie er eine Dirne nach der anderen abwies, um sich allabendlich allein in sein Zimmer zurückzuziehen. Morgen würden sie zur Heimreise aufbrechen. Er würde zu einer Ehefrau zurückkehren, deren Schwangerschaft schon viel zu weit fortgeschritten war, als daß sie seinen männlichen Bedürfnissen noch gerecht werden konnte. Dennoch hatte er seit seiner Ankunft hier keine Frau angerührt. Georg empfand eine ganz neue Art von Respekt für seinen Kapitän und nickte zufrieden vor sich hin. Ja, ja, dachte er, den Kapitän hat's erwischt. Und zwar gewaltig. Die kleine Madame hat sich in sein Herz hineingeschmuggelt, ohne daß er es so recht bemerkt hat. Da sitzt er nun und träumt von ihr, während die Huren vor ihm paradieren. Ja, ja, der arme Käpt'n! Die Zeiten haben sich geändert. George hob sein Glas ein wenig, als wollte er seinem Kapitän zuprosten, und trank es in einem Zug aus.

Brandon erhob sich vom Tisch. Er war sich Georges Gegenwart nicht bewußt. Das letzte, was der Diener von seinem Herrn sah, war, daß er, allein wie jeden Abend, die Treppen zu seinem Zimmer hinaufstieg.

Brandon schloß die Zimmertür hinter sich und begann sich

langsam zu entkleiden. Seine Gedanken liefen nur in einer einzigen Richtung. Während er das Hemd auszog und über einen Stuhl legte, betrachtete er sich in einem großen Spiegel, der in einer Zimmerecke hing. Er sah einen langbeinigen, muskulösen Körper, einen blendend gewachsenen Mann mit ebenmäßigen Gesichtszügen. Er konnte mit seinem Aussehen zufrieden sein; dennoch wandte er sich niedergedrückt ab. Verdammt, dachte er, bin ich so häßlich, daß eine Frau keine Lust hat, das Bett mit mir zu teilen? Was kann ich tun, um sie umzustimmen, damit sie nicht nur mein Gesicht akzeptiert, sondern auch meine Gegenwart in ihrem Bett?

Er verfiel in tiefes Grübeln:

Ich habe hübsche Mädchen hier und im Ausland gekannt. Warum macht diese eine einzige mich zum Narren? Warum lehnt sie mich ab? Ich habe die vornehmsten Ladies gebeten, für mich die Schenkel zu spreizen, und sie haben es bereitwilligst und mit dem größten Vergnügen getan. Aber wenn ich vor Heather stehe, ist es, als wäre ich der Sprache nicht mächtig, als verfinge ich mich im Netz meiner eigenen Worte.

Er ging zum Fenster und schaute hinaus ins Dunkel, wohl wissend, daß in manchen der Häuser mit den erleuchteten Fenstern für ihn ein warmes Bett bereitstünde. Seine Begierde wurde heftiger. Aber es war nicht die Begierde nach anderen Frauen. Es war eine bestimmte Erinnerung, die er mit sich trug, ein bestimmter Traum, nach dessen Erfüllung er sich sehnte. Zärtlich wandten sich seine Gedanken vergangenen Bildern zu: Goldenes Kerzenlicht, reflektiert von seidiger Haut, die noch feucht war von einem abendlichen Bad. Schwarzes, gelocktes Haar. Tiefblaue Augen. Sehnsüchtig überlegte er, wie es sein würde, wenn ihre weichen Arme sich um seinen Nacken legten, wenn die vollen, rosigen Lippen sich auf seine preßten, wenn sich ihr junger Körper warm und verlangend an ihn schmiegen würde.

Er wandte sich vom Fenster ab. Guter Gott, dachte er, diese

kleine, sanfte Jungfrau lehnt mich ab, und meine Seele und mein Körper gehen fast daran zugrunde! Die Sehnsucht nach ihr überwältigt mich. Er ergriff ein Glas und goß es sich randvoll, dann sank er in einen Sessel und brütete weiter über seinen unlösbaren Problemen.

Seit jener ersten Nacht, in der man sie mir in die Kabine geschleppt hat, habe ich mit keiner anderen Frau geschlafen. Dieses zierliche Mädchen, diese zarte Blume hat mein Herz an sich genommen. Es gehört ihr. Und sie will es nicht! Aber ich will keine andere Frau. Mein Gott, daß ich sie so liebe! Und ich dachte, das sei eine Gefühlsregung, die ich nie kennenlernen würde. Ich dachte, ich hätte überwunden, woran andere Männer leiden. Ich hielt mich für einen abgebrühten Weltmann, der, jenseits solch simpler Gefühle, eine erfahrene Frau nur für körperliche Freuden akzeptiert. Aber nun hat mich die Unschuld dieser einen so sehr in Bann geschlagen, daß ich mich nicht einmal daraus befreien kann, um mir im Bett Erleichterung durch eine andere zu verschaffen.

Schon als ich ihre Jungfräulichkeit gegen ihren Willen bezwang, bereitete mir das größere Lust, als ich sie je bei einer anderen Frau erlebt habe, meditierte er weiter. Sie hat meinen Samen in sich aufgenommen, hat keinen anderen Mann außer mir gekannt. Seit dem allerersten Moment, in dem ich sie an mich riß, hat sie alle meine Gedanken beansprucht. Selbst in meinen Träumen erscheint sie mir, in den Wunschträumen, die mir vorgaukeln, daß sie mich liebt.

Er hob den Kopf und lehnte sich zurück. Langsam schlürfte er den Wein.

Ihre schwere Stunde rückt näher. Ich werde die Zeit für mich arbeiten lassen, werde zurückhaltend bleiben, mich als Bittsteller erweisen, zärtlich um sie werben, – vielleicht kommt sie dann von selbst zu mir . . .

Er trank das Glas vollends aus, erhob sich und ging zu Bett. Die schonungslosen Überlegungen, in denen er sich endgültig seine Liebe eingestanden hatte, die Lösung des Konfliktes, die ihm nahe zu sein schien, ließen ihn zum ersten Mal seit vielen Monaten in tiefen Schlummer versinken.

Strömender Regen ergoß sich über Harthaven. Die Wolken zogen niedrig dahin. Die Nacht war schwarz und sturmdurchweht.
Heather blickte sich in dem großen Raum um, ob sie auch alle Spuren verwischt hatte, die von ihrer Gegenwart zeugten. Sie hatte viele Nächte in diesem Schlafzimmer zugebracht. Es war ihr vertraut geworden in den vergangenen Wochen. Sie sah auf das breite Bett, das sie willkommen zu heißen schien und das sie nun verlassen mußte. Der Gedanke daran versetzte ihr einen kleinen Stich ins Herz.
Sie seufzte tief und machte sich widerstrebend auf den Weg in das andere Zimmer. Die Tür zum Kinderzimmer stand offen. Sie ergriff eine Kerze, um es sich noch einmal anzuschauen. Sie streichelte ein hölzernes Schaukelpferd, das Brandon als kleinem Jungen gehört hatte, trat neben die Wiege und zupfte an den Rüschen der Decke.
Wie merkwürdig, dachte sie, wir alle sind davon überzeugt, daß das Kind ein Junge sein wird. Zärtlich strich sie über die zarte Batistwäsche. Natürlich, spann sie ihre Gedanken weiter, mein Mann hat erklärt, es sei so; und wer will ihm das Recht streitig machen, sich einen Sohn zu wünschen? Sie mußte lächeln, als sie sich daran erinnerte, wie sehr sie um ein Mädchen gebetet hatte. Arme Tochter, falls du eine werden solltest! Er wird dich gewiß wie einen Sohn aufwachsen lassen.
Sie wandte sich um, wanderte vom Kinderzimmer durch das kleine Wohnzimmer wieder ins große Schlafzimmer zurück, wo ein Feuer im Kamin prasselte. Dort setzte sie sich in einen behaglichen Ohrensessel und starrte in die Flammen. Sie dachte an Brandon, dessen Rückkehr in den nächsten Tagen erwartet wurde. Sein Brief, der sie vor zwei Wochen erreicht hatte, war kurz gewesen und hatte nur den ungefähren Zeitpunkt seiner Heimkehr genannt.

Wie würde er sich verhalten, wenn er zurückkam? Würde er freundlicher sein oder vielleicht noch zorniger? Hatte er im Norden ein Mädchen gefunden, mit dem er sich vergnügte? Schließlich hatte er doch ihr, seiner Frau, ein Bett im anderen Raum zugewiesen, sie aus seinem Schlafzimmer, aus seinem Bett verbannt.

Er kann meinen Anblick nicht ertragen, dachte sie traurig, zumal jetzt, wo ich durch die Schwangerschaft so plump bin, und so unbeholfen in meinen Bewegungen. Ich watschele wie eine Ente! Man darf es ihm nicht übelnehmen, daß er mich so nicht mag. Sie lehnte sich zurück und schloß die Augen.

Oh Brandon, ich würde so viel zärtlicher sein, wenn du mir die Möglichkeit dazu gäbest! Vielleicht könnte ich dann dein Bett mit dir teilen und wieder deine Wärme neben mir spüren. Ich bin sicher, du würdest nach keiner anderen Frau mehr verlangen . . .

Wieder schaute sie in die tanzenden Flammen und diesmal fühlte sie Zorn in sich aufsteigen. Was für ein abscheuliches, verdorbenes Weib mag er sich gesucht haben, um mit ihr die Zeit zu verbringen! Oder hatte er sich ein süßes, kleines Dummchen ins Bett geholt?

Aber ihr Zorn verflog rasch. Ich hätte niemals dieses Land, dieses Haus und all diese freundlichen Menschen kennengelernt, wenn das Schicksal nicht entschieden hätte, daß meine Jungfernschaft der Preis dafür sein sollte. Ich muß das beste daraus machen; und wenn das Kind erst zur Welt gekommen ist, wenn ich mein früheres Aussehen wieder zurückerlangt habe – dann werde ich alle weiblichen Spiele zu spielen wissen, um meinen Mann für mich zu gewinnen! Sie begann zu träumen. Und in der Erinnerung wurde ihr warm: Jener Moment in der Gastwirtschaft im Londoner Hafen, als er so zärtlich, ja, fast verliebt erschienen war. Und seine liebevolle Sorge für sie auf dem Schiff. Und selbst vor Louisa hatte er allen Groll gegen sie vergessen und sich als zärtlicher Liebhaber gezeigt.

Ob es wohl möglich ist, dachte sie sehnsüchtig, daß irgendwo in seinem Herzen doch liebevolle Gedanken für mich wohnen? Wenn ich eine zärtliche, ergebene Ehefrau wäre, könnte er mich dann eines Tages lieben? Oh, mein heimlich Geliebter, ich bin dir so zugetan, könntest du nicht eines Tages diese Zuneigung erwidern? Mich in deine Arme nehmen, mich liebkosen, stürmisch und leidenschaftlich wie ein echter Liebhaber! Wie ein liebender Gatte?

Das Feuer war langsam heruntergebrannt. Heather erhob sich und stand im sanften Schimmer seiner Glut neben dem verführerischen Bett.

Sie seufzte. Dann kehrte sie in ihr Wohnzimmer zurück. Für sie war es immer noch ein Wohnzimmer und nur vorübergehend ein Raum zum Schlafen, nur so lange, bis sie ihren rechtmäßigen Platz eingenommen haben würde. Sie legte sich auf ihr Bett und fiel kurz darauf in Schlaf.

Ein paar Tage später wurden Leopold, eine Kutsche und ein paar Dienstboten in die Stadt geschickt, um Brandons Ankunft zu erwarten. Es war ein warmer Vorfrühlingstag, und Heather hatte die Gelegenheit wahrgenommen, in die Wirtschaftsgebäude hinüberzugehen, um von ›Tante Ruth‹ etwas mehr über die seltsamen Yankee-Spezialitäten zu lernen, vor allem über Brandons Lieblingsgerichte. Sie saß auf einem Stuhl und schlürfte den Tee, den die alte Frau für sie zubereitet hatte. Dabei hörte sie aufmerksam den Erklärungen der Negerin zu, die sich mit Wohlbehagen über Einzelheiten ihrer vielen Rezepte ausließ.

Das behagliche Geplauder der beiden Frauen wurde plötzlich durch laute Rufe aus der Ferne unterbrochen, und gleich darauf stürzte Hatty atemlos in die Küche und rief: »Master Bran kommt die Allee hinauf! Und wie schnell! Er reitet das schwarze Pferd noch zu Tode.« Heathers Augen wurden groß, sie atmete tief auf, als sie sich nun vom Stuhl erhob. Ihre Hände tasteten nach ihren Haaren und dann nach ihrem Kleid. »Oh«, rief sie, »ich muß ja entsetzlich aussehen! Ich sollte eigentlich . . .« Sie wandte sich, ohne den Satz zu beenden, und lief aus der Küche, hinüber ins Haupthaus, die Treppen hinauf. Aufgeregt rief sie nach Mary. Das Mädchen kam gerannt. Heather bat sie, ein frisches Kleid aus dem Schrank zu nehmen, und riß sich schon das Kleid vom Leibe. Als Mary sich beeilte, das neue Kleid im Rücken zu schließen, bat Heather nervös: »Eil dich, Mary, eil dich, bitte! Der Herr kommt! Er wird gleich hier sein.« Sie glättete ihr Haar mit den Händen, rieb sich die Wangen und biß sich auf die Lippen, damit sie rot wurden. Dann eilte sie die Treppen hinunter und stand gleich darauf ganz gelassen und so, als wäre sie nur rein zufällig da, auf der Veranda. Da sah sie auch schon ihren Mann die Auffahrtsallee hinaufkommen. Er ging langsam und führte Leopold am Zügel. Aber die Flanken des Pferdes straften seine Gleichgültigkeit Lügen. Sie waren schweißbedeckt. Brandon war wie ein Wilder hier heraufgeprescht. Er konnte es nicht erwarten, seine junge Frau wiederzusehen. Nun näherte er sich der Terrasse und schien es durchaus nicht eilig zu haben. Er übergab das Pferd einem Stallburschen mit der Ermahnung, das Tier noch etwas zu bewegen, dann gut abzureiben und ihm nicht zuviel kaltes Wasser zu geben. Nachdem er all dies in betonter Gelassenheit hinter sich gebracht hatte, wandte er sich endlich seiner Frau zu. Ein zärtliches Lächeln leuchtete in seinem Gesicht auf. Er ließ, während er die Stufen zu ihr hinaufstieg, seine Blicke über sie gleiten, nahm jede winzige Einzelheit des geliebten Gesichts in sich auf. Dann legte er einen Arm um sie und begrüßte sie mit einem fast väterlichen Kuß. Sie lächelte und lehnte sich an seine Schulter, als sie ins Haus gingen.

»Hattest du eine gute Reise?« fragte sie sanft. »Das Wetter hier war so schlecht! Ich habe mir deinetwegen Sorge gemacht.«

Er zog sie enger an sich. »Das war nicht nötig, mein Kleines. Wir haben das Schlimmste in New York abgewartet, und unsere Rückfahrt verlief ohne jede Schwierigkeit. Und was ist hier in der Zwischenzeit alles vorgefallen? Hast du das Kinderzimmer fertig?«

Sie nickte und ihre Augen leuchteten: »Möchtest du's gerne sehen?«
»Aber natürlich«, antwortete er heiter.
Sie lächelte glücklich, nahm seinen Arm und ließ sich von ihm die Treppe hinaufführen. Er betrachtete nachdenklich ihre fortgeschrittene Rundung und fragte: »Hast du dich auch immer wohl gefühlt?«
»Oh ja«, versicherte sie, »es ging mir glänzend. Hatty sagt, sie hat niemals eine werdende Mutter gesehen, die besser zugange war als ich. Ich fühle mich fabelhaft.« Sie sah fast etwas verschämt auf ihren Bauch, und als sie den Treppenabsatz erreicht hatten, sagte sie entschuldigend: »Obwohl ich fürchte, daß ich kein allzu hübscher Anblick bin und nicht gerade anmutig daherkomme.«
Er lachte und legte den Arm um ihre Mitte, hob ihr Kinn und sah ihr tief in die Augen: »Ich habe kaum angenommen, daß du wie eine Elfe aussiehst, während du meinen Sohn trägst, mein Liebes, aber selbst mit dieser Last läßt du ein schlankes junges Mädchen noch vor Neid erblassen.«
Sie lächelte und preßte ihre Wange gegen seine Brust, tief beglückt über diese Antwort.
Im Kinderzimmer ging er langsam durch den Raum, während sie, die Hände auf dem Rücken verschränkt, ängstlich dastand und darauf wartete, was er sagen würde. Brandon zog die Spitzenvorhänge des Betthimmels zurück. Dann setzte er die Wiege leicht in Bewegung und lächelte versonnen. Er betrachtete die hellblauen Wände und die schneeweißen Vorhänge. Vorsichtig ging er um die dicken Teppiche herum, die auf dem blankpolierten Eichenboden lagen, und öffnete neugierig eine Kommodenschublade, worin, sorgfältig gefaltet und gestapelt, winzige Babywäsche lag. Einige Stücke erkannte er wieder. Heather hatte daran genäht, bevor er fortfuhr.
Heather stellte sich neben das Schaukelpferd, strich mit vorsichtigem Finger über den roten Sattel und gab dem Pferdchen einen kleinen Stoß, so daß es leise hin- und herschaukelte.

»Wir haben es auf dem Boden gefunden«, erklärte sie, »Hatty hat mir erzählt, daß es deines war, und so bat ich Ethan, es herunterzuholen. Wenn unser Sohn alt genug ist, soll er darauf reiten.«

Er nickte. »Ein hübscher Gedanke . . .«

Heather fuhr fort, ihm weitere Einrichtungsgegenstände zu zeigen und zu erklären, aber plötzlich blieb sie stehen und rief entsetzt: »Oh lieber Himmel , Brandon! Du hast ja noch nichts gegessen – du mußt halb verhungert sein! Und ich stehe hier und halte dich mit Nebensächlichkeiten auf.«

Schnell rief sie Mary und bestellte das Essen für Brandon und ein heißes Bad. Brandon war in sein Schlafzimmer gegangen, hatte das Jackett ausgezogen und streifte gerade die Schuhe von den Füßen, als sie hereinkam.

»Ich bin nicht mehr länger Kapitän, mein Kätzchen«, sagte er. »Ich habe die ›Fleetwood‹ für eine beachtliche Summe verkauft. Du mußt nun damit rechnen, daß du mich jeden Tag zu Hause haben wirst.«

Heather lächelte vor sich hin. Diese Aussicht war ihr alles andere als unangenehm.

Mary brachte das Essen, und Heather saß Brandon gegenüber und sah ihm zu. Sie war glücklich über die Intimität des Augenblicks.

Während das Geschirr abgeräumt wurde, hatte man die Badewanne gefüllt. Heather prüfte, ob das Wasser warm genug war, bevor sie das Mädchen entließ. Dann legte sie frische Wäsche heraus, während ihr Mann sich auszog. Brandon setzte sich aufatmend in das heiße Wasser und lehnte sich voller Behagen zurück. Als er sich schließlich aufrichtete, um sich zu waschen, eilte Heather zu ihm und griff nach dem Schwamm. Er sah sie an, lange und nachdenklich, dann beugte er sich vor und bot ihr seinen Rücken.

»Schrubb mich bitte richtig ab, mein Liebes. Ich habe das Gefühl, als wäre ich schrecklich schmutzig.«

Glücklich widmete sie sich dieser Aufgabe. Sie seifte seinen muskulösen Rücken ein, malte mit dem Finger in den Seifenschaum ein großes ›B‹ und kicherte, als sie ein ›H‹ daneben setzte. Er schaute über die Schulter, eine Augenbraue erhoben, ein amüsiertes Lächeln auf den Lippen. »Was machst du da, Miss?«

Sie lachte und drückte den Schwamm über seinem Kopf aus. »Ich habe dir ein Brandzeichen gesetzt.« Er schüttelte sich die Nässe aus den Haaren und spritzte sie voll. Sie stieß einen kleinen, übermütigen Schrei aus, sprang zurück und warf aus sicherer Entfernung den Schwamm nach ihm. Dann tat sie einen überraschten Juchzer, denn er stand auf, stieg aus der Wanne und kam – immer noch naß und voller Seife – auf sie zu.

»Oh Brandon, was tust du da?« schrie sie fröhlich, »geh zurück in die Wanne!«

Sie wandte sich um, als wollte sie fliehen, aber er schlang beide Arme um sie, hob sie hoch und schwang sie über die Wanne. Sie lachte, genoß das Spiel, er tat so, als wollte er sie in die Wanne fallen lassen. Sie schlang die Arme fest um seinen Hals und rief kichernd: »Oh Brandon, wage es nicht! Sonst bin ich dir böse!«

Er lächelte in ihre Augen hinein: »Aber meine Süße, du schienst doch so interessiert an meinem Bad zu sein! Ich dachte, du wolltest es mit mir teilen.«

»Stell mich wieder hin«, bat sie, dann fügte sie, lieb lächelnd, hinzu: »Bitte!«

Seine Augen funkelten vor Vergnügen. »Ah, jetzt wird mir der wahre Grund klar, Madame. Du bist eine Fetischistin und nur darauf spezialisiert, Männerrücken zu schrubben, stimmt's?«

Sanft setzte er sie wieder auf die Füße und grinste, als sie ihre Arme hob und sich um sich selbst drehte, um ihr nasses Kleid zu betrachten.

»Oh Brandon, du bist unmöglich, schau mal, was du angerichtet hast!«

Er lachte herzlich und zog sie aufs neue in seine feuchte Umar-

mung. Ihr Gekicher und sein fröhliches Gelächter vermengten sich. Er preßte sein Gesicht gegen ihren weichen Busen und strich mit der Hand über ihren Leib.
»Ich will es ja gar nicht in Abrede stellen, aber mußt du deswegen über meine Missetat immer noch so erzürnt sein?« neckte er, »das ist doch nun schon acht Monate her.«
»Ich sprach von meinem Kleid«, verbesserte sie ihn indigniert. »Du hast mich naß gemacht, und nun muß ich mich umziehen. Sei lieb und hake mir das Kleid hinten auf. Ich möchte Mary nicht nochmal bitten, mir zu helfen.«
»Nochmal?« fragte er.
»Ach nichts«, entgegenete sie schnell, »bitte, mach es mir auf.«
Er tat, was sie wünschte, und nahm wieder seinen Platz in der Badewanne ein. Sie wandte sich ab und zog sich das Kleid über den Kopf. »Danke«, lächelte sie und beugte sich zu ihm herunter, um ihn auf die Wange zu küssen. Dann drehte sie sich um und ging in ihr Zimmer.
Der Kuß schien auf seiner Haut zu brennen. Brandon konnte sich nicht mehr entspannt zurücklehnen und die Wärme des Bades genießen. Eine Bewegung im Nebenraum machte ihn aufmerksam. Er sah Heather durch die halbgeöffnete Tür im großen Ankleidespiegel, wie sie das Kleid auszog. Ein plötzliches, machtvolles Drängen stieg in ihm auf. Er wollte sie fragen, jetzt und auf der Stelle, ob sie den großen Schlafraum mit ihm teilen wollte, ob sie heute nacht neben ihm im Bett liegen wollte, und ob er sie im Arm halten dürfte. Nicht leidenschaftlich, liebevoll und zärtlich, wie ein Ehemann das tut, wenn die schwere Stunde seiner Frau näherkommt. Aber dann besann er sich und dachte, daß Vorsicht geboten sei. Bisher hatte sie bereitwillig eine gewisse Zärtlichkeit bewiesen, aber das brauchte noch nicht zu bedeuten, daß sie willens war, das Bett mit ihm zu teilen. Sie schien mit der augenblicklichen Situation so zufrieden und glücklich zu sein. Vielleicht später, dachte er, wenn sie sich mit ihrer Mutterschaft nicht mehr entschuldigen kann. Dann wollte er sie fragen.

Er begann sich wieder leichter zu fühlen. Da schreckte ein Klopfen ihn hoch. Die Tür wurde einen Spalt aufgemacht, und Jeffs strahlendes Gesicht erschien.
»Na, bist du ein anständiger Mensch, großer Bruder?« witzelte er übermütig.
»Bestimmt mehr als du«, grunzte Brandon erbost über die Unterbrechung seiner Tagträume. »Mach die Tür zu. Am besten von außen.«
Ungerührt von dieser brüderlichen Aufforderung, trat Jeff ein und gab der Tür mit dem Absatz einen Stoß, daß sie zuschlug. »Aber liebster Brandon«, sagte er übertrieben komisch, »ich komme doch nur, um dir die Zeit zu vertreiben, und –« rief er laut in Richtung des anderen Zimmers, wo er mit Recht Heather vermutete, »um meine liebe Schwägerin vor deinen unguten Temperamentsausbrüchen zu bewahren.« Durch die geöffnete Tür des Nebenzimmers hörte man ein leises Kichern, und Jeff mußte über seinen eigenen Witz lachen. Dann stellte er ein volles Glas Brandy und eine unangebrochene Zigarrenkiste auf ein Tischchen, das er neben die Badewanne rückte.
Brandon nickte anerkennend, trank den Brandy und rollte eine Zigarre zwischen den Fingern: »Na ja«, meinte er gnädig, »ich glaube, man kann dich behalten. Dein Fall ist noch nicht ganz hoffnungslos.«
Heather betrat strahlend das Zimmer und begrüßte Jeff. Sie hörte der Unterhaltung nicht weiter zu, sondern widmete sich hausfraulich dem Bereitlegen von Brandons Kleidung. Erst als Brandon seine Begegnung mit den Websters schilderte, trat sie zu den beiden Männern. Brandon nahm ihre Hand, die sie auf den Wannenrand gelegt hatte, und rieb liebevoll sein Ohr daran, während er mit Jeff sprach. Der jüngere Bruder registrierte das sofort und überlegte verwundert, welch seltsame Wandlung in beider Verhalten vor sich gegangen war. Als Brandon seine Erzählung beendet hatte, mußte Heather sich eingestehen, wie wenig sie eigentlich ihren Mann kannte. Sie war gerührt über die Geschichte von der Misere der Websters und gleichzeitig

ungeheuer stolz auf die Art, in der sich Brandon ihrer angenommen hatte.
»Sie werden irgendwann in der nächsten Woche hier eintreffen«, sagte Brandon. Jeff zündete sich eine der Zigarren an, die er mitgebracht hatte.
»Dann werden wir eine Unterkunft für sie vorbereiten müssen.«
»Beim Sägewerk gibt es doch ein paar Häuser. Sie könnten in dem alten Haus wohnen, in dem Mr. Bartlett gehaust hat. Er hat es, glaube ich, ausschließlich als Büro benutzt.«
Jeff schnaubte verächtlich. »Ich dachte, das seien Leute, die du auf jeden Fall halten willst. Sie werden einen Blick auf die Bruchbude werfen und sich schleunigst wieder gen Norden verziehen. Bartlett war wie eine Ratte im Dreck. Und das ist noch milde ausgedrückt! Das Haus sieht schlimmer aus als ein Schweinestall. In den Betten, die dort herumstehen, pflegte er sich mit seinen Sklavinnen zu vergnügen. Die armen Weiber waren voll von Ungeziefer. Nicht einmal Schweine würden sich da wohl fühlen, – und du willst den Websters das als Wohnung anbieten? Wenn du die Innenräume gesehen hättest, würde sich dir der Magen umdrehen.«
»Ich hab sie gesehen«, antwortete Brandon gelassen, »darum werden wir morgen auch hingehen und mit vereinten Kräften saubermachen.«
»Da hätte ich ja meinen Mund halten können«, murmelte Jeff.
Brandon lachte: »Ich möchte mal erleben, daß du deinen Mund hältst. Dann werde ich sofort nach dem Pfarrer schikken.«
Heather überhörte die Witzeleien der beiden Männer und sagte entschlossen: »Ich gehe mit. Ich traue euch beiden nicht zu, daß ihr ein verdrecktes Haus richtig sauber macht, so daß eine Familie darin wohnen kann.« Sie sah, daß die beiden Männer sie betrachteten und zögerten. Darum beeilte sie sich hinzuzufügen: »Ich werde schon versuchen, euch nicht zu stören und nicht zu viel Ärger zu machen.«

Die Blicke der Brüder ruhten auf ihrer Leibesfülle, und ihre Zweifel verstärkten sich. Nur zögernd gab Brandon seine Einwilligung.

Die kleine Gruppe Reinigungsbeflissener, die vor dem verwahrlosten, grün bewachsenen Hause stand, betrachtete das Gebäude mit Abscheu. Hatty sagte mit verächtlich herabgezogenen Mundwinkeln: »Pfui Teufel! Kein Wunder, daß der Mann unbedingt verkaufen wollte! Nie im Leben habe ich eine so verkommene Bude gesehen.«
Brandon zog die Jacke aus und sagte: »Na schön, dann wollen wir mal gleich an die Arbeit gehen. Ich glaube, da ist keine Zeit zu verschwenden.«
Er befahl zwei halbwüchsigen Negerjungen, den Hof von Unkraut zu befreien und ihn anschließend zu fegen. Dann ging er ins Haus, um zu sehen, was dort als erstes getan werden mußte. Hatty und Heather folgten ihm und machten ihre eigenen, sehr weiblichen Bemerkungen über den Zustand des Hauses. Heather rümpfte die Nase bei dem Anblick, der sich ihr im Innern bot. Verdorbene Lebensmittel waren über dem Fußboden verstreut. Schmutz und Unrat bedeckten in dicker Schicht die Bohlen. Der Geruch von Fäulnis erfüllte die Räume.
»Ich glaube, du hast recht, Hatty. Hier haben wirklich Schweine gehaust.«
Die Dienstboten trugen die beweglichen Gegenstände hinaus, um sie im Hof zu reinigen. Jeff ging, um alle Räume nach brauchbaren Möbeln zu durchstöbern. Hatty befehligte die weiblichen Dienstboten und bald waren sie dabei, den Dreck abzukratzen und das Haus von oben bis unten zu scheuern. Hattys Mann Ethan und ihr Enkelsohn Luke brachten die äußere Umgebung in Ordnung und wollten die Wände neu weißen. Brandon ließ die Frauen bei ihrer Arbeit und ging mit George, um zu prüfen, was in Hof und Garten repariert werden mußte. Aber bei dem Grade der Verwahrlosung, in dem

sich hier alles befand, bedurfte fast jede Tür und jedes Fenster, ja sogar das Dach einer Reparatur.

Im allgemeinen Aufruhr war Heather sich selbst überlassen worden. Sie band sich ein Tuch über die Haare, rollte ihre Ärmel auf, ergriff einen Schrubber und begann, den Platz vor dem Wohnzimmerkamin zu scheuern. Sie war mitten in eifriger Arbeit, als sie durch einen Schrei hinter sich aufgeschreckt wurde.

»Mrs. Heather, Gottchen, nein, Kind. Sie werden sich und das Baby ruinieren!«

Hatty eilte herbei und nahm ihrer Herrin entschlossen den Schrubber aus der Hand.

»Mrs. Heather, Sie dürfen doch nicht arbeiten, Kindchen! Sie dürfen nur hier sein und vielleicht da und dort einen Rat geben. Wenn Master Bran sieht, daß Sie arbeiten, kriege ich eine aufs Haupt. Lassen Sie die jungen Mädchen schuften, aber das ist nicht gut für das Baby in Ihrem Bauch. Sie dürfen sich nur hinsetzen und zuschauen.«

Heather sah sich im leeren Raum um und lachte: »Wo soll ich denn sitzen, Hatty? Alle Stühle sind draußen, um saubergemacht zu werden.«

»Na ja, wir werden was finden, und Sie werden sich schön gemütlich hinsetzen.«

Bald darauf saß Heather in einem halbwegs gut erhaltenen Schaukelstuhl am Fenster, ein Buch im Schoß, und versuchte zu lesen. Eine Weile konzentrierte sie sich, in dem Dämmerdunkel des Raumes auf ihre Lektüre, aber dann hielt sie es nicht mehr aus. Sie nahm einen Finger, leckte ihn ab und strich über die Fensterscheibe. Dabei hinterließ sie einen hellen Streifen im Schmutz. Sie schloß energisch das Buch, erhob sich und hatte bald darauf die zerlöcherten Fenstervorhänge heruntergerissen. Bewaffnet mit Eimer und Lappen, die sie sich aus dem Flur geholt hatte, war sie wenig später dabei, die Fenster zu putzen. Gerade war sie auf eine Bank gestiegen, die zwei junge Burschen hereingetragen hatten, und polierte die oberen Scheiben,

als Brandon hereinkam. Leise trat er hinter sie, nahm sie fest in beide Arme und hob sie herunter. Heather erschrak so, daß sie einen lauten Schrei ausstieß.
»Was hast du gedacht, daß du hier tun darfst?« fragte er.
»Oh Brandon, du hast mich so erschreckt!«
Er stellte sie auf den Boden. »Wenn ich dich nochmal irgendwo auf einer Bank oder einem Stuhl stehen sehe, mein liebes Kind, wirst du wirklich Grund haben, dich zu fürchten. Du bist nicht hier, um zu arbeiten«, tadelte er. »Wir haben dich bloß mitgebracht, damit du uns Gesellschaft leistest.«
Sie schüttelte zornig den Kopf: »Aber Brandon, ich . . .«
»Du, mein gutes Mädchen«, sagte Brandon, »bist die eigensinnigste Frau, die ich jemals kennengelernt habe. Ich sehe ein, wir müssen irgend etwas für dich finden, das dich beschäftigt.«
Er überlegte und wußte nicht recht, was er ihr zu tun geben könnte, bis Jeff ihm vom Hof her etwas zurief. Er ging hinaus, um zu sehen, was los war. Ein paar junge Männer schleppten verschiedene große Kisten heran und stellten sie vor Jeff nieder. Er öffnete die Deckel. Die Kisten waren mit Geschirr angefüllt, mit Töpfen, Kesseln und anderen Haushaltsutensilien.
»Jetzt fällt mir ein, was es damit für eine Bewandtnis hat, Brandon«, rief Jeff. »Wahrscheinlich hat Mrs. Bartlett das Zeug gekauft, um es an die Sklaven zu verteilen. Die Kisten wurden im Sägewerk in einem Schuppen gestapelt, und ich bezweifle, daß Mr. Bartlett die Sachen den armen Teufeln jemals übergeben hätte. Sie haben die Kisten samt Inhalt wahrscheinlich nie zu sehen bekommen.«
»Mr. Bartlett war verheiratet?« fragte Heather, die Brandon auf den Hof gefolgt war. Sie erinnerte sich an Jeffs Worte vom Tage zuvor.
Brandon nickte, »und noch dazu mit einer sehr netten Frau, wie ich gehört habe. Sie mußte wohl blind gewesen sein, denn jeder in Charleston wußte, was für ein Bursche er war.«
»Weißes Pack, das ist er«, fiel Hatty ein. Sie spitzte verächtlich

die Lippen, ging ins Haus zurück und murmelte vor sich hin: »Dieser Kerl hätte schon längst aufgeknüpft gehört.«
Brandon prüfte den Inhalt der Kisten. Dann sah er Heather an, denn er glaubte, jetzt eine Aufgabe für sie gefunden zu haben. »Nun schön, meine geschäftige kleine Maus, vielleicht ist dir damit geholfen. Du kannst die besten Stücke aussortieren und sie für die Websters zur Seite stellen. Ich werde sie Mrs. Bartlett nicht zurückgeben, denn dann müßte ich sie über ihren Mann aufklären.«
Als er ihr half, die Kistendeckel abzulösen, lächelte sie strahlend, so daß ihm das Herz schmolz und es ihm ganz heiß wurde. Er hatte plötzlich Schwierigkeiten, sich auf das zu konzentrieren, was Jeff sagte, weil er sie beobachtete, wie sie sich begeistert auf die neue Aufgabe stürzte. Schließlich mußte er sich abwenden, um endlich zu begreifen, was sein Bruder ihm auseinandersetzte. Nach einer Weile sah Jeff sich um und entdeckte, daß Heather, über eine große Kiste gebeugt, versuchte, einen Kessel, der sich offensichtlich verklemmt hatte, mit Gewalt herauszuziehen.
»Verdammt!« sagte er unbeherrscht.
Der Kessel fiel zu Boden. Heather richtete sich auf und strich die Haare aus dem erhitzten Gesicht. Ihr Kopftuch war verrutscht, und auf ihrer Wange prangten schwarze Rußflecken. Jeff brach in lautes Lachen aus, und Brandon schüttelte den Kopf.
»Jeff, sieh bitte zu, daß die Jungens dieses Zeug auspacken und alles auf die Terrasse stellen«, sagte er entschieden. Dann nahm er eine Tasse aus einer Kiste und hielt sie Heather dicht vor die kleine Nase. »Und du, Miss Schwarzgesicht, wirst nichts heben, was schwerer ist als dies. Verstehst du mich?«
Sie nickte und versuchte ihr Gesicht mit der Schürze abzuwischen.
Brandon seufzte: »Hier, du machst es bloß noch schlimmer. Laß mich das tun.«
Er nahm den Schürzensaum und wischte ihr behutsam den

Ruß von der Wange. »Nun sei ein liebes Kind«, sagte er abschließend, »oder ich muß dich nach Hause fahren lassen, damit du hier keinen weiteren Unfug anrichtest.«
»Ja, Sir«, murmelte sie, und Brandons Augen liebkosten sie.
Nun, da Heather eine Aufgabe zugewiesen bekommen hatte, gab sie endlich Ruhe. Brandon und George brachten den Rest des Vormittags damit zu, Türschlösser, Türangeln und Fenstergriffe zu reparieren. Jeff fuhr fort, das Haus zu durchsuchen, und fand eine ganz gute Auswahl brauchbarer Möbel. Kurz vor dem Mittagessen konnte Hatty stolz verkünden, daß das obere Stockwerk sauber sei. Die Vorderfront des Hauses war frisch getüncht.
Die Arbeit wurde unterbrochen, große Körbe wurden von den Wagen herangeschleppt und alle sprachen mit gutem Appetit dem kräftigen Mittagessen zu.
Danach ruhte man sich aus, der eine im Sonnenschein, der andere im Schatten. Für Heather war eine weiche Daunendecke ausgebreitet worden. Brandon legte sich zu ihr, während Jeff, in der Nähe liegend, sie lächelnd beobachtete.
»Ich habe mir schon überlegt, ob ihr jemals willens wäret, so etwas wie eine Decke gemeinsam zu benutzen«, grinste er, »und ich konnte beim besten Willen nicht begreifen, wie Heather in ihren gegenwärtigen Zustand gekommen ist, ohne daß ihr derlei getan hättet. Natürlich . . . es bedürfte schließlich bloß einer einzigen Nacht, um so etwas zustandezubringen, nicht wahr Brandon? . . .«
Betroffenes Schweigen breitete sich aus, und Heather wechselte unsichere Blicke mit ihrem Mann. Brandon zuckte leicht die Schulter. Dann wandte er sich seinem Bruder zu und fixierte ihn, aber Jeff hatte sich bereits umgedreht und die Augen geschlossen.
Der Nachmittag verlief genauso geschäftig wie der Morgen. Auch das Untergeschoß wurde mit aller Kraft bearbeitet, bis es blitzsauber war, obwohl gerade hier der Dreck so dick gelegen hatte, daß man zu Anfang glaubte, die Aufgabe nie bewälti-

gen zu können. Aber jetzt erfüllte der saubere Geruch von Schmierseife alle Räume, die in neuer Frische glänzten.
Heather war erleichtert, daß der Tag sich seinem Ende zuneigte. Ihr tat jeder Knochen im Leibe weh. Sie war schmutzbedeckt und verschwitzt. Mit ihren verwirrten Haaren unter dem Kopftuch und der großen, mittlerweile fleckig gewordenen Schürze sah sie kaum aus wie die Herrin von Harthaven Sie hatte das knappe Oberteil ihres Kleides etwas geöffnet, kleine Schweißperlen bedeckten ihren zarten Brustansatz. Kein Mann außer Brandon war ins Haus gekommen, seitdem man die Möbel hineingetragen hatte. Was jetzt noch getan werden mußte, war reine Frauenarbeit. Bettücher wurden über Federbetten gebreitet, Geschirr wurde gespült und in die Schränke eingeordnet. Heather stand neben Hatty vor dem neu geputzten Herd und besprach mit ihr, was noch alles zu tun sei.
Sie hatte den Rücken der Tür zugewandt. Auch Hatty stand so, daß sie den Eingang nicht überblicken konnte. Heather mit ihrem zerknitterten Kleid und der weiten Schürze darüber unterschied sich kaum von den putzenden Dienstmädchen ringsum. Der Fremde, der sich ihr von hinten näherte, konnte sie für eine kleine, besonders zierlich geratene Negerin halten. Das war Mr. Bartletts verhängnisvoller Irrtum, als er sich nun von der Tür heranschlich und Heather neben Hatty stehen sah. Lautlos kam er näher. Heather merkte erst etwas von seiner Gegenwart, als er ihr derb mit der flachen Hand auf die Kehrseite schlug und mit lauter Stimme trompetete:
»Na – was für ein prächtiges Weibsbild habe ich da aufgetan. Alte, hau ab und erzähl deinem Herrn, Mr. Bartlett wäre hier, um mit ihm zu sprechen. Du brauchst dich nicht zu beeilen. Ich werde mir erst dieses verführerische kleine Luder zu Gemüte führen, während du fort bist.«
Heather, blaß vor Zorn und Schrecken, wirbelte mit einer heftigen Bewegung herum. Auch Hatty hatte sich mit einem Ruck umgewandt und starrte entsetzt auf den Eindringling.

Bartlett war etwas überrascht über die Hautfarbe der Jüngeren, dennoch war er immer noch der Überzeugung, ein Dienstmädchen vor sich zu haben. Er ahnte nicht, daß er gerade eine Birmingham beleidigt hatte. Genießerisch fuhr er sich mit der Zunge über die Lippen, als er Heathers Dekolleté betrachtete. Sein Grinsen breitete sich von einem Ohr zum anderen aus. Hart hielt er ihren Arm umklammert. »Na Schätzchen, es sieht so aus, als hätte dich schon vor mir jemand bestiegen. Dein Herr vielleicht? Der hat Geschmack, das muß man ihm lassen.« Er wies mit dem Daumen zur Tür, um Hatty zum Gehen zu veranlassen. »Los, du altes Weib, was ich jetzt vorhabe, ist was für Weiße. Dein Herr wird gegen eine kleine Partizipierung sicher nichts einzuwenden haben«. Seine Augen wurden schmal, als er jetzt die Negerin fixierte. »Ich empfehle dir, nichts auszuplaudern, oder ich schneide dir die Zunge aus dem schwarzen Hals.«
Hatty und Heather fanden zur gleichen Zeit ihre Sprache wieder. Heather versuchte, sich zu befreien und schrie: »Wie können Sie es wagen, wie können Sie es wagen . . . !«
Hatty griff nach dem Schrubber, der in Reichweite stand, richtete ihn auf Mr. Bartlett und schrie: »Lassen Sie sie sofort los und machen Sie, daß Sie hier rauskommen, Sie weißer Mistkerl. Mein Master Brandon macht Hackfleisch aus Ihnen!«
Bartlett tat einen Schritt vorwärts und hob den Arm, um seine geballte Faust auf die Negerin niedersausen zu lassen. Aber plötzlich wurde er von hinten attackiert. Heather hatte ihn ihrerseits ins Gesicht geschlagen. »Verschwinden Sie, und zwar sofort!« schrie sie empört. Verblüfft fuhr er sich mit der Hand an die schmerzende Wange und sah sie entgeistert an: »Du verfluchtes Weibsstück!«
Sie hob den Kopf und betrachtete ihn sehr von oben herab. Dabei wies sie zur Tür: »Sie verlassen auf der Stelle den Raum«, sagte sie im Kommandoton, »und wagen Sie nicht, jemals zurückzukommen!«
Er zog sie mit einem brutalen Griff an sich. »Du nimmst das

Maul reichlich voll, dafür, daß du eine Dienstmagd bist, schönes Kind.«
Heather bearbeitete seine Brust mit beiden Fäusten, um sich aus seinem eisenharten Griff zu befreien. Er lachte nur und zwang sie enger in seine verschwitzte Umarmung.
»Du bist natürlich darauf bedacht, die alte Frau zu schützen, dummes Ding«, lachte er, »aber du fängst es falsch an. Das einzige, was du zu tun hast, ist, nett zu mir zu sein. Soll ich nicht dasselbe haben wie dein Herr?«
Hatty schwang im gleichen Augenblick den Schrubber, als Heather den Absatz erhob und ihm mit aller Kraft auf den Fuß trat.
Bartlett empfand doppelten Schmerz, er verlor die Balance, taumelte und fiel rückwärts auf den Fußboden. Angesichts der alten Negerin, die ihn mit blutunterlaufenen Augen weiter mit dem Schrubber bearbeitete, und der kleinen Wildkatze, die Miene machte, ihm die Augen auszukratzen, rappelte Bartlett sich hoch und floh. Aber auf der Terrasse fiel er in der Hast nochmals der Länge nach hin. Er stand auf, schnappte nach Luft, außer sich vor Wut, daß er von zwei gewöhnlichen Dienstboten so unverschämt behandelt und in die Flucht geschlagen wurde. Noch dazu von zwei Frauen! Die Kleinere von beiden sah von den oberen Stufen der Eingangstür auf ihn herunter. Ihre Augen funkelten vor Zorn.
»Raffen Sie sich gefälligst auf und schauen Sie, daß Sie von hier verschwinden, aber ein bißchen schnell«, rief sie aufgebracht, »oder«, sie hob bedeutsam die Augenbraue, »mein Herr wird Ihnen Beine machen.«
»Du verdammtes Miststück«, schrie er zurück, »ich werde dich lehren . . .« Er hatte sich erhoben und kam drohend auf sie zu, aber der gewaltige Schrubber fuchtelte eine Handbreit vor seinem Gesicht, daß die Schmutztropfen nur so sprühten. Hatty zog Heather hinter sich, und ihre Stimme grollte, als sie nun betont langsam und überaus deutlich das Wort an ihn richtete:
»Und nun, Mr. Bartlett, wenn Sie noch einmal Hand an Mada-

me Birmingham zu legen versuchen, werde ich Ihnen den Besen so um die Ohren hauen, daß Ihnen Hören und Sehen vergeht.«
Der Mann kam nicht mehr zu einer Antwort, denn hinter sich hörte er schnelle Schritte. Er drehte sich um und sah den Herrn von Harthaven auf sich zukommen, Zornesröte im Gesicht. In diesem Moment begriff Bartlett endlich, was er angerichtet hatte. Er hatte die Ehefrau eines Birmingham beleidigt, und nicht nur *eines* Birmingham, sondern ausgerechnet Brandon Birminghams, der für seinen raschen Jähzorn bekannt war. Bartlett erbleichte bis in die Lippen und stand wie festgewurzelt. Er hatte nur noch Angst. Er hatte genug gehört, um jetzt richtig zu kombinieren.
Brandon sah den Mann vor sich wie durch einen roten Schleier, er hatte nur noch das Gefühl, daß er die Knochen dieses Kerls unter seinen Händen krachen hören wollte. Und dann schlug er auch schon zu. Seine Fäuste trafen und rissen eine Platzwunde über Bartletts rechter Augenbraue auf. Der Mann drehte sich um sich selbst und fiel zu Boden. Brandon machte Miene, nochmals zuzuschlagen, aber Bartlett hatte sich mit erstaunlicher Geschwindigkeit wieder erhoben und floh in einer Schnelligkeit zu seinem Wagen, die für sein Alter und seine Schwergewichtigkeit unglaublich war. Brandon war nicht gewillt, ihn so leicht davonkommen zu lassen, und war gerade im Begriff, ihn zu verfolgen, als Jeff auf dem Plan erschien. Er sah sofort, daß sein Bruder fast besinnungslos vor Jähzorn war und warf sich in voller Länge auf ihn. Die Brüder begannen auf dem Rasen miteinander zu ringen, und bevor Brandon sich befreien konnte, um die Verfolgung wieder aufzunehmen, fuhr Bartletts Kutsche in rasender Fahrt davon.
Brandon beruhigte sich bald wieder. Er schüttelte sich, fuhr sich mit allen zehn Fingern durch die Haare, wandte sich um und gab Jeff die Hand. Seine Wut hatte der Sorge um Heather Platz gemacht. Er eilte zu seiner Frau hinüber, die ihm halb lachend, halb weinend in die Arme sank. Sie küßte ihn hektisch,

nahm ihren Schürzenzipfel, wischte ihm den Schmutz aus dem Gesicht und sich selbst die Tränen aus den Augen. Es hatte den Anschein, als hätte sie einen Schock erlitten, anders konnte er sich ihr stürmisches Verhalten nicht erklären. Brandon führte sie zu dem Schaukelstuhl und versuchte, sie zu beruhigen.

Hatty berichtete, was vorgefallen war. Beim Zuhören bereute Brandon fast, nicht seinem ersten Impuls gefolgt und den Mann zusammengeschlagen zu haben. Er fluchte laut und erhob sich, als wollte er das Versäumte auf der Stelle nachholen.

Heather schlug bei diesem Gedanken das Herz bis zum Halse. »Bitte«, sagte sie flehentlich und griff nach seiner Hand, »bitte, Brandon!« Sie zog ihn zu sich herab und legte seine Hand auf ihren Bauch. Er spürte, wie das Baby sich bewegte und sah ihr in die Augen. »Ich habe heute genügend Aufregung gehabt«, fuhr sie erschöpft fort, »laß uns bitte nach Hause fahren!«

Als Jeremiah Webster zuerst einen Blick auf das Haus warf, das man für ihn und seine Familie vorgesehen hatte, dachte er, es sei das Haus der Birminghams, und bemerkte höflich und ein wenig distanziert, daß dies ja eine wunderschöne Residenz sei. Die drei Birminghams sahen ihn einigermaßen überrascht an, und Brandon beeilte sich, ihm eine Erklärung abzugeben. Der Mann war über die Auskunft, daß dies in Zukunft sein Haus sein solle, dermaßen überrascht, daß es ihm buchstäblich die Sprache verschlug. Dann hatte er begriffen und wandte sich seiner Frau zu: »Hast du es gehört, Leah? Hast du gehört? Das soll unser Haus sein!«

Das erste Mal seit ihrer Ankunft sprach die scheue Frau. Sie hatte Tränen in den Augen; ihre Schüchternheit war vergessen.

»Das ist zu schön, um wahr zu sein!« Sie wandte sich zu Heather, als wollte sie sich vergewissern, daß ihr Mann sich nicht geirrt habe. »Wir sollen hier leben? In einem richtigen Haus?« fragte sie, immer noch ungläubig.

Heather nickte bestätigend und bedachte ihren Mann mit einem schnellen, kleinen Lächeln voller Wärme und Dankbarkeit für die Güte, die er diesen Leuten gegenüber bewies. Dann nahm sie die Frau beim Arm: »Kommen Sie, ich werde Ihnen alles zeigen.«

Während die beiden Frauen ins Haus gingen, dicht gefolgt von Jeremiah Webster, blieben die Brüder draußen stehen. Brandon sah in Gedanken versunken seiner Frau nach, wie sie im Hause verschwand. Jeff nickte dem älteren aufmunternd und herzlich zu:

»Noch ein paar gute Taten mehr, mein Lieber, und du wirst ihr Ritter ohne Furcht und Tadel in schimmernder Rüstung sein ...«

Mitte März wurden die Tage wärmer und sonniger. Brandons Zeit wurde im Augenblick vor allem durch das Sägewerk in Anspruch genommen. So war er nur selten zu Hause. Er und Webster fuhren ständig zwischen der Holzmühle und den Holzfällerlagern am oberen Fluß hin und her. Große Stämme wurden den Fluß hinunter transportiert und in die Bucht hinter dem Sägewerk geschwemmt, wo die Säge ihrer schon harrte. Die zusammengesunkenen Hütten, in denen die Sklaven gehaust hatten, wurden repariert. Zwei Holzarbeiterfamilien und ein halbes Dutzend lediger Männer kamen von New York herüber. Webster hatte sie angeworben, um das Personal der Holzmühle zu vervollständigen.

Die heißen Tage und die kühlen, nebeligen Nächte wurden für Heather fast unerträglich.

Dann fiel ein Frühlingsregen über das Land, und der nächste Tag brachte einen vollständigen Wandel in der Natur. Heather war überwältigt von dem plötzlichen Wechsel, den der Regen mit sich gebracht hatte. Über Nacht hatte sprossendes Frühlingsgrün das trockene Braun des Winters verdrängt. Magnolienbäume verströmten süßen Duft aus halberschlossenen Knospen. Azaleen, Oleander und Lilien blühten in verschwenderischer Pracht. Kaskaden von Glyzinien ergossen

sich über die Pergola der Veranda. Die Weidenbäume schimmerten silbrig, und der Wald erwachte zum Leben.
Inmitten all dieser prangenden Frühlingsschönheit fühlte Heather ihre Zeit herannahen. Ihr Leib senkte sich, und das Gehen machte ihr Beschwerden. Trotz der verschwenderischen Blütenfülle, die der Frühling übers Land ausgestreut hatte, ging sie nicht mehr viel nach draußen.

An einem Freitag wurden große Vorbereitungen zu einem Frühlingsfest im Garten getroffen; schon am Morgen stellte man die Röstspieße auf. Kleine Buben wurden daneben postiert, die das Rindfleisch und die Spanferkel wenden mußten. Riesige Krüge mit Bier wurden im Bachwasser gekühlt und Speisen in Überfluß bereitgestellt.
Am späten Nachmittag ging es los. Pfarrer Fairchild und seine Frau mit einer Schar von sieben Kindern waren unter den ersten Gästen. Bald darauf erschien Abigail Clarks große, schwarzglänzende Kutsche in der Auffahrt vor dem Hause. Unaufhaltsam strömten die Eingeladenen herbei und je weiter der Tag sich neigte, desto fröhlicher wurde die Gesellschaft. Der gute Pastor Fairchild hatte genug damit zu tun, die Männer zu ermahnen, nicht so viel zu trinken und den jungen Pärchen hinter die Büsche zu folgen, die sich dorthin zurückzogen, um romantische Liebesschwüre und Zärtlichkeiten auszutauschen. Brandon ordnete an, daß genügend Bierkrüge einfach auf die Wiese unter die Bäume gestellt wurden, und Jeff opferte ein Faß seines guten, alten Bourbon-Whiskys. Alle waren bester Laune. Die Kinder tobten herum und spielten auf den Rasenflächen. Für sie gab es ungeheure Mengen Fruchtlimonade. Die Frauen saßen plaudernd in Gruppen und beschäftigten sich mit ihren Stickrahmen, während die Männer ihre Bewunderung zwischen den Frauen und den Pferden teilten und dem Inhalt der Krüge eifrig zusprachen.
Die allgemeine Aufmerksamkeit wandte sich Sybil Scott zu, die ein gewagtes Kleid trug, das eine Menge Geld gekostet ha-

ben mußte. Ein dicklicher Kaufmann mittleren Alters wich ihr nicht von der Seite. Seine Absichten waren jedermann, außer Sybil selbst, klar. Sie reagierte auf sein plump vertrauliches Getätschel mit schrillem Gekicher. Wahrscheinlich war sie selbst überrascht über dieses ungewohnte Interesse eines Mannes. Offensichtlich genoß sie die Abwesenheit ihrer sonst immer so aufmerksamen Mutter.

Heather war über die Maßen erstaunt, als sie das früher eher schüchterne Mädchen jetzt kichernd und flirtend mit ihrem Begleiter sah, wie sie den suchenden Händen des Mannes kaum Widerstand entgegensetzte. Mrs. Clark neben ihr machte ihrem Ärger durch empörtes Aufstoßen ihres Schirmes auf den Boden Luft.

»Miranda Scott wird den Tag noch bereuen, an dem sie ihrer Tochter so viel Freiheit gab. Dieses arme Ding wird noch mal an gebrochenem Herzen sterben! Der Bursche da kauft ihr kostbare Kleider und macht ihr Geschenke, aber gibt ihr keinerlei Versprechen, und sie war viel zu lange wohlbehütet, als daß sie etwas über Männer wüßte, speziell etwas über diesen. Armes Kind, sie bräuchte eine führende Hand.«

»Ich dachte, sie wäre ein schüchternes junges Mädchen«, sagte Heather leise, völlig verwirrt über diese Verwandlung.

»Sybil, meine Liebe, ist kein junges Mädchen mehr«, warf Mrs. Fairchild ein, »und wie man sieht, hat sie mittlerweile auch ihre Schüchternheit verloren.«

Mrs. Clark schüttelte betrübt den Kopf: »Es ist ganz offensichtlich, seit feststeht, daß sie einen Birmingham nicht zu fesseln vermochte, läßt Miranda sie frei laufen.«

Sie blickte zu Heather hinüber, die trotz ihrer Schwangerschaftsfülle bezaubernd aussah. Sie besaß neben ihrer Schönheit nun noch den besonderen, weichen Reiz, den junge, werdende Mütter so oft ausstrahlen. Sie trug ein Kleid aus hellblauem Organdy mit steifen Rüschen um Hals und Handgelenke; ihre dunklen Locken wurden von einem Band gehalten und ringelten sich sanft über Schultern und Rücken. Trotz ihrer fortgeschrittenen Schwangerschaft war sie der Gegenstand männlicher Bewunderung und weiblichen Neides. Die alte Dame wandte sich nun direkt an Heather.

»Sie müssen wissen, daß Sybil sich hoffnungslos in Ihren Mann verliebt hatte, obwohl ich nicht begreife, wieso sie überhaupt nicht bemerkte, daß sie nie Chancen hatte. Er schaute ja kaum die hübschesten Mädchen in der Stadt an. Außerdem war da Louisa, die, das muß man zugeben, eine schöne Frau ist. Selbst da noch muß Sybil stille Hoffnungen gehegt haben. Aber an dem Tage, an dem sie Sie sah, hat sie ihre Träume wohl begraben. Es war eine Schande, in welch gewissenloser Weise Miranda sie ermutigt hatte, Brandon schöne Augen zu machen. Er nahm von dem armen Mädchen wirklich nicht die geringste Notiz.« Den Blick prüfend auf Sybil gerichtet, stellte sie sachlich fest: »Es ist Mirandas Fehler. Was immer jetzt auch passieren mag, es ist Mirandas Schuld. Aber die sitzt schmollend zu Hause, verflucht Brandon und denkt nicht an ihre Tochter.«

Sie stieß den Schirm auf den Boden, als wollte sie ihren Worten damit besonderen Nachdruck verleihen.

Brandon und Jeff kamen die Allee herauf, als Sybil, in der Absicht, ihrem aufdringlichen Galan zu entfliehen, um einen Baum herumlief. Dabei stieß sie fast mit Brandon zusammen. Der trat zur Seite und nickte eine flüchtige Begrüßung, blieb aber nicht stehen. Die Augen des armen Mädchens wurden groß, als sie ihn erkannte, und sie verlor alle Farbe. Sie blickte ihm mit hängenden Armen nach, eine Abgewiesene. Sie sah, wie er einen Stuhl holte und neben seiner Frau Platz nahm. Eine schnell sich nähernde Kutsche schob sich zwischen Sybil und das Ehepaar, das sie so sehnsüchtig beobachtet hatte. Der Wagen hielt vor der Gruppe der Plaudernden an, und die sehr elegant gekleidete Louisa stieg mit ihrem Begleiter aus.

Heather ließ die Handarbeit sinken und wartete auf ihr Näherkommen. Louisa lächelte etwas forciert. Sie wandte ihre ganze Aufmerksamkeit ihrem früheren Verlobten zu, ihren neuen Verehrer, der hinter ihr ging, ignorierte sie völlig. Als Brandon aufstand, um sich hinter den Stuhl seiner Frau zu stellen, runzelte sie die Stirn. Aus Rache ergoß sich ihre ganze Bosheit über Heather:

»Ach du lieber Himmel, Kind«, sagte sie gehässig und betrachtete Heather mit unverschämter Eindringlichkeit, »das wird Ihnen wahrscheinlich für den Rest Ihres Lebens die Figur verderben.«

»Woher beziehst du deine Erfahrungen?« fragte Jeff sarkastisch.

Sie beachtete ihn gar nicht, sondern drehte sich zu Brandon um und sah ihn kokett an: »Wie findest du mein neues Kleid? Ich habe einen unglaublich talentierten Schneider gefunden. Er vollbringt wahre Wunder mit einem Stückchen Stoff und ein bißchen Faden. Wenn er nur nicht eine solch häßliche Kreatur wäre! Du mußt ihn dir mal ansehen. Ein richtiges Scheusal.« Sie fixierte Heather und fuhr fort: »Er ist übrigens ein Landsmann von Ihnen.«

Dann flatterte sie davon, um sich einer Gruppe junger Paare zuzugesellen, und ihr Begleiter begrüßte nunmehr Brandon, da er vorher überhaupt nicht zu Worte gekommen war.

»Ich habe gehört«, sagte er im breiten Südstaatendialekt, »daß du geheiratet hast, Brandon.«

Brandon legte seine Hand auf Heathers Schulter und stellte ihr den Mann vor.

»Mathew Bishop und Jeff waren Schulkameraden«, erklärte er.

»Ich bin erfreut, Sie kennenzulernen«, murmelte Heather höflich.

Der Mann blickte erst auf ihren Bauch und grinste, dann hob er den Blick zu ihrem Gesicht und schien aufs höchste erstaunt über das, was er da sah. »*Das* ist deine Frau?« fragte er fast ungläubig, »nanu, Louisa sagte . . .«

Er schwieg verlegen in dem Bewußtsein, zu weit gegangen zu sein. Er hatte es schon seltsam gefunden, als Louisa verbittert herumgetobt hatte und ihm Brandons Ehefrau als hergelaufe-

ne Person schilderte, die er vermutlich aus der Gosse geholt hatte.
Er war verwundert darüber gewesen, daß Brandon, der als besonders wählerisch bekannt war, sich ein unappetitliches Mädchen von der Straße aufgelesen haben sollte, um sie sich in sein Bett und später sogar als Gattin in sein Haus zu holen. Er wußte, daß dieser Mann immer nur die hübschesten Frauen zu seiner Geliebten machte.
So vollendete er seinen Satz nicht, sondern lächelte undefinierbar. »Du hast eine entzückende Frau, Brandon, ich gratuliere.«
Louisa war gerade rechtzeitig zurückgekommen, um seinen letzten Satz noch zu hören. Sie sah ihn verdrossen an, aber dann besann sie sich, hängte sich bei ihm ein und wandte sich mit einem gezwungenen Lächeln Brandon zu: »Liebling, du gibst wirklich die besten Partys. Das war ja schon immer so, selbst wenn wir zwei allein waren, waren unsere Partys nie langweilig . . .«
Brandon überhörte diese Bemerkung geflissentlich. Statt dessen beugte er sich über seine Frau und fragte, ob sie sich auch wohlfühle. Aber Abigail, die zugehört hatte, konnte den Mund nicht halten:
»Du scheinst ebenso vernarrt in Partys wie in Männer zu sein, Louisa. Es ist nicht häufig vorgekommen, daß du den Geschmack bewiesest, deine Vorliebe für das eine oder das andere in Grenzen zu halten.«
Jeff lachte lauthals und blinzelte der alten Dame zu. Louisa warf ihnen einen bösen Blick zu. Als sie sich umdrehte, sah sie gerade noch, wie Heather ihre Wange zärtlich an der Hand ihres Mannes rieb, und ihm etwas zuflüsterte. Wilde Eifersucht stieg in ihr auf. Nichts konnte ihr deutlicher vor Augen führen, daß sie hier nichts mehr verloren hatte. Dennoch gab sie noch nicht vollends auf. Sie hoffte, irgendwie noch eine Gelegenheit zu finden, um Heathers Glück zu zerstören. Sie hatte Geduld, sie konnte warten. Herausfordernd lächelte sie ihren

Galan an und drängte ihren Busen gegen seinen Arm. Er war zwar kein so attraktiver Mann wie Brandon, außerdem war er nicht halb so reich, aber sie würde so lange mit ihm vorlieb nehmen, bis sie diesen intelligenten und hochmütigen Hengst, diesen Brandon, wieder für sich gewonnen hätte.

Durch ihre Berührung erregt, zog Matt Louisa hinter ein Gebüsch, um sie leidenschaftlich zu umarmen. Er preßte sie heftig an sich. Seine geöffneten Lippen suchten ihren Mund, seine Hand schlüpfte in ihren Ausschnitt, um ihre vollen Brüste zu berühren.

»Nicht hier«, murmelte sie und versuchte, sich ihm zu entziehen, »ich weiß einen besseren Platz, in den Ställen.«

Hatty trat aus der Haustür. Sie trug ein großes, mit Limonadengläsern beladenes Tablett in den Händen. Mrs. Clark begrüßte sie herzlich, als Hatty ihr eines der Gläser anbot.

»Na, Hatty?« fragte sie neckend, »bist du immer noch nicht bereit, hier wegzugehen und zu mir überzuwechseln? Wir älteren Leute müssen doch zusammenhalten, findest du nicht?«

»Nein, Madame«, lehnte Hatty kichernd, wenn auch respektvoll ab, »demnächst werde ich einen neuen Birmingham aufziehen. Mein Herr wird mich aus dem Haus werfen, freiwillig gehe ich nicht von hier fort, und Mrs. Heather verlasse ich nicht. Sämtliche Mulis von Master Brandon zusammen könnten mich nicht von hier wegziehen.«

Alle, die das mit angehört hatten, lachten. Hatty wandte sich Heather zu, Besorgnis in der Stimme:

»Wie fühlen Sie sich, Kindchen? Strengen Sie sich nicht zu sehr an, wenn Sie so lange sitzen? Das Baby kommt ohnehin bald genug. Master Bran, passen Sie auf sie auf, hören Sie?«

»Ich höre, Hatty«, lachte er.

Nach Einbruch der Dunkelheit wurde das am Spieß geröstete Fleisch aufgetragen. Man brachte Pechfackeln, um die Szenerie zu erleuchten. Am kalten Büffet luden Salate und Früchte, in Scheiben geschnittenes kaltes und warmes Fleisch und viele Beilagen zum Zugreifen ein, und die Gäste ließen sich nicht lange bitten. Heather und Brandon gingen ebenfals hinüber und füllten ihre Teller.

»Jetzt bin ich so dick, daß ich meine Füße nicht mehr sehen kann, und trotzdem lade ich mir noch so den Teller voll«, scherzte Heather. Sie hob ein Popkorn von ihrem Teller und schob es, verliebt lächelnd, Brandon in den Mund, »du mußt mir beim Essen helfen, Brandon!«

Er lächelte und drückte ihr einen Kuß auf die Lippen, als sie ihn so strahlend ansah. »Ich tue alles, alles was du willst, mein Herz.«

Als sie sich niederließen, beobachtete Heather neidvoll, wie Brandon seinen Teller auf den hochgezogenen Knien balancierte. Brandon sah, wie sie ratlos ihren Bauch betrachtete, und mußte lachen. Er stand auf und ging, um einen kleinen Beistelltisch für sie zu holen. »Ich glaube, so wirst du besser zurecht kommen, Madame«, grinste er, als er das Tischchen vor sie hinsetzte.

Wie sie so nebeneinandersaßen, fiel Brandons Blick auf George, der mißgelaunt am anderen Ende der Terrasse auf den Stufen saß und mit wütender Intensität einen Ast mit dem Schnitzmesser bearbeitete.

Erstaunt über die schlechte Laune, die sonst gar nicht Georges Art war, rief er ihn zu sich.

»Was machst du da?« fragte er den Diener, »warum bist du so wütend?«

George blickte zögernd auf Heather und überlegte sich seine Antwort. »Ach, wissen Sie Käpt'n, da war – da war so'n Ungeziefer im Stall.«

Brandon hob erstaunt die Augenbrauen: »Ungeziefer?«

Der Diener trat unbehaglich von einem Fuß auf den anderen und sah wieder Heather an. »Aye, aye, Käpt'n, Ungeziefer.«

Brandon überlegte kurz und nickte dann in plötzlichem Verstehen. »Na schön, George, nimm dir einen Teller und konzentriere deine Gedanken lieber auf das kalte Büffet. Vergiß, was du gesehen oder gehört haben magst.«

»Aye, aye, Käpt'n!« erwiderte der Mann.

Als er gegangen war, schaute Heather ihren Mann verblüfft an.

»Hat George Ratten im Stall gefunden?«

Brandon grinste: »So könnte man es vielleicht auch nennen, mein Liebes.«

Die Party dauerte bis in die Nacht hinein. Brandon und Heather gingen zwischen den Gruppen ihrer Gäste hin und her und plauderten, und dann wurde Brandon von einigen Männern in eine Unterhaltung verwickelt. Er entschuldigte sich und brachte Heather an ihren Platz zurück, bevor er sich dem Männergespräch widmete. Es dauerte lange, bis er wieder zu seiner Frau zurückkehren konnte. Die saß still inmitten einer Gruppe von mehreren älteren Damen, die detaillierte Auskünfte gaben über ihre verschiedenen Krankheiten, und alles weibliche Ungemacht bejammerten, das sie jemals heimgesucht hatte. Mrs. Clark hatte sich bereits zum Schlafen in eines der Gästezimmer zurückgezogen. Mrs. Fairchild war mit ihrem Mann und ihrer zahlreichen Kinderschar nach Hause gefahren. Brandon nahm Heather bei der Hand und zog sie vorsichtig aus ihrem Stuhl hoch.

»Meine Damen, ich muß meine Frau nun bei Ihnen entschuldigen. Es war ein langer Tag für sie, und sie braucht Ruhe. Ich hoffe, Sie nehmen uns das nicht übel.«

Alle beeilten sich, ihm zu versichern, daß sie es keineswegs übelnähmen und beobachteten lächelnd und wohlwollend, wie er seiner jungen Frau die Terrassenstufen hinauf und ins Haus half. Drinnen tat Heather einen erleichterten Seufzer:

»Ich danke dir, daß du mich von ihnen erlöst hast«, flüsterte sie, »wahrscheinlich halten sie mich alle für ein bißchen dumm. Mir fiel nichts ein, womit ich sie hätte beeindrucken können, und außerdem war der Stuhl auf die Dauer wirklich furchtbar unbequem.«

»Es tut mir leid, Liebes, ich wäre früher gekommen, wenn ich das gewußt hätte.«

Sie ließ den Kopf gegen seine Schulter sinken und lächelte:
»Ich glaube, du mußt mich die Treppen hinaufziehen. Ich bin so furchtbar müde, ich schaffe es nicht mehr allein.«
Er blieb stehen, hob sie hoch und trug sie, trotz ihres Protestes, zur Treppe.
»Laß mich 'runter, Brandon!« bat sie, »ich bin zu schwer. Das geht doch nicht!«
Er lachte nur. »Ach was, Madame, du wiegst immer noch nicht mehr als eine Maus.«
»Ei, ei, was ist denn das!« rief eine weibliche Stimme hinter ihnen spöttisch. Es war ohne Zweifel Louisas mit Hohn getränkte Stimme.
Brandon, seine Frau immer noch auf den Armen, drehte sich langsam um und begegnete ihrem haßerfüllten Blick.
»Machst du das jeden Abend, Brandon?« fragte sie im Näherkommen. »Das strengt gewiß deinen Rücken an, mein Liebling. Du solltest mehr auf dich achten. Was willst du tun, wenn du dir das Rückgrat dabei brichst? Dann hat sie überhaupt nichts mehr von dir.«
Sein Gesicht blieb ausdruckslos, als er antwortete:
»Ich habe in meinem Leben schon schwerere Frauen gehoben, Louisa, dich inbegriffen. Trotz ihrer Schwangerschaft müßte Heather noch einiges zunehmen, bevor sie dein Gewicht erreicht hat.«
Das spöttische Lächeln war verschwunden. Louisa preßte die Lippen aufeinander. Giftig sah sie ihn an. Aber er beachtete sie bereits nicht mehr, er hatte sich abgewandt und sagte, Heather auf den Armen, im Davongehen:
»Übrigens, Louisa, du solltest dich dringend einmal frisieren. Du hast Stroh im Haar.«
Über seine Schulter hinweg gönnte sich Heather ein kleines, triumphierendes Lächeln, als sie jetzt auf ihre Nebenbuhlerin herabsah. Fest legte sie die Arme um den Nacken ihres Mannes.
Brandon vermied es, sie direkt in ihr Zimmer zu tragen, weil

Louisa immer noch am Fuß der Treppe stand und ihnen nachstarrte. Statt dessen trug er sie zuerst in sein Zimmer. Er ließ sie in einen bequemen Sessel gleiten und rief Mary, die sie ins andere Zimmer geleitete und ihr half, sich hinter einem Wandschirm zu entkleiden. Solange ihr Körper so verunstaltet war, zog Heather es vor, ihre Nacktheit vor ihm zu verbergen. Sie würde warten, bis sie wieder schlank war. Dann würde sie bereitwillig ihren Körper seinen Blicken darbieten und allem, was danach folgen mochte . . .

Als am nächsten Morgen ein sanfter Wind die Vorhänge an ihrem Bett bewegte, erwachte Heather aus unruhigem Schlaf. Der dumpfe Schmerz in ihrem Rücken war immer noch da, und sie fühlte sich zerschlagen und müde, obwohl sie mindestens acht Stunden geschlafen hatte.

Der Tag schlich langsam dahin. Die letzten Übernachtungsgäste verließen am späten Nachmittag das Haus, Mrs. Clark ausgenommen, die einige Tage bleiben wollte. Der Abend kam, das Dinner wurde serviert. Die Familie und ihre Gäste delektierten sich an einer Bouillabaisse, einem neuen Beweis von »Tante Ruths« exzellenter Kochkunst, und als das letzte Geschirr abgeräumt war und die Anwesenden sich ins Wohnzimmer zurückzogen, beschloß Heather, früh ins Bett zu gehen. Mittlerweile war ihr jedes Sitzmöbel, einerlei ob Stuhl oder Sessel, unbequem geworden.

Als Brandon sie die Treppe hinaufbegleitete, und in ihr Zimmer gebracht hatte, entließ sie Mary und zog sich allein aus. Die Zeit schien stillzustehen. Später hörte sie Brandon die Treppe heraufkommen und in seinem Zimmer herumgehen. Dann wurde es still. Er war wohl eingeschlafen. Schließlich konnte auch sie Schlaf finden, aber nicht für lange. Sie erwachte, weil der Schmerz wieder da war, diesmal nicht dumpf, sondern scharf und schneidend. Sie tastete mit der Hand nach ihrem Bauch und wußte, daß jetzt ihre schwere Stunde angebrochen war.

Eine neue Wehe ergriff sie. Jeder Muskel ihres Körpers

schmerzte vor Anstrengung. Als es vorbei war, erhob sie sich mühsam aus dem Bett, um Mary zu rufen und sie nach Hatty zu schicken. Sie zündete eine Kerze neben ihrem Bett an. Im flackernden Licht sah sie, daß ihr Morgenmantel einen Fleck hatte, und ging, um einen anderen zu suchen, zu ihrem Schrank hinüber. Auf halbem Wege blieb sie mit schreckgeweiteten Augen stehen und rang nach Luft.

Das Fruchtwasser rann ihr an den Schenkeln herunter, es schien nicht aufhören zu wollen, aus ihr herauszuströmen. So stand sie in tiefster Verwirrung, als sich die Tür von Brandons Zimmer öffnete. Er kam in aller Eile nackt herein und war gerade im Begriff, sich den Morgenmantel überzuziehen. »Heather, was ist los?« fragte er besorgt, »ich dachte, ich hätte gehört . . .« Er hielt inne. Sein Blick fiel auf ihren durchnäßten Morgenrock. »Mein Gott, jetzt kommt das Baby.«

»Brandon«, sagte sie halb verwundert, halb verzweifelt, »ich bin ganz naß. Es kam so plötzlich. Ich wußte nicht, daß man dabei naß wird.«

Sie starrte ihn hilflos an, so, als sei die Nässe ihres Nachtgewandes und ihres Morgenmantels im Augenblick das einzige, was zählte. Dann begann sie, sich auszuziehen. »Bitte, sei so gut und gibt mir ein anderes Nachthemd. Ich kann so nicht ins Bett gehen.«

Er eilte hinüber zur Kommode und wühlte wie ein Verrückter in den Schubladen, so daß die schön geordneten Wäschestapel durcheinander gerieten und die einzelnen Stücke zum Teil über den Schubladenrand hinaushingen. Dann, erleichtert, ein Hemd gefunden zu haben, brachte er es ihr. Sie sah ihn erwartungsvoll an, aber er begriff nicht, was sie wollte.

»Würdest du so gut sein, dich umzudrehen?« bat sie.

»Was?« fragte er verständnislos.

»Würdest du dich bitte umdrehen«, wiederholte sie mit sanfter Hartnäckigkeit.

»Aber hör mal — ich habe dich doch schon oft genug nackt gesehen . . .«

Er sprach nicht weiter, sondern drehte sich um. Es war ihm klar, daß es Unsinn wäre, jetzt mit ihr zu debattieren.
Aber es dauerte ihm zu lange. »Madame«, sagte er dringlich, »würdest du dich bitte beeilen! Du bist imstande und bringst unser Kind da zur Welt, wo du gerade stehst, und es wird das erste Birminghambaby sein, das jemals auf dem Kopf geboren worden ist.«
Heather kicherte und zog sich unbeholfen das trockene Nachthemd über. »Also weißt du, das bezweifele ich doch . . .«
»Heather, um Himmels willen«, bat er, »würdest du bitte aufhören zu plaudern und dir endlich das Nachthemd anziehen!«
»Aber Brandon, ich plaudere doch nicht, ich antworte dir nur.«
Sie strich sorgfältig das Nachthemd glatt und begann die Schleifen am Ausschnitt zuzubinden.
»Jetzt kannst du dich umdrehen, wenn du willst.«
Er wirbelte herum und hob sie hoch.
»Oh, Brandon«, protestierte sie, »ich muß doch den Boden aufwischen, er ist ganz naß.«
»Zur Hölle mit dem nassen Fußboden«, schimpfte er und umschlang sie mit beiden Armen. Erst stand er einen Moment zögernd in der Mitte des Raumes, schaute von ihrem Bett zur Tür hinüber und entschied sich dann. Er trug sie in sein Schlafzimmer.
»Wohin bringst du mich?« fragte sie, »Hatty wird mich nicht finden. Sie wird im ganzen Haus nach mir suchen.«
Behutsam legte er sie in die Mitte des großen Bettes.
»Hierhin. Genügt dir die Antwort? Ich möchte, daß mein Sohn oder vielleicht meine Tochter hier geboren wird.«
»Ich habe keine Tochter, ich werde einen . . .«
Wieder überfiel sie eine Wehe, und im Schmerz preßte sie verzweifelt die Lippen aufeinander.
»Ich werde Hatty wecken«, sagte Brandon bestürzt und rannte aus dem Zimmer.
Die alte Negerin, die von ihrem Zimmer aus schon gesehen

hatte, daß Heathers Fenster erleuchtet waren, hatte die Situation sofort erfaßt und kam ihm, vollkommen angekleidet, in der Halle entgegen.
»Sie bekommt das Kind«, rief er, als er sie sah, »mach schnell!«
Hatty schüttelte den Kopf, während sie ins große Schlafzimmer eilte. »Das wird noch eine ganze Weile dauern, Master Bran. Es ist das erste, und das braucht immer mehr Zeit. Das dauert noch Stunden.«
»Ja, sicher . . . aber sie hat schon jetzt so starke Schmerzen. Tu doch etwas!«
»Master Bran, es tut mir leid, aber da kann ich gar nichts machen. Die Wehen muß sie haben«, erwiderte die Alte. Mit gerunzelter Stirn beugte sie sich über die schmerzgekrümmte Heather und strich ihr liebevoll das schweißnasse Haar aus dem blassen Gesicht. »Nehmen Sie sich nicht zusammen, Kindchen, stöhnen sie ruhig, wenn sie die Wehen bekommen, schreien Sie. Und entspannen Sie sich, wenn sie wieder vorüber sind. Sie werden Ihre Kräfte noch für später brauchen.«
Die Wehe verebbte langsam, und Heather war in der Lage, Brandon zuzulächeln, als er ans Bett trat. Er saß auf der Bettkante, und seine Hand legte sich auf ihre. Er sah grimmig aus; sein Gesicht schien plötzlich zerfurcht zu sein. »Mir ist gesagt worden, daß jede Mutter das durchmachen muß«, murmelte sie tröstend. »Das gehört dazu, das ist ganz normal.«
Hatty weckte die übrigen Dienstboten, ließ alle Öfen anheizen und stellte große Wasserkessel auf den Herd. Frische Bettücher wurden gebracht und mit Brandons Hilfe unter Heather ausgebreitet.
Dann war alles getan. Nun mußte man warten. Hatty setzte sich in einen Sessel neben das Bett. Brandon wurde mit jeder Wehe nervöser.
»Hatty, wie lange glaubst du, daß es noch dauert?« fragte er ängstlich und wischte sich den Schweiß von der Stirn.
»Das weiß niemand, Master Bran«, antwortete die Negerin. »Aber ich finde wirklich, Mrs. Heather sieht wohler aus als

Sie. Warum nehmen Sie nicht einen schönen, tiefen Schluck von dem Zeug, das Sie sonst so gerne trinken? Das tut niemandem weh und wird Ihnen 'ne Menge helfen.«

Brandon empfand zwar ein dringendes Bedürfnis nach Brandy, aber er wollte dableiben und seine Frau trösten, soweit es in seiner Macht stand.

Heather hielt Brandons Hand umklammert und schien glücklich zu sein, daß er an ihrer Seite war. Er konnte sie doch nicht verlassen, wo sie durch die Geburt seines Kindes so gequält wurde.

Wieder kam der Schmerz, erreichte seinen Höhepunkt und ging vorüber. Brandon wischte den Schweiß von Heathers Gesicht, strich ihr das Haar glatt und sah dabei blasser aus als sie.

Hatty trat ans Bett, packte Brandon am Arm und zog ihn hoch. »Master Bran, es ist das beste, Sie lassen Master Jeff etwas für sich zusammenmixen. Sie sehen nicht besonders gesund aus zur Zeit.« Sie führte ihn zur Tür, öffnete sie und schob ihn sanft hinaus. »Jetzt gehen Sie mal und betrinken sich, Master Bran. Und kommen Sie am besten nicht eher wieder, bis ich Sie rufe. Ich möchte nicht, daß Sie in Ohnmacht fallen, während ich mich um die Missus kümmern muß.«

Die Tür schloß sich hinter ihm. Brandon stand da und starrte sie hilflos an. Er fühlte sich verloren und verlassen. Schließlich ging er langsam die Treppen hinunter in sein Arbeitszimmer, wo George und sein Bruder bereits auf ihn warteten. Jeff warf bloß einen kurzen Blick auf ihn, dann ging er hinüber zum Flaschenschrank und mixte ihm einen großen Drink.

»Hier, du siehst aus, als hättest du's nötig.«

Brandon nahm kaum Notiz von den beiden. Er kippte das Getränk gedankenlos hinunter. Jeff gab George ein Zeichen. Der Diener nahm das Glas seines Kapitäns, goß etwas Brandy hinein und ziemlich viel Wasser. Brandon merkte den Unterschied überhaupt nicht. Er ging nur unruhig im Zimmer auf und ab. Zwischen Jeff und George herrschte stillschweigende Übereinstimmung, Brandons Drinks möglichst zu verwässern.

Jeff sah seinem Bruder zu, wie er eine teure Zigarre nach der anderen anzündete und dann wieder ausdrückte, nachdem er nur ein oder zwei Züge getan hatte. Wie betäubt wanderte er im Zimmer umher, ohne sich um das zu kümmern, was um ihn herum vorging. Er ignorierte ihre Anwesenheit vollständig. Offenbar wußte er gar nicht, was er tat. Immer wieder lief er in die Halle hinaus und schaute zum ersten Stock hinauf. Dann drehte er sich um und streckte die Hand nach einem neuen Drink aus. Wenn eines der Hausmädchen die Treppe hinauf- oder hinunterging, veranlaßte ihn das, sofort zur Tür zu stürzen und hinauszublicken. Als er sich selbst einen Bourbon-Whisky einschenkte und ihn in einem Zug austrank, ohne den Unterschied zu den zuvor verwässerten Drinks überhaupt zu bemerken, wußte Jeff, daß sich sein Bruder jetzt in einem Zustand der Bewußtseinstrübung befand.

»Brandon, du bist allmählich zu alt, um dich zu verhalten, wie du dich jetzt gerade verhältst, oder die Kleine da oben bedeutet dir viel mehr, als du zugeben willst. Du bist so durcheinander, daß du meinen Bourbon trinkst, obwohl du ihn nicht ausstehen kannst. Wie darf ich das auffassen?«

Brandon warf das leere Glas nach ihm. »Du Schafskopf! Warum hast du denn zugelassen, daß ich ihn mir einschenke, wenn du doch weißt, daß ich Whisky nicht mag?«

Lächelnd wandte Jeff sich George zu und zwinkerte. Der Mann lächelte zurück und zuckte die Achseln. Jeff ging zum Schreibtisch und ließ sich kopfschüttelnd in einen Sessel sinken. Nach einer Weile nahm er Feder und Papier, zog sich das Tintenfaß näher heran und malte ein paar Zahlen auf den Bogen. Als er damit zu Brandon zurückging, grinste er übers ganze Gesicht. Es hätte nicht vergnüglicher sein können, fand er, und falls er selbst die Hand dabei im Spiele gehabt hätte, hätte es nicht passender ausfallen können.

»Weißt du, Brandon, wenn meine Berechnungen stimmen, mußt du Heather am ersten Tag, an dem du dich im Londoner Hafen aufhieltest, geheiratet haben.«

George verschluckte sich fast an seinem Bier. Brandon hingegen reckte drohend das Kinn vor.
Aber er sagte kein Wort.
Oben im großen Schlafzimmer wand Heather sich in stummer Pein. Sie atmete tief, als die Wehe vorüber war, aber ihre Erleichterung war nur von kurzer Dauer, wieder und wieder fiel der Schmerz über sie her. Sie umklammerte die Hand der Dienerin und biß die Zähne aufeinander, während Hatty ihr Mut zusprach. »Der Kopf kommt gleich, Mrs. Heather. Es dauert nicht mehr lange. Und nun drücken Sie, ja, so ist es richtig. Und schreien Sie, wenn Sie schreien wollen! Sie waren viel zu lange still, Kindchen.«
Ein Wehelaut entfuhr Heather, als ihr Körper sich in neuer Qual anspannte. Sie bekämpfte den Drang zu schreien, aber als der Kopf des Kindes jetzt durchdrang, konnte sie sich nicht mehr beherrschen, sie schrie laut auf. Unten in seinem Arbeitszimmer ließ sich Brandon schwach in seinen Sessel sinken, als er es hörte. Er starrte mit leeren Blicken durch den Raum, und George konnte gerade noch sein Glas auffangen, das ihm aus der Hand fiel. Beide, der Diener und der jüngere Bruder, sahen einander unentschlossen an, denn auch sie waren betroffen durch den Schrei der jungen Mutter.
Kurz darauf öffnete Hatty mit einem breiten Lächeln auf ihrem schwarzglänzenden Gesicht die Tür des Arbeitszimmers. In ihren Armen hielt sie den jüngsten Birmingham. Sie ging hinüber zu Brandon, während die beiden anderen Männer aus der Entfernung respektvoll das Bündel betrachteten.
»Es ist ein Junge, Master, ein kräftiger, feiner, gesunder Junge. Wie hätte es auch anders sein können.«
»Mein Gott!« murmelte Brandon und fuhr aus seiner Versunkenheit hoch, um in das rote, runzlige Gesichtchen seines Sohnes zu schauen. Er ergriff sein Glas, goß seinen Inhalt in einem Zug hinunter und schaute um sich, als ob er dringend einen weiteren Schluck brauchte. Jeff und George kamen vorsichtig näher, um das Kind gleichfalls zu bewundern, und strahlten so

stolz, als seien sie die einzig dafür Verantwortlichen. Sie hatten Brandon völlig vergessen.
»Er sieht Brandon nicht sehr ähnlich«, meinte Jeff.
George warf einen schnellen Blick vom Vater zum Sohn, aber Hatty meinte mißbilligend:
»Master Brandon hat genauso ausgesehen, als er geboren wurde. Er war auch genauso lang. Dieses Baby wird genauso groß werden wie sein Daddy, das steht fest.«
Brandon stand auf und sah gedankenverloren noch einmal auf seinen Sohn. Dann eilte er aus dem Raum, die Treppen hinauf, ins große Schlafzimmer. Heather lächelte müde, als er ans Bett trat und ihre Hand nahm.
»Hast du ihn gesehen?« fragte sie, »ist es nicht ein schönes Kind?«
Er nickte zur ersten Frage und hielt, was die zweite betraf, mit seiner Meinung vorläufig zurück. »Wie geht es dir?« fragte er seinerseits zärtlich.
»Müde«, sagte sie glücklich lächelnd, »aber wunderbar.«
Er küßte sie auf die Stirn. »Ich danke dir für den Sohn«, murmelte er. Sie lächelte, schloß die Augen und hielt seine Hand an ihre Brust gepreßt.
»Beim nächsten Mal bekommen wir eine Tochter«, flüsterte er, aber Heather war schon eingeschlafen.
Vorsichtig zog Brandon seine Hand aus der ihren und ging auf Zehenspitzen aus dem Zimmer.
Wieder in seinem Arbeitszimmer stellte er sich ans Fenster und schaute hinaus. Die Sonne war aufgegangen, ein strahlender Morgen brach an, und er fühlte sich, als könnte er Bäume ausreißen, obwohl er die ganze Nacht ohne Schlaf zugebracht hatte. Er zog einen Stuhl ans Fenster, öffnete es, setzte sich hin und legte die Füße auf die Fensterbank. Als Hatty einen Augenblick später die Tür öffnete, um ihn etwas zu fragen, fand sie ihn, den Kopf auf die Brust gesunken, in tiefem Schlaf.
Armer Master, dachte sie und lächelte, er hat bestimmt eine schlimme Nacht gehabt!

Es war bereits später Vormittag, als Brandon durch Kindergeschrei wach wurde. Er stand auf, ging hinauf, öffnete die Tür des Kinderzimmers und fand Hatty über die Wiege gebeugt. Sie sprach leise und in kosenden Lauten mit dem Baby, aber das beeindruckte den Kleinen nicht im geringsten. Er fuhr fort, aus Leibeskräften zu brüllen.

»Du kriegst gleich etwas zu essen. Nur noch eine Minute, kleiner Birmingham. Es dauert ja nicht ewig«, tröstete Hatty.

Brandon empfand väterliches Interesse an seinem Sohn und Stolz darüber, daß dies sein Kind war. Er kam näher, stand, die Hände auf dem Rücken verschränkt, und sah zu, wie die alte Negerin dem Baby die Windeln wechselte. Der Kleine zog die Knie an und schrie laut und mit zornrotem Gesicht.

»Eijeijei, das wird ein Zornnickel«, meinte Hatty vielsagend. »Hunger hat er! Und wie!«

Sobald das Kind frisch gewickelt war, beruhigte es sich zusehends. Es schmatzte mit den Lippen, öffnete den Mund wie ein hungriger kleiner Vogel und gab nur noch gelegentliche Klagelaute von sich, die allmählich in verdrossenes Gurgeln übergingen.

Brandon lächelte, und das Baby stieß weiter kleine, unzufriedene Töne aus.

»Du bist wirklich ein ungeduldiger Bursche«, sagte Hatty, nahm ihn auf und drückte ihn liebevoll gegen ihren großen Busen. »Aber deine Mami ist jetzt wach, und wir wollen dich gleich zu ihr bringen.«

Brandon fuhr mit der Hand durch seine schlafverwirrten Haare und folgte der Dienerin ins große Schlafzimmer. Da saß Heather aufrecht im Bett, die Haare gebürstet und mit einem blauen Band zusammengebunden. Sie trug ein frisches, duftiges Nachthemd und sah unwiderstehlich süß aus. Als sie Brandon sah, gab sie Mary ein Zeichen, sich zu entfernen, lächelte ihren Mann strahlend an und streckte die Arme nach ihrem Sohn aus.

Brandon folgte Hatty zum Bett und setzte sich auf dessen

Rand, als Heather das Baby zärtlich in die Arme nahm. Er sah, wie sie leicht errötete, als sie ihr Nachthemd öffnete. Er fühlte ihre Befangenheit bei dieser neuen, ungewohnten Aufgabe der Mutterschaft. Der Kleine verfehlte die Brustwarze, die an seiner Wange entlangstrich, drehte das Köpfchen, um die Quelle zu erhaschen und schnappte so schnell zu, daß Heather vor Schmerz zusammenzuckte. Brandon lächelte, und Hatty lachte zufrieden in sich hinein, als sie sah, wie das Kind jetzt kräftig an der Mutterbrust sog.

»Gottchen, nein, der junge Master ist halb verhungert. Wir werden dafür sorgen müssen, daß er bald einen Honigschnuller bekommt, um ihn über die Zeit hinwegzutrösten, bis seine Mami wieder Milch hat.«

Der kleine, saugende Mund verursachte Heather ein seltsames Gefühl der Lust, das ihren ganzen Körper erschauern ließ. Zärtlich sah sie auf ihren Sohn herab, während er trank. Sie fand, er sähe schon jetzt seinem Vater sehr ähnlich. Weiches schwarzes Haar bedeckte das Köpfchen, und schöne dunkle Brauen waren heute schon mit dem gleichen Schwung gezeichnet wie diejenigen des Vaters. Mit mütterlichem Stolz fand sie, daß ihr Sohn ein besonders schönes Baby sei.

»Er ist wunderschön, nicht wahr Brandon?« sagte sie leise und schlug die Augen zu ihm auf.

Hatty verließ mit Mary das Zimmer und schloß die Tür. Brandon erwiderte:

»Ja, ganz wunderschön, mein Liebes.«

Er steckte den kleinen Finger in die winzige Faust, die sich gegen ihre Brust preßte. Das Baby griff sofort zu und hielt sich daran fest, Brandon lächelte erfreut und wandte sich wieder seiner jungen Frau zu. Er verlor sich im Anblick ihrer blauen Augen. Mit seiner freien Hand streichelte er ihr übers Haar bis hinunter zum Nacken, und immer noch sah sie ihn an. Da fand sein Mund den ihren und die Lider über den saphirblauen Augen schlossen sich. Er fühlte, wie ihre Lippen bebten und sich öffneten, er spürte, wie sie seinen Kuß erwiderte, süß und warm, und unter seiner Hand, die er auf ihre Brust gelegt hatte, spürte er ihren rasenden Herzschlag. Heather rang unter diesem Kuß nach Atem. Eine süße Schwäche hatte sie übermannt. Sie machte sich frei und lachte ein wenig unsicher.

»Du bringst es fertig, daß ich das Baby vergesse«, seufzte sie, als seine Lippen sich auf ihren Hals legten. Sie versuchte, wieder einen klaren Gedanken zu fassen.

»Wie sollen wir ihn nennen?«

Er setzte sich aufrecht und blickte sie an. Nach einer Weile sagte er: »Wenn du keine Einwände hast, möchte ich ihn gerne nach einem guten Freund von mir nennen, der nicht mehr lebt. Vor Jahren wurde er beim Brand seiner Kirche getötet. Ich bewunderte diesen Mann sehr. Er war Franzose, ein Hugenotte.«

»Wie hieß dein Freund?« fragte Heather.

»Beauregard, Beauregard Grant.«

Sie wiederholte den Namen leise, dann nickte sie:

»Es ist ein hübscher Name. Ich mag ihn. Beauregard Grant Birmingham, so soll er genannt werden.«

Brandon zog den Finger aus dem Fäustchen seines Sohnes, öffnete eine Schublade des Nachttischs und zog eine lange, schmale Schachtel hervor, die er Heather überreichte.

»Das ist mein Dank, Madame, für den Sohn, den du mir geschenkt hast.«

Er hob den Deckel, und sie schaute entzückt auf die Kette, die darin lag – zwei Reihen großer, matt schimmernder Perlen wurden durch einen riesigen, in Goldfiligran gefaßten Rubin zusammengehalten.

»Oh, Brandon, wie wundervoll«, sagte sie atemlos.

Sein Blick fiel auf ihren Hals und ihren Busen, und seine Stimme klang rauh:

»Ich dachte, daß Perlen zu deiner herrlichen Haut besser passen als Diamanten.«

Fast konnte sie körperlich spüren, wie sein Blick sie liebkoste.

Wieder überkam sie das Gefühl süßer Mattigkeit, und ihr Puls begann heftig zu schlagen; dann wandte sie den Blick ab.
»Ich werde mich jetzt umziehen«, erklärte er und stand auf. »Ich glaube, daß Abigail schon ganz erpicht darauf ist, unseren Sohn zu sehen.«
Er nahm die Kleider aus seinem Schrank, blickte Heather noch einmal lange und liebevoll an und ging ins Nebenzimmer, um sich umzukleiden.
Einige Zeit später kam er mit Abigail und Jeff zurück, um das schlafende Baby zu bewundern. Sie hob ihr Lorgnon an die Augen und betrachtete das Neugeborene, dann schaute sie Brandon an und lächelte: »Nun ja, ich sehe es schon kommen, daß eine weitere Generation junger Mädchen sich auf einen Birmingham stürzen wird. Ich hoffe, du planst weise voraus und setzt genug davon in die Welt, um die Mädchen ringsum glücklich zu machen. Es wäre nicht gut, wenn es nur einen von der Sorte gäbe.«
Jeff lachte: »Vielleicht wird es sogar ein Dutzend, aber ich bezweifle, daß die beiden nur Jungen produzieren.«
Die alte Dame sah in offensichtlichem Entzücken Brandon an: »Ja, es wäre nur gerecht, wenn ihr beiden euch eines Tages damit beschäftigen müßtet, die Tugend eines Mädchens zu verteidigen!« Sie kicherte bei dem Gedanken. »Es würde dich wahrscheinlich an den Rand des Grabes bringen, Brandon, wenn du einen fröhlichen Junggesellen mit Gewalt dazu veranlassen müßtest, deine Tochter zu heiraten.«
Heather fing einen schnellen Blick von Brandon auf und war erstaunt, als sie zum ersten Mal sah, daß er tief errötete. Jeff lächelte still in sich hinein. Er bemerkte das Unbehagen seines Bruders, aber Mrs. Clark betrachtete bereits wieder das Baby und sah gar nicht, was um sie her vorging. Sie hatte keine Ahnung, wie nahe sie der Wahrheit gekommen war.
»Sie haben der Welt ein wirklich wunderschönes Kind geschenkt, meine Liebe«, sagte sie zu Heather. »Sie müssen sehr stolz darauf sein.«

Heather lächelte die Ältere herzlich an und schaute zu ihrem Mann hinüber.
»Vielen Dank, Mrs. Clark, ja, das bin ich auch.«

Da sein Sohn geboren war und sich prächtig entwickelte, wandte Brandon jetzt seine ganze Zeit wieder dem Sägewerk zu.
Heather blieb im großen Schlafzimmer und war fest entschlossen, ihren Platz hier zu verteidigen. Er müßte schon Gewalt anwenden, dachte sie, um mich hier wieder zu vertreiben. Und jeden Tag war ihre Gegenwart in diesem Raum selbstverständlicher. Brandon entdeckte zuerst ihre Bürste und ihren Kamm auf seinem Toilettentisch, dann standen ihr Puder und ihre Parfüms da. Mehr und mehr ihrer Kleider hingen neben seinen Anzügen im Schrank, und als ihre Wäsche neben seiner Wäsche in der Kommode verstaut war, gewöhnte er sich allmählich daran, daß er sich erst durch ihre leichten Spitzenhemden tasten mußte, bevor er an seine Socken kam. Und mehr als einmal hatte er ihre duftigen Taschentücher in der Hand, wenn er eines für sich suchte.
Im Hinblick auf Heathers Zustand residierte er – wie er hoffte, nur vorübergehend – in ihrem Zimmer. Dabei sehnte er sich nach dem großen Bett, denn das kleine Bett im Wohnzimmer war nicht für einen Mann seiner Größe gedacht. Entweder schlug er sich den Kopf an oder seine Füße hingen unten heraus, und er verfluchte dieses »verdammte Möbel« oft und inbrünstig. Doch er verpaßte immer wieder den richtigen Moment, um taktvoll auf seine Rechte hinzuweisen und seinen Platz dort im großen Bett, neben seiner Frau, einzunehmen. Wenn er sah, wie zart sie noch wirkte und wie sie sich nur allmählich wieder an den Alltag gewöhnte, dann wußte er, es würde noch einige Zeit dauern, bevor er die Möglichkeit hätte, sich ihr als Mann zu nähern. Sie hatte ihre Schlankheit wieder vollkommen zurückgewonnen, aber sie machte weder Miene, aus seinem Bett zu weichen, noch ihn aufzufordern,

sich neben sie zu legen. So zog er seufzend die Knie an und bemühte sich, aus seiner mißlichen Lage das Beste zu machen. Obwohl die meiste Zeit seines Tages durch die Arbeit im Sägewerk beansprucht wurde, wußte er es doch immer so einzurichten, daß ihm noch genügend freie Zeit blieb, die er mit Frau und Sohn verbringen konnte. Er erhob sich jeden Morgen in aller Frühe, aber immer fand er schon Heather vor, die noch früher aufstand, um sich um das Baby zu kümmern, es zu wickeln, zu baden oder ihm die Brust zu geben. Er genoß den Anblick von Mutter und Sohn, und es wurde eine Gewohnheit daraus, ihnen zuzuschauen, bevor er sich an die Arbeit begab. Ein neues, stärkeres Band wuchs zwischen ihnen in diesen stillen Morgenstunden, die sie allein mit ihrem Kind verbrachten.

9. Kapitel

Heftige Regenfälle kündigten den Sommer an. Doch als das schlechte Wetter im Mai endete, wurden die Tage schnell heißer. Die Baumwolle war gepflanzt, die Frühjahrsarbeit auf den Feldern getan. Auch im Sägewerk wurde mit voller Kraft gearbeitet. Die Holzstapel wuchsen immer höher. Die ersten Ladungen wurden für den Transport vorbereitet. Webster erwies sich als ein geschickter, umsichtiger Mann, der die Arbeit gut organisierte. Die Sägen standen nie still, der Stapelplatz wurde nie leer. Aufträge, auch von weither, sicherten die Arbeit für mehrere Monate im voraus. Alles deutete darauf hin, daß dieser erste Sommer schon einen guten Gewinn abwerfen würde. Brandon war mit der Entwicklung der Dinge sehr zufrieden.

Die langen, heißen Tage bedeuteten aber auch den Wiederbeginn der Partysaison. Der sommerliche Reigen gegenseitiger Einladungen der Plantagenbesitzer untereinander wurde in Harthaven eröffnet. Heather hatte mit den Vorbereitungen viel zu tun. Einladungen wurden verschickt, Champagner gekauft, kaltes Büffet und Speisenfolge geplant. Heather besprach mit Hatty die neue Livree für die Dienerschaft. Die Gärtner erhielten Anweisungen für den Blumenschmuck in Garten und Park.

Während Heathers Zeit mit den Vorarbeiten für die Party und der Sorge um Beau voll ausgefüllt war, fand Brandon jetzt mehr Zeit für Frau und Kind, da die Arbeit im Sägewerk auch ohne seine Anwesenheit problemlos weiterlief. Er konnte jetzt der Verwirklichung des Wunsches nachgehen, der ihn tagaus, tagein verfolgte: Platz neben Heather in dem großen Bett zu finden. Er hatte einige Tage vor der Einladung eine zierliche kastanienbraune Stute gekauft, ein temperamentvolles und doch sanftes Tier, das ihr sicher gefallen würde. Er lächelte in Gedanken, als er den Damensattel festzurrte und mit der Hand über das Leder strich, auf dem seine Frau sitzen würde. Er stellte sich vor, wie behutsam er sie im Umgang mit der Stute unterweisen würde, und daß dies Geschenk ihm vielleicht noch vor dem Ende des heutigen Tages einen Kuß einbringen würde.

Immer noch in diese Träumereien versunken führte er Leopold und die Stute vor die Stufen des Hauses und band sie dort fest. Heather saß im Salon, mit einer Stickerei beschäftigt. Sie war so in ihre Arbeit vertieft, daß sie sein Eintreten gar nicht bemerkte. Er lehnte im Türrahmen und sah ihr eine Weile zu. Neben ihrem Sessel stand die Wiege, in der ihr Sohn schlief. Brandon mußte lächeln, als sie über einem schwierigen Stich die Augenbrauen zusammenzog.

»Zieh kein solches Gesicht«, sagte er neckend, »sonst siehst du eines Tages so verrunzelt aus wie die alte Scott.«

Heather schrak empor. »Oh, Brandon, du hast mich erschreckt!«

Er lachte leise. »Habe ich das getan? Das wollte ich wirklich nicht.«

Heather strahlte ihn an und legte ihre Handarbeit beiseite; er trat zu ihr. Er war schöner als alle andern Männer, die sie je gesehen hatte. Die tiefe Sonnenbräune ließ seine grünen Augen noch leuchtender erscheinen, der knappe Reitanzug unterstrich seine Männlichkeit. Ihr Herz schlug heftiger, als er neben ihr stand.

Er griff nach ihrer Hand und zog sie sanft in die Höhe. Er spürte den zarten Duft ihres Parfüms, während er sie in die Eingangshalle hinausführte. Dort trug er Mary auf, auf das Kind aufzupassen. Heather sah ihn überrascht an.

»Wohin gehen wir?« fragte sie.

Wieder lächelte er, legte seinen Arm um ihre Taille und führte sie weiter.

»In den Garten«, sagte er lakonisch.
Heather trat hinaus und sah die beiden Pferde, den Damensattel auf dem kleineren. Fragend blickte sie ihren Mann an.
»Gefällt dir die Stute etwa nicht?« fragte er. »Ich habe dich nie gefragt, ob du Pferde magst oder reiten kannst. Es ist eine Kleinigkeit für mich, es dir beizubringen – wenn deine Gesundheit es erlaubt.«
Sie eilte die Stufen hinunter auf das Pferd zu. »Meine Gesundheit ist in bester Ordnung«, rief sie über die Schulter.
Brandon strahlte vor Freude und lief ihr nach.
Heather streichelte der Stute die Nüstern und das samtweiche Fell.
Sie konnte ihre freudige Überraschung nicht verbergen.
»Oh, Brandon, sie ist phantastisch. Wie heißt sie?«
»Fair Lady«, antwortete er.
»Wie entzückend«, rief sie aus. Sie wandte sich ihm zu und lächelte. »Hebst du mich hinauf?«
Er zog eine Augenbraue hoch und sah mißbilligend auf das leichte, tiefausgeschnittene Sommerkleid, das sie trug.
»Meinst du nicht, Liebling, du solltest dich vorher umziehen? Dieses Kleid ist nicht gerade geeignet . . .«
»Nein«, unterbrach sie ihn und verzog den Mund zu einem koketten Schmollen. »Das dauert viel zu lange, und ich möchte sie jetzt gleich reiten«. Ihre Finger spielten mit den Knöpfen seiner Weste. »Bitte, Brandon, bitte!«
So mußte er nachgeben. Er verschränkte die Hände ineinander, damit sie ihren zierlichen Fuß hineinsetzten konnte, und hob sie hoch. Sie schwang sich in den Sattel, legte ein Knie über das Sattelhorn und beugte sich dann tief zur Seite, um einen festen Halt im Steigbügel für ihren Fuß zu suchen. Dabei gab ihr weitausgeschnittenes Kleid den Blick auf ihre herrliche, samtige Brust frei. Brandon stand wie angewurzelt, die Zügel in der Hand. Der Hals schnürte sich ihm zu, und er spürte ein heftiges Verlangen, sie in seine Arme zu reißen. Für eine Sekunde trafen sich ihre Augen, dann ließ Brandon die schon

erhobene Hand wieder sinken. Heather richtete sich im Sattel auf. Einen Moment stand er unschlüssig. Seufzend gab er ihr die Zügel in die Hand . . .

Heather ergriff sie, trieb das Pferd mit den Absätzen an und jagte davon. Brandon war starr vor Überraschung. Dann band er Leopold los, sprang auf und ließ den Rappen hinterhergaloppieren. Doch Heather war nicht so leicht einzuholen. Sie preschte über eine Wiese, auf eine Baumgruppe zu, wo Leopold seine Schnelligkeit nicht entwickeln konnte. So behielt die Stute die Führung, bis sie ein offenes Feld erreichten. Hier war es für Leopold ein leichtes, sie einzuholen. Als Brandon sie überholte, ließ Heather die Stute im Schritt gehen. Sie lachte über Brandons besorgtes Gesicht.

»Da hast du mich ja schön angeführt«, rief er verblüfft. »Deine Sattelfestigkeit wird höchstens noch von deinem Leichtsinn übertroffen.«

»Oho«, rief sie keck zurück, »wäre der Gehölzstreifen tiefer gewesen, dann wärst du immer noch hinter mir.«

Sie ritten weiter, bis sie auf einem grasbewachsenen Hügel anlangten, wo Heather anhielt, um Fair Lady eine Ruhepause zu gönnen.

Brandon stieg ab und half seiner Frau aus dem Sattel. Er umfaßte sie unterhalb des Busens, und sie schlang ihre Arme um seine Schultern, ausgelassen und fröhlich, der Ritt hatte ihre Wangen gerötet. Ihre Augen blitzten. Als er sie vom Pferd gleiten ließ, fühlte er, wie ihr Schenkel ihn berührte. Sofort trat sie einen Schritt zur Seite, sobald sie Boden unter den Füßen spürte, während Brandon, die Hände noch aufs Pferd gestützt, eine Sekunde lang die Augen schloß. Wieder quälte ihn das ungestillte Verlangen nach seiner Frau. Die Begierde kämpfte gegen seinen Willen an. Nur mit Mühe konnte er sich zurückhalten, Heather an sich zu pressen und auf der Stelle in sie einzudringen. Er stellte sich vor, wie er ihr die Kleider vom Leib reißen würde, wenn es nicht schnell genug ginge. Er dachte aber auch daran, daß jemand sie beobachten könnte. Nie war er wirklich mit ihr allein. Wann immer er ihr nahekam, waren sie gestört worden. Aber er wollte im Grunde keinen hastigen Liebesakt auf der Wiese, sein Ziel war ein zärtliches erfülltes Zusammensein mit ihr. Das war wichtiger als momentaner Genuß.

Mühsam gewann er seine Beherrschung zurück. Und wandte sich ihr wieder zu. Er umfaßte sie von hinten und roch den zarten Duft ihres Haares. So standen sie lange in neugefundener Zweisamkeit. Langsam hob Heather den Kopf und sah ihn mit ihren klaren, blauen Augen an, die feuchten Lippen leicht geöffnet. Brandon brauchte keine weitere Aufforderung, er beugte sich über sie, ausgehungert suchte sein Mund den ihren.

Heather drängte sich an ihn, verschmolz, ihre Arme um seinen Rücken gelegt, mit ihm zu einer Einheit. Sie wünschte sich, daß dieser Augenblick ewig dauern möge. Sein Kuß erfüllte sie so mit Verlangen, daß ihre Glieder schlaff wurden. Sie spürte seine Schenkel an den ihren, und plötzlich wurde ihr bewußt, daß seine und ihre Leidenschaft einander völlig gleich waren. Ihre Lippen gaben unter dem wilden Druck der seinen nach. Sie streckte sich auf Zehenspitzen, um sich noch enger an ihn schmiegen zu können.

Plötzlich fegte eine Windböe über Gras und Büsche, und die ersten dicken Tropfen eines Sommergewitters fielen auf die Liebenden. Sie ließen sich los und blickten zum Himmel hinauf. Das Gewitter stand direkt über ihnen. Brandon hätte vor Zorn am liebsten die Faust gegen den Himmel erhoben, doch Heather war schon zu den Pferden gelaufen. Er eilte ihr nach, half ihr in den Sattel und bestieg seinen Hengst. Jetzt brach der Gewittersturm mit aller Macht über sie herein, und lange, bevor sie Harthaven erreichten, waren sie bis auf die Haut durchnäßt. Es goß noch immer in Strömen, als sie endlich anlangten; Brandon hob Heather vom Pferd und trug sie unter den Schutz des Verandadaches.

Lachend wie zwei kleine Kinder stürmten sie ins Haus. Aber

sie hatten nicht mit Hatty gerechnet. Die Hände auf die breiten Hüften gestützt, stand sie plötzlich vor ihnen und schüttelte mißbilligend den Kopf.
»Master Bran, ich könnt' schwören, manchmal haben Sie keinen Funken Verstand. Wie kann man das Kind bei diesem Wetter ausreiten lassen, wo sie gerade erst Master Beau zur Welt gebracht hat. Im Nu wird sie sich eine Lungenentzündung holen.« Sie war regelrecht empört: »Und nun, Mrs. Heather, wird nach oben gegangen und die nassen Kleider ausgezogen.«
Sie ergriff Heather am Arm und zog sie die Treppe hinauf; Brandon grinste belustigt, als er sie so im Schlepptau der alten Negerin sah wie ein ungehorsames Kind, das gestraft wurde. Heather konnte gerade noch über die Schulter dem amüsierten Brandon eine Kußhand zuwerfen. Brandon stand noch eine Weile und ließ die zärtliche Geste in sich nachklingen. Trotz allem war er mit dem Verlauf dieses Tages sehr zufrieden. Er zog seine Stiefel aus und rannte in Socken ins Ankleidezimmer, wo er trockene Kleider und ein Handtuch fand. Er zog sich aus, und während er sich trockenrieb, hörte er das Geräusch von Wasser in der Badewanne nebenan, und dann Hattys schwere Schritte auf der Treppe. Leise öffnete er die Tür zum Schlafzimmer und sah Heather, den Rücken ihm zugewandt, in der Wanne sitzen. Während er sie betrachtete, lehnte sie sich zurück und drückte einen wassergefüllten Schwamm über Armen, Schultern und ihren vollen Brüsten aus. Dabei sang sie vor sich hin. Eigentlich war es mehr ein Summen als ein Singen. Stumm stand er an der Tür, beobachtete, wie sie ein Bein hochhob, die seidigglänzende Haut mit Seife einschäumte, dann das andere Bein, immer die kleine Melodie summend, heiter und zufrieden. Brandon zog sich unbemerkt wieder zurück, glücklich darüber, daß die Dinge sich so günstig entwickelten.
Er erinnerte sich an ihr verführerisches Lächeln, an den atemberaubenden Anblick ihrer Brüste, ihren heißen Kuß und an

den Augenblick, ehe das Gewitter losbrach, als ihr Körper dem seinen so nahe gewesen war.
»Was ich da in ihren Augen sah, war Liebe und Einverständnis«, dachte er. »Es wird keines großen Drängens mehr bedürfen, heute nacht wird sie mir gehören.«
Die Vorstellung ließ ihn nicht los. »Unser Liebesspiel wird dies alte Bett wie nie zuvor strapazieren. Ja, heute nacht werde ich sie wieder nehmen – und mein Mönchsleben wird ein Ende haben. Zwischen ihren Schenkeln werde ich wiedergeboren werden für ein neues Leben voller Lust und Freude.«
Er zog sich an und stellte fest, daß er dasselbe Liedchen summte, das Heather gerade gesungen hatte. Frohgestimmt verließ er das Zimmer und beschäftigte sich in seinem Arbeitszimmer, bis der Abend kam.
Heather erwachte nach einem erfrischenden Nachmittagsschlaf, und noch eine Weile stilliegend, horchte sie auf die Geräusche des Hauses. Wenn sie an die Ereignisse des frühen Nachmittags zurückdachte, spürte sie immer noch Brandons Arm, seine heißen Lippen und die Kraft, mit der er sie eng an sich gepreßt hatte. Ihr Puls schlug schneller, und sie wußte, daß sie bald nicht mehr allein in diesem Bett schlafen würde.
Sie dehnte sich wohlig und hätte vor Schmerz beinahe laut aufgeschrien. Alle ihre Muskeln schienen steif und unbeweglich zu sein. Sie hatte nicht bedacht, daß die Anstrengung des ungewohnten Ausritts eine solche Wirkung haben würde. Sie konnte sich kaum rühren, jede Bewegung schmerzte. Mit großer Vorsicht bewegte sie sich zum Bettrand und erhob sich langsam und schwerfällig wie eine alte Frau. Ihre Kehrseite tat ihr vor allem ganz besonders weh. Endlich kam Mary ihrer Herrin zu Hilfe und rieb den malträtierten Körperteil mit einer schmerzlindernden Salbe ein. Sie half ihr beim Anziehen. Heather wählte als Abendrobe ein weißes Seidenkleid und legte dazu wie häufig in letzter Zeit die Perlenkette an. Trotz ihrer Schmerzen sah sie hinreißend aus.
Mit vorsichtigen Schritten ging Heather die Treppe hinunter,

Stufe für Stufe, und betrat den Salon. Jeff hörte mitten im Satz auf zu sprechen, als er sie so mit schmerzverzerrtem Gesicht eintreten sah. Brandon wandte sich ihr mit einem herzlichen Lächeln zu, um sie zu begrüßen. Aber das Lächeln erstarb ihm auf den Lippen, als sie so unsicher vor ihm stand und seinen Gruß verlegen erwiderte.

»Ich fürchte, ich habe mich heute nachmittag überanstrengt, Brandon . . .« sagte sie entschuldigend. Obwohl Brandon voller Mitgefühl war, ging ihm die ganze Bedeutung ihres Satzes doch sofort auf. Seine Enttäuschung war grenzenlos. Bekümmert beobachtete er ihre langsamen, gequälten Bewegungen, sah, wie sie von Zeit zu Zeit vor Schmerz zusammenzuckte. Vorsichtig ließ sie sich auf einen Stuhl an der Tafel nieder und rutschte unbequem hin und her, bis ihr Hatty ein Kissen brachte. Nach dem Essen konnte sie fast nicht mehr aufstehen. Brandon reichte ihr den Arm und zog sie behutsam hoch. Dabei fiel sein Blick auf die schimmernden Perlen, auf ihr Dekolleté, und dieser Anblick vergrößerte nur noch seine Niedergeschlagenheit.

Der Abend war noch nicht weit fortgeschritten, als sie sich entschuldigend zu den beiden Männern wandte, Tränen in den Augen. »Ihr müßt mir bitte verzeihen«, sagte sie leise, »es tut mir leid, daß ich heute abend in so schlechter Verfassung bin. Ich muß euch bitten, mich jetzt zu entschuldigen.«

Jeff verbeugte sich leicht. »Deine Schönheit ist mir immer ein Genuß, Madame, und ich bedauere, daß du schon gehen mußt, aber ich verstehe dich gut. Bis morgen dann, liebste Schwägerin.«

Sie nickte und bat Brandon, ihr zu helfen. Er umfaßte sie liebevoll und führte sie zur Treppe, wo sie die ersten Stufen unter solchen Mühen hinaufstieg, daß Brandon sich niederbeugte, sie hochhob und die Treppe hinauftrug. Seufzend vor Erleichterung lehnte sie den Kopf gegen seine Schulter. Unten machte Mary Anstalten zu folgen, doch wurde sie von Hatty zurückgehalten.

»Laß sie allein, Kind«, befahl sie weise, »die Missus braucht heute abend deine Hilfe nicht.«
Brandon stieß die Tür zum Schlafzimmer auf und trug seine Frau hinein. Er setzte sie sanft auf dem Bettrand ab und kniete nieder, um ihre Strümpfe auszuziehen. Die seidenen Strumpfhalter versetzten ihn in wilde Erregung. Wieder würgte es ihn, als er ihr warmes Fleisch berührte und ihr die Strumpfbänder herunterstreifte. Langsam stand sie vom Bettrand auf und wandte ihm den Rücken zu.
»Hakst du mir bitte das Kleid auf?« bat sie. »Mary kommt anscheinend nicht.«
Er tat, wie sie gebeten, bückte sich, als sie das Kleid zu Boden fallen ließ, und hob es auf, während sie sich das malträtierte Hinterteil rieb.
»Ich fürchte, meine weicheren Körperteile sind arg mitgenommen. Ich hätte vernünftiger sein und nicht gleich so wild drauflosreiten sollen. Es tut mir leid.«
Brandon versagte sich eine zustimmende Bemerkung und holte ihr Nachtgewand. Nackt stand sie da, von Kerzenlicht golden überschimmert. Seine Augen hingen an ihr mit sehnsüchtiger Zärtlichkeit. Die Schwangerschaft hatte ihrer Schlankheit nichts anhaben können, hatte keine Spuren zurückgelassen. Im Gegenteil erschien sie jetzt noch schöner in ihrer vollendeten Fraulichkeit. Nur mit Mühe hielt er sich in Zaum und reichte ihr das Nachtgewand. Während sie es anzog, bemerkte er die blauen und roten Stellen auf ihrer wohlgeformten Rückseite. Er seufzte insgeheim und sah sich zu weiteren einsamen Nächten verurteilt.
Heather bemerkte seine Enttäuschung, trat zu ihm und schlang die Arme um seinen Hals.
»Ich bitte dich um Verzeihung, Brandon. Es fehlt mir eben doch von Zeit zu Zeit an der nötigen Einsicht.«
Sie zog seinen Kopf zu sich herunter, küßte ihn auf den Mund, wandte sich ab und kroch mühsam in die Tiefen des riesigen Bettes.

Brandon stand zähneknirschend daneben und machte sich eindringlich klar, daß es einfach eine Zumutung sei, mit einer Frau in diesem Zustand zu schlafen, eine unverantwortliche Rücksichtslosigkeit. Und seine besseren Instinkte behielten die Oberhand. Er blies die Kerze aus, ging in sein Zimmer, zog Jacke und Weste aus, starrte auf sein schmales Bett und hing dabei seinen mißmutigen Gedanken nach. Es widerstand ihm, noch eine weitere Nacht darin verbringen zu müssen. Er verfluchte sein Schicksal. In seiner Verzweiflung packte er ein Handtuch, verließ den Raum und rannte die Treppe hinunter. Jeff kam gerade aus dem Studierzimmer und deutete verwundert auf das Handtuch.
»Wo zum Teufel gehst du denn damit hin?«
»Schwimmen. Im Fluß«, sagte Brandon.
»Es ist eiskalt draußen!« warnte Jeff.
»Mir egal«, brummte Brandon und stürmte aus dem Haus, ohne auf das Gelächter seines Bruders zu achten.

Der nächste Tag war angefüllt mit fieberhaften Vorbereitungen für das bevorstehende Fest. Die ersten Hausgäste, unter ihnen Abigail Clark, trafen bereits im Laufe des Nachmittags ein. Obwohl Hattys Salbe Wunder bewirkt hatte, fühlte sich Heather immer noch steif und wie zerschlagen und in ihrer Rolle als Gastgeberin sehr behindert. Vor dem Schlafengehen ließ sie noch eine Massage über sich ergehen, aber als sie dann am nächsten Morgen erwachte, waren alle Scmerzen verflogen und sie fühlte sich frisch und glücklich. Auch dieser Tag ging mit Vorbereitungen für das Fest dahin.
Brandon war geschäftlich nach Charleston gefahren. Die ersten Holzladungen waren auf den Weg gebracht worden und die dafür eingehenden Gelder konnten bereits verbucht werden. Der Morgen war im Nu vorbei. Brandon hatte überall in der Stadt eine Menge Dinge zu erledigen. Als er nach einem kleinen Lunch gerade die Straße entlangging, wäre er beinahe

von der mit Schachteln und Paketen beladenen Miss Scott umgerannt worden.

Wie üblich wurde Sybil schrecklich nervös und verlegen, als sie Brandon sah, obwohl sie mühsam versuchte, ihre Aufregung zu verbergen, während sie beide gemeinsam die zu Boden gefallenen Pakete einsammelten. Sie war sehr elegant angezogen und hielt sich offensichtlich für unwiderstehlich. Die Komplimente der Männer, die sie in letzter Zeit zu hören bekommen hatte, nahm sie für bare Münze und merkte die eindeutigen Absichten nicht.

»Was für ein Glück, Sie zu treffen, wo ich gerade Hilfe von einem starken Mann brauche, Mr. Birmingham!« seufzte sie und flatterte mit den geschminkten Augenlidern. Aber alle Kosmetik der Welt konnte ihr ausdrucksloses Gesicht nicht reizvoller machen. Sie rückte ihre Brillengläser zurecht, während er wohl oder übel ihre Pakete im Arm hielt.

»Das Zeug ist einfach zu schwer für eine schwache Frau wie mich. Wenn Sie bitte mit zu meinem Wagen gehen würden.«

Brandon folgte ihr notgedrungen und hörte sich höflich ihr endloses Geschwätz an.

»Ich bin ganz aufgeregt wegen des Balls heute abend. Ich habe mir ein sündhaft gewagtes Kleid machen lassen, ich fürchte, ich werde rot, wenn ich es anziehe. Mein Schneider meint, ich sei wie geschaffen für das Kleid! Er versteht ja so viel von seinem Handwerk, müssen Sie wissen. Er kommt aus England und sagt, die schönsten Frauen der Welt hätten seine Kleider getragen. Wenn man ihn so ansieht, würde man das gar nicht glauben. Er ist fürchterlich häßlich und abstoßend. Fast könnte er einem leid tun. Und dabei sieht er mich immer so verehrungsvoll an. Heute morgen mußte ich ihm doch tatsächlich einen Klaps auf die Hand geben, stellen Sie sich vor! Er guckte hinterher so schrecklich betroffen drein, daß ich laut lachen mußte. Was er sich wohl dabei gedacht hat! So ein Mann bildet sich ein, er hätte bei mir Chancen!«

Sie hielt ihren Schritt an, um eine Kutsche vorbeizulassen, und sah Brandon verstohlen von der Seite an.
»Solche Männer interessieren mich überhaupt nicht.«
Brandon hustete verlegen und hielt nach ihrem Wagen Ausschau.
»Wissen Sie, Mister Birming . . . Brandon«, es gelang ihr, ein wenig nervöser zu klingen als nötig. »Ich . . . ich habe so viele Verehrer, daß ich allmählich den Überblick verliere.« Sie sah ihm in die Augen. »Keiner aber kann von sich behaupten, meine Liebe zu besitzen. Es gibt nur einen, der mich haben könnte, aber der kümmert sich nicht um mich.«
»Ist Ihr Gefährt hier in der Nähe?« fragte Brandon, der sich allmählich recht unbehaglich fühlte.
»Finden Sie mich hübsch, Brandon?« fragte sie plötzlich und unvermittelt.
»Aber sicher, Miss Sybil«, log er höflich.
Sie lächelte geschmeichelt und sah ihm noch tiefer in die Augen.
»So hübsch wie Ihre Frau?«
Er hielt verzweifelt nach ihrem Wagen Ausschau, dachte an seine liebenswerte, bezaubernde Heather und wunderte sich, wie Sybil eine solche Frage überhaupt zu stellen wagte.
»Oh, das war unfair von mir, nicht wahr?« zwitscherte sie geziert. »Nur ein Schuft würde sagen, daß seine Frau nicht hübscher ist!«
»Heather ist eine sehr schöne Frau, Miss Sybil«, erwiderte er kühl und versuchte, seinen Ärger nicht allzu deutlich zu zeigen.
»Oh, ja. Das ist sie sicherlich«, antwortete Sybil hastig. Sie kicherte verlegen. »Aber auch mir wurde versichert, daß ich schön sei. Erst vor ein paar Tagen hat es mir Mr. Bartlett gesagt.«
Brandon sah sie überrascht an. Sein Nackenhaar sträubte sich bei der bloßen Erwähnung dieses Namens. »Mr. Bartlett ist einer Ihrer Verehrer?«

»Ja, warum?« lächelte sie. »Kennen Sie ihn?«
»Ja«, sagte Brandon kurz. »Ich kenne ihn.« Er sah sie an. »Hören Sie, Miss Sybil, was sagt denn Ihre Mutter zu all Ihren Verehrern?«
Ihre Augenbrauen zuckten nervös. »Sie nimmt keine Notiz von ihnen. Ich weiß nicht, warum. Sie wollte immer, daß ich viele junge Männer um mich habe, und jetzt, wo es soweit ist, betritt sie nicht einmal den Salon, wenn einer zu Besuch kommt.«
»Vielleicht denkt sie, daß diese Verehrer nicht der richtige Umgang für Sie sind, Miss Sybil.«
Ihre Augenlider zuckten. »Warum denn, Brandon? Sind Sie etwa eifersüchtig?«
Er seufzte über so viel Torheit resigniert und war sehr erleichtert, als sie endlich ihren Wagen erreichten. Schleunigst legte er die Päckchen auf den Sitz und tippte an die Hutkrempe, um sich zu verabschieden. Sybil lächelte, griff an seine Jacke, als nähme sie ein nicht vorhandenes Stäubchen weg, gerade so, wie sie es Heather in der Kirche hatte tun sehen.
»Ich freue mich auf einen Tanz mit Ihnen heute abend, Brandon«, sagte sie leise. »Hoffentlich enttäuschen Sie mich nicht.«
»Aber, Miss Sybil, Sie werden so sehr mit Ihren vielen Verehrern beschäftigt sein, daß ich wohl gar keine Möglichkeit haben werde«, antwortete er leichthin und verabschiedete sich eilig.

Eifrig durchwühlte Brandon Schränke und Kommodenschubladen im großen Schlafzimmer, während Heather vor dem Spiegel saß und sich von Mary ein türkisfarbenes Band ins Haar binden ließ. Schließlich zog er einen Schmuckkasten hervor, den er in einer Schublade verwahrt hatte, und stellte ihn vor seine Frau hin.
»Die Juwelen meiner Mutter«, sagte er mit heiserer Stimme, da ihn ihr kaum verhüllter Busen erregte. »Sie vermachte einen Teil mir und den andern Jeff für unsere Frauen, wenn wir ein-

mal heiraten würden. Dies hier ist mein Anteil. Vielleicht findest du etwas, das du tragen möchtest heute abend.«
Er hob den Deckel des Kastens, und Heather sah entzückt auf seinen Inhalt: funkelnder, kostbarer Schmuck in wunderschöner Ausführung.
»Oh, Brandon, nicht einmal im Traum hätte ich gedacht, daß ich auch nur ein einziges Schmuckstück jemals besitzen würde, und jetzt beschenkst du mich mit so vielem, wertvollen Schmuck auf einmal. Was soll ich dazu nur sagen? Du verwöhnst mich so sehr.«
Er lachte und küßte sie auf die Schulter. Sein Bart kitzelte ihre weiche Haut. Ihre Augen trafen sich im Spiegel.
»Ist der gemeine Kerl endlich vergessen, Liebes?« fragte er leise in ihr Ohr.
Sie nickte und ihre Augen weiteten sich. Ein süßes Gefühl durchrieselte sie. »Das ist für immer vorbei, Liebster.«
Brandon überließ sie ihren Schönheitsvorbereitungen. Er fühlte sich jetzt fast vollkommen sicher, wenn er daran dachte, wie ihre Augen sich bei seinem Kuß geweitet hatten. Er badete und zog sich an. Mit Ausnahme seines grünseidenen Jacketts und der schwarzen Schuhe mit den goldenen Schnallen, war er ganz in Weiß gekleidet, was seine sonnengebräunte Haut doppelt hervorhob. Kritisch betrachtete er sich im Spiegel und hoffte, daß er ihr gefallen würde.
Heather kam die Treppe herunter, ihre türkisfarbene Robe umfloß ihre schlanke Gestalt in weichen Falten, die sich bei jedem Schritt bauschten. Das enge Mieder preßte ihren Busen hoch und verhüllte ihn kaum. Wenn Männer sie so sahen, hielten sie den Atem an. Brandon war der erste, der auf diesen Anblick reagierte. Sie stand an der Terrassentür und sah in den Garten hinaus, als er fröhlich pfeifend die Treppe herunterkam. Beglückt sah sie ihm entgegen und bewunderte seine männliche Schönheit. Er trat auf sie zu und spielte mit einem der diamentenen Ohrringe. Es war der einzige Schmuck, den sie trug.

»Bist du nervös, Liebes?«
»Nur ein bißchen«, antwortete sie.
Sie beobachtete, wie sein Blick auf ihrem Busen verweilte. Brandon hielt dabei den Atem an. Heather, die wußte, daß Louisa heute abend kommen würde, hatte mit Bedacht dieses Kleid gewählt, damit sie seiner Aufmerksamkeit auch ganz sicher sein konnte, damit er keinen Gedanken an die andere verschwendete. Schließlich hatte Brandon seine Fassung wiedergewonnen:
»Vielleicht solltest du doch etwas weniger Gewagtes tragen, Madame«, meinte er zweifelnd. Aber plötzlich stand Jeff neben ihnen und lachte. Heather registrierte, daß beide Männer nun auf ihren Busen starrten.
»Laß es sie doch tragen, Brandon. Gönne uns andern auch ein wenig Vergnügen«, sagte er amüsiert. »Natürlich kann ich verstehen, was in dir vorgeht. Wenn sie mir gehörte, hielte ich sie hinter Schloß und Riegel.« Er ging näher an seinen Bruder heran und flüsterte ihm laut genug, daß Heather es hören konnte, ins Ohr: »Sie ist doch viel schöner als Louisa, nicht wahr?«
Heather stemmte die Arme in die Seiten und stampfte zornig mit dem kleinen Fuß auf.
»Jeff, wenn du meinen Abend ruinieren willst, dann brauchst du nur noch einmal den Namen dieser Frau zu erwähnen!« rief sie.
Jeff gab seinem Bruder einen Schlag auf die Schulter und sagte:
»Na, komm schon Bran, spiel nicht den Moralapostel und laß sie das Kleid tragen. Sie sieht bezaubernd darin aus. Ich verspreche dir auch, sie nicht dauernd anzustarren.«
Brandon schaute seinen Bruder mißmutig an und wollte etwas Dementsprechendes erwidern, doch unterließ er es. Statt dessen wandte er sich Heather zu.
»Trage also, was dir gefällt, Madame«, sagte er, aber es klang nicht recht überzeugend.

Jeff rieb sich die Hände vor Vergnügen. »Das wird eine großartige Party werden. Er nahm Heathers Hand und legte sie auf seinen Arm. »Komm, Schwägerin. Ich werde dich zu den Gästen bringen.«
Heather lächelte über die Schulter Brandon zu, der aber sah unzufrieden drein, als wisse er nicht, was er mit sich anfangen solle, während sie mit seinem Bruder wegging. Als sie den Salon betraten, sah sie gerade noch, wie er im Arbeitszimmer verschwand. Doch betrat er ein paar Minuten später gleichfalls den Salon, eine mit Brandy gefüllte Karaffe in der Hand.
Der Hausherr stand zuvorderst an der Tür, um die Gäste zu begrüßen, und er achtete darauf, daß alle Junggesellen sofort an Jeff weitergereicht wurden, so daß sie kaum Gelegenheit hatten, seine Frau anzugaffen. Louisa kam am Arm eines neuen Verehrers hereingerauscht. Ihre Augen hefteten sich kurz auf Heathers Dekolleté, ehe sie ein paar Worte zur Begrüßung sagte. Ihr selbstsicheres Lächeln erstarb langsam. Ihr eigenes Kleid aus gelber Seide war mindestens ebenso tief ausgeschnitten und gewagt wie Heathers, aber es war nur zu offensichtlich, daß Heather keine künstliche Stütze für ihren Busen brauchte.
»Liebste Heather, Sie sehen entzückend aus heute abend«, sagte sie scheinheilig, nachdem sie sich von ihrem Schock einigermaßen erholt hatte. »Die Mutterschaft scheint Ihnen zu bekommen.«
»Sie sind sehr freundlich, Louisa«, antwortete Heather. »Sie tragen übrigens ein sehr elegantes Kleid.«
Louisa lächelte geschmeichelt. Ihre Hand glitt über ihren Busen, als wollte sie die Aufmerksamkeit auf die Transparenz des Kleides lenken.
»Ja, nicht wahr? Thomas hat es speziell für mich entworfen. Er ist sehr geschickt mit der Nadel, finden Sie nicht?«
Sie ließ Heather keine Zeit für eine Antwort.
»Haben Sie Ihr Kleid hier schneidern lassen, Liebste? Ich sehe Sie nie in Charleston. Soll das heißen, daß Brandon sich zum

Geizkragen entwickelt, seit er mit Ihnen verheiratet ist? Früher war er immer so großzügig!«
»Er hat dieses Kleid in London machen lassen«, antwortete Heather kurz.
»Ja, natürlich«, lächelte Louisa. »Vermutlich bei demselben Schneider, bei dem er früher einige meiner Kleider anfertigen ließ.«
Heather entschloß sich, diese Boshaftigkeit zu überhören. Aber Brandon fühlte um so heftiger Ärger in sich aufsteigen, weil seine frühere Mätresse seine Heirat immer noch zu ignorieren versuchte und seiner Frau den einfachsten Respekt verweigerte.
»Sind diese Ohrringe auch aus London?« forschte Louisa. »Aus irgendeinem Grund kommen sie mir bekannt vor.«
»Sie gehörten Brandons Mutter«, antwortete Heather.
Louisas Gesichtszüge verhärteten sich. »Ja, ich erkenne sie jetzt.« Und ohne ein weiteres Wort zog sie davon.
Wenige Minuten später kam Matthew Bishop an – allein. Er ignorierte den Gastgeber vollständig und ergriff sogleich Heathers Hand. Brandon murmelte eine hastige Vorstellung und versuchte vergeblich ihn loszuwerden, der Mann rührte sich nicht von der Stelle.
»Brandon, deinen Geschmack in puncto Pferde habe ich ja immer bewundert, aber ich habe nicht gedacht, daß du auch von Frauenschönheit so viel verstehst.« Er wandte sich Heather zu. »Madame, Sie sind entzückend.« Er senkte seinen Blick auf ihren Busenausschnitt und fuhr fort. »Ihre Schönheit versetzt mein armes Herz in höchste Aufregung. Man muß Ihren Reizen hoffnungslos erliegen.«
Nochmals beugte er sich tief über ihre Hand, was Brandon ungehörig lange zu dauern schien. Er ballte die Faust und die Zornesröte schoß ihm jäh ins Gesicht. Als Matt mit seiner Zeremonie zu Ende war, ergriff ihn Jeff schnell am Arm und zog ihn aus der Gefahrenzone heraus in den Salon.
Der erste Tanz begann. Brandon bot seiner Frau den Arm und

führte sie in den Ballsaal. Die Paare bildeten zwei Reihen, auf der einen Seite die Damen, auf der andern ihre Begleiter. Heather genoß dies alles in vollen Zügen. Ein Menuett erklang, Brandon verbeugte sich vor ihr, während sie in tiefem Knicks vor ihm niedersank. Sie tanzten graziös die vorgeschriebenen Figuren, und dabei ruhten seine besorgten Blicke unentwegt auf ihrem Busen. Als der Tanz vorüber war, zog er sie zur Seite und sprach leise auf sie ein.

»Heather, du ruinierst meinen Abend mit diesem Kleid. Ich bitte dich!«

Sie sah ihn mit unschuldigen Augen an. »Aber, Brandon, Louisas Kleid ist viel gewagter, von den andern gar nicht zu reden.«

»Es ist mir egal, was die andern anhaben«, stieß er hervor. »Nur *dein* Kleid interessiert mich! Ich fürchte, jeden Augenblick gibt es deinen Busen plötzlich ganz frei!«

»Keine Angst«, antwortete sie ruhig. »Das Kleid hält, Brandon, du brauchst dich nicht zu sorgen . . .«

»Brandon, alter Junge«, unterbrach eine männliche Stimme. Es war Matt. »Erlaubst du, daß ich mit deiner bezaubernden Frau tanze?«

Brandon sah keine Möglichkeit, dies zu verhindern, und überließ sie ihm widerwillig. Mit gemischten Gefühlen sah er ihnen nach, wie sie zum Tanzparkett gingen.

Während des Tanzes spürte Heather, wie die Blicke ihres Tänzers mit verzehrender Gier an ihr hingen. Er nützte die Tanzschritte aus, um sie möglichst fest an sich zu pressen.

Dann spielte die Musik den ganz neuen, modernen Tanz, den man Walzer nannte, und Matthew versuchte, der widerstrebenden Heather die Schritte beizubringen.

»Es ist wirklich ganz einfach, Heather! Lassen Sie sich nur von mir führen.«

Sie fühlte sich äußerst unbehaglich in seiner engen Umarmung, und mußte ihm energisch bedeuten, seine Hände dort zu lassen, wo sie hingehörten. Wenn er so weitermachte, würde Brandon bestimmt wütend werden, und sie wollte Matt schon bitten, er möge den Tanz beenden, als sie ihren Mann in Louisas Armen sah. Die Blonde lachte und lehnte sich an ihn, und Brandon unternahm nichts dagegen. Heathers Rücken wurde steif in sinnloser Eifersucht. Sie verpaßte den Walzerschritt und trat auf Matts Fuß. Die Röte schoß ihr in die Wangen.

»Es tut mir schrecklich leid, Mr. Bishop. Ich fürchte, ich bin zu ungeschickt für diesen Tanz.«

Matt lachte: »Im Gegenteil, Sie sind sehr leicht zu führen. Nur keine Angst. Ich beiße nicht.« Seine Hand preßte sich auf ihre Hüfte.

Sie versuchte wieder in den Takt zu kommen, aber sie konnte ihre Augen nicht von Brandon abwenden, und so trat sie wieder auf Matts Fuß.

Er lachte. »Trinken wir ein Glas Wein«, sagte er mit einem beschwichtigenden Lächeln.

»Ja, vielleicht«, flüsterte sie und ließ sich von ihm an das Büffet geleiten, wo Erfrischungen und Getränke bereitstanden.

Es war die pure Eifersucht, die sie noch einen dritten Walzer mit ihm tanzen ließ. Sie lernte die Schritte sehr schnell, und nach einigen Drehungen fand sie bereits, daß der Walzer ein schöner Tanz sei.

Obwohl Matt nicht zu den besten Tänzern gehörte, so war er doch zumindest ausdauernd, und als Jeff kam, um Heather zum Tanzen aufzufordern, wollte Matt sie so wenig hergeben wie zuvor Brandon.

»Es hat den Anschein, als hättest du ein neues Männerherz erobert, Schwägerin«, grinste Jeff während des Tanzes.

Sie hörte nur halb hin, weil sie nur Augen für Brandon hatte. Gerade stand er bei einer Gruppe von Männern. Louisa war nicht in Sicht. Aber wo war er vor ein paar Minuten gewesen, als sie nach ihm Ausschau gehalten hatte und ihn nirgends entdecken konnte? Louisa war auch nicht dagewesen, und ihr Verschwinden hatte sie sehr beunruhigt. Wie, wenn er sie etwa für eine heiße Umarmung und wilde Küsse nach draußen genommen hatte? Sie biß sich auf die Lippen. Bei dem Gedanken, daß Brandon Louisa liebkoste, durchzuckte sie brennender Schmerz.

»Was ist los mit dir, Schwägerin?« fragte Jeff. »Der Abend scheint dir keinen Spaß zu machen.«

Es gelang ihr ein knappes Lächeln. »Ich fürchte, ich bin von dem großen grünen Monster Eifersucht gebissen worden. Anscheinend kann ich Louisa doch nicht so ignorieren, wie ich dachte.«

»Du liebst ihn also?«

»Natürlich«, antwortete sie verblüfft, »gab es darüber denn je einen Zweifel?«

»Na, ein bißchen«, lächelte er. »Ich habe sogar manchmal vermutet, du haßt ihn.«

Ihr Kopf fuhr überrascht hoch. »Was hat dich darauf gebracht?«

Seine Mundwinkel zuckten amüsiert. »Ich, ich weiß nicht. Es war wohl nur so ein Gedanke.«

Als die Melodie langsam verklang, führte Jeff Heather wieder Brandon zu.

Brandon gab den Musikern ein Zeichen für einen neuen Walzer. »Jetzt zeig mir, was du gelernt hast«, sagte er. Er nahm sie bei der Hand und führte sie zum Parkett. Sie tanzten zuerst langsam, zurückhaltend, aber bald ließen die verzaubernden Klänge sie ihre Umwelt vergessen. Sie fühlten sich, als seien sie allein auf der Welt. Selbstvergessen wirbelten sie über die Tanzfläche. Heather spürte Brandons starken Arm, sah sein dunkles, schönes Gesicht über sich geneigt. Er fühlte hingerissen ihre sanfte Weichheit und Leichtigkeit. Ihre tiefen, blauen Augen strahlten ihn an. Der phantastische Rhythmus beschwingte sie, bis sie schließlich merkten, daß sie ganz allein tanzten. Wie aus einem Traum erwachend hielten sie inne, während der Applaus der Gäste, die einen Kreis um sie gebildet hatten, sie überschüttete.

Brandon dankte seinen Gästen mit einer kleinen Verbeugung und Heather versank in einem tiefen Knicks. Dann gab Brandon der Musik ein Zeichen. Wieder nahm er Heather in die Arme, und jetzt tanzten sie inmitten ihrer Gäste. Von der Ferne sah Louisa zu. Während sie langsam von ihrem Champagner nippte, wurde ihr Blick starr.
Später gingen Heather und Brandon zum Büffet mit den Getränken. Heather trank ein Glas Champagner, Brandon griff nach einem stärkeren Drink. Sie plauderten angeregt mit ihren Gästen.
Bei den Klängen eines Rigadoon entführte ein älterer Herr Heather zum Tanz. Dann kamen andere, und schließlich erschien auch der eifrige Matt wieder auf dem Plan und versuchte seine Tanzkünste. Brandon tanzte mit nur wenigen Damen und sprach statt dessen den Getränken zu.
Als sich Heather schließlich von ihren Tanzpartnern befreien konnte, fand sie Brandon mit Louisa. Brandon stierte in sein Glas, während Louisa sich eng an ihn lehnte und ihn gegen Heather aufzuhetzen versuchte, die ihn ignoriere und sich anscheinend lieber mit anderen Männern beschäftige. Heather kochte vor Zorn, als sie Louisas höhnische Blicke bemerkte. Brandon sah mühsam von seinem Glas hoch und verbarg seine Qual hinter einem finsteren Gesicht. In diesem unpassenden Augenblick mußte auch noch der inzwischen völlig betrunkene Matt auftauchen und Heather auf die Schulter küssen. Brandons Augen funkelten, er entschuldigte sich und seine Frau bei Louisa, nahm Heather am Arm, ging mit ihr aus dem Salon hinüber ins Studierzimmer, wo er die Tür hinter sich zuwarf. Verächtlich sah er auf sie herab.
»Du scheinst dich gut zu amüsieren, Madame. Es macht dir wohl Spaß, betatscht und beleckt zu werden . . .«
Heathers Augen blitzten zornig. »Was fällt dir ein!« sagte sie heftig. »Was fällt dir ein, so etwas zu behaupten!«
»Dein umnebelter Verstand führt dich in die Irre, mein Lieber«, stieß sie hervor. »Ich habe nur meine Rolle als Gastgebe-

rin gespielt und deine Gäste unterhalten, während du dich wie ein Stier zur Brunftzeit benimmst und dieser Kuh den Hof machst.«
»Oh, Gott!« rief er und warf die Hände hoch. »Du machst mir Vorwürfe, wo ich den ganzen Abend mitansehen mußte, wie du von diesem gezierten Lümmel belästigt und angefaßt wurdest, der seine Männlichkeit allein dadurch beweisen kann, daß er sich an jedes einfältige Frauenzimmer heranmacht.«
»Einfältig! Oh!« Sie fand so schnell keine passende Antwort und wandte sich wütend ab.
Brandons schwerer Kopf ließ ihn nicht mehr klar denken. »So ist das also! Du kannst mir nicht mal mehr ins Gesicht sehen! Du weißt, daß ich die Wahrheit sage!«
Er trat dicht an sie heran; der Duft ihrer Haare versetzte seine trunkenen Sinne in Erregung und seine Beherrschung wandelte sich in Selbstmitleid.
»Warum tust du mir das an? Warum wendest du dich von mir ab und suchst Zärtlichkeit bei anderen? Ich, der dir so gerne nahe wäre, muß zusehen, wie du diesem eitlen Affen alles erlaubst und ihn mit der Nähe deines Körpers erregst.«
Übermächtige Begierde erfaßte ihn. Rauh packte er sie von hinten mit einer Hand am Busen, mit der andern faßte er ihr zwischen die Schenkel, während er sie fiebernd auf die Schulter küßte. Mit einer energischen Körperwendung schüttelte sie ihn ab und lehnte sich schweratmend gegen den Schreibtisch. Ihr Gesicht flammte vor Empörung über diesen brutalen Angriff.
Brandon stand wie benommen.
»Was hast du gegen mich? Großer Gott, warum muß ich dieses Mönchsleben führen und dann noch dabeistehen und zusehen, wie du anderen Appetit machst.«
»Du Narr«, stieß sie hervor. »Du maßloser Narr! Glaubst du wirklich, ich möchte das?«
Sie war am Ende ihrer Kräfte. Sie lief an ihm vorbei zur Tür und sagte voller Verachtung im Hinauslaufen:

»Geh doch! Geh zu deiner großmäuligen Bettgefährtin und amüsier dich mit ihr, betrunken wie du bist! Ihr seid einander wert.«
Damit ließ sie Brandon in schmerzlicher Verwirrung allein. Auf dem Weg zurück zu ihren Gästen begegnete sie Jeff, dem sofort auffiel, daß irgend etwas vorgefallen sein mußte.
»Was ist los, Heather? Du siehst aus, als wäre dir gerade der Leibhaftige begegnet.«
»Der Leibhaftige ist eine blonde Hure«, sagte sie verächtlich. »Wie kann ein Mann nur so blind sein!«
Jeff blickte in die Richtung des Studierzimmers. »Mein Bruder spielt wohl mal wieder die Rolle des charmanten Idioten. Komm Prinzessin, sei nicht traurig heute abend. Wie wär's mit einem Gläschen?«
Sie nickte zustimmend und hatte bald darauf ein Glas Champagner in der Hand, aus dem sie einen tiefen Schluck trank.
»Du kommst immer zur rechten Zeit, Jeff, gerade dann, wenn ich jemanden brauche«, sagte sie dankbar.
»Ja«, lachte er, »man nennt mich deshalb hier ja auch den heiligen Jeffrey.«
Langsam gewann Heather ihre Fassung zurück. Jeffs ruhige Art und der Champagner dämpften den Aufruhr ihrer Gefühle.
»Es gibt ein paar Dinge, die Brandon betreffen, und die ich dir vielleicht erklären sollte. Du wirst ihn dann besser verstehen. Siehst du, unser Vater konnte es nicht ertragen, wenn ein anderer Mann unsere Mutter berührte, egal wie harmlos es sein mochte, und Brandon entdeckt nun, daß er genauso reagiert, wenn es um dich geht. Ehe er dir begegnete, hielt er sich für sehr selbstsicher und glaubte felsenfest, seine Gefühle immer in der Gewalt zu haben. Da er bisher nie wirkliche Liebe gekannt hat, ist er jetzt hilflos seinen Gefühlen ausgeliefert. Ob du es glaubst oder nicht, er ist ein Mensch von starkem Willen, der fürchtet, daß er deinetwegen einige seiner alten Überzeu-

gungen verrät. Durch dich hat er sich als ein ganz anderer kennengelernt. Es ist natürlich erschreckend für einen Mann seines Alters, festzustellen, daß du ihn nur anzuschauen brauchst, und schon stürzt seine ganze Welt zusammen.«

»Bist du sicher, daß das so ist?« fragte sie.

Ein Lächeln ging über Jeffs Gesicht. »Mädchen, du kannst Gift darauf nehmen, daß Brandon keinen Blick verschwendete, wenn Louisa mit andern tanzte.«

Ehe er noch mehr sagen konnte, tauchte der fröhlich gestimmte, jetzt völlig betrunkene Matt wieder auf.

»Was ist los mit euch beiden? Ihr schaut so ernst. Heather, darf ich Sie ein bißchen aufheitern?«

Er bog den Daumen und Zeigefinger zu einem Monokel und sah sie dadurch von oben bis unten an, wobei sein wandernder Blick auf ihrem Busen am längsten verweilte.

»Und Doktor Bishop verschreibt Ihnen sofort einen Tanz mit dem Arzt, der wird Ihrer Gesundheit gut tun.«

Übertrieben zeremoniell bot er ihr den Arm. »Geben Sie mir die Ehre, entzückende Gastgeberin!«

Heather sah Louisa auf sich zusteuern, und da sie keine Lust hatte, sich deren giftigen Bemerkungen auszusetzen, ließ sie sich von Matt zum Tanz führen.

Jeff sah Louisa ebenfalls herannahen und verstand Heathers Entschluß, lieber zu tanzen, vollauf. Die Frau blickte dem Paar nach, und Jeff seinerseits beobachtete, wie sich ihre Augen verengten und ihre Lippen sich aufeinanderpreßten. Offensichtlich konnte sie es nicht ertragen, nicht im Mittelpunkt der Aufmerksamkeit zu stehen und mitansehen zu müssen, wie die Männer sich um Heather rissen.

Von Louisa wanderten Jeffs Augen zu seiner Schwägerin. Er sah, wie sie unentwegt bemüht war, den aufdringlichen Matt abzuwehren. Er schaute ihnen eine Weile zu, während er überlegte, ob er einschreiten sollte, um Heather aus ihrer mißlichen Lage zu befreien. Da sah er Brandon an der Tür stehen, ebenfalls die beiden beobachtend. Sein Gesicht war völlig ausdruckslos, und Jeff erkannte, daß sein Bruder es nur unter größter Willensanstrengung fertigbrachte, ruhig zu bleiben. Er zögerte keine Sekunde länger und ging zwischen den Tanzenden hindurch zu Heather hinüber. Sie sah ihn mit großer Erleichterung kommen, doch Matt gefiel die Unterbrechung überhaupt nicht.

»Nicht schon wieder, Jeffrey. Ich kann ja nicht einen einzigen Tanz mit ihr zu Ende tanzen. Jedesmal holt sie mir jemand weg.«

Er sah verärgert hinter ihnen her, als sie davontanzten. Als sie in der Nähe der offenen Terrasse vorbeikamen, sah Heather Jeff bittend an.

»Die frische Luft ist so herrlich, Jeff, würdest du dir etwas Falsches dabei denken, wenn ich dich bitte, mich auf einen kurzen Spaziergang zu begleiten? Die Tanzerei hat mich ziemlich erschöpft.«

»Dein kleinster Wunsch ist mir Befehl, Prinzessin«, lachte er.

Sie gingen in den Rosengarten, folgten einem schmalen Weg einer hohen Hecke entlang, bis zu einer Stelle, wo betäubender Duft blühender Büsche die Luft erfüllte und eine riesige Eiche den Nachthimmel verdeckte. Das Haus lag außer Sichtweite, nur die vereinzelten Klänge eines Walzers drangen bis zu ihnen. Heather setzte sich unter dem Baum auf eine Bank und raffte ihr Kleid zur Seite, daß Jeff neben ihr Platz nehmen konnte.

»Ich bleibe die ganze Nacht hier«, drohte sie. »Hier ist es schöner als drinnen und bestimmt friedlicher!«

Er lachte. »Was du brauchst, Prinzessin, ist ein Drink, und ich glaube, ich könnte auch einen vertragen. Wirst du hier warten, bis ich uns beiden ein Glas Champagner geholt habe?«

»Natürlich«, antwortete sie. »Ich bin erwachsen genug, um keine Angst vor der Dunkelheit zu haben.«

»Du solltest inzwischen wissen«, grinste er, »daß auf erwachsene Mädchen mehr Gefahren im Dunkeln lauern als auf kleine Mädchen.«

»Oh, Jeff, und ich hatte schon angefangen, dir zu vertrauen«, sagte sie schelmisch.
»Kind, wenn du nicht Brandon gehörtest«, erwiderte er und seine Augen funkelten, »dann hättest du jetzt mehr zu tun als vorhin mit Matt.«
Damit verschwand er in der Dunkelheit. Sie lehnte sich zurück und atmete die frische Nachtluft in vollen Zügen ein. Plötzlich hörte sie ein Rascheln in der Nähe und wunderte sich, daß Jeff schon so schnell zurück war. Ein dunkler Schatten kam durch die Hecke auf sie zu, und es wurde ihr klar, daß dies nicht Jeff, sondern ein anderer Mann war. Bald darauf erkannte sie Matt. Sofort sprang sie hoch, stellte sich so, daß die Bank zwischen ihnen war.
»Jeff ist gerade weggegangen, um etwas zu trinken zu holen, Mr. Bishop«, sagte sie nervös.
Er lachte kurz auf und folgte ihr um die Bank herum. »Was interessiert mich Jeff? Sie sind hier, liebste Heather, und Ihr Anblick verwirrt mich mehr als alles andere. Jetzt ist niemand da, der uns unterbrechen kann, jetzt ist die Gelegenheit, unsern Walzer fortzusetzen.«
»Aber nicht doch, Mr. Bishop. Ich möchte das nicht.«
Er griff mit starken Armen nach ihr und preßte sie an sich.
»Vielleicht können wir es jetzt zu Ende bringen«, sagte er keuchend und drückte seine Lippen auf ihren Hals, während Heather verzweifelt versuchte, sich zu befreien.
»Mr. Bishop, bitte!« protestierte sie. »Brandon wird . . .«
»Er braucht das nicht zu wissen«, flüsterte er und küßte sie auf die Schulter. »Sie werden ihm nichts erzählen, nicht wahr? Er ist so schrecklich unbeherrscht.«
Sie stemmte sich gegen ihn, aber er war nicht abzuschütteln.
»Wehren Sie sich ja nicht erst, Heather. Ich *muß* Sie besitzen«, murmelte er. »Sie machen mich verrückt. Ich muß Sie haben.«
»Lassen Sie mich los!« rief sie. »Lassen Sie mich los oder ich schreie, und mein Mann wird Sie umbringen.«
»Psst«, zischelte er. »Wehren Sie sich nicht.«

Er stürzte sich mit hungrigen Küssen auf sie und preßte mit heißen Händen ihre jungen Brüste. Sie wehrte sich mit aller Kraft, doch das steigerte nur noch seine Lust. Plötzlich wurde er von zwei starken Händen von hinten gepackt und von ihr weggerissen. Brandons Gesicht war wutverzerrt, als er den Mann in die Büsche warf und mit einem gewaltigen Fußtritt quer durch die Gartenbeete schleuderte. Matt erhob sich schleunigst und lief so schnell er konnte, daß die Frackschöße nur so flogen.
Heather, die die Szene mit Genugtuung verfolgte, wäre beinahe in lautes Gelächter ausgebrochen. Als ihr Mann zu ihr zurückkam, versuchte sie ein dankbares Lächeln, doch es schwand sofort wieder von ihren Lippen. Rücksichtslos griff er nach ihr und drückte sie gegen denselben Baum. »Dieser lächerliche Schlappschwanz findet nicht mal rechtzeitig aus seinen Hosen heraus, aber ich habe dieses Problem nicht, Madame.«
Sein Mund preßte sich auf ihre Lippen. Heather leistete keinen Widerstand. Obwohl sie gerade glaubte, vor einer Vergewaltigung errettet worden zu sein, schien ihr das gleiche Schicksal schon wieder bevorzustehen. Sie hatte keine Willenskraft, Brandon Widerstand zu leisten, ihm zu verweigern, was ihm von Rechts wegen zustand, und während sie energisch Matts Annäherungen abgewehrt hatte, spürte sie jetzt lustvolle Bereitschaft, ihrem Mann zu Willen zu sein. Seine Hände griffen nach ihrem Busen und unter ihr Kleid. Heather seufzte und begann zu zittern, als führe ein Sturmwind über sie dahin. Sie hatte weder gewußt, noch geahnt, wie tief das Feuer der Leidenschaft sie aufwühlen könnte. Ein ungekanntes Gefühl wuchs in ihr, das nach einer Befriedigung verlangte, von der sie nicht wußte, wie sie zu erlangen war. Brandons Hand glitt an ihr hinunter, fand den Weg zu ihren Schenkeln, unter ihr Kleid, während sein Knie ihre Beine auseinanderspreizte. Er zog sie fest an sich. Und dann war sein Gesicht über dem ihren, seine Stimme klang rauh:

»Du gehörst mir, Heather! Keiner außer mir wird dich besitzen. Nur ich werde die Freuden deines Körpers genießen. Und wenn ich mit den Fingern schnalze, wirst du kommen.«
Seine Hände glitten von ihr ab, und ungläubig sah Heather, wie er plötzlich davonging, ihren liebeshungrigen Körper zitternd zurücklassend. Sie wandte sich in qualvoller Enttäuschung nach ihm um, und wollte schon nach ihm rufen, da hörte sie von weitem Jeffs Stimme, der nach ihr suchte. So brachte sie so schnell sie konnte ihre Kleidung in Ordnung und bedeckte ihre Brust.
Jeff kam durch die Büsche mit nur noch halbvollen Gläsern, den Rest hatte er verschüttet, und sah sich nach allen Seiten um.
»Was war denn hier los? Ich sah Matt davonrennen, und dann hätte mich beinahe Brandon umgerempelt.« Er bemerkte jetzt ihr derangiertes Äußere. »Heather, was ist mit dir passiert? Oh, Gott, wenn Matt . . . wenn Brandon . . . wenn einer von beiden dich verletzt hat . . .«
Sie schüttelte den Kopf, während sie ein Glas Champagner nahm, es mit zitternden Händen festhielt und dann auf einen Zug austrank.
»Du hattest recht, Jeff«, sagte sie. »Auf erwachsene Mädchen lauern tatsächlich viele Gefahren im Dunkeln.«
»Hat Matt dich etwa belästigt? Ich breche dem Schurken den Hals!«
»Ja, er hat es versucht, aber Brandon hat ihm eine Lektion erteilt.«
»Da wäre ich gerne dabeigewesen. So wütend habe ich Bran noch nie gesehen wie vorhin, als er dich beim Tanzen beobachtete. Er wird dir doch nicht die Schuld an der Sache geben?«
Heather lachte, aber ihr Lachen klang ein wenig hysterisch, dann zuckte sie mit den Schultern. »Ich habe keine Ahnung, was er dachte.«
Er sah sie einen Moment ernsthaft an. »Heather, irgend etwas ist mit dir nicht in Ordnung. Was bedrückt dich?«

»Oh, Jeff, ich weiß wirklich nicht. Ich bin völlig durcheinander. Ich glaube, es ist das Beste, wenn ich mich für eine Weile zurückziehe.«
Er nahm sie bei der Hand. »Komm, ich bringe dich ins Haus.«
»Nicht durch den Salon, bitte. Ich fürchte, das erregt zuviel Aufsehen.«
»Gut, wie du meinst. Gehen wir durch die Hintertür.«
Sie ließ sich bis zur Tür führen und verabschiedete sich. In der Hoffnung, daß niemand sie in diesem derangierten Zustand sehen würde, hastete sie am Studierzimmer vorbei, dessen Tür offen stand. Männerstimmen drangen heraus, Gelächter und Wortfetzen. Sie erkannte die Stimme ihres Mannes darunter, hörte sein dunkles Lachen zum erstenmal heute abend. Ihr Herzschlag beschleunigte sich, als sie vorbeieilte.
Von seinem Platz aus sah Brandon Heather durch die Eingangshalle laufen. Er entschuldigte sich bei seinen Gästen und ging hinaus, um ihr nachzublicken. Er zog an seiner Zigarre, und seine Augen verengten sich, als seine Blicke ihr durch den Rauch hindurch folgten.
Oben angekommen blieb Heather zögernd stehen. Sie fühlte sich beobachtet. Als sie über die Schulter zurücksah, erkannte sie unten in der Halle Brandon, einen schwer deutbaren Ausdruck im Gesicht. Sie errötete bei der Erinnerung an das, was eben zwischen ihnen vorgefallen war, und wollte schon weitereilen, als Mary mit Beau aus dem Kinderzimmer kam. Heather nahm ihren Sohn in die Arme und drückte ihn an sich. Sie warf noch einen Blick auf Brandon und lief mit dem Kind in ihr Zimmer.
Eine halbe Stunde später kam Mary die Treppe herunter, nachdem sie Beau wieder zu Bett gebracht hatte. Brandon, der auf sie gewartet hatte, bedeutete der Dienerin, daß sie heute nicht mehr gebraucht würde. Sie sah ihn überrascht an, nickte jedoch gehorsam und zog sich zurück.
Langsam und gemessen stieg Brandon die Treppe hinauf. Oh-

ne zu klopfen betrat er das Schlafzimmer, schloß die Tür hinter sich. Heather saß vor ihrem Frisiertisch und war damit beschäftigt, ihr Haar in Ordnung zu bringen. Das warme Kerzenlicht schimmerte auf ihren dunklen Locken und den weißen, runden Schultern. Brandon fühlte sich dem Ziel seiner Wünsche nahe.

»Heute abend ist mir vieles klarer geworden, Heather, und ich möchte mit dir darüber sprechen«, sagte er.

Er ging an ihr vorbei und lehnte sich an den massiven Bettpfosten, ihre Blicke trafen sich im Spiegel.

»Eins möchte ich gerne zuerst klarstellen. Du kennst mich inzwischen gut genug und kannst dir wohl denken, was passiert wäre, wenn ich in dieser Heirat ganz und gar keinen Sinn gesehen hätte. Nichts und niemand kann mich zwingen, etwas zu tun, das ich nicht will, Madame. Ich wäre lieber im Gefängnis gelandet, wäre es eine andere als du gewesen.«

Heathers Augen weiteten sich kaum merklich, als er sprach. Ihr Blick verriet die innere Spannung, mit der sie ihm zuhörte.

»Einmal«, fuhr er fort, »habe ich im Zorn etwas zu dir gesagt und mir selbst damit verboten, wonach ich am meisten verlangte. Nenne es verdammenswerten Stolz, doch es war in Wahrheit das Tier in mir, das dich zerstören und Rache nehmen wollte. Aber letztlich bin *ich* es gewesen, der darunter litt, während du deinem Haß freien Lauf ließest und mich quältest. Nicht ich nahm Rache, sondern *du* warst es, die triumphierte. Ich kann dieses Spiel nicht weiter spielen, in dem ich stets der Verlierer bin und sein werde. Ich bin ein Fremder in meinem eigenen Haus, meinem eigenen Bett. Ich bin an einem Punkt angelangt, wo ich eine Entscheidung treffen muß. Entweder teilen wir dieses Bett hier, oder ich gehe und tröste mich mit anderen Frauen. Aber ich *will* gar keine andere, Heather, dich will ich besitzen, nur dich allein.«

Ein Anflug von Lächeln trat auf seine Lippen.

»Das sinnlose Spiel ist aus, das wir getrieben haben. Ich bin ein Mann und werde mir, was mir zusteht, auch nehmen. Fast ein Jahr lang bin ich ohne Frau gewesen, seit der Nacht, da ich dir deine Jungfräulichkeit nahm. Es war nicht leicht für mich, dich in all der Zeit nicht wieder und wieder zu besitzen, ich habe mich bezwungen. Doch nun kann ich die Rolle des Mönchs nicht mehr länger ertragen. Es war nicht meine Absicht, dich noch einmal zu vergewaltigen. Eine solche Beziehung möchte ich nicht. Aber wenn ich muß, dann werde ich es tun, denn ich kann nicht unter demselben Dach mit dir leben und auf deinen Körper verzichten. Mein Entschluß steht fest. Ich werde heute nacht mit dir schlafen, und nicht nur diese Nacht. Du wirst dich damit abfinden müssen, daß wir von nun an das Bett teilen und daß unsere Beziehungen sehr . . . intim sein werden.«

Er zog seine Jacke aus und legte sie über den Arm.

»Ich werde dich für ein paar Augenblicke allein lassen. Wenn ich zurückkomme, bist du in diesem Bett, ob du nun einverstanden bist oder nicht. Denk daran, Geliebte, daß dies hier nicht Lord Hamptons Haus ist, sondern meines, so wie du selbst mein bist, und niemand wird es wagen, durch diese Tür zu kommen, um dich zu retten.«

Heather saß wie angewurzelt, wilder Zorn durchtobte sie, als die Tür hinter ihm ins Schloß fiel. Mit einer Armbewegung fegte sie den Aschenbecher vom Tisch.

Was bildet er sich ein, hier hereinzukommen, während das Haus voller Gäste ist, unter ihnen diese blonde Hure, und mir zu befehlen, meine Schenkel zu öffnen? Glaubt er, Worte der Liebe seien für ihn überflüssig und ich nicht wert, sie zu hören? Bin ich nur ein Gegenstand, den er besitzt, und nicht eine Frau, die Anspruch auf Achtung und Liebe hat? Ja, einmal war ich ein verschrecktes, kleines Mädchen, mit der er machte, was er wollte. Nun, ich habe keine Angst mehr und bin auch kein kleines Mädchen mehr. Ich bin eine Frau, und ich werde kämpfen, solange ein Funken Kraft in mir bleibt. Erst dann werde ich mich unterwerfen. Er hat kein Recht . . .

Und doch, dachte sie weiter, er ist mein Mann und der Vater

meines Kindes. Ich gehöre ihm und ich habe kein Recht, mich ihm zu verweigern.
Sie sah sich im Spiegel an und zitterte in der Erinnerung an seine Küsse und seine warme Hand auf ihrem nackten Fleisch. Was zögere ich eigentlich? fragte sie sich plötzlich. Ich habe es doch gewollt und danach verlangt. Es war mein einziges Ziel. Muß falscher Stolz uns so auseinanderreißen?
Sie stand auf und begann fieberhaft den Schrank zu durchwühlen, bis sie fand, was sie suchte: das blaue Nachtgewand, das sie in ihrer Hochzeitsnacht getragen hatte. Sie breitete es liebevoll auf dem Bett aus und eilte zurück zum Frisiertisch, um sich für ihren Mann schön zu machen.
Nachdem Brandon die Tür hinter sich geschlossen hatte, lehnte er sich noch einen Moment dagegen und dachte an die vorangegangenen Minuten und an das, was kommen würde. Er hörte den Aschenbecher fallen. Dann eben mit Gewalt, wenn sie es nicht anders will!
Er warf seine Jacke auf das Bett und riß sich die Weste vom Leib. Doch wenigstens ist jetzt der Augenblick gekommen. Dutzende Male hätte ich sie nehmen können, zuletzt heute abend im Garten. Aber ich wollte ihr Einverständnis, ich hoffte, daß wir uns in Liebe vereinigen würden. Ich hoffte auf all die Zärtlichkeiten, die Mann und Frau sich schenken können. Und jetzt werde ich ihren zarten Körper noch einmal mit Gewalt nehmen müssen, denn ich will und kann nicht länger auf sie verzichten . . .
Er stand jetzt nackt vor dem Spiegel. Schnell warf er sich einen Morgenmantel um, damit er sie nicht noch mehr verstörte.
Zum Teufel, dachte er, nun habe ich lange genug gezögert. Er ging durch die Tür und gab sich den Anschein äußerster Beherrschtheit und Entschlossenheit. Die Bettvorhänge waren halb zugezogen, von Heather war nichts zu sehen.
O Gott, ich bin zu brutal vorgegangen, dachte er. Sie ist fortgelaufen, geflohen.
Er machte zwei große Schritte durch den Raum, als er eine Be-

wegung im Bett bemerkte. Erleichtert ließ er den Morgenmantel zu Boden gleiten.
Das Atmen fiel ihm schwer, als er sie erblickte, und sein Blut pulsierte heftig. Seine Augen hingen an ihrem Körper in langer, leidenschaftlicher Zärtlichkeit. Ihr Haar umfloß ihre Schultern, wie sie da zwischen den Kissen lag. Wie eine durchsichtige blaue Wolke entblößte das hochzeitliche Nachtgewand mehr als es verhüllte. Ihre Brust hob und senkte sich, in ihren Augen lag ein verführerischer Glanz, als sie die Arme nach ihm ausstreckte. Fürchtend, es sei nur ein schöner Traum, beugte er sich über den Bettrand. Sie legte ihre Hand um seinen Nacken und zog ihn zu sich. Ihre Haut schmiegte sich warm und seidenweich an seinen muskulösen Körper. Er öffnete die Bänder ihres Nachtgewandes und spürte ihren Atem, als sie ihm ins Ohr flüsterte:
»Liebling, du hast so lange gebraucht.«
Brandon war am Ziel seiner Wünsche. Er preßte sie an sich, und Worte der Liebe kamen im ungebändigten Strom über seine Lippen.
»Heather . . . oh, Heather! Ich habe mich so nach diesem Augenblick gesehnt, so nach dir gehungert. Ich hätte es keine Minute länger ertragen können.«
Sein Mund stürzte sich in einem verzehrenden Kuß auf den ihren. Heather stöhnte leise, als sie ihre Sinne erwachen fühlte, seine erfahrenen Hände spürte und die Hitze seiner Leidenschaft. Sie überließ sich den aufbrechenden Wogen ihrer Sinne in freier, wilder Lust. Sie fühlte seine harte Männlichkeit, die in vorsichtigem Ungestüm Einlaß suchte, und unwillkürlich griff ihre Hand zu, ihm den Weg zu weisen. Tief drang Brandon in sie ein. Niegefühlte Empfindungen durchzuckten sie, und in dem dämmerigen Licht sah sie ihres Mannes Gesicht über sich. Er genoß diesen Augeblick unendlich. Er erschien ihr wie ein herrliches, gottähnliches Wesen. Sie drückte ihren Busen gegen seine behaarte Brust und zog seinen Kopf zu einem erneuten Kuß zu sich herunter. Zu einem Kuß ohne

Zurückhaltung, ihre Zunge drang in seinen Mund ein und ihre Lippen saugten sich an den seinen fest. Brandon begann sich immer schneller zu bewegen, noch mit gezähmter Kraft, doch bald übermannte ihn die Gewalt seiner Leidenschaft und beide wurden in einem wilden Sturm fortgerissen.

Die Kerze flackerte in der leichten Brise, die vom geöffneten Fenster herüberwehte und die Vorhänge bewegte. Ihr Schein warf bizarre Schatten an die Decke. Heather lag in Brandons Armen, mit geschlossenen Augen, träumend, ein glückliches Lächeln auf den Lippen, als Brandon mit seinen Fingern die Züge ihres Gesichtes in zärtlicher Berührung nachzeichnete.

»Immer habe ich geglaubt, daß man Erfahrung braucht, um das Liebesspiel richtig zu genießen, und jetzt sehe ich, daß ich auch darin Unrecht hatte. Nie zuvor habe ich größere Lust erfahren als durch dich unerfahrenes, herrliches Wesen heute.«

»Oh, Liebling«, lächelte sie, »hätte ich gewußt, was ich jetzt weiß, dann hätte ich längst auf meinem Recht bestanden.« Sie umarmte ihn zärtlich.

»Schade, daß wir soviel Zeit verschwendet haben.«

»Du hast mich gehaßt, erinnerst du dich?«

»Hmm, vielleicht am Anfang«, antwortete sie. »Vielleicht auch nicht. Du hast mir einfach Angst gemacht.«

Er lachte und sie rollten in enger Umarmung über das Bett.

»Ich habe mir selber Angst gemacht. Ich hatte Angst, dich zu verlieren.«

Sie kuschelte sich an ihn und verzog die Lippen zu einem Schmollmund. »Du warst so unzugänglich wie ein böser Bär, Brandon Birmingham, und du weißt das ganz genau.«

»Zur Ehe gezwungen zu werden, ging mir gegen den Strich«, murmelte er. »Und daß mich deine Tante wie einen Bauernlümmel aus den Kolonien behandelte, hat der ganzen Sache nicht gerade genützt. Dann mußte ich außerdem meine Hochzeitsnacht unter den Luchsaugen von Lord Hampton verbringen, was mich noch mehr gegen dich aufbrachte. Und als du sagtest, du haßtest mich, da wurdest du zum Objekt meiner Rache. Aber glaube mir, Liebling, mit dem Schwert der Rache schneidet man sich nur ins eigene Fleisch. Wenn immer ich doch beleidigte, spürte ich selbst den Schmerz am meisten. Auch du warst nicht ganz untätig und hast kräftig Schläge ausgeteilt.«

Ihre Augen blickten unschuldig drein. »Was habe ich denn getan?«

Er ließ seinen Kopf in die Kissen fallen und schloß die Augen halb lachend, halb seufzend. »Sag mir lieber, was du nicht getan hast, das wäre einfacher. Du hast die Rolle der Frau gespielt, als wäre sie für dich erfunden worden. Du zeigtest deine Brüste, daß mir die Augen schier aus dem Kopfe sprangen. Unzählige Male hätte ich dich fast mit Gewalt genommen.«

Sie legte ihre Wange auf seine Schulter und ihre Finger spielten mit den Haaren auf seiner Brust. »Weißt du, Brandon, fast tut mir Tante Fanny leid. Sie hat nie erfahren, was Liebe bedeutet.«

»Sie braucht dir nicht leid zu tun, Liebes. Sie lebt wahrscheinlich ganz zufrieden mit dem Geld, das ich ihr gab.«

Heather fuhr überrascht hoch und sah ihm ins Gesicht.

»Du hast Tante Fanny Geld gegeben?«

Er nickte. »Und nicht wenig. Es war für die Kosten, die du ihr in den zwei Jahren verursacht hast, sagte sie.«

»Du hast ihr Geld gegeben!« rief sie empört. »Oh, Brandon, sie hatte doch im voraus genug Geld bekommen, als sie alles, was mir gehörte, verkaufte. Außerdem habe ich während der ganzen Zeit gearbeitet. Sie hatte kein Recht, Geld von dir zu verlangen. Ich bin so beschämt. Du mußt gedacht haben, daß wir alle geldgierige Monstren wären.«

Er lachte belustigt und zog sie nah an sich. »Ich gab es ihr auch noch aus einem andern Grund, Liebes. Es hätte durchaus sein können, daß sie irgendwelche Rechte auf dich geltend machte, und da ich reich genug bin, sie mit Geld abzufinden, habe ich

eben eingewilligt. Ich bin froh, daß dieses widerliche Weib damit ausgeschaltet ist.«
»Oh, Brandon«, lachte sie fröhlich. »Du bist so wunderbar unmöglich.«
»Jetzt sind wir beide sie jedenfalls los, nicht wahr?«
Heathers Lächeln verschwand, als ihr plötzlich die leblose, auf dem Boden liegende Gestalt von William Court einfiel. Sie schlang ihre Arme um Brandon und drängte sich an ihn.
»Ich hoffe, wir sind sie los, Brandon. Ich hoffe es so sehr.«
Brandon strich ihr zärtlich eine Haarsträhne auf dem Gesicht.
»Warum sagst du mir nicht den Grund für deine Furcht? Ich will dir doch nur helfen.«
Sie schloß ihre Augen vor dem erschreckenden Gedanken, was wohl aus ihrer Liebe würde, wenn er erführe, daß sie einen Menschen getötet hatte. Sie zwang sich zu einem Lachen.
»Es ist nichts, Liebling, wirklich nichts.«
Als sie die Augen öffnete, war er über ihr und versuchte, in ihrem Gesicht zu lesen. Langsam beugte er sich nieder und drückte sie sanft in die Kissen.
»Ich liebe dich, Heather. Ich liebe dich mehr als mein Leben, und meine Liebe ist stark. Vertraue mir, Liebling.«
Er küßte sie lange, und Heather schmolz in seinen Armen. Lange später kam ihr warmer Atem an sein Ohr.
»Und ich liebe dich, Brandon, mein wunderbarer Geliebter!«

Hattys Stimme auf dem Flur riß Brandon aus tiefem Schlaf. Er fuhr verwundert hoch, als er plötzlich merkte, wo er war. Seine plötzliche heftige Bewegung weckte Heather neben ihm. Sie kuschelte sich näher an ihn heran und lächelte mit geschlossenen Augen. Schlaftrunken wisperte sie etwas, das er nicht verstand. Ihre Hand glitt über seine Haut. Da stürmte Hatty ins Schlafzimmer und Brandon zog schnell das Leinentuch über sich und Heather. Die alte Negerin blieb verblüfft stehen, als sie die beiden zusammen in dem großen Bett sah, doch dann ging ein breites Grinsen über ihr gutmütiges Gesicht, und sie machte sich ans Aufräumen, als ob nichts Besonderes geschehen sei. Sie riß die Fenster auf, zog die Vorhänge zurück, so daß helles Sonnenlicht den Raum erfüllte.

»Ein schöner Tag ist das heute. Weil ich so viel Sonne an einem Tag schon lange nicht mehr gesehen habe! Nicht mehr seit Ihre Mammi in diesem Haus war, Master Bran.«

Heather setzte sich im Bett auf und bedeckte ihren Busen mit dem Bettuch. Brandon streichelte ihren Schenkel und wußte nicht, ob er sich über die frühe Störung ärgern sollte oder nicht. Heathers Augen strahlten vor Vergnügen, wie sie Hatty im Zimmer herumwerken sah, die die verstreuten Kleidungsstücke einsammelte und hier und dort etwas zurechtrückte oder geradestellte.

»Sie werden sicher gleich Ihr Frühstück wollen«, brummelte Hatty. Master Jeff wird sich wundern, wo sie so lange bleiben heute morgen. Hihihi.«

Sie kicherte und konnte ihre Freude nicht verbergen. Sie ging an den Schrank, holte ein Kleid für Heather und legte es für sie bereit.

»Er wird wohl gleich 'raufkommen. Er hat schon vor einiger Zeit gefrühstückt und sagte, er will Sie sprechen.« Das breite Grinsen kehrte zurück. »Master Beau wird sich auch bald melden. Er schläft heute zwar so lange wie noch nie . . . Sie haben ihn gut erzogen, Mrs. Heather.«

»Er hat zweifellos bessere Manieren als andere Leute, die ich kenne«, sagte Brandon bissig, was der alten Frau nur ein glucksendes Lachen entlockte.

Sie watschelte zur Tür und sagte im Hinausgehen mit einem belustigten Blick auf Brandon. »Wirklich, ein herrlicher Tag heute!«

Da klang schon Jeffs Stimme aus dem Nebenzimmer.

»Wo ist der faule Kerl! Läßt seine Gäste im Stich und liegt bis zum Mittag im Bett.«

Sein Kopf erschien in der Tür, und Heather schlüpfte schnell

bis zum Kinn unter das Leintuch. Für eine Sekunde herrschte Schweigen, bis er endlich begriffen hatte.
»Da ihr so gut zugedeckt seid, kann ich ja auf einen Moment hereinkommen.«
Er pflanzte sich am Bettende auf und betrachtete die beiden. Er sah seinen Bruder verständnisvoll an, ging dann zum Fenster und sprach mit dem Blick zum Garten.
»Es ist wirklich ein schöner Tag heute.«
Dann drehte er sich um und lachte herzlich. Brandon sah ihn feindselig an.
»Es ist ein verdammt mieser Tag, an dem eines Mannes Schlafzimmer zum öffentlichen Durchgangsweg wird, als stünde das Mobiliar zum Verkauf. Ich werde wohl Schlösser an diesen Türen anbringen lassen.«
Jeff verneigte sich mit spöttischem Grinsen. »Verzeihung, der Herr. Ich wußte nicht, daß du so schlechter Laune bist. Doch muß ich dich daran erinnern, lieber Bruder, daß wir Gäste im Haus haben, und die wundern sich, daß der Gastgeber nirgends zu sehen ist. Soll ich ihnen sagen, daß du krank bist?«
Brandon murmelte etwas Unverständliches. »Okay, Bruderherz, ich werde ihnen sagen, daß du verschlafen hast und bald erscheinen wirst.«
Er lachte bei diesen Worten und sagte noch, ehe er zur Tür ging. »Ich darf nicht vergessen, George zu gratulieren. Er wird sich freuen, wenn er hört, daß er als Heiratsvermittler nicht ganz und gar versagt hat.«
Er zwinkerte Heather zu und schloß die Tür hinter sich.
Brandon brummelte etwas über die Unmöglichkeit, in diesem Haus Geheimnisse haben zu können, schwang seine langen Beine über den Bettrand und setzte sich auf. Heather umarmte ihn fröhlich lachend von hinten.
»Es ist ein herrlicher Tag, nicht wahr Brandon?«
Er lächelte mit geschlossenen Augen und rieb seinen Rücken gegen ihre nackten Brüste. Dann stand er schnell auf, hob sie aus dem Bett und gab ihr einen Klaps auf die Kehrseite.

»Wenn du dich nicht bald um unsern Sohn kümmerst, Madame, bekommt der arme Kerl ewig kein Frühstück.«
Sie stand auf Zehenspitzen und küßte ihn.
»Geh nicht weg. Ich möchte dich heute den ganzen Tag um mich haben.«
Er preßte sie fest an sich, küßte sie und sagte: »Es würde dir auch schwerfallen, mich heute loszuwerden. Keine Angst.«

Der Tag neigte sich schon dem Ende zu, als die letzten Gäste in ihre Kutschen stiegen. Ein leichter Imbiß war noch gereicht worden. Die Männer probierten zum letzten Mal Jeffs Whisky, die Frauen tranken noch einen Schluck kaltes Wasser oder eisgekühlten Wein, um für die Fahrt besser gerüstet zu sein.
Als das Haus endlich den Birminghams wieder allein gehörte, trafen die vier sich im Salon, um den ruhigen Abend zu genießen. Heather hockte mit Beau auf dem Teppich, wo er aufgeregt mit Armen und Beinen ruderte und mit großen Augen seine Umwelt betrachtete. Jeff und Brandon saßen dabei in ruhigem Gespräch, Mutter und Kind beobachtend und gelegentlich aus ihren Gläsern trinkend.
Plötzlich unterbrach Pferdegetrappel und der Lärm von Rädern die abendliche Stille. Es war Louisas Landauer, der vor den Treppen des Hauses scharf bremste. Louisa sprang vom Wagen mit einer Eilfertigkeit, die ganz und gar nicht zu ihrem feierlichen Gesichtsausdruck paßte. Sie eilte die Treppe hoch an Joseph vorbei und stürmte ohne Aufenthalt in den Salon. Ehe sie etwas sagte, nahm sie Brandon das Glas aus der Hand. leerte es mit einem Zug, um danach erst mit einem Naserümpfen festzustellen, daß es Brandy war. Er stellte das Glas auf den Tisch, als sie es ihm zurückgab, und quittierte die subtile Beleidigung, die ihr gar nicht bewußt wurde, mit einem bezeichnenden Blick auf Jeff.
»Nun denn, Brandon«, begann sie genüßlich. »Du bist wieder einmal im Mittelpunkt des Klatsches von Charleston.«
Er hob fragend eine Augenbraue hoch und sie erklärte atem-

los: »Sybil wurde heute morgen ermordet aufgefunden.« Sie warf einen Blick auf Heather. »Und man hat dich gestern mit ihr in Meeting Street gesehen. Genauer, du warst anscheinend der letzte, mit dem sie gesehen worden ist.«

Etwas Kaltes legte sich auf Heathers Herz. Sie griff nach Brandons Hand. Er drückte ihre Finger beruhigend. Tödliches Schweigen breitete sich aus. Louisas Gesichtsausdruck bekam einen Anflug von Mißbilligung, als sie den Händedruck zwischen Heather und Brandon bemerkte.

»Man fand sie außerhalb der Stadt im Wald mit gebrochenem Genick. Sie war schrecklich zugerichtet. Armes Mädchen, keiner hat sie gestern abend vermißt, nicht wahr? Ihre Kleider waren zerrissen, und der Arzt sagt, daß sie vergewaltigt wurde.«

Sie sah Heather bedeutsam an und lächelte dann Brandon zu. »Natürlich würdest du niemals einer Frau etwas Derartiges antun, Darling, das weiß ich, aber der Sheriff ist nicht hundertprozentig davon überzeugt. Er wird bald hier sein. Es scheint, daß Mrs. Scott zu wissen glaubt, wer der Mörder sein könnte.«

Jeff lachte laut ins allgemeine Schweigen. »Miranda Scotts böse Zunge ist immer schneller als ihr Gehirn.«

Louisa lächelte höhnisch. »Da gibt es noch einige andere seltsame Dinge, die jetzt ans Licht kommen, und sicherlich wird der Sheriff diesbezüglich Fragen stellen. Aber natürlich kann Brandon«, hierbei sah sie Heather an, »alles erklären«. Sie wandte sich ihm zu und sagte: »Nur eine Frage: wohin bist du eigentlich gestern abend verschwunden? Darling?«

Zornig kam Heather ihrem Mann zu Hilfe: »Er war mit mir die ganze Nacht zusammen, Louisa, und auch heute den ganzen Tag, das kann ich beschwören.«

»Oh«, Louisas Augen weiteten sich und blickten dann auf Beau. »Und wahrscheinlich werdet ihr bald einen zweiten Balg vorzeigen können, zum Beweis. Nun ja, sie zu schwängern ist der beste Weg, ihrer sicher zu sein, nicht wahr, Darling?«

Heather zuckte bei dieser Beleidigung zusammen, und Jeff und

Brandon sprangen gleichzeitig auf. Brandon machte einen Schritt auf Louisa zu, als wollte er sich auf sie stürzen. Doch dann beherrschte er sich.

Sie lachte schrill. »Du mußt deinen Jähzorn mehr zurückhalten, Darling. Was würde der Sheriff dazu sagen?«

Mit wirbelnden Röcken ging sie zur Tür: »Ich muß ohnehin jetzt gehen. Ich glaube nicht, daß es dem Sheriff recht wäre, wenn er merkt, daß ich dich gewarnt habe. Adieu, Liebling.«

Einen Augenblick später hörten sie die Kutsche davonfahren. Die drei Birminghams sahen sich voll Bestürzung an.

»Niemand ist so verrückt zu glauben, du hättest irgend etwas mit Sybils Tod zu tun, Bran«, brachte Jeff wütend hervor und knallte sein Glas auf den Tisch. Er ging fluchend auf und ab. »Das törichte Mädchen – jeder geile Stutzer von Charleston und Umgebung ging bei ihr ein und aus. Es kann irgendwer gewesen sein. Mit welcher Begründung sollten sie ausgerechnet auf dich kommen? Du hast sie kaum angeschaut. Und wenn du es nur einmal getan hättest, hätte eher sie dich vergewaltigt.«

Heather sah ihren Mann besorgt an.

Endlich sagte Brandon mit ruhiger Stimme: »Mrs. Scott ist verständlicherweise außer sich, und es ist auch Mr. Townsends Aufgabe, jeder Möglichkeit nachzugehen, wenn ein Mord aufzuklären ist. Ich habe Sybil gestern ihre Päckchen zur Kutsche tragen geholfen, und sicherlich haben eine ganze Reihe von Leuten uns gesehen. Aber das stempelt mich wohl kaum zu ihrem Mörder. Townsend ist nicht so einfältig.«

Heather machte Anstalten, sich mit ihrem Sohn zu entfernen. Brandon sah ihr in die Augen, und was immer für Zweifel Heather gehabt haben mochte, so verflogen sie, als sie seinen liebevollen, zärtlichen Blick sah. Niemals konnte er eine solch schreckliche Tat begangen haben. Sie küßten sich lange.

»Ich bin gleich zurück«, sagte sie schwer atmend, als ihre Lippen voneinander ließen . . .

Als Heather die Treppe herunterkam, nachdem sie Beau gefüttert und zu Bett gebracht hatte, hörte sie eine ihr unbekannte Männerstimme. Die zornige Antwort ihres Mannes ließ sie auf der Treppe stehenbleiben.

»Verdammt, Townsend, das ist eine idiotische Frage! Nein, ich bin nie mit ihr im Bett gewesen. Ich fand sie völlig unattraktiv, sogar abstoßend, es wäre mir physisch unmöglich gewesen, mit ihr zu schlafen.«

»Mrs. Scott stellt es anders dar, Bran. Sie behauptet, daß Sie und Sybil eine heimliche Liaison hatten, jahrelang, – und daß Sie eifersüchtig wurden, als Sybil sich nach Ihrer Heirat mit andern Männern traf, und sie in einem Wutanfall vergewaltigten und ermordeten.«

»Plumpe Lügen«, erwiderte Brandon ärgerlich. »Miranda denkt zweifellos, daß sie irgendeine Belohnung für ihr loses Maul bekommt. Jahrelang versuchte sie, mir ihre Tochter anzudrehen, aber ich schwöre, Townsend, bei meiner Mutter Grab, ich habe das Mädchen nie angerührt.«

»Man sagt, daß Sie gestern einen Ball gegeben haben«, fuhr der Sheriff fort, »und man erzählt sich auch, daß Sie nicht gerade in bester Stimmung waren.«

»Wenn das nicht von unserer hilfreichen Louisa stammt«, murmelte Jeff verächtlich.

»Seien Sie versichert, Townsend, meine Probleme gestern abend hatten nichts mit Sybil zu tun. Es wäre mir nicht einmal aufgefallen, daß sie nicht da war, wenn nicht vor ein paar Minuten Louisa uns alles erzählt hätte.«

»Was war dann der Grund für Ihr Benehmen?«

Jeff lachte. »Er versuchte, alle Männer von seiner Frau fernzuhalten.«

»Dann haben Sie also Anfälle von Eifersucht?« fragte der Sheriff.

»Was meine Frau betrifft, ja«, gab Brandon zu.

»Warum nur bei ihr? Warum nicht auch bei Sybil, wenn Sie schon diese Veranlagung haben?«

Jetzt lachte Brandon. »Townsend, Sie haben meine Frau noch nicht gesehen, sonst würden Sie nicht so fragen. Neben Mrs. Birmingham konnte Sybil überhaupt nicht bestehen.«
Townsend räusperte sich und sprach mit einem gewissen Zögern.
»Es gibt da ein Gerücht unter Ihren Freunden, daß Sie nicht mit Ihrer Frau schlafen, Bran. Ist das wahr?«
Heathers Blut geriet in Wallung. Sie flog die Treppe hinab und eilte in den Salon, wo die drei Männer standen. Der ihr Unbekannte sah sie überrascht an, errötete und senkte dann den Blick zu Boden. Townsend war so groß wie Brandon, aber wesentlich schwerer von Statur. So schien es seltsam, daß eine kleine Frau wie Heather einen Mann von Townsends Größe in Verlegenheit bringen konnte. Sie ging zu ihrem Mann, legte den Arm um ihn und sagte in gemessenem Ton.
»Was Sie gehört haben, ist falsch, Sir. Es ist wahr, daß wir während meiner Schwangerschaft und in der ersten Zeit danach getrennte Zimmer hatten, doch sehe ich nichts Seltsames darin, daß eine Frau einen so rücksichtsvollen Mann hat wie ich. Er fürchtete, er könnte mich oder das Kind im Schlaf stören.« Sie sah ihn mit erhobenen Augenbrauen fragend an. »Sind *Sie* so rücksichtsvoll Ihrer Frau gegenüber, Sir?«
Verlegen stotterte Townsend irgend etwas, bis er schließlich herausbrachte. »Ich bin nicht verheiratet, Madame.«
Jeff räusperte sich amüsiert und Heather bohrte weiter.
»Oh«, machte sie. »Dann, fürchte ich, verstehen Sie wenig von Frauen, die kleine Kinder haben. Doch zurück zu Ihrer Frage, ob wir zusammen schlafen. Ja, Sir, das tun wir.« Jetzt funkelten ihre Augen zornig. »Ich bin eine sehr anspruchsvolle Frau, Sir, und kann mir nicht vorstellen, wie mein Mann nach einer anderen Verlangen haben könnte, geschweige denn die Lust, sie deshalb umzubringen.«
Jeff lachte und klopfte Townsend auf die Schulter.
»Vorsicht, alter Junge. Unsere Lady hat irisches Temperament und scheut sich nicht, ihre Krallen zu gebrauchen.«

Der Sheriff schaute hilflos im Raum umher und spielte nervös mit seinem Hut. »Okay, ich sehe, Sie haben nicht übertrieben, Brandon, doch Sie müssen verstehen, jedes Detail ist wichtig in einem solchen Fall.«
Er stotterte noch eine Entschuldigung und verließ das Haus. Draußen gab er seinem Pferd die Sporen, als sei er von Dämonen gejagt, und die drei Birminghams sahen sich erleichtert an.
Jeff lachte lauthals. »Ich habe Townsend noch nie so verlegen gesehen. Ich glaube, der hält dich jetzt für so unschuldig wie ein neugeborenes Kind, Bran.«
Brandons Lippen zuckten amüsiert. »Und das verdanke ich meiner anspruchsvollen Frau.«

Kurze Zeit später schloß Brandon die Schlafzimmertür hinter sich und trat von hinten an Heather heran, die am Frisiertisch saß. Sie lächelte im Spiegel zu ihm auf und rieb ihre Wange an seinem Handrücken, während er ihr Hals und Schultern streichelte.
»Oh, Brandon, ich liebe dich so sehr. Ich würde sterben, wenn du je meiner überdrüssig würdest.«
Er kniete nieder, legte die Arme um sie und küßte sie auf ihren schwellenden Busen.
»Ich habe nie halbe Sachen gemacht, und meine Liebe zur dir ist dabei kein Ausnahme. Wenn ich sage, jemand ist mein Freund, so kann er sich völlig auf mich verlassen. Das gilt auch, wenn ich zu dir sage, ich liebe dich, dann gehöre ich dir mit Leib und Seele.«
»Du weißt sicher, daß ich Angst vor Louisa habe, und wahrscheinlich fürchtete ich auch Sybil. Das arme Mädchen war so verrückt nach dir, daß sie schon glücklich war, wenn sie dich nur sah. So selbstlos bin ich nicht. Ich muß dich immer haben, ohne dich zu teilen.«
»Glaubst du, mir geht es anders? Gott ist mein Zeuge, ich bin imstande und bringe jeden Mann um, der dich mir wegneh-

men will. Keine Frau kann mich von dir weglocken. Sybil war ein einfältiges, verwirrtes Mädchen, die nicht wußte, was sie wollte.«

»Hast du irgendeine Idee, wer sie getötet haben könnte?«

Er seufzte und begann sich auszuziehen. »Ich weiß nicht, Liebes. Sie hatte viele Verehrer, sogar verheiratete Männer waren darunter.«

»Verheiratete!« rief Heather verwundert aus. Sie stand auf und schlüpfte aus ihrem Kleid. »Brandon, ihre Mutter hätte sicherlich . . .«

»Diese hohlköpfige Ziege! Solange Sybil keinen reichen Ehemann angelte, war es ihr egal, was ihre Tochter machte. Sam Bartlett war einer von Sybils Verehrern.«

»Sam Bartlett«, staunte Heather. »Und Sheriff Townsend kommt hierher, um dich auszufragen, während dieser Kerl frei herumläuft.« Sie erinnerte sich lebhaft an ihre eigene Erfahrung mit Bartlett.

Brandon lachte und ging auf sie zu. »Sachte, Liebes. Er mag ein schmieriger alter Gockel sein, aber deswegen ist er noch lange kein Mörder.«

»Jeder Mann, der sich an seine weiblichen Sklaven heranmacht . . .«

»Ssst«, sagte Brandon und küßte ihre Schulter. »Reden wir nicht von ihm. Es gibt viel interessantere Dinge zu diskutieren – zum Beispiel, wie schön du ohne Kleider bist.«

Er hob sie hoch und trug sie zum Bett. »In Zukunft wirst du lernen müssen, dich schneller auszuziehen«, sagte er. Seine Hände griffen den weichen Stoff ihres Unterkleides und zerrissen es mit einem Ruck.

Während seine Lippen die ihren suchten, murmelte sie: »Oh, Brandon, du bist so stark, so herrlich stark.«

10. Kapitel

Die Tage und Wochen vergingen; im Juli wurde Heather neunzehn.

Der Mord an Sybil war nicht mehr Tagesgespräch, seitdem es feststand, daß ihr Mörder nicht aufzufinden war. Ihre Verehrer, soweit sie bekannt waren, hatten alle ein Alibi. So schien der schreckliche Vorfall allmählich in Vergessenheit zu geraten, obwohl sich die Frauen Charlestons zur Nachtzeit immer noch vor dunklen Torwegen und engen Gassen hüteten.

Je weiter die Zeit fortschritt, um so mehr empfand Heather den glücklichen Wechsel in ihrem Leben, das nun in Zärtlichkeit, Leidenschaft und Sicherheit verlief. Sie hatte sich an die Pflichten und Aufgaben einer Ehefrau gewöhnt, an die Intimität der Gemeinsamkeit mit ihrem Mann. Sie genoß es, das Schlafzimmer mit ihm zu teilen und ihn neben sich in dem großen Bett zu wissen. Seine erfahrenen Hände weckten ihr Entzücken. Er kannte ihren Körper besser als sie selbst, und er nutzte dieses Wissen, um ihr ungeahnte Höhepunkte der Lust zu verschaffen. Für ihn war Liebe nicht nur ein Bedürfnis, sondern eine Kunst, die er in jeder Weise beherrschte. Da gab es Zeiten, in denen er sie nur liebkoste, in denen er um sie warb, als gäbe es keine ehelichen Bande zwischen ihnen, als wäre sie noch das unerfahrene Mädchen. Neckend streichelte er ihre Brustspitzen, bis Schauder des Entzückens sie in jedem Nerv erzittern ließen. In anderen Nächten, wenn sie nur die kleinste Bemühung machte, ihn zu erregen, konnte er ihr lachend die Kleider vom Leibe reißen und sie aufs Bett werfen, um sie fast brutal zu nehmen, so daß ihr Lustgefühl sich fast zur Raserei steigerte. Danach lagen beide keuchend und er-

schöpft, aber bis zum äußersten beglückt auf dem Bett. Er spielte mit ihr, er verwöhnte sie, er neckte sie, quälte sie auch gelegentlich, und sie genoß alles, wie es kam. Er lehrte sie, vor Lust zu stöhnen und ermutigte sie, nicht nur Ehefrau, sondern hemmungslose Geliebte zu sein, indem sie sich rückhaltlos gab, seine Wünsche befriedigte und gleichzeitig aufs neue erweckte.
»Sind andere Männer auch so zärtlich?« fragte sie eines Nachts, als er sie in die Kissen drückte, »sind alle Frauen mit solch liebevollen Ehemännern gesegnet?«
Er lächelte und strich ihr das Haar aus dem Gesicht: »Sind alle Ehemänner mit so verführerischen, kleinen Hexen als Ehefrauen gesegnet?« fragte er lächelnd zurück. »Sind andere Frauen so schön und so bereit, die Wünsche ihrer Männer zu erfüllen?«

Der August kam mit einer gnadenlos herniederbrennenden Sonne und flirrender Hitze. Die meisten Familien suchten in der Stadt, direkt am Meer, Kühlung. Die Birminghams verbrachten mehrere Tage als Gäste von Mrs. Clark in deren Haus am Strand, und die alte Dame machte sich ein besonderes Vergnügen daraus, ihre Bekannten wissen zu lassen, daß Brandon und seine junge Frau sehr wohl das Bett miteinander teilten und daß sie ein verliebteres Paar noch nie gesehen habe.
Kurz darauf mußte Brandon zur Sägemühle, um die Monatsabschlüsse zu prüfen, und die Websters richteten eine Einladung an Heather, mit ihrem Mann zusammen zu kommen und auch den kleinen Sohn mitzubringen, um ihnen die Ehre zu geben, ihre Gäste zum Dinner zu sein.
Als Heather den ersten Blick auf Leah warf, war sie überrascht, wie sehr diese Frau sich zu ihrem Vorteil verändert hatte. Leah Webster war eine Frau geworden, die man als schön bezeichnen konnte. Sie war nicht mehr so mager, ihre Haut hatte sich sanft gebräunt, ihr Haar war von der Sonne flachsblond ge-

bleicht. Ihre hellen, blauen Augen schauten nicht mehr aus tiefen Höhlen; sie wirkte um Jahre jünger.
»Wie phantastisch sie aussieht, Brandon«, sagte Heather, während Jeff ihr aus dem Wagen half, »sie scheint eine ganz andere Frau zu sein.« Er nickte, und da kam auch schon Jeremiah die Treppen des Hauses heruntergeeilt, um sie zu empfangen. Leah folgte ihm, das jüngste Kind auf dem Arm, ein anderes hatte sich an ihren Rock geklammert.
Die Frau begrüßte Brandon freundlich. Sie hatte sich an seine Gegenwart gewöhnt und ihre Scheu vor ihm verloren. Lächelnd begrüßte sie auch Heather, die ihr Erstaunen nicht mehr verbergen konnte.
»Oh, Leah, kein Zweifel, das Leben hier bekommt Ihnen ausgezeichnet!« sagte sie fröhlich, »Sie sind richtig schön geworden.«
Leah Webster errötete tief, und Jeremiah legte den Arm um die Schulter seiner Frau und drückte sie liebevoll an sich.
»Ich habe mich auch niemals so wunderbar gefühlt«, gab Leah zu, »und das Baby, das ich erwarte, spüre ich kaum.«
Heather und Brandon sahen sich einen Moment überrascht an und beeilten sich, zu gratulieren.
»Es wird ja eine gehörige Weile dauern, bis meine Frau Leah eingeholt hat«, meinte Brandon lachend, »aber ich habe einige Gründe anzunehmen, daß sie es schaffen wird. Ich habe kaum mehr getan, als sie einmal anzusehen, dann hatte sie schon diesen Sohn.«
Aus sicherer Höhe von seines Vaters Arm herab betrachtete Beau die Fremden vorsichtig und hatte keine Ahnung, daß er Gegenstand der Unterhaltung war. Heather sah ihren Mann verschämt an. Er lachte, und sie errötete ein wenig.
»Niemand kann bezweifeln, wohin er gehört, Mr. Birmingham«, sagte Leah lächelnd, »er sieht Ihnen unglaublich ähnlich mit diesen großen, grünen Augen.«
Brandon lächelte stolz, schäkerte mit seinem Sohn und entlockte ihm ein helles Lachen. Die beiden Gesichter nebenein-

ander ließen keinen Zweifel daran, daß es Vater und Sohn waren. Die Augen des Kindes waren ein Spiegelbild der väterlichen Augen, grün wie Smaragde.
Heather mußte daran denken, daß sie, wenn sie Brandon nach ihrer Flucht damals vom Schiff nicht wiedergesehen hätte, durch dieses Kind täglich an ihn erinnert worden wäre.
»Ob er zu mir kommt?« fragte Leah und streckte die Hände nach ihm aus. Beau lehnte entschieden ab. Er stieß kleine unwillige Laute aus, drehte sich um und legte den Kopf auf seines Vaters Schulter.
»Nehmen Sie es nicht tragisch, Leah«, sagte Heather entschuldigend, »wenn er bei seinem Vater ist, hat er für niemand anders Interesse. Er liebt ihn über alles.« Sie legte den Kopf schief und betrachtete ihren Mann eindringlich. Dann fügte sie lächelnd hinzu: »Wahrscheinlich ist es der Bart, der ihm so gefällt.«
Über diese Bemerkung mußten alle lachen. Mittlerweile kamen die Websterkinder herangestürmt und wollten den Birminghamsprößling bewundern. Schließlich brachte die Älteste es fertig, Beau von seinem Vater wegzulocken, nahm ihn auf den Arm und spazierte stolz mit ihm auf der großen Wiese umher. Kurz darauf entschuldigte sich Jeremiah, weil er eine Arbeit beendigen müsse, und Brandon begleitete ihn. Die Frauen blieben auf der schattigen Veranda zurück und plauderten. Dann und wann erhob sich Leah, um nach dem Essen zu sehen.
»Diese Schwangerschaft ist schöner als alle anderen zuvor«, sagte sie versonnen, »vorher war es immer eine Aufregung, wenn ein Kind sich anmeldete und wir nie genau wußten, ob wir es uns auch leisten könnten. Manchmal hatten wir zwar auch Glück, aber die meiste Zeit waren wir von Pech verfolgt und lebten eigentlich ständig in Unsicherheit. Nun ist es mir, als seien wir im Garten Eden gelandet, und wir schließen Ihren Mann in unsere Dankgebete ein. Er hat uns aus dem Nichts herausgeholt und uns alles gegeben.«

Heather ließ die Teetasse sinken und ihre Augen wurden feucht. »Es ist seltsam, Leah, mit mir ist es dasselbe. Er erlöste mich aus einem Alptraum und schenkte mir nur Freude. Mein Leben war nichts, bis er kam.«

Leah sah sie einen Augenblick schweigend an: »Sie lieben ihn sehr, nicht wahr?« fragte sie leise.

»Ja«, erwiderte Heather und seufzte, »ich liebe ihn so sehr, daß ich manchmal Angst habe. Unser Leben ist so glücklich, daß kein Wunsch mehr offen bleibt. Ich fürchte mich davor, daß etwas geschehen könnte, was dieses Glück unterbricht, daß ich ihn verlieren könnte oder seine Liebe. Dann würde ich lieber sterben.«

Leah lächelte. »Als ich Ihren Mann zuerst sah, Mrs. Birmingham, saß er allein in einer Gastwirtschaft in New York. Da gab es genügend Frauen, die ihm glühende Blicke zuwarfen. Er hat sie nicht einmal beachtet. Er starrte gedankenverloren in sein Glas Wein und sah sehr traurig aus. Später erwähnte er nur mit ein paar Worten, daß Sie hier zu Hause auf ihn warteten, daß Sie Ihr erstes Kind bekämen, und sein Gesichtsausdruck wechselte. Ich dachte damals schon, daß er sie wohl sehr liebt. Seit jener Zeit habe ich ihn genauer kennengelernt und habe meinen ersten Eindruck bestätigt gefunden. Ich habe niemals einen Mann kennengelernt, der seine Frau so vergöttert.«

Heather wischte sich eine Träne von der Wange und lachte ein wenig verlegen: »Mir scheint, ich habe heute eine etwas feuchte Stimmung. Sie müssen nicht glauben, Leah, daß das eine Gewohnheit von mir ist.«

Leah lächelte verständnisvoll: »O nein, im Gegenteil, Mrs. Birmingham. Ich finde es nur gut, wenn eine Frau aus Liebe zu ihrem Mann ein paar Tränen vergießt. Das beweist nur ihre Feinfühligkeit.«

Später bereitete Leah Limonade für ihre Gäste, für die Kinder und die Holzarbeiter und bat Heather, ihr dabei zu helfen, den Männern das erfrischende Getränk hinüberzubringen.

Als sie die Tabletts mit den Gläsern hinuntertrugen, konnte

Heather zum ersten Mal einen Blick auf das Sägewerk tun, wenn es in Betrieb war. Riesige Baumstämme lagen ringsum aufgeschichtet und der würzige Geruch von frisch geschnittenem Holz erfüllte die Luft. Einige Stämme lagen im nahen Mühlenteich. Dahinter drehte sich das riesige Wasserrad. Die Säge summte und kreischte und übertönte ein Chaos von Geräuschen, als jetzt die Maultiere neue Stämme heranschleppten.

Heather fand Mr. Webster im Freien. Er war in ein Fachgespräch mit dem Vorarbeiter vertieft. Er lächelte ihr freundlich zu und erbot sich, ihr das Tablett abzunehmen, aber sie lehnte ab und gab den Arbeitern ringsum selbst ihre Gläser, wobei Webster sie als Mr. Birminghams Gattin vorstellte. Sie nickten und begrüßten sie respektvoll, offensichtlich beeindruckt von ihrer Schönheit.

Dann ging sie hinüber zu einem kleineren Gebäude, in dem ihr Mann im Büro der Sägemühle die Bücher prüfte. Heather stand einen Moment in der Tür. Der Raum war überaus spärlich möbliert. Die rohen Holzwände hatten niemals Tapete oder Farbe gesehen. Brandon saß vor einem Schreibtisch, den Rücken ihr zugewandt. Der Tag war besonders heiß, und er hatte sich das Hemd ausgezogen, um noch den leisesten Luftzug als Linderung zu verspüren. Mit Vergnügen sah Heather das Spiel seiner Muskeln und mußte daran denken, wie hart sie sich unter ihren liebkosenden Fingerspitzen anfühlten. Brandon drehte sich um und sah sie im Türrahmen stehen, erhob sich, sichtlich erleichtert, seine Arbeit unterbrechen zu können und kam auf sie zu. Lächelnd nahm er ihr das Tablett aus den Händen, zog sie zu sich heran und schloß die Tür. Dann griff er nach einem Glas Limonade und stürzte es in einem Zug herunter.

»Ah«, seufzte er, »das habe ich gebraucht, etwas, das den Durst löscht.« Wieder zog er sie an sich, »und eine Frau wie dich, um meine Augen zu erfreuen.«

Sie lachte und rieb die kleine Nase gegen seine behaarte Brust.

»Ich kann mich erinnern, wie du getobt hast, als ich dich einmal bei der Arbeit zu unterbrechen wagte: Wurde die Arbeit in der Zwischenzeit weniger wichtig oder wurde ich akzeptabler?« neckte sie.
Er küßte sie aufs Haar und wurde ernst: »Verzeih mir das von damals, mein Liebes. Es war einer meiner schlimmsten Tage. Du lehntest es ab, das Bett mit mir zu teilen und damit fordertest du mich heraus, ein Ekel zu sein.«
»Ich habe es abgelehnt?« protestierte sie, »aber Brandon, ich habe doch niemals so etwas getan! *Du* hast es abgelehnt, mit mir zu schlafen, und zwar auf der ›Fleetwood‹, nach meiner Krankheit. Du hast mich auch in der ersten Nacht in Harthaven weggeschickt und mich abgewiesen. Jedesmal, wenn ich fröhlich und bereitwillig in deine Arme gekommen wäre, hast du dich von mir abgewandt und in deinem einsamen Bett geschlafen.«
»Wie du siehst, war unsere Ehe voller Mißverständnisse«, murmelte er, »du warst dem verhängnisvollen Irrtum erlegen, daß mit unserer Eheschließung mein Verlangen nach dir gestorben wäre, und seit dieser ersten Sommernacht, in der ich dich mit Gewalt genommen habe, war ich mir sicher, daß du dich wehren würdest, wenn ich es versuchte. Schlimm, wieviel Kummer wir uns gegenseitig gemacht haben. Wir hätten besser unserem Instinkt folgen sollen . . .« Er beugte sich herab und küßte sie auf den zarten Hals. »Um so früher hätten wir uns lieben können.«
Heather genoß seinen Kuß. Wenn er sie liebkoste, gab es nichts anderes mehr auf der Welt. Sie liebte ihn rückhaltlos.
Seine Lippen wanderten nach unten, wo weiße Rüschen weitere Glückseligkeit verbargen. Seine Hand schob sich zu dem obersten kleinen Knopf des Kleides. Während er ihr Verliebtes ins Ohr flüsterte, öffnete er den zweiten Knopf, den dritten und schließlich den letzten. Er lächelte entzückt bei dem Anblick, der sich ihm bot, und mit einer leichten, langsamen Bewegung, die sie lustvoll stöhnen ließ, erhob er beide Hände,

um das Kleid vollends zu öffnen, ihr das Hemd über die Schulter zu streifen und ihre Brüste freizulegen. Er küßte die weiche Haut, und sie erzitterte unter seiner Glut.
»Wenn nun jemand hereinkäme, Brandon«, flüsterte sie atemlos.
»Ich werde den ersten erwürgen, der diese Tür anfaßt«, erwiderte er leichthin, ohne seine Zärtlichkeiten zu unterbrechen.
»Aber was ist, wenn jemand ohne anzuklopfen hier hereinstürmt?« protestierte sie schwach, kaum noch fähig, zu widerstehen.
Seine Hand glitt unter ihr Kleid, den Rücken hinauf, und er zog sie eng an sich, bis seine Brust ihre zarten Brustwarzen spürte.
»Es gehört ein Schloß an die verdammte Tür«, murmelte er geistesabwesend und fuhr fort sie zu küssen, »und ein Bett hier drinnen wäre richtig. Die Stühle sind nicht sehr bequem.« Er seufzte, und man merkte ihm die schier übermenschliche Anstrengung an, die es ihm kostete, sie freizugeben. »Also gut, Madame, ich willfahre deinen Bitten.«
Immer noch erregt, zog Heather ihr Hemd wieder über die Schultern und versuchte mit bebenden Fingern, das Kleid zu schließen. Brandon war zu seinem Schreibtisch zurückgekehrt. Dort saß er und schaute ihr zu. Sie blickte auf und sah die grünen Augen zärtlich auf sich gerichtet, errötete tief und war nun noch ungeschickter beim Schließen der vielen, kleinen Knöpfe. Brandon lachte, stand auf, ging zu ihr herüber und schob ihre Hände beiseite.
»Mein Liebes, du kannst selbst Heilige in Versuchung führen. Bevor ich dich hier und auf der Stelle nehme, laß uns dies verflixte Kleid lieber schnell zuknöpfen.«
Als sie aus dem kleinen Gebäude ins Freie traten, glühten Heathers Wangen immer noch. Sie war noch so verzaubert, daß sie kaum sah, wo sie hintrat und wäre fast über Alice, eine kleine Webstertochter, gestolpert, die auf allen Vieren herumkroch und einen großen Pilz bewunderte.

»Oh, Mrs. Birmingham, schauen Sie mal, was ich gefunden habe.«
Heather beugte sich herab, um Alices Fund zu betrachten.
»Was meinst du, ob er vielleicht einem Elf gehört, der hier in den Wäldern wohnt?« fragte sie lächelnd.
Das kleine Mädchen sah sie mit großen Augen an und fragte begeistert: »Glauben Sie wirklich? Vielleicht hat der Elf ihn vergessen.«
»Das kann sein«, erwiderte Heather, entzückt über die Wunderseligkeit des kleinen Mädchens.
»Sollen wir in den Wald gehen und nachschauen?«
»O ja, gehen wir doch gleich«, sagte Alice eifrig und faßte Heather am Arm.
Lächelnd ließ sie sich das kindliche Ungestüm gefallen und folgte der Kleinen, die sie hinter sich herzog, in den nahegelegenen Wald. Bald kamen sie auf eine kleine Lichtung. Ein Vogel über ihren Köpfen trillerte, ein Eichhörnchen schwang sich munter durch die Äste, und wilde Blumen blühten zu ihren Füßen. Eine riesige Eiche hielt majestätisch ihre Zweige über die Lichtung gebreitet.
»Hier würde ich wohnen, wenn ich eine Elfe wäre«, sagte Alice und breitete die kleinen Arme aus.
Heather lächelte: »Bist du schon öfter hier gewesen, Alice?«
»Ja, Madame, oft.«
»Es ist wirklich ein wunderschönes Fleckchen.«
»Oh, Mrs. Birmingham, das wußte ich, daß es Ihnen hier auch gefallen würde«, rief Alice glücklich.
Heather lachte und strich der Kleinen das flachsblonde Haar aus der Stirn. Dann blickte sie um sich, »aber leider sehe ich hier doch keinen Elf. Oder siehst du etwas?«
Die Kleine runzelte die Stirn. »Nein Madame«, erwiderte sie ein wenig enttäuscht, und dann lachte sie, »aber ich glaube, der Elf beobachtet mich. Ich fühle es richtig.«
Heather lächelte. Sie war genauso märchenverzaubert wie das Kind. »Ja, vielleicht hast du recht«, nickte sie, »nicht jeder ist

so glücklich, daß er von sich sagen könnte, ein Elf habe ihn beobachtet. Aber jetzt werden wir so tun, als ob wir es nicht merken.«

Begeistert über dieses Spiel fragte Alice: »Und wie sollen wir das machen?«

»Wir werden Blumen pflücken, als wüßten wir nicht, daß der Elf da ist. Vielleicht zeigt er sich dann.«

»Oh ja, das ist gut!«

Heather sah der Kleinen nach und lachte belustigt, weil das Kind so tat, als pflückte es Blumen, obwohl es ganz offensichtlich darauf hoffte, der Elf, der es beobachtete, würde sich doch noch zeigen.

Heather begann gleichfalls Blumen zu pflücken, um Mrs. Websters Mittagstisch damit zu schmücken. Aber Alice vergaß bald beides, die Elfen und die Blumen, und rannte weiter fort, um hinter einem Schmetterling herzujagen. Schließlich machte sie sich, müde geworden, auf den Heimweg. Heather hingegen blieb, um ihren Strauß fertig zu pflücken. Aber auf einmal blieb sie stehen und blickte auf. Denn jetzt hatte auch sie das Gefühl, beobachtet zu werden.

Die kleinen Flaumhärchen in ihrem Nacken sträubten sich. Ein kaltes Gefühl der Angst kroch ihr den Rücken hinauf. Als sie sich langsam umwandte, dachte sie keineswegs mehr an Alices Märchenelf. Sie war sich sicher, daß das Kind sich nicht geirrt hatte, als es sagte, es fühle sich beobachtet. Heather versuchte in der Dunkelheit zwischen den Stämmen zu erkennen, was dort vor sich ging.

Und dann sah sie ihn – einen Mann auf einem Pferd, nicht weiter als fünfzig Schritte von ihr entfernt. Er sah düster und drohend aus, denn trotz des heißen Tages trug er einen schwarzen Umhang, der ihn vollkommen einhüllte. Ein steifer hoher Kragen verbarg das Gesicht zur Hälfte, und der schwarze Dreispitz, den er trug, war so tief in die Stirn gezogen, daß man seine Augen nicht erkennen konnte. Zudem hatte er den Kopf tief zwischen die Schultern gezogen. Er trieb das Pferd an und kam langsam näher. Heather wurde von Panik überwältigt. Sie fühlte sich unfähig, sich umzudrehen und zu fliehen. Langsam wich sie zurück. Er ließ das Pferd traben, und sie wirbelte mit einem Angstschrei herum, lief über die Lichtung, auf den kleinen Pfad zu, der zum Sägewerk zurückführte. Roß und Reiter kamen schnell näher und hatten sie fast erreicht. Der Hufschlag klang ihr schrecklich in den Ohren. Sie schrie, ließ die Blumen fallen und rannte instinktiv unter den niedrig hängenden Zweigen dahin, durch Gestrüpp und Dornen. Angstvoll sah sie über die Schulter zurück, sie erkannte die dunkle Masse von Pferd und Reiter. Eine Hand griff nach ihr. Da hörte sie die Stimme ihres Mannes, der ihren Namen rief, ganz nahe. Der Reiter lauschte. Das Geräusch von brechenden Zweigen war zu hören. Heather floh schluchzend in diese Richtung. Nochmals warf sie einen schnellen Blick zurück und sah, wie das Pferd sich aufbäumte, als der Reiter es hart herumriß und ihm die Sporen gab. Eilig ritt er zurück, in den Wald hinein. Ein Blick auf den Rücken des Reiters erinnerte sie an etwas, aber sie wußte nicht, was es war.

Brandon tauchte zwischen den Bäumen auf, und Heather fiel ihm schluchzend in die Arme.

»O Brandon, er war so schrecklich«, rief sie, »einfach furchtbar . . .«

»Mein Gott, was ist passiert, mein Herz? Ich kam gerade aus dem Hause, um dich zum Essen zu rufen, da hörte ich dich schreien.« Er legte den Arm um sie. Sie zitterte wie Espenlaub.

»Da war ein Mann, ein Reiter«, versuchte sie unter Tränen zu erklären, »er ritt hinter mir her, er griff nach mir.«

Brandon sah sie betroffen an. »Wer war es? Hast du den Mann vorher schon mal gesehen?«

Sie schüttelte den Kopf: »Nein, nein, er trug einen Dreispitz und einen schwarzen Umhang. Er war so vermummt, daß ich ihn nicht erkennen konnte. Ich pflückte Blumen und hatte plötzlich das Gefühl, daß jemand mich beoabachtet. Als ich ihn sah, kam er auch schon auf mich zu, und als ich davon-

rannte, folgte er mir.« Ein Zittern durchlief sie. »Er sah so furchtbar aus, Brandon.«
Wieder zog er sie fest an sich und streichelte sie beruhigend. »Jetzt ist es ja vorbei, meine Süße«, murmelte er. »Du bist in meinen Armen sicher, und ich werde nicht zulassen, daß jemand dir etwas tut.«
»Aber Brandon, wer kann es gewesen sein? Was wollte der Mann hier?«
»Ich habe keine Ahnung, Liebste, immerhin ist Sybils Mörder noch nicht gefaßt. Es ist das beste, wenn du dich nicht mehr allein vom Haus entfernst. Wir müssen auch die Websters warnen.
Ich werde ein paar Wachen aufstellen lassen. Das wird ihn hoffentlich fernhalten.«
»Ich habe alle meine Blumen verloren«, sagte sie weinend, »ich hatte einen ganzen Arm voll für Leahs Mittagstisch gepflückt. Ich bekam solche Angst, daß ich sie einfach fallen ließ.«
Brandon lachte. »Na schön, mein Kleines, dann wollen wir zurückgehen und sie holen.« Er hob den Saum ihres Kleides und trocknete damit ihre Tränen. »Hör jetzt auf zu weinen!« Er gab ihr einen Kuß. »Jetzt hast du keine Angst mehr, nicht wahr?«
Sie lehnte sich an ihn. »Nicht, wenn du bei mir bist.«

Als sie nach dem Dinner nach Harthaven zurückkehrten, meldete Joseph, daß Miss Louisa Wells im Wohnzimmer auf sie warte.
Heather sah, wie sich das Gesicht ihres Mannes verdüsterte und der Muskel in seiner Wange zu zucken begann. Sie folgte ihm in den Salon, den schlafenden Sohn in den Armen.
Louisa hatte es sich in Brandons Lieblingsstuhl bequem gemacht. Sie trug ein sehr elegantes Musselinkleid und nippte an einem Weinglas. Über den Rand des Glases lächelte sie Brandon an. »Du siehst gut aus«, stellte sie fest, »aber das tust du ja immer, mein Liebling.« Sie warf ihm einen bewundernden Blick zu, bevor sie das Wort an Heather richtete:

»Arme Kleine, Sie müssen die Hitze hier als fürchterlich empfinden nach Ihrem kühlen England. Die kleine Blume wirkt ein wenig welk.«
Unsicher geworden sank Heather in einen Sessel und versuchte, mit einer nervösen Handbewegung ihre Frisur zu ordnen. Brandon ging mit versteinertem Gesicht hinüber zur Bar und mixte sich einen Drink.
»Welchem Umstand haben wir das unerwartete . . . Vergnügen deines Besuches zu verdanken, Louisa?« fragte er sarkastisch. »Wir haben dich nicht gesehen, seit du uns die Neuigkeiten von Sybils Ermordung brachtest. Ich bin gespannt, was du uns heute zu berichten hast. Hoffentlich nicht den nächsten Mord.«
Sie lachte. »Natürlich nicht, Liebling. Ich habe meine Tante in Wilmington besucht, und auf dem Rückweg kam ich hier vorbei. Ich bin enttäuscht, daß du mich gar nicht vermißt hast.« Sie seufzte und stand auf. »Aber ich bin sicher, dir wurde nicht viel freie Zeit zugestanden.« Unter gesenkten Augenlidern schoß sie einen feindlichen Blick zu Heather hinüber, dann übergab sie ihr mit forcierter Liebenswürdigkeit ein Päckchen: »Dies ist für Beau, meine Liebe, ein kleines Geschenk, ich habe es in Wilmington gekauft. Er hat ja noch kein Taufgeschenk von mir bekommen.«
Heather senkte den Blick und murmelte einen Dank. Sie hatte kein rechtes Zutrauen zu diesem Geschenk. Die Angst vom vergangenen Nachmittag ließ ihre Nerven noch nachzittern. So war sie jetzt in Louisas Gegenwart angespannt und nervös. Hastig wickelte sie das Paket aus. Ein kleiner Silberbecher kam zum Vorschein. Darauf war ›Beau‹ eingraviert und das Jahr 1800.
»Vielen Dank, Louisa«, sagte sie verlegen, »das ist wirklich sehr hübsch.«
Louisa nahm die Gunst des Augenlickes wahr und ließ sie nicht ungenützt verstreichen.
»Ich dachte, es wäre nicht fair, Brandons Sohn kein Geschenk

zu geben«, sie sah auf Beau herab, der sich im Arm seiner Mutter bewegte und schließlich die Augen öffnete. »Nach allem, was zwischen uns ist . . . zwischen uns war«, verbesserte sie sich lächelnd, »wäre es wirklich unrecht gewesen, seinen Sohn zu ignorieren. Sind Sie nicht auch froh, Heather, daß Beau so sehr seinem Vater ähnlich sieht? Ich finde, es wäre schade gewesen, wenn er nur Ihnen ähnlich wäre, obwohl man das ja hätte erwarten können. Ich dachte, der Kleine würde ganz wie seine Mutter aussehen, vielleicht weil Sie selbst so ein Babygesicht haben.«

Heather fand kein Wort der Erwiderung. Es fiel schwer, ruhig zu bleiben, während diese Frau keine Gelegenheit ungenützt ließ, sie zu verletzen. Aber Brandon war nicht so duldsam.

»Was zum Teufel, willst du damit sagen, Louisa?« brauste er auf.

Louisa ignorierte ihn und beugte sich zu Beau herab, wobei sie beiden, Heather und Brandon, den Anblick ihres üppigen Busens zuteil werden ließ. Sie streichelte das Baby unter dem Kinn, aber Beau schätzte es gar nicht, von Fremden angefaßt zu werden, besonders wenn er gerade aufwachte. Seine Unterlippe zitterte, er begann zu schreien, wandte sich unfreundlich ab und hielt sich krampfhaft an seiner Mutter fest.

Louisa erstarrte. Einen Augenblick sah sie haßerfüllt auf Heather, die versuchte, ihren Sohn zu beruhigen. Brandon, der Louisa über sein Glas hinweg beobachtete, lächelte ironisch.

Beau ließ sich durch nichts trösten, und Heather, die Louisa einen kurzen, zögernden Blick zuwarf, öffnete schließlich ihr Kleid und gab Beau die Brust. Sofort wurde das Baby ruhig. Es trank eifrig, wobei es aber ein wachsames Auge auf Louisa gerichtet hielt. Brandon lachte und gab seinem Sohn einen kleinen Klaps, bevor er sich im Stuhl neben seiner Frau niederließ. Als sie den Blick hob, sah sie, wie es in Louisas Gesicht wetterleuchtete, aber das ging so schnell vorüber, daß sie überlegte, ob sie es sich nicht nur eingebildet hätte. Ob sich Louisa erst jetzt dessen bewußt wurde, was es bedeutete, die Mutter von Brandons Kind zu sein? Hier war ein Band, das nicht so leicht zerrissen werden konnte. Brandon betete seinen Sohn an. Niemand konnte annehmen, daß er die Mutter dieses Kindes leichten Herzens gegen eine andere Frau eintauschen würde.

Louisa fühlte, wie sie an Boden verlor, und versuchte verzweifelt, die Stellung zu halten. Unglücklicherweise bediente sie sich dabei der falschen Mittel.

»Ich finde es fabelhaft, wie Sie für Ihren Sohn sorgen, indem Sie ihn selbst nähren, Heather, statt eine Amme zu nehmen. Die meisten Frauen würden das ja tun, wie Sie wissen. Aber ich sehe, Sie sind eher der häusliche Typ und genießen diese Dinge sogar noch. Na ja, das erfordert eine Menge von einer Frau. Ich fürchte, ich würde mich nicht in dieser Weise anbinden lassen.«

»Nein, das fürchte ich auch, Louisa«, warf Brandon ein, »das ist auch der Grund, warum wir beide niemals miteinander glücklich geworden wären.«

Die Frau zuckte zusammen, als hätte man sie geschlagen. Dann suchte sie nach einer Erwiderung, die treffen sollte:

»Was ich meine, ist, daß ich nicht meine ganze Aufmerksamkeit und Zuneigung einem Kind zuwenden könnte und dabei meinen Mann vernachlässigte.«

Brandon lachte. »Glaubst du etwa, ich werde vernachlässigt? Falls du das meinst, laß mich dir versichern, dem ist nicht so. Heather hat eine großartige Fähigkeit, uns beiden, dem Sohn und dem Gatten, das Gefühl zu geben, geliebt zu werden.«

Louisa, die unruhig aufgestanden war, wandte sich ab. Sie sprach über die Schultern zu Brandon:

»Ich bin eigentlich hierhergekommen, um mit dir über Geschäftliches zu sprechen. Du bist vielleicht an der Neuigkeit interessiert, daß ich mich entschlossen habe, mein Land zu verkaufen. Ich dachte, ich gehe zuerst zu dir, um mich zu erkundigen, welchen Preis zu zahlen du bereit bist.«

»Oh, ich verstehe.«

»Nun ja, ich finde, es wäre nicht recht gewesen, wenn ich es an jemand anderen verkauft hätte, nachdem ich doch weiß, daß du Wert darauf legst. Du hast mich lange genug gebeten, es dir zu geben.«

»Ja«, sagte Brandon nur und machte einen völlig uninteressierten Eindruck.

»Nun ja, verflixt nochmal, wenn du es nicht haben willst, verkaufe ich es eben an jemand anderen.« Sie wirbelte wütend herum.

Brandon sah sie ironisch an: »An wen denn?«

»Wieso? Da sind . . . da sind genügend Leute, die nur darauf warten, es kaufen zu können.« Es klang nicht sehr überzeugend.

»Louisa«, seufzte er, »laß dieses Spiel. Ich bin der einzige, der an deinem Land interessiert ist. Vielleicht sind da noch ein paar arme Farmer, die es gerne hätten, aber die können gewiß deinen Preis nicht zahlen.«

»Das ist nicht wahr. Ich kann es mehrmals verkaufen«, rief sie in gespielter Entrüstung.

»Oh, Louisa, bleib auf dem Boden der Tatsachen. Ich weiß genau, was du bezweckst, aber das funktioniert bei mir nicht. Ich werde dir kurz erklären, warum ich der einzige bin, der an deinem Land Interesse hat. Niemand, der Vermögen besitzt, würde deine lumpigen paar Morgen haben wollen. Unsere beiden Plantagen liegen hier draußen ziemlich verlassen. Niemand macht sich die Mühe, erst so weit hinauszureiten, um sich um das kleine Stückchen Land zu kümmern, vor allem wenn du nicht beabsichtigst, ganz Oakley zu verkaufen. Ich bin der einzige, für den das Land einen Sinn hat, zur Abrundung meiner eigenen Plantage. Also komm nicht hierher, um zu spielen, mir etwas vorzumachen und den Preis in die Höhe zu treiben. Ich bin doch kein Narr. Wir können gleich die Einzelheiten besprechen, aber zuerst möchte ich ein paar Minuten hier sitzen, mich ein wenig erholen und mein Glas austrinken.«

»Brandon, du scherzt!« rief Louisa lachend. »Du hattest immer die Absicht, das Land zu kaufen.«
»In Geschäften mache ich keine Scherze, Louisa«, erwiderte er trocken.
Als Louisa hinausrauschte, eine Wolke von Parfüm hinter sich lassend, beugte sich Brandon über Heather und atmete tief den zarten Duft ihres Haares ein.
»Ich gehe nur kurz mit ihr hinüber ins Arbeitszimmer, mein Liebes. Ich werde mir Mühe geben, daß es nicht so lange dauert. Wenn du in der Zwischenzeit ins Bett gehen möchtest, nachdem du hier mit Beau fertig bist, werde ich mich bei Louisa entschuldigen, die Sache möglichst abkürzen und sie sofort nach Hause schicken.«
»Ach ja, bitte, tu das«, antwortete Heather, »ich habe das Gefühl, daß mir der Schock von heute nachmittag noch in den Gliedern steckt. Warum mußte sie ausgerechnet heute abend kommen?« Sie biß sich auf die Unterlippe. »Oh, Brandon, sie ist so entschlossen, uns auseinanderzubringen. Ich hasse sie!«
Sie sah auf ihren Sohn nieder, der mit seinen kleinen Händen ihre Brust festhielt, und lachte ein wenig verzagt. »Was ich jetzt brauche, ist ein warmes Bad, um mich zu beruhigen.«
Er lachte. »Ich werde dem Diener sagen, er soll das Wasser wärmen. Noch etwas, mein Süßes?«
»Ja«, sagte sie leise, »küß mich, damit ich weiß, daß diese Frau nichts bei dir ausrichten kann.«
Zärtlich nahm er sie in die Arme, und nun konnte es keinen Schatten eines Zweifels mehr für sie geben.

Das Land gehörte jetzt ihm, überlegte Brandon, als er die Treppen hinaufstieg, und er war froh, daß Heather nicht dabeigewesen war, als sie miteinander gefeilscht hatten. Er seufzte tief. Eines konnte man Louisa gewiß nicht absprechen – sie war ungeheuer plump und taktlos. Sie hatte das Gespräch damit eröffnet, daß sie ihm den eindeutigen Vorschlag

unterbreitete, ihre Liaison zu erneuern und sich dabei so vulgär ausgedrückt, daß es ihn anwiderte.
Dann hatte sie ihm das Land zu einem unverschämten Preis angeboten, und es hatte eine Weile gedauert, bis er ihr klar machen konnte, daß er gar nicht daran dachte, diese Summe zu zahlen. Sie hatte um ihren Preis gerungen, hatte sich aufs Flehen verlegt, war schamlos gewesen. Sie hatte gedroht, nicht zu verkaufen und ernsthaft geglaubt, ihn zum Narren halten zu können. Sie hatte sich wie eine Hure benommen. Nach dieser Unterredung hatte er das Gefühl, beschmutzt zu sein und ein heißes Bad zu brauchen. Er war erstaunt, wie weit sie absinken konnte, wenn es um Geld ging. Daß ihre finanzielle Lage schlecht war, war jedermann bekannt. Sie brauchte Geld. Aber Heather war einst in einer sehr viel schlimmeren Lage gewesen und hatte keine Sekunde daran gedacht, sich feilzubieten wie diese Frau.
Heather, seine Geliebte! Allein der Gedanke an sie wusch allen Schmutz ab, den Louisas Worte hinterlassen hatten. Er erinnerte sich des Nachmittags heute im Sägewerk, als sie, halb entkleidet, an ihn gepreßt stand, und sein Herz schlug schneller. Er mußte dafür sorgen, daß in dem kleinen Büro von innen Riegel angebracht wurden, damit sie das nächste Mal nicht so nervös wäre. Er lachte leise in sich hinein. In ihrer Nähe war er schlimmer als ein brünstiger Hirsch, stets dachte er daran, sie in seinen Armen zu halten, dachte an ihren weichen, warmen Körper, der sich an ihn schmiegte, an ihre Glieder, die sich um ihn drängten. Das Blut rauschte in seinen Adern. Er dachte an den Ausritt vor ein paar Tagen, als er sie überredet hatte, mit ihm im Bach zu baden. Sie hatte gezögert, sich am hellichten Tage zu entkleiden, weil sie befürchtete, daß jemand vorbeikommen könnte. Aber nachdem er ihr versichert hatte, daß dies ein Platz sei, wohin sich niemals ein Mensch verirrte, nachdem er auf die tief hängenden Bäume und das dichte Gebüsch gewiesen hatte, war sie schließlich überzeugt. Als sie sich auszog und sehen konnte, was in ihm bei ihrem

Anblick vorging, wußte sie auch schon, wie dieses Bad enden würde.
Geschickt war sie ihm ausgewichen und ins Wasser gesprungen, atemlos, und dann war sie mit schnellen Stößen davongeschwommen. Er hatte über ihre Anstrengungen gelacht, denn es war ihm ein Leichtes gewesen, sie einzuholen. Er hatte sie mit sich gezogen und sie in die Arme gerissen, und es war eine lange leidenschaftliche Umarmung gewesen. Er lächelte in der Erinnerung an diesen stürmischen Nachmittag.
Als er die Tür zum Schlafzimmer öffnete, blieb er auf der Schwelle stehen, verzaubert von dem Anblick, der sich ihm bot: Heather saß in der Badewanne und sah aus wie damals, an jenem Abend in London, süß, begehrenswert, unwiderstehlich schön. Das Kerzenlicht malte goldene Reflexe auf ihrer feuchten Haut. Das Haar trug sie auf dem Kopf aufgetürmt. Ein paar lose Locken hatten sich vorwitzig hervorgestohlen. Sie strahlte ihn an, als er die Tür hinter sich zumachte und an die Badewanne trat.
»Guten Abend, mein Süßes«, murmelte er und beugte sich über sie, um sie zu küssen.
Sie fuhr mit feuchtem Finger behutsam über seine Lippen.
»Guten Abend, mein Herr und Meister«, erwiderte sie sanft und zog ihn zärtlich zu sich herunter.

Der September war gekommen, und die Ernte begann. Auf dem Markt von Charleston ging es lebhaft zu. Da waren Käufer und Verkäufer und viele, die nur zuschauten. Da waren Reiche und Arme, Bettler und Diebe, Schiffskapitäne, Matrosen und Sklaven. Manche Leute kamen in ihren Wagen von weither, nur um das bunte Markttreiben zu beobachten.
Als Brandon Heather ein paar Karten für das Dock-Street-Theater mitbrachte, wußte sie sich vor Freude kaum zu lassen und bedeckte sein Gesicht mit zärtlichen, kleinen Küssen des Dankes. Nachdem sich ihre stürmische Freude ein wenig gelegt hatte, setzte sie sich auf seinen Schoß und studierte die

Theaterkarten. »Oh, Brandon«, sagte sie leise, »noch nie in meinem Leben bin ich in einem Theater gewesen.«

Immer wenn sie sich in der Öffentlichkeit zeigten, zog das Paar die Aufmerksamkeit aller auf sich. Brandons hochgewachsene, schlanke Gestalt, sein gutgeschnittenes Gesicht und Heathers grazile Schönheit hoben beide aus derMenge heraus. An diesem Abend trug Brandon enge, weiße Hosen und eine Weste von der gleichen Farbe. Spitzenmanschetten fielen über seine Hände, und sein roter Samtrock, goldbestickt und mit hohem, steifen Kragen, betonte seinen ebenmäßigen Wuchs. Heather, in einem Kleid aus schwarzer, französischer Spitze, sah entzückend aus. Der Perlenbesatz an Ausschnitt und Saum schimmerte im Kerzenlicht. Straußenfedern krönten ihre kunstvolle Frisur, und die Diamantohrringe von Catherine Birmingham bildeten die Vervollkommnung abendlicher Eleganz. Wie gewohnt gab es ebenso viele neiderfüllte Blicke wie freundliche Grüße von da und dort. Brandon blickte besitzergreifend auf Heather herab, wenn sich Männer über ihre Hand beugten, um sie zu küssen. Einige junge Burschen aus reichem Hause pirschten sich in der irrigen Meinung heran, daß sie hier eine unverheiratete junge Verwandte der Birminghamfamilie erobern könnten. Aber ihre Unternehmungslust schwand rasch dahin, wenn sie mit enttäuschten Gesichtern anhören mußten, daß Brandon die junge Schönheit als seine Frau vorstellte.

Von weitem konnte man Matthew Bishop erkennen, aber der schien nicht den Wunsch zu verspüren, näherzukommen, um seine Reverenz zu erweisen. Schnell wandte er den Blick von Heather ab und widmete sich ein paar weniger aufregenden Mädchen.

Mrs. Clark begrüßte sie mit kritischen und gleichfalls erfreuten Blicken.

»Heather, mein liebes Kind, Sie sehen heute abend mal wieder ganz bezaubernd aus.«

Auf ihren Stock gestützt wandte sie sich Brandon zu: »Und

wie ich sehe, bewachst du sie genauso sorgfältig wie stets, mein Herr.«
Sie wandte sich wieder Heather zu und lächelte herzlich: »Ich bin froh, daß Sie auf der Bildfläche erschienen sind, mein Kind; die Birminghams sind die Menschen, die ich am meisten mag. Deshalb sehe ich gerne, daß sie nur das Beste bekommen.«
Heather küßte die alte Dame auf die Wange: »Vielen Dank, Mrs. Clark, wenn Sie es sagen, ist es wirklich ein Kompliment.«
Später in ihrer Loge hatte Brandon seine Augen mehr auf Heather als auf die Bühne gerichtet. Ihre Aufregung und Begeisterung entzückten ihn. Während der Aufführung saß sie mucksmäuschenstill und ließ sich kein Wort entgehen. Sie war einfach hinreißend in ihrer kindlichen Freude, und er fand es nahezu unmöglich, die Augen von ihr abzuwenden.
Als sie in der Pause im Vestibül des Theaters standen und ein Glas Wein tranken, hörte er belustigt zu, wie sie aufgeregt über das Stück plauderte.
»Ich werde das nie vergessen. Papa hat mich niemals irgendwohin mitgenommen, auch nicht ins Theater. Ach, wie war das heute abend wunderschön, wie ein Märchen, das zum Leben erwacht.«
Er beugte sich über sie und lachte leise in ihr Ohr: »Vielleicht habe ich einen schlechten Einfluß auf dich, mein Kätzchen.«
Ihre Augen strahlten ihn an: »Falls das so sein sollte, ist es jetzt schon zu spät, und es bleibt mir nichts anderes mehr übrig, als deinem schlechten Einfluß zu erliegen. Ich bin jetzt festgelegt. Ich muß lieben und geliebt werden. Ich muß besitzen und besessen werden. Ich muß dein sein, mein Liebster, so wie du mein bist. Du siehst also – dein Unterricht war wirklich gut. Alles was du begonnen hast, hat sich nun vollendet. Ich muß mit dir leben und bin ein Teil von dir. Wenn wir nicht durch die Ehe verbunden wären und du noch zur See führest, würde ich dir als deine Geliebte durch die ganze Welt

folgen. Unsere Liebe wäre für mich ein geheiligtes Gelöbnis, und wenn dieses Bekenntnis mich als Buhlerin ausweist, so bin ich eine sehr glückliche Buhlerin.«
Immer noch ihren Blick festhaltend, ergriff Brandon ihre Hand und drückte einen Kuß darauf. »Wenn du meine Geliebte wärest, müßte ich dich hinter Schloß und Riegel halten, damit kein anderer Mann in die Lage käme, dich mir zu entführen. Du bist auch eine hervorragende Lehrmeisterin gewesen. Der unbekümmerte Junggeselle zieht nun die Geborgenheit der Ehe dem Umherschweifen vor. Ich genieße jeden Moment des Verheiratetseins mit dir, speziell den Teil, wo ich sagen kann, daß du mein bist und mein allein.«
Sie lächelte sanft, und ihre Augen waren voller Liebe.
»Du solltest mich nicht so ansehen«, murmelte er und erwiderte ihren Blick.
»Wie soll ich dich nicht ansehen?« hauchte sie und fuhr fort, ihm in die Augen zu schauen.
»So, wie du aussiehst, wenn wir uns gerade geliebt haben, als ob die ganze Welt untergehen könnte und dir wäre es einerlei.«
»Ja«, bestätigte sie, »das wäre es mir auch.«
Er lächelte: »Es wird schwierig sein, zu bleiben und das Theaterstück zu Ende anzuschauen, wenn du so weitermachst, Madame. Du bist eine sehr verlockende Ablenkung auch für mich alten, verheirateten Mann, und du prüfst meine männliche Selbstbeherrschung hart . . .«
Sie lachte glücklich, aber plötzlich wich alle Freude aus ihrem Gesicht, als sie bemerkte, daß Brandon innehielt und verblüfft und erschreckt über ihre Schulter schaute. Sie wandte sich um, weil sie wissen wollte, was ihn so aus der Fassung brachte und sah Louisa auf sie zukommen. Sie wunderte sich über Brandons Reaktion, bis auch sie es erkannte: Das beigefarbene Kleid, das Louisa trug, war die getreue Kopie des Kleides, das sie einst dem Hausierer im Tausch überlassen hatte, das gleiche Kleid, das sie getragen hatte, als sie Brandon zum ersten

Mal begegnet war. Louisa hatte es, um besonders aufzufallen, etwas verändert und zwar im Pariser Stil. Die Durchsichtigkeit des Stoffes, der hier verwendet worden war, würde eine weniger exzentrische Frau als Louisa erschreckt haben, aber Louisa, die sich um Derartiges nie zu kümmern schien, für die dezentes Auftreten ein Fremwort war, hatte sich tatsächlich die Brustwarzen rot geschminkt.
»Hallo, Brandon«, gurrte sie, und lachte geschmeichelt, als sie sah, daß sowohl seine als auch Heathers Augen wie gebannt an ihr hingen. »Ich sehe, ihr nehmt Notiz von meinem Kleid. Ist es nicht phantastisch? Thomas hat es speziell für mich angefertigt, nachdem ich das Original in seinem Laden gesehen habe. Extra meinetwegen hat er das andere Kleid weggeschlossen.«
Brandon räusperte sich und fragte: »Hatte das Original einen Webfehler im Stoff, oder war es nicht gut genug genäht, daß du ein zweites hast machen lassen?«
Louisa freute sich über das Interesse, das Brandon an ihrer Garderobe nahm. »Nein, nein, an dem Kleid war nichts auszusetzen, Liebling, außer daß es so furchtbar eng war, daß keiner es tragen konnte, selbst deine Frau mit ihrer mageren Mädchenfigur würde nicht hineinpassen. Es wäre viel zu klein für sie.«
Brandon wechselte einen Blick mit Heather. »Dann muß es allerdings sehr klein gewesen sein.«
»Na ja, als ich es sah, wußte ich, daß ich es haben mußte, genauso wie es da lag«, fuhr Louisa fröhlich und unbekümmert fort. »Ich bin so froh, daß ich darauf bestanden habe, und Thomas mir dieses gemacht hat. Ich wollte dich damit erfreuen, Liebling, und ich sehe, daß es mir gelungen ist.«
Sie tat, als sei sie verlegen. »Du hast mich so merkwürdig angestarrt! Ich frage mich, ob das nur des Kleides wegen war . . . und dann noch vor deiner Frau, Liebling!«
Brandon sah sie gleichgültig an: »Das Kleid erinnert mich an ein Kleid, das Heather einmal getragen hat, an dem Tag, als ich

ihr zum erstenmal begegnete, Louisa«, erklärte er kühl. »Mit diesem Kleid verbinden sich für mich sehr teure Erinnerungen.«
Louisas Blick wurde hart. Sie blickte Heather gehässig an, während sie nicht minder gehässig fragte: »Ach? Wie hatten Sie eigentlich damals das Geld, sich ein solches Kleid zu leisten? Da müssen Sie aber hart gearbeitet haben, um sich ein Kleid wie dieses kaufen zu können. Doch wenn Ihr Mann so versessen darauf ist, Sie in einem ähnlichen Kleid zu sehen, dann sollte er zu meinem Schneider gehen. Er ist heute abend übrigens hier im Theater. In seinem Fach vollbringt er wahre Wunder. Sie wären mit ihm zufrieden, dessen bin ich sicher.«
Heather fühlte, wie Brandon neben ihr erstarrte.
»Ich befürchte, daß ich *nicht* damit zufrieden wäre, Louisa«, sagte er scharf, »ich ziehe es vor, daß Frauen Heathers Kleider nähen.«
Louisa lachte spöttisch. »Du wirkst ein bißchen sittenstreng, mein Lieber«, meinte sie. Brandon ließ eine Hand auf die nackte Schulter seiner Frau sinken und streichelte sie. »Was Heather anbelangt, liebe Louisa, so war ich allerdings von jeher schon ein bißchen sittenstreng, da hast du völlig recht.«
Louisa fühlte, wie die Eifersucht sie fast verbrannte, als sie zusehen mußte, wie seine Finger zärtlich über Heathers Haut glitten. Sie erinnerte sich der Gefühle, die diese Hand ihr selbst geschenkt hatte, und sie fühlte ein Begehren in sich aufsteigen, wie sie es seit ihrer Zeit mit Brandon bei keinem anderen Mann mehr gekannt hatte. Bösartig sah sie die Jüngere an.
»Dennoch sollten Sie Thomas einmal kennenlernen, meine Liebe. Vielleicht kann er Ihnen ein paar gute Ratschläge geben, was Sie tragen müssen, damit man den Eindruck hat, Sie hätten ein bißchen Fleisch auf den Knochen. Ich habe gesehen, wie er wahre Wunder an kindlichen Figuren vollbracht hat. Warten Sie hier, ich will ihn suchen.«
Heather schaute ihren Mann unsicher an, als sich Louisa jetzt

eilig entfernte. Sie hatte die Begierde in dem Blick der Frau genau erkannt, und sie wußte aus eigener, qualvoller Erfahrung, wie weh das tat.

»Wenn sie ahnte, wie es sich mit dem Kleid verhält, würde sie dem armen Kerl den Hals umdrehen«, lachte Brandon. »Es besteht gar kein Zweifel, daß es dein Kleid ist.«

»Aber hübsch sieht sie darin aus, findest du nicht?« fragte Heather. Brandon lächelte breit und zog sie an sich. »Nicht halb so hübsch wie in meiner Erinnerung an jenen Abend, nicht halb so hübsch wie du jeden Tag aussiehst.«

Heather strahlte.

Weil Brandon es verstand, sie abzulenken, vergaß sie Louisa für eine Weile völlig. Wenig später hatte sie auf einmal dasselbe unangenehme Gefühl, das sie damals im Wald bei der Sägemühle empfunden hatte. Jemand starrte sie in eigenartiger Weise an. Sie wandte sich um – und sah ihn. Alle Farbe wich aus ihrem Gesicht: Der Mann stand neben Louisa, und seine Augen verschlangen sie förmlich. Er schien durchaus nicht überrascht, sie hier zu sehen. Er nickte nur leicht und grinste ein schiefes Grinsen. Es war entsetzlich. Sie war überzeugt davon, daß niemand anders auf der weiten Welt so widerwärtig schief lächeln konnte wie Thomas Hint.

Heather taumelte gegen Brandon und fühlte sich zum Umfallen elend. Die Hand, die sie hob, um ihren Mann am Ärmel zu zupfen, zitterte. »Bitte Brandon«, flüsterte sie, weil sie Angst hatte, daß man sie selbst aus dieser Entfernung dort drüben bei den beiden noch hören konnte, »bitte . . .«, ihre Stimme erstarb. Brandon beugte sich zu ihr nieder: »Ist etwas, mein Herz?«

Louisa und Mr. Hint kamen auf sie zu.

»Brandon«, wiederholte sie gepreßt, »ich fühle mich nicht wohl, bitte laß uns in die Loge zurückgehen.«

Aber da hörte sie schon Louisas Stimme: »Hier ist er! Heather, ich möchte Sie mit meinem Schneider, Mr. Thomas Hint, bekanntmachen.«

Zu spät. Panik ergriff sie. Sie wäre am liebsten geflohen. Aber sie konnte sich nicht bewegen. Sie war wie festgebannt, gelähmt vor Furcht.

Brandon verlor keine Zeit mit unnötigen Worten oder falscher Höflichkeit:

»Entschuldige bitte, Louisa, es tut mir leid, aber Heather hat einen plötzlichen Schwächeanfall. Es freut mich, Ihre Bekanntschaft gemacht zu haben, Mr. Hint. Guten Abend.«

Gleich darauf saßen sie wieder in den Sesseln ihrer Loge. Zärtlich nahm er ihre beiden zitternden Hände in die seinen: »Möchtest du nach Hause gehen? Du zitterst ja, als ob du einen Geist gesehen hättest.«

Fast hätte sie hysterisch aufgelacht. Er hatte ganz recht, sie hatte einen Geist gesehen, der aus ihrer Vergangenheit ans Licht getreten war und sie zu Tode ängstigte. Sie war wie besessen von der unaussprechlichen Furcht, daß sie ihn wiedersehen oder daß er mit Brandon sprechen könnte. Er war ein so furchtbarer Mann, oder war er vielleicht ein Ungeheuer?

Heather drängte sich dicht an ihren Gatten. Der umschlang sie mit einem Arm und versuchte, sie zu beruhigen. Der Vorhang ging auf, aber keiner von ihnen beiden verfolgte das Spiel. Ein paar Augenblicke später sagte Brandon: »Komm, mein Liebes, wir gehen lieber. Ich möchte nicht, daß du hier ohnmächtig wirst.«

Er führte sie aus der Loge ins Foyer und von da vor das Theater, wo James mit der Kutsche wartete. Auf der ganzen Fahrt hielt er ihren schmalen, zitternden Körper zärtlich und beruhigend in seinen Armen.

Heathers Angst war nun größer als je zuvor. Da war der Inhalt ihres Lebens, alles, was sie liebte, was ihr so teuer war, daß sie sich nie davon hätte trennen können: Mann und Kind. Wenn man sie des Mordes anklagte, würde man sie gnadenlos von ihnen reißen. Und bestenfalls würde sie ihr Leben im Gefängnis verbringen müssen, falls nicht der Richtblock auf sie wartete. Es würde nur wenig ins Gewicht fallen, daß sie die Angegriffene gewesen war, daß sie in Notwehr gehandelt hatte. Man würde ihr nicht glauben, nicht, wenn Mr. Hint als Zeuge aussagte. Er hatte gesehen, daß sie ohne Widerstreben mit William hinaufgegangen war. Und Brandon würde zutiefst getroffen sein. Oh, lieber Gott, sei mir gnädig! betete sie.

Als sie zu Hause ankamen, trug Brandon sie hinauf ins Schlafzimmer und legte sie aufs Bett. Er öffnete ihr Kleid, streifte es ihr über den Kopf und als sie nackt unter den Leinentüchern lag, goß er ein wenig Brandy in ein Glas und setzte sich auf die Bettkante neben sie.

»Trink dies, meine Süße. Es wird dir wieder ein bißchen Farbe ins Gesicht bringen.«

Gehorsam setzte sie sich auf, nahm das Glas, trank einen großen Schluck und bedauerte es sofort. Sie hustete und verschluckte sich und dachte, ihr würde die Luft wegbleiben.

Er lachte leise und stellte das Glas wieder auf den Nachttisch.

»Ich hätte dich warnen sollen, aber ich dachte, du erinnertest dich noch der Wirkung.«

Er zog ihr die Haarnadeln aus der kunstvollen Frisur, und in seidigen Kaskaden fielen die dunklen Locken über ihre Schultern. Er streichelte die schimmernde Haarpracht.

»Als wir noch in London waren, auf der ›Fleetwood‹, da habe ich immer besonders gerne zugesehen, wenn du deine Haare gebürstet hast. Ich konnte kaum meine Hände ruhig halten. Deine Locken waren für mich eine immerwährende Versuchung, sie zu streicheln. Erinnerst du dich noch daran, als du krank warst, Heather?«

Sie nickte und betrachtete die schmalen, kräftigen Hände, die mit ihren Locken spielten.

»Du warst sehr krank, mein Liebling, und ich habe Tag und Nacht auf dich aufgepaßt. Niemand außer mir durfte dich berühren. Nicht einen Augenblick lang habe ich die Kabine verlassen. Du warst mein und ich wollte nicht, daß dir irgendein Leid geschähe.«

Sie runzelte die Stirn und wunderte sich, daß er so langsam und eindringlich sprach.
»Glaubst du, daß ich jetzt, wo du der Inhalt meines Lebens geworden bist«, fuhr er fort, »jetzt, wo unsere Liebe sich frei entfaltet hat, dir von anderen irgend etwas Böses zufügen ließe, Heather? Ich würde dich mit Klauen und Zähnen und mit meinem Herzblut verteidigen. Darum vertraue mir, wenn du in Not bist. Ich weiß, Geliebtes, du hast Angst, und ich glaube sicher, ich kann dir helfen, wenn du mir nur vertrauen willst.«
Er beugte sich über sie: »Ich bin sehr stark, ma petite!«
Heathers Augen waren weit aufgerissen. Er wußte etwas, er hatte etwas herausgefunden, aber wie? Und was wußte er? Wer hatte es ihm gesagt?
Neu aufsteigende Furcht ließ ihre Hände beben, und sie schlang sie verzweifelt ineinander, damit nicht ihr ganzer Körper zu zittern begänne. Sie sank in die Kissen zurück. Der Brandy hatte nicht geholfen. Was sollte sie sagen? Was konnte sie ihm anvertrauen? Und wenn er sich, entsetzt über ihre Tat, von ihr abwandte? Wenn er niemals in ihre Arme zurückkehrte? Dann würde sie lieber sterben.
Brandon lächelte zärtlich und zog ihr die Decke bis zum Kinn hinauf. »Wenn immer du wünschst, mir etwas zu erzählen, mein Engel, werde ich für dich da sein.«
Er zog sich aus und legte sich ins Bett neben sie. Er küßte ihre gefurchte Stirn: »Nun schlaf, Liebste.«
In der Sicherheit seines Armes fand sie schließlich Ruhe und Trost und konnte einschlafen. Aber ihre Träume waren beängstigend. Sie sah Mr. Hint. Sein mißgestalteter Körper war über sie gebeugt. Er hielt Beau in seinen Klauen. Dann rannte sie, rannte hinter Mr. Hint her, hinter Beau. Sie mußte Beau vor ihm retten. Mit einem Schrei fuhr sie aus dem Schlaf hoch.
»Er hat Beau, er hat Beau, er wird meinem kleinen Jungen etwas tun!« rief sie schluchzend.
»Heather, wach auf, du hast nur geträumt, mein Liebes. Beau ist in Sicherheit.«

Allmählich wich der Druck, das Entsetzen ließ nach. Sie blickte zu dem gebräunten, schönen Gesicht auf, dem Gesicht ihres Mannes. Mit einem erleichterten Schluchzen schlang sie fest die Arme um seinen Nacken.

»Oh, Brandon, es war schrecklich. Er hat Beau weggenommen. Ich konnte ihn nicht erreichen. Ich rannte und rannte. Es war so furchtbar.«

Er wiegte sie liebevoll in den Armen, küßte ihr Haar, ihre tränennassen Wangen und die langen Wimpern. Sie beruhigte sich in seiner Umarmung und fühlte sich wieder sicher, weil sie wußte, daß er bei ihr war. Als kurz darauf seine Lippen heruntenglitten von ihrem Hals zu ihren Brüsten, wurde sie von einer völlig anderen Erregung erfaßt. Sie stöhnte vor Lust unter seinen suchenden, zärtlichen Händen, die sanft ihre Schenkel öffneten und sie streichelten, leicht wie Schmetterlingsflügel. Er war langsam und behutsam und erregend, so daß sie alles vergaß, sich in seinen Armen wand und ihn anflehte, diese Lust ihrem Höhepunkt zuzutreiben. Aber er fuhr fort, sie mit seinen zarten Liebkosungen immer weiter zu entflammen, ihre Leidenschaft voll zu entfachen. Sie wurde wild vor Begehren, wimmerte, biß, verkrallte sich in ihn. Er lachte leise und entzückt, nagte mit behutsam zupackenden Zähnen an den Ohrläppchen, an den Brustwarzen, dem straffen Bauch und der Innenseite ihrer Schenkel. Sie zitterte unter seinen Berührungen, ihre Leidenschaft näherte sich dem Höhepunkt. Ihre Hand glitt nach unten und schloß sich über ihm. Nun begann er zu zittern. Wild drang er in sie ein, nahm sie stürmisch, trug sie mit sich in die Raserei, auf atemberaubende Höhen der Lust, die über ihnen beiden zusammenschlug und sie endlich in tiefer Befriedigung zurücksinken ließ.

Am folgenden Nachmittag war Heather zusammen mit Hatty damit beschäftigt, die Möbel im Wohnzimmer zu polieren. Wieder einmal sah sie mit Kopftuch und Schürze wie ein Stubenmädchen aus.

George saß auf dem Fußboden und unterhielt Beau, der auf

seinen Schoß gekrochen war und über die Späße des alten Mannes begeistert juchzte und lachte. Brandon und Jeff waren nach Charleston gefahren, weil sie geschäftlich dort zu tun hatten. Alle Dienstboten waren mehr oder weniger mit dem Hausputz beschäftigt.

Den ganzen Tag hatte Heather an nichts anderes als an Thomas Hint gedacht und daran, was passieren würde, wenn er von ihrer Tat sprechen, sie anzeigen würde. Als sie ein Pferd die Auffahrt hinaufgaloppieren hörte, hatte sie, auch ohne hinauszusehen, keinen Zweifel, daß er es war. Die Furcht übermannte sie.

»Führ ihn herein, Joseph«, sagte sie, als der Butler meldete, daß draußen ein Mann wäre, der sie zu sprechen wünschte.

Sie erhob sich vom Fußboden, auf dem sie gekniet hatte, aber sie legte Schürze und Kopftuch nicht ab. Ein Funken der Überraschung leuchtete in Mr. Hints kleinen, verschlagenen Augen auf, als er sie so sah.

»Ihr könnt beide gehen, George und Hatty«, sagte sie.

Beide schauten den seltsamen Besucher mißtrauisch an und gehorchten dem Befehl nur zögernd. Konnten sie ihre Herrin mit einem so übel aussehenden Subjekt wirklich allein lassen? Aber endlich schlossen sie die Tür hinter sich.

»Was wünschen Sie?« fragte Heather direkt, sobald sie sicher war, daß die Dienstboten sich außer Hörweite befanden.

»Sie haben es ja geschafft, seitdem wir uns zum letzten Mal gesehen haben, nicht wahr? Obwohl mich die Schürze erst unsicher machte. Ich dachte, reiche Damen wie Sie machten sich niemals die Hände schmutzig.«

Heather steifte ihren Rücken. »Ich helfe dem Personal oft bei der Arbeit, Sir. Das Haus gehört meinem Mann, und nichts liegt mir mehr am Herzen, als daß er alles aufs beste vorfindet, wenn er abends nach Hause kommt.«

»Ah, ich sehe, sie sind in den Burschen verliebt. Ist das Kind da seines oder ist es das meines lieben, dahingegangenen Brotgebers?«

Heather packte das Baby hastig, riß es vom Boden und hielt es eng an sich gepreßt. »Es ist das Kind meines Mannes. William hat mich nicht angerührt«, sagte sie erzürnt.

»Ja, ja, das will ich gerne glauben, Sie haben ihn ja abgemurkst, bevor er Sie anrühren konnte. Man sieht auch gleich, daß der Mann, mit dem sie gestern abend im Theater waren, sein Vater ist. Er hat dieselben Augen. Ich nehme an, Sie haben ihn in London getroffen, gleich nachdem Sie den armen Willy ins Jenseits beförderten.«

»Sie sind vermutlich nicht hierher gekommen, um mit mir über mein Kind oder meinen Mann zu plaudern, sagen Sie mir also bitte den Grund Ihres Besuches. Mein Mann liebt es nicht, wenn ich mich in seiner Abwesenheit mit fremden Männern unterhalte.«

Thomas Hint grinste schief. »Dachten Sie, Ihr Mann wäre auf mich eifersüchtig, Mrs. Birmingham? Nein, das glaube ich nun wirklich nicht. Aber mißtrauisch würde er werden, weil Sie einen so häßlichen Kerl wie mich überhaupt empfangen.« Er sah sie aus stechenden Augen so durchdringend an, daß es sie schauderte.

»Nun, ich weiß, daß Sie diejenige sind, die dem armen Willy den Garaus gemacht hat. Bisher habe ich ja den Mund gehalten, aber es ist klar, daß Ihnen mein Schweigen ein paar Shilling wert sein sollte, Mrs. Birmingham.«

Heather zitterte unter seinem kalten, berechnenden Blick.

»Wieviel wollen Sie haben?«

»Nun, ein paar Pfund hier und da, um mir gelegentlich einen schönen Tag zu machen. Ich besitze zwar einen gutgehenden Laden in Charleston, aber ich bin unersättlich. Ich will dasselbe, was die Reichen haben. Ein paar von Ihren Schmuckstükken wären auch nicht unrecht. Es kann aber auch eine hübsche runde Summe sein. Ihr Mann hat ja genug Zaster, wie ich gehört habe; der kann sich's leisten.«

»Mein Mann weiß nichts davon«, sagte sie heftig, »außerdem habe ich William nicht getötet. Er fiel in das Messer.«

Mr. Hint schüttelte bedächtig den Kopf und tat so, als empfände er tiefes Mitleid.
»Es tut mir schrecklich leid, Mrs. Birmingham, aber hat irgend jemand gesehen, daß er hineinfiel? Schließlich kann so was jeder behaupten.«
»Niemand außer mir war da, der es hätte sehen können. Ich habe keinen Zeugen.«
»Tja . . . nun dann . . . «. Er tat einen Schritt auf sie zu, und sie roch den starken Duft eines Eau de Cologne, der ihr irgendwie bekannt zu sein schien. Sie wußte nicht, wann oder wo es gewesen war, aber dieser Duft war für sie mit der Erinnerung an schreckliche Angst verbunden, der gleichen Angst, die jetzt auch in ihr aufstieg. Sie wich einen Schritt zurück und hielt Beau fest umschlungen. Das Baby protestierte lauthals. Thomas Hint lachte und fuhr sich mit einer klauenähnlichen Hand über den schiefen Mund. Es erschreckte Heather zu Tode, als sie feststellte, daß seine abstoßenden Hände genauso aussahen wie die Klauen in ihrem Traum.
»Ich habe kein bares Geld«, flüsterte sie verzweifelt. »Ich brauche ja nie Geld. Mein Mann erfüllt mir jeden Wunsch, ich brauche nie etwas zu bezahlen.«
»Ihr Mann sorgt sich wohl mächtig um Sie, was? Würde er auch dafür zahlen, daß Sie vorm Henkerstrick bewahrt bleiben? Oder wäre es ihm egal, wenn man Sie als Mörderin hängte?« fragte er lauernd.
Heather zuckte zusammen. Unmöglich, sie konnte nicht zulassen, daß er Brandon erzählte, was sie getan hatte.» Ich habe ein paar Schmuckstücke«, sagte sie hastig. »Die kann ich für Sie heraussuchen.«
Mr. Hint nickte wohlgefällig. »Ah ja, das klingt nicht übel. Was haben Sie denn so? Gestern hatten Sie was sehr Hübsches an den Ohren baumeln. Holen Sie das und was Sie sonst noch auftreiben. Dann werde ich Ihnen sagen, ob es genügt oder nicht.«
»Wollen Sie es jetzt?« fragte sie unsicher.

»Ja, was dachten Sie denn? Ich werde nicht mit leeren Händen von hier weggehen.«
Sie machte einen vorsichtigen Bogen um ihn, dann eilte sie aus dem Raum und rannte die Treppen hinauf. Den schreienden Beau überließ sie im Kinderzimmer Marys Obhut. Im Schlafzimmer öffnete sie ihren Schmuckkasten, nahm die Smaragdbrosche, die Perlenkette und die Diamantohrringe heraus, während sie den Rest der Juwelen liegen ließ. Sie hätte ein zu schlechtes Gewissen gehabt, wegzugeben, was einmal Brandons Mutter gehört hatte. Sie wußte, wie sehr er an diesen Schmuckstücken hing. Der Schmerz, sich von ihrem eigenen Juwelen trennen zu müssen, war schlimm genug. Sie erinnerte sich genau der Augenblicke, als Brandon ihr diesen Schmuck geschenkt hatte. Nie würde sie es vergessen, auch wenn sie ihn nun nicht länger tragen konnte. Brandon würde es bestimmt bald merken, daß sie die Perlen nicht mehr umlegte. Er mochte sie am liebsten, und sie hatte die Kette oft getragen. Sie wischte sich die Tränen von den Wangen, steckte die Schmuckstücke in ihre Schürzentasche und öffnete mit einem tiefen Seufzer die Tür.
Mr. Hint stand unten und wartete auf sie. Erpressung schien etwas zu sein, worin er Übung hatte. Als sie die Schmuckstükke vor ihm ausbreitete, grinste er breit und griff gierig zu. »Ja, doch, das tut's – für den Augenblick. Ist es wirklich alles, was Sie besitzen?«
Sie nickte.
»Nicht soviel, wie ich dachte.«
»Das ist wirklich alles, was mir gehört«, rief sie, und die Tränen stürzten ihr aus den Augen.
»Na, na, Madame, nun regen Sie sich mal nicht auf, Sie müssen auch keine Angst haben, daß ich was ausplaudere. Ich brauche bloß gelegentlich noch 'n bißchen mehr.«
»Aber ich habe nichts mehr!«
»Dann sehen Sie eben zu, daß Sie was heranschaffen«, sagte er grob.

»Bitte, gehen Sie«, bat sie weinend, »bevor mein Mann zurückkommt. Ich kann nichts vor ihm verbergen, und wenn er Sie sieht, wird er wissen wollen, warum Sie gekommen sind.«
»Ja, ja, mein Gesicht ist nichts, das man gerne in einem Damensalon zur Schau stellt«, bemerkte er bitter.
Er verbeugte sich und ging, ohne noch einmal zurückzuschauen. Heather sank verzweifelt in einen Stuhl und schlug weinend die Hände vors Gesicht.
Er würde ihr alles nehmen, was sie besaß. Und was würde passieren, wenn sie seinen Forderungen nicht länger nachkommen könnte? Würde er zu Brandon gehen und ihm erzählen, was er wußte? Sie zitterte bei dem Gedanken. Das durfte nicht geschehen! Sie mußte ihm geben, was er verlangte, damit das Leben weiterging und mit ihm die Liebe. Aber wenn Brandon merkte, daß sie den Schmuck nicht mehr hatte? Was dann?

Mr. Thomas Hint schwang sich vom Pferd und band die Zügel an einem Pfosten vor seinem Laden fest. Er schlug sich auf die juwelengefüllte Tasche und war außerordentlich zufrieden mit sich. Heute hatte er ein hübsches Sümmchen in seine Kasse gebracht, ohne dafür arbeiten zu müssen. Er wischte sich den wulstigen Mund mit dem Rockärmel, öffnete die Tür und wollte sie gerade wieder hinter sich schließen, als er vor Schreck erstarrte. Durch das Glas sah er Brandon Birmingham auf sich zukommen. Und dann trat der Besucher auch schon ein.
»Guten Tag, Mr. Hint. Wir haben uns gestern kurz gesehen, und zwar im Dock-Street-Theater. Sie erinnern sich vielleicht?«
»Ja«, brachte Hint mühsam hervor und hielt nervös die Hand auf die Tasche seines Überrocks gepreßt.
»Da ist etwas, worüber ich gerne mit Ihnen sprechen möchte«, fuhr Brandon fort.
»Mit mir sprechen sagten Sie, Sir?«

Brandon ging an ihm vorbei und stellte sich in die Mitte des Raumes. Er war gut einen Kopf größer als der Schneider. Hint schluckte schwer, zwinkerte unruhig mit den Augen und schloß die Tür jetzt endgültig.
»Ich habe gehört, daß Sie im Besitz des Originalkleides sind, von dem Sie ein Duplikat für Miss Wells angefertigt haben. Ich möchte es gerne sehen.«
Mr. Hint konnte seine ungeheure Erleichterung kaum verbergen. Er überschlug sich fast vor dienstwilligem Eifer: »Aber gewiß doch, Sir, einen Moment, wenn ich bitten darf.« Eilig hinkte er nach rückwärts in sein Atelier. Kurz darauf kam er zurück und breitete das Kleid vor Brandon aus.
»Ich habe es vor ein paar Monaten von einem Händler gekauft, Sir.«
»Ich weiß. Was kostet es?«
»Wieso?« fragte Mr. Hint erstaunt.
»Ich fragte, was das Kleid kostet, wieviel Sie dafür verlangen; ich möchte es haben.«
»Aber . . . «
»Nennen Sie den Preis!« forderte Brandon barsch.
Mr. Hint wagte keinen Widerspruch und nannte die erste Summe, die ihm in den Sinn kam:
»Drei Pfund und six Pence, Sir.«
Brandon hob fragend eine Augenbraue, zog aber seine Geldbörse und zählte die Summe auf den Tisch. »Kaum zu glauben, daß Sie dieses Kleid von einem Händler so preiswert erstanden haben«, sagte er zweifelnd.
Der Krüppel begriff zu spät seinen Irrtum und stotterte:
»Ach, wissen Sie, mit Rücksicht auf Ihre Frau Gemahlin, Sir. Bei ihrer Schönheit ist sie die einzige, die diesem Kleid gerecht wird. Es soll . . . ein Geschenk sein. Ich möchte es ihr fast zum Geschenk machen, Sir.«
Brandon blickte den Mann nachdenklich an: »Sie sind noch gar nicht so lange hier, nicht wahr, Mr. Hint? Nicht viel länger als meine Frau, vielleicht ein oder zwei Monate länger . . .?«

»Nein, vier Monate«, erwiderte Hint und biß sich sofort auf die Lippe.
Brandon betrachtete angelegentlich die Perlenstickerei auf dem Oberteil des Kleides: »Dann wissen Sie auch, wann meine Frau ankam?«
Mr. Hint wischte sich unauffällig den Schweiß von der Stirn.
»Louisa, vielmehr Miss Wells, sagte es mir gestern abend, Sir.«
»Sie müssen London ungefähr um die Zeit verlassen haben, als ich meiner Frau begegnete«, fuhr Brandon beharrlich fort.
»Das könnte sein, Sir«, brachte Mr. Hint mühsam hervor.
»Warum sind Sie aus London fortgegangen, Mr. Hint?«
Der Mann wurde blaß: »Mein Arbeitgeber starb, Sir, ich hatte meine Anstellung verloren, so habe ich die paar ersparten Shilling zusammengekratzt und bin nach Amerika gefahren.«
»Sie scheinen in Ihrem Beruf begabt zu sein, Mr. Hint. Miss Wells hat sich sehr lobend geäußert und Sie uns empfohlen.«
»Man tut, was man kann, Sir.«
»O ja, ich bin sicher, daß Sie das tun«, erwiderte Brandon und gab dem Mann das Kleid, »würden Sie es mir bitte einpacken?«
Mr. Hint versuchte ein schiefes Lächeln: »Aber gerne, Sir.«

Brandon fand bei seiner Rückkehr Heather auf dem Fußboden kniend beim Hausputz. Neben ihr spielte Beau mit einem bunten Ball und plapperte vor sich hin, in Lauten, die nur er verstand. Brandon räusperte sich und Heather wandte sich um, stieß einen beglückten Schrei aus, sprang auf und flog in seine Arme. Er lachte, als sie ihn so stürmisch umarmte, hob sie hoch und schwang sie durch die Luft. Als er sie wieder hinsetzte, strahlte sie ihn glückselig an und riß sich Kopftuch und Schürze herunter.
»Lieber Gott«, sagte er und stemmte die Hände in die Hüften, »du siehst wirklich so jung aus, daß man glaubt, du dürftest noch gar nicht das Bett mit mir teilen. Vierzehn würde ich al-

lenfalls schätzen. Du kannst kaum dieselbe Frau sein, die heute nacht mit ihren Lustschreien das ganze Haus geweckt hat. Vielleicht war es eine Hexe, die sich in mein Bett gestohlen hat und mich umklammerte und zerkratzte?«

Sie errötete tief und blickte ihn unsicher an: »Glaubst du, daß Jeff etwas gehört hat? Ich kann ihm nie mehr ins Gesicht schauen.«

Brandon hob die Mundwinkel und lächelte diabolisch vergnügt: »Herzchen, nun beruhige dich – falls er etwas gehört hat, nehme ich an, daß diese Laute ihm nicht unbekannt waren. Er wird nie darüber sprechen, denn er ist ein Gentleman. Aber hab keine Angst, mein Kleines, die Laute, die *ich* von mir gegeben habe, waren auch kein pures Schnurren der Zufriedenheit.«

Sie lachte erleichtert und schmiegte sich an ihn. »Du machst, daß ich alles vergesse, und nach einer Nacht wie dieser habe ich es wirklich schwer, mich wieder auf dem Boden der Tatsachen zurechtzufinden.«

Er küßte ihre Stirn und lächelte: »Ist das so schlimm, mein Schatz?«

»Nein!« seufzte sie.

Dann hob sie den Kopf von seiner Brust und liebkoste mit zarten Fingern seinen Bart. »Mit dir ins Bett zu gehen, ist jedesmal ein neues Abenteuer.«

Er lachte und ging in die Halle, kam gleich darauf mit einem Päckchen zurück und legte es ihr in die Hände.

»Das gehört dir, und wenn du es jemals wieder loswerden willst, dann bitte verbrenne es oder zerreiß es, aber tausche es nicht mit irgendjemand, damit Louisa, die wirklich eine verdammte Art hat, mich aus der Fassung zu bringen, es nicht zum zweiten Mal kopieren lassen kann. Ich erinnere mich zu genau, wie du darin ausgesehen hast, und ich möchte nicht, daß mir diese Erinnerung zerstört wird.«

Alle Farbe war aus Heathers Gesicht gewichen: »Hast du Mr. Hint mein Kleid abgekauft?«

»Ja, ja«, bestätigte Brandon, »ich konnte den Gedanken nicht ertragen, daß es ihm eine andere Frau entreißen könnte.«
Sie lächelte erleichtert. Er hatte mit Mr. Hint gesprochen, und der Mann hatte sein Wort gehalten. Heather stellte sich auf die Fußspitzen und küßte Brandon: »Ich danke dir, Liebling, ich werde es als Kostbarkeit bewahren, und bei besonderen Anlässen werde ich es eigens für dich tragen.«

Eine Woche war vergangen, als Louisa eines Abends wieder einmal unerwartet und unangemeldet ins Haus kam. Jeff war fortgeritten, um Freunde zu besuchen und noch nicht zurückgekehrt, der Rest der Familie verbrachte einen ruhigen Abend im Wohnzimmer. Heather saß auf dem Boden zu Brandons Füßen. Sie hatte gerade eben Beau gestillt, der nun auf dem Schoß seines Vaters lag und die Aufmerksamkeit beider Eltern genoß. Heather hatte den Arm um Brandons Schenkel geschlungen, sie hatte noch nicht einmal das Kleid geschlossen, weil sie sich in den eigenen vier Wänden unbeobachtet und sicher glaubte.
Aber vor Louisa war nie eine Tür sicher. Sie schob Joseph, den Butler, der sie anmelden wollte, beiseite und stand plötzlich im Zimmer. Heather drehte sich erschrocken um, und auch Brandon blickte erstaunt auf. Als er Louisas ansichtig wurde, verdüsterte sich sein Gesicht, und er mußte sich innerlich eingestehen, daß er ihr mit Vergnügen den Hals umgedreht hätte. Er dachte gar nicht daran, ihr die übliche Höflichkeit zu erweisen und sich vom Stuhl zu erheben, als sie nähertrat.
»Du scheinst eine Vorliebe für unangemeldete Überfälle zu haben, Louisa«, sagte er unwillig.
Louisa schaute mit säuerlichem Lächeln auf das Familienbild, das sich ihren Blicken bot, besonders auf Heathers Arm zwischen Brandons Schenkeln. Eigensinnig verzichtete Heather darauf, das Oberteil ihres Kleides zuzuknöpfen, und sie ließ auch ihren Arm dort, wo er lag. Louisas unverschämter Gesichtsausdruck machte sie rasend. Wie immer sah Louisa blen-

dend aus. Sie trug ein gelbes Musselinkleid, das sich duftig um sie bauschte. Zweifellos war es wieder eine von Mr. Hints Kreationen. Er war ein Meister seines Fachs, das mußte man ihm zubilligen. Eigentlich war es erstaunlich, daß ein so abstoßender Mann so entzückende Kleider zustandebrachte. Heather überlegte kurz, ob Thomas Hint wohl auch die anderen Kleider entworfen und genäht hatte, die William Court vor ihr als seine eigenen Entwürfe ausgegeben hatte. Vermutlich hatte William gelogen.

Louisa stand einen Augenblick schweigend und mit verschränkten Armen in der Mitte des Zimmers. Sie lächelte niederträchtig.

»Nein, wie rührend, diese Familienszene. Je öfter ich dich so sehe, Brandon, desto mehr glaube ich, daß du zum Ehemann wie geschaffen bist.«

Sie zog ihre Handschuhe aus, nahm den Hut ab und warf beides achtlos auf einen der frisch polierten Tische, dann zog sie sich einen Stuhl heran und richtete mit Herablassung in der Stimme das Wort an Heather:

»Würden Sie mir bitte etwas zu trinken bringen, mein Kind? Ein bißchen Madeira, falls er kühl genug ist.«

Zorn flammte in Heathers Augen. Sie erhob sich und schloß im Gehen das Oberteil ihres Kleides.

Louisa wandte sich nun zu Brandon: »Ich habe einen solchen Durst von der staubigen Fahrt bekommen, und ich schätze nach wie vor deine guten Weine, mein Liebling. Sie sind so schwierig in der Stadt zu bekommen, außerdem ist die Summe, die du mir gezahlt hast, schon fast erschöpft.«

Brandon saß und spielte mit Beau, der Louisa ganz offensichtlich nicht leiden konnte, denn er warf verdrossene Blicke zu ihr hinüber. Brandon überlegte kurz, was wohl diesmal der Anlaß für Louisas Besuch sein könnte. Heather kam mit einem gefüllten Glas zurück, das sie Louisa ohne übertriebene Freundlichkeit überreichte.

Wieder hörte sich Louisas Stimme hart und feindselig an:

»Danke schön. Und würden Sie uns bitte einen Augenblick alleinlassen? Ich habe mit Ihrem Mann etwas Geschäftliches zu besprechen.«

Heather wandte sich mit bebender Unterlippe Brandon zu und wollte ihm Beau von seinen Knien nehmen, aber das Gesicht ihres Mannes war vor Ärger hochrot geworden. Er hielt ihren Arm fest und sah die andere unheilverkündend an. Die Haut über seinen Wangenknochen spannte sich, und er öffnete den Mund zu einer scharfen Entgegnung. Nun stürzten Heather die Tränen aus den Augen, sie schüttelte den Kopf, hob Beau hoch, verbarg ihr Gesicht vor den Blicken der anderen und eilte aus dem Raum. Sie ging ins Arbeitszimmer, um ihren Sohn zu beruhigen, der angefangen hatte zu wimmern, als er so unsanft von seinem Vater weggerissen wurde. Dann trocknete sie ihr tränennasses Gesicht.

Brandon sah Louisa kalt und durchdringend an: »Also, was ist nun los?«

Ihr Mund kräuselte sich in einem zufriedenen Lächeln.

»Ich habe heute nachmittag einen alten Freund von dir in Charleston getroffen, Brandon.«

Brandon blieb absolut uninteressiert: »Ja und . . . ?«

Louisa lachte: »Er ist nicht wirklich ein alter Freund, sondern ein alter Matrose aus deiner ehemaligen Mannschaft der ›Fleetwood‹. Ich erkannte ihn sofort, als meine Kutsche an ihm vorbeifuhr. Der arme Kerl war total betrunken, aber er erkannte mich auch gleich als deine alte Freundin. Er war mir sehr nützlich.«

»Nützlich? In welcher Weise?«

Sie warf den Kopf zurück und lachte aus vollem Halse.

»Oh, Brandon, ich habe nicht gelaubt, daß einer von euch Birminghams sich auf diese Art einfangen ließe und dazu noch von einer kleinen Prostituierten.«

»Was, zum Teufel, erzählst du da für Unsinn, Louisa?« fragte Brandon ungeduldig.

»Aber was denn, du weißt es doch selbst, Liebling! Heather,

deine süße, kleine, unschuldige Heather, war eine Prostituierte. Dickie hat mir alles erzählt, wie George und er sie gefunden haben, als sie im Londoner Hafen herumstreunte, um sich und ihre Reize zu verkaufen, wie du gezwungen wurdest, sie zu heiraten, einfach alles.«

»Offenbar doch nicht alles!« sagte Brandon langsam und drohend. Er erhob sich und goß sich einen starken Drink ein.

Louisa fuhr genußvoll fort: »Ich weiß, daß dir Heather egal ist, mein Liebling, es gab so viele Gerüchte über getrennte Schlafzimmer und so ... ich brauchte niemanden, um zu wissen, daß du nicht glücklich mit ihr bist. Ich konnte bloß nicht verstehen, *warum* du sie geheiratet hast. Erst seit heute nachmittag, nachdem Dickie mir alles erzählt hatte, begreife ich, daß deine Ehe nur eine Farce war. Nun kannst du Heather ruhig wegschicken, zurück nach England, gib ihr eine kleine Abfindungssumme, das macht die Sache leichter. Ich will dir die kleine Londoner Eskapade verzeihen und werde dich wieder aufnehmen. Wir können glücklich sein. Ich weiß, daß wir das können! Ich werde für deinen Sohn sorgen, denn, kein Zweifel, er ist wirklich von dir, Gott sei dank! Ich werde ihn lieben und gut zu ihm sein.«

Brandon starrte sie einen Moment total verblüfft an und überlegte fassungslos, was ihn seinerzeit bewogen haben mochte, sich jemals mit dieser Frau einzulassen, deren Primitivität kaum noch zu überbieten war. Wo hatte er seine Augen gehabt? Wo seinen gesunden Menschenverstand? Wo sein Herz? Er sprach langsam und betont, als er ihr dann antwortete.

»Louisa, hör mir genau zu, was ich dir jetzt zu sagen habe. Und wenn du mir nicht glaubst, muß ich annehmen, daß deine Dummheit an Schwachsinn grenzt: Wenn du denkst, daß irgend jemand mich zu einer Heirat oder zu irgendeinem anderen Vertrag zwingen könnte, dann hast du mich nie gekannt. Und nimm ein für allemal zur Kenntnis«, er setzte seine Worte sorgfältig: »meine Frau war keine Prostituierte, auch kein Straßenmädchen. Sie war Jungfrau, als ich sie traf. Das

Kind ist mein Kind. Heather ist durch meinen freien Willen meine Frau geworden, und ich werde es in Zukunft nicht mehr dulden, daß du sie weiterhin in diesem Hause beleidigst, auch nicht in ihrer Abwesenheit. Von jetzt an wirst du sie mit allem Respekt behandeln, der einer Herrin von Harthaven zukommt. Hast du sonst noch irgend etwas über mich, mein Haus oder meinen Besitz zu sagen? Noch irgend welche Verleumdungen, die du loswerden möchtest?«

Louisa erhob sich jäh von ihrem Stuhl und goß sich ein Glas Wein ein. Sie hatte sich dicht vor ihn gestellt, das Glas in der Hand und starrte ihn haßerfüllt an: »So hast du also dieses unreife Gör mir vorgezogen?« zischte sie.

Brandon lächelte nachsichtig: »Jawohl. Und zwar habe ich meine Wahl bereits vor langem getroffen. Und ich bestätige sie heute ausdrücklich.«

Louisas Augen wurden schmal. Sie wandte sich ab und sah aus dem Fenster. Dann drehte sie sich heftig um:

»Seltsam, Brandon, daß gerade du derjenige bist, der von Respekt und Besitz in einem Atemzug spricht.« Sie trank ihren Wein, ging durch den Raum und setzte sich in einen Sessel. Sie hob das Glas, als wolle sie ihm zuprosten:

»Das ist übrigens der eigentliche Grund, warum ich hierher gekommen bin. Ich habe lange genug überlegt, um zu dem Schluß zu kommen, daß mein Besitz das Doppelte von dem wert ist, was du mir dafür gezahlt hast.« Sie machte eine Kunstpause und wartete lauernd auf seine Reaktion. Er zog die Brauen zusammen, zuckte jedoch gleichmütig mit den Achseln.

»Wir haben einen Kaufvertrag geschlossen, Louisa. Die Angelegenheit ist erledigt. Der Vertrag ist signiert und gesiegelt, die Summe ausbezahlt. Du besitzt nur noch Oakley und die paar Morgen Park, die es umgeben. Das Ganze ist aus und vorbei.«

»So? Aus und vorbei?« Louisa spie die Worte geradezu aus. »So? Dann laß uns mal von Respekt reden. Was glaubst du wohl, wieviel Respekt die Leute noch deiner Frau und ihrem

entzückenden Balg entgegenbringen werden, wenn sie erfahren, daß du in eine Heiratsfalle hineingetappt bist, die eine gewöhnliche Hure für dich aufgestellt hat?«
Brandons Stimme dröhnte durchs Haus:
»Hüte deine Zunge, du verfluchtes Frauenzimmer! Ich habe keine Lust, meine Frau durch dich beleidigen zu lassen, noch dazu in ihrem eigenen Hause.« Dann dämpfte er seine Stimme gewaltsam. »Es ist mir einerlei, was du außerhalb des Hauses über uns an Lügen verbreitest. Mach, was du willst. Niemand wird es wagen, mir den Klatsch zu wiederholen, den du ausspuckst. Du bist Abschaum, Louisa! Pfui Teufel!«
»So? Abschaum bin ich plötzlich für dich?« kreischte sie, holte aus, goß ihm den Wein ins Gesicht und warf das Glas auf den Fußboden, daß es zersplitterte, »Abschaum? Wahrhaftig, ich war eine Jungfrau, als du mich nahmst und mich batest, dich zu heiraten. Du hast mir die ganze Welt und ihre Schätze versprochen, wenn ich dir den einzigen Schatz gäbe, den ich besaß. Dann segeltest du davon, und die erste dumme Pute, die dir begegnet, hat dich mir weggenommen. Du hast mir die Jungfräulichkeit geraubt, hast dein Wort gebrochen und mir mein Land für einen Schandpreis abgejagt. Aber zumindest das werde ich nicht dulden, ich muß mehr dafür haben!«
Sie begann zu wimmern, zu jammern und zu flehen: »Ich *muß* einfach mehr haben, Brandon. Ich muß meine Rechnungen zahlen. Ich habe nur noch das Herrenhaus, und das kann ich nicht verkaufen. Ich weiß nicht, wie ich überleben soll. Niemand gibt mir mehr Kredit, seitdem du mich weggeworfen hast wie einen alten Handschuh.«
Brandon mußte sich zusammennehmen, um nicht zuzuschlagen. Er strich sich mit der Hand über das Gesicht:
»Jungfräulichkeit! Gott der Allmächtige! Du warst so wenig eine Jungfrau wie diese uralte Kuh da draußen auf der Weide. Hältst du mich für so dumm? Dachtest du, ich sei blind und toll vor Verliebtheit gewesen? Dachtest du, ich hätte dein ungeschicktes Spiel in jener Nacht geglaubt? Ich kannte schon ei-

ne ganze Weile die Liste der Männer, mit denen du ins Bett gekrochen bist, vor und später auch nach dem sogenannten geheiligten Verlöbnis . . .« Er hob die Stimme:

»Was für idiotische Vorstellungen müssen dich beherrschen, daß du hoffst, mich mit Beleidigungen meiner Frau für dich einzunehmen?«

»Einmal hast du mich geliebt!« schrie sie zurück, »und außerdem schläfst du ja gar nicht mit ihr. In der ganzen Stadt wird darüber getuschelt. Jeder weiß es. Warum sie? Warum nicht ich? Ich könnte deine Bettgenossin sein und dich vergessen lassen, daß sie jemals existiert hat. Versuch es! Nimm mich! Mein Gott, du hast mich doch einmal geliebt!«

»Geliebt!« Er lachte erbittert. »Nein, ich habe dich nur toleriert, und das war schon zuviel. Das war bereits ein verhängnisvoller Irrtum. Dann begegnete mir eine Schönheit, schön an Leib *und* Seele, Louisa. Da wußte ich, was ich wirklich wollte. Deine Schönheit – gut, deine Leidenschaft – auch gut.« Er beugte sich vor und sah ihr direkt ins Gesicht. »Aber Liebe und Ergebenheit, rückhaltlose Loyalität und eine ganz selbstverständliche Würde, die meinem Namen und meinem Hause gerecht wird, *das* liegt jenseits deiner Möglichkeiten!« Wieder erhob er die Stimme. »Ich liebe Heather mit jeder Faser, in jedem Augenblick meines Lebens, und ich werde sie vor diesem Schmutz aus der Gosse, diesem Klatsch, der sie treffen soll, zu bewahren wissen. Ich werde sie nicht durch dich herabziehen und ihre Reinheit beflecken lassen. Ich hoffe, wir werden noch viele Söhne und Töchter zeugen. Gib es also endlich auf, mit Schmutz zu werfen!«

Er ging zum Tisch hinüber, nahm Louisas Hut und Handschuhe und warf sie ihr ins Gesicht. »Und nun befreie mich von deiner Gegenwart in meinem Hause. Und ich warne dich nochmals: Laß mich nie wieder eine Lüge hören, von der ich annehmen muß, daß sie von dir kommt, oder ich mache mir ein Vergnügen daraus, dir den hübschen Hals umzudrehen! Und nun verschwinde, du widerwärtige Person! Du machst jede normale Höflichkeit unmöglich. Ich will dich nie wieder hier sehen.«

Louisa zitterte vor Brandons rasendem Zorn und wußte nicht mehr, was sie entgegnen sollte. Sie nahm Hut und Handschuhe vom Boden auf und rauschte hocherhobenen Hauptes aus der Tür. Blaß bis an die Lippen lief sie draußen an Jeff vorbei, der einige Momente erschrocken lauschend in der Halle gestanden hatte, verwundert über diesen Ausbruch seines Bruders.

Louisa lief wie gejagt über die Terrasse, raffte die Röcke und stieg ohne Hilfe in ihre Kutsche. Sie übersah George, der hinter ihr an eine Säule gelehnt stand und in hohem Bogen in den Staub spuckte.

Als Louisas Kutsche davonrollte, trat Heather in die Tür des Arbeitszimmers und schaute durch die Halle hinweg zu ihrem Mann hinüber, der noch mit geballten Fäusten und zitternd vor Zorn da stand. Als er ihre Augen auf sich gerichtet fühlte, wandelte sich sein Gesichtsausdruck sofort. Mit ausgebreiteten Armen ging er auf sie zu. Heather lief zu ihm, und er umarmte sie zärtlich.

Heather wischte sich die Hände an der Schürze ab und ging von der Küche hinüber zum Haupthaus, gerade hatte sie bei Corah Unterricht im Brotbacken genommen. Sie hörte ein Pferd herantraben und lächelte erfreut, als sie ihren Schwager sah, der sich aus dem Sattel schwang und ihr entgegenlief.

Aber ein Blick auf sein Gesicht ließ sie stutzen. Kalte Angst würgte ihr die Kehle.

»Wo ist Brandon?« fragte er kurz.

»Wieso? Ich dachte, er wäre mit dir auf den Feldern?«

Jeff wies mit dem Finger zum Stall hinüber, wo einer der Pferdeburschen Leopold abrieb. Der Hengst war in keiner besseren Verfassung als Jeffs Rotfuchs. Beide Tiere waren scharf geritten worden.

»Ich habe ihn nicht kommen hören«, sagte Heather ratlos, aber

Jeff rannte schon fort, hinüber ins Haus. Sie raffte ihre Röcke und lief hinterher: »Jeff, Jeff, sag doch, was ist los. Ist etwas geschehen?«
Er wandte sich ihr zu. Ein seltsamer Widerstreit von Gefühlen spiegelte sich in seinem Gesicht. Das regte sie mehr auf als Worte. Sie griff nach seinem Arm.
»Jeff, so sag mir doch, was passiert ist!« rief sie. In ihrer Angst krallte sie ihre Nägel in seinen Jackenärmel und schüttelte ihn, soweit eine zierliche Frau einen um zwei Köpfe größeren Mann überhaupt schütteln kann: »Jeff, sag es mir«! schrie sie.
Für einen Augenblick schien Jeff unfähig zu sprechen, dann sagte er langsam:
»Louisa ist tot, Heather; jemand hat sie ermordet.«
Sie trat einen Schritt zurück, preßte den Handrücken gegen den Mund, um einen Schrei zu unterdrücken und schüttelte ungläubig den Kopf:
»Das ist nicht wahr!«
»Doch, es ist wahr. Jemand hat sie gewürgt und ihr das Genick gebrochen.«
»Und warum willst du da wissen, wo Brandon ist«, fragte sie erstickt.
Er zögerte mit der Antwort.
»Jeff!«
»Ich sah, wie Brandon aus Oakley herausrannte. Er bemerkte mich nicht. Als ich ins Haus ging, fand ich Louisa tot am Boden.«
Heather stockte der Atem. Sie brachte kein Wort heraus. Dann schrie sie: »Nein!« Sie sah ihn anklagend an: »Er war es nicht! Er kann es nicht getan haben. Nein, er nicht, Jeff. Nein! Wie kannst du das überhaupt glauben!«
»Meinst du etwa, ich tue das gerne? Aber ich habe ihn gesehen, Heather, und wir beide haben gehört, daß er ihr gestern gedroht hat.«
»Warum war er überhaupt dort?«
Jeff wandte den Blick ab.

»Jeff, antworte mir!« bat sie, »ich habe ein Recht darauf, es zu wissen.«
Er seufzte, dann sagte er zögernd: »Louisa hat ihm eine Nachricht zukommen lassen. Wir waren draußen auf den Feldern. Auf dem Zettel stand nur, daß sie etwas über dich wüßte, das er erfahren mußte. Ich versuchte, ihn aufzuhalten, aber er schlug mich nieder und schwor, er würde ihr das dreckige Maul stopfen. Lulu, Louisas Zofe, brachte ihm den Zettel. Auch sie war zu Tode erschrocken. Sie rannte davon wie ein geprügelter Hund. Sie hatte aber auch schon Angst gehabt, ihm den Zettel auszuhändigen. Sie zitterte wie Espenlaub. Bis ich Brandon folgen konnte und Louisas Haus erreichte, war das Unheil schon geschehen. Er kam aus der Tür, als sei der Teufel hinter ihm her. Louisas Stallknecht, Jakob, hat ihn ebenfalls gesehen, und nun ist der gute Mann hingegangen, um den Sheriff zu holen.«
Heather wirbelte der Kopf. Ein Zettel? Eine Nachricht? Etwas, das mit ihr zu tun hatte? Was hatte Louisa ihm sagen wollen? Sie stöhnte, als sie an Mr. Hint dachte und an seine Verbindung zu dieser Frau. Wenn er Louisa etwas von William Court erzählt hatte, würde sie natürlich versucht haben, es Brandon mitzuteilen. Vielleicht hatte er sie tatsächlich in blinder Wut getötet. Er hatte ihr wirklich am vergangenen Abend gedroht. Aber nein, sie konnte sich nicht vorstellen, daß er zu einer solchen Gewalttat fähig wäre.
»Nein! Er hat es nicht getan. Ich weiß, daß er es nicht getan hat!« wiederholte sie eigensinnig und schüttelte wild den Kopf. »Er ist mein Mann. Ich liebe ihn. Deswegen weiß ich genau, wozu er fähig ist und wozu nicht.«
»Guter Gott, Heather!« stöhnte Jeff gequält. Er zog sie näher zu sich heran. »Kind, nun sieh doch ein, daß es mir auch tausendmal lieber wäre, wenn ich nicht recht hätte. Ich liebe ihn genauso. Er ist mein eigenes Fleisch und Blut – mein Bruder.«
Er wandte sich von ihr ab und rannte durch die Haustür in die Halle. Heather folgte ihm. Systematisch suchten sie in allen

Räumen nach Brandon. Als sie ins Schlafzimmer kamen, sahen sie ihn am Fenster stehen und auf den Hof hinausstarren. Mit einem Schrei warf Heather sich in seine Arme.
»Sag es ihm, Brandon«, schluchzte sie verzweifelt an seinem Hals. »Sag ihm, daß du es nicht getan hast!«
»Meine Süße«, murmelte er sanft.
Jeff trat näher, er fürchtete sich, zu fragen und sich die Bestätigung zu holen. Brandon sah ihn an und lächelte traurig:
»Glaubst du wirklich, ich habe sie umgebracht, Jeff?«
»O Gott, Bran!« rief Jeff erstickt und schüttelte den Kopf. Seine Qual war unerträglich. »Ich möchte es ja selbst nicht glauben, aber ich hab dich aus ihrem Hause stürzen sehen, und als ich selbst hineinging, lag sie tot auf dem Boden. Was soll ich denken?«
Brandon streichelte Heathers Haar.
»Würdest du mir glauben, Jeff, wenn ich dir sage, daß ich nichts mit dem Mord zu tun habe, daß sie schon tot war, als ich kam?«
»Bran, du weißt, ich glaube alles, was du sagst, aber wenn *du* sie nicht getötet hast, wer sonst?«
Der Ältere seufzte. »Warum hat jemand wohl Louisa vergewaltigt, Jeff?«
Heather rang nach Luft.
»Vergewaltigt?« fragte der jüngere Bruder entsetzt.
»Ja, hast du das denn nicht gesehen?« fragte Brandon.
»Sie war vergewaltigt worden?« wiederholte Jeff ungläubig, »aber wer sollte das getan haben? Sie tats doch auch freiwillig.«
»Genau!«
»Du lieber Gott, daran habe ich überhaupt nicht gedacht«, gab Jeff zu. Er ließ sich auf einen Stuhl sinken und starrte grübelnd vor sich hin. Nach einer Weile erhob er sich, trat gleichfalls zum Fenster und blickte hinaus auf die Allee, deren Bäume sich in einem aufkommenden Sturm bogen.
»Ja, es muß wirklich so gewesen sein, wie du sagtest«, mur-

melte er nachdenklich. »Was ich zuerst sah, war nur sie, auf dem Boden hingestreckt – und der durchwühlte Raum. Jetzt erinnere ich mich, daß ihr die Kleider vom Leib gerissen waren. Ich glaubte, daß du mit ihr gekämpft hättest. An Vergewaltigung habe ich überhaupt nicht gedacht. Das hättest du nicht getan . . .« Er errötete und sah zu Heather hinüber. Aber die stand da und hörte ruhig zu. »Du würdest sie nie in dieser Weise behelligt haben«, vollendete Jeff seinen Satz. »Und wenn ich es mir jetzt überlege, dann muß ich dir zustimmen. Sie muß gezwungen worden sein. So wie sie dalag, sah es aus, als ob der Mann sie gerade verlassen hätte. Ja, kein Zweifel, sie muß getötet worden sein, während er noch bei ihr war. Aber wen hat sie denn so verzweifelt abgewehrt?«

Brandon schaute wieder zum Fenster hinaus. »Jeff, ich möchte dringend mit Lulu reden, kannst du sie herholen?«

Der jüngere Bruder nickte. »Hast du eine Vermutung?«

Brandon zuckte die Achseln. »Vielleicht, ich bin nicht sicher. Ich muß mit dem Mädchen sprechen, bevor ich etwas sagen kann.«

Jeff war erleichtert. Er zweifelte nun nicht länger an der Unschuld seines Bruders. »Ich werde mich sofort auf die Suche nach dem Mädchen machen. Es ist besser, du hast einige Tatsachen bei der Hand, bevor Townsend hier aufkreuzt.«

Als er gegangen war, hob Brandon Heathers Kinn und sah ihr tief in die Augen:

»Ich danke dir, daß du an mich geglaubt hast«, sagte er leise.

Dann wandte er sich ab und sprach, mit dem Rücken zu ihr:

»Ich bin mir nicht ganz sicher, ob ich sie nicht tatsächlich umgebracht hätte, Heather, wenn ich zuerst dagewesen wäre. Ich war in einer so besinnungslosen Raserei wie nie zuvor. Ich habe Jeff niedergeschlagen, als er versuchte, mich aufzuhalten. Ich hatte wirklich den Wunsch, sie umzubringen, als ich ihre Notiz las. Als ich sie dann auf dem Boden liegend fand, die Kleider vom Körper gerissen, wurde mir klar, wie nahe ich daran gewesen war, etwas Entsetzliches zu tun. Ich erschrak bis ins Innerste, als ich mir überlegte, wie kurz ich vor dem Abgrund gestanden hatte.« Er wandte sich ihr wieder zu. »Siehst du, es machte mir nichts aus, daß sie tot war, im Gegenteil. Ich war in schrecklicher Art und Weise erleichtert, sie los zu sein, und glücklich darüber, daß ich es nicht bin, der für die Tat gehenkt werden wird . . . «

»Oh, mein Liebling«, stöhnte sie auf und schlang die Arme um seinen Hals. »Vielleicht warst du wirklich über die Maßen zornig, aber nichts in der Welt kann mich glauben machen, daß du wirklich so etwas getan hättest!«

Er hielt sie fest umschlungen und fand Halt in ihrem unerschütterlichen Vertrauen.

»Oh, Heather, Heather«, flüsterte er erstickt. »Ich liebe dich so sehr! Ich brauche dich, ich werde dich immer und ewig begehren und lieben!«

Sie erwiderte seine Umarmung heftig. Es war wundervoll, von ihm geliebt zu werden.

Tief atmete Brandon ihren frischen Duft ein. Dabei fiel sein Blick auf die Hand, die er geöffnet hinter ihrem Rücken hielt: Auf seiner Handfläche lag einer von Catherine Birminghams Diamantohrringen.

Noch am selben Abend kam Sheriff Townsend und verhaftete Brandon. Er war keinerlei Argumenten zugänglich. Da er felsenfest davon überzeugt war, den Täter gefunden zu haben, verschwendete er nicht erst lange Zeit mit Diskussionen. Sobald er das Haus betrat, sagte er Brandon, daß er unter Arrest stünde, und eine Viertelstunde später waren sie, begleitet von zwei Hilfssheriffs, bereits auf dem Weg nach Charleston.

Heather blieb völlig aufgelöst zurück. Brandon hatte nicht mit Lulu sprechen können. Man hatte das Mädchen nicht gefunden. Sie war wie vom Erdboden verschluckt. Keiner konnte sich erinnern, sie gesehen zu haben, nachdem sie von den Feldern davongerannt war. Die paar Sklaven, die zu Oakley gehörten, hielten sich vom Hause fern, wenn sie nicht dort arbeiten mußten. Sie zogen es vor, in ihren Hütten zu bleiben Sie wollten von dem Vorgefallenen nichts wissen und zeigten keinerlei Neugier, als Louisas Leiche aus dem Haus getragen wurde, um nach Charleston überführt zu werden. So konnten sie auch nicht sagen, ob Lulu zurückgekehrt war oder nicht. Jeff schickte Leute aus, um das Gelände ringum nach ihr abzusuchen, und er und George ritten in die Stadt, aber sie fanden keine Spur von der jungen Negerin.

Zu später Stunde ging Heather unruhig im Schlafzimmer auf und ab. Die Einsamkeit dieses Raumes ohne Brandons Gegenwart wurde ihr doppelt schmerzlich bewußt. Sheriff Townsend war so eigensinnig gewesen, er hatte weder auf ihre Bitten, noch auf Brandons Argumente gehört. Es war durchaus möglich, daß er Brandon schon jetzt behandelte, als sei er der Tat überführt. Sie schauderte bei dem Gedanken, ging ans Fenster und preßte ihr heißes Gesicht an die kühle Scheibe. Draußen war es finster geworden. Der Wind heulte um die Hausecke und rauschte unheimlich in den Baumkronen. Es hatte angefangen zu regnen. Sie schleppte sich ins Bett, verkroch sich in die Decken und starrte in die Dunkelheit, auf den weißen Schimmer des Betthimmels über sich. Sie fühlte sich einsam und verlassen, als sie nebenan ins Leere tastete.

Am Morgen erwachte sie durch den Sturm, der mit aller Gewalt losgebrochen war. Graue Wolken jagten über den Himmel dahin. Das Land schien in schwefelgelbes Licht getaucht. Regentropfen fielen schwer gegen die Fensterscheiben. Jeff unterbrach seine Suche nach Lulu ein- oder zweimal am Tag, durchnäßt bis auf die Haut und schüttelte, als sie ihn fragend anschaute, nur den Kopf. Obwohl keiner es aussprach, waren sie beide bei dem Gedanken verzweifelt, daß auch Lulu das Schlimmste zugestoßen sein könnte.

Es war am späten Nachmittag, als Heather es nicht mehr in Harthaven aushielt. Sie zog ihr Reitkleid an, warf einen Regenumhang über und machte sich auf den Weg zu den Ställen.

Dabei hatte sie Angst, daß Hatty sie bemerken und aufhalten könnte. Aber Hatty blieb gottlob unsichtbar. Dafür würde es schwierig genug sein, James zu veranlassen, daß er ihr Lady Fair ohne Widerspruch sattelte.

James, der den Pferden gerade frisches Wasser gab, starrte sie überrascht an, als sie die schwere Stalltür aufstemmte. Der Sturm riß sie ihr fast aus der Hand. Schnell sprang er hinzu und hielt die Tür für sie fest.

»Was tun Sie bei solchem Wetter, Mrs. Birmingham? Sie sollten bei diesem Sturm im Haus bleiben.«

»Ich möchte mit Fair Lady ausreiten, James, würdest du sie mir bitte satteln? Ich bin schon oft im Regen ausgeritten, du brauchst dir keine Sorge zu machen.«

»Aber Mrs. Birmingham, es zieht ein furchtbares Gewitter herauf! Wenn es schlimmer wird, werden Dächer abgedeckt und Bäume entwurzelt. Master Brandon würde mir die Haut bei lebendigem Leibe abziehen, wenn er hörte, daß ich Ihnen bei diesem Wetter ein Pferd sattele.«

»Von mir wird er nichts erfahren. Und nun beeil dich und sattele Fair Lady! Wir müssen Lulu finden, die Zofe von Oakley, damit sie dem Sheriff beweisen kann, daß Master Birmingham Miss Louisa nicht ermordet hat.«

Er sah sie mit dunklen, angstvollen Augen an, sagte jedoch nichts mehr. Er zögerte.

»Wenn du jetzt nicht das Pferd sattelst, James«, fuhr sie ungeduldig fort, »werde ich es selbst tun!«

Er schlurfte kopfschüttelnd davon, und es schien endlose Zeit zu vergehen, bevor Fair Lady endlich zum Ausreiten fertig war. James prüfte die Gurte mindestens zum fünften Mal.

»Mrs. Birmingham, es kann sein, daß sie bei diesem Wetter anfängt, unruhig zu werden«, er furchte verzweifelt die Stirn, »Madame, wirklich, Sie können bei dem Sturm nicht ausreiten!«

»Oh, James, sei still. Ich muß!«

Widerstrebend gehorchte er und half ihr beim Aufsitzen.

Heather gab dem Pferd die Sporen und zwang es in den Sturm hinaus. Es war, als ob sie in ein Inferno geriete. Sturm, Regen und Blitz wechselten in furiosem Reigen miteinander ab. Die Stute schnob angstvoll und warf den Kopf zurück, aber Heathers Sporen trieben sie vorwärts. Der Sturm verfing sich in ihrem Umhang, und der Regen hatte sie im Augenblick bis auf die Haut durchnäßt. Grelle Blitze zuckten vom Himmel, begleitet von lang anhaltenden grollenden Donnerschlägen. Heather sah über die Schulter hinweg James stehen, der sich gegen den Wind stemmte und ihr nachblickte, wie sie davonritt. Einen kurzen Augenblick war sie in Versuchung, umzukehren. Es war nicht zu leugenen, sie hatte Angst. Aber der Gedanke, in die Sicherheit des großen Hauses zurückzukehren, verging ebenso schnell wie er gekommen war. Wenn sie nicht das Gefühl gehabt hätte, es sei notwendig, loszureiten, wäre sie geblieben, aber Brandons Leben hing vielleicht davon ab, daß Lulu gefunden wurde.

Das gab den Ausschlag.

Wo konnte sich Lulu wohl besser verborgen halten als in dem nunmehr verlassenen Haus ihrer Herrin? überlegte Heather. Pferd und Reiterin kamen durch einen Wald, deren Bäume sich unter dem rasenden Sturm bogen. Niedrig hängende Zweige schienen sich in ihrem Umhang festzukrallen oder schlugen ihr ins Gesicht. Das Pferd glitt auf dem lehmigen Boden aus und stolperte. Heather mußte alle Aufmerksamkeit anwenden, um sich im Sattel zu halten. Verzweifelt schlang sie die Zügel um ihre Fäuste und barg ihr Gesicht in Fair Ladys Mähne. Der Ritt wurde zum verzweifelten Kampf mit den Naturgewalten.

Dann schien der Wind plötzlich nachzulassen und der Regen prasselte nicht mehr mit der gleichen Heftigkeit hernieder. Heather fühlte, daß das Pferd vor Erschöpfung zitterte. Es blieb stehen. Sie hob das Gesicht von seiner Mähne und fand sich in der schützenden Allee, die zur Oakley-Plantage führte. Die Fassade des langgestreckten Hauses leuchtete weiß in der fahlen Dämmerung. Sie glitt aus dem Sattel; fast hätten ihr die Füße den Dienst versagt. Aufatmend lehnte sie sich gegen die feuchte Wärme des Tierleibs, und allmählich kehrten ihre Kräfte zurück.

Hoffnung und Furcht trieben sie voran. Mit schnellen Schritten ging sie über die Terrasse und betrat das große Gebäude. Sie schloß die Tür und sah sich um. Ihre Reitstiefel waren lehmverschmiert, und das Reitkleid klebte. Das ganze Haus schien durch den Sturm in Bewegung gebracht. Die Fußbodenbretter knarrten, die Wände ächzten, und die Dachschindeln schienen vor Angst zu klappern. Schatten krochen durch jeden Raum, und manchmal hörte man aus der Tiefe des Hauses Türen, die sich im Durchzug bewegten und zuschlugen. Doch der Anlaß ihres Kommens war Grund genug, daß Heather ihre Furcht bezwang. Erst mußte sie sich selbst davon überzeugen, daß Lulu hier nicht in einer Ecke kauerte und darauf wartete, daß das Unwetter vorbeizöge.

Sie rief den Namen des Mädchens und erhielt keine Antwort. Sie durchsuchte jeden Raum des Hauses mit einer aus der Verzweiflung geborenen Gründlichkeit. Die Räume im Erdgeschoß lagen im Dunkeln. Alle Vorhänge waren zugezogen. Es drang kaum Licht von draußen herein. Hier und da fand sie ein geöffnetes Fenster, dessen Fensterflügel im Winde hin- und herschlug. Sie ging durchs Haus und ließ keine Ecke aus, die groß genug war, um eine Person aufzunehmen. Sie riß alle Vorhänge zur Seite und vergaß keine Tür zu öffnen. Die Anstrengung machte ihr warm. Die Kälte des Rittes durch Sturm und Regen wich allmählich von ihr.

In wenig damenhafter Manier lief sie mit gerafftem Rock die Treppen hinauf, um mit derselben Gründlichkeit das obere Stockwerk zu durchsuchen. Hier schien der Sturm noch näher zu sein. Er pfiff durch die Räume, und der Regen schlug gleichmäßig auf das Dach. Zweige peitschten gegen die Fensterläden.

Sie riß jede Tür auf und suchte in jedem Raum. Einen Augenblick blieb sie vor Louisas Bett stehen und dachte unwillkürlich daran, daß sie sich hier wohl eng umschlungen gewälzt hatte. In einer zornigen Aufwallung ergriff sie die Satindecke, riß sie vom Bett und warf sie quer durchs Zimmer. Aber das Haus war und blieb leer.

Zum Speicher führte eine kleine Tür, es war jedoch keine Treppe oder Leiter vorhanden. Heather kehrte noch einmal ins Erdgeschoß zurück und stellte fest, daß sie einen Raum vergessen hatte, ausgerechnet das Wohnzimmer. Sie öffnete die Tür und hielt den Atem an: Die Vorhänge waren von den Fenstern gerissen, ein Stuhl lag zerbrochen vor dem Kamin, ein zierliches Beistelltischchen balancierte auf drei Beinen, das vierte war abgebrochen. Der Schreibtisch stand dort mit leergefegter Schreibfläche, Papiere, Gänsekiele und Tintenfaß lagen wild auf dem Teppich verstreut. Mehrere Bücher waren aus dem Bücherbord gezerrt und die, die im Regal verblieben waren, hatte man durcheinandergeworfen. Der Raum sah aus wie ein Schlachtfeld, so, als ob jemand verzweifelt nach etwas gesucht hätte. Es war nicht zu erkennen, ob dieser Gegenstand mittlerweile gefunden worden war. Dennoch begann Heather zu suchen, mit einer Gründlichkeit, die nur eine Frau dabei aufbringt. Es war fast wie ein Zwang. Sie hatte keine Ahnung, wonach sie suchte, es war ihr bloß dumpf bewußt, daß hier etwas sein könnte, das von Wichtigkeit war. Ihre Blicke schweiften durch den Raum, glitten über den Teppich und die Bücherborde. Ihre Hände fügten instinktiv Zerbrochenes wieder zusammen. Ihre Finger betasteten jede Bruchstelle, ob etwas darin verborgen sein könne. Das Gestell für das Kaminbesteck stand schief. Sie rückte es wieder gerade. Als sie den Metallständer bewegte, blinkte etwas von unten herauf, es klirrte leise, und dann lag der Gegenstand zwischen zwei Holzscheiten auf dem Boden vor dem Kamin. Sie bückte sich, und im gleichen Augenblick verschlug es ihr den Atem:

Vor ihr lag einer von Catherine Birminghams Diamantohrringen! Ihr eigener Ohrring, einer von den beiden, die sie Mr.

Hint gegeben hatte. Sie hob ihn auf und starrte ihn verständnislos an.

Wie kam der Ohrring hierher?

In Ihrer Notiz an Brandon hatte Louisa eine interessante Information erwähnt. Was konnte sie gemeint haben außer ihrem Wissen über William Courts Tod? Es gab kaum eine Alternative. Aber warum hatte Mr. Hint ihr darüber berichtet? Er mußte doch wissen, daß Brandon nicht derjenige war, der sich ohne weiteres erpressen ließ. Falls Louisa von Williams Tod gewußt hatte, war es klar, daß sie nichts unversucht lassen würde, um Brandon zu verständigen, und sei es nur aus Rache. Warum also hatte Mr. Hint es ihr erzählt? Warum hatte er ihr die Ohrringe gegeben? Warum wollte er durch diese Dummheit ein Vermögen riskieren? Hatte er sich in Louisa verliebt? Hatte er gedacht, sie mit den Schmuckstücken und durch seine Informationen gewinnen zu können? Dieser häßliche Mann? Louisa hatte ihm ins Gesicht gelacht!

War vielleicht das der Grund gewesen? Konnte er sie aus Haß getötet haben, weil sie über ihn lachte? Hatte er überhaupt die Kraft, ihr mit den Händen das Genick zu brechen? Brandon war ein starker Mann, das wußte sie, aber konnte ein nur halb so großer, noch dazu verkrüppelter Mann derartige Körperkräfte besitzen . . . ?

»Nanu, das ist doch meine gute Freundin, Mrs. Birmingham . . . «

In panischem Schrecken wirbelte Heather herum. Sie wußte sofort, wem diese hohe, gepreßte Stimme gehörte. Elementare Angst überwältigte und lähmte sie. Thomas Hint lächelte sie mit seinem schiefen Grinsen an und zeigte ihr sein zerkratztes Gesicht.

»Ach, ich sehe, Sie haben den Ohrring entdeckt!«

Sie nickte vorsichtig.

» . . . und dazu im Kamin!« kicherte er. »Daran hatte ich nicht gedacht. Nett von Ihnen, daß Sie ihn für mich gefunden haben. Ich dachte, er sei für immer verloren.«

»Haben Sie . . .«? Sie schluckte und setzte noch einmal an, ». . . haben Sie meine Ohrringe Louisa gegeben?«
»Na, nicht gerade, daß ich sie ihr gegeben hätte. Aber ich war drauf und dran. Ich hab' sie ihr gezeigt und ihr ein schönes Leben mit mir versprochen.« Sein Mund wurde schmal wie ein Strich. »Sie hat die Dinger angesehen und festgestellt, daß es die Ihren waren. Sie hat nicht geruht und gerastet, bevor sie nicht wußte, warum ich sie hatte. Dann fing sie an, über's ganze Gesicht zu grinsen. Als sie alles über den armen Willy erfuhr, grabschte sie nach den Ohrringen, hielt sie in der Faust und schwor, daß sie Rache wollte. Sie war wie verrückt. Es war gar nicht so einfach, dahinter zu kommen, was sie eigentlich meinte. Sie war wie 'ne Irre. Die eine Minute lachte sie, dann heulte sie, und immerzu schrie sie, daß sie Rache an Ihnen nehmen würde. Sie wollte Sie hängen sehen. Ich mußte ihr erst eine verpassen, bevor sie wieder zur Vernunft kam. Sie schaute mich eiskalt an und erklärte mir, was sie vorhätte. Ich versuchte, ihr klarzumachen, daß sie blöd wäre und daß sie ihre Rache lieber haben sollte durch das Geld, das wir Ihnen wegnehmen. Ich wußte doch, wenn Ihr Mann nur ein Wort davon erfährt, würde er mich umbringen, um mir den Mund zu stopfen. Aber sie hörte gar nicht zu. Sie wollte Sie hängen sehen, und zuerst wollte sie es Ihrem Mann erzählen und wollte sehen, daß er um Ihr Leben bettelte. Sie schickte das Negermädchen mit dem Zettel los. Die Kleine sah, wie ich wütend wurde und rannte schnell davon, während Louisa und ich weiterstritten. Ich versuchte, ihr klar zu machen, daß wir beide reich werden könnten. Aber sie wollte ja nur eines: Sie wollte Sie hängen sehen. Sie wollte Ihrem Mann die Ohrringe als Beweis zeigen. Sie lachte mich aus, nannte mich eine häßliche Kreatur. Sie sagte auch, sie hätte mich bloß benutzt. Ich machte für sie jedes Kleid, das sie haben wollte und gab sie ihr, ohne einen Pfennig dafür zu bekommen, und sie nannte mich Schwein und eine widerliche Karikatur von Mann. Ich hab' sie geliebt, wirklich – und sie beschimpfte mich so.«

»Dann schlug sie mich mit der Faust mitten ins Gesicht, als sie hörte, daß es Ihr Kleid war, das ich kopiert hatte. Sie beschimpfte mich mit Worten, die ich nicht mal von einem Mann gehört habe —, böse Worte, die mich innen drin zerrissen. Ich konnte mir nicht helfen, meine Hände griffen nach ihrem Hals. Ich wußte nicht, was sie taten. Sie kam in Panik und versuchte, von mir loszukommen, dabei geriet sie in die Vorhänge. Aber ich habe sie trotzdem gekriegt und auf den Boden geworfen. Ich wußte gar nicht, was sie für Kräfte hatte. Sie trat nach mir und hatte Muskeln wie ein Mann, schlug zu, wohin sie traf. Ich hatte keine Ahnung, daß Frauen so stark sein können. Wir haben richtig gekämpft, das sehen Sie ja hier an diesem Zimmer. Und trotzdem hatten wir unser Vergnügen. Ich — und sie auch. Sie hat gestöhnt und sich wie wild unter mir bewegt. Ich glaub' noch immer, wir hätten zusammen glücklich sein können. Aber dann wurden ihre Augen ganz schmal, als sie fertig war. Sie spuckte mir ins Gesicht und sagte, ich würde schon sehen, wie ein richtiger Mann aussieht, wenn erst der Birmingham hereinkommt. Da griffen meine Hände wieder nach ihrer Kehle, und ich habe das Leben aus ihr herausgedrückt. Ich konnte gar nichts dagegen machen. Ich hab' nur zugedrückt und hab' dann meine Hände weggezogen, als Ihr Mann draußen vom Pferd sprang und reinkam wie ein Wilder. Er raste und warf sich gegen die Tür. Ich konnte mich kaum verstecken.«

»Sie meinen, Sie waren hier, als mein Mann kam?« fragte Heather tonlos.

»Ja, ja, er kam hier rein wie der leibhaftige Teufel. Er hat mich schön erschreckt! Ich konnte mich gerade noch hinter der Türe verstecken. Vielleicht war's der Schock, den er bekam, als er das hier sah, der mich vor ihm gerettet hat. Und dann kam einer rein, der sah fast genauso aus wie Ihr Mann, aber der hat mich auch nicht gesehen.«

»Warum erzählen Sie mir das alles, Mr. Hint«? fragte sie und fürchtete sich bereits vor der Antwort.

»Sie wußten doch, daß ich es war, der Louisa getötet hat, in dem Moment, in dem Sie den Ohrring aufhoben. Und den will ich jetzt wieder haben, bevor er nochmal verloren geht.«
Mit schnellem Griff nahm er ihr den Ohrring aus der Hand und starrte lange verzückt auf die blitzenden Steine. »Louisa hat gesagt, jedesmal, wenn ich ihre Kleider machte, ich wäre in ihren Augen kein Krüppel. Sie nannte mich ihren Liebsten, Besten, und ließ mich ihre weißen Brüste küssen und streicheln. Ich hab' sie geliebt, wirklich, aber sie hat mich Scheusal genannt.«
Wieder rannen die Tränen über sein häßliches Gesicht. Dann verengten sich seine Augen plötzlich gefährlich.
»Sie war nicht die erste Frau, die dran glauben mußte, weil sie lachte. Das Kleid, das Sie getragen haben, als Sie aus Willys Haus liefen, gehörte auch einer, die mich ausgelacht hat. Willy, der Idiot, dachte, sie sei nie wieder gekommen, weil sie kein Geld mehr hatte, um das Kleid zu bezahlen.« Er lachte irre. »Sie *konnte* nicht mehr kommen, verstehen Sie? Sie war tot. Ich hab' ihr das Genick gebrochen, genauso wie ich's bei Louisa gemacht hab'. Und die Scott hab' ich auch erledigt, weil sie mich auslachte.«
Drohend schlich er auf Heather zu, und wieder bemerkte sie den starken Geruch nach Eau de Cologne. Jetzt erinnerte sie sich auf einmal, wo sie diesen ihr widerwärtigen Duft schon einmal gerochen hatte. Ihre Augen weiteten sich entsetzt.
»Sie standen hinter den Vorhängen in William Courts Laden! Sie sahen mich, als ich hinausrannte und das Kleid trug.«
Er lächelte ein gräßliches Lächeln. »Ja, natürlich. Sie haben ja nicht mal mehr zurückgeschaut. Ich war Ihnen recht dankbar. Sie haben mir die Arbeit leicht gemacht.«
»Die Arbeit . . . ?«
»Ja, ja, die Arbeit. Haben Sie wirklich die ganze Zeit geglaubt, Sie hätten William geschafft? Mit der kleinen Wunde von dem Obstmesser, das in seiner Schulter steckte? Nein, der ist nur umgefallen, weil er besoffen war!«

»Wollen Sie damit sagen, daß er lebt«? fragte sie atemlos.
Thomas Hint kicherte und schüttelte den mißgestalteten Kopf.
»Nein, Madame. Ich hab' ihm die verdammte Kehle aufgeschlitzt! Das war leicht und das hat mir gut getan. All die Jahre habe ich seine Kleider genäht. Er hat jedem erzählt, sie wären von ihm. Na, was denn, der konnte ja nicht mal eine Nadel einfädeln! Ich hatte leichte Arbeit mit ihm. Nur eines war schlecht. Die Köchin hat's gesehen, wie ich ihm den häßlichen, fetten Hals auftrennte. Sie kam gerade dazu, weil sie das Geschirr abräumen wollte. Ihretwegen mußte ich machen, daß ich so schnell wie möglich weg kam aus England. Leider konnte ich meine Hände nicht mehr um ihren Hals kriegen. Sie ist abgehauen wie Lulu. Die ist nämlich erschrocken, aber ich hab' sie leider nicht mehr gefunden.«
Heather wich gegen den Kamin zurück, entsetzt, aber auch zutiefst erleichtert. Und sie hatte immerzu gedacht, sie hätte William Court auf dem Gewissen!.
»Es wird nicht so leicht sein, Sie kalt zu machen, Madame. Sie haben mir nichts Unrechtes getan. Sie haben mich auch nicht ausgelacht wie die anderen. Irgendwie waren Sie sogar sehr freundlich zu mir. Und Sie sind so ein hübsches Weib. Ich habe der Sybil, der dummen Trine, mal gesagt, daß eine der schönsten Frauen, die ich kenne, meine Kleider getragen hätte. Damit hab' ich Sie gemeint. Sie waren wirklich die einzige, die in meine Kleider reinpaßte. Aber nun werden Sie erzählen, daß ich Louisa erledigt habe, weil Sie Ihren Mann retten wollen. Versteh' ich ja auch . . . «
Er kam ein Stück näher und schnitt ihr damit den Fluchtweg ab. Da sie aber an den Kamin gelehnt stand, brauchte er gar nicht weiter zu gehen. Er hob die Hände zu ihrem Hals. Als sie diese klauenartigen Hände sah, die gleichen Hände, von denen sie geträumt hatte, ergriff Heather der plötzliche Wille zu leben, Mut und Entschlossenheit erwachten, es mit ihm aufzunehmen, mit ihm zu kämpfen, sich zu retten. Mit einer schnellen Bewegung wich sie ihm aus. Er faßte nach ihr und er-

wischte ihr Kleid. Es zerriß, als sie sich von ihm losmachte. Trotz seiner Mißgestalt war er äußerst behende. Er griff nach ihrem Hemd, als sie zur Tür floh. Wieder riß das Kleid, aber nicht weit genug, er hielt sie fest. Er packte sie um die Taille und drehte sie brutal zu sich herum. Er sah die weiße Schulter, die sich aus dem zerfetzten Stoff hob, und leckte sich die häßlichen Lippen.

»Deine Haut ist wie Seide; ich mag weiche Frauenhaut. Wir können dein Hinscheiden vielleicht noch einen Moment hinausschieben«, murmelte er. Mit seinen Klauen zerriß er mit einem Ruck den Stoff über ihrem Busen Nun stand sie nur noch im vom Regen durchnäßten Hemd da. Seine gierig funkelnden Augen schienen den dünnen Stoff zu verbrennen. Er holte tief Luft, bevor er sich keuchend über sie warf. Wieder zerrte er an dem Stoff, und nicht ein Faden blieb an ihr. Heather schrie und wehrte sich, aber er lachte nur über ihre Anstrengungen.

»Du bist nicht halb so stark wie Louisa, mit dir werde ich leichtes Spiel haben.«

Er riß sie enger an sich und sie bog sich voll Abscheu zurück, so weit sie konnte. Ihn kümmerte das nicht. Er bedeckte ihren Hals und ihre Brüste mit gierigen Küssen, dann, wie ein tollwütiger Hund, senkte er seine Zähne in ihre Schulter. Ein Schrei entfuhr ihr. Sie glaubte, vor Schmerz ohnmächtig zu werden. Schluchzend fühlte sie, wie sein feuchter, widerwärtiger Mund über ihre Brüste glitt, und sie wußte, daß er gleich wieder zubeißen würde.

Er hatte sie so weit nach rückwärts gebogen, daß sie glaubte, er würde ihr das Rückgrat brechen. Plötzlich erinnerte sie sich, daß sie schon einmal gegen ihren Willen so zurückgebogen worden war. Sie hatte William Court zu Boden gezogen, weil sie sich hatte niederfallen lassen. Sie hatte keine Zeit, lange Betrachtungen darüber anzustellen, ob dies ein guter Gedanke sei oder nicht. Sie ließ sich fallen und riß ihn mit sich. Er, in dem Versuch, seinen Sturz aufzuhalten, gab sie frei. Sie rollte von ihm weg und war im gleichen Augenblick wieder auf den Füßen und auf der Flucht. Er streckte den Arm aus und tastete nach ihr, aber seine Hand berührte nur ihre Schenkel oberhalb des Strumpfbandes. Sie rannte in Todesangst zur Treppe, ohne zurückzuschauen. Sie wußte, er war ihr auf den Fersen, sie hoffte nur, die Treppen würden seine Geschwindigkeit verlangsamen, weil er hinkte. Der Atem kam ihr in schnellen, kurzen Stößen, und sie mußte alle Kräfte zusammennehmen, um immer zwei Stufen auf einmal die Treppe hinaufzuspringen. Erst auf dem Treppenabsatz sah sie sich um. Er hatte gerade die unterste Stufe erreicht. In jeder Hand hielt er nunmehr eine Pistole.

Mit einem Schrei wandte sie sich ab und floh in den ersten Raum. Sie lief in das anschließende Schlafzimmer. Erst im letzten Raum der langen Zimmerflucht blieb sie stehen. Hier konnte sie nicht weiter, ohne wieder den großen Flur zu betreten. Draußen hörte man seine Schritte schleichend und zögernd –, er überlegte, wo sie sein könnte.

Heather schloß die Augen und zwang sich, ruhig und leise zu atmen. Ihr Herzschlag dröhnte ihr in den Ohren. Sie konnte die schleichenden Schritte draußen kaum ertragen. Zitternd lehnte sie sich gegen die Wand und griff nach ihrer Schulter, wo seine Zähne ihre Haut gebrandmarkt hatten. Wenn er sie fing, würde er nicht eher ruhen, bevor er nicht ihren Körper vollends zerbissen hatte. Und sie überlegte, ob Sybil und Louisa auch diese Tortur hatten durchmachen müssen. Er hatte beide Frauen vergewaltigt. Nun war er hinter ihr her. Eine jähe Erinnerung tauchte in ihr auf: die Umrisse eines unheimlichen Reiters auf einem dunklen Pferd, der aus einer Waldlichtung heraus auf sie zuritt. Sein Gesicht hatte sie nicht erkennen können, aber jetzt wußte sie: es war Thomas Hint gewesen. Heather schlug in panischem Grauen die Hände vor's Gesicht. Wenn Gott sie nur sterben ließ, bevor er seine entsetzliche Gier an ihr stillte . . .

Immer noch stand sie eng an die Wand gepreßt, bis auf

Strümpfe und Reitstiefel war sie nackt, und die Kälte, die aus Ritzen und Fugen drang, war kaum noch erträglich. Sie hätte gerne nach einem Mantel dort im Schrank gesucht, aber sie durfte nicht den leisesten Laut riskieren. Irgendwo in dem großen Schlafzimmer am unteren Ende des Flurs hörte sie ihn Schranktüren zuschmettern und Möbel gegen die Wand werfen. Sie mußte warten, bis er in den Raum nebenan kam, bevor sie sich überhaupt rühren konnte. Vielleicht gab es dann eine Möglichkeit, unbemerkt hinauszuschlüpfen. Es wäre keine Schwierigkeit mehr, die Treppe hinunter und aus dem Haus zu rennen. Ihr Umhang hing in der Halle. Vielleicht konnte sie ihn vom Haken reißen, bevor er überhaupt bemerkte, daß sie floh. Aber sie würde auch splitternackt flüchten! Ihr Leben war wichtiger. O Gott, rette mich, betete sie.

Voller Schrecken hörte sie dann, daß er den Nebenraum betrat. Vorsichtig, um keine Geräusche zu machen, tastete sie nach der Türklinke, immer mit einem wachsamen Auge auf die Verbindungstür zum anderen Zimmer. Ohne einen Blick in den Flur zu werfen, schlich sie sich durch den Spalt und zog die Tür geräuschlos hinter sich zu.

Dann tat sie ein paar Schritte in den dunklen Flur hinein, drehte sich um, um an dem Zimmer vorbeizurennen, in dem er sich befand. Aber in der nächsten Sekunde schrie sie gellend auf und starb tausend Tode, als sie die Arme eines Mannes eng um sich geschlungen fühlte.

»Heather!« schrie Brandon. Entsetzt stellte er fest, daß sie nackt war. Schluchzend lehnte sie sich an seine Brust. Sie machte sich im Moment keine Gedanken darüber, welches Wunder ihn hierher gebracht hatte. Er war völlig durchnäßt, aber sie merkte es nicht. Nun fühlte sie sich sicher. Dann hörte sie die Schritte und wußte, daß Thomas Hint wieder hinter ihr her war. Das Herz schlug ihr bis zum Halse.

»Oh, Brandon, beeil dich, er hat Pistolen!« Brandon wurde blaß: »Bist du verletzt, Heather?«

Sie hatte keine Zeit mehr, zu antworten. Sie zog ihn hinter

sich in ein Zimmer auf der anderen Seite des langen Flurs und hatte gerade die Tür in der Hand, als Mr. Hint auftauchte. Er sah sie sofort und hob die Pistole. Sie stand unbeweglich, wie angenagelt. Dann hörte sie den Schuß. Die Kugel fuhr in die Tür neben ihrem Ohr. Das dicke Holz splitterte. Heather, wieder aus ihrer Erstarrung erwacht, warf die Tür zu.

Brandon stellte keine Fragen mehr. Der Schuß, der direkt neben dem Kopf seiner Frau ins Holz gedrungen war, hatte ihn völlig aus der Fassung gebracht. Er riß Heather hinter sich und preßte sich an die Wand hinter der Tür.

Dann wurde die Klinke niedergedrückt. Langsam öffnete sich die Tür, Thomas Hint schlich herein. Brandon hob den Arm und ließ ihn auf das Handgelenk des Mannes niedersausen, so daß eine der Pistolen zu Boden fiel. Mr. Hint fuhr herum, das blanke Entsetzen im Gesicht. Es war deutlich zu erkennen, daß er von Brandons Anwesenheit nichts geahnt hatte. Er sah rechtzeitig, daß die erhobene Faust des anderen herniedersauste und duckte sich seitwärts, aber nicht weit genug. Die Faust traf seine Wange und warf ihn rückwärts gegen die Wand. Benommen von dem gewaltigen Schlag brachte er es dennoch zuwege, die ihm verbliebene Waffe zu heben und sie auf Brandon zu richten. Er hörte mit Genugtuung, wie Heather aufschrie.

»Jetzt ist es aus, Mr. Birmingham, schade, nicht wahr?« höhnte er triumphierend.

Wieder schrie Heather hinter ihm.

»Er hat Louisa getötet«, sagte sie.

»Ja, das habe ich getan«, bestätigte Mr. Hint beinahe selbstgefällig und sah Brandon grinsend an, »und ich werde auch nicht zögern, Sie über den Haufen zu schießen. Ich glaube, sie wußten schon, daß ich es gewesen bin, nicht wahr?«

»Vielleicht«, erwiderte Brandon. Er tat ein paar Schritte zurück und zog Heather mit sich.

»Ja, ja, ich weiß es genau. Ich weiß, daß Sie in der Stadt nach mir gefragt haben. Am selben Tag, an dem Sie in meinen La-

den kamen, hatten Sie bereits ihre Nase in meine Angelegenheiten gesteckt, hatten herumgeschnüffelt, wollten wissen, wann ich von England kam, was für ein Mensch ich bin. Warum eigentlich?«
Brandon lächelte ein wenig verzerrt und zog sich das Hemd von den Schultern. »Meine Frau hat Sie mehrere Male erwähnt . . . «
Verblüfft hob Heather den Kopf und sah ihn an. Er strich ihr beruhigend übers Haar und streifte ihr sein Hemd über. Als er die Wunde sah, die Thomas Hints Zähne auf ihrer Schulter hinterlassen hatten, wurde sein Blick hart. Sein Mund wurde schmal und der Muskel in seiner Wange zuckte.
»Ich sehe gerade, Sie haben mein Brandzeichen an Ihrer Frau entdeckt. Ein richtiges Püppchen ist sie, nicht wahr? Sie sieht süß aus ohne ihre Kleider, nur in den Stiefelchen«, kicherte er. »Gar nicht so einfach mit ihr. Es ist schon wahr, ich hab' noch nie eine gesehen, die schöner gewesen wäre. Außerdem ist sie flinker als alle die anderen. Ehe ich michs versah, ist sie mir entschlüpft wie ein Aal.«
Wieder stieß er sein irres Lachen aus.
»Sie wären ein toter Mann, falls Sie sie bekommen hätten«, sagte Brandon drohend.
Mr. Hint verzog nur den schiefen Mund. »Also hat sie Ihnen von mir erzählt. Das wußte ich nicht. Als sie damals in der Nacht aus Willys Laden 'rausrannte, dachte ich, sie wäre zu verschreckt, um meinen Namen zu erwähnen. Sie mußte doch annehmen, daß sie ihn umgebracht hatte. Ich hatte keine Ahnung, daß sie Ihnen alles erzählt hat. Warum war sie denn dann so nervös, als ich mit ihr sprach? Als ich ihr drohte, daß ich auspacken würde, falls sie nicht zahlt?«
»Ich nehme an, meine Frau wußte nicht, was sie zu mir sagte . . . «
Mr. Hint blickte ihn verständnislos an: »Was heißt denn das? Das ist doch Unsinn!«
»Einerlei, Mr. Hint! Ich wäre Ihnen sehr verbunden, wenn Sie

mir jetzt verraten würden, was Ihnen meine Frau gegeben hat, um Sie zum Schweigen zu bringen.«

»Sie wissen 's doch selbst. Sie wissen zumindest einen Teil davon. Ich hab' doch gesehen, daß Sie einen von den Diamant-Ohrringen aufhoben, als Sie neben Louisas Leiche standen.«

Mr. Hint grinste, als er Heather aufstöhnen hörte. Er suchte in seiner Jackentasche. Er zog sämtliche Schmuckstücke heraus und hielt sie Brandon hin. »Damit Sie zufrieden sind!« sagte er mit näselnder Stimme. »Hübsche Sachen, was? Fast so hübsch wie Ihre Frau. Eine süße Person mit ihrer weichen Haut und den schwarzen Haaren, und dann ihre rosa Brustwarzen, da langt jeder Mann gerne hin . . . «

»Haben Sie auch Sybil Scott vergewaltigt und ermordet?« unterbrach ihn Brandon.

Mr. Hint sah ihn verschlagen an: »Natürlich hab' ich das. Sie hat mich genauso ausgelacht wie Louisa. An jenem Tag folgte ich ihr von Charleston. Zuerst habe ich mich mit ihr in den Wäldern vergnügt. Aber sie war nicht halb so hübsch wie Ihre Frau.«

»Es waren also gleichfalls Sie, der in den Wäldern bei meinem Sägewerk herumstrich . . . «

»Ja, ja, ich konnte mir nicht helfen. Ich hatte dieses Gefühl in den Lenden und das Bedürfnis nach ihr. Es tat noch tagelang weh. Als der Händler mir das Kleid verkaufte, wußte ich, daß sie hier war. Ich wollte aus dem Mann rauskriegen, von wem er es gekauft hatte, aber er sagte nichts. Aber da im Wald, da hab' ich sie erkannt, da wußte ich, daß sie genau dasselbe Mädchen war, das Willy ins Bett ziehen wollte. Sie hat ihn ausgetrixt und hat ihm ein Messer reingehauen . . . «

»Nein«! rief Heather, »er fiel in das Messer, als wir kämpften.«

»Na ja – jedenfalls dachte sie, er wäre tot. Aber er war's nicht. Den Rest habe ich besorgt. Er war ja nur besoffen. Ich hab' ihm dann mit Leichtigkeit die Kehle aufgeschlitzt, dem Schwein!«

»Sie haben alle diese Menschen umgebracht, Mr. Hint, und keiner hat Sie je verdächtigt?« fragte Brandon.

»Na ja, schon, es war höchste Zeit, daß ich verduftete und mich von England wegmachte. Und hier wußte ja niemand was.«

»Sie denken wohl, Sie seien ein schlauer Bursche«? fragte Brandon, um ihn weiter hinzuhalten. Mittlerweile war es ihm ziemlich klar geworden, daß dieser Mann irrsinnig war.

»Schlau genug, um noch ein paar auf meine Liste zu setzen«, erwiderte Mr. Hint großspurig und fuchtelte mit der Pistole in der Luft herum. »Aber erst will ich noch mein Vergnügen haben, und zwar mit Ihrer Frau, vor Ihren Augen, während Sie noch am Leben sind. So was habe ich vorher noch nie gemacht.«

Brandon hohnlächelte. »Dann kommen Sie doch, Hint, vorher sind Sie ein toter Mann!«

Hints Augen hatten einen unnatürlichen Glanz bekommen, als er antwortete: »Ja, ja, es wird ein ganz besonderes Vergnügen werden. Ich sehe Sie so richtig vor mir, zu einem Bündel verschnürt, unfähig, sich zu bewegen, während ich Ihre Frau auf dem Bett ausbreite, aah! Und ich werde sie extra für Sie schreien lassen, jedesmal, wenn ich einen Biß ansetze.«

Heather umschlang Brandon und barg das Gesicht an seiner Brust.

»Bevor Sie Ihre schmutzigen Finger auf sie legen, werde ich sie töten!« schwor Brandon.

Er schob Heather hinter sich und näherte sich vorsichtig dem Wahnsinnigen.

»Oh, wenn das so ist. Ihr Tod läßt sich arrangieren«, geiferte Mr. Hint höhnisch und lehnte sich an die Wand. Er hob die Pistole und richtete sie auf Brandons Brust.

Mit einem wilden Schrei stürzte Heather vor und warf sich an Brandons Brust. Er versuchte, sie hinter sich zu stoßen, aber sie umklammerte seinen Hals, und die wahnwitzige Angst um sein Leben ließ ungeahnte Kräfte in ihr wachsen.

»Um des Himmels Willen, geh aus dem Weg, Heather«, schrie er. »Nein«, erwiderte sie eigensinnig, »er hat nur einen Schuß, er kann nur einen von uns damit töten.« Ihre Stimme wurde flehend, »laß es mich sein, Brandon. Ich möchte lieber hier sterben, als daß er mich noch einmal anfaßt. Ich könnte es nicht ertragen.«

»Ihre Frau hat recht, Sir. Ich kann Sie leider nicht beide mit einem Schuß töten. Es ist für mich um so interessanter«, höhnte er, zu Brandon gewendet. »Aber glauben Sie, ich würde eine Leiche nicht vögeln?«

Brandon raste vor Wut. »Sie glauben doch nicht, ich lasse es zu, daß Sie sie auch nur anrühren. Ich werde es verhindern, daß Sie sie schänden!«

»Sie werden kaum die Möglichkeit haben«, grinste Hint. Mit raschem Griff riß er Heather das Hemd vom Leib und trat kichernd zurück. »So finde ich sie hübscher.«

Mit einem Urlaut der Wut machte Brandon einen Satz vorwärts, aber sofort hatte Mr. Hint die Waffe wieder auf ihn gerichtet. »Zurück! Oder ich werde Ihrer Frau den hübschen Kopf mit dieser Pistole abreißen. Und den Rest vernaschen!«

Der Sturm schlug mit aller Wucht einen Ast gegen die Fensterscheiben, daß das Fensterglas splitterte und Mr. Hint erschrokken herumfuhr. Diesen Augenblick nahm Brandon wahr. Er machte einen Sprung nach vorn, doch er hatte nicht damit gerechnet, daß der Mann immer noch auf ihn zielte. Hint feuerte und Heather schrie, als Brandon zurücktaumelte. Aber er fiel nicht zu Boden, er faßte nur nach seiner Schulter. Das Blut quoll über Arm und Brust. Brandon grinste diabolisch. Und im gleichen Augenblick wurde Mr. Hint sich des Fehlers bewußt, den er begangen hatte. Sein Widersacher war nicht tot. Mit einem Sprung war Thomas Hint bei der Tür und mit einer Schnelligkeit, die man dem hinkenden Krüppel gar nicht zugetraut hätte, rannte er die Treppe hinunter in die Halle. Ohne eine Sekunde zu zögern, war Brandon hinter ihm her. Heather stand einen Augenblick regungslos und benommen. Der Schock, Brandon vor dem Pistolenlauf zu sehen, war zu groß gewesen. Sie trat aus der Tür. Der Krüppel fiel halb, halb rutschte er, die Treppe hinunter. Mit flackernden Augen blickte er über die Schulter zurück. Ratlos leckte er sich die wulstigen Lippen, rannte im Kreise durch die Halle und wußte nicht wohin. Sie sah, daß er noch die Pistole in der Hand hielt, wußte aber, daß er keinen Schuß mehr darin hatte. Jetzt hob er sie über den Kopf und warf sie nach seinem Verfolger. Brandon duckte sich. Die Waffe fiel hinter ihm zu Boden. Hint versuchte, die Haustür zu erreichen, aber Brandon war schneller. Er sprang die letzten Stufen hinunter und warf sich auf den Buckligen. Beide gingen zu Boden. Brandon war sofort wieder auf den Füßen und zog den Mann hoch. Mit einem grausamen Lächeln landete er einen Faustschlag in Mr. Hints Gesicht. Wieder brach der Mann zusammen. Das Blut rann ihm aus Mund und Nase. Brandon zog ihn hoch und warf ihn mit solcher Wucht gegen die Wand, daß es genügt hätte, ihm den Rücken zu brechen. Mr. Hint schrie. Die Grausamkeit war nicht aus Brandons Blick gewichen, er boxte ihn mit voller Wucht in den Magen. Als sein Opfer vornüberkippte, zog ihn Brandon sofort wieder in die Höhe und setzte seine Faust mit neuer Wucht unter sein Kinn. Der Mörder wimmerte und flehte und versuchte verzweifelt, sich zu befreien, aber Brandon ließ ihn nicht los. »Du verdammter Hund wirst nicht noch einmal meine Frau anrühren!«

Heather stand zitternd daneben. Niemals hatte sie Brandon so brutal gesehen. Die Schußwunde in seiner Schulter hinderte ihn nicht. Er schien sie vergessen zu haben. Beide Männer waren blutüberströmt.

Thomas Hint war nur noch ein blutiger Klumpen Fleisch, halb bewußtlos, kaum noch wissend, was mit ihm geschah. Er wimmerte dünn, als Brandon zu einem neuen Schlag ansetzte.

Heather konnte es nicht mehr mit ansehen. Sie lief zu ihrem Mann und faßte ihn am Arm: »Brandon, hör auf, du bringst ihn um. Um des Himmels Willen, hör auf!«

Brandon ließ den Mann los und sah zu, wie er aus seinen Händen zu Boden glitt. Thomas Hint stöhnte und krümmte sich.

Brandon hatte nunmehr alles Interesse an ihm verloren, und Heather war erleichtert, nicht mehr mitansehen zu müssen, wie ihr Mann die Kontrolle über sich verlor.
Beide wandten sich ab, ohne noch einmal zurückzusehen, und stiegen die Treppe hinauf. Heather untersuchte die Wunde an Brandons Schulter. Ein kleiner Schmerzenslaut entfuhr ihm, als ihre Finger die Einschußstelle berührten.
»Wir müssen nach Hause, Brandon. Die Kugel muß aus deiner Schulter herausgeschnitten werden.«
Er brachte es fertig, breit zu grinsen: »Ich fürchte, daß uns der Heimweg für einige Zeit abgeschnitten ist. Wir werden über Nacht hierbleiben müssen. Der Sturm macht den Ritt unmöglich. Er ist noch schlimmer geworden, seitdem ich ankam, und wahrscheinlich doppelt so schlimm wie seit dem Zeitpunkt, als du dich auf den Weg machtest.«
»Aber deine Schulter muß versorgt werden! Und was ist mit Beau? Wer wird ihn versorgen?«
Er lachte und zog sie an sich und dachte nicht an das Blut, das er über ihre Brust verschmierte. »Du wirst dich um meine Schulter kümmern, mein Geliebtes, und was Beau anbelangt, ich habe, bevor ich ging, James gebeten, sich um eine Amme umzusehen, falls wir nicht rechtzeitig zurück sein sollten. Es war ja eine absolute Narretei von James, daß er dich überhaupt reiten ließ!«
»Aber Brandon, ich konnte doch nicht dasitzen, ohne alles zu versuchen, was dir möglicherweise helfen konnte.«
Sie standen auf dem Treppenabsatz und bemerkten nicht, daß Hint sich unten erhoben hatte und auf die Tür zukroch. Erst als eine Böe hereindrang und einen Regenschauer mit sich brachte, wandten sie sich um und sahen, daß der Mann sich hinausstahl. Er versuchte, sich gegen den Sturm zu stemmen, der zum Orkan angewachsen war.
Selbst Brandon hatte allerhand zu tun, um die Tür mit Gewalt wieder zuzudrücken. Mittlerweile kroch Hint über die Terrasse zur anderen Seite des Hauses, wo die Pferde angebunden

waren. Brandon fand keine Zeit mehr, Hint zurückzuhalten, seinen verkrüppelten Körper auf Leopolds Rücken zu schwingen. Er schrie eine Warnung zu ihm herüber, aber seine Stimme verlor sich im Brausen des Sturms.
Mr. Hint riß den Rappen herum und hatte Mühe, sich im Sattel zu halten. Dennoch lachte er schrill und triumphierend, weil er glaubte, seinen Verfolger genarrt zu haben. Sein verwachsener Körper war bereits in der Jugend gestählt durch die unbarmherzigen Schläge seines Vaters. Er konnte mehr aushalten als ein normaler Mensch, der unter solchen Prügeln bereits gestorben wäre. Zwar schmerzte ihn jede Stelle seines zerschundenen Körpers, aber er war noch lange nicht bewegungsunfähig. Mit einem gräßlichen, gellenden Gelächter stieß er dem Pferd die Absätze in die Weichen, und der Rappe ging augenblicklich mit ihm durch.
Heather stand auf der Terrasse, gegen den Wind gestemmt, als er an ihr vorbeigaloppierte. Die riesigen Eichen der Allee bogen sich drohend. Über dem Röhren des Orkans hörte sie plötzlich ein Krachen und Splittern von Holz. Brandon stand jetzt hinter ihr, sie sah, daß er den Mund bewegte, konnte jedoch in dem Tosen des Unwetters kein Wort verstehen. Er faßte sie bei den Schultern, um sie ins Haus zurückzuschieben. Ganz in ihrer Nähe fuhr ein Blitz hernieder und ein fürchterlicher Donnerschlag zerriß die Luft. Ein weiterer Blitz erhellte die Dunkelheit, als Heather sich umwandte und sah, wie sich Leopold am Ende der Allee hoch aufbäumte. Hint, unfähig sich im Sattel zu halten, stürzte zu Boden, im selben Moment, in dem ein riesiger Ast von einer alten Eiche gerissen wurde und krachend auf ihn niederfiel. Heathers Schrei war durch das Toben der Elemente lautlos geworden, sie wollte sich zu Brandon umdrehen, aber der war schon im Begriff, in den strömenden Regen hinauszustürzen. Er sah über die Schulter zurück und bedeutete ihr durch aufgeregte Gesten, ins Haus zu gehen, aber sie blieb stehen und sah ihm nach, wie er forteilte, wie er den Krüppel erreichte und versuchte, den gewal-

tigen Ast hochzuheben. Aber dann kniete er nur neben dem Mann nieder. Er sah seine Frau immer noch auf der Terrasse stehen, blickte zu ihr herüber und schüttelte den Kopf. Diese einfache Geste bewies Heather, daß es sowieso zu spät war. Hint war tot. Die gerechte Strafe hatte ihn ereilt.
Brandon ließ das, was von Mr. Hint übriggeblieben war, an der Unfallstelle liegen und rannte zurück zu Heather.
»Komm jetzt bitte endlich herein«, sagte er. »Ich muß erst Fair Lady und Mr. Hints Pferd in den Stall bringen.«
»Laß mich dir helfen. Du bist mit deiner Verwundung nicht in der richtigen Verfassung, es allein zu tun.«
»Nein, sei ein liebes Kind, geh endlich ins Haus! Ich brauche nicht lange, versuch etwas zu finden, um mich zu verbinden.« Er stieß sie förmlich ins Haus und schloß die Tür.
Sie eilte die Treppe hinauf und begann sofort nach etwas zu suchen, das sie ihm auf die Wunde legen könnte. Sie fand Salbe, Brandy und sauberes Leinen. In einem der Gästezimmer bezog sie ein Bett frisch und fand verschiedene Kerzenleuchter, die sie danebenstellte. Die Nacht war hereingebrochen und abgesehen von den grellweißen Blitzen, die den Himmel zerrissen, war das Haus in tiefes Dunkel gehüllt. Sie holte Brandons Hemd aus dem Nebenzimmer und zog es an, denn nie im Leben hätte sie ein Kleidungsstück von Louisa tragen wollen.
Als Brandon kam, wartete sie bereits ängstlich auf dem Treppenabsatz. Der Leuchter, den sie in der Hand hielt, verbreitete mildes Licht. Heather sah, daß er bedeutend blasser geworden war. Als er sich geschwächt gegen die Tür lehnte, eilte sie herzu und wickelte ihn in eine Baumwolldecke. Der Schuß hatte eine ziemlich große Wunde gerissen, und jetzt schien Brandon auch Schmerzen zu haben. Sie half ihm die letzten Stufen hinauf, den Flur entlang zu dem Zimmer, in dem sie das Bett bereitet hatte. Als sie Louisas Schlafzimmer passierten, sahen sie beide, daß es erleuchtet war. Heather hatte einen der Leuchter, den sie auf der Suche nach Scheren mit sich her-

umgetragen hatte, dort vergessen. Durch seine Schmerzen hindurch nahm Brandon noch lächelnd wahr, daß die Seidendecke auf den Boden geworfen war, während Heather schuldbewußt den Kopf senkte.

Heather half Brandon ins Bett und griff als erstes nach der Schere, um ihm die nassen Hosen vom Leibe zu schneiden.

»Was hast du vor«? rief Brandon, »was denkst du, was ich morgen tragen soll, wenn ich dich nach Hause begleite?« fuhr er amüsiert fort. »Ich versichere dir, ich habe keine Hosen hier im Schrank zurückgelassen. Hilf mir lieber, sie auszuziehen.«

Die engen, nassen Hosen waren nicht leicht herunterzubekommen. Brandon seufzte erleichtert, als es endlich mit vereinten Kräften gelungen war. Dann legte er sich erschöpft zurück.

Nachdem Heather die Wunde gereinigt und vorsichtig untersucht hatte, gab sie ihm ein bis zum Rand mit Brandy gefülltes Glas.

»Ich brauche eigentlich keine andere Ablenkung, meine Süße, als dich in meinem Hemd dort stehen zu sehen«, neckte er, »du bist ein sehr beeindruckender Medizinmann, und wenn ich zuviel trinke und dich dabei anschaue, könnte ich mich vergessen und dieses Bett zu etwas anderem benutzen als nur zum Schlafen.«

Sie lachte und sah ihm zu, wie er den Inhalt des Glases austrank. Es war fast etwas wie Anbetung in ihrem Blick, als sie ihn betrachtete und ihm dabei liebevoll das feuchte Haar aus der Stirn strich. Zärtlich liebkosten ihre Fingerspitzen seine Wange.

Er sah sie an, ergriff ihre Hand und preßte einen glühenden Kuß darauf.

»Brandon«, sagte sie bekümmert, »ich habe nicht die Kraft, dich festzuhalten, und wenn ich jetzt die Kugel herausziehe, mußt du stillhalten.«

»Tu, was getan werden muß, Heather, ich werde schon stillhalten.«

Der Schweiß brach ihm aus, und er preßte die Lippen zusammen, um nicht schreien zu müssen, aber er rührte sich nicht, während sie nach der Kugel suchte. Heather empfand die gleiche Pein wie er. Sie wäre am liebsten in Tränen ausgebrochen, als ihm ein leises Stöhnen entfuhr.

Schließlich hatte sie die Kugel gefunden und versuchte, sie mit einer Schere herauszuholen. Mit schweißnassen Handflächen umklammerte sie das Instrument und zog die Kugel vorsichtig heraus. Ein Blutsturz folgte und durchweichte die Unterlage, auf der sein Arm ruhte. Außer an den dicken Schweißperlen auf seiner Stirn konnte man ihm nicht anmerken, daß er Schmerzen litt, und Heather bewunderte seine Selbstbeherrschung.

Später, als die Wunde dick verbunden war, saß sie neben ihm auf dem Bett und wischte ihm die Stirn ab. »Möchtest du jetzt schlafen?« fragte sie sanft. Er liebkoste ihren Schenkel.

»Dein Anblick läßt alle Schmerzen vergessen und vertreibt jeden Gedanken an Schlaf, mein Geliebtes, und selbst jetzt bin ich in Versuchung, meine Rechte als Ehemann wahrzunehmen. Ich habe dich in der vergangenen Nacht entsetzlich vermißt!«

»Nicht halb so sehr wie ich dich vermißte«, murmelte sie und küßte ihn auf den Mund.

»Es wird meiner Schulter nicht schaden, wenn du dich jetzt neben mich ins Bett legst«, meinte Brandon.

Sie blies bis auf eine alle Kerzen aus, schlüpfte unter die Dekke, schmiegte sich an ihn und empfand dieses fremde Bett als wahre Zuflucht vor dem Unwetter, das draußen über das Land brauste.

Einen Augenblick lagen sie schweigend beeinander und genossen einer die Gegenwart des anderen. Aber dann konnte Heather ihre Neugier nicht mehr beherrschen:

»Brandon?«

Er küßte sie auf die Stirn, »ja, mein Süßes?«

»Warum hattest du so bald Mr. Hint in Verdacht? Er sagte

doch, du hättest ihm einen Tag, nachdem wir ihm im Theater begegnet waren, Fragen gestellt. Stimmt das?«
»Ja.«
»Aber warum?«
»Als du auf unserer Reise von England hierher krank wurdest, hast du in deinen Fieberphantasien ständig davon geredet, und immer wieder kam Mr. Hints Name vor. Es war klar, daß du schreckliche Angst vor ihm hattest. Aber erst als wir ihm im Theater begegneten, erkannte ich mit voller Deutlichkeit, wie groß deine Furcht war. Ich wollte mehr von diesem Mann wissen.«
Nachdenklich sah sie ihn an: »Was habe ich im Fieber noch alles gesagt?«
Er lächelte. »Du sprachst viel von deinem Vater und hieltest mich für ihn. Du sprachst auch von einem Mann namens William Court. Was ich aus deinen Phantasien heraushören konnte, war, daß du glaubtest, ihn getötet zu haben, als er versuchte, dich zu vergewaltigen. Du nanntest seinen Namen immer zusammen mit dem Thomas Hints, und es war klar, daß du vor der Mordanklage Angst hattest.«
»Du wußtest von all dem und hast mir nie etwas gesagt?«
»Ich wollte gerne, daß du freiwillig zu mir kämest und mir vertrautest und mich dir helfen ließest.«
Heather schluckte und kämpfte gegen die Tränen: »Ich hatte doch solche Angst, ich könnte dich kränken oder würde dich verlieren! Ich wünschte so sehr, dich glücklich zu machen. Du solltest dich nicht meiner schämen müssen.«
Er lächelte zärtlich. »Glaubst du denn, ich war nicht glücklich? Glaubst du, ich hätte dein Geheimnis nicht schon seit langem gewußt? Du hast kein Geheimnis mehr vor mir, weißt du das?«
»Überhaupt kein Geheimnis?« fragte sie vorsichtig.
»Nein«, sagte er einfach. »Ich weiß sogar, daß du gerne eine Tochter haben wolltest, um mich zu ärgern.«
Sie lachte und errötete ein wenig. »Wie schrecklich, Brandon, und du warst so schweigsam. Ich habe nie etwas davon ge-

ahnt. Aber wußtest du da auch schon, daß Mr. Hint Louisas und Sybils Mörder war?«

»Nachdem ich ihn aufgesucht hatte, erfuhr ich, daß er Sybils Schneider gewesen ist, aber ich hatte damit noch keinen Beweis, daß er auch ihr Mörder war. Als Louisa ermordert wurde, hatte ich keinen Zweifel mehr, aber ich mußte es erst beweisen. Ich war sicher, Lulu hätte mir Genaueres erzählen können, aber Townsend nahm mich ja fest, bevor ich mit ihr sprechen konnte. Townsend hatte herausbekommen, daß Louisa ihre Rechnungen mit meinem Geld bezahlte, und so nahm er an, daß sie mich aus irgendeinem Grunde erpreßte, vielleicht, wie er in seiner überhitzten Phantasie vermutete, wegen des Mordes an Sybil. Darum war er seiner Sache so sicher. Außerdem hatte er noch einen Zeugen, der mich vom Ort der Tat davonrennen sah.«

»Hast du ihm von deinem Verdacht erzählt?«

»Ja, und als Lulu kam, freiwillig übrigens, um ihm Bericht zu erstatten, fing er an, mir zu glauben.«

»Lulu ging freiwillig zum Sheriff?«

»Ja. Nachdem sie von den Feldern zurückkam, schlich sie ins Haus, sah Mr. Hint und fand Louisa. Sie erlitt einen entsetzlichen Schock, zögerte aber nicht, sofort den Sheriff aufzusuchen.«

»Ach, deswegen meinst du, es sei hirnverbrannt von mir gewesen, sie zu suchen. Sie war schon bei Townsend gewesen und hatte ihm alles erzählt. Immer nimmst du an, ich sei ein dummes Kind«, schloß sie schmollend.

»Nun ja, ich weiß ganz sicher, daß du kein Kind bist«, neckte er, aber dann fügte er plötzlich ärgerlich hinzu, »aber ich bin böse, daß du diesem Schuft, den ich übrigens für wahnsinnig hielt, die Schmuckstücke gegeben hast, die ich dir geschenkt habe.«

»Ich hatte solche Angst, er würde dir erzählen, was ich getan habe und es wäre doch nicht anständig gewesen, ihm die Juwelen deiner Mutter zu geben. Ich weiß, wie sehr du sie ge-

liebt hast, es war schon schlimm genug, mich von meinen eigenen Schmuckstücken trennen zu müssen. Es war doch das einzige, was ich ihm geben konnte.«
»Falls du Mr. Court getötet hättest, denkst du, ich würde dich deshalb verabscheut haben? Mein Gott, der Mann hätte es wirklich verdient.«
»Ich hätte nicht so gutgläubig sein sollen, als er mir erzählte, daß er mir eine Stellung als Lehrerin an Lady Cabots Töchterschule verschaffen würde. Aber ich wollte doch so gerne von meiner Tante weg.«
Brandon wandte verblüfft den Kopf nach ihr: »Hast du gesagt, Lady Cabot?«
Sie nickte unsicher: »Ja, ich sollte dort als Lehrerin arbeiten.«
Er lachte herzlich.
»Was solltest du denn lehren, Madame? Wie man mit einem Mann ins Bett geht? Mein liebes, ahnungsloses, kleines Mädchen. Lady Cabot besitzt eines der elegantesten und teuersten Bordells in London. Ich gestehe, daß ich ein oder zwei Mal dagewesen bin. Na ja, vielleicht hätte ich dich dort getroffen, wenn die Dinge anders gelaufen wären. Du kannst sicher sein, ich hätte nur dich gewählt, um mit dir ins Bett zu gehen.«
»Brandon Birmingham!« schrie sie empört, »soll das heißen, daß dir unsere Begegnung auf diese Weise lieber gewesen wäre?« Sie hatte sich aufgesetzt und drohte, das Bett zu verlassen, aber er zog sie zurück in eine halbseitige Umarmung.
»Nein, mein Geliebtes«, lächelte er, »ich habe doch nur Spaß gemacht. Du solltest mich besser kennen.«
Sie schmollte. »Ich hatte doch keine Ahnung, daß diese Schule keine Schule ist.«
»Ich weiß es ja, mein Kind, und ich bin froh, daß der verfluchte Hund, der dich dorthin bringen wollte, sein wohlverdientes Ende gefunden hat, sonst würde ich wahrscheinlich nach London zurückfahren und ihm persönlich den Hals umdrehen. Er hat die gerechte Strafe dafür bekommen, daß er versuchte, dich zu vergewaltigen.«

Sie sah ihn verschmitzt an: »Und dann kamst du und hast mich vergewaltigt, und was wäre deine gerechte Strafe?«
Er lächelte träge: »Ich habe meine Strafe schon bekommen, als ich ein hochnäsiges Jüngferlein wie dich heiraten mußte.« Er griff nach dem Lederbeutel, den er, bevor er sich auszog, auf den Tisch gelegt hatte und ließ ihn ihr auf den Bauch fallen. »Und laß das hier nicht mehr verloren gehen, Madame. Das nächste Mal bin ich nicht mehr so nachsichtig.«
Sie griff neugierig nach dem Beutel und öffnete ihn: Ihre Juwelen waren darin!
»Wie hast du es geschafft, diesen Beutel aus Mr. Hints Tasche zu holen, während er doch schon erschlagen unter dem Eichenast lag?« fragte sie überrascht.
»Er muß herausgefallen sein, als Leopold ihn im hohen Bogen abwarf.«

Als sie am nächsten Morgen gemeinsam auf Fair Lady zurückritten, hatte der Sturm bedeutend nachgelassen. Immer noch jagten Wolkenfetzen über einen bleigrauen Himmel, aber der Regen hatte aufgehört. Der Umhang, den Heather am Tag zuvor getragen hatte, war noch feucht und dampfte in der Hitze der Morgensonne. Sie wäre ihn gerne losgeworden, aber Brandon fand, daß sein Hemd alleine nicht ganz der herrschenden Mode entspräche.
»Jeff hätte allerdings nichts dagegen, wenn du so auftauchtest, und Hatty ist ja gewohnt, dich in sehr viel weniger zu sehen«, neckte er. Heather sah ihn zweifelnd an und tat so, als wolle sie den Umhang von den Schultern nehmen. »Wenn du glaubst, daß Jeff nichts dagegen hat . . . «
Er hielt ihre Hand fest und lachte fröhlich. Seine Augen strahlten! »Er würde zwar nichts dagegen haben, aber *ich* hätte eine Menge dagegen einzuwenden. Du hast gesehen, wie ich Mr. Hint zugerichtet habe. Dasselbe möchte ich eigentlich meinem armen Bruder nicht so gerne antun.«
So blieb der feuchte Umhang wo er war, wenig später kamen

sie zu Hause an. Alle stürzten aus der Tür. Jeff sah so aus, als hätte er nicht geschlafen, und Hatty weinte in ihre Schürze.
»O Gottchen, Gottchen, Master Bran, wir haben alle gedacht, es sei Ihnen etwas zugestoßen! Leopold kam allein an, und wir dachten, er hätte Sie abgeworfen und Sie hätten sich das Genick gebrochen.« Sie wandte sich ihrer jungen Herrin zu und schüttelte den Kopf: »Und Sie, Mrs. Heather, haben mich zu Tode erschreckt. Ich hab' den James fast umgebracht, weil er Sie gehen ließ. Ich war ganz krank vor Sorge um Sie, Kindchen.«
Ein Windstoß schlug Heathers Umhang zurück. Brandon griff sofort danach, aber Jeff und Hatty hatten einen Blick auf Heathers nackte Schenkel erhascht.
»Mrs. Heather, was ist mit Ihren Kleidern geschehen?«
»Louisas Mörder versuchte, auch sie umzubringen«, erwiderte Brandon und schwang sich vom Pferd. Er verzog schmerzlich das Gesicht und griff nach seiner Schulter. Dabei wurde er blaß. Heather glitt erschrocken aus dem Sattel und befühlte ängstlich seinen Verband. »Oh, Brandon, es fängt wieder an zu bluten! Du mußt nach oben gehen und mich nachsehen lassen.« Sie wandte sich zu Hatty. »Ich brauche frisches Verbandszeug und Wasser, und sag Mary, sie möchte bitte Beau hinaufbringen. Ich nehme an, daß er vor Hunger fast umkommt. Ich muß meine Milch loswerden. James, bring das Pferd mit in den Stall und reibe es gründlich ab. Luke, bitte fahr nach Charleston und sage Sheriff Townsend, er werde auf der Oakley-Plantage gebraucht. Er soll mit ein paar Männern dorthin gehen. Jeff, komm mit uns hinauf. Brandon wird dir erzählen, was in der vergangenen Nacht vorgefallen ist.«
Jeder eilte davon, um seinen Auftrag auszuführen. Hatty lachte zufrieden in sich hinein, als sie gleichfalls loslief.
»Sie wird immer mehr wie Mrs. Catherine. Jeden Tag wird sie ihr ähnlicher«, murmelte sie.
In der Halle traf Heather auf George, der den Kopf hängen ließ, als sie vorbeiging, und unbehaglich von einem Fuß auf den an-

deren trat. Sie blieb vor ihm stehen und zog fragend eine Braue hoch: »George?«

»Ja, Madame?« antwortete er und hob verlegen den Kopf. Eines seiner Augen war blaugeschlagen.

»Was ist mit deinem Auge passiert, George? Es ist ja veilchenblau.«

»Ja, Madame«, bestätigte er.

»Nun, und?« fragte sie weiter.

Er warf seinem Käpt'n einen Blick zu und räusperte sich: »Das kommt daher, daß ich in Charleston etwas zu erledigen hatte, Madame«, antwortete er zögernd.

»Was war denn zu erledigen?«

George sah äußerst unbehaglich drein, und Jeff mußte bei seinem Anblick lachen.

»Es war wegen Dickie, Madame. Erinnern Sie sich an Dickie, Madame?«

»Ja, George, ich erinnere mich sehr genau an Dickie. Und wieviel blaue Augen hat Dickie?«

»Zwei, Madame, und es tut ihm furchtbar leid, daß er Ihnen solchen Ärger bereitet hat, Madame. Er hat geschworen, daß er nie mehr ein Wort sagen wird, weder betrunken noch nüchtern«, beeilte er sich hinzuzufügen.

Wieder nickte sie und ergriff den Arm ihres Mannes. Aber dann sah sie über die Schulter zurück und lächelte: »Zwei blaue Augen, sagtest du? Vielen Dank, George.«

»Bitte schön, Madame«, grinste er erleichtert.

Nachdem Brandons Wunde frisch verbunden worden war und Heather sich nach einem eiligen Bad ein leichtes Musselinekleid übergezogen hatte, setzte sie sich, etwas von den Männern entfernt, in einen Sessel, den Rücken zu Jeff gewandt, und gab Beau die Brust. Während Brandon seinem Bruder die Abenteuer der vergangenen Nacht erzählte, sah sie sich in ihrem Schlafzimmer um und fühlte doppelt seine Wärme und Geborgenheit. Sie blickte auf das Tischchen neben Brandons Bett. Dort stand die Elfenbein-Miniatur von Brandons Mutter.

Die grünen Augen, die der Künstler so gut getroffen hatte, schienen lebendig zu sein, voller Zustimmung, und Heather wunderte sich über die Kraft, die diese Frau noch über den Tod hinaus auf jene ausstrahlte, die sie geliebt hatte. Sicher war es nur ihren Ohrringen zu verdanken, daß die Dinge ans Licht gekommen waren. Ob so etwas wohl möglich war?

»... stimmst du mir da nicht zu, mein Kätzchen?«

Aus tiefen Gedanken gerissen sah sie verwundert auf.

»Was meinst du, Liebster? Ich glaube, ich habe nicht zugehört «

»Jeff will Oakley kaufen, und ich bestehe darauf, daß er das Land als Geburtstagsgeschenk annimmt. Findest du nicht auch, daß er das tun sollte?«

Sie lächelte zu ihrem Mann auf. Anbetung lag in ihren Augen. »Aber gewiß doch, Liebster«, erwiderte sie und warf nochmals einen kurzen Blick auf das Porträt. Dabei überlegte sie, ob sie sich das Blinken in den grünen Augen nur eingebildet hätte. Sie teilten ein Geheimnis, diese beiden Birmingham-Frauen, das ihre Männer niemals erfahren würden. Vor der Welt erschienen sie zart und schutzbedürftig, aber ihre Liebe gab ihnen mehr Kraft und Mut, als man ahnen konnte. Ein wissendes Lächeln spielte um Heathers Lippen, und in stillem Einverständnis nickte sie dem Bild der Catherine Birmingham zu.